16	3	2	13
5	10	11	8
9	6	7	12
4	15	14	1

Coleção LESTE

Mikhail Bulgákov

O MESTRE E MARGARIDA

Tradução, posfácio e notas
Irineu Franco Perpetuo

editora 34

EDITORA 34

Editora 34 Ltda.
Rua Hungria, 592 Jardim Europa CEP 01455-000
São Paulo - SP Brasil Tel/Fax (11) 3811-6777 www.editora34.com.br

Imagem da capa:
Skyline de Moscou © Gleb Tagirov/Dreamstime.com
(detalhe utilizado como fundo)

Capa, projeto gráfico e editoração eletrônica:
Bracher & Malta Produção Gráfica

Revisão:
Lucas Simone, Danilo Hora, Cide Piquet

1ª Edição - 2017 (1 Reimpressão), 2ª Edição - 2019 (4ª Reimpressão - 2024)

Catalogação na Fonte do Departamento Nacional do Livro
(Fundação Biblioteca Nacional, RJ, Brasil)

Bulgákov, Mikhail, 1891-1940
B724m O mestre e Margarida / Mikhail Bulgákov;
tradução, posfácio e notas de Irineu Franco Perpetuo.
— São Paulo: Editora 34, 2019 (2ª Edição).
408 p. (Coleção LESTE)

ISBN 978-85-7326-680-1

Tradução de: Master i Margarita

1. Ficção russa. I. Perpetuo, Irineu Franco.
II. Título. III. Série.

CDD - 891.73

O MESTRE E MARGARIDA

Primeira parte

Segunda parte

NOTA SOBRE ESTA TRADUÇÃO

Escrito ao longo de doze anos, entre 1928 e 1940, *O mestre e Margarida* (em russo *Master i Margarita*), de Mikhail Bulgákov, mudou várias vezes de título — o autor pensou em chamá-lo *O mago negro*, *Satã, eis-me aqui*, *O teólogo negro*, *Ele apareceu*, *O chapéu com pena*, *A ferradura do estrangeiro*, *O casco do engenheiro*, *Advento*, *O consultor de casco*, *O grande chanceler*, *O príncipe das trevas* — e de conteúdo. A primeira publicação do romance, com cerca de 14 mil palavras censuradas, aconteceu em dois números da revista *Moscou* (nº 11, 1966, e nº 1, 1967); em livro, foi publicado inicialmente pela YMCA Press, de Paris, em 1967 e, em seguida, pela editora Posev, de Frankfurt, em 1969, ambos em russo; traduções para o inglês, italiano (1967), francês, alemão, espanhol (1968) e português (1969, no Brasil, a partir do inglês) foram lançadas quase simultaneamente; a primeira edição soviética, apenas em 1973.

Após a morte de Bulgákov em 1940, os manuscritos da obra ficaram com Ielena Serguêievna, viúva do escritor, responsável pela organização da primeira versão do romance. Posteriormente, os originais foram submetidos ao trabalho de diferentes especialistas, que o editaram: Anna Saakyants, em 1973 (Moscou, Khudójestvennaia Literatura), e Lidia Yanovskaia, a partir de pesquisa de Marietta Chudakova, em 1989 (Kíev, Dnipro). Conviveram, assim, por um bom tempo, duas variantes do texto de Bulgákov. Mais recentemente, a pesquisadora Ielena Kolycheva trabalhou nos rascunhos e versões datilografadas do romance para publicar, em 2014, uma nova e alentada edição em dois tomos, em que são identificadas cada uma das redações da obra: primeira (1928-30); rascunhos (1931); segunda (1932-36); terceira (1936); quarta — *O príncipe das trevas* (1937); quinta — *O mestre e Margarida* (1937-38); e sexta — *O mestre e Margarida* (1938-40). Com base nesse material, Kolycheva propôs uma nova versão do texto que, em seu entendimento, estaria mais de acordo com a vontade do autor. Esta versão, inédita em português, e que ocupa as páginas 545 a 812 do tomo 2 do volume organizado por Kolycheva (M. A. Bulgákov, *O mestre e Margarida: reunião de todos os esboços do romance e estabelecimento do texto*, Moscou, Pachkov Dom, 2014), foi a base da presente tradução.

O MESTRE E MARGARIDA

Traduzido do original russo *Master i Margarita. Pólnoie sobránie tchernovikov romana. Osnovnoi tekst. V dvukh tomakh* (*O mestre e Margarida: reunião de todos os esboços do romance e estabelecimento do texto, em dois tomos*), de Mikhail Afanássievitch Bulgákov, organização de Ielena Kolycheva, Moscou, Pachkov Dom, 2014.

"— Pois bem, quem és então?
— Sou parte da Energia
Que sempre o Mal pretende e que o Bem sempre cria."

Goethe, *Fausto*[1]

[1] Tradução de Jenny Klabin Segall (*Fausto I*, São Paulo, Editora 34, 2004, p. 139).

PRIMEIRA PARTE

Capítulo 1
NUNCA FALE COM DESCONHECIDOS

Na hora quente do pôr do sol primaveril, apareceram no lago do Patriarca dois cidadãos. O primeiro deles, de cerca de quarenta anos, vestindo um traje cinza de verão, era de baixa estatura, cabelos escuros, bem fornido, segurava na mão um respeitável chapéu similar a um *pirojok*,[2] e seu rosto bem barbeado era adornado com óculos de armação preta de tartaruga, de tamanho sobrenatural. O segundo, um jovem de ombros largos, ruivo, desgrenhado, de boné xadrez virado para trás, estava de camisa de caubói, calças brancas amarrotadas e sapatos esportivos pretos.

O primeiro não era outro senão Mikhail Aleksándrovitch Berlioz, editor de uma revista grossa de artes e presidente do conselho de uma das maiores associações literárias de Moscou, que tinha o nome de Massolit,[3] enquanto seu jovem companheiro de jornada era o poeta Ivan Nikoláievitch Ponyriov, que escrevia sob o pseudônimo de Bezdômny.[4]

Ao chegar à sombra de uma tília verde, a primeira coisa que os escritores fizeram foi se lançar para um quiosque multicolorido com uma tabuleta com a inscrição “Cerveja e refrescos”.

Sim, deve-se notar a primeira estranheza desse terrível entardecer de maio. Não apenas no quiosque, como em toda a alameda paralela à rua Málaia Brônnaia, não havia pessoa alguma. Naquela hora em que, aparentemente, não se tinha forças nem para respirar, em que o sol que abrasara Moscou desabava na névoa seca para além do Anel Sadôvoie,[5] ninguém viera para debaixo da tília, ninguém se sentara no banco, a alameda estava deserta.

— Dê-me *narzan*[6] — pediu Berlioz.

— Não tem *narzan* — respondeu a mulher do quiosque, ofendendo-se por algum motivo.

---

[2] Pãozinho recheado que pode ser assado ou frito. (N. do T.)

[3] Acrônimo fictício. (N. do T.)

[4] *Bezdomny* significa “sem-teto” em russo. (N. do T.)

[5] Avenida circular no centro de Moscou. (N. do T.)

[6] Água mineral de Kislovodsk, na região do Cáucaso. (N. do T.)

— Tem cerveja? — indagou Bezdômny, com voz roufenha.

— Vão trazer cerveja à noite — respondeu a mulher.

— O que tem? — perguntou Berlioz.

— Refresco de damasco, só que está quente — disse a mulher.

— Bem, manda, manda, manda!

O refresco produziu uma espuma amarela abundante, e o ar ficou com cheiro de barbearia. Ao beber, os literatos logo começaram a soluçar, pagaram e se sentaram em um banco de frente para o lago e de costas para a Brônnaia.

Daí ocorreu a segunda estranheza, referente apenas a Berlioz. De súbito parou de soluçar, seu coração deu uma pontada, pareceu afundar por um instante e depois regressou, só que com uma agulha cega cravada nele. Além disso, Berlioz foi tomado por um medo infundado, porém tão forte que teve vontade de imediatamente sair correndo do lago do Patriarca, sem olhar para trás. Berlioz fitou ao redor, angustiado, sem entender o que o assustava. Ficou pálido, enxugou a testa com um lenço, pensando: "O que é que eu tenho? Isso nunca me aconteceu... o coração falhar... estou esgotado. Talvez esteja na hora de mandar tudo para o diabo e ir para Kislovodsk...".

E daí o ar tórrido se condensou na frente dele, urdindo um cidadão diáfano de aspecto estranhíssimo. Um quepe de jóquei na cabecinha pequena, um paletozinho xadrez apertado e aéreo... o cidadão media um sájen[7] de altura, porém tinha ombros estreitos, era incrivelmente magro e sua fisionomia, peço notar, era de escárnio.

A vida de Berlioz transcorrera de modo que ele não estava habituado a aparições raras. Ficando ainda mais pálido, arregalou os olhos e pensou, perturbado: "Não pode ser!".

Porém, infelizmente, era, e o cidadão comprido, através do qual dava para ver, oscilava na sua frente para a esquerda e para a direita, sem tocar no chão.

Daí Berlioz foi tomado por tamanho pavor que fechou os olhos. Ao abri-los, viu que tudo tinha acabado, a miragem se dissolvera, o homem de xadrez desaparecera e, concomitantemente, a agulha cega largara seu coração.

— Ave, que diabo! — exclamou o editor. — Sabe, Ivan, agora mesmo quase tive um ataque por causa do calor! Houve até algo como uma alucinação — tentava rir, mas em seu coração ainda palpitava o alarme, e as mãos tremiam.

---

[7] Antiga medida russa equivalente a 2,134 metros. (N. do T.)

Acalmou-se gradualmente, contudo, abanou-se com o lenço e, dizendo com bastante ânimo: — Pois bem, então... — retomou o discurso interrompido pelo refresco.

Esse discurso era, como se soube em seguida, a respeito de Jesus Cristo. O caso era que o editor encomendara ao poeta, para o número seguinte da revista, um grande poema antirreligioso. Ivan Nikoláievitch redigira o poema, e em bem pouco tempo. Porém, o editor infelizmente não ficara nada satisfeito com ele. Bezdômny retratara o personagem principal de seu poema, ou seja, Jesus, com cores muito negras, e mesmo assim, na opinião do editor, o poema teria que ser reescrito por inteiro. E eis que agora o editor dava ao poeta algo como uma palestra sobre Jesus, para sublinhar seu principal erro. Difícil dizer o que exatamente traíra Ivan Nikoláievitch — se a força de representação de seu talento ou o total desconhecimento da questão sobre a qual escrevera —, porém seu Jesus saíra completamente vivo, um Jesus que outrora existira, apesar de, na verdade, ser provido de todos os traços negativos de Jesus. Berlioz queria demonstrar ao poeta que o principal não era como Jesus tinha sido, mau ou bom, mas sim que esse Jesus, como indivíduo, jamais existira, e que todas as narrativas a seu respeito eram simplesmente invencionices, o mais corriqueiro dos mitos.

Vale assinalar que o editor era um homem lido, recorrendo em sua fala, com muita habilidade, a antigos historiadores como, por exemplo, o célebre Fílon de Alexandria e Flávio Josefo, homem de educação brilhante, os quais jamais haviam mencionando palavra acerca da existência de Jesus. Revelando sólida erudição, Mikhail Aleksándrovitch informou o poeta, entre outras coisas, de que aquela passagem falando da execução de Jesus no livro XV, capítulo 44 dos célebres *Anais*, de Tácito, não era senão uma interpolação tardia e falsa.

O poeta, para o qual todas as informações do editor constituíam novidade, ouvia Mikhail Aleksándrovitch com atenção, pousando nele os ativos olhos verdes, para apenas soluçar de vez em quando, e amaldiçoar aos sussurros o refresco de damasco.

— Não há uma única religião oriental — dizia Berlioz — na qual, como regra, uma virgem imaculada não dê à luz um deus. E os cristãos, sem inventar nada de novo, criaram exatamente dessa forma o seu Jesus, o qual, na verdade, jamais esteve entre os vivos. E a ênfase principal deve estar exatamente aí...

A voz aguda de tenor de Berlioz propagava-se pela alameda deserta, e, à medida que Mikhail Aleksándrovitch se embrenhava em um labirinto no qual apenas uma pessoa muito erudita podia se embrenhar sem o risco de quebrar o pescoço, o poeta se inteirava de forma cada vez mais interessante e proveitosa do egípcio Osíris, deus benfazejo e filho do Céu e da Terra, do deus fenício Tamuz, de Marduque, e até do menos conhecido e terrível deus Vitzliputzli, que fora bastante reverenciado outrora pelos astecas no México.

E eis que justo na hora em que Mikhail Aleksándrovitch contava ao poeta como os astecas moldavam em massa a figura de Vitzliputzli, apareceu a primeira pessoa na alameda.

Posteriormente, quando, para ser franco, já era tarde demais, diversas instituições apresentaram seus boletins com descrições dessa pessoa. A comparação deles não tem como não suscitar espanto. Assim, o primeiro diz que tal pessoa era de baixa estatura, tinha dentes dourados e mancava da perna direita. O segundo, que a pessoa era de estatura imensa, tinha coroas dentárias de platina, mancava da perna esquerda. O terceiro informa, lacônico, que a pessoa não tinha sinais particulares.

É preciso reconhecer que nenhum desses boletins presta.

Antes de tudo: o descrito não mancava de nenhuma das pernas, e a estatura não era pequena nem imensa, porém simplesmente elevada. No que tange aos dentes, do lado esquerdo as coroas eram de platina e, do direito, de ouro. Trajava um caro terno cinza e sapatos estrangeiros da cor do terno. Trazia uma boina cinza de lado e, debaixo do braço, uma bengala com um castão preto na forma de uma cabeça de *poodle*. Aparentava uns quarenta e poucos anos. A boca era meio torta. Bem barbeado. Moreno. O olho direito era preto, o esquerdo, por algum motivo, verde. Sobrancelhas pretas, só que uma mais alta do que a outra. Em suma, um estrangeiro.

Passando ao lado do banco no qual estavam alojados o editor e o poeta, o estrangeiro fitou-os de esguelha, parou e, de repente, sentou-se no banco vizinho a dois passos dos amigos.

"Alemão", pensou Berlioz.

"Inglês", pensou Bezdômny. "E, nossa, não sente calor com essas luvas?"

E o estrangeiro lançou um olhar pelos edifícios altos que formavam a orla quadrada do lago, deixando patente que via aquele lugar pela primeira vez, e que estava muito interessado.

Deteve o olhar nos andares superiores, cujas janelas refletiam, de forma ofuscante, o sol despedaçado que abandonava para sempre Mikhail Aleksándrovitch, depois o voltou para baixo, onde as janelas haviam começado a escurecer com o crepúsculo, riu condescendente de alguma coisa, apertou os olhos, colocou as mãos no castão da bengala e o queixo em cima delas.

— Você, Ivan — dizia Berlioz —, retratou de forma muito boa e satírica, por exemplo, o nascimento de Jesus, filho de Deus, mas a coisa é que antes de Jesus nasceu toda uma linhagem de filhos de deus como, digamos, o Adônis fenício, o Átis frígio, o Mitra persa. Para resumir, nenhum desses nasceu nem existiu, assim como Jesus, e é indispensável que você, em vez do nascimento ou, suponhamos, da chegada dos magos, retrate os boatos absurdos sobre essa chegada. Na sua narração, o que acontece é que ele nasce de verdade!

Daí Bezdômny fez uma tentativa de cessar o torturante soluço segurando a respiração, o que fez o soluço ficar mais incômodo e mais alto e, nesse instante, Berlioz interrompeu seu discurso, pois o estrangeiro se levantou de repente, dirigindo-se aos escritores.

Estes o fitaram com assombro.

— Com licença — pôs-se a falar o recém-chegado, com sotaque estrangeiro, porém sem estropiar as palavras —, perdoem-me a liberdade de, sem conhecê-los... mas o objeto de sua conversação científica é tão interessante que...

Então tirou o boné, polidamente, não restando aos amigos nada além de se levantar e cumprimentar.

"Não, deve ser francês...", pensou Berlioz.

"Polaco?", pensou Bezdômny.

É indispensável acrescentar que, às primeiras palavras, o estrangeiro provocou no poeta uma impressão de repulsa, enquanto Berlioz logo apreciou, ou melhor, não que tenha apreciado mas... como exprimir... interessou-se, por assim dizer.

— Permitem que eu me sente? — pediu o estrangeiro, cortês, e os amigos se separaram, algo a contragosto; o estrangeiro tomou assento entre eles com destreza, entrando imediatamente na conversa. — Se não ouvi mal, o senhor se permitia dizer que Jesus não existiu, certo? — perguntou o estrangeiro, voltando para Berlioz seu olho esquerdo verde.

— Não, não ouviu mal — respondeu Berlioz, com urbanidade —, eu disse exatamente isso.

— Ah, que interessante! — exclamou o estrangeiro.

"Mas que diabo ele quer?", pensou Berlioz, franzindo o cenho.

— E o senhor concorda com o seu interlocutor? — indagou o desconhecido, virando-se para Bezdômny, à direita.

— Cem por cento! — confirmou o poeta, que gostava de se exprimir de modo pretensioso e figurativo.

— Magnífico! — exclamou o interlocutor importuno e, por algum motivo lançando olhares furtivos e abafando a voz grave, disse: — Perdoem minha impertinência mas, pelo que entendi, além de tudo os senhores também não acreditam em Deus? — fez um olhar assustado e acrescentou: — Juro que não conto para ninguém.

— Não, não acreditamos em Deus — respondeu Berlioz, sorrindo de leve com o susto do turista estrangeiro —, e podemos falar disso com total liberdade.

O turista estrangeiro recostou-se no espaldar do banco e perguntou, chegando a ganir de curiosidade:

— Os senhores são ateus?

— Sim, somos ateus — respondeu Berlioz, rindo, enquanto Bezdômny pensava, zangado: "Esse patife estrangeiro agora grudou de vez!".

— Oh, que encanto! — gritou o estrangeiro, espantado, virando a cabeça e olhando ora para um, ora para outro literato.

— Em nosso país, o ateísmo não espanta ninguém — disse Berlioz, em tom diplomático e cortês —, a maioria de nossa população parou de acreditar nas fábulas sobre Deus há muito tempo, e de forma consciente.

Daí o estrangeiro saiu-se com essa: levantou-se e apertou a mão do perplexo editor, enquanto proferia as seguintes palavras:

— Permita-me que lhe agradeça de toda a alma!

— Mas por que o senhor está agradecendo? — indagou Bezdômny, pestanejando.

— Por uma informação muito importante que eu, como viajante, acho extraordinariamente interessante — esclareceu o excêntrico estrangeiro, erguendo o dedo de forma significativa.

A informação importante, pelo visto, realmente produzira forte impressão no viajante, pois este lançava um olhar assustado pelos prédios, como se temesse ver um ateu em cada janela.

"Não, não é inglês...", pensou Berlioz, enquanto Bezdômny pensava: "Onde foi que ele conseguiu dominar o russo tão bem, isso é que interessa!", e voltava a franzir o cenho.

— Então me permitam perguntar-lhes — pôs-se a falar o visitante estrangeiro, após uma reflexão angustiante —, mas e as provas da existência de Deus que, como se sabe, são cinco?

— Ora! — respondeu Berlioz, com pena. — Nenhuma dessas provas vale nada, e a humanidade já as mandou para o arquivo há muito tempo. O senhor há de convir que, no domínio da razão, não pode haver nenhuma prova da existência de Deus.

— Bravo! — gritou o estrangeiro. — Bravo! O senhor repetiu completamente a ideia do velho e intranquilo Immanuel a esse respeito. Mas veja o que é curioso: ele demoliu de todo as cinco provas e depois, como que troçando de si mesmo, elaborou uma sexta prova!

— A prova de Kant — replicou o editor erudito, com um sorriso sutil — tampouco é convincente. Não foi à toa que Schiller disse que o raciocínio de Kant a respeito dessa questão só podia satisfazer a escravos, e que Strauss[8] simplesmente riu dessa prova.

Berlioz falava e, ao mesmo tempo, pensava: "Mas, afinal, quem é ele? E como fala russo tão bem?".

— Tem que pegar esse Kant e mandar para Solovkí[9] por três anos por essas provas! — prorrompeu Ivan Nikoláievitch, de forma de todo inesperada.

— Ivan! — sussurrou Berlioz, envergonhado.

Porém, a proposta de mandar Kant para Solokví não apenas não espantou o estrangeiro, como até o entusiasmou.

— Isso mesmo, isso mesmo — gritou, e seu olho esquerdo, verde, virado para Berlioz, cintilou —, esse é o lugar certo para ele! Pois eu lhe disse em um café da manhã: "Como quiser, professor, mas o senhor inventou uma coisa desconexa! Pode até ser inteligente, mas é confusa demais. Vão zombar do senhor!".

Berlioz esbugalhou os olhos. "Café da manhã... com Kant? O que ele está dizendo?", pensou.

— Porém — prosseguiu o forasteiro, sem se perturbar com a perplexidade de Berlioz e se dirigindo ao poeta —, mandá-lo para Solovkí não é possível devido ao fato de que há mais de cem anos ele está em lugares bem mais remotos do que Solovkí, e lhes asseguro que não é possível tirá-lo de lá de jeito nenhum!

— Que pena! — replicou o poeta implicante.

— Também tenho pena — ecoou o desconhecido, com os olhos resplandecentes, e prosseguiu: — Mas vejam a questão que me inquieta: se Deus não existe, então pergunto quem governa a vida do homem e toda a ordem geral na Terra?

— O próprio homem é quem governa — apressou-se Berlioz, zangado por responder uma questão, convenhamos, não muito clara.

---

[8] David Friedrich Strauss (1808-1874), teólogo alemão, pioneiro da pesquisa histórica sobre Jesus Cristo. (N. do T.)

[9] Arquipélago no mar Branco, abrigou o primeiro campo de trabalhos forçados da URSS entre 1921 e 1939. (N. do T.)

— Perdão — retrucou o desconhecido, com delicadeza —, mas para governar é preciso, afinal, ter um plano preciso para um certo período razoável de tempo. Permita-me perguntar: como o homem poderia governar se ele não apenas está privado da possibilidade de elaborar um plano para um período de tempo ridiculamente curto, como, digamos, mil anos, mas nem consegue responder pelo dia de amanhã? E, de fato — daí o desconhecido se virou para Berlioz —, imagine que o senhor, por exemplo, comece a governar, dar ordens para os outros e para si mesmo, em geral, como dizem, pega gosto e, de repente... *cof*... *cof*... um sarcoma no pulmão... — daí o estrangeiro abriu um sorriso doce, como se a ideia de um sarcoma no pulmão lhe desse satisfação — sim, um sarcoma — repetiu a palavra sonora, semicerrando os olhos, como um gato —, e é o fim do seu governo! Nenhum destino o interessa mais, além do seu próprio. Os parentes começam a lhe enrolar, o senhor, sentindo que algo não está bem, sai correndo atrás dos médicos formados, depois dos charlatães, e acontece até de ir a cartomantes. Assim como os primeiros e os segundos, esses terceiros também se mostram totalmente insensatos, como o senhor mesmo compreende. E tudo acaba em tragédia: aquele que até pouco tempo acreditava governar alguma coisa de repente se vê jazendo imóvel em uma caixa de madeira, e os que o rodeiam, ao compreender que aquele que jaz não tem mais nenhuma serventia, queimam-no em um forno. E acontece algo ainda pior: basta a pessoa se preparar para ir a Kislovodsk — daí o estrangeiro apertou os olhos para Berlioz —, uma coisa aparentemente banal, mas nem isso consegue fazer, pois, sem saber por quê, de repente escorrega e vai parar debaixo de um bonde! Por acaso o senhor vai me dizer que ele governava a si mesmo? Não seria mais acertado pensar que ele era governado por alguém completamente diferente? — aqui o estrangeiro deu um risinho estranho.

Berlioz ouviu o relato desagradável sobre o sarcoma e o bonde com grande atenção, e as ideias mais angustiantes passaram a atormentá-lo. “Não é estrangeiro! Não é estrangeiro!”, pensou. “Trata-se de um sujeito esquisitíssimo... Porém, vejamos, quem será?”

— Pelo que vejo, o senhor deseja fumar — o desconhecido inesperadamente se dirigiu a Bezdômny. — Qual o senhor prefere?

— Como assim, por acaso o senhor tem vários? — perguntou, sombrio, o poeta, cujas *papirossas*[10] tinham acabado.

— Qual prefere? — repetiu o desconhecido.

---

[10] Cigarro com boquilha de cartão. (N. do T.)

— Bem, Nossa Marca[11] — respondeu Bezdômny, com raiva.

O desconhecido tirou sem demora uma cigarreira do bolso, oferecendo-a a Bezdômny:

— Nossa Marca.

Editor e poeta não ficaram tão espantados com a cigarreira conter exatamente Nossa Marca quanto com a própria cigarreira. Era de porte gigantesco, de ouro de lei e, ao abrir-se, reluziu em sua tampa a chama azul e branca de um triângulo de diamantes.

Daí os literatos tiveram pensamentos distintos. Berlioz: "Sim, é estrangeiro!", e Bezdômny: "Ah, o diabo que o carregue! Ahn?".

O poeta e o dono da cigarreira fumaram, enquanto Berlioz, não fumante, recusou.

"Preciso retrucar assim...", decidiu Berlioz. "Sim, o homem é mortal, isso ninguém discute. Mas o caso é que..."

Só que não conseguiu proferir essas palavras, pois o estrangeiro se pôs a falar:

— Sim, o homem é mortal, mas isso é desgraça pouca. O pior é que ele é subitamente mortal, esse é o cerne! E em geral não consegue dizer nem o que vai fazer hoje à noite.

"Que maneira absurda de colocar a questão...", refletiu Berlioz, e retrucou:

— Bem, aí já é exagero. Sei de modo mais ou menos exato o que vai ser da minha noite de hoje. Subentende-se que, na rua Brônnaia, se um tijolo me cair na cabeça...

— Um tijolo não cai na cabeça sem mais nem menos — interrompeu o desconhecido, grave. — Asseguro-lhe particularmente que ele não o ameaça de jeito nenhum. O senhor morrerá de outra morte.

— O senhor por acaso sabe de qual? — indagou Berlioz, engajando-se nessa conversa absurda com ironia completamente natural. — E vai me dizer?

— De bom grado — replicou o desconhecido. Mediu Berlioz com o olhar, como se fosse lhe costurar um terno, murmurou entredentes algo como "Um... dois... Mercúrio na segunda casa... a lua se foi... seis — desgraça... noite — sete..." e declarou, feliz e sonoro: — Sua cabeça será cortada!

Bezdômny arregalou os olhos para o estrangeiro atrevido com raiva feroz, enquanto Berlioz perguntou, com um sorriso amarelo:

---

[11] Os cigarros Nossa Marca (*Nacha Marka*), criados em 1903, existem até hoje. (N. do T.)

— Por quem, exatamente? Inimigos? Invasores?

— Não — respondeu o interlocutor —, por uma mulher russa, da Juventude Comunista.[12]

— Hum... — mugiu Berlioz, irritado com o desconhecido brincalhão. — Bem, desculpe-me, mas isso é pouco provável.

— Peço que me perdoe — respondeu o estrangeiro —, mas é isso. Bem, gostaria de perguntar o que vai fazer hoje à noite, se não for segredo.

— Não é segredo. Hoje vou para minha casa, na Sadôvaia, e depois, às dez, acontece uma reunião na Massolit, que será presidida por mim.

— Não, não tem como isso ocorrer — retrucou o estrangeiro, firme.

— Mas por quê?

— Porque — respondeu o estrangeiro, fitando, com os olhos semicerrados, o céu, onde, pressentindo o frescor da noite, pássaros pretos tracejavam em silêncio — Ánnuchka[13] já comprou o óleo de girassol, e não apenas comprou, como até já derramou. Assim, não vai ter reunião.

Daí, como é perfeitamente compreensível, fez-se silêncio debaixo da tília.

— Perdão — pôs-se a falar Berlioz, após uma pausa, fitando o estrangeiro que pronunciara o disparate —, mas onde entra o óleo de girassol... e que Ánnuchka?

— O óleo de girassol — pôs-se a falar, de repente, Bezdômny, que, pelo visto, decidira declarar guerra ao interlocutor que não fora convidado — entra aqui: cidadão, não lhe ocorreu de passar algum tempo em uma clínica para doentes mentais?

— Ivan! — exclamou em voz baixa Mikhail Aleksándrovitch.

O estrangeiro, porém, não se ofendeu nem um pouco e desatou a rir, alegre.

— Estive, estive, e mais de uma vez! — gritou, rindo, mas sem desviar do poeta os olhos que não riam. — Onde eu não estive! Só tenho pena de não ter tido tempo de perguntar ao professor o que é esquizofrenia. Então o senhor vai ter que indagar por si mesmo, Ivan Nikoláievitch!

— Como o senhor sabe meu nome?

— Perdão, Ivan Nikoláievitch, quem não o conhece? — aqui o estrangeiro tirou do bolso o número da véspera do *Jornal Literário*,[14] e Ivan Ni-

---

[12] No original, Komsomol. Existiu entre 1918 e 1991. (N. do T.)

[13] Diminutivo de Anna. (N. do T.)

[14] Fundada em 1830 por Púchkin, a *Literatúrnaia Gazieta* existe até hoje. (N. do T.)

koláievitch viu, na primeira página, sua foto e, abaixo dela, seus versos. Porém, aquilo que na véspera fora motivo de glória e popularidade agora não propiciava ao poeta alegria alguma.

— Desculpe — disse, e seu rosto ensombreceu —, o senhor poderia nos dar um minuto? Gostaria de trocar um par de palavras com meu camarada.

— Oh, com satisfação! — exclamou o desconhecido. — Aqui, embaixo da tília, está muito bom e eu, a propósito, não vou a lugar nenhum, nem tenho pressa.

— É o seguinte, Micha[15] — cochichou o poeta, arrastando Berlioz para o lado —, ele não é turista estrangeiro, mas sim espião. Trata-se de um emigrado russo que se infiltrou entre nós. Peça-lhe os documentos que ele foge...

— Você acha? — sussurrou Berlioz, agitado, e pensando: "Mas ele está certo!".

— Acredite em mim — rouquejou o poeta em seu ouvido —, está se fingindo de bobo para fazer interrogatórios. Você ouviu como ele fala russo? — O poeta falava e espreitava para ver se o desconhecido não fugia. — Vamos pegá-lo, senão ele foge...

E o poeta levou Berlioz pelo braço até o banco.

O desconhecido não estava sentado, mas de pé, ao lado do assento, segurando um livrinho de capa cinza-escura, um envelope grosso de papel bom e um cartão de visitas.

— Perdoem-me por, no calor de nossa discussão, ter me esquecido de me apresentar aos senhores. Aqui estão meu cartão, passaporte e o convite para vir a Moscou para consultas — disse o desconhecido, sério, lançando um olhar penetrante para ambos os literatos.

Esses ficaram embaraçados. "Diabo, ouviu tudo...", pensou Berlioz, demonstrando, com um gesto polido, não haver necessidade de apresentação dos documentos. Enquanto o estrangeiro passava-os para o editor, o poeta conseguiu entrever no cartão, impressa com caracteres estrangeiros, a palavra "professor" e a letra inicial do sobrenome, um W.

— Muito prazer — balbuciou o editor, envergonhado, e o estrangeiro enfiou os documentos no bolso.

Dessa forma, as relações estavam estabelecidas, e todos os três voltaram a se sentar no banco.

— Professor, o senhor foi convidado na qualidade de consultor? — perguntou Berlioz.

---

[15] Diminutivo de Mikhail. (N. do T.)

— Sim, de consultor.

— O senhor é alemão? — indagou Bezdômny.

— Se eu sou o quê? — perguntou de volta o professor, parando subitamente para pensar. — Sim, talvez seja alemão... — disse.

— O senhor fala russo muito bem — observou Bezdômny.

— Oh, sou poliglota, e conheço uma quantidade muito grande de línguas — respondeu o professor.

— E qual a sua especialidade? — indagou Berlioz.

— Sou especialista em magia negra.

“Mais essa!”, veio à cabeça de Mikhail Aleksándrovitch.

— E... e o senhor foi convidado a nosso país devido a essa especialidade? — ele perguntou, engasgando.

— Sim, convidaram-me por isso — confirmou o professor, esclarecendo: — Aqui, na biblioteca estatal, foram descobertos manuscritos autênticos do necromante Gerbert d’Aurillac,[16] do século X. Precisam que eu os decifre. Sou o único especialista no mundo.

— Ah! Ah! O senhor é historiador? — disse Berlioz, com grande alívio e respeito.

— Sou historiador — confirmou o sábio, acrescentando, sem como nem por quê: — Hoje à noite vai ter uma história interessante no lago do Patriarca!

Editor e poeta voltaram a ficar extremamente assombrados, e o professor chamou ambos para si com um aceno e, quando eles se inclinaram em sua direção, cochichou:

— Tenham em mente que Jesus existiu.

— Veja, professor — replicou Berlioz, com um sorriso fingido —, respeitamos seus grandes conhecimentos mas, nessa questão específica, seguimos com outro ponto de vista.

— Não precisa de ponto de vista nenhum! — respondeu o estranho professor. — Ele simplesmente existiu, e nada mais.

— Só que é necessário algum tipo de prova... — começou Berlioz.

— Também não é necessária prova alguma — respondeu o professor, passando a falar baixo, com o que seu sotaque, por algum motivo, sumiu —, é tudo simples: de manto branco e forro cor de sangue, arrastando-se em passo de cavaleiro, de manhã cedo no décimo quarto dia do mês primaveril de *nissan*...

---

[16] Gerbert d’Aurillac (946-1003), francês a quem é atribuída a introdução do sistema numérico na Europa. Pontificou entre 999 e 1003 como papa Silvestre II. (N. do T.)

Capítulo 2
PÔNCIO PILATOS

De manto branco e forro cor de sangue, arrastando-se em passo de cavaleiro, de manhã cedo no décimo quarto dia do mês primaveril de *nissan*, saiu à colunata coberta entre duas alas do palácio de Herodes, o Grande, o procurador da Judeia, Pôncio Pilatos.

Mais do que qualquer coisa no mundo, o procurador odiava o cheiro de óleo de rosas, e tudo agora prenunciava um dia ruim, pois tal cheiro começara a persegui-lo desde o amanhecer. O procurador teve a impressão de que o cheiro de rosas emanava dos ciprestes e palmeiras do jardim, de que a maldita torrente de rosas se misturava ao cheiro dos petrechos de couro e do suor da escolta. Dos anexos traseiros do palácio, onde estava alojada a primeira coorte da 12ª Legião Fulminata, que chegara a Ierushalaim com o procurador, um fumo ligeiro erguia-se até a colunata, passando pelo patamar superior do jardim, e a essa fumaça acre, que testemunhava que os rancheiros da centúria tinham começado a preparar o almoço, também se misturava aquele odor gorduroso de rosa. Oh, deuses, deuses, por que me castigam?

"Não, não há dúvida! É ela, de novo ela, a dor invencível e horrível: a hemicrania, dor de metade da cabeça. Contra ela não há remédio nem salvação alguma. Tentarei não mexer a cabeça."

No chão de mosaico junto à fonte estava preparada uma poltrona, e o procurador, sem olhar para ninguém, sentou-se nela e estendeu a mão para o lado.

O secretário colocou respeitosamente nessa mão um pedaço de pergaminho. Sem conter um trejeito de dor, o procurador lançou de esguelha um olhar superficial sobre o escrito, devolveu o pergaminho ao secretário e proferiu, com dificuldade:

— O processado é da Galileia? Mandaram o caso para o tetrarca?

— Sim, procurador — respondeu o secretário.

— E ele?

— Recusou-se a encerrar o caso e mandou a sentença de morte do Sinédrio para sua confirmação — explicou o secretário.

O procurador contraiu a face e disse, baixo:

— Tragam o acusado.

No mesmo instante, dois legionários conduziram, do patamar do jardim sob as colunas até o balcão, um homem de vinte e sete anos, colocando-o na frente da poltrona do procurador. Esse homem envergava um quíton azul-celeste velho e rasgado. Sua cabeça estava coberta com uma faixa branca, com uma correia em torno da testa, e as mãos tinham sido atadas nas costas. Debaixo do olho esquerdo do homem havia uma grande equimose e, no canto da boca, uma escoriação com um coágulo de sangue. O preso, com uma curiosidade angustiada, fitava o procurador.

Este ficou calado, para depois perguntar, em aramaico:

— Então foi você que incitou o povo a destruir o templo de Ierushalaim?

Nessa hora, o procurador estava sentado como se fosse de pedra, movendo apenas os lábios, imperceptivelmente, para pronunciar as palavras. O procurador estava como que petrificado por medo de mexer a cabeça, que padecia de uma dor infernal.

O homem de mãos atadas chegou-se um pouco para a frente e começou a falar:

— Bom homem! Creia-me...

Porém o procurador, imóvel como antes, e sem elevar a voz, interrompeu-o na hora:

— É a mim que você chama de bom homem? Você se engana. Em Ierushalaim, todos cochicham a meu respeito que sou um monstro feroz, e estão absolutamente certos — e, no mesmo tom monótono, acrescentou: — Tragam o centurião Mata-Ratos.

Todos tiveram a impressão de que o balcão escureceu quando o centurião Marcos, da primeira centúria, apelidado Mata-Ratos, apresentou-se diante do procurador.

Mata-Ratos era uma cabeça mais alto do que o mais alto soldado da legião, e tão largo de ombros que tapou completamente o sol ainda baixo.

O procurador se dirigiu ao centurião em latim:

— O criminoso me chama de "bom homem". Retire-o daqui por um minuto e explique-lhe como deve falar comigo. Mas não o mutile.

E todos, à exceção do procurador imóvel, seguiram com o olhar Marcos Mata-Ratos, que acenou para o preso, mostrando que este deveria segui-lo.

Em geral, onde ele estivesse, todos sempre seguiam Mata-Ratos com o olhar devido à sua altura, e quem o via pela primeira vez também, porque o rosto do centurião era desfigurado: seu nariz fora outrora despedaçado pelo golpe de um porrete germano.

As pesadas botas de Marcos martelaram o mosaico, o amarrado foi atrás dele calado, fez-se silêncio absoluto na colunata, e dava para ouvir pombos a arrulhar no patamar do jardim junto ao balcão, e ainda a água, a entoar uma canção intrincada e agradável na fonte.

O procurador tinha vontade de se levantar, colocar a têmpora embaixo do jorro e ficar assim, imóvel. Mas sabia que nem isso ajudaria.

Conduzindo o preso por sob as colunas até o jardim, Mata-Ratos tirou um açoite da mão de um legionário que estava junto ao pedestal de uma estátua de bronze e, sem fazer força, acertou o ombro do preso. O movimento do legionário fora leve e negligente, porém o amarrado instantaneamente desabou por terra, como se lhe tivessem cortado as pernas, perdeu a respiração, a cor fugiu-lhe do rosto, e os olhos ficaram sem nexo. Usando apenas a mão esquerda, Marcos levantou no ar o caído, como se fosse um saco vazio, colocou-o sobre as pernas e pôs-se a falar, fanho e pronunciando mal as palavras aramaicas:

— Chamar procurador romano de *hegemon*. Não dizer outras palavras. Ficar em silêncio. Você me entende, ou bater em você?

O preso vacilou, porém dominou-se, a cor voltou, tomou fôlego e respondeu, rouco:

— Entendi. Não me bata.

Em um minuto, estava de novo diante do procurador.

Soou uma voz opaca e doente:

— Nome?

— O meu? — retrucou o preso, apressado, exprimindo com todo seu ser a prontidão para responder de forma razoável, sem suscitar mais ira.

O procurador disse, baixo:

— O meu eu já sei. Não finja ser mais estúpido do que é. O seu.

— Ieshua — respondeu o preso, precipitadamente.

— Tem apelido?

— Ha-Notzri.

— De onde é?

— Da cidade de Gamala — respondeu o preso, indicando com a cabeça que em algum lugar, ao longe, à direita, ao norte, ficava a cidade de Gamala.

— De que família?

— Não sei ao certo — respondeu o preso, com vivacidade —, não me lembro de meus pais. Disseram-me que meu pai era sírio...

— Onde é a sua residência permanente?

— Não tenho endereço permanente — respondeu o preso, acanhado —, viajo de cidade em cidade.

— É possível exprimir isso de forma mais curta, com uma só palavra: um vagabundo — disse o procurador, e perguntou: — Tem parentes?

— Não, nenhum. Sou sozinho no mundo.

— Sabe ler?

— Sei.

— Sabe alguma outra língua além do aramaico?

— Sei. Grego.

A pálpebra inchada se soergueu, o olho coberto pela névoa fina da dor cravou-se no preso. O outro olho ficou fechado.

Pilatos passou a falar grego:

— Então você tencionava destruir o edifício do templo e convocou o povo a isso?

Daí o preso voltou a se animar, seus olhos deixaram de expressar medo, e ele disse, em grego:

— Eu, bom... — daí o pavor cintilou nos olhos do preso, devido ao lapso que quase cometeu — eu, *hegemon*, jamais em minha vida tencionei destruir o edifício do templo, e não incitei ninguém a esse ato insensato.

O espanto se manifestou no rosto do secretário arqueado na mesa baixa, que anotava a declaração. Ele ergueu a cabeça, mas imediatamente voltou a baixá-la sobre o pergaminho.

— Uma grande quantidade de pessoas distintas aflui a essa cidade para as festas. Entre elas há magos, astrólogos, adivinhos e assassinos — disse o procurador, em tom monótono —, e aparecem alguns mentirosos. Você, por exemplo, é um mentiroso. Está escrito com clareza: incitou à destruição do templo. É o testemunho das pessoas.

— Essa boa gente — disse o preso, interrompendo-se, apressado, — *hegemon* — e prosseguindo — não tem instrução, e embaralhou tudo o que eu disse. Começo a temer que essa embrulhada se prolongue por um tempo muito longo. E tudo isso porque ele escreve a meu respeito de forma errônea.

Fez-se silêncio. Agora já eram os dois olhos doentes a fitar o preso.

— Repito, e é a última vez: pare de se fingir de doido, seu delinquente — afirmou Pilatos, com voz suave e monótona —, não há muita coisa escrita a seu respeito, mas o que há é suficiente para enforcá-lo.

— Não, não, *hegemon* — disse o preso, todo tenso pelo desejo de convencer —, tem um que fica andando com um pergaminho de cabra, e escreve sem parar. Só que uma vez eu dei uma olhada nesse pergaminho e fiquei horrorizado. Decididamente eu não disse nada do que estava escrito ali. Supliquei: pelo amor de Deus, queime esse pergaminho! Mas ele o arrancou da minha mão e fugiu.

— Quem é esse? — perguntou Pilatos, enojado, levando a mão à têmpora.

— Matheus Levi — explicou o preso, de bom grado —, era coletor de tributos, encontrei-o pela primeira vez na estrada de Betfagé, lá onde tem uma esquina com um jardim de figueiras, e falei com ele. Inicialmente, tratou-me com hostilidade e até me ofendeu, ou seja, achou que me ofendia ao me chamar de "cachorro" — daí o preso riu —, pessoalmente não vejo nada de mau nesse bicho para me ultrajar com a palavra...

O secretário parou de anotar, lançando um olhar furtivo não para o preso, mas para o procurador.

— ... Contudo, depois de me ouvir, passou a amolecer — prosseguiu Ieshua — e, por fim, jogou o dinheiro na estrada e disse que viajaria comigo...

Pilatos sorriu com uma só face, arreganhando os dentes amarelos, e afirmou, virando o corpo inteiro para o secretário:

— Oh, cidade de Ierushalaim! O que a gente não ouve aqui. Ouçam, um coletor de tributos jogando dinheiro na estrada!

Sem saber como responder, o secretário julgou necessário repetir o sorriso de Pilatos.

— E ele disse que, desde então, passava a odiar o dinheiro — Ieshua explicou as estranhas ações de Matheus Levi, e acrescentou: — Daí por diante, tornou-se meu companheiro de viagem.

Ainda com os dentes arreganhados, o procurador lançou o olhar para o preso, depois para o sol, que se erguia firmemente acima das estátuas equestres do hipódromo, que ficava à direita, ao longe, e de repente, em meio a um suplício nauseabundo, pensou que o mais simples de tudo seria expulsar do balcão aquele estranho delinquente, proferindo apenas uma palavra: "Enforquem". Expulsar também a escolta, sair da colunata para o interior do palácio, mandar escurecer o quarto, cair no leito, exigir água fria, chamar o cão Bangá com voz lastimosa, queixar-se a ele da hemicrania. E a ideia do veneno de repente cintilou de forma tentadora na cabeça doente do procurador.

Contemplou o preso com olhos turvos e ficou algum tempo calado, tentando penosamente se lembrar por que um preso com o rosto desfigurado por uma surra estava diante dele ao inclemente sol matinal de Ierushalaim, e que perguntas totalmente desnecessárias ainda teria que fazer.

— Matheus Levi? — perguntou o doente, com voz rouca, e fechou os olhos.

— Sim, Matheus Levi — chegou a ele uma voz aguda e torturante.

— Mas o que então você falou a respeito do templo para a multidão do bazar?

A voz que respondia parecia picar a têmpora de Pilatos, era insuportavelmente torturante, e essa voz disse:

— Eu, *hegemon*, disse que o templo da fé antiga iria desmoronar, e seria construído um novo templo da verdade. Falei desse jeito para ser mais claro.

— Por que você, seu vagabundo, amotinou o povo do bazar falando de uma verdade da qual não tem noção? O que é a verdade?

E daí o procurador pensou: "Oh, meus deuses! Estou lhe perguntando coisas desnecessárias para o julgamento... A mente já não me obedece...". E voltou a imaginar uma taça com um líquido escuro. "Veneno, quero veneno!"

E escutou de novo a voz:

— Antes de tudo, a verdade é que a sua cabeça dói, e dói tão forte que você tem devaneios covardes com a morte. Você não só não tem forças para falar comigo, como tem dificuldade até de olhar para mim. E sou agora o seu carrasco involuntário, o que me aflige. Você não consegue nem pensar em mais nada, e sonha apenas com a chegada do seu cachorro, pelo visto o único ser ao qual você está ligado. Mas o seu tormento agora vai acabar, a cabeça vai sarar.

O secretário arregalou os olhos para o preso e não anotou as palavras.

Pilatos ergueu os olhos sofredores para o preso e viu que o sol já ia bem alto sobre o hipódromo, que um raio penetrara na colunata e acercava-se das sandálias gastas de Ieshua, e que este tentava se afastar da luz.

Então o procurador se levantou da poltrona, apertou a cabeça com as mãos, e seu rosto amarelo e barbeado exprimiu horror. Porém, imediatamente suprimiu-o com sua vontade, e voltou a se deixar cair na poltrona.

Enquanto isso, o preso prosseguia seu discurso, mas o secretário não anotava mais nada, e, esticando o pescoço como um ganso, tentava apenas não deixar escapar uma palavra.

— Pois bem, então, tudo acabou — disse o preso, lançando um olhar benevolente para Pilatos —, e isso me dá uma alegria extraordinária. Eu o aconselharia, *hegemon*, a deixar o palácio por algum tempo e passear a pé em algum lugar das redondezas, como, talvez, os jardins do monte das Oliveiras. A tempestade — o preso se virou para o sol, apertando os olhos — vai começar mais tarde, ao cair da noite. Um passeio lhe seria de grande proveito, e eu o acompanharia com prazer. Vieram-me à mente umas ideias novas que, suponho, poderiam interessar-lhe, e eu as compartilharia de bom grado, ainda mais que você me passa a impressão de ser um homem muito inteligente.

O secretário ficou mortalmente pálido e deixou o rolo cair no chão.

— A desgraça — continuou o amarrado, sem que ninguém o detivesse — é que você é fechado demais, e perdeu completamente a fé nas pessoas. Pois, convenhamos, não se deve depositar todo o afeto em um cachorro. Sua vida é mísera, *hegemon* — e daí o falante permitiu-se sorrir.

O secretário agora só pensava se devia ou não acreditar em seus ouvidos. Tinha que acreditar. Então ele tentou imaginar de que forma extravagante a fúria do procurador irascível se extravasaria diante da petulância inaudita do preso. Isso o secretário não conseguia imaginar, embora conhecesse bem o procurador.

Então soou a voz rouca e rasgada do procurador, dizendo em latim:

— Desamarrem-lhe as mãos.

Um dos legionários da escolta bateu a lança, entregou-a a outro, foi até o preso e o tirou das cordas. O secretário ergueu o rolo, decidindo não anotar nem se espantar com nada.

— Confesse — perguntou Pilatos, baixo, em grego —, você é um grande médico?

— Não, procurador, não sou médico — respondeu o preso, esfregando com prazer a mão amassada e inchada como um cacho rubro.

Bruscamente, de soslaio, Pilatos varou o preso com os olhos, nos quais já não havia tormento, surgindo neles a centelha conhecida de todos.

— Não lhe perguntei — disse Pilatos —, você por acaso sabe latim?

— Sim, sei — respondeu o preso.

A cor voltou para as faces amareladas de Pilatos, que perguntou, em latim:

— Como você sabia que eu queria chamar o cachorro?

— Muito simples — respondeu o preso, em latim —, você passou a mão pelo ar — o preso repetiu o gesto de Pilatos —, como se quisesse fazer uma carícia, e os lábios...

— Sim — disse Pilatos.

Calaram-se, depois Pilatos fez uma pergunta em grego:

— Então, você é médico?

— Não, não — respondeu o preso, com vivacidade —, creia-me, não sou médico.

— Pois bem. Se quiser manter isso em segredo, mantenha. Isso não tem relação nenhuma com o caso. Então você sustenta que não conclamou à demolição... ou incêndio, ou qualquer outra forma de destruição do templo?

— Eu, *hegemon*, não conclamei ninguém a esse tipo de atitude, repito. Por acaso eu pareço um demente?

— Oh, não, você não parece demente — repetiu o procurador, em voz baixa e com um sorriso terrível —, então jure que isso não aconteceu.

— Pelo quê você quer que eu jure? — respondeu o detento, animando-se bastante.

— Bem, talvez pela sua vida — respondeu o procurador —, é a hora de jurar por ela, pois saiba que está por um fio de cabelo!

— Você acha que é você que o segura, *hegemon*? — perguntou o preso. — Se assim for, está muito enganado.

Pilatos estremeceu e respondeu entredentes:

— Posso cortar esse fio.

— Nisso também está enganado — retrucou o preso, com um riso radiante e se protegendo do sol com a mão —, convenhamos que, provavelmente, só quem estica o fio é que pode cortá-lo, não?

— Certo, certo — disse Pilatos, sorridente —, agora não duvido que os basbaques ociosos de Ierushalaim não larguem de você. Não sei quem esticou a sua língua, mas esticou bem esticada. A propósito, diga: é verdade que você chegou a Ierushalaim pelos portões de Shushan montado em um jumento, acompanhado de uma multidão da ralé que o saudava aos berros como profeta? — daí o procurador apontou para o rolo de pergaminho.

O preso lançou um olhar atônito para o procurador.

— Eu nem tenho jumento, procurador — disse —, cheguei a Ierushalaim exatamente pelos portões de Shushan, só que a pé, acompanhado apenas de Matheus Levi, e ninguém me gritava nada, já que ninguém em Ierushalaim me conhecia então.

— Você não conhece essas pessoas — prosseguiu Pilatos, sem tirar os olhos do preso —, um certo Dismas, um outro Gestas, e um terceiro Bar-Rabban?

— Não conheço essa boa gente — respondeu o preso.

— Verdade?

— Verdade.

— E agora me diga, por que você emprega o tempo todo as palavras "boa gente"? Você trata todo mundo assim?

— Todo mundo — respondeu o preso —, não há gente ruim no mundo.

— É a primeira vez que ouço isso — disse Pilatos, rindo —, mas talvez eu conheça pouco a vida! Pode parar de escrever — dirigiu-se ao secretário, embora este não escrevesse mais nada, e seguiu a falar com o preso: — Em que livro grego você leu isso?

— Nenhum, cheguei a isso com minha própria cabeça.

— E você prega isso?

— Sim.

— Vejamos, por exemplo, o centurião Marcos, apelidado Mata-Ratos; ele é bom?

— Sim — respondeu o preso —, na verdade, trata-se de um homem infeliz. Desde que foi desfigurado pela boa gente, tornou-se cruel e insensível. Seria interessante saber quem o mutilou.

— Posso informar isso de bom grado — replicou Pilatos —, já que fui testemunha. A boa gente pulou em cima dele, como cachorros sobre um urso. Os germanos agarraram seu pescoço, braços, pernas. O manípulo de infantaria ficou encurralado e, se a turma de cavalaria que eu comandava não tivesse rompido pelo flanco, você, filósofo, não teria chegado a conversar com Mata-Ratos. Isso aconteceu na batalha de Idistaviso, no Vale das Virgens.

— Se eu pudesse lhe falar — disse de súbito o preso, com ar sonhador —, estou certo de que ele mudaria abruptamente.

— Creio — replicou Pilatos — que você proporcionaria pouca alegria ao legado da legião se inventasse de conversar com algum de seus oficiais ou soldados. Aliás, para felicidade geral, isso não acontecerá, e o primeiro a cuidar disso serei eu.

Nessa hora, uma andorinha se precipitou na colunata, fez um círculo sob o teto dourado, baixou, por pouco não tocou com a asa pontiaguda o rosto da estátua de bronze de um nicho, e se escondeu atrás do capitel de uma coluna. Talvez tencionasse fazer ali um ninho.

No decorrer deste voo, na cabeça agora clara e leve do procurador constituíra-se uma fórmula. Era a seguinte: o *hegemon* examinara o caso do filósofo vagabundo Ieshua, apelidado Ha-Notzri, e não encontrara elementos de crime. Em particular, não encontrara nem a menor ligação entre as ações de Ieshua e as desordens ocorridas há pouco em Ierushalaim. O filósofo vagabundo revelara-se um doente mental. Em consequência, o procurador não confirmava a sentença de morte de Ha-Notzri pronunciada pelo Pequeno Sinédrio. Porém, tendo em vista que os loucos discursos utópicos de Ha-Notzri podiam ser pretexto para distúrbios em Ierushalaim, o procurador removeria Ieshua de Ierushalaim e o submeteria à detenção em Cesareia de Straton, no mar Mediterrâneo, ou seja, exatamente onde ficava a residência do procurador.

Faltava ditar isso ao secretário.

As asas da andorinha fungaram acima da cabeça do *hegemon*, a ave se atirou na bacia da fonte e voou para a liberdade. O procurador ergueu os olhos para o preso e viu que a poeira brilhava na coluna a seu lado.

— Isso é tudo o que há sobre ele? — Pilatos perguntou ao secretário.

— Infelizmente não — respondeu o secretário, inesperadamente, dando a Pilatos outro rolo de pergaminho.

— O que mais? — perguntou Pilatos, franzindo o cenho.

Depois de ler o que lhe fora entregue, seu rosto se transformou ainda mais. Seja porque o sangue escuro acorreu a seu pescoço e rosto, ou por qualquer outra razão, sua pele perdeu o tom amarelo, ficou acinzentada, e os olhos como que afundaram.

De novo, o sangue era provavelmente o culpado, tendo acorrido e batido às têmporas, mas alguma coisa acontecera com a vista do procurador. Então teve a impressão de que a cabeça do preso fora para algum lugar, e em vez dela aparecera outra. Nessa cabeça calva havia uma coroa dourada de dentes espaçados; na testa, uma chaga redonda a corroer a pele, besuntada com unguento; uma boca cavada e desdentada, com o lábio inferior caprichosamente descaído. Pareceu a Pilatos que as colunas rosadas do balcão e os telhados de Ierushalaim ao longe, abaixo do jardim, haviam desaparecido, e tudo ao redor se afundara no verdor espesso dos jardins de Capri. Com a audição ocorreu também algo de estranho: era como se, ao longe, clarins dessem um toque baixo e terrível, e se ouvisse uma voz anasalada e bem nítida, arrastando, arrogante, as palavras: "A lei de lesa-majestade...".

Os pensamentos saíram em disparada, curtos, desconexos e singulares. "Perdido!", depois: "Perdidos!". Dentre eles, um totalmente absurdo, sobre a imortalidade, porém uma imortalidade que, por algum motivo, causava uma angústia insuportável.

Pilatos fez força, expulsou a visão, voltou a contemplar o balcão e a ter diante de si os olhos do preso.

— Escute, Ha-Notzri — pôs-se a falar o procurador, olhando para Ieshua de modo algo estranho: o procurador tinha o rosto ameaçador, porém os olhos inquietos —, você alguma vez disse alguma coisa sobre o grande César? Responda! Disse? Ou... não... disse? — Pilatos prolongou a palavra "não" um pouco mais do que faria no tribunal, e insinuou a Ieshua, com o olhar, uma ideia que desejava incutir ao preso.

— Dizer a verdade é fácil e agradável — observou o preso.

— Não preciso saber — retrucou Pilatos, com voz estrangulada e raivosa — se você acha agradável ou desagradável dizer a verdade. Você só tem que dizê-la. Mas, ao dizer, pese cada palavra, se não quiser ter uma morte não apenas inevitável, como penosa.

Ninguém sabe o que se passou com o procurador da Judeia, porém ele se permitiu levantar a mão, como que se protegendo dos raios de sol e, por detrás dessa mão, como se fosse um escudo, enviar ao preso um olhar alusivo.

— Pois bem — disse —, responda, você conhece algum Judas de Queriote, e o que exatamente você lhe disse, se é que disse, sobre César?

— O caso foi o seguinte — o preso pôs-se a contar, de bom grado —, anteontem à noite conheci, perto do templo, um jovem que se chamava Judas, da cidade de Queriote. Ele me convidou para sua casa na Cidade Baixa e recebeu-me...

— Um bom homem? — perguntou Pilatos, com uma fagulha diabólica a arder nos olhos.

— Um homem muito bom e curioso — confirmou o preso —, que demonstrou enorme interesse em minhas ideias, recebeu-me com total hospitalidade...

— Acendeu os castiçais — Pilatos disse entredentes, no tom do preso, o que fez seus olhos cintilarem.

— Sim — prosseguiu Ieshua, algo surpreso com o conhecimento de causa do procurador —, pediu que eu expressasse meu ponto de vista acerca do poder do Estado. Tal questão tinha para ele um interesse extraordinário.

— E o que você disse? — perguntou Pilatos. — Ou você vai responder que esqueceu o que disse? — mas o tom de Pilatos já era de desespero.

— Dentre outras coisas, disse — contou o preso — que todo poder é uma violência contra as pessoas, e que chegará o tempo em que não haverá poder nem dos Césares, nem qualquer outro. O homem chegará ao reino da verdade e da justiça, onde não será necessário poder algum.

— Diga mais!

— Não teve mais — disse o preso —, daí umas pessoas entraram correndo, começaram a me amarrar e me levaram para a cadeia.

Tentando não perder nenhuma palavra, o secretário traçava as frases no pergaminho.

— No mundo não houve, não há e jamais haverá poder maior e mais maravilhoso para as pessoas do que o poder do imperador Tibério! — ergueu-se a voz rachada e doente de Pilatos.

Por algum motivo, o procurador olhou com ódio para o secretário e a escolta.

— E não cabe a você, criminoso insensato, julgá-lo — e daí Pilatos gritou: — Tirem a escolta do balcão! — e, voltando-se para o secretário, acrescentou: — Deixe-me a sós com o criminoso, agora é assunto de Estado.

A escolta ergueu as lanças e, batendo ritmadamente as cáligas ferradas, saiu do balcão para o jardim, e o secretário partiu atrás dela.

Por algum tempo, o silêncio no balcão só era rompido pelo canto da água da fonte. Pilatos via o prato se enchendo em cima do cano, sua borda virando, a água jorrando aos borbotões.

O primeiro a falar foi o preso.

— Vejo que alguma desgraça vai ocorrer por causa do que disse a esse jovem de Queriote. *Hegemon*, tenho o pressentimento de que alguma infelicidade vai ocorrer a ele, e isso me dá muita pena.

— Eu acho — respondeu o procurador, com um riso estranho —, que existe alguém no mundo de quem você deveria ter mais pena do que de Judas de Queriote, e que vai se sair bem pior do que Judas! Pois bem, Marcos Mata-Ratos, carrasco frio e convicto, as pessoas que, como vejo — o procurador apontou para o rosto deformado de Ieshua —, bateram em você por suas prédicas, os delinquentes Dismas e Gestas, que mataram quatro soldados com seus comparsas e, por fim, o imundo traidor Judas, todos são boa gente?

— Sim — respondeu o preso.

— E o reino da verdade vai chegar?

— Vai chegar, *hegemon* — respondeu Ieshua, convicto.

— Não vai chegar nunca! — Pilatos berrou de repente, com uma voz tão terrível que Ieshua recuou. Assim ele gritara a seus cavaleiros, muitos anos atrás, no Vale das Virgens, as palavras: "Degolem todos! Degolem! Pegaram o grande Mata-Ratos!". Levantou ainda mais a entrecortada voz de comando, destacando as palavras para que fossem ouvidas no jardim: — Criminoso! Criminoso! Criminoso!

Depois, baixando a voz, perguntou:

— Ieshua Ha-Notzri, você acredita em deuses?

— Deus é apenas um — respondeu Ieshua —, e acredito nele.

— Então reze para ele! Reze muito! Aliás — daí a voz de Pilatos baixou ainda mais —, isso não vai ajudar. Não tem mulher? — perguntou Pilatos, por alguma razão angustiado, sem entender o que se passava consigo.

— Não, sou só.

— Cidade odiosa — por algum motivo o procurador murmurou, de repente, e os ombros estremeceram como se estivesse com frio, e esfregou as mãos como se as lavasse —, teria sido melhor, na verdade, se o tivessem matado antes do seu encontro com Judas de Queriote.

— Seria melhor que você me soltasse, *hegemon* — pediu o preso, inesperadamente, e sua voz ficou inquieta —, vejo que querem me assassinar.

O rosto de Pilatos desfigurou-se numa convulsão, ele voltou para Ieshua os olhos injetados com veias vermelhas e disse:

— Infeliz, você está propondo que o procurador romano liberte um homem que disse o que você disse? Oh, deuses, deuses! Ou você acha que estou pronto para ocupar o seu lugar? Não compartilho das suas ideias! Ouça-me: se, a partir desse minuto, você proferir uma palavra que seja, se falar com alguém, tome cuidado comigo. Estou repetindo: tome cuidado.

— *Hegemon*...

— Silêncio — gritou Pilatos e, com um olhar raivoso, seguiu a andorinha que voltara a entrar no balcão. — Venham cá! — gritou Pilatos.

E, quando o secretário e a escolta retornaram para seus lugares, Pilatos declarou que confirmava a sentença de morte para o criminoso Ieshua Ha-Notzri, pronunciada na reunião do Pequeno Sinédrio, e o secretário anotou o que ele disse.

Um minuto depois, Marcos Mata-Ratos estava diante do procurador. O procurador mandou que entregasse o criminoso ao chefe do serviço secreto e, além disso, que lhe transmitisse a ordem do procurador para que Ieshua Ha-Notzri fosse separado dos outros condenados e, ainda, que a equipe do serviço secreto estava proibida, sob pena de severa punição, de falar com Ieshua ou responder a quaisquer de suas perguntas.

A um sinal de Marcos, a escolta cerrou filas em torno de Ieshua e o levou do balcão.

Depois, apresentou-se perante o procurador um belo homem de barba clara com penas de águia na crista do elmo, caras douradas de leão brilhando no peito, placas igualmente douradas no cinturão da espada, calçados de sola tripla amarrados até o joelho e uma capa púrpura jogada no ombro esquerdo. Era o legado que comandava a legião.

O procurador perguntou-lhe onde estava agora a coorte de Sebastia. O legado informou que os de Sebastia formavam um cordão de isolamento na praça em frente ao hipódromo, onde a sentença dos criminosos seria informada ao povo.

Então o procurador determinou que o legado destacasse duas centúrias das coortes romanas. Uma delas, sob o comando de Mata-Ratos, devia escoltar os criminosos, os carros com os apetrechos para a execução e os carrascos até o monte Calvário e, ali chegando, juntar-se ao cordão superior. A outra devia ser enviada naquele mesmo instante ao monte Calvário e, sem tardar, formar o cordão. Para esse mesmo fim, ou seja, guardar o monte, o procurador pediu ao legado que mandasse um regimento de cavalaria auxiliar, a ala síria.

Quando o legado deixou o balcão, o procurador ordenou ao secretário que chamasse ao palácio o presidente do Sinédrio, dois de seus membros e o chefe da guarda do templo de Ierushalaim, acrescentando porém que a coisa deveria ser arranjada de modo que, antes de se reunir com todas essas pessoas, ele pudesse falar a sós com o presidente.

As determinações do procurador foram cumpridas com rapidez e precisão, e o sol, que queimava Ierushalaim com especial ardor naqueles dias, ainda não atingira o zênite quando, no terraço superior do jardim, junto a dois leões brancos de mármore que guardavam a escada, encontraram-se o procurador e o sumo sacerdote dos judeus, José Caifás, que desempenhava a função de presidente do Sinédrio.

O jardim estava calmo. Porém, ao sair de baixo da colunata para a praça superior do jardim, banhada pelo sol, com palmeiras sobre monstruosas patas de elefantes, a praça na qual descortinava-se diante do procurador toda a odiada cidade de Ierushalaim com suas pontes pênseis, fortalezas e, mais importante, o bloco de mármore absolutamente indescritível, com escamas douradas de dragão no lugar do telhado — o templo de Ierushalaim —, o ouvido apurado do procurador captou, ao longe e abaixo, lá, onde um muro de pedra separava os terraços inferiores do jardim do palácio da praça da cidade, um resmungo baixo, acima do qual, de tempos em tempos, erguiam-se débeis e finos gemidos e gritos.

O procurador compreendeu que lá na praça já se reunira uma incontável multidão de habitantes de Ierushalaim, agitados pelas últimas desordens, que essa multidão aguardava impaciente o pronunciamento das sentenças e que, dentro dela, gritavam os irrequietos vendedores de água.

O procurador começou por convidar o sumo sacerdote ao balcão para se proteger da implacável canícula, porém Caifás se desculpou polidamente, explicando que não poderia fazer aquilo na véspera do dia santo. Pilatos cobriu a cabeça levemente calva com um capuz e começou a conversa. Tal conversa transcorreu em grego.

Pilatos disse que analisara o caso de Ieshua Ha-Notzri, confirmando a sentença de morte.

Dessa forma, haviam sido condenados à pena de morte, que devia ser executada naquele dia, três delinquentes: Dismas, Gestas, Bar-Rabban e, além deles, esse Ieshua Ha-Notzri. Os dois primeiros, que tinham querido incitar o povo a uma revolta contra César, haviam sido presos em combate contra o poder romano, eram da conta do procurador e, em consequência, não se falaria deles. Os últimos, Bar-Rabban e Ha-Notzri, tinham sido detidos pelos poderes locais e julgados pelo Sinédrio. De acordo com a lei, de acordo com o costume, um desses dois criminosos devia ser colocado em liberdade em honra da grande festa da Páscoa, que acontecia hoje.

Assim, o procurador desejava saber qual dos dois criminosos o Sinédrio desejava libertar: Bar-Rabban ou Ha-Notzri. Caifás inclinou a cabeça, sinalizando que a pergunta era clara, e respondeu:

— O Sinédrio pede a libertação de Bar-Rabban.

O procurador bem sabia que o sumo sacerdote responderia exatamente dessa forma, porém sua tarefa consistia em demonstrar que tal resposta suscitava sua perplexidade.

Pilatos o fez com grande arte. As sobrancelhas se ergueram no rosto arrogante, e o procurador fitou o sumo sacerdote diretamente nos olhos, com assombro.

— Admito que tal resposta me espantou — disse o procurador, suavemente —, temo que aqui haja algum mal-entendido.

De fato, os crimes de Bar-Rabban e Ha-Notzri eram absolutamente incomparáveis quanto à gravidade. Se o segundo era um homem claramente louco, culpado de ter proferido discursos disparatados que amotinaram o povo em Ierushalaim e alguns outros lugares, o primeiro tinha agravos bem mais significativos. Além de se ter permitido apelos diretos à revolta, ainda assassinara um guarda durante a tentativa de captura. Bar-Rabban era incomparavelmente mais perigoso que Ha-Notzri.

Em virtude do que fora exposto, o procurador pedia ao sumo sacerdote que revisse a decisão e colocasse em liberdade o menos nocivo dos dois condenados, que era, sem dúvida, Ha-Notzri. E então?

Com voz baixa porém firme, Caifás disse que o Sinédrio se inteirara do caso com atenção, e informava pela segunda vez que tencionava libertar Bar-Rabban.

— Como? Mesmo depois da minha solicitação? Da solicitação daquele por cuja pessoa fala o poder romano? Sumo sacerdote, repita pela terceira vez.

— Pela terceira vez informo que libertaremos Bar-Rabban — disse Caifás, em voz baixa.

Estava tudo acabado, e não havia mais o que falar. Ha-Notzri partiria para sempre, e ninguém curaria as terríveis e ferozes dores do procurador; não havia como escapar delas, a não ser a morte. Mas não era essa a ideia que agora perturbava Pilatos. Aquela angústia inexplicável que já o acometera no balcão atravessava todo o seu ser. Imediatamente tentou explicá-la, e a explicação era estranha: o procurador tinha a vaga impressão de que não dissera tudo ao acusado, ou talvez não o tivesse escutado por completo.

Pilatos espantou essa ideia, que se foi tão subitamente quanto chegara. Ela se foi, mas a angústia continuou sem explicação, pois não podia ser explicada por um pensamento igualmente breve, que cintilara como um relâmpago e se apagara instantaneamente. "Imortalidade... chegou a imortalidade..." Que imortalidade tinha chegado? Isso o procurador não entendeu, mas a ideia dessa imortalidade enigmática fê-lo congelar à luz do sol.

— Bem — disse Pilatos —, assim seja.

Observou ao redor, abarcou com o olhar o mundo visível e se assombrou com a mudança ocorrida. Desaparecera o arbusto carregado de flores, desapareceram os ciprestes que orlavam o terraço superior, a romãzeira, a estátua branca em meio ao verde, e o próprio verde. No lugar disso tudo, flutuava uma borra rubra, na qual pairavam algas, movendo-se para algum lugar e, junto com elas, movia-se também Pilatos. Agora era levado, asfixiando e queimando, pela mais terrível das iras, a ira da impotência.

— Estou sufocando — disse Pilatos —, estou sufocando!

Com a mão fria e úmida, arrancou a fivela da gola do manto, que caiu na areia.

— Hoje está abafado, vai ter tempestade em algum lugar — retrucou Caifás, sem tirar os olhos do rosto avermelhado do procurador, e prevendo todo o tormento que ainda tinha pela frente. "Oh, como o mês de *nissan* está terrível neste ano!"

— Não — disse Pilatos —, não é porque está abafado, mas fiquei sufocado por sua causa, Caifás — e, estreitando os olhos, Pilatos sorriu e acrescentou: — Cuidado, sumo sacerdote.

Os olhos escuros do sumo sacerdote reluziram e, sem fazer pior do que o procurador antes dele, exibiu espanto em seu rosto:

— O que estou escutando, procurador? — respondeu Caifás, altivo e calmo. — Você está me ameaçando depois do pronunciamento da sentença que você mesmo confirmou? Isso é possível? Estamos acostumados a que o procurador romano escolha as palavras antes de dizer o que quer que seja. Por acaso alguém nos escutou, *hegemon*?

Pilatos fitou o sumo sacerdote com olhos mortiços e, arreganhando os dentes, arremedou um sorriso.

— O que é isso, sumo sacerdote? Quem poderia nos escutar aqui? Seria eu parecido com o jovem *iuródivi*[17] vagabundo que será executado ho-

[17] Mistura de mendigo, tolo e santo na cultura russa. (N. do T.)

je? Sou eu um moleque, Caifás? Sei o que digo e onde digo. O jardim está cercado, o palácio está cercado, de modo que nem um rato conseguiria passar pela menor fresta! Não, não apenas um rato não consegue passar, como também aquele... da cidade de Queriote. A propósito, você o conhece, sumo sacerdote? Sim... se ele conseguisse entrar aqui, lamentaria amargamente, e nisso é claro que você acredita, não? Então fique sabendo, sumo sacerdote, que, daqui por diante, você não vai ter mais sossego. Nem você, nem o seu povo — e Pilatos apontou para longe, à direita, onde o templo chamejava nas alturas —, é o que lhe diz Pôncio Pilatos, cavaleiro da Lança de Ouro!

— Eu sei, eu sei! — respondeu, intrépido, Caifás, de barba preta, e seus olhos cintilaram. Ergueu a mão para o céu e prosseguiu: — O povo judeu sabe como você o odeia com um ódio bilioso, e ainda vai lhe ocasionar muitos tormentos, mas nem assim vai exterminá-lo! Deus o defende! Vai nos escutar, o todo-poderoso César vai nos escutar e vai nos defender de Pilatos, o exterminador!

— Oh, não! — exclamou Pilatos, que ia ficando aliviado a cada palavra; não precisava mais fingir, não precisava escolher as palavras. — Você já se queixou demais de mim a César, agora chegou a minha vez, Caifás! Agora vou mandar um informe, não para o governador, em Antioquia, nem para Roma, mas direto para o próprio imperador, em Capri, a respeito de como, em Ierushalaim, vocês poupam da morte notórios rebeldes. Então vou inundar Ierushalaim, mas não com a água das Piscinas de Salomão, como quis fazer em seu proveito! Não, com água não! Lembre-se como, por sua causa, tive que tirar das paredes os escudos com o monograma do imperador, transferir as tropas, tive, como você vê, que vir verificar o que sucedia por aqui! Lembre-se de minhas palavras: você verá aqui, sumo sacerdote, em Ierushalaim, não uma coorte, não! Aos muros da cidade virá toda a legião Fulminata, virá a cavalaria árabe, e então você ouvirá lamúrias e choro amargo. Então há de se lembrar de ter salvado Bar-Rabban, e lamentará ter enviado à morte o filósofo com sua pregação pacífica.

O rosto do sumo sacerdote se cobriu de manchas, os olhos se incendiaram. A exemplo do procurador, sorriu, arreganhando os dentes, e respondeu:

— Procurador, você acredita no que você mesmo está dizendo? Não, não acredita! Não foi a paz, não foi a paz o que esse sedutor do povo trouxe a Ierushalaim, e você, cavaleiro, compreende isso às maravilhas. Você quer libertá-lo para que ele amotine o povo, ultraje a fé e conduza o povo para debaixo da espada romana! Só que eu, sumo sacerdote da Judeia, enquanto estiver vivo não permitirei a profanação da fé, e defenderei o povo! Está me escutando, Pilatos? — Caifás ergueu o braço, ameaçador: — Ouça bem, procurador!

Caifás se calou, e o procurador voltou a ouvir algo como o marulho do mar, rolando até os muros do jardim de Herodes, o Grande. O ruído erguia-se de baixo até as pernas e o rosto do procurador. E atrás dele, para além das alas do palácio, ouviam-se toques agitados de clarins, o crepitar pesado de centenas de pés, o tilintar de ferros — e daí o procurador compreendeu que a infantaria romana já partia, de acordo com suas ordens, precipitando-se para o desfile da morte, terrível para os rebeldes e delinquentes.

— Está me escutando, procurador? — pôs-se a falar, baixo, o sumo sacerdote. — Por acaso você vai me dizer que tudo isso — o sumo sacerdote ergueu ambos os braços, e o capuz escuro escorregou de sua cabeça — foi provocado pelo mísero delinquente Bar-Rabban?

O procurador enxugou a testa úmida e fria com as costas da mão, olhou para a terra, depois, apertando os olhos, para o céu, e viu que o globo incandescente já estava quase em cima de sua cabeça, e a sombra de Caifás encolhera-se totalmente junto à cauda do leão, e disse, em voz baixa e indiferente:

— Já é quase meio-dia. Deixamo-nos levar pela conversa, todavia é preciso prosseguir.

Desculpando-se com o sumo sacerdote com termos rebuscados, pediu para este se sentar no banco, à sombra das magnólias, e aguardar enquanto ele chamava as outras pessoas necessárias para a derradeira e breve conferência, e ainda desse uma ordem relativa à execução.

Caifás se inclinou, polidamente, colocando a mão no coração, e ficou no jardim, enquanto Pilatos regressava ao balcão. Lá, mandou que o secretário, que o aguardava, chamasse ao jardim o legado da legião e o tribuno da coorte, bem como dois membros do Sinédrio e o chefe da guarda do templo, que esperavam pela convocação lá perto, no terraço inferior do jardim, no caramanchão circular com a fonte. Pilatos acrescentou ainda que logo sairia ao jardim, e se retirou para dentro do palácio.

Enquanto o secretário preparava a reunião, o procurador, em um quarto protegido do sol por corrediças escuras, tinha um encontro com um homem cujo rosto estava semiencoberto por um capuz, embora, naquele quarto, os raios do sol não pudessem incomodá-lo. Esse encontro foi excepcionalmente breve. O procurador disse em voz baixa algumas palavras ao homem, depois este se retirou, e o procurador se encaminhou para o jardim pela colunata.

Lá, na presença dos que desejava ver, o procurador afirmou, solene e seco, que confirmava a sentença de morte de Ieshua Ha-Notzri, indagando oficialmente aos membros do Sinédrio qual dos criminosos deveria deixar vivo. Ao receber a resposta de que era Bar-Rabban, o procurador disse:

— Muito bem — ordenou ao secretário que registrasse em ata, agarrou com o punho a fivela, que o secretário apanhara da areia, e disse, solene: — É hora!

Então todos os presentes desceram pela larga escadaria de mármore entre paredes de rosas a exalar um aroma estonteante, baixaram cada vez mais até os muros do palácio, até o portão que dava para a praça ampla e bem-pavimentada, no fim da qual avistavam-se as colunas e estátuas da liça de Ierushalaim.

Assim que o grupo que saía do jardim subiu no vasto tablado de pedra que dominava a praça, Pilatos, olhando através das pálpebras semicerradas, avaliou a situação. O espaço que acabara de percorrer, ou seja, o espaço dos muros do palácio até o tablado, estava vazio, mas, em compensação, Pilatos já não via a praça à sua frente: fora devorada pela multidão. Ela transbordaria para o próprio tablado e para o espaço livre se três fileiras de soldados de Sebastia, à esquerda de Pilatos, e soldados da coorte auxiliar de Itureia, à direita, não a contivessem.

Assim, Pilatos subiu ao tablado, agarrando maquinalmente a fivela inútil, e semicerrou os olhos. O procurador semicerrou-os não porque o sol os queimasse, não! Por algum motivo, não desejava ver o grupo de condenados que, como ele sabia perfeitamente, agora subiam ao tablado, atrás de si.

Bastou o manto branco com forro púrpura surgir no alto do penhasco de pedra à beira do mar humano, e os ouvidos de Pilatos, mesmo sem ver, foram golpeados por uma onda sonora: "Ha-a-a...". No início era baixa, nascendo em algum lugar ao longe, perto do hipódromo, depois se tornou tonitruante e, sustentando-se por alguns segundos, passou a arrefecer. "Viram-me", pensou o procurador. A onda não chegou a atingir o ponto mais baixo e inesperadamente voltou a crescer e, oscilando, elevou-se acima da primeira e, nessa segunda onda, como a espuma a fervilhar nas vagas do mar, fervilharam um assobio e lamentos destacados de mulheres, que se distinguiam em meio ao barulho. "Foram trazidos para o tablado...", pensou Pilatos. "São lamentos de mulheres que foram esmagadas quando a multidão avançou."

Esperou algum tempo, sabendo que não havia força capaz de obrigar a multidão a se calar enquanto não soltasse tudo que acumulara em seu interior e não silenciasse por si só.

E, quando esse momento chegou, o procurador ergueu a mão direita, e o último ruído desapareceu na multidão.

Então Pilatos encheu o quanto pôde o peito de ar quente e gritou, sua voz rachada arrastando-se sobre milhares de cabeças:

— Em nome de César, o imperador!

Daí seus ouvidos foram golpeados por um férreo grito entrecortado — nas coortes, erguendo para o alto lanças e insígnias, os soldados lançavam um brado terrível:

— Ave César!

Pilatos levantou a cabeça e olhou direto para o sol. Sob suas pálpebras rebentou um fogo verde, que lhe incendiou o cérebro, e, por cima da multidão, voaram roucas palavras aramaicas:

— Quatro criminosos, presos em Ierushalaim por assassinato, incitação à revolta e insulto às leis e à fé, foram sentenciados à execução infame: suspensão em postes! Essa execução será realizada agora no monte Calvário! Os nomes dos criminosos são Dismas, Gestas, Bar-Rabban e Ha-Notzri. Eles estão diante de vocês!

Pilatos apontou com a mão direita, sem ver nenhum dos criminosos, mas sabendo que eles estavam ali, no devido lugar.

A multidão respondeu com um ruído surdo e prolongado, de espanto ou alívio. Quando silenciou, Pilatos prosseguiu:

— Porém, apenas três deles serão executados pois, de acordo com a lei e o costume, em honra do feriado da Páscoa, a um dos condenados, escolhido pelo Pequeno Sinédrio e confirmado pelo poder romano, o magnânimo imperador César restituirá sua vida desprezível!

Pilatos gritava as palavras e ao mesmo tempo ouvia um grande silêncio substitur o barulho. Agora, nem suspiro nem sussurro lhe chegavam aos ouvidos, e houve até um momento em que Pilatos teve a impressão de que tudo ao seu redor desaparecera por completo. A odiosa cidade morrera, e restara apenas ele, abrasado pelos raios íngremes, com o rosto virado para o céu. Pilatos segurou o silêncio e, depois, pôs-se a gritar:

— O nome daquele que agora, diante de vocês, será colocado em liberdade...

Fez mais uma pausa, retendo o nome, verificando se tinha dito tudo, pois sabia que, depois de o nome do felizardo ser proferido, a cidade morta ressuscitaria, e não seria possível ouvir mais nenhuma palavra.

"É tudo?", Pilatos cochichava para si, em silêncio. "É tudo. O nome!"

E, rolando a letra erre sobre a cidade silenciosa, gritou:

— Bar-Rabban!

Daí pareceu-lhe que o sol, tilintando, rebentara, vertendo fogo em seus ouvidos. Nesse fogo encapelavam-se rugidos, ganidos, gemidos, gargalhadas e assobios.

Pilatos virou-se e voltou pelo tablado até os degraus, sem olhar para nada além das pedras coloridas do revestimento, para não tropeçar. Sabia que agora, atrás de si, choviam no tablado moedas de bronze e tâmaras, que na multidão ululante as pessoas se batiam e subiam nos ombros umas das outras para ver com os próprios olhos o milagre: como uma pessoa que já estava nas garras da morte iria escapar delas! Como os legionários desatariam as cordas, causando sem querer uma dor cruciante nos braços destroncados no interrogatório, e ele, crispando-se e gemendo, mesmo assim abriria um sorriso insano e louco.

Sabia que, naquela mesma hora, a escolta já levava para os degraus laterais três homens de mãos atadas, para conduzi-los à estrada que levava para oeste, fora da cidade, ao monte Calvário. Apenas quando se encontrou fora do tablado, atrás dele, Pilatos abriu os olhos, sabendo que agora estava em segurança: não tinha mais como ver os condenados.

Ao lamento da multidão que começava a se acalmar agora misturavam-se e se faziam distinguir os gritos penetrantes dos arautos, a repetir, alguns em aramaico, outros em grego, tudo que o procurador gritara do tablado. Além disso, chegou ao ouvido do procurador um tropel intermitente e matraqueante de cavalos que se aproximava, e um clarim, gritando algo alegre e breve. Esses sons foram respondidos pelo assobio de meninos nos telhados das casas das ruas que iam do bazar à praça do hipódromo, e por gritos de "Cuidado!".

Um soldado que estava sozinho no espaço vazio da praça acenava, aflito, com uma insígnia na mão, e então o procurador, o legado da legião, o secretário e a escolta se detiveram.

Uma ala de cavalaria, com um trote cada vez mais largo, voava pela praça a fim de cruzá-la pelo lado, evitando o ajuntamento de gente e, pela travessa sob o muro de pedra no qual descia uma parreira, galopar para o monte Calvário pelo caminho mais curto.

A trote voador, o comandante da ala, um sírio, pequeno como um menino, escuro como um mulato, ao se perfilar com Pilatos, deu um grito fino e desembainhou a espada. Seu fogoso murzelo suado deu um salto e empinou. Recolocando a espada na bainha, o comandante açoitou o pescoço do cavalo, aprumou-o e se encaminhou para a travessa, a galope. Atrás dele, em fileiras de três, voavam cavaleiros, com as pontas das lanças de bambu saltitando em nuvens de poeira, passando em frente ao procurador com rostos cujos dentes estavam alegremente arreganhados e reluzentes, que pareciam particularmente bronzeados debaixo dos turbantes brancos.

Levantando poeira até o céu, a ala irrompeu na travessa, e o último a passar por Pilatos foi um soldado com um clarim nas costas, que ardia ao sol.

Protegendo-se da poeira com a mão, e franzindo o cenho sem querer, Pilatos foi para a frente, precipitou-se para os portões do jardim do palácio e, atrás dele, vieram o legado, o secretário e a escolta.

Eram cerca de dez horas da manhã.

Capítulo 3
A SÉTIMA PROVA

— Sim, eram cerca de dez da manhã, digníssimo Ivan Nikoláievitch — disse o professor.

O poeta passou a mão pelo rosto, como se tivesse acabado de acordar, e viu que era noite no Patriarca.

A água do lago enegrecera, um barquinho ligeiro deslizava por ele, e se ouviam o bater dos remos e os risos de uma cidadã no barco. O público apareceu nos bancos das alamedas, só que, de novo, em três lados do quadrado, excetuando aquele em que se encontravam nossos interlocutores.

O céu sobre Moscou como que desbotou, e dava para ver a lua cheia com toda nitidez, só que ainda não dourada, mas branca. Ficou muito mais fácil respirar, e as vozes agora soavam mais suaves debaixo das tílias, em modo noturno.

"Como não reparei que ele teve tempo de inventar uma história inteira?", pensou Bezdômny, perplexo. "Pois já é noite! Será que não foi ele que contou, mas simplesmente eu que dormi e sonhei com tudo isso?"

Deve-se supor, porém, que foi mesmo o professor que contou, senão teríamos que admitir que Berlioz teve o mesmo sonho, pois ele disse, examinando com atenção o rosto do estrangeiro:

— Sua história é extraordinariamente interessante, professor, embora ela não coincida em nada com a narrativa dos Evangelhos.

— Perdão — retrucou o professor, com um riso condescendente —, acima de todos, o senhor é que deveria saber que absolutamente nada escrito nos Evangelhos jamais aconteceu e que, se começarmos a nos fiar nos Evangelhos como fonte histórica... — voltou a rir, e Berlioz se conteve, pois era literalmente a mesma coisa que dissera a Bezdômny enquanto iam pela Brônnaia até o Patriarca.

— Isso mesmo — observou Berlioz —, porém temo que ninguém possa confirmar que isso que o senhor nos contou ocorreu de fato.

— Oh, não! Isso pode ser confirmado — respondeu o professor, com segurança extraordinária, passando a falar com sotaque macarrônico e, inesperadamente, fazendo um sinal misterioso para que os amigos se aproximassem.

Inclinaram-se em sua direção, de ambos os lados, e ele, já sem aquele sotaque que, sabe o diabo por quê, ora desaparecia, ora aparecia, disse:

— O caso é que... — daí o professor lançou um olhar temeroso ao redor e passou a falar aos sussurros — eu presenciei isso tudo em pessoa. Estive no balcão com Pôncio Pilatos, no jardim, quando ele falou com Caifás, e no tablado, só que em segredo, incógnito, como dizem, então lhes peço que não digam palavra a ninguém, e guardem o mais absoluto segredo! *Psiu!*

Fez-se silêncio, e Berlioz empalideceu.

— O senhor... o senhor está em Moscou há quanto tempo? — perguntou, com voz trêmula.

— Cheguei a Moscou apenas nesse exato instante — respondeu o professor, desconcertado, e só então os amigos resolveram fitá-lo devidamente nos olhos, notando que o esquerdo era verde e totalmente insano, e o direito vazio, negro e morto.

"Eis a explicação de tudo!", pensou Berlioz, agitado. "O alemão chegou doido ou acabou de enlouquecer no Patriarca. Que história!"

Sim, realmente, isso explicava tudo: o estranhíssimo café da manhã com o finado filósofo Kant, a fala estúpida sobre óleo de girassol e Ánnuchka, a profecia a respeito da cabeça que seria decapitada, e todo o resto — o professor era doido.

Berlioz percebeu imediatamente o que devia fazer. Reclinando-se no encosto do banco, começou a piscar para Bezdômny pelas costas do professor, para que não o contrariasse, porém o poeta, desconcertado, não compreendeu os sinais.

— Sim, sim, sim — disse Berlioz, agitado —, aliás, tudo isso é possível! É mesmo muito possível, Pôncio Pilatos, o balcão, e assim por diante... O senhor veio sozinho ou com a esposa?

— Sozinho, sozinho, estou sempre sozinho — respondeu o professor, amargo.

— E onde estão as suas coisas, professor? — perguntou Berlioz, hipócrita. — No Metropol? Onde o senhor está hospedado?

— Eu? Em lugar nenhum — respondeu o alemão ensandecido, girando de forma angustiada e feroz o olho verde pelo lago do Patriarca.

— Como? Mas... onde o senhor vai ficar?

— No seu apartamento — respondeu o doido, de modo súbito e desembaraçado, dando uma piscadela.

— Fico... fico muito feliz — balbuciou Berlioz — mas, na verdade, não seria confortável para o senhor... E o Metropol tem quartos maravilhosos, é um hotel de primeira classe...

— E o diabo também não existe? — o doente indagou, de repente, a Ivan Nikoláievitch.

— Também não...

— Não o contradiga! — cochichou Berlioz apenas com os lábios, projetando-se às costas do professor e fazendo caretas.

— Não existe diabo nenhum! — desnorteado com toda aquela baboseira, Ivan Nikoláievitch gritou o que não devia. — Que castigo! Pare de dar uma de doido!

Daí o louco soltou tamanha gargalhada que um pardal levantou voo da tília embaixo da qual eles estavam sentados.

— Bem, isso é decididamente interessante — afirmou o professor, sacudindo de tanto gargalhar. — O que é que vocês têm? Não importa o que for, para vocês nada existe! — parou de gargalhar de súbito e, algo plenamente compreensível num doente mental, depois da gargalhada caiu no extremo oposto, zangando-se e bradando, severo: — Então quer dizer que ele simplesmente não existe?

— Calma, calma, calma, professor — balbuciou Berlioz, temendo agitar o doente —, fique sentado um minuto com o camarada Bezdômny que eu vou correndo até a esquina, faço um telefonema, e depois nós o levamos para onde quiser. Já que o senhor não conhece a cidade...

O plano de Berlioz deve ser admitido como correto: era preciso correr até a cabine telefônica mais próxima e informar o escritório de estrangeiros a respeito de um consultor chegado do exterior que estava sentado no lago do Patriarca em situação claramente anormal. Assim, fazia-se necessário tomar medidas, senão sucederia algum disparate desagradável.

— Telefonar? Pois muito bem, telefone — concordou o doente, triste, e subitamente pediu, com paixão: — Porém eu lhe imploro, antes de ir, que acredite pelo menos que o diabo existe! Não peço mais nada. Tenha em vista que para isso existe uma sétima prova, a mais sólida! E agora ela lhe será apresentada.

— Está bem, está bem — disse Berlioz, em falso tom carinhoso e, piscando para o desolado poeta, que não sorria de jeito nenhum à ideia de vigiar o alemão doido, precipitou-se para a saída do Patriarca que fica na esquina da Brônnaia com a travessa Iermoláievski.

Ato contínuo, foi como se o professor tivesse sarado e se iluminasse.

— Mikhail Aleksándrovitch! — gritou, no encalço de Berlioz.

Este estremeceu e se virou, mas se tranquilizou com a ideia de que o professor também podia conhecer seu nome e patronímico de algum jornal. Daí o professor berrou, com as mãos em forma de megafone:

— Não quer que eu mande agora um telegrama para o seu tio de Kíev?

E Berlioz voltou a se sobressaltar. Como o doido sabia da existência do tio de Kíev? Pois isso, provavelmente, jamais fora mencionado em qualquer jornal. E-he, será que Bezdômny não tinha razão? E se os documentos fossem falsos? Ah, que sujeito estranho. Telefonar, telefonar! Telefonar agora mesmo! Esclarecer aquilo depressa!

E, sem mais escutar, Berlioz saiu correndo adiante.

Daí, bem na saída para a Brônnaia, ergueu-se do banco, na direção do editor, aquele mesmo cidadão que, à luz do sol, moldara-se a partir do calor gorduroso. Só que agora ele não era mais feito de ar, mas normal, de carne, e, no começo do crepúsculo, Berlioz distinguiu nitidamente que ele tinha um bigodinho como penas de galo, olhinhos diminutos, irônicos e meio embriagados, e calças xadrez tão curtas que dava para ver as meias brancas sujas.

Mikhail Aleksándrovitch até recuou, mas se confortou imaginando que se tratava de uma coincidência estúpida e, de qualquer forma, ele não tinha tempo para pensar naquilo.

— Está procurando a catraca, cidadão? — indagou o tipo de xadrez, com voz de tenor rachada. — Por aqui, por favor! Em frente, e verá para onde deve ir. Por essa indicação, deveria me dar um quarto de litro... para encher a barriga... um ex-regente de coro! — curvando-se, o sujeito retirou o quepe de jóquei com um gesto largo.

Berlioz não deu ouvidos à afetação pedinte do regente, correu até a catraca e colocou a mão nela. Ao girá-la, estava prestes a ir até os trilhos quando, em sua cara, jorrou uma luz vermelha e branca: na caixa de vidro acendera-se a inscrição "Cuidado com o bonde!".

Imediatamente o bonde veio voando, girando pela linha recém-construída que ia da Iermoláievski para a Brônnaia. Depois de fazer a curva e se aprumar, ele de súbito acendeu a luz elétrica interna, uivou e acelerou.

Cuidadoso, Berlioz, embora estivesse em segurança, resolveu voltar para trás da barreira, colocou a mão na catraca e retrocedeu um passo. E sua mão escorregou de imediato e escapou, uma perna deslizou irresistivelmente pelo calhau da ladeira que ia dar nos trilhos, como se fosse gelo, a outra perna virou para o ar, e Berlioz foi atirado nos trilhos.

Tentando se agarrar em alguma coisa, Berlioz caiu de costas, batendo levemente a nuca no calhau, e conseguiu ver, no alto, mas já sem saber se à esquerda ou à direita, a lua dourada. Conseguiu virar-se de lado com um movimento furioso, encolhendo no mesmo instante as pernas e a barriga e, ao se virar, vislumbrou o rosto completamente branco de pavor e a braçadeira escarlate da condutora, avançando em sua direção com velocidade irrefreável. Berlioz não gritou, mas, a seu redor, gritos desesperados de mulheres esganiçaram-se por toda a rua. A condutora puxou o freio elétrico, o vagão embicou o nariz no chão, depois, em um instante, deu um salto, e com estrondo e um tinido, o vidro voou de suas janelas. Daí, no cérebro de Berlioz, alguém gritou, desesperado: "Será?". Mais uma vez, a última, a lua brilhou, mas já se desfazendo em estilhaços, e depois ficou escuro.

O bonde acertou Berlioz e, por debaixo das grades da alameda do Patriarca, um objeto escuro e redondo foi lançado na ladeira de calhau. Descendo a ladeira, foi quicando pelo calhau da Brônnaia.

Era a cabeça cortada de Berlioz.

Capítulo 4
A PERSEGUIÇÃO

Os gritos histéricos das mulheres sossegaram, os apitos da polícia pararam de silvar, duas ambulâncias partiram: uma para a morgue, com o corpo decapitado e a cabeça cortada, e a outra com a bela condutora ferida pelos estilhaços de vidro. Varredores de avental branco limpavam esses estilhaços e cobriam de areia as poças de sangue, enquanto Ivan Nikoláievitch continuava no banco do mesmo jeito que havia caído, sem ter alcançado a catraca.

Tentara se levantar algumas vezes, mas as pernas não respondiam: Bezdômny fora acometido de algo como uma paralisia.

O poeta lançara-se a correr para a catraca assim que ouvira o primeiro berro, e viu a cabeça quicando na calçada. Isso o enlouqueceu a ponto de, ao cair no banco, morder a mão até sair sangue. Claro que se esquecera do alemão doido, e tentava entender apenas como era possível que ainda agora estivesse falando com Berlioz e, um minuto depois, a cabeça...

Pessoas alvoroçadas passavam correndo pelo poeta na alameda, soltando exclamações, só que Ivan Nikoláievitch não assimilava as palavras.

Todavia, duas mulheres trombaram inesperadamente perto dele, e uma delas, de nariz afilado e cabeça descoberta, gritou assim para a outra, dentro do ouvido do poeta:

— Ánnuchka, a nossa Ánnuchka! Da Sadôvaia! É obra dela! Pegou óleo de girassol na mercearia e quebrou a garrafa na catraca! Emporcalhou a saia toda... E como ela xingou, xingou! E aquele lá, coitado, escorregou e foi parar nos trilhos...

De tudo que a mulher gritou, só a palavra "Ánnuchka" se aferrou ao cérebro perturbado de Ivan.

— Ánnuchka... Ánnuchka? — murmurou o poeta, olhando em volta, angustiado. — Ora, ora...

A palavra "Ánnuchka" levava às palavras "óleo de girassol", e estas, por algum motivo, a "Pôncio Pilatos". O poeta rejeitou Pilatos, e começou a unir uma cadeia que começava com a palavra "Ánnuchka". Tal cadeia se formou com bastante rapidez, levando imediatamente ao professor doido.

Perdão! Mas ele tinha dito que não haveria reunião porque Ánnuchka derramaria o óleo. E, misericórdia, não houve! Não é tudo: ele dissera sem rodeios que uma mulher cortaria a cabeça de Berlioz! Sim, sim, sim! E a condutora era uma mulher! O que era aquilo? Hein?

Não restava nem sombra de dúvida que o misterioso consultor conhecia de antemão, de forma exata, o quadro completo da horrível morte de Berlioz. Daí duas ideias vararam o cérebro do poeta. A primeira: "Ele não é nada doido! Foi tudo uma estupidez!", e a segunda: "Será que ele não armou isso tudo?".

Porém, permitam-me perguntar, de que jeito?

— Ah, não! Nós vamos apurar isso!

Fazendo um grande esforço, Ivan Nikoláievitch se levantou do banco e correu de volta para onde tinha conversado com o professor. Revelou-se que este, felizmente, ainda não tinha ido embora.

As luzes da Brônnaia já estavam acesas, uma lua dourada brilhava sobre o Patriarca, e Ivan Nikoláievitch teve a impressão, ao luar enganador, de que o outro tinha debaixo do braço não uma bengala, mas uma espada.

O ardiloso regente aposentado estava sentado no mesmo lugar em que pouco tempo atrás estivera o próprio Ivan Nikoláievitch. Agora o regente enganchara no nariz um *pince-nez* claramente desnecessário, em que faltava uma das lentes, enquanto a outra se encontrava rachada. Com isso, o cidadão de xadrez ficava ainda mais abjeto do que quando indicara a Berlioz o caminho para os trilhos.

Com o coração congelando, Ivan aproximou-se do professor e, fitando-o na cara, assegurou-se de que ali não havia, nem jamais tinha havido, nenhum traço de loucura.

— Confesse, quem é o senhor? — perguntou Ivan, com voz surda.

O estrangeiro franziu o cenho, olhou como se visse o poeta pela primeira vez e respondeu, hostil:

— Não entender... não falar russo...

— Ele não entende! — intrometeu-se o regente, do banco, embora ninguém lhe tivesse pedido para explicar as palavras do estrangeiro.

— Não finja! — disse Ivan, em tom ameaçador, sentindo um frio na barriga. — O senhor estava falando russo maravilhosamente agora mesmo. O senhor não é alemão, nem professor! O senhor é um assassino e um espião! Documentos! — gritou Ivan, furioso.

O professor enigmático torceu com nojo a boca já torta e deu de ombros.

— Cidadão! — o vil regente voltou a se meter. — Por que o senhor fica estorvando o turista estrangeiro? Terá que responder por isso de forma muito severa! — e o professor suspeito fez cara de desdém, deu as costas para Ivan e se afastou.

Ivan sentiu que estava se perdendo. Esbaforido, dirigiu-se ao regente:

— Ei, cidadão, ajude-me a deter o criminoso! É sua obrigação!

O regente ficou extraordinariamente animado, deu um pulo e vociferou:

— Que criminoso? Cadê ele? Um criminoso estrangeiro? — os olhinhos do regente faiscavam de alegria. — Esse aqui? Se ele é um criminoso, a primeira coisa a fazer é gritar "Socorro!". Senão ele foge. Pois bem, vamos juntos! Ao mesmo tempo! — daí o regente escancarou a goela.

Confuso, Ivan deu ouvidos ao regente embrulhão e gritou: "Socorro!", só que o regente o ludibriou e não gritou nada.

O gritinho solitário e rouco de Ivan não trouxe bons resultados. Duas moças se afastaram bruscamente dele, e se ouviu a palavra: "Bêbado!".

— Ah, então você está mancomunado com ele? — pôs-se a gritar Ivan, irado. — O que você quer, me ridicularizar? Saia da frente!

Ivan foi para a direita, e o regente também! Ivan passou para a esquerda, e o canalha também foi para lá.

— Você está me impedindo de propósito? — gritou Ivan, feroz. — Vou colocá-lo eu mesmo nas mãos da polícia!

Ivan fez uma tentativa de agarrar o patife pela manga, mas errou o alvo e não pegou nada. Era como se o regente tivesse sido tragado pela terra.

Ivan soltou uma exclamação, olhou para longe e viu o detestável desconhecido. Esse já estava na saída, na travessa do Patriarca e, além disso, não mais sozinho. O regente mais do que suspeito conseguira se unir a ele. E isso ainda não era tudo: como terceiro da companhia, apareceu um gato, vindo não se sabe de onde, enorme como um porco castrado, preto como fuligem, ou como uma gralha, e com arrojados bigodes de cavaleiro. A troica caminhava pelo Patriarca, e o gato, a propósito, movia-se apoiado nas patas traseiras.

Ivan apressou-se no encalço dos facínoras, e logo se convenceu de que seria muito difícil alcançá-los.

A troica percorreu a travessa em um instante e deu na Spiridônovka. Por mais que Ivan apertasse o passo, a distância entre os perseguidos e ele não diminuía. E o poeta não conseguiu se lembrar como, depois do sossego da Spiridônovka, fora parar nos Portões de Nikítski, onde sua situação se agravou. Lá o tumulto era grande, Ivan trombou com um dos transeuntes, foi xingado. Além disso, a corja de facínoras decidiu adotar a técnica preferida dos bandidos: sair em debandada.

Com grande habilidade, o regente tomou um ônibus em movimento que voava para a praça Arbat, e escapou. Tendo perdido um dos fugitivos, Ivan concentrou sua atenção no gato, e viu o estranho felino aproximar-se do estribo do bonde A, que estava no ponto, descaradamente dar um chega para lá em uma mulher, que guinchou, agarrar o corrimão e até tentar enfiar uma moeda de dez copeques na mão da condutora através da janela aberta por causa do calor.

O comportamento do gato deixou Ivan tão perplexo que ele ficou petrificado e imóvel na mercearia da esquina, onde ficou perplexo pela segunda vez, e de forma muito mais intensa, pelo comportamento da condutora. Esta, apenas viu o gato subir no bonde, gritou, com um ódio que fazia até tremer:

— Proibido gatos! Proibido trazer gatos! Fora! Saia, ou eu chamo a polícia!

Porém, nem a condutora nem os passageiros se espantaram com o essencial: não o fato de um gato subir no bonde, o que nem era grande coisa, mas sim ele tentar pagar!

O gato revelou-se um animal não apenas solvente, como disciplinado. Já ao primeiro grito da condutora interrompeu seu avanço, desceu do estribo e se sentou no ponto, esfregando a moeda no bigode. Porém, foi só a condutora puxar o cordão e o bonde se colocar em movimento, que o gato se comportou como todos os expulsos de um bonde que, de qualquer maneira, ainda precisam tomá-lo. Deixando passar três vagões, o gato pulou no arco traseiro do último, agarrou com a pata uma mangueira pendurada ali e pôs-se em marcha, economizando dessa forma dez copeques.

Ocupado com o gato asqueroso, Ivan por pouco não perdeu o mais importante dos três: o professor. Contudo, por felicidade, esse não conseguira escapar. Ivan viu a boina cinza no meio da multidão da Bolcháia Nikítskaia, ou na rua Herzen. Em um piscar de olhos, Ivan também apareceu por lá. Sem êxito, contudo. O poeta apertou o passo, começou até a correr a trote, empurrando os transeuntes, mas não se aproximava do professor um centímetro sequer.

Por mais transtornado que Ivan estivesse, não deixou de se surpreender com a velocidade sobrenatural da perseguição. Não haviam se passado vinte segundos quando, depois dos Portões de Nikítski, Ivan Nikoláievitch já estava sendo cegado pelas luzes da praça Arbat. Mais alguns segundos e eis uma travessa escura de calçada torta, onde Ivan Nikoláievitch levou um tombo e bateu o joelho. De novo, uma artéria iluminada: a rua Kropótkin, depois uma travessa, depois a Ostôjenka e depois novamente uma travessa, triste, sórdida e escassamente iluminada. E foi aí que Ivan Nikoláievitch perdeu, por fim, aquele de que mais precisava. O professor sumiu.

Ivan Nikoláievitch ficou desorientado, mas não por muito tempo, pois de súbito percebeu que o professor tinha de estar forçosamente no edifício nº 13, e obrigatoriamente no apartamento 47.

Prorrompendo pela entrada, Ivan Nikoláievitch subiu voando ao segundo andar, encontrou o apartamento sem demora e tocou a campainha, impaciente. Não teve que aguardar muito: uma menina de cinco anos abriu a porta para Ivan e, sem perguntar nada ao recém-chegado, logo desapareceu.

Na antessala imensa e extremamente descuidada, parcamente iluminada por uma minúscula lâmpada de carvão sob um teto alto e preto de sujeira, uma bicicleta sem pneu estava pendurada na parede, no chão havia uma arca enorme, revestida de ferro, e, em uma prateleira debaixo do cabide, jazia um gorro de inverno, com as orelheiras compridas pendendo para baixo. Atrás de uma das portas, uma retumbante voz masculina gritava uns versos no rádio.

Ivan Nikoláievitch não ficou nem um pouco confuso no ambiente desconhecido, e se lançou direto pelo corredor, com o seguinte raciocínio: "Claro que ele se escondeu no banheiro". O corredor estava escuro. Depois de trombar com as paredes, Ivan avistou uma restiazinha fraca debaixo de uma porta, tateou a maçaneta e a puxou, sem forçar. A lingueta saltou, Ivan se viu justamente no banheiro e achou que tinha tido sorte.

Só que a sorte não foi aquela de que precisava. Um calor úmido soprou sobre Ivan, e ele, à luz das brasas que ardiam no aquecedor, divisou grandes tinas penduradas na parede e uma banheira cheia de terríveis manchas pretas de esmalte gasto. E eis que nessa banheira estava, em pé, uma cidadã nua, toda ensaboada e com uma bucha na mão. Estreitou os olhos míopes na direção do invasor Ivan e, obviamente enganada pela iluminação infernal, disse baixo e alegre:

— Kiriúchka![18] Chega de brincadeira! O que é isso, ficou louco? Fiódor Ivánovitch está para voltar. Fora daqui agora mesmo! — e agitou a bucha para Ivan.

O mal-entendido era evidente, e o culpado, obviamente, Ivan Nikoláievitch. Porém, não desejava admiti-lo, exclamou em tom de censura: "Ah, devassa!", e imediatamente, não se sabe por quê, foi parar na cozinha. Lá não tinha ninguém, e em cima do fogão, na penumbra, em silêncio, havia

---

[18] Diminutivo de Kirill. (N. do T.)

cerca de uma dezena de fogareiros apagados. Um raio de luar, infiltrando-se pela janela empoeirada, que não era limpa há anos, iluminava escassamente aquele canto em que, entre o pó e teias de aranha, estava pendurado um ícone esquecido, em cujo caixilho se mostravam os cotos de duas velas nupciais. Embaixo do ícone grande estava pregado um de papel, com alfinete.

Ninguém sabe como essa ideia se apossou de Ivan, porém, antes de sair correndo pela porta de serviço, ele se apropriou de uma dessas velas, bem como do ícone de papel. Deixou o quarto desconhecido com esses objetos, murmurando algo, embaraçado ao pensar no que acabara de passar no banheiro, tentando adivinhar, sem querer, quem era aquele Kiriúchka sem-vergonha e se ele não seria o dono do nojento gorro com orelheiras.

O poeta deu uma olhada na travessa triste e desolada, procurando o foragido, mas lá não havia ninguém. Então Ivan disse a si mesmo:

— Bem, é claro que ele está no rio Moscou! Avante!

Talvez fosse necessário alguém perguntar a Ivan Nikoláievitch por que ele achava que o professor estava exatamente no rio Moscou e não em outro lugar. Mas a desgraça é que não havia ninguém para perguntar. A travessa nojenta estava totalmente deserta.

Passado o mínimo de tempo, já era possível ver Ivan Nikoláievitch nos degraus de granito do anfiteatro do rio Moscou.

Depois de tirar as roupas, Ivan as confiou a um simpático barbudo que estava fumando um cigarro improvisado ao lado de uma camisa tolstoiana branca esfarrapada e umas botinas gastas e desamarradas. Movendo os braços para relaxar, Ivan mergulhou na água com um salto de anjo. A água estava tão fria que lhe cortou o fôlego, chegando até a pensar que talvez não conseguisse subir à superfície. Contudo, foi capaz de emergir e, resfolegando e bufando, com os olhos arregalados de pavor, Ivan Nikoláievitch se pôs a nadar na água negra, fedendo a petróleo, entre o ziguezague entrecortado dos faróis da margem.

Quando Ivan, molhado, subiu saltitando os degraus até o lugar onde suas vestes tinham ficado sob custódia do barbudo, esclareceu-se que não apenas as primeiras haviam sido raptadas, como também o segundo, ou seja, o próprio barbudo. Exatamente no lugar em que estivera o monte de roupas havia umas ceroulas listradas, a tolstoiana esfarrapada, a vela, o ícone e uma caixa de fósforos. Ameaçando alguém ao longe com o punho, em raiva impotente, Ivan se paramentou com o que restava.

Daí, duas considerações o inquietavam: a primeira, que tinha sumido a carteira da Massolit, da qual jamais se separava, e a segunda, será que conseguiria andar sem empecilhos por Moscou naquele estado? Assim mesmo, de ceroulas?... Verdade que não era da conta de ninguém, mas mesmo assim poderia acontecer alguma chicana ou entrave.

Ivan arrancou os botões das ceroulas na altura do tornozelo, calculando que, talvez, daquele jeito, elas pudessem passar por calças de verão, pegou o ícone, a vela e os fósforos e se pôs a caminho, dizendo para si mesmo:

— Para a Griboiêdov! Sem sombra de dúvida, ele está lá.

A cidade já começava sua vida noturna. Os caminhões voavam pela poeira, tilintando as correias, com homens deitados em suas carrocerias, estendidos em cima de sacos, com as barrigas para cima. Todas as janelas estavam abertas. Em cada uma dessas janelas ardia uma luz sob um abajur laranja, e de todas as janelas, de todas as portas, de todos os vãos, dos telhados e sótãos, dos porões e quintais emanava o rugido rouco da *polonaise* da ópera *Ievguêni Oniéguin*.[19]

Os receios de Ivan Nikoláievitch se viram amplamente justificados: os passantes prestavam atenção nele, riam e lhe davam as costas. Depois disso, tomou a decisão de evitar as ruas grandes e se encaminhou para as travessinhas, onde as pessoas não eram tão inoportunas, onde havia menos chances de chatearem uma pessoa descalça, interrogando-a sobre essas ceroulas que teimavam em não se parecer com calças.

Assim fez Ivan, entranhando-se na rede misteriosa de travessas da Arbat, passando a se deslocar rente aos muros, espreitando assustado, olhando ao redor a cada instante, escondendo-se nos alpendres de tempos em tempos e evitando cruzar os sinais luminosos e as portas chiques das mansões das embaixadas.

E, ao longo de todo esse trajeto indescritivelmente difícil, foi, por algum motivo, atormentado por uma orquestra onipresente, a qual acompanhava um baixo profundo que cantava seu amor por Tatiana.[20]

---

[19] Ópera de Tchaikóvski baseada no poema homônimo de Púchkin. (N. do T.)

[20] Referência a "Liubví vsiê vôzrasti pokórni" ("Todas as idades se submetem ao amor"), ária de baixo do último ato da ópera *Ievguêni Oniéguin*, em que Grêmin, papel de baixo, canta seu amor por Tatiana. (N. do T.)

Capítulo 5
O QUE ACONTECEU NA GRIBOIÊDOV

A velha casa cor de creme de dois andares ficava no Anel do Bulevar,[21] nas profundezas de um jardim mirrado, separado da calçada do Anel por uma grade cinzelada de ferro fundido.[22] A pequena área na frente da casa era asfaltada, e, no inverno, erguia-se nela um monte de neve com uma pá em cima, enquanto, no verão, ela se convertia na parte mais magnífica do restaurante estival, sob um toldo de lona.

A casa se chamava Casa de Griboiêdov, pois teria pertencido à tia do escritor Aleksandr Serguêievitch Griboiêdov. Bem, se pertenceu ou não, não sabemos exatamente. Lembro-me até de que, ao que parece, Griboiêdov não tinha uma tia proprietária de imóveis... Contudo, esse era o nome da casa. E mais: um moscovita mentiroso contava que ali, naquele andar, na sala circular com colunas, o célebre escritor lera um fragmento de *A desgraça de ter espírito*[23] para essa mesma tia, refestelado em um sofá. Aliás, o diabo é que sabe se leu, isso não importa!

O que importa é que, atualmente, essa casa pertence àquela mesma Massolit em cuja chefia se encontrava o infeliz Mikhail Aleksándrovitch Berlioz até sua aparição no lago do Patriarca.

Seguindo o exemplo dos membros da Massolit, ninguém chamava a casa de Casa de Griboiêdov, todos diziam simplesmente Griboiêdov. "Ontem fiquei duas horas no tumulto da Griboiêdov..." "Bem, e que tal?" "Consegui um mês em Ialta." "Muito bem!", ou: "Vá ver Berlioz, hoje ele recebe na Griboiêdov das quatro às cinco", e assim por diante.

A Massolit instalara-se na Griboiêdov de um jeito que nem dá para imaginar melhor e mais confortável. Todo mundo que entrava na Griboiêdov, antes de tudo, era apresentado sem querer aos comunicados dos diver-

---

21 Avenida circular no centro de Moscou. (N. do T.)

22 A casa existe de verdade, fica no Bulevar Tverskói, 25, pertenceu ao pai do pensador Aleksandr Herzen (1812-1870) e abriga o Instituto Literário Maksim Górki. (N. do T.)

23 Comédia em versos de Aleksandr Griboiêdov (1795-1829), escrita em 1823, na qual Tchátski, o protagonista, é acusado de loucura pela sociedade, em retaliação a suas posições políticas. (N. do T.)

sos círculos e grupos esportivos e às fotografias individuais dos membros da Massolit, que pendiam (as fotografias) das paredes das escadarias que levavam ao segundo andar.

Na porta do primeiro cômodo desse andar superior avistava-se uma inscrição enorme: "Seção de pesca e de veraneio", onde estava representada uma carpa com um anzol na boca.

Na porta do quarto nº 2 estava escrito algo que não dava para entender completamente: "Licença criativa de um dia. Dirigir-se a M. V. Podlôjnaia".

A porta seguinte trazia uma inscrição breve, porém já não totalmente incompreensível: "Perelíguino".[24] Depois, os olhos do visitante casual da Griboiêdov começavam a correr pelas inscrições que cobriam as portas de nogueira da tia: "Inscrever-se para a fila do papel com Pokliôvkina", "Caixa. Contas pessoais de autores de esquete".

Cortando a fila mais comprida, que começava lá embaixo, na portaria, era possível ver uma inscrição na porta que regurgitava de gente o tempo todo: "Questão habitacional".

Atrás da questão habitacional abria-se um cartaz suntuoso no qual estava representado um penhasco, por cuja crista ia um cavaleiro de capa de feltro com uma espingarda no ombro. Abaixo, palmeiras e um balcão e, no balcão, um jovem de topete, sentado, contemplando algum lugar, no alto, com olhos muito, muito decididos, segurando na mão uma caneta-tinteiro. Inscrição: "Férias criativas completas de duas semanas (conto-novela) a um ano (romance, trilogia). Ialta, Suuk-Su, Borovôie, Tsikhidziri, Makhindjaúri, Leningrado — Palácio de Inverno". Nessa porta também tinha fila, mas não desmedida, umas cento e cinquenta pessoas.

Depois se seguiam, obedecendo às caprichosas curvas, subidas e descidas da casa de Griboiêdov: "Direção da Massolit", "Caixas nº 2, 3, 4 e 5", "Conselho editorial", "Presidente da Massolit", "Bilhar", diversas instituições auxiliares e, finalmente, aquela mesma sala com colunata na qual a tia se deleitara com a comédia do sobrinho genial.

Qualquer visitante, desde que não fosse, naturalmente, uma besta, ao ir parar na Griboiêdov percebia imediatamente como era boa a vida dos felizes membros da Massolit, e uma inveja negra começava a dilacerá-lo sem demora. E sem demora ele dirigia aos céus amargos reproches por não ter

---

[24] Alusão a Peredélkino, povoado próximo a Moscou entregue à União dos Escritores da URSS em 1934, por sugestão de Górki, que abrigou algumas das sumidades literárias do país, como Boris Pasternak, Isaac Bábel e Iliá Ehrenburg, dentre outras. (N. do T.)

sido agraciado com talento literário de nascença, sem o que, naturalmente, não havia nem como sonhar em possuir a carteira de membro da Massolit — castanha, cheirando a couro caro, com uma faixa dourada larga, uma carteira que toda Moscou conhecia.

Quem vai dizer o que for em defesa da inveja? É um sentimento de categoria sórdida mas, em todo caso, é preciso se colocar na situação do visitante. Pois o que ele viu no andar de cima não era tudo, e estava longe de ser tudo. Todo o andar de baixo da casa da tia era ocupado por um restaurante. E que restaurante! Com justiça, era tido como um dos melhores de Moscou. E não apenas porque estava instalado em duas grandes salas com teto em abóbada, com uma pintura de cavalos de cor lilás e de crina assíria, não apenas porque em cada mesinha havia uma luminária coberta por um xale, não apenas porque ali não podia entrar qualquer pessoa que viesse da rua, mas também porque, na qualidade de suas provisões, o Griboiêdov batia qualquer restaurante de Moscou que você quiser, e porque essas provisões eram fornecidas a preços módicos, em nada onerosos.

Por isso, não há nada de espantoso na conversa que certa vez o autor dessas muito verídicas linhas ouviu junto à grade de ferro fundido do Griboiêdov:

— Onde você vai jantar hoje, Amvróssi?

— Mas que pergunta! Claro que aqui, meu caro Foka! Artchibald Artchibáldovitch me cochichou que hoje teremos perca em porções, *au naturel*. Uma coisa de virtuose!

— Você é que sabe viver, Amvróssi! — respondeu, com um suspiro, Foka, descarnado, descuidado, com um carbúnculo no pescoço, ao poeta Amvróssi, um gigante de lábios escarlates, cabelos dourados e faces exuberantes.

— Não possuo nenhuma sabedoria especial — replicou Amvróssi —, mas o desejo corriqueiro de viver humanamente. Você vai querer dizer, Foka, que dá para encontrar percas também no Coliseu. Só que, no Coliseu, a porção de perca custa treze rublos e quinze copeques, e aqui, cinco e cinquenta. Além disso, no Coliseu a perca é de três dias e, ainda mais, você não tem garantia, no Coliseu, de que não vai receber na fuça um cacho de uvas do primeiro jovem que aparece, prorrompendo da Passagem Teatrálnaia. Não, eu sou categoricamente contra o Coliseu! — retumbou, para todo o bulevar, o *gourmet* Amvróssi. — Você não vai me convencer, Foka!

— Não quero convencê-lo, Amvróssi! — piou Foka. — Dá para jantar em casa.

— Muito obrigado — apregoou Amvróssi —, imagino a sua mulher tentando preparar na panela, na cozinha comunitária, porções de perca *au naturel*! Hi-hi-hi!... *Au revoir*,[25] Foka! — e, cantarolando, Amvróssi lançou-se para a varanda, debaixo do toldo.

Sim, senhor! E aconteceu que, aconteceu que... Os moscovitas velhos de guerra se lembram do famoso Griboiêdov! Que porções de perca cozida! Isso é uma bagatela, querido Amvróssi! E o acipênser? O acipênser na panela de prata, o acipênser fatiado, coberto de cauda de lagostim e caviar fresco? E o ovo *cocotte* com purê de *champignons* no cálice! E dos filés de tordo, você não gostava? Com trufas? Da codorniz à genovesa? Dez e cinquenta! Sim, o *jazz*, sim, a amabilidade do serviço! E, em julho, quando a família inteira estava na *datcha*, e assuntos literários inadiáveis o retinham na cidade — na varanda, à sombra das parreiras onduladas, a mancha dourada da sopa *printanière* na toalha limpíssima? Lembra, Amvróssi? Bem, para que perguntar? Vejo em seus lábios que se lembra. O que eram seus coregonos, percas! E as narcejas-reais, narcejas-galegas, galinholas da estação, codornizes, aves limícolas? A *narzan* que sibilava na garganta?!!

Mas chega! Você está se distraindo, leitor. Venha comigo!

Às dez e meia daquela noite, enquanto Berlioz perecia no Patriarca, no andar de cima da Griboiêdov apenas um quarto estava iluminado, no qual penavam doze literatos, concentrados para uma reunião e aguardando Mikhail Aleksándrovitch.

Sentados nas cadeiras, nas mesas e até nos dois peitoris do aposento da direção, padeciam fortemente com o calor abafado. Nem uma corrente fresca penetrava pelas janelas abertas. Moscou devolvia o calor acumulado no asfalto durante o dia, e estava claro que a noite não traria alívio. Um cheiro de cebola vinha do porão da casa da tia, onde funcionava a cozinha do restaurante, e todos tinham vontade de beber, todos estavam nervosos e bravos.

O romancista Beskúdnikov, homem calmo e bem-vestido, de olhos simultaneamente atentos e fugidios, sacou o relógio. O ponteiro arrastava-se para as onze. Beskúdnikov bateu com o dedo no mostrador, exibiu-o a seu vizinho, o poeta Dvubrátski, sentado na mesa e, entediado, a balançar os pés, com sapatos amarelos de sola de borracha:

— Olha só — resmungou Dvubrátski.

— O menino deve ter se atolado no rio Kliazma — retrucou, com voz grossa, Nastássia Lukínitchna Nepremiênova, órfã de um mercador de Moscou, que se tornara escritora de relatos de batalha naval sob o pseudônimo de Navegador Jorge.

---

[25] Em francês russificado no original, "até a vista". (N. do T.)

— Com licença! — pôs-se a falar, corajoso, Zagrívov, autor de esquetes populares. — Agora, eu estaria satisfeito tomando chá na varandinha, em vez de ficar cozinhando aqui. Pois a reunião não tinha sido marcada para as dez?

— E agora está bom no Kliazma — o Navegador Jorge azucrinava os presentes, sabendo que a aldeia de *datchas* de escritores de Perelíguino, que ficava no Kliazma, era o ponto fraco de todos —, a essa altura os rouxinóis já devem estar cantando. Sempre trabalho melhor fora da cidade, especialmente na primavera.

— É o terceiro ano em que gasto dinheiro para mandar minha mulher, que sofre da doença de Basedow-Graves, para esse paraíso, mas fiquei a ver navios — disse o novelista Ierônim Popríkhin, venenoso.

— Isso é de acordo com a sorte de cada um — bramiu, do peitoril, o crítico Abábkov.

A alegria cintilou nos olhinhos diminutos do Navegador Jorge, que disse, suavizando a voz de contralto:

— Não devemos ter inveja, camaradas. Ao todo, as *datchas* são vinte e duas, e só estão construindo mais sete, enquanto somos três mil na Massolit.

— Três mil, cento e onze pessoas — adicionou alguém, do canto.

— Pois bem, estão vendo — prosseguiu o Navegador —, o que fazer? É natural que os mais talentosos de nós recebam as *datchas*...

— Os generais! — o roteirista Glúkharev prorrompeu na contenda sem rodeios.

Beskúdnikov, com um bocejo fingido, saiu do cômodo.

— Só ele tem cinco quartos em Perelíguino — disse Glúkharev, atrás dele.

— Só Lavróvitch tem seis — gritou Denískin —, e uma sala de jantar com revestimento de carvalho!

— Ei, agora a questão não é essa — bramiu Abábkov —, e sim que já são onze e meia.

Começou um barulho, desencadeou-se uma espécie de rebelião. Puseram-se a telefonar para a odiada Perelíguino, mas a ligação caiu não naquela *datcha*, e sim na de Lavróvitch, apuraram que Lavróvitch tinha ido até o rio e ficaram totalmente transtornados com isso. Sem pensar, telefonaram para a comissão de belas-letras, no ramal nº 930 e, obviamente, não encontraram ninguém.

— Ele podia ter ligado! — gritaram Denískin, Glúkharev e Kvant.

Ah, gritaram em vão, Mikhail Aleksándrovitch não podia ligar para ninguém. Longe, bem longe da Griboiêdov, em uma sala imensa, iluminada por lâmpadas de mil velas, em três mesas de zinco, jazia aquilo que há pouco tempo fora Mikhail Aleksándrovitch.

Na primeira, o corpo nu, coberto de sangue ressequido, com o braço quebrado e a caixa torácica esmagada; em outra, a cabeça, com os dentes da frente partidos, os olhos turvos abertos, já não mais assustados pela luz forte e, na terceira, um monte de trapos endurecidos.

Junto ao decapitado estavam um professor de medicina legal, um anatomopatologista e seu auxiliar de necrópsia, representantes da perícia, e o adjunto de Mikhail Aleksándrovitch Berlioz na Massolit, o literato Jeldíbin, chamado por telefone quando estava junto à mulher doente.

Um carro foi buscar Jeldíbin e, em primeiro lugar, junto com a perícia, conduziu-o (isso foi cerca da meia-noite) ao quarto do morto, onde se procedeu à colocação de lacre em seus papéis, e depois todos foram à morgue.

E agora os que estavam junto aos restos do defunto deliberavam o que seria melhor fazer: costurar a cabeça cortada ao pescoço ou expor o corpo no salão da Griboiêdov, simplesmente cobrindo o falecido hermeticamente com um pano preto até o pescoço?

Não, Mikhail Aleksándrovitch não tinha como ligar para ninguém, e a indignação e gritos de Deniskin, Glúkharev e Kvant com Beskúdnikov eram completamente inúteis. À meia-noite em ponto, todos os doze literatos abandonaram o andar de cima e desceram para o restaurante. Daí novamente voltaram a se referir a Mikhail Aleksándrovitch com palavras pejorativas: todas as mesinhas da varanda, naturalmente, já estavam ocupadas, e tiveram que jantar dentro das salas belas, porém abafadas.

E à meia-noite em ponto, na primeira delas, algo espocou, tilintou, espalhou-se, saltitou. E imediatamente uma voz masculina soltou um grito desesperado, ao som da música: "Aleluia!".[26] Era o ataque do famoso *jazz* da Griboiêdov. Os rostos cobertos de suor como que se iluminaram, os cavalos desenhados no teto davam a impressão de ganhar vida, a luz das lâmpadas parecia se intensificar, e de repente, como se rompessem as amarras, ambas as salas caíram na dança, e em seguida também a varanda.

Glúkharev caiu na dança com a poeta Tamara Polumiêssiats, Kvant caiu na dança, o romancista Jukôpov caiu na dança com uma atriz de cinema de vestido amarelo. Dançavam: Dragúnski, Tcherdáktchi, o pequeno Denískin com a gigantesca Navegador Jorge, dançava a bela arquiteta Semêikina-Gall, agarrada com força por um desconhecido com calças brancas de

[26] Uma das canções favoritas de Bulgákov, "Hallelujah", do musical *Hit the Deck* (1927), do norte-americano Vincent Youmans (1898-1946). (N. do T.)

aniagem. Dançavam os de lá e os convidados, moscovitas e forasteiros, o escritor Johann, de Kronstadt, um certo Vítia Kúftik, de Rostov, ao que parece diretor cênico, com uma impingem lilás por toda a face, dançavam os mais eminentes representantes da divisão de poesia da Massolit, ou seja Paviánov, Bogokhúlski, Sládki, Chpítchikn e Adelfina Buzdiak, dançavam jovens de profissão ignorada com o cabelo cortado rente e enchimento nos ombros, dançava um senhor muito idoso e de barba, na qual ficara preso um pedacinho de cebola verde, dançava com ele uma moça doentia, devorada pela anemia, de vestido de seda laranja amarfanhado.

Derretendo de suor, os garçons carregavam acima das cabeças canecas de cerveja transpirando, e gritavam, com voz rouca e com ódio: "Desculpe, cidadão!". Em algum lugar, com um megafone, uma voz comandava: "*Kárski* — um! Zubrowka — duas! *Flaki gospodárskie*!".[27] A voz aguda já não cantava, e sim ululava: "Aleluia!". O estrondo dos pratos dourados do *jazz* por vezes encobria o estrondo da louça que as lavadoras mandavam para a cozinha por um plano inclinado.

Em suma, um inferno.

E, à meia-noite, surgiu um espectro nesse inferno: saiu à varanda um belo homem de olhos negros, barba pontiaguda e fraque e, com um olhar majestoso, contemplou seus domínios. Diziam, diziam os místicos, que houve um tempo em que o belo não usara fraque, e sim um largo cinturão de couro, no qual se sobressaíam as coronhas de pistolas, e seus cabelos de asa de corvo eram atados com uma seda escarlate, e navegava pelo mar das Caraíbas, sob seu comando, um brigue com uma bandeira negra sepulcral e uma caveira.

Mas não, não! Mentem os místicos sedutores, não existe mar das Caraíbas, ali não navegam flibusteiros desesperados, eles não são perseguidos por corvetas, nem a fumaça do canhão se estende sobre as águas. Não existe nada, nem nunca existiu! Lá fora há uma tília definhada, há uma grade de ferro fundido e, atrás dela, o bulevar... E o gelo se funde no balde, e nas mesas vizinhas veem-se olhos bovinos injetados de sangue, e é terrível, terrível... Oh, deuses, meus deuses, quero veneno, veneno!...

E de repente, de uma mesa, ergueu-se a palavra: "Berlioz!!". O *jazz* se desfez e silenciou de repente, como se alguém o tivesse golpeado com o punho. "O quê, o quê, o quê, o quê?!!" "Berlioz!!" E se puseram a saltar, e se puseram a gritar...

---

[27] *Kárski*, tipo de *chachlyk*, churrasco caucasiano no espeto; Zubrowka, marca de vodca polonesa; *flaki*, estufado polonês à base de tripas de vaca. (N. do T.)

Sim, ergueu-se uma onda de pesar com a terrível notícia a respeito de Mikhail Aleksándrovitch. Alguém se agitou, gritando que era indispensável, naquela mesma hora, ali mesmo, sem sair do lugar, redigir um telegrama coletivo e enviá-lo sem demora.

Mas que telegrama, perguntamos, e para onde? E por que enviá-lo? Realmente, para onde? E por que precisa de um telegrama aquele cuja nuca achatada estava agora sendo apertada pelas mãos de borracha do auxiliar de necrópsia, cujo pescoço era agora picado pelas agulhas curvas do professor? Estava morto, e não precisava de nenhum telegrama.[28] Tudo se acabara, não vamos mais sobrecarregar o telégrafo.

Sim, morto, morto... Mas nós estamos vivos, não?

Sim, uma onda de pesar se erguera, porém se detivera, se detivera e começara a baixar, e alguém já regressava à sua mesa e, primeiro de forma furtiva, depois abertamente, bebia uma vodquinha e petiscava. Realmente, por que deixar estragar os croquetes de frango, de *volaille*? Como vamos ajudar Mikhail Aleksándrovitch? Ficando com fome? Mas nós estamos vivos!

Naturalmente, o piano foi trancado a chave, o *jazz* se dispersou, alguns jornalistas partiram às redações para escrever o necrológio. Soube-se que Jeldíbin chegara da morgue. Instalou-se no escritório do defunto, em cima, e imediatamente correu o boato de que ele substituiria Berlioz. Jeldíbin convocou, do restaurante, todos os doze membros da diretoria, e, na reunião iniciada com urgência no escritório de Berlioz, procederam à discussão das questões improteláveis da decoração da sala de colunas da Griboiêdov, do translado do corpo da morgue para aquela sala, da abertura do acesso a ele e outras coisas ligadas à lamentável ocorrência.

E o restaurante vivia sua habitual vida noturna, e a teria vivido até o fechamento, ou seja, até as quatro da manhã, se não tivesse acontecido algo completamente fora do comum, que chocou os clientes muito mais do que a notícia do falecimento de Berlioz.

Os primeiros a se inquietar foram os cocheiros que serviam no portão da casa de Griboiêdov. Ouviu-se quando um deles, levantando-se na boleia, gritou:

— Uau! Deem só uma olhada!

Em seguida, sabe-se lá de onde, uma luzinha se acendeu junto à grade de ferro e começou a se aproximar da varanda. As pessoas sentadas às me-

---

[28] Alusão ao poema "Fragmentos" (1928-30), de Vladímir Maiakóvski: "Não tenho pressa/ Para que acordar-te/ com o/ relâmpago/ de mais um telegrama" (tradução de Augusto de Campos, São Paulo, Perspectiva, 6ª ed., 2012). (N. do T.)

sas passaram a se levantar e perscrutar, e viram que, junto com a luzinha, um espectro branco marchava para o restaurante. Quando ele se aproximou da latada, todos ficaram hirtos nas mesas, com pedaços de acipênser no garfo e olhos arregalados. O porteiro, que nessa hora tinha saído da porta da chapelaria do restaurante para fumar no pátio, esmagou a *papirossa* com o pé e avançou para o espectro com a finalidade clara de barrar seu acesso ao restaurante mas, por algum motivo, não o fez, e ficou parado, com um sorriso estúpido.

E o espectro, passando pela abertura da lataria, entrou sem dificuldades na varanda. Daí todos viram que não se tratava de espectro algum, e sim de Ivan Nikoláievitch Bezdômny, o famoso poeta.

Estava descalço, com uma camisa tolstoiana esbranquiçada rasgada, em cujo peito estava pregado, com um alfinete de segurança, um ícone de papel com a imagem de um santo desconhecido, e de ceroulas brancas listradas. Na mão, Ivan Nikoláievitch trazia uma vela nupcial acesa. A bochecha direita de Ivan Nikoláievitch estava levemente ralada. Era difícil até de medir a profundeza do silêncio que se estabeleceu na varanda. Dava para ver a caneca inclinada de um garçom derramando cerveja no chão.

O poeta ergueu a vela acima da cabeça e disse, alto:

— Saudações, amigos! — depois disso, olhou para a mesa mais próxima e exclamou, angustiado: — Não, ele não está aqui!

Ouviram-se duas vozes. Uma, de baixo, disse, implacável:

— Pronto. *Delirium tremens*.

E uma outra, de mulher, assustada, proferiu as palavras:

— Como a polícia deixou-o andar pela rua nesse estado?

Isso Ivan Nikoláievitch ouviu, e retrucou:

— Quiseram me deter duas vezes, na rua Skátertnaia e aqui, na rua Brônnaia, mas eu pulei a cerca e, vejam, ralei a bochecha! — Ivan Nikoláievitch ergueu a vela e se pôs a gritar: — Irmãos da literatura! — sua voz rouca ganhou forças, e se tornou mais ardente: — Escutem-me todos! Ele apareceu! Agarrem-no sem demora, senão vai causar desgraças indescritíveis!

— O quê? O quê? O que ele disse? Quem apareceu? — levantaram-se vozes de todos os lados.

— O consultor! — respondeu Ivan. — E esse consultor acaba de matar Mikhail Berlioz no Patriarca.

Então as pessoas da sala interior acorreram à varanda, uma multidão se juntou em volta da chama de Ivan.

— Perdão, perdão, seja mais preciso — uma voz baixa e suave soou perto do ouvido de Ivan —, diga, como assim, matou? Quem matou?

— O consultor estrangeiro, professor e espião! — retrucou Ivan, olhando ao redor.

— E qual o nome dele? — perguntavam, baixo, em seu ouvido.

— Pois é, o nome! — gritou Ivan, angustiado. — Se eu soubesse o nome! Não vi direito o nome no cartão de visitas... Só me lembro da primeira letra: "W". Um sobrenome com "W"! Que nome é esse com "W"? — Ivan perguntou-se, colocando a mão na testa, e de repente se pôs a murmurar: — W, W, W!... Wa... Wo... Wachner? Wagner? Wainer? Wegner? Winter?... — os cabelos de Ivan começaram a se eriçar com a tensão.

— Woolf? — gritou uma mulher, com pena.

Ivan se zangou.

— Estúpida! — pôs-se a berrar, procurando com os olhos quem tinha gritado. — O que Woolf tem a ver? Woolf não tem culpa nenhuma! Wo, wo... Não! Não me lembro. Bem, mas é o seguinte, cidadãos: liguem já para a polícia, para que mandem cinco motocicletas com metralhadoras, para agarrar o professor. E não se esqueçam de dizer que tem dois com ele: um comprido, de xadrez... *pince-nez* rachado... e um gato preto, gordo. Enquanto isso, vou fazer uma busca na Griboiêdov... Farejo que ele está por aqui!

Ivan caiu em aflição, abriu caminho entre os que o rodeavam, pôs-se a agitar a vela, encharcando-se de cera, e a espiar embaixo das mesas. Daí ouviu-se a palavra "médico", e um rosto afável, carnudo, barbeado e bem-nutrido, com óculos de aro de tartaruga, surgiu diante de Ivan.

— Camarada Bezdômny — pôs-se a falar aquele rosto, com voz solene —, acalme-se! O senhor está abalado com a morte de alguém que era caro a todos nós, Mikhail Aleksándrovitch... não! Simplesmente Micha Berlioz! Todos nós entendemos isso maravilhosamente bem. O senhor necessita de repouso. Agora os camaradas vão conduzi-lo até a cama, e o senhor vai se esquecer...

— Você — interrompeu Ivan, arreganhando os dentes — compreende que precisamos capturar o professor? E vem para cima de mim com as suas idiotices! Cretino!

— Camarada Bezdômny, perdão — respondeu o rosto, enrubescendo e já se arrependendo de ter se intrometido naquele caso.

— Não, um outro talvez, mas você eu não perdoo — disse Ivan Nikoláievitch, com ódio sereno.

Uma convulsão desfigurou sua face, ele passou rapidamente a vela da mão direita para a esquerda, ergueu bem o braço e acertou a orelha esquerda do rosto compassivo.

Daí resolveram partir para cima de Ivan, e partiram. A vela apagou, e os óculos do poeta, que tinham caído do rosto, foram instantaneamente esmagados. Ivan soltou um terrível grito de luta, ouvido, para atração geral, até no bulevar, e começou a se defender. A louça que caía das mesas tilintava, as mulheres se punham a gritar.

Enquanto os garçons amarravam o poeta com toalhas, no vestiário acontecia uma conversa entre o comandante do brigue e o porteiro.

— Você viu que ele estava de ceroulas? — perguntou o pirata, com frieza.

— Mas veja, Artchibald Artchibáldovitch — respondeu o porteiro, tremendo —, como eu poderia barrá-lo se ele é membro da Massolit?

— Você viu que ele estava de ceroulas? — repetiu o pirata.

— Perdão, Artchibald Artchibáldovitch — disse o porteiro, ruborizando —, mas o que eu podia fazer? Entendo que há damas na varanda...

— As damas não são o caso, para as damas dá na mesma — respondeu o pirata, literalmente fulminando o porteiro com os olhos —, mas para a polícia não dá na mesma! Uma pessoa só pode andar pelas ruas de Moscou de roupa de baixo em um caso, se estiver acompanhada da polícia, e só para um lugar, a delegacia de polícia! E você, se é um porteiro, deve saber que, ao ver uma pessoa assim, tem o dever, sem demorar um segundo, de começar a apitar. Você está escutando? Está escutando o que acontece na varanda?

Daí o porteiro, atordoado, ouviu vaias, barulho de louça e gritos femininos vindos da varanda.

— O que fazer contigo por causa disso? — perguntou o flibusteiro.

A pele do rosto do porteiro adquiriu uma coloração de tifo, e os olhos morreram. Teve a impressão de que os cabelos negros, agora penteados com uma risca, estavam cobertos por uma seda cor de fogo. Peitilho e fraque desapareceram, e no cinto surgira a coronha de uma pistola. O porteiro se imaginou no mastaréu da gávea. Seus olhos viam sua própria língua de fora e a cabeça sem vida, caída sobre o peito, e até chegou a ouvir a água batendo na margem. Os joelhos do porteiro se dobraram. Mas daí o flibusteiro teve pena dele e apagou o olhar penetrante.

— Fique de olho, Nikolai! É a última vez. Não precisamos desse tipo de porteiro no restaurante. Você vai virar vigia de igreja — tendo dito isso, o comandante deu ordens precisas, claras, rápidas: — O Panteliei do bar. Um policial. A ata. Um carro. Para a clínica psiquiátrica. — E acrescentou: — Apite!

Em um quarto de hora, o público excepcionalmente pasmado, não apenas do restaurante, mas também do bulevar e das janelas das casas que davam para o jardim do restaurante viu Panteliei, o porteiro, um policial, um garçom e o poeta Riúkhin carregando pelos portões da Griboiêdov um jovem enfaixado como um boneco que, banhado em lágrimas e cuspindo, fazia de tudo para acertar exatamente Riúkhin, gritando para todo o bulevar:

— Calhorda! Calhorda!

O chofer do caminhão pôs o motor para funcionar, com rosto feroz, a seu lado o cocheiro atiçou o cavalo, batendo em sua garupa com as rédeas lilás e gritando:

— Vamos comigo! Já levei antes para a clínica psiquiátrica!

Ao redor, a multidão zumbia, debatendo a ocorrência sem precedentes; em suma, fora um escândalo abjeto, ignóbil, lascivo e porco, que só terminou quando o caminhão levou para fora dos portões da Griboiêdov o infeliz Ivan Nikoláievitch, o policial, Panteliei e Riúkhin.

Capítulo 6
ESQUIZOFRENIA, COMO FOI DITO

Era uma e meia da manhã quando na recepção da célebre clínica psiquiátrica, erigida há pouco nos arredores de Moscou, à margem do rio, entrou o homem de barbicha pontiaguda, paramentado de jaleco branco. Três auxiliares não desviavam os olhos de Ivan Nikoláievitch, que estava sentado em um divã. Ali também se encontrava o poeta Riúkhin, extremamente agitado. As toalhas com que Ivan Nikoláievitch tinha sido amarrado formavam um monte nesse mesmo divã. As mãos e pés de Ivan Nikoláievitch estavam livres.

Ao ver o recém-chegado, Riúkhin empalideceu, tossiu e disse, tímido:

— Olá, doutor.

O doutor fez uma mesura para Riúkhin, olhando para ele e para Ivan Nikoláievitch.

Este estava sentado, completamente imóvel, com uma cara brava e cenho carregado, e nem se mexeu à entrada do médico.

— Pois bem, doutor — por algum motivo, Riúkhin pôs-se a cochichar, dissimulado, fitando Ivan Nikoláievitch de forma assustada —, esse é o famoso poeta Ivan Bezdômny... bem, veja... temos medo de que seja *delirium tremens*...

— Bebeu muito? — perguntou o doutor, entredentes.

— Não... deu uma bebida, mas não tanto que...

— Saiu atrás de baratas, ratazanas, diabinhos ou cães vadios?

— Não — respondeu Riúkhin, trêmulo —, eu o vi ontem, e hoje de manhã. Estava totalmente saudável.

— E por que está de ceroulas? Foi tirado da cama?

— Doutor, ele chegou ao restaurante nesse estado...

— A-hã, a-hã — disse o doutor, muito satisfeito —, e por que as escoriações? Brigou com alguém?

— Caiu da cerca, depois, no restaurante, bateu em um, depois em outro...

— Sim, sim, sim — disse o doutor e, virando-se para Ivan, acrescentou: — Olá!

— Saudações, sabotador! — respondeu Ivan, raivoso e alto.

Riúkhin ficou tão confuso que não ousava erguer os olhos na direção do polido doutor. Esse, porém, não se ofendeu nem um pouco e, com um gesto costumeiro e hábil, tirou os óculos, levantou a aba do jaleco, guardou-os no bolso traseiro da calça e, então, perguntou a Ivan:

— Quantos anos o senhor tem?

— Podem ir todos para o diabo, francamente! — gritou Ivan, rude, e virou as costas.

— Por que o senhor está zangado? Por acaso eu lhe disse algo desagradável?

— Tenho vinte e três anos — disse Ivan, excitado —, e vou prestar queixa contra todos. Especialmente contra você, seu piolho! — dirigiu-se a Riúkhin, à parte.

— E o senhor deseja prestar queixa de quê?

— De que eu, uma pessoa saudável, fui agarrado e arrastado à força para uma casa de loucos! — respondeu Ivan em sua ira.

Nessa hora, Riúkhin olhou para Ivan e enregelou: decididamente, não havia loucura alguma naqueles olhos. De turvos, como estavam na Griboiêdov, haviam se convertido em desanuviados, como anteriormente.

“Meu pai!”, pensou Riúkhin, assustado. “Então ele é mesmo normal? Que asneira! Realmente, por que nós o arrastamos para cá? É normal, normal, só arranhou o focinho...”

— O senhor se encontra — disse o médico, calmo, sentando-se em um banquinho branco de pé reluzente — não em uma casa de loucos, mas em uma clínica, onde ninguém vai detê-lo se não houver necessidade.

Ivan Nikoláievitch fitou-o de esguelha, desconfiado, mas mesmo assim resmungou:

— Glória a vós, Senhor! Finalmente encontro um normal entre idiotas, dos quais o primeiro é esse imbecil, essa nulidade do Sachka![29]

— Quem é essa nulidade do Sachka? — inquiriu o médico.

— Ei-lo: Riúkhin! — respondeu Ivan Nikoláievitch, apontando o dedo sujo na direção de Riúkhin.

Este ardeu de indignação.

“Eis o meu agradecimento!”, pensou, amargo. “Isso por ter tido compaixão por ele! Realmente, que rebotalho!”

— Um culaquezinho[30] típico em sua psicologia — pôs-se a falar Ivan

---

[29] Diminutivo de Aleksandr. (N. do T.)

[30] Os culaques (do russo, *kulak*) eram camponeses abastados e influentes. Nos anos

Nikoláievitch que, pelo visto, estava a fim de desmascarar Riúkhin — e, além disso, um culaquezinho que fica se disfarçando cuidadosamente de proletário. Olhe para a sua fisionomia contrita e escute os versos sonoros que ele escreveu para o Primeiro de Maio. He-he-he... "Erguei-vos, desenvolvei-vos...", mas, se for olhar para dentro dele, o que ele pensa... Vai se espantar! — e Ivan Nikoláievitch soltou uma gargalhada sinistra.

Riúkhin respirava pesadamente, estava vermelho e só pensava numa coisa: que acalentara uma serpente no peito, que tivera compaixão por alguém que se revelara na verdade um inimigo raivoso. O pior é que não podia fazer nada: como brigar com um doente mental?

— E por que propriamente o senhor foi trazido até nós? — perguntou o médico, que ouvira com atenção as invectivas de Bezdômny.

— Que o diabo carregue esses palermas! Agarraram-me, amarraram-me com uns trapos e me arrastaram num caminhão!

— Permita-me perguntar por que o senhor foi ao restaurante só de roupa de baixo?

— Isso não tem nada de assombroso — respondeu Ivan —, fui nadar no rio Moscou, mas levaram a minha roupa e deixaram essa porcaria! Eu ia sair nu por Moscou? Vesti o que tinha, pois estava com pressa de chegar ao restaurante, ao Griboiêdov.

O médico lançou um olhar de interrogação a Riúkhin, que murmurou:

— Esse é o nome do restaurante.

— A-hã — disse o médico —, e por que estava com pressa? Alguma reunião de trabalho?

— Estava no encalço do consultor — respondeu Ivan Nikoláievitch, olhando com angústia ao redor.

— Que consultor?

— O senhor conhece Berlioz? — perguntou Ivan, de forma significativa.

— É... o compositor?

Ivan se zangou.

— Que compositor o quê! Ah, bem... bem, não! O compositor é homônimo de Micha Berlioz.

Riúkhin não tinha vontade de falar nada, porém se pôs a explicar:

— O presidente da Massolit, Berlioz, foi esmagado por um bonde, hoje à noite, no Patriarca.

1930 estava em andamento o processo de *deskulakização*, ou seja, de eliminação dos culaques enquanto classe. (N. do T.)

— Você está mentindo, não sabe de nada! — Ivan zangou-se com Riúkhin. — Eu é que estava lá, não você! Armou de propósito para ele ir parar embaixo do bonde!

— Empurrou?

— Mas para quê "empurrou"? — exclamou Ivan, zangado com a estupidez generalizada. — Uma pessoa daquelas não precisa empurrar! Consegue fazer cada truque que ninguém segura! Sabia com antecedência que Berlioz ia parar embaixo do bonde!

— E quem mais, além do senhor, viu esse consultor?

— Eis o problema: só eu e Berlioz.

— Bem. Que medidas o senhor tomou para capturar esse assassino? — daí o médico se virou e lançou um olhar para a mulher de jaleco branco, sentada a uma mesa lateral. Esta apanhou uma folha e começou a preencher os espaços vazios em suas colunas.

— As medidas foram as seguintes. Peguei uma velinha na cozinha...

— Essa aqui? — perguntou o médico, apontando para uma velinha quebrada que jazia ao lado de um ícone na mesa em frente à mulher.

— Essa mesma, e...

— E para que o ícone?

— Pois bem, o ícone... — Ivan enrubesceu — esse ícone, acima de tudo, por causa do susto — voltou a apontar o dedo para Riúkhin —, mas a coisa é que ele, o consultor, ele, para falar sem rodeios... se dá com forças malignas... e daí não tem como capturá-lo.

Por algum motivo, os auxiliares ficaram em posição de sentido, sem tirar os olhos de Ivan.

— Sim — prosseguiu Ivan —, ele se dá! Eis um fato irrevogável! Conversou com Pôncio Pilatos em pessoa. Não me olhem desse jeito! Estou dizendo a verdade! Ele viu tudo, o balcão e as palmeiras. Em suma, esteve com Pôncio Pilatos, isso eu garanto.

— Pois bem, pois bem...

— Pois então, em seguida eu preguei o ícone no peito e saí correndo...

Daí o relógio, de repente, bateu duas horas.

— E-he! — exclamou Ivan, levantando-se do divã. — Duas horas, e eu perdendo tempo com vocês! Perdão, cadê o telefone?

— Levem-no ao telefone — o médico ordenou aos auxiliares.

Ivan pegou o fone, enquanto a mulher perguntava a Riúkhin:

— Ele é casado?

— Solteiro — respondeu Riúkhin, assustado.

— Membro do sindicato?

— Sim.

— Polícia? — pôs-se a gritar Ivan, ao telefone. — Polícia? Camarada de plantão, dê imediatamente a ordem de que enviem para cá cinco motocicletas com metralhadoras para a captura de um consultor estrangeiro. O quê? Venham comigo que eu os levo... Quem fala é o poeta Bezdômny, da casa de loucos... Qual o endereço daqui? — Bezdômny perguntou, sussurrando, ao médico, cobrindo o fone com a mão, para depois voltar a gritar: — Está me escutando? Alô!... Que pouca vergonha! — berrou Ivan, de repente, jogando o fone na parede. Depois se virou para o médico, estendeu-lhe a mão, proferiu um seco "Até mais" e se preparou para partir.

— Desculpe-me, mas para onde o senhor deseja ir? — disse o médico, fitando Ivan nos olhos. — É alta noite, está de roupa de baixo... O senhor está se sentindo mal, fique conosco!

— Deixem-me passar — disse Ivan aos auxiliares, que cerraram fileiras à porta. — Vão me deixar passar ou não? — gritava o poeta, com voz assustadora.

Riúkhin se sobressaltou, e a mulher apertou um botão na mesinha, e em sua superfície de vidro saltou uma caixinha cintilante e uma ampola soldada.

— Ah, é assim? — proferiu Ivan, acuado e feroz, olhando para todos os lados. — Pois então está bem! Perdão... — e atirou-se de cabeça contra a corrediça da janela.

O estrondo foi bem forte, porém no vidro atrás da corrediça não houve nenhuma rachadura e, dentro de um instante, Ivan Nikoláievitch debatia-se nas mãos dos auxiliares. Rouquejava, tentava morder, gritava:

— Vejam só os vidrinhos que vocês arranjaram!... Soltem-me! Soltem-me!

Uma seringa brilhou na mão do médico, a mulher, com um único movimento, rasgou a manga velha da tolstoiana e agarrou-lhe o braço com força nada feminina. Sentiu-se o cheiro de éter. Ivan enfraqueceu nos braços de quatro pessoas, e o habilidoso médico aproveitou esse momento para enfiar a agulha no braço de Ivan. Seguraram Ivan por mais alguns segundos para depois deitá-lo no divã.

— Bandidos! — gritou, saltando do divã, mas foi novamente instalado nele.

Bastou soltarem-no para ele saltar de novo, mas foi colocado de volta. Ficou calado, olhando feroz em todas as direções, depois deu um bocejo inesperado, depois um sorriso raivoso.

— Acabaram me encarcerando — disse, bocejou de novo, deitou-se inesperadamente, colocando a cabeça na almofada, o punho sob a face, de forma infantil, e murmurando com voz que já era sonolenta e desprovida de ódio: — Pois está muito bem! Vocês vão pagar por tudo. Eu avisei, agora seja como quiserem!... Agora não me interesso mais por Pôncio Pilatos... Pilatos... — daí fechou os olhos.

— Um banho, o 117, isolado, e vigilância — ordenou o médico, colocando os óculos. Daí Riúkhin voltou a se sobressaltar: as portas brancas se abriram sem ruído, o corredor detrás delas fez-se visível, iluminado por lâmpadas noturnas azuis. Do corredor veio um canapé com rodas de borracha, no qual depositaram o apaziguado Ivan e o encaminharam pelo corredor, as portas se fecharam atrás dele.

— Doutor — perguntou, aos sussurros, o abalado Riúkhin —, quer dizer que ele está mesmo doente?

— Ah, sim — respondeu o médico.

— E o que ele tem? — perguntou Riúkhin, tímido.

Cansado, o médico olhou para Riúkhin e respondeu, mole:

— Excitação motora e verbal... interpretações delirantes... um caso complexo, pelo visto... Esquizofrenia, é de se supor. E ainda tem alcoolismo...

Das palavras do doutor, Riúkhin não entendeu nada além de que o caso de Ivan Nikoláievitch, pelo visto, era bem grave, então suspirou e perguntou:

— E por que ele fica falando de um tal consultor o tempo todo?

— Provavelmente viu alguém que afetou sua imaginação perturbada. E pode ser que tenha alucinado...

Alguns minutos mais tarde, o caminhão conduzia Riúkhin a Moscou. Amanhecia, e a luz ainda acesa dos postes da estrada era supérflua e desagradável. O chofer, irritado por ter perdido a noite, dirigia a toda velocidade, derrapando nas curvas.

A floresta se descolou e ficou para trás, o rio foi parar em algum lugar, ao lado, e uma variedade de coisas vinham de encontro ao caminhão: umas cercas com guaritas e pilhas de lenha, postes altíssimos e uns mastros, e nos mastros umas bobinas enfiadas, montes de cascalho, terra cortada por canais, em suma, sentia-se que logo, logo, ela, Moscou, estaria ali, bem depois da curva, e súbito cairia em cima deles, envolvendo-os.

Riúkhin sacudia e balançava, o coto em que estava alojado tentava escapulir o tempo todo. As toalhas do restaurante, largadas pelo policial e por Panteliei, que haviam regressado mais cedo, de trólebus, corriam pela plataforma inteira. Riúkhin até tentou recolhê-las, porém, resmungando, por algum motivo, com raiva: "Elas que vão para o diabo! Na verdade, por que fico me remexendo que nem um bobo?...", afastou-as com o pé e parou de olhar para elas.

O estado de espírito do viajante era horrível. Ficava claro que a visita ao manicômio deixara-lhe marcas pesadíssimas. Riúkhin tentou entender o que o lacerava. Seria o corredor com lâmpadas azuis, que pregara em sua memória? A ideia de que não existe infelicidade maior do que a perda da razão? Sim, sim, claro, isso também. Mas essa, com efeito, era uma ideia comum. Aqui havia algo mais. Mas o quê? A ofensa, eis o quê. Sim, sim, as palavras ofensivas que Bezdômny lhe jogara na cara. A desgraça não era que fossem ofensivas, mas sim que contivessem a verdade.

O poeta não fitava mais os lados, porém, cravando os olhos no chão imundo e sacolejante, passou a murmurar algo, lamuriando-se e se roendo.

Sim, os versos... Tinha trinta e dois anos! De fato, e dali por diante? Dali por diante iria fazer alguns versos por ano. Até a velhice? Sim, até a velhice. O que esses versos lhe trariam? Glória? "Que absurdo! Não engane a si mesmo. Nenhuma glória vem para quem faz versos ruins. Por que eles são ruins? A verdade, ele disse a verdade!" Riúkhin dirigiu-se a si mesmo sem compaixão. "Eu não acredito no que escrevo!..."

Envenenado por uma explosão de neurastenia, o poeta cambaleou, e o chão debaixo de si parou de sacudir. Riúkhin ergueu a cabeça e viu que estava há tempos em Moscou, e mais, que a alvorada pairava sobre Moscou, que as nuvens se iluminavam de dourado, que o caminhão estava parado, preso em uma coluna com outros veículos na esquina do bulevar, e que pertinho dele havia um homem de metal em um pedestal,[31] com a cabeça levemente inclinada, fitando o bulevar com indiferença.

Pensamentos estranhos acorreram à cabeça do poeta adoentado. "Eis um exemplo de autêntica sorte..." Daí Riúkhin se ergueu por inteiro na plataforma do caminhão e levantou o braço, ameaçando por algum motivo o homem de ferro fundido, que não agredia ninguém. "Cada passo que ele deu na vida, tudo que aconteceu com ele, tudo se reverteu em seu benefício, tudo contribuiu para a sua glória! Mas o que ele fez eu não entendo... Há algo de especial nas palavras: 'A tempestade com a bruma...'?[32] Não compreendo!... Teve sorte, teve sorte...", concluiu Riúkhin, com ódio súbito, sentindo que o caminhão se mexia debaixo de si. "Atirou, esse guarda branco atirou nele e lhe arrebentou as ancas, e lhe garantiu a imortalidade..."

A coluna se mexia. Completamente doente, e até envelhecido, o poeta entrou na varanda da Griboiêdov não mais do que dois minutos depois. Ela

---

[31] Estátua de Aleksandr Púchkin. A cena toda ironiza "Jubileu" (1924), poema em que Maiakóvski se dirige a Púchkin. (N. do T.)

[32] Início do poema "Noite de inverno", de Púchkin. (N. do T.)

já estava vazia. Em um canto, continuava a beber um grupo, no centro do qual agitava-se um célebre animador de solidéu bordado e uma taça de Abrau na mão.[33]

Riúkhin, carregando as toalhas, foi recebido com amabilidade por Artchibald Artchibáldovitch, e imediatamente liberado dos malditos trapos. Se Riúkhin não tivesse se martirizado tanto na clínica e no caminhão, provavelmente teria satisfação em narrar tudo que ocorrera na clínica, embelezando o relato com pormenores inventados. Porém, agora, não estava para tanto e, por menos observador que Riúkhin fosse, agora, depois da tortura no caminhão, contemplava com agudeza o pirata pela primeira vez e compreendia que ele, embora fizesse perguntas a respeito de Bezdômny e até exclamasse "Ai-ai-ai!", era em essência totalmente indiferente ao destino de Bezdômny, não sentindo pena alguma. "E faz muito bem! E está certo!", pensava Riúkhin, com raiva cínica e autodestrutiva e, interrompendo o relato da esquizofrenia, pediu:

— Artchibald Artchibáldovitch, uma vodquinha...

O pirata fez cara de solidariedade e sussurrou:

— Entendo... nesse instante — e acenou para um garçom.

Dentro de um quarto de hora, Riúkhin estava completamente sozinho, fazendo caretas para uma carpa, bebendo cálice atrás de cálice, entendendo e reconhecendo que não havia mais como consertar sua vida, e que só era possível esquecer.

O poeta tinha desperdiçado a noite enquanto outros se banqueteavam, e agora compreendia que ela não podia ser restituída. Bastava erguer a cabeça das luminárias para o céu para entender que a noite se fora de modo irreversível. Os garçons, apressados, retiravam as toalhas das mesas, os gatos que corriam pela varanda tinham aspecto matinal. O dia despencava incontrolavelmente em cima do poeta.

---

[33] Abrau-Dursó, vinho espumante. (N. do T.)

Capítulo 7
O APARTAMENTO SINISTRO

Se, na manhã seguinte, dissessem a Stiopa[34] Likhodêiev: "Stiopa! Você vai ser fuzilado se não se levantar nesse instante!", ele teria respondido com uma voz lânguida e quase inaudível: "Fuzilem, façam o que quiserem comigo, mas daqui não levanto".

Não apenas levantar, mas ele tinha a impressão de que não conseguiria nem abrir os olhos, pois, assim que o fizesse, um relâmpago cintilaria, e sua cabeça instantaneamente se desfaria em pedaços. Nessa cabeça ressoava um sino pesado, entre os globos oculares e as pálpebras cerradas flutuavam manchas castanhas de borda verde-fogo e, para culminar, sentia uma náusea que, aliás, parecia associada ao som de um gramofone impertinente.

Stiopa tentava se lembrar de alguma coisa, mas só se lembrava de que, aparentemente, na véspera, sem saber onde, ficara com o guardanapo no braço e tentara beijar alguma dama, a qual aliás prometera, no dia seguinte, pontualmente ao meio-dia, visitar. A dama se recusara, dizendo: "Não, não, não vou estar em casa!", porém Stiopa, teimoso, insistira: "Mas eu vou assim mesmo!".

Quem era essa dama, que horas eram agora, que dia e que mês, Stiopa decididamente não sabia e, pior do que tudo, não conseguia entender onde estava. Tentou esclarecer pelo menos essa última coisa e, para tanto, despregou a pálpebra colada do olho esquerdo. Alguma coisa reverberou, embaçada, na penumbra, Stiopa finalmente reconheceu o tremó e entendeu que estava deitado de costas em sua cama, ou seja, na antiga cama da joalheira, no quarto. Daí sentiu tamanha pontada na cabeça que fechou os olhos e se pôs a gemer.

Expliquemos: Stiopa Likhodêiev, diretor do teatro de Variedades,[35] despertava pela manhã naquele mesmo apartamento que dividia com o finado

[34] Diminutivo de Stepan. (N. do T.)

[35] Não havia um teatro com esse nome no tempo de Bulgákov. O escritor tinha em mente o Music Hall de Moscou, cujo edifício, localizado na atual Praça Triunfal, hoje abriga o Teatro Acadêmico de Sátira de Moscou. (N. do T.)

Berlioz, em um grande prédio de seis andares, tranquilamente localizado na rua Sadôvaia.[36]

É preciso dizer que esse apartamento — o nº 50 — há muito tempo gozava de uma reputação que, se não má, era, em todo caso, estranha. Ainda dois anos atrás, sua proprietária era a viúva do joalheiro de Fougeray. Anna Frántsevna de Fougeray, uma senhora de cinquenta anos, respeitável e muito prática, alugava três de cinco aposentos: para um inquilino cujo sobrenome era, ao que parece, Belomut, e para outro cujo nome se perdeu.

Porém, dois anos atrás, tiveram início no apartamento eventos inexplicáveis: as pessoas começaram a desaparecer do apartamento sem deixar traços.

Certa vez, em um dia de folga, um policial apareceu no apartamento, chamou à antessala o segundo inquilino (cujo nome se perdeu) e pediu que comparecesse à delegacia por um minuto para assinar alguma coisa. O inquilino ordenou a Anfissa, dedicada e antiga empregada de Anna Frántsevna, que, caso lhe telefonassem, dissesse que estaria de volta em dez minutos, e partiu com o correto policial de luvas brancas. Só que não apenas não regressou em dez minutos, como jamais regressou. O mais espantoso disso tudo é que, pelo visto, junto com ele desapareceu o policial.

Devota e, falando francamente, supersticiosa, Anfissa afirmou sem rodeios à abaladíssima Anna Frántsevna que aquilo era feitiçaria, e que sabia muito bem quem tinha levado o inquilino e o policial, só que não desejava dizê-lo à noite.

Porém, a feitiçaria, como se sabe, basta começar que ninguém segura. O segundo inquilino, pelo que lembram, sumiu na segunda-feira e, na quarta, foi como se Belomut tivesse sido tragado pela terra, embora, na verdade, em circunstâncias diferentes. De manhã, como de hábito, um carro chegou para levá-lo ao trabalho, e levou, só que ninguém o trouxe de volta, nem o carro retornou.

O pesar e o horror de madame Belomut eram impossíveis de descrever. Porém, infelizmente, um e outro foram de curta duração. Naquela mesma noite, ao regressar com Anfissa da *datcha*, à qual Anna Frántsevna por algum motivo acorrera às pressas, não encontrou mais a cidadã Belomut no apartamento. E isso não era tudo: as portas de ambos os quartos do casal Belomut estavam lacradas!

---

[36] A descrição do prédio corresponde àquele em que Bulgákov viveu no começo da década de 1920, na rua Bolcháia Sadôvaia, 10. Seu endereço na obra — nº 302-bis — também tem conotação diabólica: "bis" é demônio em ucraniano. (N. do T.)

Mal e mal se passaram dois dias. No terceiro, Anna Frántsevna, que padecera esse tempo todo de insônia, voltou a acorrer apressadamente à *datcha*... Não preciso dizer que não voltou!

Tendo ficado sozinha, Anfissa chorou copiosamente e foi dormir à uma da manhã. Não se sabe o que se passou com ela depois, mas os inquilinos dos outros apartamentos contaram que, durante toda a noite, ouviram-se no nº 50 umas batidas, e uma luz elétrica ardeu nas janelas até o amanhecer. Pela manhã, esclareceu-se que também não havia Anfissa!

Durante muito tempo, no prédio, contou-se todo tipo de lendas acerca dos desaparecimentos e do apartamento maldito, como, por exemplo, que aquela Anfissa magricela e devota trazia, em uma bolsinha de camurça, no peito ressequido, vinte e cinco diamantes enormes que pertenciam a Anna Frántsevna. Que no galpão de lenha daquela mesma *datcha* à qual Anna Frántsevna acorrera apressada haviam sido descobertos incontáveis tesouros, como aqueles mesmos diamantes e umas moedas de ouro cunhadas pelo tsar... E outras coisas do gênero. Bem, não podemos garantir aquilo que não sabemos.

Seja como for, o apartamento ficou vazio e lacrado por apenas uma semana, e depois se alojaram nele o finado Berlioz com a esposa, e esse mesmo Stiopa, também com a esposa. Muito naturalmente, assim que foram parar no apartamento execrado, sabe o diabo o que começou a lhes ocorrer. No decurso de exatamente um mês sumiram ambas as esposas. Mas não sem deixar traços. Da esposa de Berlioz contaram que teria sido vista em Khárkov, com um coreógrafo, enquanto a esposa de Stiopa pretensamente teria sido descoberta na rua Bojedômka,[37] onde, de acordo com a fofoca, o diretor do Variedades, empregando seus inúmeros contatos, dera um jeito de lhe arrumar um quarto, com a condição de não pôr os pés na Sadôvaia...

Pois bem, Stiopa se pôs a gemer. Queria chamar a empregada Grúnia[38] e pedir *pyramidon*,[39] não obstante conseguiu chegar à conclusão de que era besteira... que não havia *pyramidon* e, claro, tampouco havia Grúnia. Tentou chamar Berlioz em seu auxílio, gemeu duas vezes: "Micha·... Micha...", porém, como vocês compreendem, não obteve resposta. No apartamento reinava absoluto silêncio.

---

[37] Atual rua Dúrova, em Moscou. (N. do T.)

[38] Diminutivo de Agrafiena e Agrippina. (N. do T.)

[39] Medicamento similar à aspirina. (N. do T.)

Mexendo os dedos dos pés, Stiopa adivinhou que estava de meias, percorreu a coxa com a mão trêmula para determinar se estava ou não de calças, mas não conseguiu.

Por fim, ao ver que se encontrava largado e solitário, que ninguém viria em seu socorro, decidiu levantar-se, por mais sobre-humano que fosse o esforço requerido.

Stiopa despregou as pálpebras coladas e viu-se refletido no espelho do tremó com o aspecto de um homem com os cabelos eriçados em diversas direções, uma fisionomia intumescida e coberta de pelos negros, olhos inchados, camisa suja com colarinho, gravata, ceroulas e meias.

Assim ele se viu refletido no tremó e, do lado do espelho, viu um desconhecido, vestido de negro e boina preta.

Stiopa se sentou na cama e arregalou o quanto pôde os olhos inchados de sangue para o desconhecido.

O silêncio foi quebrado por este desconhecido, proferindo, com uma voz baixa e pesada e sotaque estrangeiro, as seguintes palavras:

— Bom dia, simpaticíssimo Stepan Bogdánovitch!

Seguiu-se uma pausa, depois da qual, fazendo o mais terrível esforço, Stiopa proferiu:

— O que deseja? — e se espantou, não reconhecendo a própria voz. A palavra "o" pronunciou como soprano, "que" como baixo, e "deseja" quase não saiu.

O desconhecido sorriu, amável, sacou um grande relógio de ouro com um triângulo de diamante na tampa, que bateu onze vezes, e disse:

— Onze! Faz exatamente uma hora que aguardo o seu despertar, já que o senhor marcou comigo às dez. Aqui estou!

Stiopa tateou a cadeira ao lado da cama, procurando as calças, e sussurrou:

— Desculpe-me... — encontrou-as e perguntou, com voz rouca: — Diga-me, por favor, qual o seu nome?

Tinha dificuldade de falar. A cada palavra, uma agulhinha espetava-lhe o cérebro, causando uma dor dos infernos.

— Como? O senhor esqueceu o meu nome? — o desconhecido riu.

— Perdão... — Stiopa rouquejava, sentindo que a ressaca o presenteava com um novo sintoma: tinha a impressão de que o chão ao lado da cama sumira e de que, naquele instante, iria despencar de cabeça para baixo na morada do diabo, nos quintos dos infernos.

— Caro Stepan Bogdánovitch — disse o visitante, com um riso sagaz —, nenhum *pyramidon* vai ajudá-lo! Siga a velha e sábia regra: semelhante cura semelhante. A única coisa que vai lhe devolver à vida são dois copinhos de vodca com aperitivos picantes e quentes.

Stiopa era um homem astuto e, mesmo estando doente, percebeu que, já que fora surpreendido em tal estado, tinha que admitir tudo.

— Para falar francamente — começou, movendo a língua a custo —, ontem eu, um pouco...

— Nem uma palavra mais! — respondeu o visitante, afastando-se para o lado com a poltrona.

Stiopa, esbugalhando os olhos, viu que na pequena mesinha estava servida uma bandeja na qual havia pão branco cortado, caviar prensado em um vasinho, cogumelos brancos marinados em um pratinho, algo em uma panelinha e, por fim, vodca em uma volumosa garrafa da joalheira. Stiopa ficou especialmente impressionado porque a garrafa suava de tão gelada. Aliás, isso era compreensível: ela estava em uma bacia cheia de gelo. Em suma, o serviço era esmerado e profissional.

O desconhecido não permitiu que o espanto de Stiopa chegasse a um grau doloroso, e habilmente serviu-lhe meio copo de vodca.

— E o senhor? — piou Stiopa.

— Com satisfação!

Stiopa levou o copo aos lábios com mão trêmula, enquanto o estrangeiro engoliu o conteúdo de seu copo de um só gole. Mastigando um pouco de caviar, Stiopa expeliu as seguintes palavras:

— E o senhor, não vai... petiscar?

— Grato, eu nunca petisco — respondeu o desconhecido, servindo um segundo copo. Abriram a panela: continha salsichas no molho de tomate.

E eis que o maldito verdor diante dos olhos se esvaiu, as palavras começaram a se articular e, o mais importante, Stiopa lembrou-se de algo. Exatamente, de que o caso de ontem tinha sido em Skhódnia,[40] na *datcha* do autor de esquetes Khústov, para onde esse Khústov levara Stiopa de táxi. Lembrava-se ainda de que tomaram esse táxi no Metropol, e de que havia também um outro, ator ou não... com um gramofone em uma maleta. Sim, sim, sim, tinha sido na *datcha*! Lembrava-se ainda de um cachorro nesse gramofone. Só a dama que Stiopa quisera beijar seguia inexplicável... sabe o diabo quem ela era... parece que trabalhava numa rádio, mas talvez não.

O dia da véspera, dessa forma, deslindava-se aos poucos, só que Stiopa agora estava muito mais interessado no dia de hoje e, em particular, na apa-

---

[40] Região da cidade de Khimki, doze quilômetros a nordeste de Moscou. (N. do T.)

rição do desconhecido em seu dormitório, ainda mais com aperitivos e vodca. Não seria nada mal esclarecer isso!

— Bem, agora então eu espero que o senhor tenha se lembrado do meu nome.

Stiopa, porém, só fez sorrir envergonhado e abrir os braços.

— Olha só! Tenho a sensação de que, depois da vodca, o senhor tomou vinho do Porto! Perdão, mas isso não se faz!

— Gostaria de lhe pedir que isso ficasse entre nós — disse Stiopa, servil.

— Ah, claro, claro! Mas por Khústov, evidentemente, eu não posso falar.

— Por acaso o senhor conhece Khústov?

— Ontem, no seu gabinete, eu vi esse indivíduo de passagem, mas basta olhar de relance para seu rosto para entender que se trata de um cafajeste, mexeriqueiro, oportunista e puxa-saco.

"Absolutamente certo!", pensou Stiopa, impressionado pela definição tão precisa e sucinta de Khústov.

Sim, os pedacinhos do dia de ontem se juntavam, mas mesmo assim a angústia não largava o diretor do Variedades. A questão era que nesse dia anterior abria-se um imenso buraco negro. Pois, seja como for, Stiopa não tinha visto esse desconhecido de boina em seu gabinete na véspera.

— Woland, professor de magia negra — disse o visitante, sério, ao ver as dificuldades de Stiopa, e narrou tudo de forma ordenada.

No dia anterior, chegara a Moscou do exterior, apresentara-se sem tardar a Stiopa e oferecera sua turnê ao Variedades. Stiopa telefonara para a comissão de espetáculos da província de Moscou e ajustara a questão (Stiopa empalideceu e piscou), assinara com o professor Woland um contrato para sete apresentações (Stiopa abriu a boca), combinara que Woland viria a sua casa para assentar os detalhes às dez da manhã de hoje... E Woland veio!

Ao chegar, fora recebido pela empregada Grúnia, que explicou que também tinha acabado de chegar, que era empregada, que Berlioz não estava em casa, mas que, se o visitante desejava ver Stepan Bogdánovitch, devia ir até seu dormitório. Stepan Bogdánovitch jazia em sono tão profundo que ela não quisera acordá-lo. Ao ver em que estado Stepan Bogdánovitch se encontrava, o artista mandara Grúnia à mercearia mais próxima atrás de vodca e aperitivos, à farmácia atrás de gelo e...

— Permita-me acertar as contas com o senhor — choramingou Stiopa, mortificado, pondo-se a procurar a carteira.

— Ah, que bobagem! — exclamou o artista, sem querer ouvir mais falar no assunto.

Dessa forma, vodca e aperitivos estavam entendidos, mas mesmo assim era penoso olhar para Stiopa: decididamente, não lembrava nada do contrato, e podiam matá-lo, mas ele não tinha visto esse Woland na véspera. Khústov sim, mas Woland não.

— Deixe-me dar uma olhada no contrato — pediu Stiopa, em voz baixa.

— Por favor, por favor.

Stiopa olhou para o papel e gelou. Estava tudo em ordem. Em primeiro lugar, a vaidosa assinatura do próprio Stiopa! Uma assinatura oblíqua à margem, do punho do diretor financeiro Rímski, com a permissão de entregar ao artista Woland dez mil rublos, por conta dos trinta e cinco mil que lhe eram devidos por sete apresentações. Mais do que isso: a assinatura de Woland por já ter recebido esses dez mil!

"Mas o que é isso?", pensou o infeliz Stiopa, e sua cabeça começou a rodar. Seria o começo dos nefastos lapsos de memória? Porém, sem dúvida, depois de o contrato ter sido apresentado, manifestações ulteriores de espanto seriam simplesmente inconvenientes. Stiopa pediu licença ao convidado por um minuto, afastou-se e, assim como estava, de meias, saiu correndo para o telefone da antessala. No caminho, gritou, na direção da cozinha:

— Grúnia!

Ninguém replicou, porém. Então deu uma olhada na porta do gabinete de Berlioz, localizado junto à antessala e, como dizem, ficou petrificado. Na maçaneta da porta, avistou um enorme selo de lacre com um barbante. "Imagine!", rugiu alguém na cabeça de Stiopa. "Era só o que faltava!" E daí os pensamentos de Stiopa saíram correndo por uma via de mão dupla, porém, como sempre acontece em tempo de catástrofe, em uma só direção, e sabe o diabo qual. Era até difícil descrever a confusão na cabeça de Stiopa. Tinha essa diabrura do homem com a boina preta, vodca gelada e um contrato improvável, e também, como se não bastasse, o selo na porta. Diga a quem quiser que Berlioz aprontou alguma e não vão acreditar, ah, ah, não vão acreditar! Mas lá estava ele! Sim, senhor...

Daí começaram a se agitar no cérebro de Stiopa uns pensamentozinhos muito desagradáveis sobre um artigo que, como por sorte, impingira há pouco tempo a Mikhail Aleksándrovitch para publicação em sua revista. E o artigo, cá entre nós, era uma bobagem! Inútil, e pagava pouco...

Logo depois da recordação do artigo, acorreu a lembrança de uma conversa duvidosa, que tivera lugar, conforme se recordava, na noite de vinte e quatro de abril, ali mesmo, na sala de jantar, quando Stiopa estava comendo com Mikhail Aleksándrovitch. Ou seja, no pleno sentido da palavra, não era necessário chamar essa conversa de duvidosa (jamais Stiopa incorreria nesse tipo de conversa), porém se tratava de uma conversa acerca de um tema desnecessário. Cidadãos, ele era perfeitamente livre para não encetá-la. Antes do lacre, não havia dúvida de que essa conversa podia ser considerada uma total ninharia, porém, depois do lacre...

"Ah, Berlioz, Berlioz!", fervilhava na cabeça de Stiopa. "Isso não me entra na cabeça!"

Mas não dava para ficar lamentando muito, e Stiopa discou o número do gabinete do diretor financeiro do Variedades, Rímski. A situação de Stiopa era delicada: em primeiro lugar, o estrangeiro podia se ofender com o fato de Stiopa querer verificá-lo após o contrato ter sido mostrado, e depois, falar com o diretor financeiro era excepcionalmente difícil. Na verdade, não dava para chegar e perguntar: "Diga-me, ontem o senhor fechou um contrato de trinta e cinco mil rublos com um professor de magia negra?". Não era possível perguntar desse jeito!

— Sim! — a voz cortante e desagradável de Rímski soou no fone.

— Olá, Grigóri Danílovitch — pôs-se a falar Stiopa, em voz baixa —, é Likhodêiev. O caso é o seguinte... hum, hum... aqui em casa está esse... é... artista Woland... Pois bem... queria perguntar a respeito de hoje à noite.

— Ah, o da magia negra? — retrucou Rímski, ao fone. — Logo teremos os cartazes.

— A-hã — disse Stiopa, com voz fraca —, muito bem, até...

— O senhor vem logo? — perguntou Rímski.

— Em meia hora — respondeu Stiopa e, colocando o fone no gancho, apertou a cabeça a ferver entre as mãos. Ah, que troço mais asqueroso! O que acontece com a minha memória, cidadãos? Hein?

Contudo, era inconveniente demorar-se mais na antessala, e Stiopa imediatamente concebeu um plano: esconder de todas as formas seu improvável esquecimento, e agora, antes de tudo, interrogar astuciosamente o estrangeiro a respeito do que exatamente ele tencionava apresentar no Variedades, dirigido por Stiopa.

Daí Stiopa, voltando do telefone, avistou com nitidez no espelho que ficava na antessala e que a preguiçosa Grúnia não limpava há tempos um sujeito estranho: comprido como uma vara e de *pince-nez* (ah, se Ivan Nikoláievitch estivesse aqui! Tê-lo-ia reconhecido de cara!). Ele refletiu e logo sumiu. Angustiado, Stiopa olhou melhor para a antessala e vacilou pela segunda vez, pois pelo espelho passou um gato preto robustíssimo, que também sumiu.

O coração de Stiopa parou, ele cambaleou.

"Mas o que é isso?", pensou. "Será que estou ficando louco? De onde vêm essas imagens?" Olhou para a antessala e gritou, assustado:

— Grúnia! Que gato é esse perambulando por aqui? E quem mais veio?

— Não se inquiete, Stepan Bogdánovitch — replicou uma voz, mas não a de Grúnia, e sim a do hóspede no dormitório —, o gato é meu. Não fique nervoso. E Grúnia não está, eu a mandei para Vorôniej. Ela se queixava de que o senhor não lhe dava férias.

Estas palavras eram tão inesperadas e absurdas que Stiopa decidiu que tinha ouvido mal. Em total perturbação, voltou para o dormitório a trote curto, e ficou congelado na soleira.

O hóspede não se encontrava mais sozinho no dormitório, e sim acompanhado. Na segunda poltrona estava sentado o mesmo tipo que tivera a impressão de avistar na sala de visitas. Agora ele se fazia claramente visível: bigodes de penugem, uma lente do *pince-nez* a brilhar, a outra inexistente. Mas no dormitório as coisas se mostraram ainda piores: no pufe da joalheira, em pose desembaraçada, refestelava-se um terceiro, exatamente o gato preto de dimensões extraordinárias, com um copinho de vodca em uma pata e na outra um garfo, com o qual conseguira fisgar um cogumelo marinado.

A luz do dormitório, já débil, começou a se extinguir de todo nos olhos de Stiopa. "Então é assim que se enlouquece!", pensou, agarrando o batente da porta.

— Vejo que o senhor está um pouco surpreso, caríssimo Stepan Bogdánovitch — disse Woland a Stiopa, cujos dentes rangiam. — Contudo, não há com o que se surpreender. Esse é meu séquito.

Daí o gato tomou a vodca, e a mão de Stiopa escorregou pelo batente.

— E esse séquito exige um lugar — prosseguiu Woland —, de modo que tem alguém sobrando neste apartamento. E me parece que quem está sobrando é exatamente o senhor!

— São eles, são eles — com voz caprina, cantarolou o comprido de xadrez, referindo-se a Stiopa no plural — que, em geral, nos últimos tempos, têm feito umas porcarias horrorosas. Ficam bêbados, utilizam sua posição para se envolver com mulheres, não fazem nada, e não conseguem fazer nada, pois não entendem nada daquilo de que foram encarregados. Ficam jogando poeira nos olhos da chefia!

— Faz uso indevido de viatura pública! — delatou também o gato, mastigando um cogumelo.

E então ocorreu no apartamento a quarta e última aparição, quando Stiopa, que já escorregara completamente para o solo, arranhava o batente com a mão debilitada.

Direto do espelho do tremó saiu um indivíduo pequeno, porém de ombros excepcionalmente largos, com chapéu coco na cabeça e um dente canino a lhe saltar da boca e a deformar-lhe a fisionomia, que sem isso já era de rara vileza. E além disso era ruivo cor de fogo.

— Eu — o recém-chegado entrou na conversa — não entendo de jeito nenhum como ele virou diretor — o ruivo ia ficando cada vez mais fanho —, ele é tão diretor quanto eu sou bispo.

— Você não parece bispo, Azazello — observou o gato, cobrindo seu prato de salsichas.

— É disso que estou falando — fanhoseou o ruivo e, voltando-se para Woland, acrescentou, respeitoso: — Permita-me, *messire*,[41] expulsá-lo de Moscou com todos os diabos.

— Safa! — gritou o gato, de súbito, eriçando os pelos.

E então o dormitório começou a girar em volta de Stiopa, que bateu a cabeça no batente e, perdendo a consciência, pensou: "Estou morrendo...".

Mas não morreu. Entreabrindo os olhos de leve, viu-se sentado em alguma coisa de pedra. Algo farfalhava ao seu redor. Quando abriu os olhos de verdade, entendeu que era o barulho do mar e que, ainda por cima, uma onda balouçava a seus pés, e que, para abreviar, estava sentado na extremidade de um dique, que tinha acima da cabeça um céu resplandecente e, abaixo, uma cidade branca nas montanhas.

Não sabendo como se comportar nesse tipo de situação, Stiopa se ergueu nas pernas bambas e percorreu o dique, até a margem.

No dique havia um homem, fumando e cuspindo no mar. Fitou Stiopa com olhos selvagens e parou de cuspir.

Então Stiopa saiu-se com o seguinte truque: ajoelhou-se perante o fumante desconhecido e proferiu:

— Imploro, diga-me, que cidade é essa?

— Mas veja só! — disse o fumante desalmado.

— Não estou bêbado — respondeu Stiopa, com voz rouca —, é que me aconteceu uma coisa... estou doente... Onde estou? Que cidade é essa?

— Bem, Ialta...

Stiopa deu um suspiro baixo, caiu de lado, bateu a cabeça na pedra quente do dique. A consciência o abandonou.

---

[41] Em francês russificado no original, "senhor". (N. do T.)

Capítulo 8
O EMBATE ENTRE O PROFESSOR E O POETA

Exatamente na hora em que a consciência abandonava Stiopa em Ialta, ou seja, por volta das onze e meia da manhã, ela regressava a Ivan Nikoláievitch Bezdômny, que despertava depois de um sono profundo e prolongado. Ficou por algum tempo conjecturando sobre como teria ido parar naquele quarto desconhecido de paredes brancas, com uma assombrosa mesinha noturna de metal claro e uma corrediça branca, por trás da qual sentia-se o sol.

Ivan sacudiu a cabeça, certificou-se de que ela não doía, e se lembrou de que estava em uma clínica. Tal pensamento trouxe consigo a lembrança do falecimento de Berlioz, mas hoje ela já não causava um abalo tão forte em Ivan. Após dormir bem, Ivan Nikoláievitch estava mais tranquilo, e começou a raciocinar com maior clareza. Deitado imóvel por algum tempo na cama de molas limpa, macia e confortável, Ivan viu um botão de campainha a seu lado. Habituado a mexer nas coisas sem necessidade, Ivan apertou-o. Esperava que, depois de apertar o botão, viesse algum ruído ou aparição, mas ocorreu algo completamente diferente. Aos pés do leito de Ivan acendeu-se um cilindro opaco, no qual estava escrito: "Beber". Depois de ficar um tempo parado, o cilindro passou a girar até surgir a inscrição: "Auxiliar de enfermagem". Não é preciso dizer que o engenhoso cilindro deixou Ivan atônito. A inscrição "Auxiliar de enfermagem" mudou para "Chame o doutor".

— Hum... — proferiu Ivan, sem saber o que mais fazer com esse cilindro. Mas, por acaso, deu sorte. Ivan apertou o botão pela segunda vez na palavra "Enfermeira". O cilindro respondeu com um ruído baixo, parou, silenciou e uma mulher roliça e simpática, de jaleco branco e limpo, entrou no quarto e disse a Ivan:

— Bom dia!

Ivan nem respondeu, considerando tal saudação despropositada nas atuais circunstâncias. De fato: prendiam uma pessoa saudável em uma clínica, e ainda faziam cara de que aquilo era necessário!

Enquanto isso, a mulher, sem que seu rosto perdesse a expressão benevolente, apertou um botão e ergueu a corrediça, e o sol jorrou no quarto através de um gradil largo e leve. Atrás das grades abria-se um balcão, atrás dele a margem de um rio serpenteante e, na outra margem, um alegre pinheiral.

— Faça o favor de tomar seu banho — convidou a mulher, e sob suas mãos se abriu uma parede interna, atrás da qual surgiu um banheiro maravilhosamente equipado.

Ivan, embora tivesse decidido não conversar com a mulher, não se conteve e, ao ver como a água esguichava para a banheira em um jorro largo, de uma torneira azul, disse, com ironia:

— Olha só! Como no Metropol!

— Ah, não — respondeu a mulher, com orgulho —, muito melhor. Um equipamento desses não existe nem no exterior. Cientistas e médicos vêm aqui especialmente para observar nossa clínica. Turistas estrangeiros nos visitam todo dia.

Diante da expressão "turistas estrangeiros", Ivan imediatamente se lembrou do consultor da véspera. Ivan ensombreceu, olhou de soslaio e disse:

— Turistas estrangeiros! Como vocês adoram todos os turistas estrangeiros! Só que entre eles, por sinal, tem todo tipo de gente. Eu, por exemplo, ontem conheci um que vou te contar!

E estava para começar a contar de Pôncio Pilatos, mas acabou se contendo ao compreender que a mulher não estava para aquelas histórias e que, de qualquer forma, ela não poderia ajudá-lo.

Depois de lavado, Ivan Nikoláievitch foi logo provido de decididamente tudo que é indispensável a um homem depois do banho: uma camisa passada, ceroulas, meias. E ainda mais: abrindo a porta do armário, a mulher apontou para dentro e perguntou:

— O que deseja vestir: roupão ou pijama?

Fixado em sua nova moradia à força, Ivan por pouco não ergueu os braços de admiração diante do desembaraço da mulher e, em silêncio, indicou com o dedo um pijama de flanela escarlate.

Depois disso, Ivan Nikoláievitch foi levado por um corredor deserto e silencioso a um gabinete de dimensões imensas. Ivan, que decidira se relacionar com ironia a tudo que havia naquele edifício maravilhosamente equipado, logo batizou mentalmente o gabinete de "cozinha industrial".

E com motivo. Lá havia estantes e pequenos armários de vidro com instrumentos niquelados brilhantes. Tinha poltronas construídas com rara complexidade, umas luminárias abauladas de campânula azulada, uma multiplicidade de frascos, bicos de gás, cabos elétricos e aparelhos que ninguém conhecia.

No gabinete, três pessoas se ocuparam de Ivan: duas mulheres e um homem, todos de branco. Em primeiro lugar, levaram Ivan para um canto, em uma mesinha, com a clara finalidade de interrogá-lo. Ivan se pôs a ponderar a situação. Diante dele havia três caminhos. O primeiro era extraordinariamente tentador: atirar-se contra aquelas luminárias e bibelôs complicados, dar uma estraçalhada dos diabos naquilo tudo e, dessa forma, exprimir seu protesto por estar detido à toa. Porém, o Ivan de hoje já era significativamente diferente do Ivan de ontem, e o primeiro caminho lhe parecia duvidoso: o mais provável era que se enraizasse neles a ideia de que se tratava de um louco violento. Por isso, Ivan rejeitou o primeiro caminho. Havia um segundo: começar, sem demora, o relato sobre o consultor e Pôncio Pilatos. Contudo, a experiência da véspera demonstrara que não acreditavam nessa história, ou a compreendiam de forma algo deturpada. Por isso, Ivan também renunciou a esse caminho, resolvendo optar pelo terceiro: encerrar-se em um silêncio orgulhoso.

Não conseguiu colocá-lo na prática por completo e, de boa ou má vontade, veio a responder, ainda que de forma seca e carrancuda, a toda uma lista de perguntas.

Interrogaram Ivan a respeito de decididamente tudo referente a sua vida pregressa, chegando até a quando e como adoecera de escarlatina, quinze anos atrás. Depois de encherem uma página com anotações sobre Ivan, viraram-na, e a mulher de branco procedeu ao interrogatório acerca de seus parentes. Começou com uma lenga-lenga: quem morreu, quando e de quê, quem bebia, quem padecia de doenças venéreas e coisas do gênero. No fim, pediram-lhe para narrar os eventos da véspera no lago do Patriarca, mas não amolaram muito, a informação sobre Pôncio Pilatos não os surpreendeu.

Daí a mulher cedeu Ivan para o homem, que se ocupou dele de forma distinta, sem interrogatório. Mediu a temperatura do corpo de Ivan, tomou-lhe o pulso, examinou os olhos de Ivan, iluminando-os com uma espécie de lâmpada. Depois, em auxílio do homem veio outra mulher, e Ivan foi picado, só que sem dor, em algum lugar das costas, desenharam com o cabo de um martelinho uns sinais na pele do peito, bateram com o martelinho em seus joelhos, o que fez as pernas de Ivan darem um salto, picaram-lhe o dedo e coletaram seu sangue, picaram-lhe a dobra do cotovelo, colocaram-lhe no braço uns braceletes de borracha...

Ivan limitava-se a sorrir amargamente consigo mesmo, refletindo sobre como tudo aquilo era estúpido e estranho. Bastava pensar! Quisera prevenir todos sobre o perigo ameaçador do consultor desconhecido, preparara-se para capturá-lo, mas só conseguira vir parar em um gabinete misterioso para contar todo tipo de asneira a respeito do tio Fiódor, que bebera sem parar em Vólogda. Estupidez insuportável!

Finalmente Ivan foi liberado. Levaram-no de volta a seu quarto, onde recebeu uma xícara de café, dois ovos quentes e pão branco com manteiga.

Após comer e beber tudo que lhe fora oferecido, Ivan decidiu aguardar o chefe daquela instituição, e desse chefe conseguir atenção e justiça.

E ele veio, e logo depois do café da manhã. A porta do quarto de Ivan abriu inesperadamente, e nele ingressou uma quantidade de gente de jaleco branco. À sua frente vinha um homem de quarenta e cinco anos, bem barbeado como um ator, de olhos agradáveis, porém muito penetrantes, e modos corteses. Todo o séquito lhe dava sinais de atenção e respeito, graças a que sua entrada ganhou ares de grande solenidade. "Como Pôncio Pilatos!", pensou Ivan.

Sim, não havia dúvidas, era o chefe. Sentou-se no banquinho, enquanto todos ficaram de pé.

— Doutor Stravinski — o que estava sentado apresentou-se a Ivan, fitando-o amigavelmente.

— Aqui, Aleksandr Nikoláievitch — disse baixo um outro de barba bem-feita, entregando ao chefe a folha com as anotações sobre Ivan.

"Costuraram o caso todo", pensou Ivan. E o chefe percorreu a folha com olhos habituados, murmurou: "U-hum, u-hum" e dirigiu-se aos que o circundavam com frases em uma língua desconhecida.

"E também fala latim, como Pilatos...", pensou Ivan, triste. Daí uma palavra fê-lo tremer, e era a palavra "esquizofrenia", que, puxa, fora pronunciada na véspera pelo maldito estrangeiro no lago do Patriarca, e agora era repetida, ali, pelo professor Stravinski.

"E ele sabia disso!", pensou Ivan, angustiado.

O chefe, pelo visto, tinha como regra concordar e se alegrar com tudo que lhe diziam os que o circundavam, exprimindo isso com as palavras "Que bom, que bom...".

— Que bom! — disse Stravinski, devolvendo a folha a alguém, e dirigindo-se a Ivan: — O senhor é poeta?

— Sim — respondeu Ivan, lúgubre, e pela primeira vez sentia, de repente, uma repulsa inexplicável pela poesia, e a súbita lembrança de seus próprios versos parecia-lhe, por algum motivo, desagradável.

Franzindo o cenho, perguntou por sua vez a Stravinski:

— O senhor é professor?

Stravinski assentiu a isso, inclinando a cabeça de forma cortês e atenciosa.

— E o senhor é o chefe aqui? — prosseguiu Ivan.

Stravinski também assentiu a isso.

— Preciso falar com o senhor — disse Ivan Nikoláievitch, de modo significativo.

— Foi para isso que eu vim — retrucou Stravinski.

— A questão é a seguinte — começou Ivan, sentindo que sua hora tinha chegado —, tacharam-me de louco, ninguém quer me escutar!

— Oh, não, escutamos o senhor com muita atenção — disse Stravinski, sério e tranquilo —, e quanto a tacharem-no de louco, não vamos permitir de maneira nenhuma.

— Então me escute: ontem à noite, no lago do Patriarca, encontrei um indivíduo misterioso, não sei se estrangeiro ou não, que sabia com antecedência da morte de Berlioz, e viu Pôncio Pilatos em pessoa.

O séquito ouvia o poeta em silêncio, e sem se mexer.

— Pilatos? Pilatos, aquele que viveu no tempo de Jesus Cristo? — perguntou Stravinski, apertando os olhos para Ivan.

— Aquele mesmo.

— A-hã — disse Stravinski —, e esse Berlioz morreu debaixo do bonde?

— Pois exatamente ele, ontem, na minha frente, foi degolado por um bonde no Patriarca, e aliás esse mesmo cidadão enigmático...

— O conhecido de Pôncio Pilatos? — perguntou Stravinski que, pelo visto, distinguia-se por sua grande capacidade de compreensão.

— Exatamente — confirmou Ivan, estudando Stravinski —, pois ele disse com antecedência que Ánnuchka tinha derramado óleo de girassol... E ele escorregou exatamente naquele lugar! Que tal lhe parece? — inquiriu Ivan, de forma significativa, esperando causar grande efeito com suas palavras.

Tal efeito, porém, não se produziu, e Stravinski fez a seguinte pergunta, muito simples:

— E quem é essa Ánnuchka?

Tal pergunta deixou Ivan um pouco frustrado, seu rosto se contraiu.

— Ánnuchka, aqui, não tem nenhuma importância — disse, enervando-se —, o diabo é que sabe quem ela é. Uma simples tonta qualquer da Sadôvaia. O importante é que ele sabia com antecedência, entenda-me, com antecedência do óleo de girassol! O senhor está me entendendo?

— Entendo perfeitamente — respondeu Stravinski, sério e, tocando o joelho do poeta, acrescentou: — Não se irrite, e prossiga.

— Prossigo — disse Ivan, tentando adotar o tom de Stravinski e já sabendo, por amarga experiência, que apenas a tranquilidade o ajudaria —, pois bem, esse tipo terrível, que mente ao se dizer consultor, domina alguma força rara... Por exemplo, você o persegue, mas não há possibilidade de alcançá-lo. E com ele vai uma dupla, e das boas, à sua maneira: um comprido de lentes rachadas e, além disso, um gato de dimensões improváveis, que toma o bonde sozinho. Além disso — sem ser interrompido por ninguém, Ivan falava com calor e convicção cada vez maiores —, esteve pessoalmente no balcão de Pôncio Pilatos, disso não há dúvida alguma. Mas o que é isso? Hein? Tem que ser preso sem demora, ou vai causar uma desgraça indescritível.

— Então o senhor está tentando fazer com que ele seja preso, eu entendi bem? — perguntou Stravinski.

"Ele é inteligente", pensou Ivan. "Tenho que reconhecer que entre intelectuais também aparecem uns raros inteligentes, não há como negar!" E respondeu:

— Absolutamente certo! E como não tentar, pense! E, enquanto isso, sou detido aqui, à força, metem uma luz nos meus olhos, dão-me banho, interrogam-me sobre o tio Fiédia![42] E faz tempo que ele não está mais nesse mundo! Exijo ser libertado sem demora!

— Pois bem, que bom, que bom! — replicou Stravinski. — Então tudo se esclareceu. Realmente, qual o sentido de manter uma pessoa saudável na clínica? Muito bem, meu senhor. Dou-lhe alta sem tardar se o senhor me disser que é normal. Não comprove, apenas diga. Então, o senhor é normal?

Fez-se então absoluto silêncio, e a mulher gorda que cuidara de Ivan pela manhã lançou um olhar de devoção ao professor, enquanto Ivan pensava, mais uma vez: "Decididamente, é inteligente".

A proposta do professor agradou-lhe, contudo, antes de responder, refletiu muito, muito, franzindo a testa para, finalmente, dizer, com firmeza:

— Eu sou normal.

— Ah, que bom! — exclamou Stravinski, aliviado. — Assim sendo, vamos raciocinar com lógica. Tomemos o seu dia de ontem — daí se virou, e lhe entregaram sem tardar a folha de Ivan. — Em busca de um homem desconhecido, que se apresentou como conhecido de Pôncio Pilatos, ontem à noite o senhor cometeu os seguintes atos — Stravinski se pôs a virar os dedos, olhando ora para a folha, ora para Ivan: — pendurou um ícone no peito. Sim?

— Sim — concordou Ivan, carrancudo.

---

[42] Apelido de Fiódor. (N. do T.)

— Caiu de uma cerca, machucou o rosto. Sim? Apareceu num restaurante com uma vela acesa na mão, só de roupa de baixo, e, no restaurante, bateu em alguém. Foi trazido para cá amarrado. Ao chegar aqui, telefonou para a polícia e pediu que enviassem metralhadoras. Depois fez uma tentativa de se jogar da janela. Sim? Pergunto: é possível, agindo desse jeito, capturar ou prender alguém? Se o senhor for uma pessoa normal, vai responder: de jeito nenhum! Deseja sair daqui? Desculpe-me. Mas me permita perguntar, daqui o senhor vai para onde?

— Claro que para a polícia — respondeu Ivan, já sem a mesma firmeza e atrapalhando-se um pouco com o olhar do professor.

— Direto daqui?

— U-hum.

— E não vai para o seu apartamento? — perguntou Stravinski, rápido.

— Não dá para ir para lá! Enquanto passo em meu apartamento, ele foge!

— Sim. E o que o senhor dirá à polícia em primeiro lugar?

— Sobre Pôncio Pilatos — respondeu Ivan Nikoláievitch, e seus olhos se cobriram de uma fumaça sombria.

— Ah, que bom! — exclamou Stravinski, subjugado, e, dirigindo-se ao de barbicha, ordenou: — Fiódor Vassílievitch, libere, por favor, o cidadão Bezdômny para ir à cidade. Não ocupe, porém, esse quarto, nem mude a roupa de cama. O cidadão Bezdômny estará de volta em duas horas. Bem, então — dirigia-se ao poeta —, eu não lhe vou desejar êxito, pois não creio nem uma vírgula em tal êxito. Até breve! — e se levantou, e seu séquito se agitou.

— Com base em que estarei de volta? — perguntou Ivan, angustiado.

Stravinski, como se esperasse essa pergunta, sentou-se sem demora e se pôs a falar:

— Com base em que, assim que o senhor aparecer na polícia de ceroulas e disser que se avistou com um homem que conheceu Pôncio Pilatos em pessoa, será instantaneamente trazido para cá, e de novo vai se encontrar nesse mesmo quarto.

— E o que as ceroulas têm a ver? — perguntou Ivan, olhando ao redor, confuso.

— O principal é Pôncio Pilatos. Mas as ceroulas também. Pois nós vamos lhe tirar as roupas do Estado e lhe devolver as suas. E o senhor nos foi entregue de ceroulas. Mesmo assim, o senhor não queria de jeito nenhum passar no seu apartamento, embora eu o tenha sugerido. Depois vem Pilatos... e a coisa está consumada!

Daí aconteceu uma coisa estranha com Ivan Nikoláievitch. Era como se sua vontade se quebrasse, e ele se sentia fraco e precisando de conselho.

— Então o que fazer? — perguntou, dessa vez já tímido.

— Ah, que bom! — retrucou Stravinski. — Essa é uma pergunta muito razoável. Agora vou lhe dizer propriamente o que lhe aconteceu. Ontem, alguém o assustou muito e o transtornou com uma história sobre Pôncio Pilatos e coisas assim. E o senhor, uma pessoa muito nervosa e transtornada, saiu pela cidade falando de Pôncio Pilatos. É absolutamente natural que tenha sido tomado por louco. Sua salvação agora está apenas em uma coisa: repouso absoluto. E precisa ficar aqui, sem falta.

— Mas é indispensável capturá-lo! — exclamou Ivan, já implorando.

— Pois bem, mas precisa correr atrás dele em pessoa? Coloque no papel todas suas suspeitas e acusações contra esse homem. Nada mais simples do que mandar sua declaração para o devido lugar, e se, como o senhor supõe, estivermos lidando com um criminoso, tudo isso vai se esclarecer bem rápido. Só que apenas com uma condição: não force a cabeça, e tente pensar menos em Pôncio Pilatos. Dizem muita coisa por aí! Não precisa acreditar em tudo.

— Entendido! — declarou Ivan, decidido. — Peço que me deem papel e caneta.

— Deem-lhe um papel e um pequeno lápis — Stravinski ordenou à mulher gorda, dizendo para Ivan: — Mas eu aconselho a não escrever hoje.

— Não, não, hoje mesmo, hoje sem falta! — gritou Ivan, agitado.

— Pois bem. Só não force o cérebro. Se hoje não sair, amanhã sai.

— Ele vai escapar!

— Ah, não — replicou Stravinski, com segurança —, ele não vai escapar para lugar nenhum, garanto. E lembre-se de que aqui será ajudado de todas as maneiras, e de que sem isso nada vai dar certo. O senhor está me escutando? — perguntou Stravinski, de forma súbita e significativa, agarrando ambas as mãos de Ivan Nikoláievitch. Tomando-as nas suas, e fitando Ivan nos olhos, repetiu longamente: — Aqui o senhor será ajudado... o senhor está me escutando?... aqui o senhor será ajudado... aqui vai ter alívio... aqui é silencioso, aqui é sossegado... aqui o senhor será ajudado...

Ivan Nikoláievitch bocejou inesperadamente, a expressão de seu rosto se suavizou.

— Sim, sim — disse, baixo.

— Ah, que bom! — Stravinski concluiu a conversa do modo habitual e se levantou. — Até a próxima! — apertou a mão de Ivan e, já à saída, voltou-se para o de barbicha e disse: — Sim, e experimente o oxigênio... e os banhos.

Alguns minutos mais tarde Ivan não tinha mais diante de si nem Stravinski, nem o séquito. Por detrás da tela da janela, ao sol do meio-dia, o alegre bosque primaveril resplandecia na outra margem e, mais perto, o rio cintilava.

Capítulo 9
TRUQUES DE KORÔVIEV

Nikanor Ivánovitch Bossôi, presidente da associação de moradores do edifício nº 302-bis, na rua Sadôvaia, em Moscou, onde vivera o finado Berlioz, encontrava-se terrivelmente atarefado desde a noite anterior, de quarta para quinta-feira.

À meia-noite, como já sabemos, chegara ao prédio uma comissão, da qual Jeldíbin fazia parte, convocara Nikanor Ivánovitch, informara-o do falecimento de Berlioz e dirigira-se com ele ao apartamento nº 50.

Lá procedeu-se à selagem dos manuscritos e pertences do finado. Nem Grúnia, a empregada, nem o leviano Stepan Bogdánovitch estavam no apartamento nessa hora. A comissão anunciou a Nikanor Ivánovitch que os manuscritos do finado seriam levados para classificação, que sua área de moradia, ou seja, três quartos (o antigo escritório da joalheira, a sala de jantar e a sala de estar), ficaria à disposição da associação de moradores, e que os pertences se manteriam sob custódia na referida área até que fossem declarados os herdeiros.

A notícia do falecimento de Berlioz se espalhou por todo o prédio com rapidez sobrenatural e, a partir das sete da manhã de quinta-feira, começaram a telefonar para Bossôi, e depois a aparecer pessoalmente com requerimentos que continham suas pretensões à área de moradia do finado. No decurso de duas horas, Nikanor Ivánovitch recebeu trinta e dois desses requerimentos.

Eles continham súplicas, ameaças, chicanas, delações, promessas de realizar reparos por conta própria, indicações sobre como o aperto era insuportável e a impossibilidade de viver no mesmo apartamento com bandidos. Entre outras coisas, havia a descrição, impressionante pela força artística, de um furto de *pelmêni*,[43] alojados diretamente no bolso do paletó, no apartamento nº 31, duas promessas de deixar a vida por meio de suicídio e uma confissão de gravidez secreta.

Nikanor Ivánovitch era chamado à antessala de seu apartamento, pego pela manga, cochichavam-lhe, piscavam-lhe e prometiam não deixar de retribuir.

---

[43] Massa russa recheada, similar ao *cappelletti*. (N. do T.)

Esse tormento prosseguiu até depois do meio-dia, quando Nikanor Ivánovitch simplesmente fugiu de seu apartamento para a sede da administração; junto ao portão, porém, ao ver que ali também estavam à sua espreita, fugiu igualmente de lá. Dando um jeito de se livrar dos que saíram em seu encalço pelo pátio de asfalto, Nikanor Ivánovitch escondeu-se na sexta entrada e subiu ao quinto andar, onde ficava aquele sórdido apartamento nº 50.

Após tomar fôlego no patamar, o obeso Nikanor Ivánovitch tocou a campainha, mas ninguém veio abrir. Tocou mais uma vez, e outra, e passou a resmungar e praguejar baixinho. Mas nem assim vieram abrir. A paciência de Nikanor Ivánovitch se esgotou e ele, tirando do bolso um molho de duplicatas de chaves que pertencia à administração do prédio, abriu a porta com mão imperiosa e entrou.

— Ei, empregada! — pôs-se a gritar Nikanor Ivánovitch, na penumbra da antessala. — Cadê você? Grúnia, o que há? Você não está?

Ninguém respondeu.

Então Nikanor Ivánovitch tirou da pasta um metro articulado, liberou a porta do escritório do lacre e avançou para lá.

Avançar ele avançou, mas se deteve, perplexo, na porta, chegando até a estremecer.

À mesa do finado estava sentado um cidadão desconhecido, descarnado e comprido, de paletó quadriculado, boné de jóquei e *pince-nez*... em suma, aquele mesmo.

— Quem seria o senhor, cidadão? — perguntou Nikanor Ivánovitch, assustado.

— Bah! Nikanor Ivánovitch! — vociferou, com voz rachada de tenor, o cidadão inesperado e, dando um pulo, cumprimentou o presidente com um aperto de mão vigoroso e súbito. Tal cumprimento não trouxe nenhuma alegria a Nikanor Ivánovitch.

— Perdão — ele se pôs a falar, desconfiado —, mas quem seria o senhor? O senhor é uma personalidade oficial?

— Ei, Nikanor Ivánovitch! — exclamou afetuosamente o desconhecido. — O que é uma "personalidade oficial" ou "não oficial"? Tudo isso depende do ponto de vista do qual se examina o tema. Tudo isso, Nikanor Ivánovitch, é instável e circunstancial. Hoje sou não oficial e, amanhã, quando você for ver, oficial! E também acontece o contrário, e como acontece!

Tais considerações não satisfizeram em nenhum grau o presidente da administração do edifício. Sendo por natureza uma pessoa geralmente desconfiada, concluiu que o cidadão verborrágico que tinha diante de si era mesmo uma personalidade não oficial, e talvez até um ocioso.

— Mas quem seria o senhor? Qual o seu nome? — perguntou o presidente, completamente severo e começando até a avançar para o desconhecido.

— Meu nome — retrucou o cidadão, sem se perturbar nem um pouco com a severidade — é, digamos, Korôviev. Mas o senhor não quer dar uma petiscada, Nikanor Ivánovitch? Sem cerimônia! Hein?

— Perdão — disse Nikanor Ivánovitch, já indignado —, mas como assim, petiscar? (É preciso reconhecer, por desagradável que seja, que Nikanor Ivánovitch era algo rude por natureza.) Não é permitido permanecer nos aposentos do finado! O que o senhor está fazendo aqui?

— Mas sente-se, Nikanor Ivánovitch! — bradou o cidadão, sem se embaraçar e, começando a bajular, ofereceu a poltrona ao presidente.

Totalmente furioso, Nikanor Ivánovitch rejeitou a poltrona e se pôs a bradar:

— Mas quem é o senhor?

— Eu, permita-me, atuo como intérprete a serviço do estrangeiro que tem residência neste apartamento — apresentou-se aquele que se denominava Korôviev, estalando os saltos das botinas rubras e sujas.

Nikanor Ivánovitch ficou boquiaberto. A presença de um estrangeiro e ainda por cima de um intérprete naquele apartamento apresentava-se para ele como uma completa surpresa, e exigia explicações.

O intérprete se explicou de bom grado. O artista estrangeiro, senhor Woland, fora convidado pelo diretor do Variedades, Stepan Bogdánovitch Likhodêiev, a passar o tempo de sua turnê, cerca de uma semana, em seu apartamento, a respeito do que ainda na véspera escrevera a Nikanor Ivánovitch, com o pedido de fazer o registro temporário do estrangeiro, enquanto Likhodêiev viajava para Ialta.

— Ninguém me escreveu — disse o presidente, perplexo.

— Dê uma fuçada em sua pasta, Nikanor Ivánovitch — propôs docemente Korôviev.

Nikanor Ivánovitch, dando de ombros, abriu a pasta e encontrou uma carta de Likhodêiev

— Como fui me esquecer disso? — murmurou Nikanor Ivánovitch, fitando o envelope aberto com ar atoleimado.

— Isso acontece, isso acontece, Nikanor Ivánovitch! — matraqueou Korôviev. — Distração, distração e esgotamento, e aumento da pressão arterial, nosso caro amigo Nikanor Ivánovitch! Eu mesmo sou terrivelmente distraído. Algum dia, com uns cálices, vou lhe contar alguns fatos da minha biografia, o senhor vai morrer de rir!

— Quando Likhodêiev vai para Ialta?

— Mas ele já foi, já foi! — bramiu o intérprete. — Ah, sabe, ele já está rodando! E sabe o diabo para onde! — e daí o intérprete agitou os braços como as pás de um moinho.

Nikanor Ivánovitch afirmou que era indispensável ver pessoalmente o estrangeiro, mas recebeu uma recusa do intérprete: não seria possível, de jeito nenhum. Estava ocupado. Adestrando o gato.

— O gato, se quiser, eu posso mostrar — propôs Korôviev.

A isso, por seu turno, Nikanor Ivánovitch se recusou, e o intérprete imediatamente fez ao presidente uma proposta inesperada, porém muito interessante.

Visto que o senhor Woland não desejava ficar em hotel de modo algum, e estava habituado a viver com espaço, por que a associação de moradores não lhe cedia por uma semaninha, enquanto durasse a turnê de Woland em Moscou, o apartamento inteiro, ou seja, incluindo os cômodos do defunto?

— Pois é indiferente para ele, para o finado — sibilou Korôviev, sussurrando —, o senhor há de convir, Nikanor Ivánovitch: que serventia o apartamento tem agora para ele?

Algo perplexo, Nikanor Ivánovitch retrucou que os estrangeiros deviam ficar no Metropol, e de forma nenhuma em apartamentos privados...

— Estou lhe dizendo, só o diabo sabe como ele é caprichoso — cochichou Korôviev —, e não quer! Não gosta de hotéis! Estou por aqui com eles, esses turistas estrangeiros! — queixou-se, em tom íntimo, Korôviev, metendo o dedo no pescoço fibroso. — Creia-me, esgotaram a minha paciência! Chegam... e ou espionam, como o último filho de uma cadela, ou ficam torturando com caprichos: não gostam disso, aquilo não está certo! E para a sua associação, Nikanor Ivánovitch, seria do maior proveito e de um lucro evidente. Quanto a dinheiro, ele não regateia — Korôviev olhou ao redor e, depois, sussurrou no ouvido do presidente: — É milionário!

A proposta do intérprete possuía um claro sentido prático, era uma proposta bem sólida, porém havia algo de espantosamente não sólido na maneira de falar do intérprete, em suas roupas, naquele *pince-nez* repugnante, que não servia para nada. Em consequência disso, algo obscuro atormentava a alma do presidente que, mesmo assim, resolveu aceitar a proposta. O caso é que a associação de moradores tinha, infelizmente, um déficit considerável. No outono, seria necessário comprar petróleo para a calefação a vapor, mas com que grana, não se sabia. Com o dinheiro do turista estrangeiro talvez fosse possível se virar. Entretanto, o prático e cauteloso Nikanor

Ivánovitch afirmou que, mesmo assim, tinha que articular essa questão com o escritório de turismo.

— Entendo! — gritou Korôviev. — Como não articular? Impreterivelmente! Eis o telefone, Nikanor Ivánovitch, articule sem demora. No que tange ao dinheiro, não se reprima — acrescentou, aos sussurros, e conduzindo o presidente ao telefone da antessala —, se não for tomar dele, vai tomar de quem? Se o senhor visse a vila que ele tem em Nice! No próximo verão, quando for ao estrangeiro, vá dar uma olhada, por diversão. Vai ficar pasmado!

A questão com o escritório de turismo foi regularizada por telefone, com rara rapidez, que deixou o presidente espantado. Revelou-se que por lá já sabiam da intenção do senhor Woland de ficar em um apartamento privado, e não tinham nenhuma objeção a isso.

— Mas que maravilha! — bradou Korôviev.

Algo aturdido pela tagarelice dele, o presidente firmou que a associação de moradores concordava em ceder o apartamento nº 50 por uma semana ao artista Woland pelo pagamento de... Nikanor Ivánovitch titubeou um pouco e disse:

— 500 rublos por dia.

Daí Korôviev deixou o presidente completamente assombrado. Piscando furtivamente na direção do dormitório, de onde se ouviam os pulos suaves do gato pesado, disse, com voz rouca:

— Uma semana, então, sai por três mil e quinhentos?

Nikanor Ivánovitch achava que, a isso, ele acrescentaria: "Ora, que apetite o senhor tem, Nikanor Ivánovitch", só que Korôviev disse algo completamente diferente:

— E isso por acaso é quantia? Peça cinco, ele dá.

Com um riso confuso, Nikanor Ivánovitch nem se deu conta de como foi parar na escrivaninha do finado, onde Korôviev, com a maior rapidez e agilidade, redigiu o contrato em duas vias. Depois disso, saiu voando com elas até o dormitório e voltou, com ambas as vias já trazendo a assinatura espaçada do estrangeiro. O presidente também assinou o contrato. Daí Korôviev pediu um recibo de cinco...

— Por extenso, por extenso, Nikanor Ivánovitch!... mil rublos... — e, com palavras que de certa forma não combinavam com um assunto sério: — *Eins, zwei, drei*![44] — entregou ao presidente um maço de cinco cédulas novinhas em folha.

---

[44] "Um, dois, três", em alemão russificado, no original. (N. do T.)

Ocorreu a contagem, intercalada com piadinhas e gracejos de Korôviev, do gênero "dinheiro na mão é vendaval", "o olhar do dono engorda o gado", e assim por diante.

Após contar o dinheiro, o presidente recebeu de Korôviev o passaporte do estrangeiro para o registro temporário, colocou-o na pasta com o contrato e o dinheiro e, sem conseguir se conter de nenhum jeito, pediu, envergonhado, entradas grátis...

— Nem precisa falar! — rugiu Korôviev. — Quantos ingressos, Nikanor Ivánovitch, doze, quinze?

O aturdido presidente esclareceu que precisava apenas de um par de entradas, para si e Pelagueia Antônovna, sua esposa.

Korôviev imediatamente sacou um bloco de notas e, intrépido, redigiu para Nikanor Ivánovitch um vale grátis para dois lugares na primeira fileira. Esse vale o intérprete impingiu com destreza a Nikanor Ivánovitch com a mão esquerda, enquanto com a direita colocou na outra mão do presidente um pacote gordo, trincando. Lançando-lhe um olhar, Nikanor Ivánovitch enrubesceu fortemente e se pôs a afastá-lo:

— Isso é impróprio... — murmurou.

— Não quero nem ouvir — cochichou Korôviev, bem no ouvido dele —, é impróprio entre nós, mas entre os estrangeiros não. O senhor vai ofendê-lo, Nikanor Ivánovitch, e isso é inconveniente. O senhor deu duro...

— A punição é severa — sussurrou o presidente, baixo, bem baixo, e olhou em volta.

— Mas cadê as testemunhas? — cochichou Korôviev, no outro ouvido. — Pergunto-lhe, cadê? E então?

E daí aconteceu, como o presidente depois afirmou, um milagre: o pacote entrou por si só na pasta. E depois o presidente, algo debilitado e mesmo alquebrado, viu-se na escada. Um turbilhão de ideias desencadeara-se em sua cabeça. Lá se reviravam a vila de Nice, o gato amestrado, o pensamento de que realmente não havia testemunhas, e de que Pelagueia Antônovna se alegraria com os ingressos. Eram ideias desconexas mas, no geral, agradáveis. Contudo, uma agulhinha não deixava de dar pontadas no presidente, em algum lugar, nas profundezas de sua alma. Era a agulhinha do desassossego. Além disso, ali mesmo, na escada, o presidente foi golpeado por um pensamento: "Mas como é que o intérprete foi parar no escritório se tinha um lacre na porta? E como ele, Nikanor Ivánovitch, não perguntara isso?". O presidente ficou por algum tempo olhando para os degraus da escada, como um carneiro, mas depois decidiu desprezar isso e não se atormentar com questões intrincadas...

Bastou o presidente deixar o apartamento e uma voz baixa veio do dormitório:

— Não gostei desse Nikanor Ivánovitch. É um tratante e um velhaco. Não daria para fazer que ele não viesse mais?

— *Messire*, basta o senhor ordenar! — replicou, de algum lugar, Korôviev, só que com uma voz que não era trêmula, e sim bastante limpa e sonora.

E naquele mesmo instante o maldito intérprete viu-se na antessala, discou um número e começou, por algum motivo, a falar ao fone de forma muito chorosa:

— Alô! Considero meu dever informar que nosso presidente da associação de moradores do prédio nº 302-bis da Sadôvaia, Nikanor Ivánovitch Bossôi, especula com moeda estrangeira. Nesse dado momento, em seu apartamento, o nº 35, no duto de ventilação do banheiro, há quatrocentos dólares embrulhados em jornal. Quem fala é o morador do apartamento nº 11 do referido prédio, Timofiei Kvastsov. Suplico, porém, que meu nome seja mantido em segredo. Temo vingança do supracitado presidente.

E colocou o fone no gancho, o canalha.

O que mais ocorreu no apartamento nº 50 não se sabe, mas se sabe o que aconteceu com Nikanor Ivánovitch. Trancado no banheiro, tirou da pasta o maço obtido com o intérprete e se assegurou de que continha quatrocentos rublos. Nikanor Ivánovitch enrolou o maço em um pedaço de jornal e enfiou-o no duto de ventilação.

Cinco minutos mais tarde, o presidente se sentou à mesa de sua pequena sala de jantar. Sua esposa trouxe da cozinha um arenque cortado com esmero, abundantemente regado a cebolinha. Nikanor Ivánovitch encheu um pequeno cálice, bebeu, encheu um segundo, bebeu, pegou três pedaços de arenque com o garfo... e, nessa hora, a campainha tocou, e Pelagueia Antônovna trazia uma panela fumegante, a qual, com apenas um olhar, logo dava para adivinhar que continha, mergulhado no borche fervente, o que há de mais saboroso no mundo: um osso de tutano.

Engolindo a saliva, Nikanor Ivánovitch rosnou, como um cachorro:

— Que se danem! Não me deixam nem comer. Não permita que ninguém entre, eu não estou, não estou. Se for sobre o apartamento, diga para terem paciência. Daqui a uma semana haverá uma reunião...

A esposa correu à antessala, e Nikanor Ivánovitch, com a concha de sopa, içou do lago fervente ele, o osso, com uma fenda longitudinal. E nesse instante entraram na sala de jantar dois cidadãos e, com eles, Pelagueia Antônovna, por algum motivo pálida. Ao olhar para os cidadãos, Nikanor Ivánovitch também empalideceu, e se levantou:

— Onde fica a privada? — perguntou o primeiro, que trajava uma *kossovorôtka*[45] branca.

Algo fez barulho na mesa de refeições (era Nikanor Ivánovitch, que deixara a colher cair no piso de oleado).

— Aqui, aqui — respondeu Pelagueia Antônovna, falando rápido.

Os recém-chegados se precipitaram sem tardar pelo corredor.

— Mas o que é que tem? — perguntou Nikanor Ivánovitch, em voz baixa, indo atrás dos recém-chegados. — No nosso apartamento nem pode haver nada assim... E os seus documentos... perdão.

O primeiro mostrou os documentos a Nikanor Ivánovitch no meio do caminho, no mesmo instante em que o segundo estava de pé no banquinho do banheiro, com a mão enfiada no duto de ventilação. Os olhos de Nikanor Ivánovitch ensombreceram. Tiraram o jornal, só que no pacote não apareceram rublos, mas um dinheiro desconhecido, nem azul, nem verde, com a imagem de um velho. Aliás, Nikanor Ivánovitch viu tudo isso sem clareza, diante de seus olhos pairavam umas manchas.

— Dólares na ventilação — disse o primeiro, pensativo, e perguntou a Nikanor Ivánovitch, suave e gentil: — O pacotinho é seu?

— Não! — respondeu Nikanor Ivánovitch, com voz terrível. — Foi plantado por inimigos!

— Isso acontece — concordou o primeiro, voltando a acrescentar: — Bem, mesmo assim, tem que entregar o resto.

— Não tenho nada! Nada, juro por Deus, nunca segurei isso na mão! — gritou o presidente, desesperado.

Lançou-se para a cômoda, arrancou com estrondo a gaveta e, dela, a pasta, gritando, enquanto isso, de forma desconexa:

— Está aí o contrato... o réptil do intérprete colocou... Korôviev... o de *pince-nez*!

Abriu a pasta, olhou para ela, enfiou a mão, ficou com o rosto azul e largou a pasta no borche. Na pasta não tinha nada: nem a carta de Stepan, nem o contrato, nem o passaporte do estrangeiro, nem o dinheiro, nem os ingressos. Em suma, nada além do metro articulado.

— Camaradas! — gritou o presidente, frenético. — Detenham-nos! Há forças malignas no prédio!

E daí não se sabe o que passou pela cabeça de Pelagueia Antônovna, mas ela, entrelaçando as mãos, se pôs a gritar:

---

[45] Camisa russa com gola abotoada do lado. (N. do T.)

— Confesse, Ivánitch![46] Sua pena será abatida!

Com os olhos injetados de sangue, Nikanor Ivánovitch ergueu o punho acima da cabeça da mulher, rouquejando:

— Uh, maldita imbecil!

Daí fraquejou e desabou na cadeira, tendo obviamente decidido se submeter ao inescapável.

Nessa hora, Timofiei Kondrátievitch Kvastsov, no patamar da escada, colava ao buraco da fechadura da porta do apartamento do presidente ora a orelha, ora os olhos, morrendo de curiosidade.

Cinco minutos mais tarde, os moradores do prédio que se encontravam no pátio viram o presidente, na companhia de mais duas pessoas, dirigir-se diretamente aos portões do prédio. Disseram que Nikanor Ivánovitch estava lívido, que cambaleava ao caminhar, como um bêbado, e ia murmurando alguma coisa.

E, uma hora depois, exatamente na hora em que Timofiei Kondrátievitch, exultando de satisfação, contava aos outros moradores como o presidente fora levado, um cidadão desconhecido apareceu no apartamento nº 11, chamou Timofiei Kondrátievitch da cozinha para a antessala com os dedos, disse-lhe algo e desapareceu com ele.

---

[46] Forma abreviada do patronímico Ivánovitch. (N. do T.)

Capítulo 10
NOTÍCIAS DE IALTA

Na hora em que aconteceu a infelicidade a Nikanor Ivánovitch, não muito longe do edifício nº 302-bis, na mesma Sadôvaia, no gabinete de Rímski, o diretor financeiro do Variedades, havia duas pessoas: o próprio Rímski e o administrador do Variedades, Varienukha.

O grande gabinete, no segundo andar do teatro, tinha duas janelas que davam para a Sadôvaia, e, logo atrás do diretor financeiro, que estava sentado à escrivaninha, outra que dava para o jardim de verão do Variedades, onde estavam instalados o bar de refrescos, o pavilhão de tiro e o palco ao ar livre. A decoração do gabinete, afora a escrivaninha, consistia em um monte de cartazes velhos pendurados na parede, uma mesinha pequena com uma garrafa de água, quatro poltronas e, no canto, um suporte, no qual se erguia uma maquete antiga e empoeirada de um espetáculo de revista qualquer. Bem, nem precisa dizer que, além disso, havia no gabinete um cofre de dimensões reduzidas, gasto e descascado, à esquerda de Rímski, junto à escrivaninha.

Sentado à mesa, Rímski se encontrava de mau humor desde a manhã, mas Varienukha, pelo contrário, via-se bem animado e, de certa forma, especialmente irrequieto e ativo. Entretanto, não achava escape para sua energia.

Varienukha agora estava escondido no gabinete do diretor financeiro por causa dos caçadores de entradas grátis que lhe envenenavam a vida, especialmente nos dias de troca de programa. E se tratava exatamente de um desses dias.

Bastava o telefone começar a tocar e Varienukha o tirava do gancho e mentia:

— Quem? Varienukha? Não está. Saiu do teatro.

— Por favor, ligue de novo para Likhodêiev — disse Rímski, irritado.

— Mas ele não está em casa. Já mandei Kárpov até lá. Não tem ninguém no apartamento.

— O diabo é que sabe o que é isso — resmungou Rímski, batucando na máquina de calcular.

A porta se abriu, e o lanterninha arrastou um pacote gordo de cartazes suplementares recém-impressos. Nas folhas verdes estava escrito, em imensas letras vermelhas:

Hoje e diariamente no teatro de Variedades programa extra:
PROFESSOR WOLAND
Sessão de magia negra e sua completa revelação

Varienukha, afastando-se do cartaz que apoiara na maquete, admirou-o e mandou que o lanterninha sem demora afixasse todos os exemplares.

— Está bom, é chamativo — observou Varienukha, quando o lanterninha saiu.

— Essa extravagância não me agrada nem um pouco — rosnou Rímski, olhando com raiva para os cartazes, através dos óculos de tartaruga —, e estou absolutamente surpreso por terem permitido que ela fosse encenada!

— Não, Grigóri Danílovitch, não diga isso, é um passo muito sutil. Todo o gosto, aí, está na revelação dos truques.

— Não sei, não sei, aqui não tem gosto nenhum, e ele sempre inventa umas coisas assim! Se pelo menos tivesse mostrado esse mago. Você já o viu? Só o diabo sabe de onde foi desenterrá-lo!

Esclareceu-se que Varienukha, assim como Rímski, não tinha visto o mago. Na véspera, Stiopa fora correndo ("como um louco", na expressão de Rímski) até o diretor financeiro com o esboço já redigido de um contrato, mandou copiar na hora e entregar o dinheiro. E esse mago sumira sem que ninguém o visse, à exceção do próprio Stiopa.

Rímski tirou o relógio, viu que marcava duas e cinco e ficou completamente furioso. Francamente! Likhodêiev telefonara às onze em ponto, dissera que chegaria em meia hora e não apenas não chegara, como tinha sumido do apartamento!

— Tenho mais o que fazer! — já rugia Rímski, apontando o dedo para uma pilha de papéis por assinar.

— Será que, assim como Berlioz, ele não foi parar embaixo de um bonde? — disse Varienukha, mantendo perto do ouvido o fone, que emitia ruídos densos, prolongados e de um desespero total.

— Teria sido bom... — disse Rímski, entredentes e quase inaudível.

Naquele mesmo instante entrou no escritório uma mulher de uniforme: japona, boina, saia preta e sapatos esportivos. A mulher tirou um quadradinho branco e um caderno da bolsinha da cintura e perguntou:

— Aqui é o Variedades? Telegrama super-relâmpago para vocês. Assinem.

Varienukha rabiscou um garrancho qualquer no caderno da mulher e, assim que ela bateu a porta atrás de si, abriu o quadradinho.

Após ler o telegrama, piscou os olhos e entregou o quadradinho a Rímski.

No telegrama estava escrito o seguinte: "De Ialta. Para Moscou. Variedades. Hoje onze meia apareceu Divisão Crimes cabelo castanho camisa noturna calças sem sapato perturbado mental dizendo ser Likhodêiev diretor Variedades telegrafem Polícia Civil Ialta onde diretor Likhodêiev".

— Caramba, só faltava essa! — exclamou Rímski, e acrescentou: — Mais uma surpresa!

— Um falso Dmitri[47] — disse Varienukha, falando ao fone: — Telégrafo? Na conta do Variedades. Quero mandar um super-relâmpago... Está me escutando? Ialta, Polícia Civil. Diretor Likhodêiev em Moscou. Diretor financeiro Rímski.

Independente da informação sobre o impostor de Ialta, Varienukha voltou a procurar Stiopa por telefone, querendo saber onde fora parar e, naturalmente, não o encontrou em lugar nenhum. Exatamente quando Varienukha, segurando o fone na mão, pensava em para onde mais ligar, entrou a mesma mulher que trouxera o primeiro relâmpago, entregando um novo envelopinho a Varienukha. Depois de abri-lo, apressado, Varienukha leu o que estava escrito e assobiou:

— O que é que falta? — perguntou Rímski, com um espasmo nervoso.

Varienukha, em silêncio, entregou-lhe o telegrama, no qual o diretor financeiro viu as seguintes palavras: "Imploro acreditar largado Ialta hipnose Woland telegrafem Polícia Civil confirmação identidade Likhodêiev".

Rímski e Varienukha, com as cabeças se tocando, releram o telegrama e, após reler, cravaram os olhos um no outro, calados.

— Cidadãos! — zangou-se a mulher, de repente. — Assinem, e depois podem ficar calados o quanto quiserem! Eu entrego relâmpagos.

Sem tirar os olhos do telegrama, Varienukha fez um rabisco torto no caderno, e a mulher sumiu.

— Você não falou com ele por telefone pelas onze horas? — disse o administrador, em total perplexidade.

— É ridículo falar nisso! — gritou Rímski, estridente. — Se falei ou não falei, ele não pode estar em Ialta agora! Isso é ridículo!

---

[47] Alusão a episódio verídico da história da Rússia, retratado na peça *Boris Godunov*, de Púchkin, em que um impostor se faz passar pelo falecido príncipe herdeiro Dmitri para reclamar o trono do país. (N. do T.)

— Está bêbado... — disse Varienukha.

— Quem está bêbado? — perguntou Rímski, e voltaram a se encarar.

De que era algum impostor ou doido que estava telegrafando de Ialta não havia dúvida; o estranho era de onde o mistificador de Ialta conhecia Woland, que só tinha chegado a Moscou na véspera? Como ele sabia da ligação entre Likhodêiev e Woland?

— Hipnose... — Varienukha repetiu a palavra do telegrama. — Como ele ficou sabendo de Woland? — pestanejou e soltou um grito repentino e decidido: — Mas não, não, é um absurdo, absurdo, absurdo!

— Onde está ficando este Woland, que o diabo o carregue? — perguntou Rímski.

Sem tardar, Varienukha ligou para o escritório de turismo e informou a Rímski, para completa estupefação deste, que Woland estava no apartamento de Likhodêiev. Discando em seguida o número do apartamento de Likhodêiev, Varienukha ouviu longamente um zumbido grave no fone. Em meio aos zumbidos, soava, em algum lugar ao longe, uma voz grave e sombria a cantar: "... rochedos, meu refúgio...",[48] e Varienukha decidiu que uma voz do radioteatro estava interferindo na linha telefônica.

— O apartamento não responde — disse Varienukha, colocando o fone no gancho —, talvez deva tentar ligar mais...

Não terminou de falar. Aquela mesma mulher apareceu na porta, ao que ambos, Rímski e Varienukha, ergueram-se ao seu encontro, e ela tirou da bolsa uma folha que já não era branca, mas algo escura.

— Isso já está ficando interessante — resmungou, entredentes, Varienukha, seguindo com o olhar a mulher, que saía apressada. Rímski foi o primeiro a se apoderar da folha.

Contra o fundo escuro do papel fotográfico destacavam-se com nitidez as linhas escritas em preto:

"Prova minha caligrafia minha assinatura telegrafem confirmação vigilância secreta Woland Likhodêiev."

Em vinte anos de trabalho em teatro, Varienukha tinha visto todo tipo de coisa, mas agora sentia que sua mente fora encoberta por uma venda, e não conseguiu articular nada além de uma frase banal e, além disso, completamente ridícula:

— Não pode ser!

---

[48] Versos de "Aufenthalt" ("Refúgio), *lied* que integra a coletânea *Canto do cisne* (*Schwanengesang*), do austríaco Franz Schubert (1797-1828). (N. do T.)

Rímski reagiu de outra forma. Levantou-se e fechou a porta, rugindo para a contínua que estava sentada em um banquinho:

— Não deixe entrar ninguém que não seja do correio! — e trancou a porta a chave.

Daí tirou da escrivaninha uma pilha de papéis e pôs-se a cotejar cuidadosamente as letras gordas e inclinadas para a esquerda do fotograma com a letra das resoluções de Stiopa e suas assinaturas, dotadas de um arremate em espiral. Varienukha, inclinado sobre a mesa, lançava sua respiração quente na cara de Rímski.

— É a letra dele — disse por fim o diretor financeiro, com firmeza, e Varienukha replicou, como um eco:

— Dele.

Ao perscrutar o rosto de Rímski, o administrador se espantou com a mudança ocorrida naquela face. Já magro, era como se o diretor financeiro tivesse emagrecido ainda mais, e até envelhecido, e seus olhos, por detrás dos aros de tartaruga, tinham perdido a mordacidade habitual, surgindo neles não apenas angústia, mas um quê de tristeza.

Varienukha fez tudo que convém a uma pessoa em um momento de grande assombro. Correu pelo escritório, abriu duas vezes os braços, como um crucificado, e bebeu um copo cheio da água amarelada da garrafa, exclamando:

— Não entendo! Não entendo! Não en-ten-do!

Já Rímski olhava pela janela e pensava em algo, tenso. A situação do diretor financeiro era bastante difícil. Precisava, agora e ali mesmo, inventar explicações ordinárias para fenômenos extraordinários.

Semicerrando os olhos, o diretor financeiro imaginou Stiopa, de camisa de dormir e sem sapatos, subindo, na manhã daquele dia, por volta das onze e meia, em algum inaudito avião super-rápido, e depois o mesmo Stiopa, também às onze e meia, de meias no aeródromo de Ialta... o diabo é que sabia o que estava acontecendo!

Talvez não fora Stiopa que falara com ele por telefone de seu apartamento? Não, era Stiopa! Como não ia reconhecer a voz de Stiopa? Mas ainda que não tivesse falado com Stiopa naquele dia, não antes do que na noite da véspera Stiopa aparecera naquele mesmo gabinete, com aquela voz estúpida, e irritara o diretor financeiro com sua leviandade. Como teria podido partir ou pegar um avião sem dizer nada ao teatro? E mesmo se tivesse tomado o avião na noite da véspera, não teria chegado até o meio-dia de hoje. Ou teria?

— São quantos quilômetros até Ialta? — perguntou Rímski.

Varienukha interrompeu sua correria e berrou:

— Pensei nisso! Já pensei! Até Sebastópol, pela estrada de ferro, cerca de mil e quinhentos quilômetros. E até Ialta pode acrescentar oitenta quilômetros. Mas pelo ar, evidentemente, dá menos.

Hum... Sim... De trem, nem pensar. Mas e então? Um caça? Quem deixaria Stiopa entrar em um caça sem sapatos? Por quê? Será que ele tinha tirado os sapatos ao chegar em Ialta? Dava na mesma: por quê? E não o deixariam entrar em um caça nem de sapatos! E o caça também não tinha nada a ver. Pois estava escrito que ele aparecera na Polícia Civil às onze e meia, e tinha conversado por telefone, em Moscou... perdão... daí apareceu, diante dos olhos de Rímski, o mostrador de seu relógio... Lembrava-se de onde estavam os ponteiros? Horror! Fora às onze e doze. O que aquilo queria dizer? Se fôssemos supor que, logo depois da conversa, Stiopa arrojara-se para o aeroporto e o alcançara em, digamos, cinco minutos, o que aliás também era impensável, então quer dizer que o avião, decolando imediatamente, percorrera mais de mil quilômetros em cinco minutos? Consequentemente, em uma hora percorreria mais de doze mil quilômetros? Isso era impossível, e significava que ele não estava em Ialta.

O que sobrava? Hipnose? Não há no mundo hipnose que arremesse uma pessoa a mil quilômetros de distância! Então ele tinha a impressão de que estava em Ialta! Bem, talvez ele tivesse essa impressão, mas a Polícia Civil de Ialta também tinha? Ah, não, perdão, mas isso não acontece. Mas então estavam telegrafando de onde?

O rosto do diretor financeiro estava literalmente um horror. Nessa hora, começaram a girar e puxar a maçaneta da porta do lado de fora, e dava para ouvir os gritos desesperados da contínua, atrás da porta:

— Não pode! Não deixo! Nem que me degole! É uma reunião!

Rímski controlou-se o quanto pôde, tirou o fone do gancho e disse:

— Ligação super-urgente para Ialta, por favor.

"Esperto!", exclamou Varienukha, mentalmente.

Porém a ligação para Ialta não foi completada. Rímski depositou o fone no gancho e disse:

— Como se fosse de propósito, a linha está avariada.

Era evidente que a avaria da linha, por alguma razão, deixara-o particularmente transtornado, e até o obrigava a meditar. Depois de refletir um pouco, voltou a tirar o fone do gancho com uma mão e, com a outra, pôs-se a anotar o que dizia ao aparelho:

— Envie um super-relâmpago. Variedades. Sim. Ialta, Polícia Civil. Hoje cerca onze meia Likhodêiev falou comigo telefone Moscou, ponto. Depois não apareceu serviço localizar telefone impossível, ponto. Confirmo caligrafia, ponto. Medidas vigiar artista tomadas. Diretor financeiro Rímski.

"Muito esperto", pensou Varienukha, mas não conseguiu pensar direito, pois em sua cabeça ribombava: "Estúpido! Não tem como ele estar em Ialta!".

Naquela hora, Rímski fez o seguinte: reuniu cuidadosamente todos os telegramas recebidos e as cópias dos seus em um maço, colocou o maço em um envelope, fechou-o, escreveu nele algumas palavras e o entregou a Varienukha, dizendo:

— Leve pessoalmente agora mesmo, Ivan Saviêlievitch, para que examinem.

"Mas isso é realmente esperto", pensou Varienukha, escondendo o envelope em sua pasta. Depois, por via das dúvidas, discou mais uma vez o número de telefone do apartamento de Stiopa, auscultou e pôs-se a piscar e fazer trejeitos misteriosos e alegres. Rímski esticou o pescoço.

— Posso falar com o artista Woland? — perguntou docemente Varienukha.

— Estão ocupados — respondeu, ao fone, uma voz trêmula —, quem deseja?

— Varienukha, administrador do Variedades.

— Ivan Saviêlievitch? — gritou o fone, com alegria. — Estou terrivelmente feliz por escutar a sua voz! Como anda de saúde?

— *Merci*[49] — respondeu Varienukha, atônito —, mas com quem estou falando?

— Com o ajudante, o ajudante e tradutor dele, Korôviev — crepitava o fone —, e sempre seu criado, caríssimo Ivan Saviêlievitch! Disponha de mim como desejar. E então?

— Perdão, mas Stepan Bogdánovitch Likhodêiev não está agora em casa?

— Que pena, não! Não está! — gritou o fone. — Saiu!

— Para onde?

— Foi passear de carro, fora da cidade!

— C... como? Pa... passear? E quando volta?

— Disse que ia tomar ar fresco e voltava!

---

[49] Em francês russificado no original, "obrigado". (N. do T.)

— Ah... — disse Varienukha, desconcertado —, *merci*. Tenha a bondade de transmitir a *monsieur*[50] Woland que hoje a sua apresentação é na terceira parte.

— Entendido. Agora mesmo. Sem falta. Urgente. Impreterivelmente. Transmito — martelava o fone, entrecortado.

— Tudo de bom — disse Varienukha, surpreso.

— Peço que aceite — falou o fone — meus melhores e mais calorosos cumprimentos e votos. Sucesso. Êxito. Felicidade completa. Tudo.

— Bem, é claro! Eu tinha dito! — gritou o administrador, agitado. — Não tem nada de Ialta, ele foi para fora da cidade!

— Bem, se é assim — proferiu o diretor financeiro, pálido de raiva —, isso é realmente uma porcaria, daquelas que não têm nem nome!

Daí o administrador deu um pulo, e soltou um grito tal que fez Rímski estremecer:

— Lembrei! Lembrei! Em Púchkino abriu uma pastelaria chamada Ialta! Entendi tudo! Foi para lá, encheu a cara, e agora fica telegrafando para cá!

— Ah, aí já é demais — respondeu Rímski, com a bochecha trêmula e um ódio autêntico e pesado a lhe arder nos olhos —, pois bem, esse passeio vai lhe custar caro — daí vacilou, de súbito, e acrescentou, indeciso: — Mas como assim, e a Polícia Civil...

— É uma bobagem! Típica piada dele — interrompeu o expansivo administrador, e perguntou: — E o pacote, levo?

— Sem falta — respondeu Rímski.

E a porta voltou a se abrir, entrando aquela mesma... "É ela!", pensou Rímski, angustiado por algum motivo. E ambos se levantaram na direção da funcionária do correio.

Dessa vez, as palavras do telegrama eram:

"Grato confirmação urgente mandar quinhentos rublos Polícia Civil amanhã voo Moscou Likhodêiev."

— Ficou louco — disse Varienukha, débil.

Rímski fez as chaves tilintarem, tirou dinheiro da gaveta do cofre, contou quinhentos rublos, telefonou, entregou o dinheiro ao contínuo e o enviou ao telégrafo.

— Perdão, Grigóri Danílovitch — disse Varienukha, sem acreditar em seus olhos —, mas, na minha opinião, você está mandando dinheiro à toa.

---

[50] Em francês russificado no original, "senhor". (N. do T.)

— O dinheiro vai voltar — retrucou Rímski, em voz baixa —, e ele vai responder severamente por esse piqueniquezinho — e acrescentou, apontando para a pasta de Varienukha: — Vá, Ivan Saviêlievitch, não se demore.

E Varienukha saiu correndo do escritório com a pasta.

Desceu ao térreo, viu a fila comprida perto da bilheteria, ficou sabendo pela bilheteira que ela esperava ter lotação máxima dentro de uma hora pois o público acorrera aos montes depois que o cartaz suplementar fora afixado, mandou que a bilheteira segurasse e não vendesse os trinta melhores lugares do camarote e da plateia, escapou da bilheteria, rechaçando no caminho os inoportunos caçadores de ingressos grátis e mergulhou em seu gabinete para pegar o boné. Nessa hora, o telefone estridulou.

— Sim! — gritou Varienukha.

— Ivan Saviêlievitch? — inquiriu o fone, com repulsiva voz anasalada.

— Não está no teatro! — quis gritar Varienukha, mas o fone o interrompeu de imediato.

— Não se faça de besta e escute, Ivan Saviêlievitch. Não leve esses telegramas a lugar nenhum, nem os mostre a ninguém.

— Quem fala? — rugiu Varienukha. — Pare com essas piadas, cidadão! Vai ser descoberto agora! Qual o seu número?

— Varienukha — retrucou a mesma voz abjeta —, você entende russo? Não leve os telegramas a lugar nenhum.

— Ah, então você não vai parar? — gritou o administrador, irado. — Bem, olhe aqui! Você vai pagar por isso! — Gritou mais algumas ameaças e depois se calou, percebendo que ninguém mais o ouvia ao fone.

Daí começou a escurecer rapidamente no gabinetezinho. Varienukha saiu correndo, batendo a porta atrás de si e, por uma via lateral, precipitou-se para o jardim de verão.

O administrador estava animado e cheio de energia. Depois do telefonema asqueroso, não tinha dúvida de que um bando de vândalos andava fazendo brincadeiras de mau gosto, e que essas brincadeiras tinham conexão com o desaparecimento de Likhodêiev. O desejo de denunciar os facínoras sufocava o administrador e, por mais estranho que fosse, ele saboreava com antecedência algo de agradável. Isso acontece quando a pessoa faz todo o possível para se tornar o centro das atenções, para levar uma notícia sensacional a algum lugar.

No jardim, o vento soprava no rosto do administrador, cobrindo seus olhos com areia, como que para lhe barrar o caminho, como que para preveni-lo. No segundo andar, um caixilho bateu de um jeito que os vidros quase saíram voando, as copas dos bordos e tílias farfalhavam, angustiadas. Escureceu e refrescou. O administrador esfregou os olhos e viu que uma nuvem de tempestade, de barriga amarela, deslizava, rasante, sobre Moscou. De longe, vinha um ruído denso.

Por mais pressa que Varienukha tivesse, veio-lhe um desejo irresistível de correr até o banheiro de verão por um segundo, para verificar no caminho se o eletricista tinha coberto a lâmpada com uma rede.

Depois de passar correndo pelo pavilhão de tiro, Varienukha foi dar no espesso matagal de lilases, no qual ficava a edificação azulada dos banheiros. O eletricista revelou-se uma pessoa cuidadosa, a lâmpada debaixo do teto da parte masculina já estava revestida por uma rede de metal, só que o administrador ficou triste porque, mesmo na penumbra que antecedia a tempestade, era possível perceber que as paredes já estavam cobertas de inscrições em carvão e lápis.

— Mas que!... — tentou começar o administrador, ouvindo subitamente, atrás de si, uma voz a ronronar.

— É o senhor, Ivan Saviêlievitch?

Varienukha estremeceu, virou-se e viu atrás de si um pequeno gorducho, que parecia ter fisionomia de gato.

— Bem, sou eu — respondeu Varienukha, hostil.

— Muito, muito prazer — retrucou, com voz fina, o gorducho de aparência felina e, de repente, desdobrando-se, assentou tamanho golpe no ouvido de Varienukha que o boné voou da cabeça do administrador, desaparecendo sem deixar traços no buraco do vaso sanitário.

Com o golpe do gorducho, o banheiro todo se iluminou por um instante com uma luz trêmula, e uma trovoada respondeu no céu. Depois houve mais um clarão e, na frente do administrador, surgiu um segundo, pequeno, porém de ombros atléticos, ruivo como fogo, com um leucoma no olho e um canino saliente na boca. Esse segundo, que era, pelo visto, canhoto, bateu no outro ouvido do administrador. Em resposta, o céu voltou a retumbar, e uma chuva torrencial desabou no teto de madeira do banheiro.

— O que é isso, camara... — sussurrou o administrador, fora de si, imediatamente percebendo que a palavra "camaradas" não era nada adequada a bandidos que agrediam uma pessoa em um banheiro público, e rouquejou: — Cidad... — deu-se conta de que tampouco eram merecedores dessa denominação, e recebeu um terceiro e terrível golpe sem saber de qual dos dois, que fez escorrer sangue do nariz para sua camisa tolstoiana.

— O que tem na sua pasta, parasita? — gritou, estridente, o que parecia um gato. — Telegramas? Mas não te preveniram por telefone para não levá-los a lugar nenhum? Estou perguntando, preveniram ou não?

— Preve... naram... niram... — respondeu o administrador, arquejando.

— E você saiu correndo assim mesmo? Passe a pasta para cá, seu réptil! — o segundo gritou, com a mesma voz anasalada que se ouvira ao telefone, e arrancou a pasta das mãos trêmulas de Varienukha.

E ambos agarraram o administrador pelos braços, puxaram-no para fora do jardim e carregaram-no pela Sadôvaia. A tempestade desencadeava-se com força total, a água se precipitava com estrondo e uivo pelos bueiros, por toda parte borbulhava, subia em ondas, jorrava dos tetos, junto aos canos, em torrentes espumantes escorria pelos vãos. Tudo que era vivo desaparecera da Sadôvaia, e não havia ninguém para salvar Ivan Saviêlievitch. Saltando os rios turvos e iluminados pelos relâmpagos, em um segundo os bandidos arrastaram o administrador semimorto até o edifício nº 302-bis e passaram voando com ele pela entrada, onde duas mulheres descalças encolhiam-se contra a parede, segurando sapatos e meias nas mãos. Depois se lançaram para a sexta entrada, e um Varienukha próximo à loucura foi içado ao quinto andar e jogado no chão de sua bem-conhecida antessala do apartamento de Stiopa Likhodêiev.

Daí ambos os delinquentes se escafederam e, em seu lugar, surgiu na antessala uma moça completamente nua, ruiva, com ardentes olhos de fósforo.

Varienukha compreendeu que aquilo era o mais assustador de tudo que lhe ocorrera e, gemendo, recuou até a parede. Mas a moça chegou bem perto do administrador, colocando as palmas das mãos dele em seus ombros. Os cabelos de Varienukha se eriçaram, pois mesmo através do tecido frio e encharcado de água de sua camisa tolstoiana sentia que aquelas mãos eram ainda mais frias, frias de um frio de gelo.

— Vem que eu vou te dar um beijo — disse a moça, com ternura, e seus olhos resplandecentes ficaram junto aos dele. Então Varienukha perdeu os sentidos, e não chegou a sentir o beijo.

Capítulo 11
A DIVISÃO DE IVAN

O bosque na margem oposta do rio, que ainda uma hora atrás estava iluminado pelo sol de maio, enturvou, dilatou-se e dissolveu-se.

Atrás da janela desabava uma espessa camada de água. No céu, filamentos se acendiam a cada instante, o céu fendia, o quarto do doente era inundado por uma luz trêmula, assustadora.

Ivan chorava baixo, sentado na cama, olhando para o rio turvo, com bolhas fervilhantes. A cada golpe de trovão, soltava um grito lamurioso e cobria o rosto com as mãos. As folhas rabiscadas por Ivan se esparramaram pelo chão, sopradas pelo vento que entrara no quarto antes do início da tempestade.

As tentativas do poeta de redigir uma declaração a respeito do terrível consultor não deram em nada. Bastou receber da enfermeira gorda, que se chamava Praskóvia Fiódorovna, um toco de lápis e papel, e ele esfregou as mãos, ativo, instalando-se com pressa à mesinha. O começo saiu bem desembaraçado:

"Para a Polícia. Do membro da Massolit, Ivan Nikoláievitch Bezdômny, declaração. Ontem à noite, fui com o finado M. A. Berlioz ao lago do Patriarca..."

E o poeta logo se enrolou, principalmente devido à palavra "finado". De cara, ficou evidente um disparate: como assim, fui com o finado? Finados não andam! Realmente, era bem possível que o tomassem por louco!

Pensando assim, Ivan Nikoláievitch começou a corrigir o escrito. Saiu o seguinte: "... com M. A. Berlioz, falecido em seguida...". Isso também não satisfez o autor. Teve que proceder a uma terceira redação, que se revelou ainda pior do que as duas primeiras: "... com Berlioz, que foi parar embaixo do bonde..." — e daí ainda veio a reboque esse compositor homônimo, que ninguém conhece, e ele teve que acrescentar: "... e que não é o compositor".

Azucrinado por aqueles dois Berlioz, Ivan riscou tudo, decidindo começar logo com algo muito forte, para chamar de imediato a atenção do leitor, e escreveu que o gato tomou o bonde, e depois voltou ao episódio da cabeça cortada. A cabeça e a profecia do consultor levaram seu pensamento a Pôncio Pilatos, e, para ser mais convincente, Ivan resolveu incluir o relato sobre o procurador na íntegra, até o momento em que, de manto branco e forro cor de sangue, ele assomou à colunata do palácio de Herodes.

Ivan trabalhava com afinco, riscando o escrito e inserindo palavras novas, e até tentou desenhar Pôncio Pilatos e, em seguida, o gato sobre as patas traseiras. Contudo, nem os desenhos ajudaram, e quanto mais avançava, mais intrincada e incompreensível se tornava a declaração do poeta.

Na hora em que o vento soprou e uma nuvem assustadora de contornos esfumaçados apareceu ao longe, cobrindo o bosque, Ivan sentiu que perdia as forças, que não daria conta da declaração, e não foi recolher as folhas esvoaçantes, caindo em um choro baixo e amargo.

A bondosa enfermeira Praskóvia Fiódorovna visitou o poeta na hora da tempestade, alarmou-se ao vê-lo aos prantos, fechou a corrediça para que os relâmpagos não assustassem o doente e pegou as folhas do chão, correndo com elas para o médico.

Esse apareceu e aplicou uma injeção no braço de Ivan, assegurando-lhe que não choraria mais, que agora tudo passaria, tudo mudaria e tudo seria esquecido.

Verificou-se que o médico tinha razão. Logo o bosque além do rio ficou como antes; até a última árvore destacava-se sob o céu, que clareou até recobrar seu pleno azul prévio, e o rio sossegou. A angústia começou a abandonar Ivan logo após a injeção, e agora o poeta estava deitado, calmo, contemplando o arco-íris que se abria no céu.

Assim seguiu até a noite, e ele nem percebeu quando o arco-íris se dissipou, o céu entristeceu e descorou, e o bosque enegreceu.

Depois de tomar leite quente, Ivan voltou a se deitar, admirando-se com a mudança em seus pensamentos. De algum modo, suavizara-se a lembrança do maldito gato demoníaco, a cabeça cortada não assustava mais, e, deixando de pensar nela, Ivan passou a raciocinar que, no fundo, a clínica era muito boa, que Stravinski era um sábio e uma celebridade, que lidar com ele era extraordinariamente agradável. O vento da noite, além disso, tornara-se mais suave e fresco.

O manicômio adormeceu. Nos corredores silenciosos extinguiram-se as lâmpadas brancas opacas, e em seu lugar, conforme o regulamento, acenderam-se as débeis luzes noturnas, com os passinhos das enfermeiras nos corredores com assoalho de borracha fazendo-se ouvir de forma cada vez mais rara.

Agora Ivan estava deitado em doce langor, olhando ora para a lâmpada sob o abajur, que aspergia uma luz suave a partir do teto, ora para a lua, que emergia de trás do bosque negro, e conversava consigo mesmo.

— Por que, precisamente, fiquei tão agitado por Berlioz ter ido parar embaixo do bonde? — raciocinava o poeta. — No fim das contas, ele que se dane! E, de fato, eu por acaso sou compadre dele, ou parente? Se essa pergunta for ventilada da forma devida, teremos que eu, essencialmente, nem conhecia direito o finado. Basicamente, o que eu sabia dele? Nada, além de que era careca e terrivelmente eloquente. E mais, cidadãos — Ivan prosseguiu o discurso, dirigindo-se sabe-se lá a quem —, vamos esclarecer o seguinte: por que eu, expliquem-me, fiquei furioso com aquele enigmático consultor, mago e professor de olho vazio e preto? Para que toda aquela perseguição absurda de ceroulas e vela na mão, e depois a encrenca selvagem no restaurante?

— Ora, ora, ora — de repente o velho Ivan disse ao novo, que falava de dentro ou de fora de seu ouvido —, mas ele não sabia com antecedência que a cabeça de Berlioz seria cortada? Como não ficar nervoso?

— Do que está falando, camarada? — o novo Ivan replicou ao vetusto Ivan anterior. — Até um bebê entende que aqui tem coisa. Trata-se de um indivíduo cem por cento fora do comum e misterioso. Só que o mais interessante é isso! A pessoa conheceu Pôncio Pilatos, o que você quer de mais interessante? E em vez de armar aquela bagunça estúpida no Patriarca, não teria sido mais inteligente inquiri-lo educadamente sobre o que mais aconteceu com Pilatos e esse preso Ha-Notzri? E sabe o diabo o que fui fazer! Realmente, uma ocorrência importante: o editor de uma revista foi esmagado! E no que isso vai dar, a revista será fechada? Bem, que fazer: o homem é mortal e, como já disseram com acerto, subitamente mortal. Bem, que seja dele o reino dos céus! Pois haverá um outro editor, e até, talvez, ainda mais eloquente do que o anterior.

Depois de um cochilo, o novo Ivan perguntou ao anterior, sarcástico:

— Então quem eu sou nesse caso?

— Um imbecil — respondeu com clareza, em algum lugar, uma voz de baixo, que não pertencia a nenhum dos Ivans, e era extraordinariamente parecida com a voz de baixo do consultor.

Ivan, por algum motivo sem se ofender com a palavra "imbecil", mas até ficando agradavelmente surpreso com ela, sorriu e se acalmou, meio adormecido. O sono se esgueirava até Ivan, que já tinha a impressão de ver uma palmeira em uma pata de elefante, e um gato passando ao lado, não terrível, porém alegre, e, em suma, o sono cobria Ivan aos poucos quando, de repente, a grade deslizou silenciosamente para o lado, e uma figura misteriosa surgiu no balcão, escondendo-se do luar e ameaçando Ivan com o dedo.

Ivan, sem qualquer sobressalto, levantou-se da cama e viu que havia um homem no balcão. Esse homem, colocando o dedo nos lábios, sussurrou:

— *Psiu!*

Capítulo 12
A MAGIA NEGRA E SUA REVELAÇÃO

Um pequeno homem de chapéu coco amarelo esburacado, nariz em forma de pera e cor de framboesa, de calças xadrez e botinas de verniz, subiu ao palco do Variedades em uma bicicleta normal de duas rodas. Ao som de um foxtrote, descreveu um círculo, depois soltou um brado de triunfo, fazendo a bicicleta empinar. Apoiado apenas na roda traseira, o homenzinho ergueu as pernas para o ar, conseguindo desatarraxar a roda dianteira no trajeto e jogá-la para os bastidores, seguindo então seu caminho em uma roda só, girando os pedais com as mãos.

Em um alto mastro de metal com uma sela em cima e uma roda, entrou uma loira rechonchuda de maiô e saiote coberto de estrelas de prata, que passou a andar em círculos. Ao se encontrar com ela, o homenzinho dava gritos de saudação e tirava o chapéu coco da cabeça com o pé.

Por fim, chegou um moleque de oito anos com cara de velho e se pôs a correr entre os adultos em uma minúscula bicicleta de duas rodas, na qual fora colocada uma enorme buzina de carro.

Depois de dar umas voltas, a companhia inteira, ao rufar ansioso do tambor da orquestra, precipitou-se para a beira do palco, e os espectadores das primeiras fileiras soltaram exclamações e recuaram, pois o público tinha a impressão de que o trio e seus veículos iam despencar no fosso da orquestra.

Porém, as bicicletas se detiveram exatamente no momento em que as rodas dianteiras já ameaçavam deslizar para o abismo acima das cabeças dos músicos. Gritando um forte "*Hop!*", os ciclistas saltaram de seus veículos e fizeram uma saudação, com a loira mandando beijos no ar para o público, e o moleque tocando sua buzina ridícula.

Os aplausos sacudiram o edifício, uma cortina azul-celeste veio dos dois lados e encobriu os ciclistas, as luzes verdes perto da porta, com a inscrição "Saída", se apagaram, e os globos brancos, entre a tela de trapézios sob a cúpula, acenderam-se como sóis. Era o entreato, antes da última parte.

A única pessoa que não se interessava nem um pouco pelos milagres de técnica ciclística da família Giulli era Grigóri Danílovitch Rímski. Estava sentado em seu escritório, completamente só, mordendo os lábios finos, e com convulsões a percorrer seu rosto esporadicamente. Ao extraordinário desaparecimento de Likhodêiev juntara-se o desaparecimento totalmente imprevisto do administrador Varienukha.

Rímski sabia aonde ele tinha ido, só que ele foi e... não retornou! Rímski dava de ombros e sussurrava para si:

— Mas por quê?

E uma coisa estranha: para um homem tão prático como o diretor financeiro, claro que o mais simples teria sido telefonar para onde Varienukha tinha se dirigido e apurar o que lhe ocorrera, entretanto, até as dez da noite, não conseguira se obrigar a fazer isso.

Às dez, recorrendo a extrema violência contra si mesmo, Rímski tirou o fone do gancho e verificou que o aparelho estava morto. O contínuo informou que os outros telefones do prédio também se encontravam danificados. Esse fato, obviamente desagradável, mas em nada sobrenatural, por algum motivo deixou o diretor financeiro completamente abalado mas, ao mesmo tempo, alegrou-o: a urgência de telefonar desaparecera.

Na hora em que acima da cabeça do diretor financeiro acendeu e começou a piscar a luzinha vermelha anunciando o início do entreato, entrou o contínuo com a informação de que o artista estrangeiro tinha chegado. Por algum motivo o diretor financeiro estremeceu e, tornando-se mais sombrio que uma nuvem carregada, dirigiu-se à coxia para receber a atração, já que não havia ninguém mais para recebê-lo.

Do corredor, onde as campainhas de advertência já matraqueavam, curiosos espiavam o grande camarim sob diversos pretextos. Ali havia prestidigitadores de roupão vistoso e turbante, um patinador de japona branca de malha, um contador de histórias pálido de pó de arroz e um maquiador.

A celebridade recém-chegada surpreendera a todos com seu fraque de comprimento inaudito e corte primoroso, e por aparecer de máscara negra. Porém, o mais espantoso de tudo eram os dois acompanhantes do especialista em magia negra: um comprido, de xadrez e *pince-nez* rachado, e um gato preto e obeso que, entrando no camarim apoiado nas patas traseiras, sentou-se no sofá completamente à vontade, apertando os olhos diante das lâmpadas de maquiagem nuas.

Rímski tentou esboçar um sorriso, que deixou seu rosto azedo e raivoso, e fez uma saudação para o mago silencioso que estava sentado no sofá ao lado do gato. Não houve aperto de mão. Em compensação, o desenvolto de xadrez apresentou-se ao diretor financeiro, designando-se como "ajudante deles". Tal circunstância surpreendeu o diretor financeiro, e novamente de forma desagradável: decididamente, não havia no contrato menção a nenhum ajudante.

Totalmente a contragosto, e secamente, Grigóri Danílovitch procurou saber, junto àquele homem de xadrez que lhe caíra na cabeça, onde estava o equipamento do artista.

— Nosso diamante celestial, preciosíssimo senhor diretor — respondeu o ajudante do mago, com voz rachada —, nosso equipamento está sempre conosco. Ei-lo! *Eins, zwei, drei*! — e, girando os dedos nodosos diante dos olhos de Rímski, repentinamente tirou da orelha do gato o relógio de ouro com corrente de Rímski, que até então estava no bolso do colete do diretor financeiro, debaixo do paletó abotoado, com a corrente passada por uma casa do botão.

Rímski, sem querer, pôs a mão no estômago, os presentes soltaram uma exclamação, e o maquiador, que espreitava à porta, soltou um grasnido de aprovação.

— O relógio é do senhor? Peço que o receba — disse o homem de xadrez, rindo desbragadamente, oferecendo a Rímski seu pertence na palma da mão suja.

— Não tome o bonde com esse aí — o contador de histórias cochichou, alegre, para o maquiador.

O gato, porém, saiu-se com um truque mais limpo do que o número com o relógio alheio. Levantando-se inesperadamente do sofá, foi até o toucador sobre as patas traseiras, tirou a rolha da garrafa com a pata dianteira, colocou água em um copo, bebeu, recolocou a rolha no lugar e limpou os bigodes com um pano de maquiagem.

Daí ninguém exclamou, apenas ficaram de boca aberta, e o maquiador sussurrou, admirado:

— Oh, que classe!

Nessa hora, a campainha ressoou pela terceira vez, aflita, e todos, agitados e antegozando um número interessante, saíram do camarim em tropel.

Um minuto mais tarde, na sala de espetáculo, os globos se apagaram, a ribalta se acendeu, conferindo um brilho avermelhado à parte de baixo da cortina, e, pela abertura iluminada da cortina, apresentou-se ao público um homem gordo, alegre como uma criança, de rosto barbeado, fraque amassado e camisa desbotada. Era o animador Georges Bengalski, bem conhecido de toda Moscou.

— Pois bem, cidadãos — pôs-se a falar Bengalski, abrindo seu sorriso infantil —, agora vai atuar diante de vocês... — daí Bengalski se interrompeu, passando a falar com outro tom: — Vejo que a quantidade de público aumentou ainda mais para a terceira parte. Hoje temos metade da cidade!

Há dias encontrei um amigo e disse: "Por que você não vai nos assistir? Ontem metade da cidade estava lá". E ele me respondeu: "É que eu vivo na outra metade!". — Bengalski fez uma pausa, esperando uma irrupção de gargalhadas, porém, como ninguém risse, continuou: — ... Pois bem, vai atuar o célebre artista estrangeiro, *monsieur* Woland, em uma sessão de magia negra! Bem, todos nós compreendemos — daí Bengalski deu um sorriso sagaz — que uma coisa dessas não existe, e que ela não é nada além de superstição, porém o maestro Woland simplesmente domina a técnica da prestidigitação no mais alto grau, o que se verá na parte mais interessante, ou seja, a revelação desta técnica, e como somos todos unanimemente a favor dessa técnica, e de sua revelação, chamamos o senhor Woland!

Tendo proferido todo esse palavrório, Bengalski uniu as palmas das mãos, fazendo um gesto de saudação na direção da abertura da cortina que, com um leve ruído, correu para os lados.

A entrada do mago, seu assistente comprido e o gato, que subiu ao palco sobre as patas traseiras, agradou muito ao público.

— Uma poltrona — pediu Woland, em voz baixa e, no mesmo segundo, sem que se soubesse como ou de onde, apareceu no palco uma poltrona, na qual o mago se sentou. — Diga-me, meu caro Fagote — indagou Woland ao bufão de xadrez que, pelo visto, tinha outra denominação além de "Korôviev" —, na sua opinião, a população de Moscou mudou de forma significativa?

O mago fitou o público emudecido e estupefato pelo aparecimento da poltrona do nada.

— Exatamente, *messire* — respondeu Fagote-Korôviev, em voz baixa.

— Você tem razão. Os habitantes mudaram muito... por fora, estou dizendo, como a própria cidade, por sinal. Das roupas nem tem o que falar, mas apareceram esses... como se chamam... bondes, automóveis...

— Ônibus — sugeriu Fagote, respeitoso.

O público ouvia a conversa com atenção, supondo que se tratava de um prelúdio aos truques de magia. As coxias estavam entupidas de artistas e trabalhadores cênicos, e entre seus rostos avistava-se o rosto tenso e pálido de Rímski.

A fisionomia de Bengalski, que se refugiara do lado do palco, começou a exprimir perplexidade. Ergueu de leve as sobrancelhas e, aproveitando uma pausa, disse:

— O artista estrangeiro exprime sua admiração por Moscou, que se desenvolveu do ponto de vista técnico, e pelos moscovitas — daí Bengalski riu duas vezes, primeiro para a plateia, depois para a galeria.

Woland, Fagote e o gato viraram as cabeças para o animador.

— Por acaso eu exprimi admiração? — o mago perguntou a Fagote.

— De jeito nenhum, *messire*, o senhor não exprimiu admiração alguma — este respondeu.

— Então o que esse homem está dizendo?

— Ele simplesmente mentiu! — informou o ajudante de xadrez a todo o teatro, de forma sonora e, dirigindo-se a Bengalski, acrescentou: — Parabéns, cidadão mentiroso!

Um riso veio da galeria, enquanto Bengalski estremeceu e esbugalhou os olhos.

— Mas é claro que eu não me interesso tanto por ônibus, telefones e demais...

— Equipamentos! — sugeriu o de xadrez.

— Isso mesmo, grato — disse o mago, lentamente, com uma pesada voz de baixo —, mas há uma questão bem mais importante: esses habitantes mudaram por dentro?

— Sim, essa é a questão mais importante, meu senhor.

Na coxia, começaram a se entreolhar e encolher os ombros, Bengalski ficou vermelho, e Rímski estava pálido. Mas daí, como que adivinhando a angústia nascente, o mago disse:

— Entretanto falamos demais, meu caro Fagote, e o público começa a se entediar. Para começar, mostre-nos alguma coisa simples.

A sala se agitou, aliviada. Fagote e o gato se dispersaram em direções distintas da ribalta, Fagote estalou os dedos e gritou, fanfarrão:

— Três, quatro! — apanhou no ar um maço de cartas, embaralhou-o e mandou para o gato, formando uma fita. O gato apanhou a fita e mandou-a de volta. A cobra de cetim fungou, Fagote abriu a boca, como um pintinho, e a engoliu, carta por carta.

Depois disso, o gato fez uma reverência, arrastando a pata traseira direita, suscitando aplauso excepcional.

— Que classe, que classe! — gritavam, admirados, da coxia.

E Fagote apontou o dedo para a plateia e anunciou:

— Esse baralho, respeitáveis cidadãos, agora se encontra na sétima fileira, com o cidadão Partchévski, precisamente entre uma nota de três rublos e uma intimação para o julgamento de uma causa de pagamento de pensão alimentícia à cidadã Zelkova.

Um rebuliço teve início na plateia, começaram a se levantar, e, por fim, um cidadão cujo nome era exatamente Partchévski, todo escarlate de pasmo, tirou o maço do bolsinho e se pôs a exibi-lo no ar, sem saber o que fazer.

— Que fique para o senhor de lembrança! — bradou Fagote. — Não foi à toa que ontem à noite, no jantar, o senhor disse que, se não fosse o pôquer, sua vida em Moscou seria absolutamente insuportável.

— Um truque velho — ouviu-se na galeria —, esse aí da plateia é da mesma companhia.

— O senhor acha? — berrou Fagote, apertando os olhos para a galeria. — Nesse caso, o senhor também faz parte da nossa quadrilha, já que o baralho está no seu bolso!

Houve movimentação na galeria, e se ouviu uma voz alegre:

— É verdade! Está com ele! Aqui, aqui... Espere! Mas são notas de dez rublos!

Quem estava sentado na plateia virou a cabeça. Na galeria, um cidadão confuso descobriu em seu bolso um pacote, similar aos de banco, com uma inscrição na frente: "Hum mil rublos".

Os vizinhos caíram em cima dele que, em seu espanto, escarafunchava o envelope com a unha, tentando averiguar se as notas de dez eram de verdade ou de faz de conta.

— Meu Deus, são de verdade! Notas de dez! — gritaram alegremente da galeria.

— Venha jogar esse baralho comigo — propôs, alegre, um gordo no meio da plateia.

— *Avec plaisir!*[51] — retrucou Fagote. — Mas por que só com o senhor? Todos devem participar com ardor! — e comandou: — Peço que olhem para cima! Um! — em sua mão apareceu uma pistola, e ele gritou: — Dois! — a pistola se ergueu. Ele gritou: — Três! — um clarão, um estampido, e imediatamente, de baixo da cúpula, mergulhando em meio aos trapézios, cédulas brancas começaram a cair na sala.

Elas rodopiaram, espalharam-se pelos lados, enfiaram-se na galeria, arrojaram-se no fosso da orquestra e no palco. Em alguns segundos, a chuva de dinheiro, cada vez mais densa, chegou às poltronas, e os espectadores começaram a apanhar as cédulas.

Ergueram-se centenas de mãos, os espectadores examinavam as cédulas contra a iluminação do palco e viam as mais autênticas e verídicas marcas d'água. O cheiro também não deixava nenhuma dúvida: tinham aquele aroma, de encanto incomparável, de dinheiro recém-impresso. Primeiro a alegria e, depois, o espanto se apossou do teatro. Por toda parte soavam as palavras "Notas de dez, notas de dez", ouviam-se gritos de "Ah, ah!" e risos

---

[51] "Com prazer", em francês russificado no original. (N. do T.)

alegres. Houve quem rastejasse no corredor, vasculhando embaixo das poltronas. Muitos ficaram de pé nos assentos, agarrando as cédulas buliçosas e caprichosas.

Nos rostos dos policiais, a perplexidade foi aparecendo aos poucos, e os artistas começaram a sair da coxia sem cerimônia.

No mezanino, ouviu-se uma voz: "O que é que você está pegando? Essa é minha! Voou para mim!", e outra: "Não me empurre que eu te empurro também!". E, de repente, soou um tapa. Imediatamente, apareceu o capacete de um policial, e alguém foi levado do mezanino.

A agitação geral crescia, e não se sabe no que tudo aquilo ia dar se Fagote não tivesse interrompido a chuva de dinheiro, soprando de repente no ar.

Dois jovens, trocando um olhar alegre e significativo, saíram do lugar e se encaminharam direto para o bar. Um zum-zum pairava no teatro, e os olhos de todos os espectadores brilhavam de excitação. Não, não se sabe no que tudo aquilo teria dado se Bengalski não tivesse encontrado forças para se mexer. Tentando se dominar melhor, esfregou as mãos, como de hábito, e, com sua voz mais forte, falou assim:

— Bem, cidadãos, agora vimos um caso da assim chamada hipnose em massa. Um puro experimento científico, que não poderia demonstrar melhor que não existem milagres e mágica. Pedimos agora ao maestro Woland que nos revele esse experimento. Agora, cidadãos, os senhores vão ver como essas cédulas, pretensamente dinheiro, vão desaparecer tão repentinamente quanto apareceram.

Daí ele aplaudiu, só que em completa solidão, e em seu rosto cintilava um sorriso confiante, porém em seus olhos tal confiança não se via, mas antes o que eles exprimiam era uma súplica.

A fala de Bengalski não agradou ao público. Fez-se absoluto silêncio, que foi quebrado pelo Fagote de xadrez.

— Trata-se novamente de um caso da assim chamada mentira — afirmou, com voz forte e caprina de tenor —, as cédulas, cidadãos, são de verdade!

— Bravo! — rugiu nas alturas uma voz entrecortada de baixo.

— Aliás, esse aqui — daí Fagote apontou para Bengalski — já me cansou. Fica se metendo o tempo todo quando não é chamado, estraga a sessão com observações mentirosas! O que vamos fazer com ele?

— Cortar-lhe a cabeça! — disse alguém, severo, na galeria.

— O que está dizendo? Hein? — Fagote retrucou imediatamente a essa vil proposta. — Cortar a cabeça? É uma ideia! Behemoth! — gritou para o gato. — Faça-o! *Eins, zwei, drei*!

E aconteceu uma coisa inaudita. O pelo do gato preto se eriçou, e ele soltou um miado dilacerante. Depois se enrodilhou e, como uma pantera, saltou direto no peito de Bengalski, de onde pulou para a cabeça. Rosnando, o gato agarrou a rala cabeleira do animador com as patas gordas e, com um uivo selvagem, em dois golpes arrancou a cabeça de seu pescoço roliço.

As duas mil e quinhentas pessoas do teatro gritaram como se fossem uma. O sangue esguichava em torrentes das artérias cortadas do pescoço, inundando o peitilho e o fraque. O corpo sem cabeça, de modo algo absurdo, juntou as pernas e se sentou no chão. Na sala, ouviram-se gritos femininos histéricos. O gato entregou a cabeça a Fagote, que a ergueu pelos cabelos, exibindo-a ao público, enquanto a cabeça gritava, desesperada, para todo o teatro:

— Um médico!

— Você vai continuar falando bobagens? — Fagote perguntou à cabeça chorosa, em tom de ameaça.

— Não vou mais! — disse a cabeça, com voz rouca.

— Pelo amor de Deus, não o atormente! — soou, de repente, uma voz feminina, cobrindo o alarido, e o mago virou a cabeça na direção desta voz.

— E então, cidadãos, vamos perdoá-lo ou o quê? — perguntou Fagote, dirigindo-se à sala.

— Perdoe! Perdoe! — ouviram-se inicialmente vozes isoladas e preponderantemente femininas, às quais as masculinas depois se uniram em coro.

— Qual a sua ordem, *messire*? — Fagote perguntou ao mascarado.

— Bem, ora — esse retrucou, pensativo —, são pessoas como as outras. Gostam de dinheiro, mas isso sempre houve... A humanidade gosta de dinheiro, não importa do que ele é feito, de couro, de papel, de bronze ou de ouro. Bem, são levianos... bem, e daí... às vezes, a misericórdia toca-lhes o coração... são gente comum... no geral, lembram os de antes... só que a questão habitacional os estragou... — e ordenou, em voz alta: — Coloque-lhe a cabeça.

O gato, mirando com muito esmero, enterrou a cabeça no pescoço, e ela parou no lugar com tamanha precisão que era como se jamais tivesse saído dali. E o principal é que não ficou nem cicatriz no pescoço. Com as patas, o gato sacudiu o fraque e o plastrão de Bengalski, fazendo os traços de sangue desaparecerem. Fagote colocou Bengalski, que estava sentado, sobre as próprias pernas, enfiou umas notas de dez no bolso do fraque e o fez sair do palco, com as palavras:

— Fora daqui! Sem o senhor fica mais animado!

Lançando em volta um olhar insano e cambaleando, o animador só chegou até o posto de bombeiros, onde passou mal. Gritava, lamuriando-se:

— A cabeça, minha cabeça!

Entre os que acorreram a ele estava Rímski. O apresentador chorava, agarrava algo no ar com as mãos, murmurava:

— Devolvam a minha cabeça! Devolvam-me a cabeça! Levem meu apartamento, levem meus quadros, só me devolvam a cabeça!

O contínuo saiu correndo atrás de um médico. Tentaram alojar Bengalski no sofá do camarim, mas ele começou a se debater, tornando-se violento. Tiveram que chamar a ambulância. Quando levaram embora o infeliz animador, Rímski voltou correndo para o palco e viu que nele ocorriam novos prodígios. Sim, a propósito, nessa hora, ou um pouco antes, o mago sumiu de cena com sua poltrona desbotada, e, aliás, é necessário dizer que isso passou completamente despercebido do público, enlevado pelas coisas extraordinárias que Fagote realizava no palco.

E Fagote, depois de se livrar do vitimado animador, fez o seguinte anúncio ao público:

— Agora que despachamos aquele chato, vamos abrir uma loja para damas!

E o chão do palco se cobriu de tapetes persas, surgiram espelhos enormes, iluminados dos lados por tubos esverdeados, e entre os espelhos, vitrines, nas quais os espectadores, em alegre surpresa, viram vestidos femininos parisienses em diversos modelos e cores. Isso em algumas vitrines; em outras, apareceram centenas de chapéus femininos, com plumas, sem plumas, com fivelas, sem fivelas, centenas de sapatos, pretos, brancos, amarelos, de couro, de cetim, de camurça, de tiras, com pedrinhas. Entre os sapatos surgiram estojos de perfume. Montes de bolsas de couro de antílope, de camurça, de seda, e, entre elas, pilhas inteiras desses estojos oblongos cinzelados de ouro nos quais se coloca batom.

Veio uma moça ruiva, sabe o diabo de onde, com um vestido negro de noite, uma moça bem bonita se não fosse o estrago de uma cicatriz extravagante no pescoço, que sorria, junto às vitrines, com um sorriso de proprietária.

Fagote, com um sorriso doce, anunciou que a firma procederia à troca dos vestidos e sapatos velhos das damas por modelitos e calçados parisienses, totalmente de graça. Anunciou que o mesmo valia para as bolsas e o resto.

O gato se pôs a arrastar a pata traseira, ao mesmo tempo em que, com a dianteira, fazia os gestos próprios de um porteiro ao abrir a porta.

Com voz que, apesar de rouca, era doce, a moça se pôs a cantar, velarizando, algo pouco inteligível, porém, a julgar pelos rostos das mulheres na plateia, extremamente sedutor:

— Guerlain, Chanel nº 5, Mitsouko, Narcisse Noir,[52] vestidos de noite, vestidos de coquetel.

Fagote se contorcia, o gato fazia reverências, a moça abria o vidro das vitrines.

— Por favor! — vociferava Fagote. — Sem constrangimento ou cerimônia!

O público se agitava, mas ninguém se decidia a subir à cena. Por fim, porém, uma morena saiu da décima fileira da plateia e, sorrindo como se não ligasse para nada e para ela desse tudo na mesma, veio e ascendeu ao palco por um alçapão lateral.

— Bravo! — gritou Fagote. — Saúdo a primeira visitante! Behemoth, uma poltrona! Começamos pelo calçado, madame?

A morena se sentou na poltrona, e Fagote imediatamente derramou no tapete à sua frente uma pilha inteira de sapatos.

A morena tirou o sapato direito, provou um lilás, pisou no tapete, examinou o salto.

— Mas eles não vão apertar? — perguntou, pensativa.

Diante disso, Fagote exclamou, ofendido:

— Como assim, como assim? — e o gato também fez um gesto ofendido.

— Levarei esse par, *monsieur* — disse a morena com dignidade, calçando o segundo sapato.

Os sapatos velhos da morena foram largados atrás da cortina, para onde ela seguiu, acompanhada da ruiva e de Fagote, que levava nos ombros alguns modelos de vestido. O gato se alvoroçava para ajudar e, com o intuito de ficar mais importante, pendurou uma fita métrica no pescoço.

Um minuto depois, a morena saía de trás da cortina com um vestido que fez um suspiro percorrer toda a plateia. A destemida mulher, que ficara espantosamente mais bonita, deteve-se junto ao espelho, moveu os ombros nus, tocou os cabelos da nuca e se contorceu, tentando ver as próprias costas.

— A firma lhe pede que leve isso como lembrança — disse Fagote, dando à morena um estojo aberto com um frasco.

---

[52] Nomes de perfumes franceses. (N. do T.)

— *Merci* — respondeu, com soberba, a morena, chegando à plateia pelo alçapão. Enquanto ela caminhava, os espectadores pulavam e tocavam no estojo.

Daí ninguém mais se conteve, e mulheres irromperam no palco de todos os lados. Em meio à excitação geral de fala, riso e suspiro, ouviu-se uma voz masculina: "Eu não permito!", e uma feminina: "Déspota e pequeno-burguês, não me quebre o braço!". Mulheres desapareciam atrás da cortina, deixando por lá os vestidos e saindo com novos. Nas banquetas de pés dourados sentou-se toda uma fileira de mulheres, que pisavam com energia o tapete com os pés de calçados novos. Fagote ficava de joelhos, manejando uma calçadeira metálica, o gato, desfalecendo sob pilhas de bolsas e sapatos, ia e vinha das vitrines às banquetas, arrastando-se, a moça de pescoço desfigurado ora aparecia, ora desaparecia, e chegou ao ponto de ficar tartamudeando apenas em francês. E o espantoso era que todas as mulheres entendiam suas meias palavras, inclusive aquelas que não sabiam uma palavra de francês.

Um homem que se intrometera no palco suscitou o pasmo geral. Declarou que sua mulher estava com gripe e que, por isso, pedia que lhe enviassem alguma coisa por seu intermédio. Para comprovar que era realmente casado, estava disposto a apresentar o passaporte. A declaração do solícito marido foi recebida com gargalhadas, Fagote berrou que acreditava nele como em si mesmo, ainda que sem passaporte, entregando ao cidadão dois pares de meias de seda, com o gato, por conta própria, acrescentando um estojinho com batom.

As mulheres retardatárias precipitavam-se para o palco, de onde afluíam felizardas com vestidos de baile, pijamas com dragonas, sóbrios trajes de passeio, chapeuzinhos caídos sobre uma sobrancelha.

Daí Fagote anunciou que, devido ao adiantado da hora, a loja se fecharia precisamente dentro de um minuto, e uma balbúrdia incrível se fez no palco. As mulheres agarravam os sapatos às pressas, sem experimentar. Uma prorrompeu na cortina como uma tempestade, largou a roupa lá e pegou a primeira coisa que apareceu — um roupão de seda com ramalhetes enormes — e, além disso, conseguiu apanhar dois estojos de perfume.

Precisamente um minuto depois, ribombou um tiro de pistola, os espelhos sumiram, as vitrines e banquetas desapareceram, o tapete se esvaiu no ar, assim como a cortina. A última coisa a desaparecer foi o altíssimo monte de vestidos e calçados velhos, e o palco voltou a ficar austero, vazio e nu.

E eis que um novo personagem se envolveu no caso.

Uma voz de barítono agradável, sonora e bastante insistente soou no camarote nº 2:

— De qualquer maneira é desejável, cidadão artista, que o senhor revele sem demora diante dos espectadores a técnica de seus truques, especialmente o truque com as cédulas de dinheiro. Também é desejável o retorno do animador à cena. Seu destino deixa os espectadores inquietos.

A voz de barítono não era de outro senão do convidado de honra da noite, Arkádi Apollônovitch Sempleiárov, presidente da comissão acústica dos teatros de Moscou.[53]

Arkádi Apollônovitch estava no camarote com duas damas: uma de meia-idade, com trajes caros e da moda, e outra jovem e bela, vestida de forma mais simples. A primeira, como logo se esclareceu quando a ata foi lavrada, era a esposa de Arkádi Apollônovitch, e a segunda, uma parente distante, atriz iniciante e promissora, que chegara de Sarátov e residia no apartamento de Arkádi Apollônovitch e da esposa.

— *Pardon*![54] — retrucou Fagote. — Peço desculpas, mas aqui não há nada a revelar, está tudo claro.

— Perdão, mas não! A revelação é absolutamente indispensável. Sem ela, seus números brilhantes vão deixar uma impressão penosa. A massa de espectadores exige uma explicação.

— A massa de espectadores — o insolente bufão interrompeu Sempleiárov — parece não ter declarado nada. Porém, em atenção a seu prezado desejo, Arkádi Apollônovitch, pois seja, procederei à revelação. Contudo, para tanto, o senhor permitiria ainda um numerozinho minúsculo?

— Como não? — respondeu Arkádi Apollônovitch, com ar protetor —, mas com a revelação, sem falta!

— Sim, senhor. Sim, senhor. Pois bem, permita-me perguntar, onde o senhor esteve ontem à noite, Arkádi Apollônovitch?

Com essa pergunta despropositada e até mesmo, talvez, grosseira, o rosto de Arkádi Apollônovitch se alterou, e se alterou bastante.

— Ontem à noite, Arkádi Apollônovitch esteve em uma reunião da comissão acústica — afirmou a esposa de Arkádi Apollônovitch, com muita arrogância —, mas eu não entendo que relação isso tem com a mágica.

— *Oui*,[55] madame! — corroborou Fagote. — É natural que não entenda. A respeito da reunião, a senhora está completamente enganada. Depois de sair para a referida reunião que, para falar a verdade, não estava nem agen-

---

[53] Tal comissão não existia. (N. do T.)

[54] "Perdão", em francês russificado, no original. (N. do T.)

[55] "Sim", em francês russificado, no original. (N. do T.)

dada para ontem, Arkádi Apollônovitch dispensou seu chofer no prédio da comissão acústica, no lago Puro (o teatro inteiro ficou em silêncio), e foi de ônibus à rua Elôkhovskaia para visitar a atriz Militsa Andrêievna Pokobatko, do teatro distrital itinerante, com a qual passou cerca de quatro horas.

— Oh! — alguém exclamou, dolorosamente, em meio ao silêncio absoluto.

A jovem parente de Arkádi Apollônovitch subitamente desatou em um riso baixo e terrível.

— Entendi tudo! — exclamou. — Fazia tempo que eu estava desconfiada! Agora ficou claro por que essa nulidade conseguiu o papel de Luísa!

E brandindo subitamente a pequena sombrinha lilás, bateu na cabeça de Arkádi Apollônovitch.

— Eis, respeitáveis cidadãos, um dos casos de revelação que Arkádi Apollônovitch solicitava com tamanha impertinência!

— Sua patife, como se atreve a tocar em Arkádi Apollônovitch? — a mulher de Arkádi Apollônovitch perguntou, ameaçadora, erguendo-se no camarim em toda sua gigantesca estatura.

Um segundo acesso breve de riso satânico se apoderou da jovem parente.

— Como me atrevo! — respondeu, rindo. — E se me atrevo! — e, por uma segunda vez, ouviu-se o estalido seco da sombrinha ricocheteando na cabeça de Arkádi Apollônovitch.

— Polícia! Prendam-na! — gritou a esposa de Sempleiárov, com uma voz tão terrível que fez muitos corações gelarem.

Daí o gato saltou à ribalta e, de repente, urrou para todo o teatro, com voz humana:

— A sessão acabou! Maestro! Rasgue uma marcha!

E o regente perplexo, sem se dar conta do que fazia, agitou a batuta, e a orquestra não tocou, nem executou, nem atacou, mas exatamente, segundo a asquerosa expressão do gato, rasgou uma marcha improvável, de um atrevimento sem precedentes.

Por um momento pareceu ouvir-se aquela marcha que tocava outrora, nos cafés cantantes, sob as estrelas do sul, de letra pouco inteligível e indistinta, porém ousada:

Sua Excelência
Gostava de galinha
Mostrando a potência
Às moças bonitinhas!!!

E pode ser que a letra não fosse essa, mas outra, para a mesma música, e extremamente indecorosa. Mas não é isso que importa, o que importa é que no Variedades, depois disso tudo, começou algo como uma torre de Babel. A polícia correu ao camarote de Sempleiárov, curiosos deslizaram pelas barreiras, ouviram-se explosões infernais de gargalhada, gritos ensandecidos, abafados pelo som dourado dos pratos da orquestra. E viu-se que repentinamente o palco fora esvaziado e que o enganador Fagote, bem como o asqueroso gato Behemoth, tinham se esvaído no ar, desaparecido, como antes desaparecera o mago com a poltrona de revestimento desbotado.

Capítulo 13
O APARECIMENTO DO HERÓI

Pois bem, o desconhecido ameaçou Ivan com o dedo e sussurrou: "*Psiu!*".

Ivan tirou as pernas do leito e deu uma olhada. Do balcão, espiava atentamente o quarto um homem barbeado, de cabelos escuros, nariz afilado, olhos irrequietos e um tufo de cabelo caído na testa, de mais ou menos trinta e oito anos.

Depois de se certificar de que Ivan estava só, e de apurar o ouvido, o visitante misterioso criou coragem e entrou no quarto. Daí Ivan viu que o recém-chegado estava em trajes hospitalares. Vestia roupa de baixo, chinelos nos pés descalços, um roupão pardo jogado sobre os ombros.

O recém-chegado deu uma piscada para Ivan, escondeu no bolso um molho de chaves, indagou cochichando: "Posso me sentar?" e, recebendo um gesto de assentimento, instalou-se na poltrona.

— Como o senhor veio parar aqui? — perguntou Ivan aos sussurros, obedecendo ao dedo ameaçador e seco. — Por acaso as grades do balcão não têm tranca?

— As grades do balcão têm tranca — confirmou o visitante —, mas a querida Praskóvia Fiódorovna infelizmente é uma pessoa distraída. Há um mês, subtraí-lhe o molho de chaves e, dessa forma, obtive a possibilidade de sair ao balcão comum, que se prolonga por todo o andar e, assim, consigo visitar os vizinhos de vez em quando.

— Se o senhor consegue sair ao balcão, então também consegue fugir. Ou é alto? — interessou-se Ivan.

— Não — respondeu o visitante, com firmeza —, não posso fugir daqui, não porque seja muito alto, mas por não ter para onde fugir. — E, depois de uma pausa, acrescentou: — Pois bem, ficamos assim?

— Ficamos assim — respondeu Ivan, fitando os olhos castanhos e bastante intranquilos do recém-chegado.

— Sim... — daí o visitante subitamente ficou irrequieto: — Mas espero que o senhor não seja violento. Pois fique sabendo que eu não suporto barulho, algazarra, uso de força nem nada do gênero. Especialmente grito de gente, seja grito de sofrimento, raiva ou qualquer outro grito. Tranquilize-me, por favor, e diga, o senhor não é violento, é?

— Ontem, no restaurante, dei um sopapo na fuça de um sujeito — corajosamente admitiu o poeta transfigurado.

— Com motivo?

— Não, devo admitir que sem motivo — respondeu Ivan, embaraçado.

— Que pouca vergonha — reprovou o visitante de Ivan, acrescentando: — Além disso, que jeito de falar é esse: dei um sopapo na fuça? Pois não se sabe o que exatamente uma pessoa tem, fuça ou rosto. Talvez, entretanto, seja mesmo um rosto. De modo que, sabe, os punhos... Não faça mais isso, jamais.

Depois de advertir Ivan dessa forma, o visitante indagou:

— Profissão?

— Poeta — reconheceu Ivan, por algum motivo, a contragosto.

O recém-chegado se afligiu.

— Oh, não tenho mesmo sorte! — exclamou, mas logo se apercebeu, pediu desculpas, e perguntou: — E qual o seu sobrenome?

— Bezdômny.

— Ai, ai — disse o visitante, com uma careta.

— O que foi, o senhor não gosta dos meus versos? — perguntou Ivan, curioso.

— Acho um horror.

— Mas quais o senhor leu?

— Não li nenhum de seus versos! — exclamou o visitante, nervoso.

— Como então?

— E o que é que tem? — respondeu o visitante —, como se eu não tivesse lido os outros. De qualquer forma... aconteceu algum milagre? Está bem, estou pronto para botar fé. Diga o senhor mesmo: os seus versos são bons?

— São monstruosos! — afirmou Ivan, de modo súbito, ousado e franco.

— Não escreva mais — propôs o recém-chegado, implorando.

— Prometo e juro! — afirmou Ivan, solene.

O juramento foi selado com um aperto de mão, e daí passos suaves e vozes começaram a chegar do corredor.

— *Psiu!* — sussurrou o visitante e, saltando para o balcão, fechou a grade atrás de si.

Praskóvia Fiódorovna deu uma olhada, perguntou como Ivan se sentia e se preferia dormir no escuro ou com a luz acesa. Ivan pediu para deixar a luz acesa, e Praskóvia Fiódorovna se retirou, desejando boa noite ao doente. Quando tudo se acalmou, o visitante voltou.

Cochichando, informou a Ivan que ao quarto 119 chegara um novato, um gordo de rosto rubro que ficava murmurado o tempo todo coisas a respeito de moeda estrangeira na ventilação e jurando que em sua casa, na Sadôvaia, haviam se instalado poderes malignos.

— Xinga Púchkin de tudo quanto é nome e grita o tempo todo: "Kuroliêssov, bis, bis!" — disse o visitante, com espasmos aflitos. Acalmando-se, sentou-se e disse: — De qualquer forma, que Deus o proteja — e prosseguiu a conversa com Ivan: — Então, por que o senhor veio parar aqui?

— Por causa de Pôncio Pilatos — respondeu Ivan, sombrio, olhando para o chão.

— Como? — gritou o visitante, esquecendo a cautela e tapando a boca com a mão. — Que formidável coincidência! Eu imploro, imploro, conte-me!

Sentindo, por algum motivo, confiança no desconhecido, Ivan, inicialmente hesitante e intimidado, e depois se encorajando, pôs-se a contar a história da véspera no lago do Patriarca. Sim, Ivan Nikoláievitch encontrou um ouvinte grato na pessoa do misterioso raptor de chaves! O visitante não tachou Ivan de louco, manifestou o maior interesse no que ele contava e, à medida que a narração evoluía, chegou por fim ao êxtase. De vez em quando, interrompia Ivan com exclamações:

— Bem, bem! Mais, mais, eu lhe imploro! Por tudo que é sagrado, só não deixe nada de fora!

Ivan não deixou nada de fora, contava tudo muito fácil, e foi chegando gradualmente ao momento em que Pôncio Pilatos, de manto branco e forro cor de sangue, saíra ao balcão.

Então o visitante uniu as mãos, como em oração, e cochichou:

— Oh, como eu adivinhei! Como eu adivinhei tudo!

O ouvinte acompanhou a descrição da horrível morte de Berlioz com um comentário enigmático, e seus olhos ainda se acenderam de ódio:

— Só lamento uma coisa, que no lugar desse Berlioz não estivesse o crítico Latunski, ou o literato Mikhail Lavróvitch — e soltou um grito frenético, porém silencioso: — Mais!

O gato que pagou a condutora divertiu extraordinariamente o visitante, e ele sufocava de riso silencioso ao ver como um Ivan alvoroçado pelo sucesso de seu relato saltava silenciosamente de cócoras, imitando o gato passando a moeda de dez copeques no bigode.

— E assim — depois de narrar os incidentes da Griboiêdov, triste e ensombrecido, Ivan concluiu — eu vim parar aqui.

O visitante colocou a mão no ombro do pobre poeta, com compaixão, e falou assim:

— Infeliz poeta! Porém, o senhor mesmo, meu caro, é o culpado de tudo. Não podia ter se portado com ele de modo tão desenvolto, e mesmo insolente. Daí o senhor acabou pagando por isso. E ainda tem que agradecer por tudo ter lhe saído relativamente barato.

— Mas quem é ele, afinal? — perguntou Ivan, agitando os punhos de empolgação.

O visitante deu uma olhada em Ivan e respondeu com uma pergunta:

— Mas o senhor não vai ficar agitado? Aqui nós somos todos instáveis... Não vai ter chamado de médico, injeção e outras algazarras?

— Não, não! — exclamou Ivan. — Diga, quem ele é?

— Certo, muito bem — respondeu o visitante, dizendo, com seriedade e nitidez: — Ontem, no lago do Patriarca, o senhor se encontrou com satã.

Ivan não caiu no desassossego, conforme prometera, porém, mesmo assim, ficou fortemente atordoado.

— Isso não pode ser! Ele não existe!

— Perdão! Outra pessoa poderia dizer isso, mas não o senhor. Pelo visto, o senhor foi uma de suas primeiras vítimas. Como compreende, está em uma clínica psiquiátrica, e fica batendo na tecla de que ele não existe. Isso é realmente estranho!

Desatinado, Ivan se calou.

— Bastou o senhor começar a descrevê-lo — prosseguiu o visitante —, e eu já comecei a desconfiar de com quem o senhor teve a satisfação de conversar ontem. Na verdade, quem me espanta é Berlioz! Pois o senhor obviamente é uma pessoa pura — aqui o visitante voltou a se desculpar —, mas ele, por tudo que ouvi dizer, no fim das contas leu alguma coisa! As primeiras palavras desse professor dissiparam todas as minhas dúvidas. Não dá para não reconhecê-lo, meu amigo! A propósito, o senhor... desculpe-me novamente mas, se não me engano, o senhor é uma pessoa ignorante, não?

— Sem discussão — concordou o irreconhecível Ivan.

— Ah, bem... pois até mesmo o rosto que o senhor descreveu... os olhos diferentes, as sobrancelhas! Desculpe, mas pode ser, aliás, que o senhor nem tenha ouvido a ópera *Fausto*?[56]

---

[56] Ópera do francês Charles Gounod (1818-1893), estreada em 1859 e inspirada na obra homônima de Goethe. (N. do T.)

Por algum motivo, Ivan ficou terrivelmente embaraçado e, com o rosto ardendo, pôs-se a murmurar algo sobre uma excursão a um sanatório de Ialta...

— Pois bem, pois bem... não me surpreende. Mas Berlioz, repito, é que me deixa perplexo. Trata-se de um homem não apenas lido, como muito astuto. Talvez em sua defesa eu deva dizer que, obviamente, Woland é capaz de ludibriar os olhos até mesmo do mais astuto dos homens!

— Como? — gritou Ivan, por seu turno.

— Quieto!

Num ímpeto, Ivan deu uma palmada na testa e disse, com voz rouca:

— Entendo, entendo. Ele tinha a letra "W" no cartão de visitas. Ai, ai, ai, olha só que coisa! — Ficou calado por um tempo, agitado, contemplando a lua que flutuava por trás das grades, e disse: — Então acontece que é realmente possível que ele tenha estado com Pôncio Pilatos? Pois então ele já era nascido? E é a mim que chamam de louco! — acrescentou Ivan, apontando para a porta, indignado.

Uma ruga amarga se desenhou nos lábios do visitante.

— Olhemos a verdade nos olhos — e o visitante virou o rosto na direção do astro noturno, que percorria uma nuvem —, o senhor e eu somos loucos, para que negar? Veja, ele o transtornou, e o senhor saiu dos eixos porque, evidentemente, era terreno fértil para isso. Porém, aquilo que narrou indiscutivelmente aconteceu. Só que isso é tão fora do comum que até mesmo Stravinski, um psiquiatra genial, obviamente não acreditou. Ele o examinou? (Ivan assentiu.) O seu interlocutor esteve com Pilatos, tomou café da manhã com Kant e agora visitou Moscou.

— E sabe o diabo o que ele vai aprontar aqui! Alguém tem que capturá-lo de algum jeito — o Ivan anterior, ainda não completamente esmagado, não estava totalmente seguro, mas mesmo assim erguia a cabeça dentro do novo Ivan.

— O senhor tentou, já foi suficiente — retrucou o visitante, com ironia —, e não aconselho outros a também tentarem. Quanto a aprontar, pode confiar que vai. Ah! Ah! Mas como eu lastimo ter sido o senhor a encontrá-lo, e não eu! Embora tudo tenha queimado, e o carvão esteja recoberto de cinzas, mesmo assim eu juro que, por um encontro desses, eu teria dado o molho de chaves de Praskóvia Fiódorovna, já que não tenho nada mais para dar. Sou um mendigo!

— E para que o senhor precisa dele?

O visitante ficou triste e se contorcendo por um longo tempo, porém, ao fim, disse:

— Veja que história estranha, estou aqui pelo mesmo motivo que o senhor, exatamente por causa de Pôncio Pilatos — daí o visitante lançou um olhar assustado e disse: — A coisa é que, há um ano, escrevi um romance sobre Pilatos.

— O senhor é escritor? — perguntou o poeta, com interesse.

O visitante ensombreceu o rosto e ameaçou Ivan com o punho, para depois dizer:

— Sou o mestre — assumiu uma expressão severa e tirou do bolso do avental um gorrinho preto totalmente ensebado, com uma letra "M" amarela bordada em seda. Colocou o gorrinho e se mostrou para Ivan de perfil e de frente, para demonstrar que era o mestre. — Foi ela quem costurou para mim, com suas próprias mãos — acrescentou, misterioso.

— E qual é o seu nome?

— Não tenho mais nome — respondeu o estranho, com desprezo sombrio —, renunciei a ele, como renunciei a tudo na vida, em geral.

— Então fale do romance — propôs Ivan, com delicadeza.

— Permita-me. Minha vida, é preciso dizer, desenvolveu-se de uma forma nada normal — começou o visitante.

... Historiador por formação, ainda dois anos atrás ele trabalhava em um museu de Moscou e, além disso, dedicava-se a traduções.

— De que língua? — perguntou Ivan, com interesse.

— Conheço cinco línguas além da materna — respondeu o visitante —, inglês, francês, alemão, latim e grego. Bem, e ainda leio alguma coisa em italiano.

— Caramba! — sussurrou Ivan, com inveja.

O historiador morava sozinho, sem parentes e praticamente sem conhecidos em Moscou. E, imagine, certa vez ganhou cem mil rublos.

— Imagine o meu espanto — cochichava o visitante de gorrinho preto — quando meti a mão na cesta de roupa branca suja e olhei: era o mesmo número do jornal! Um título do Estado[57] — explicou — que me deram no museu.

Depois de ganhar cem mil, o enigmático visitante de Ivan fez o seguinte: comprou livros, deixou o quarto da rua Miasnítskaia...

— Argh, maldito buraco! — rugiu o visitante.

[57] Para financiar determinadas atividades, o Estado soviético "pedia" aos cidadãos que comprassem, em seus lugares de trabalho, títulos (na tradução literal, "obrigações") que funcionavam como uma loteria. (N. do T.)

... E alugou de um construtor, em uma travessa perto da rua Arbat, dois quartos em um porão de uma casinha com um jardinzinho. Largou o serviço no museu e começou a redigir um romance sobre Pôncio Pilatos.

— Ah, foi uma época de ouro — sussurrava o narrador, com os olhos brilhando —, um apartamentozinho totalmente isolado, e ainda uma antessala, na qual tinha uma pia com água corrente — por algum motivo, sublinhou com especial orgulho —, janelinhas pequenas logo acima da calçada que levava para a cancela. Do lado oposto, a quatro passos, perto da cerca, um lilás, uma tília e um bordo. Ah, ah, ah! No inverno, muito raramente eu avistava na janelinha uns pés pretos, e ouvia a neve crepitando debaixo deles. E o fogo do meu forno era eterno! Porém, de súbito, veio a primavera, e através dos vidros embaçados vi os arbustos de lilás primeiro nus, depois cobertos de verde. E eis que em algum momento da primavera passada aconteceu algo bem mais admirável do que ganhar os cem mil rublos. E essa, concorde, é uma soma de dinheiro imensa!

— Verdade — reconheceu Ivan, que ouvia com atenção.

— Abri a janelinha e me sentei no segundo quarto, que era bem pequeno — o visitante se pôs a indicar as medidas com as mãos —, assim... um sofá, e na frente outro sofá, e entre eles uma mesinha, e em cima dela uma maravilhosa luminária noturna, e uns livros mais perto da janelinha, e ali uma escrivaninha pequena, e no primeiro quarto, um quarto imenso, de catorze metros, livros, livros e o forno. Ah, que mobília eu tinha! O lilás tem um cheiro incomum! E minha cabeça ficava leve depois da fadiga, e Pilatos voava para o fim...

— Manto branco, forro vermelho! Compreendo! — exclamou Ivan.

— Exatamente! Pilatos voava para o fim, o fim, e eu já sabia que as últimas palavras do romance seriam: o quinto procurador da Judeia, Pôncio Pilatos. Bem, naturalmente saí para passear. Cem mil é uma soma imensa, e eu tinha um terno maravilhoso. Ou saía para almoçar em algum restaurante barato. Na Arbat havia um restaurante sensacional, não sei se ainda existe.

Daí o visitante abriu amplamente os olhos, e continuou sussurrando e olhando para a lua:

— Ela trazia na mão umas flores amarelas abomináveis, inquietantes. O diabo é que sabe como se chamam, mas, por algum motivo, são as primeiras que aparecem em Moscou. E essas flores se destacavam com muita nitidez em seu casaco de primavera negro. Ela trazia flores amarelas! Cor funesta. Da Tverskaia, ela virou na travessa, onde deu uma volta. Bem, o senhor conhece a Tverskaia? Milhares de pessoas iam pela Tverskaia, mas eu lhe garanto que ela só viu a mim, e me olhou não com aflição, mas de uma forma até dolorosa. O que me impressionou não foi tanto sua beleza como a rara e inaudita solidão de seus olhos!

Obedecendo àquele sinal amarelo, também virei na travessa, e fui atrás dela. Caminhávamos em silêncio pela travessa tortuosa e triste, eu de um lado, ela do outro. Imagine, não havia vivalma na travessa. Atormentava-me porque tinha a impressão de que era indispensável falar com ela, e me angustiava por não proferir palavra, e ela iria embora, e eu jamais voltaria a vê-la.

Então, imagine, de repente ela se pôs a falar:

— O senhor gosta das minhas flores?

Lembro-me nitidamente do som de sua voz, um tanto baixa, mas entrecortada e, por mais besta que isso pareça, tive a impressão de que um eco ressoava pela travessa, refletindo-se nas paredes amarelas e sujas. Rapidamente atravessei para o seu lado e, aproximando-me dela, respondi:

— Não.

Ela me fitou com espanto, enquanto eu compreendia, de forma absolutamente inesperada, que durante toda a minha vida tinha amado exatamente aquela mulher! Que coisa, hein? Naturalmente o senhor vai dizer que estou louco.

— Não vou dizer nada — exclamou Ivan, acrescentando: — Mais, imploro!

E o visitante prosseguiu:

— Sim, ela me fitou com espanto e, depois de fitar, perguntou assim:

— O senhor não gosta de flores em geral?

Pareceu-me que em sua voz havia hostilidade. Eu caminhava a seu lado, tentando acertar o passo e, para meu espanto, não me sentia nada constrangido.

— Não, eu gosto de flores, só que não dessas — disse.

— Então de quais?

— Eu gosto de rosas.

Daí lamentei o que havia dito, pois ela abriu um sorriso culpado e jogou as flores na vala. Algo desconcertado, assim mesmo as recolhi e entreguei a ela que, rindo, afastou as flores, que tomei em minhas mãos.

Dessa forma, caminhamos em silêncio, por algum tempo, até que ela me arrancou as flores das mãos, atirou-as na calçada, depois enlaçou sua mão de luva negra com boca de sino na minha, e fomos lado a lado.

— Mais — disse Ivan —, e não deixe nada de fora, por favor.

— Mais? — perguntou de volta o visitante. — Como assim, o que vem depois o senhor pode adivinhar por si só. — De súbito, enxugou uma lágrima inesperada com a manga direita, e prosseguiu: — O amor caiu em cima de nós, como um assassino saído da terra, na travessa, fulminando imediatamente a ambos! Como um raio fulmina, como uma faca finlandesa fulmina! Aliás, ela posteriormente afirmou que não era nada disso, que nós obviamente nos amávamos há muito tempo, sem jamais termos nos visto, e que ela morava com um outro homem... e eu lá, então... com aquela, como se chama...

— Com quem? — perguntou Bezdômny.

— Com aquela... bem... aquela, bem... — respondeu o visitante, estalando os dedos.

— O senhor foi casado?

— Bem, sim, por isso estou estalando... Com aquela... Várienka... Mánetchka... não, Várienka...[58] aquele vestido listrado... o museu... aliás, não me lembro.

Pois bem, ela disse que tinha saído naquele dia com flores amarelas na mão para que eu finalmente a encontrasse, e que, se aquilo não tivesse ocorrido, ela tomaria veneno, pois sua vida era vazia.

Sim, o amor nos fulminou instantaneamente. Soube disso naquele mesmo dia, uma hora mais tarde, quando, sem nos darmos conta, chegamos à marginal, junto aos muros do Kremlin.

Conversávamos como se tivéssemos nos separado na véspera, como se nos conhecêssemos há muitos anos. Combinamos de nos encontrar no dia seguinte ali mesmo, junto ao rio Moscou, e nos encontramos. O sol de maio nos iluminava. E logo, logo aquela mulher se tornou minha esposa em segredo.

Ela vinha para minha casa todo dia, e eu começava a esperar pela manhã. Minha espera se expressava no fato de eu ficar mudando os objetos da mesa de lugar. Dez minutos antes, eu me sentava junto à janelinha e começava a auscultar se a cancela decrépita batia. E que curioso: até eu me encontrar com ela quase ninguém vinha até nosso quintalzinho ou, para simplificar, não vinha ninguém, mas agora parecia-me que toda a cidade se precipitava para ele. Batia a cancela, batia o coração e, imagine, na altura da minha cara, atrás da janelinha, surgiam impreterivelmente umas botas imundas. O afiador. Agora, quem precisava de afiador na nossa casa? Para afiar o quê? Que facas?

---

[58] Diminutivos, respectivamente, de Varvara e Maria. (N. do T.)

Ela entrava pela cancela uma única vez, mas, até isso acontecer, meu coração parava não menos que dez vezes, sem mentira. E depois, quando chegava a sua hora e o ponteiro marcava meio-dia, ele praticamente não parava de palpitar até que, sem ruído, em silêncio quase completo, assomavam à janela sapatos com laço preto de camurça e fivela de aço.

Às vezes ela brincava e, detendo-se na segunda janela, batia com a meia no vidro. Naquele mesmo instante eu aparecia nessa janela, mas o sapato tinha desaparecido, a seda preta que tapava a luz tinha desaparecido, e eu ia abrir a porta.

Ninguém sabia de nossa ligação, isso eu posso garantir, embora uma coisa dessas jamais aconteça. O marido não sabia, os conhecidos não sabiam. Na velha mansão cujo porão me pertencia é claro que sabiam, viam que uma mulher me visitava, porém não conheciam seu nome.

— E quem era ela? — perguntou Ivan, com o mais alto grau de interesse na história de amor.

O visitante fez um gesto que significava que nunca diria isso a ninguém, e prosseguiu com o relato.

Ivan ficou sabendo que o mestre e a desconhecida amaram-se tanto que se tornaram totalmente inseparáveis. Ivan já imaginava com clareza os dois quartos no porão da mansão, nos quais havia sempre penumbra devido aos lilases e à cerca. A mobília vermelha e surrada, o escritório, o relógio que batia a cada meia hora, os livros, livros do chão pintado até o teto coberto de fuligem, e o forno.

Ivan inteirou-se de que o visitante e sua esposa secreta chegaram, logo nos primeiros dias de sua relação, à conclusão de que haviam sido golpeados pelo destino na esquina da Tverskaia com a travessa, e de que tinham sido feitos um para o outro, para sempre.

A partir do relato do visitante, Ivan ficou sabendo como os apaixonados passavam os dias. Ao chegar, a primeira coisa que ela fazia era vestir um avental e, na apertada antessala onde ficava aquela mesma pia da qual o pobre doente por algum motivo se orgulhava, ligava o fogareiro na mesa de madeira e preparava o desjejum, que servia no quarto principal, na mesa oval. Quando vinham as tempestades de maio, e a água ruidosamente rolava para o vão, em frente às janelas pequenas, ameaçando inundar o derradeiro refúgio, os apaixonados acendiam o forno e coziam batatas. As batatas emanavam vapores, sua casca preta sujava os dedos. No porão ouviam-se risos, as árvores do jardim, depois da chuva, largavam galhos partidos, cachos brancos. Quando as tempestades acabaram e chegou o verão abafado, no vaso surgiram as rosas, longamente esperadas e amadas por ambos.

Aquele que se designava como mestre trabalhava febrilmente em seu romance, e esse romance absorveu também a desconhecida.

— Na verdade, por vezes eu comecei a ter ciúme dela por causa dele — o visitante noturno, que chegara pelo balcão enluarado, cochichou para Ivan.

Enfiando nos cabelos os dedos finos, de unhas bem afiadas, ela relia interminavelmente o escrito e, depois de reler, costurava aquele mesmo gorrinho. Acocorava-se de vez em quando junto às prateleiras mais baixas, ou ficava de pé, em uma cadeira, junto às mais altas, limpando com um pano centenas de lombadas empoeiradas. Pressagiava a glória, apressava-o, e foi então que começou a chamá-lo de mestre. Aguardava impaciente as prometidas últimas palavras a respeito do quinto procurador da Judeia, repetia de forma cantada e alta as frases isoladas que lhe agradavam e dizia que naquele romance estava a sua vida.

Ele foi concluído no mês de agosto, e entregue a uma datilógrafa desconhecida que preparou cinco exemplares. E, finalmente, chegou a hora em que era preciso abandonar o refúgio secreto e sair para a vida.

— E eu saí para a vida, segurando-o nas mãos, e então minha vida acabou — sussurrou o mestre, deixando a cabeça cair e balançando longamente o triste gorrinho preto com a letra "M" em amarelo.

Levou adiante o relato, que se tornou algo desconexo. Só dava para entender que então acontecera alguma catástrofe ao visitante de Ivan.

— Era a primeira vez que me deparava com o mundo da literatura, mas agora que tudo acabou e minha ruína é evidente, recordo-o com horror! — o mestre sussurrou, solene, erguendo a mão. — Sim, ele me deixou extraordinariamente perplexo, ah, como deixou!

— Quem? — cochichou Ivan, de modo quase inaudível, com medo de interromper o abalado narrador.

— O editor, estou dizendo, o editor. Sim, ele leu. Olhava para mim como se minha face estivesse deformada por um abcesso, fitava-me com o rabo do olho e até soltava umas risadinhas constrangidas. Amarrotou todo o manuscrito sem necessidade, e grasnava. As perguntas que fez me pareceram insanas. Sem dizer nada sobre a essência do romance, perguntou-me quem eu era e de onde vinha, se escrevia há tempos, por que não tinha ouvido falar de mim antes, chegando a fazer uma pergunta, do meu ponto de vista, completamente idiota: quem me dera a ideia de escrever um romance com tema tão estranho?

Por fim, fiquei farto dele, e perguntei sem rodeios se iria publicar o romance ou não.

Daí ele se atrapalhou, pôs-se a tartamudear e afirmou que não podia decidir a questão em pessoa, que os outros membros do conselho editorial, a saber, os críticos Latunski e Ariman e o literato Mstislav Lavróvitch, tinham que tomar conhecimento de minha obra. Pediu-me para voltar em duas semanas.

Voltei em duas semanas, e fui recebido por uma moça com os olhos vesgos de tanto mentir.

— É a Lapchiônnikova, secretária da redação — disse, rindo, Ivan, que conhecia bem aquele mundo que seu visitante descrevia com tamanha ira.

— Pode ser — este atalhou —, pois bem, recebi o romance dela, já consideravelmente ensebado e gasto. Tentando não deixar seus olhos cruzarem os meus, Lapchiônnikova informou-me que a redação tinha material suficiente para os próximos dois anos, e por isso a questão da publicação do meu romance fora, em suas palavras, afastada.

— Depois disso, do que me lembro? — murmurou o mestre, enxugando a têmpora. — Sim, das pétalas vermelhas caídas na folha de rosto e dos olhos de minha amiga. Sim, desses olhos eu me lembro.

A narrativa do visitante de Ivan foi se tornando cada vez mais embrulhada, cada vez mais cheia de reticências. Disse algo a respeito da chuva inclinada, do desespero no refúgio do porão, de ter ido a algum outro lugar. Aos sussurros, gritava que ela, que o havia impulsionado à luta, não tinha culpa de nada, ah, não, de nada!

Depois, de acordo com o que Ivan ouviu, ocorreu algo de repentino e estranho. Certa feita, o herói abriu o jornal e viu um artigo do crítico Ariman, intitulado "Surtida do inimigo", no qual Ariman advertia a todos que ele, ou seja, o nosso herói, fizera uma tentativa de impingir à imprensa uma apologia de Jesus Cristo.

— Ah, eu me lembro, lembro! — bradou Ivan. — Mas me esqueci, qual é o seu nome?

— Repito, deixemos meu nome de lado, ele não existe mais — respondeu o visitante —, a questão não é essa. No dia seguinte, em outro jornal, com a assinatura de Mstislav Lavróvitch, apareceu outro artigo no qual o autor propunha golpear, e golpear com firmeza, o pilatismo e o pintor de ícones que tivera a ideia de impingi-lo (de novo aquela maldita palavra!) à imprensa.

Estupefato com a inaudita palavra "pilatismo", abri um terceiro jornal. Lá havia dois artigos: um de Latunski, e outro assinado com as letras "N. E.". Asseguro-lhe que as obras de Ariman e Lavróvitch podem ser consideradas de brinquedo se comparadas ao escrito de Latunski. Será suficiente lhe contar que o artigo de Latunski se chamava "Velho crente militante".[59] Fiquei tão arrebatado com a leitura do artigo a meu respeito que nem percebi quando ela (eu tinha esquecido a porta aberta) parou na minha frente com a sombrinha molhada e jornais molhados. Seus olhos destilavam fogo, as mãos tremiam e estavam frias. Primeiro ela largou a me beijar, depois, com voz rouca, e batendo a mão na mesa, disse que ia envenenar Latunski!

Ivan soltou um gemido, algo embaraçado, mas não disse nada.

— Chegaram os dias de outono, sem alegria — prosseguiu o visitante —, e o monstruoso fracasso desse romance como que levou um pedaço de minha alma. Para falar o principal, eu não tinha mais o que fazer, e vivia de encontro em encontro.

E eis que nessa época me aconteceu uma coisa. O diabo sabe o que foi, Stravinski provavelmente já esclareceu há muito tempo. A saber, veio-me uma angústia, e surgiram uns pressentimentos. Os artigos, repare, não pararam. Dos primeiros eu ria. Porém, quanto mais eles apareciam, mais mudava minha relação para com eles. O segundo estágio foi o estágio do espanto. Literalmente, sentia-se uma extraordinária falsidade e insegurança em cada linha desses artigos, apesar de seu tom terrível e seguro. Tive sempre a impressão, e não consegui me separar dela, de que os autores desses artigos não diziam o que queriam, e que sua ira exprimia exatamente isso. Mas depois, imagine, chegou um terceiro estágio: o medo. Não, não era medo desses artigos, compreenda, mas medo de outras coisas, que não tinham nada a ver com eles ou com o romance. Assim, por exemplo, passei a temer o escuro. Em resumo, chegara o estágio da doença psíquica. Eu tinha a impressão, em particular quando ia dormir, de que um polvo muito ágil e frio, com seus tentáculos, aproximava-se direto e reto do meu coração. E passei a dormir de luz acesa.

Minha amada mudou muito (do polvo eu, obviamente, não falei nada, mas ela viu que algo não ia bem comigo). Ela emagreceu e empalideceu, parou de sorrir e sempre pedia desculpas por ter me aconselhado a datilografar um trecho do romance. Dizia que eu devia largar tudo e ir para o sul, para o mar Negro, gastando nessa viagem tudo que restava dos cem mil dinheiros.

Ela era muito persistente, e eu, para não discutir (algo me dizia que eu não devia ir ao mar Negro), prometi fazê-lo em dias. Ela disse, porém, que

---

[59] Os velhos crentes são cismáticos da Igreja Ortodoxa, que se rebelaram contra as reformas do Patriarca Níkon, em 1666. (N. do T.)

compraria ela mesma o bilhete. Daí peguei todo meu dinheiro, ou seja, cerca de dez mil, e entreguei-lhe.

— Por que tanto? — ela se surpreendeu.

Eu lhe disse alguma coisa como ter medo de ladrões, e lhe pedi para guardar o dinheiro até minha partida. Ela o pegou, colocou na bolsa, começou a me beijar e a dizer que lhe seria mais fácil morrer do que me abandonar naquele estado, porém estava sendo esperada, que se submetia ao inevitável, que viria no dia seguinte. Suplicou-me que não temesse nada.

Isso foi ao crepúsculo, em meados de outubro. E ela se foi. Deitei-me no sofá e adormeci, sem acender a luz. Acordei com a sensação de que o polvo estava lá. Tateando na escuridão, mal consegui acender a luz. O relógio de bolso marcava duas da manhã. Deitara-me adoentado e acordara doente. De repente, tive a impressão de que a escuridão do outono ia romper os vidros, penetrar no quarto e me afogar, como tinta. Levantei-me como uma pessoa já sem controle de si. Gritei, e me veio a ideia de correr até alguém, ainda que fosse o meu construtor, lá em cima. Lutava comigo mesmo que nem doido. Tive forças suficientes para ir até o forno e colocar fogo na lenha. Quando ela começou a crepitar e a portinhola bateu, foi como se eu sentisse um pouco de alívio. Atirei-me à antessala, onde acendi a luz, achei uma garrafa de vinho branco, abri-a e me pus a beber pelo gargalo. Com isso, o medo embotou um pouco, a ponto de, pelo menos, fazer com que eu não saísse correndo atrás do construtor e voltasse para o forno. Abri a portinhola, de modo que o calor começou a me aquecer o rosto e as mãos, e cochichei:

— Suspeito que me aconteceu uma desgraça. Venha, venha, venha!

Só que ninguém veio. No forno, o fogo bramia, na janela, a chuva batia. Então aconteceu o derradeiro. Tirei da gaveta da mesa os pesados manuscritos do romance e cadernos de rascunho e comecei a queimá-los. Isso é terrivelmente difícil de fazer, pois o papel escrito arde a contragosto. Quebrando as unhas, rasgava os cadernos, enfiava-os de pé em meio às achas e sacudia as folhas com o atiçador. De tempos em tempos, as cinzas me venciam, abafando a chama, mas eu lutava com elas, e o romance, depois de resistir obstinadamente, sucumbia por completo. Palavras conhecidas cintilavam na minha frente, o amarelo subia irresistivelmente pelas páginas, mas mesmo assim as palavras surgiam nelas. Só desapareciam quando o papel enegrecia, e eu, furiosamente, dava cabo delas com o atiçador.[60]

---

[60] Em sua carta ao governo da URSS, em 28 de março de 1930, Bulgákov escreveu:

Nessa hora, alguém começou a arranhar a janela, baixinho. Meu coração deu um salto, e, depois de mergulhar o último caderno no fogo, corri para abrir. Degraus de tijolo levavam do porão à porta do quintal. Corri até lá aos tropeções e perguntei, em voz baixa:

— Quem é?

E uma voz, a voz dela, me respondeu:

— Sou eu.

Não me lembro como dei um jeito na corrente e na chave. Bastou ela entrar e se estreitou contra mim, toda molhada, com as faces molhadas e os cabelos desentrançados, trêmula. Só consegui proferir uma palavra:

— Você... você? — e minha voz se embargou, e saímos correndo para baixo. Na antessala, ela se liberou do casaco, e entramos rápido no primeiro quarto. Com um leve grito, ela retirou do forno e jogou no chão, com as mãos nuas, a última coisa que restava, um maço que pegara fogo na parte de baixo. A fumaça imediatamente encheu o quarto. Apaguei o fogo com os pés, e ela desabou no sofá, com um pranto irrefreável e convulsivo.

Quando ela se acalmou, eu disse:

— Tomei ódio por esse romance, e estou com medo. Estou doente. Estou apavorado.

Ela se ergueu e disse:

— Meu Deus, como você está doente. Para quê isso, para quê? Mas eu vou te salvar, vou te salvar. O que você tem?

Vi seus olhos intumescidos pela fumaça e pelo choro, senti mãos frias acariciarem minha testa.

— Vou te curar, vou te curar — ela murmurava, aferrando-se a meus ombros —, você vai reconstituí-lo. Por que, por que não guardei um exemplar comigo?

Ela arreganhava os dentes de raiva, falando algo indistinto. Depois, apertando os lábios, pôs-se a reunir e endireitar as folhas chamuscadas. Era um capítulo do meio do romance, não me lembro qual. Arrumou cuidadosamente as folhas chamuscadas, envolveu-as em um papel, atou-as com uma fita. Todas suas ações demonstravam que estava cheia de decisão, e que tinha domínio sobre si. Ela pediu vinho e, depois de beber, passou a falar com mais calma.

— Eis como temos que pagar pelas mentiras — disse —, e não quero mais mentir. Ficaria com você agora, mas não tenho vontade de fazê-lo des-

---

"Pessoalmente, com minhas próprias mãos, joguei no forno o rascunho de meu romance sobre o diabo". (N. do T.)

se jeito. Não quero que ele fique para sempre com a lembrança de que fugi dele à noite. Ele jamais me fez algum mal. Foi convocado de repente, houve um incêndio em sua fábrica. Mas vai voltar logo. Amanhã de manhã explico-me com ele, direi que amo outro, e voltarei para você para sempre. Responda-me, acaso não quer isso?

— Minha pobre, minha pobre — eu disse —, não permitirei que você faça isso. Vão me acontecer coisas ruins, e não quero que você pereça comigo.

— O motivo é só esse? — ela perguntou, aproximando os olhos dos meus.

— Só esse.

Ela ficou terrivelmente animada, apertou-se contra mim, abraçou meu pescoço e disse:

— Perecerei com você. De manhã estarei com você.

E bem, a última coisa que lembro da minha vida é uma réstia de luz vinda da antessala, e nessa réstia de luz uma melena desentrançada, sua boina e seus olhos cheios de decisão. Ainda me lembro da silhueta negra na soleira da porta externa e do pacote branco.

— Eu te acompanharia, mas não tenho mais forças para voltar sozinho, tenho medo.

— Não tema. Aguente algumas horas. Amanhã de manhã estarei com você. — Foram suas últimas palavras na minha vida.

— *Psiu!* — o doente se interrompeu, de súbito, e ergueu o dedo. — Hoje é uma inquieta noite de luar.

Escondeu-se no balcão. Ivan ouviu rodinhas no corredor, alguém soltando um débil soluço ou grito.

Quando tudo se acalmou, o visitante voltou e informou que o quarto 120 recebera um morador. Haviam trazido alguém que pedia que lhe devolvessem a cabeça. Ambos os interlocutores se calaram, angustiados, porém, depois de se acalmar, retomaram a narração interrompida. O visitante abriu a boca, mas aquela noite era realmente inquieta. Ainda se ouviam vozes no corredor, e o visitante passou a falar no ouvido de Ivan, tão baixo que só o poeta ficou sabendo aquilo que ele contava, à exceção da primeira frase:

— Um quarto de hora depois de ela me deixar, bateram na minha janela...

O que o doente contava no ouvido de Ivan, pelo visto, alvoroçava-o bastante. Convulsões percorriam seu rosto esporadicamente. O medo e a ira pairavam e se agitavam em seus olhos. O narrador apontava com o braço para algum lugar na direção da lua, que há muito tempo sumira do balcão.

Só quando pararam de chegar os diversos sons de fora o visitante se afastou de Ivan e passou a falar um pouco mais alto:

— Sim, pois bem, em meados de janeiro, à noite, com esse mesmo casaco, só que com os botões arrancados, eu me encolhia de frio no meu quintalzinho. Atrás de mim havia montes de neve cobrindo os arbustos de lilases e, na frente e abaixo, com uma iluminação débil, as corrediças fechadas das minhas janelinhas; estreitei-me contra a primeira delas e auscultei — um gramofone soava nos meus aposentos. Foi tudo o que ouvi. Mas não dava para ver nada. Depois de um tempo parado, cruzei a cancela, para a travessa. Caía uma nevasca. Um cão que se meteu entre as minhas pernas me assustou, e saí correndo para o outro lado. Frio e medo, meus constantes companheiros de viagem, levaram-me ao delírio. Eu não tinha para onde ir, e claro que o mais simples teria sido me jogar embaixo do bonde, na rua em que dava a minha travessa. De longe eu via aquelas caixas congeladas e cheias de luz, e ouvia seu rangido asqueroso no gelo. Porém, meu caro vizinho, a coisa toda consiste em que o medo se apoderara de cada célula de meu corpo. Assim, exatamente como os cachorros, eu também tinha medo do bonde. Não, não há doença pior do que a minha nesse prédio, asseguro-lhe.

— Mas o senhor podia fazer com que ela ficasse sabendo — disse Ivan, compadecendo-se do pobre doente — pois, além disso, ela estava com todo o seu dinheiro. E ela o guardou, não?

— Não tenho dúvidas, é claro que guardou. Mas o senhor, pelo jeito, não está me entendendo. Ou então, é mais provável que eu tenha perdido minha capacidade de descrever as coisas. A propósito, não lamento muito por ela, pois não teria mais serventia para mim. Na sua frente — o visitante fitou a escuridão da noite com reverência —, ela teria uma carta da casa de loucos. Será possível mandar uma carta de um endereço desses? Um doente mental? Está de brincadeira, meu amigo! Fazê-la infeliz? Não, não sou capaz disso.

Ivan não soube replicar, porém, em silêncio, compadecia-se do visitante, comiserava-se dele. Este, devido aos suplícios de suas recordações, abanava o gorrinho preto e dizia assim:

— Pobre mulher. Aliás, espero que tenha me esquecido!

— Mas o senhor pode sarar... — disse Ivan, acanhado.

— Sou incurável — respondeu o visitante, tranquilo —, quando Stravinski diz que vai me devolver à vida, não acredito nele. É humano, e apenas quer me acalmar. Não nego, por outro lado, que agora estou bem melhor. Sim, mas onde foi que eu parei? O frio, aqueles bondes voando... Eu sabia que essa clínica já estava aberta, e percorri a cidade inteira a pé até ela. Loucura! Fora da cidade eu possivelmente teria congelado, mas fui salvo pelo acaso. Alguma coisa se quebrou em um caminhão, eu fui até o chofer, isso foi a uns quatro quilômetros da barreira, e, para meu espanto, ele teve dó de mim. O veículo vinha para cá. E ele me trouxe. Acabei com os dedos do pé esquerdo congelados. Mas isso sarou. E eis que estou aqui há oito meses. E, sabe, acho que aqui é muito, muito bom. Não é preciso fazer grandes planos, caro vizinho, é verdade! Eu, por exemplo, queria percorrer todo o globo terrestre. Mas, bem, acontece que não era para ser. Vejo apenas um pedacinho insignificante deste globo. Acho que não é o melhor dele, porém, repito, não é tão ruim. E o verão está chegando. A hera vai se encrespar no balcão, de acordo com a promessa de Praskóvia Fiódorovna. As chaves ampliaram minhas possibilidades. À noite vai ter lua. Ah, ela se foi! Está refrescando. Passa da meia-noite. Está na minha hora.

— Diga-me o que mais aconteceu com Ieshua e Pilatos — perguntou Ivan —, imploro, quero saber.

— Ah, não, não — respondeu o visitante, com um esgar de dor —, não posso me lembrar do meu romance sem estremecer. E o seu conhecido do Patriarca faria isso melhor do que eu. Obrigado pela conversa. Até a próxima!

E antes que Ivan desse por isso, a grade se fechou com um som abafado, e o visitante sumiu.

Capítulo 14
GLÓRIA AO GALO!

Os nervos de Rímski, como se costuma dizer, não aguentaram, e ele não esperou acabarem de lavrar a ata e saiu correndo para o escritório. Sentou-se à mesa e, com os olhos injetados, fitou as notas mágicas que jaziam à sua frente. A cabeça do diretor financeiro estava dando nó. O público do Variedades saía para a rua em torrentes. Ao ouvido extraordinariamente aguçado do diretor financeiro chegou, de súbito, o distinto trilo da polícia. Por si só, ele nunca promete nada de agradável. E quando ele se repetiu, vindo em seu auxílio um outro, mais poderoso e prolongado, unindo-se depois uma gargalhada nítida e audível, e até mesmo algumas vaias, o diretor financeiro logo compreendeu que na rua estava acontecendo algo de escandaloso e indecente. E que, por mais que desejasse se livrar daquilo, tinha a mais estreita ligação com a asquerosa sessão do especialista em magia negra e seus ajudantes. Bom de faro, o diretor financeiro não estava nada enganado.

Bastou olhar pela janela que dava para a Sadôvaia para sua face se contrair, e ele não sussurrou, mas sim sibilou:

— Eu já sabia!

À luz forte da potente iluminação de rua avistou, na calçada embaixo de si, uma dama só de camisola e pantalonas cor violeta. Verdade que a dama tinha um chapéu na cabeça e uma sombrinha na mão.

Em volta dessa dama, que se encontrava em estado de completa perturbação, ora se acocorando, ora tendo ímpetos de sair correndo para algum lugar, agitava-se uma multidão, da qual emanava aquela gargalhada que dera frio na espinha do diretor financeiro. Ao lado da dama desvairava-se um cidadão, que tentava tirar seu casaco de verão e, de nervoso, não conseguia liberar o braço que ficara preso em uma manga.

Gritos e gargalhadas ruidosas vinham também de outro lugar, exatamente a entrada da esquerda, e, voltando a cabeça para lá, Grigóri Danílovitch avistou uma segunda dama de *lingerie* rosa. Ela saltara da rua para a calçada, tentando se esconder na entrada, porém o público que afluía barrara-lhe o caminho, e a pobre vítima de sua leviandade e paixão por roupas, enganada pela firma do sórdido Fagote, sonhava só com uma coisa: enfiar-se embaixo da terra. Um policial precipitou-se para a infeliz, perfurando o ar com um apito, e atrás do policial apressavam-se uns jovens alegres, de boné. Eram eles que soltavam aquelas gargalhadas e vaias.

Um cocheiro bigodudo e magro foi voando até a primeira pelada e, com um gesto, parou o cavalo ossudo e alquebrado. O rosto do cocheiro abriu-se em alegre sorriso.

Rímski bateu com o punho na cabeça, cuspiu e se afastou da janela.

Ficou sentado à mesa por algum tempo, auscultando a rua. Vindo de diversos pontos, o apito atingiu o volume máximo, e depois começou a baixar. O escândalo, para espanto de Rímski, liquidava-se com rapidez inesperada.

Chegara a hora de agir, era preciso beber da amarga taça da responsabilidade. Os aparelhos tinham sido consertados durante a terceira sessão, era necessário telefonar, informar o ocorrido, pedir ajuda, tirar o corpo fora, jogar tudo em cima de Likhodêiev, defender-se, e assim por diante. Ah, que diabos! Por duas vezes o diretor abalado colocou a mão no fone, e por duas vezes a tirou. E, de repente, no silêncio morto do escritório, o aparelho desatou a tocar na cara do diretor financeiro, que tremeu e gelou. "Meus nervos estão mesmo bastante abalados", pensou, tirando o fone do gancho. Logo o afastou, ficando mais branco que papel. Uma voz feminina, baixa e ao mesmo tempo insinuante e devassa, sussurrava no fone:

— Não ligue para ninguém, Rímski, que vai ser pior.

O fone imediatamente ficou mudo. Sentindo arrepios na espinha, o diretor financeiro colocou o fone no gancho e, por algum motivo, olhou para a janela atrás de si. Por entre os galhos ralos e ainda pouco cobertos de verde do bordo, viu a lua correndo por uma nuvem transparente. Atraído pelos galhos por algum motivo, Rímski olhava para eles e, quanto mais olhava, mais e mais forte era o medo que o dominava.

Fazendo um esforço, o diretor financeiro finalmente deu as costas para a janela enluarada e se levantou. Não havia hipótese de telefonar, não dava mais, e agora o diretor financeiro só pensava em uma coisa: como sair do teatro o quanto antes.

Apurou o ouvido: o edifício do teatro estava em silêncio. Rímski compreendeu que há tempos estava sozinho no segundo andar, e esse pensamento fez com que um irresistível medo infantil se apoderasse dele. Não conseguia pensar sem estremecer que agora teria que percorrer sozinho os corredores desertos, e descer a escada. Apanhou febrilmente da mesa as notas de dez do hipnotizador, enfiou-as na pasta e tossiu para, quem sabe, animar-se um pouquinho. A tossida saiu rouca e fraca.

E então teve a impressão de que, por debaixo da porta do gabinete, arrastava-se de repente uma umidade maléfica. Um tremor percorreu a espinha do diretor financeiro. E daí o relógio ainda bateu inesperadamente, e fez-se a meia-noite. E até essa batida fez o diretor financeiro tremer. Mas seu coração baqueou de vez quando ele ouviu, na fechadura da porta, o giro silencioso de uma chave. Agarrando a pasta com mãos úmidas e frias, o diretor financeiro sentiu que, se aquele rumor no buraco da fechadura se prolongasse, não suportaria e soltaria um grito estridente.

Por fim a porta cedeu aos esforços de alguém, abriu-se, e Varienukha entrou no gabinete, sem ruído. Rímski, que estava de pé, desabou na poltrona, pois suas pernas se dobraram. Enchendo o peito de ar, sorriu um sorriso algo bajulador e proferiu, baixo:

— Deus, como você me assustou!

Sim, aquela aparição repentina podia assustar qualquer um, porém, ao mesmo tempo, era causa de grande alegria. Pelo menos uma pontinha daquele caso emaranhado se revelava.

— Vamos, diga logo! Vamos! Vamos! — disse Rímski, com voz rouca, aferrando-se a essa pontinha. — O que isso tudo quer dizer?

— Perdão, por favor — retrucou, com voz surda, o recém-chegado, fechando a porta —, pensei que você já tivesse saído.

E Varienukha, sem tirar o boné, foi até a poltrona, sentando-se do lado oposto da mesa.

É preciso dizer que a resposta de Varienukha evidenciava uma ligeira estranheza que imediatamente atiçou o diretor financeiro, cuja poderosa sensibilidade tinha condições de competir com sismógrafos de quaisquer das melhores estações do mundo. Como assim? Por que Varienukha fora ao gabinete do diretor financeiro se achava que ele não estava? Afinal, ele tinha seu próprio gabinete. Isso era uma coisa. A segunda: por qualquer entrada que Varienukha ingressasse no prédio, inevitavelmente encontraria algum dos guardas noturnos, e a todos estes tinha sido anunciado que Grigóri Danílovitch iria se demorar por algum tempo em seu gabinete.

Só que o diretor financeiro não ficou raciocinando sobre essa estranheza por muito tempo. Não estava para aquilo.

— Por que você não ligou? O que significa toda essa encrenca de Ialta?

— Bem, aquilo que eu tinha dito — respondeu o administrador, dando uns estalidos, como se fosse incomodado por uma dor de dente —, encontraram-no em uma taberna, em Púchkino.

— Como em Púchkino? Perto de Moscou? E o telegrama de Ialta?

— Que Ialta, que diabo! Ele embebedou o telegrafista de Púchkino, e os dois começaram a fuzarca, incluindo mandar telegramas com a anotação "Ialta".

— A-hã... A-hã... sim, muito bem, muito bem — Rímski mais cantava do que falava. Seus olhos cintilavam com uma luz amarelada. Na cabeça, compunha-se o quadro festivo da vergonhosa demissão de Stiopa do trabalho. A libertação! A longamente esperada libertação do diretor financeiro daquela calamidade na pessoa de Likhodêiev. E talvez Stepan Bogdánovitch recebesse mais uma coisa, ainda pior do que a demissão... — Detalhes! — disse Rímski, batendo na mesa com o mata-borrão.

E Varienukha pôs-se a narrar os detalhes. Bastou ele aparecer lá onde fora enviado pelo diretor financeiro e foi recebido sem demora, e ouvido com a maior atenção. Claro que ninguém admitia nem a ideia de que Stiopa pudesse estar em Ialta. Todos imediatamente concordaram com a proposta de Varienukha, de que era claro que Likhodêiev estava na "Ialta" de Púchkino.

— Onde ele está agora? — alvoroçado, o diretor financeiro interrompeu o administrador.

— Bem, onde estaria — respondeu o administrador, com um sorriso amarelo —, naturalmente, na delegacia para a cura de ressaca.

— Bem, bem! Ai, obrigado!

E Varienukha prosseguiu seu relato. Quanto mais ele relatava, mais viva se desenrolava diante do diretor financeiro a longuíssima cadeia de grosserias e poucas-vergonhas de Likhodêiev, com o último elo sendo cada vez pior que o anterior. Quanto não lhe custaria a dança de bêbados, abraçado ao telegrafista, no gramado em frente ao telégrafo de Púchkino, ao som de uma harmônica vagabunda! A perseguição a umas cidadãs, que ganiam de terror! A tentativa de brigar com o copeiro do Ialta... A cebolinha jogada no chão do mesmo Ialta. As oito garrafas quebradas de Ai-Danil branco seco.[61] A avaria do taxímetro de um veículo cujo chofer não quisera confiar a Stiopa. As ameaças de prender os cidadãos que tentavam interromper as indecências de Stiopa. Em resumo, um horror negro!

Stiopa era bem conhecido nos círculos teatrais de Moscou, e todos sabiam que não era flor que se cheirasse. Mesmo assim, o que o administrador contava a seu respeito era excessivo mesmo para Stiopa. Sim, excessivo. Até excessivo demais...

Os olhos ferinos de Rímski cravaram-se no rosto do administrador, por cima da mesa, e, quanto mais o outro falava, mais sombrios esses olhos ficavam. Quanto mais vivos e coloridos se tornavam os detalhes torpes com que o administrador enfeitava seu relato, menos o diretor financeiro acreditava no narrador. Quando Varienukha informou que Stiopa chegara ao pon-

---

[61] Vinho da Crimeia. (N. do T.)

to de tentar opor resistência aos que foram levá-lo de volta a Moscou, o diretor financeiro ficou sabendo, com certeza, que tudo o que lhe fora contado pelo administrador regressado à meia-noite era mentira! Mentira da primeira à última palavra.

Varienukha não fora a Púchkino, e o próprio Stiopa tampouco estivera em Púchkino. Não houvera telegrafista embriagado, não houvera vidro quebrado na taberna. Stiopa não fora amarrado com cordas... nada disso acontecera.

Foi só o diretor financeiro confirmar a ideia de que o administrador lhe mentia para o medo percorrer seu corpo inteiro, começando pelo pé, e pela segunda vez o diretor financeiro teve a sensação de que uma viciosa umidade de malária se arrastava pelo chão. Sem desviar por nenhum momento o olhar do administrador, que se contorcia de um jeito estranho na poltrona, tentando o tempo todo permanecer à sombra azul da lâmpada de mesa, espantosamente cobrindo-se com um jornal, como se a luz da luminária o incomodasse, o diretor financeiro só pensava em uma coisa: o que aquilo tudo queria dizer? Por que o administrador, que voltara bem tarde, mentia-lhe de forma tão descarada no prédio deserto e silencioso? E a consciência de um perigo desconhecido, porém terrível, começou a atormentar a alma do diretor financeiro. Fazendo de conta que não reparava nos subterfúgios do administrador e seus truques com o jornal, o diretor financeiro examinava seu rosto, quase sem escutar o que Varienukha urdia. Havia algo ainda mais inexplicável que aquela narração difamatória sobre as aventuras em Púchkino, inventada sabe-se lá por quê, e era a mudança na aparência e modos do administrador.

Por mais que ele baixasse a aba de pato do boné sobre os olhos, para fazer sombra no rosto, por mais que girasse as folhas do jornal, o diretor financeiro conseguiu divisar uma equimose imensa do lado direito do rosto, perto do nariz. Além disso, o administrador, habitualmente pletórico, encontrava-se agora pálido, como giz, uma palidez doentia, e em seu pescoço, naquela noite abafada, por algum motivo estava enrolado um velho cachecol listrado. Se a isso acrescentarmos o hábito repugnante de ficar chupando e estalando, que o administrador adquirira em sua ausência, a mudança abrupta na voz, que se tornara surda e rude, o aspecto fugidio e covarde dos olhos, podia-se dizer, com ousadia, que Ivan Saviêlievitch Varienukha tornara-se irreconhecível.

Alguma outra coisa perturbava o diretor financeiro de forma ainda mais pungente, mas ele não conseguia entender exatamente o que era, por mais que forçasse o cérebro inflamado, por mais que examinasse Varienukha. Só o que podia confirmar é que havia algo de inaudito, de afetado naquela combinação entre o administrador e a bem conhecida poltrona.

— Bem, por fim o dominaram e o colocaram no carro — bramiu Varienukha, espreitando por trás do jornal e cobrindo a equimose com a mão.

Rímski estendeu a mão de súbito e, como que maquinalmente, ao mesmo tempo que brincava com os dedos na mesa, apertou o botão da campainha elétrica e ficou petrificado.

O sinal cortante deveria ter soado impreterivelmente no edifício deserto. Porém, esse sinal não veio, e o botão afundou sem vida na tábua da mesa. O botão estava morto, a campainha quebrada.

A astúcia do diretor financeiro não escapou a Varienukha, que perguntou, estremecendo, enquanto em seus olhos cintilava um fogo nitidamente mau:

— Por que apertou a campainha?

— Foi maquinal — respondeu o diretor financeiro, de modo surdo, retirando bruscamente a mão e, por seu turno, perguntando, com a voz pouco firme: — O que é isso no seu rosto?

— O carro derrapou, bati na maçaneta da porta — respondeu Varienukha, desviando o olhar.

"Mentira!", exclamou mentalmente o diretor financeiro. E daí seus olhos se arregalaram de súbito e se tornaram insanos, e ele os cravou no encosto da poltrona.

Atrás da poltrona, no chão, havia duas sombras cruzadas, uma mais espessa e mais escura, outra débil e cinzenta. No chão, dava para ver com nitidez a sombra do encosto da poltrona e seus pés pontiagudos, porém acima do encosto não se avistava a sombra da cabeça de Varienukha, nem os pés do administrador abaixo dos da poltrona.

"Ele não tem sombra!", gritou mentalmente o administrador, desesperado. Foi atacado por um tremor.

Acompanhando o olhar insano de Rímski, Varienukha fitou de modo furtivo atrás da poltrona, e compreendeu que havia sido descoberto.

Levantou-se da poltrona (o diretor financeiro fez o mesmo) e deu um passo para trás da mesa, agarrando a pasta.

— Adivinhou, maldito! Sempre foi esperto — afirmou Varienukha, soltando um riso mau direto na cara do diretor financeiro, dando um salto inesperado da poltrona em direção à porta e movendo rapidamente para baixo a trava da fechadura.

O diretor financeiro lançou um olhar desesperado, recuou para a janela que dava para o jardim e, nessa janela inundada pelo luar, avistou o rosto apertado contra o vidro de uma moça nua e seu braço nu enfiando-se pelo postigo e tentando abrir o fecho de baixo. O de cima já estava aberto.

Rímski teve a impressão de que a luz da luminária de mesa se apagava, e de que a escrivaninha vergava. Uma onda de gelo derramou-se sobre Rímski que, porém, felizmente para ele, conseguiu se aguentar e não caiu. O que lhe restava de forças foi suficiente para um sussurro, mas não para um grito:

— Socorro...

Varienukha, vigiando a porta, saltava na frente dela, demorando-se longamente no ar e balançando. Com os dedos torcidos, acenava na direção de Rímski, assobiava e estalava os lábios, piscando para a moça na janela.

Apressando-se, ela enfiou a cabeça ruiva no postigo, esticou o braço o quanto pôde, pondo-se a arranhar o ferrolho de baixo com as unhas e a sacudir o caixilho. Seu braço começou a se prolongar como se fosse de borracha, cobrindo-se de um verde cadavérico. Por fim, os dedos verdes da morta apoderaram-se do cabeçote do ferrolho, giraram-no, e o caixilho começou a abrir. Rímski soltou um grito débil, encostou na parede e segurou a pasta diante de si, como um escudo. Entendia que seu fim havia chegado.

O caixilho se escancarou, só que, em vez da suavidade da noite e do aroma de tílias, prorrompeu no aposento um odor de adega. A falecida assomou ao peitoril. Rímski viu nitidamente as manchas de putrefação em seu peito.

E, nessa hora, o inesperado e alegre canto do galo veio voando do jardim, do pavilhão baixo de tiro, onde guardavam as aves que participavam dos programas. O galo amestrado trombeteava, alto e bom som, anunciando que a alvorada, vinda do Oriente, avançava para Moscou.

Uma fúria selvagem desfigurou o rosto da moça, ela soltou um xingamento rouco, e Varienukha, junto à porta, ganiu e despencou do ar, no chão.

O canto do galo se repetiu, a moça estalou os dentes, e seus cabelos ruivos se eriçaram. Com o terceiro canto do galo, ela se virou e saiu voando. Atrás dela, saltitando e se esticando horizontalmente no ar, lembrando um cupido voador, Varienukha passou pela escrivaninha e surgiu lentamente na janela.

De cabelos brancos como a neve, sem um único fio negro, o velho que até pouco tempo atrás fora Rímski correu até a porta, soltou o botão, abriu a porta e desembestou a correr pelo corredor escuro. Na virada da escada, gemendo de medo, tateou em busca do interruptor, e a escada se iluminou. Tremendo e tiritando, o velho caiu na escada, pois teve a impressão de que Varienukha se lançava brandamente sobre ele.

Correndo para baixo, Rímski avistou o vigia, adormecido na cadeira perto da bilheteria, no vestíbulo. Rímski esgueirou-se diante dele na ponta dos pés e escapuliu pela porta principal. Na rua, sentiu-se um pouco melhor. Voltou a si a ponto de, apalpando a cabeça, conseguir perceber que seu chapéu havia ficado no escritório.

Evidentemente, não voltou atrás dele e, arquejando, saiu correndo pela rua larga até a esquina oposta, junto ao cinema, perto do qual distinguia-se uma opaca fagulha avermelhada. Em um minuto já estava lá. Ninguém tinha conseguido pegar o carro.

— Para o expresso de Leningrado, dou gorjeta — proferiu o velho, respirando pesadamente e segurando o coração.

— Estou recolhendo para a garagem — respondeu o chofer, com raiva, e deu-lhe as costas.

Então Rímski abriu a pasta, tirando de lá cinquenta rublos, que entregou ao chofer através da janela dianteira aberta.

Em alguns instantes, o ruidoso veículo voava como uma flecha pelo Anel Sadôvoie. O passageiro sacolejava no assento e, na lasca de espelho diante do chofer, Rímski via ora os olhos do motorista, alegres, ora os seus, insanos.

Ao descer do carro na frente do prédio da estação, Rímski gritou para o primeiro homem de avental branco e distintivo que apareceu.

— Primeira classe, um, pago trinta — tirava as notas de dez da pasta, amarfanhando-as —, se não tiver primeira, vou de segunda, se não tiver, pego a pior.

O homem de distintivo, olhando para o relógio luminoso, arrancou as notas da mão de Rímski.

Em cinco minutos, sob a cúpula de vidro da estação, o expresso desapareceu e se perdeu completamente na escuridão. Com ele, Rímski também desapareceu.

Capítulo 15
O SONHO DE NIKANOR IVÁNOVITCH

Não é difícil adivinhar que o gordo de cara rubra que alojaram no quarto nº 119 da clínica era Nikanor Ivánovitch Bossôi.

Contudo, não foi logo entregue ao professor Stravinski, tendo visitado previamente um outro lugar.

Pouca coisa desse outro lugar ficou na memória de Nikanor Ivánovitch. Lembrava-se apenas de uma escrivaninha, um armário e um sofá.

Ali entabularam conversa com Nikanor Ivánovitch, cujos olhos estavam turvos pelos afluxos de sangue e pela perturbação espiritual, mas dessa conversa resultou algo estranho, embaralhado e, para dizer a verdade, não resultou nada.

A primeira pergunta feita a Nikanor Ivánovitch foi a seguinte:

— O senhor é Nikanor Ivánovitch Bossôi, presidente do comitê de moradores do nº 302-bis da rua Sadôvaia?

Com um sorriso terrível, Nikanor Ivánovitch respondeu assim, literalmente:

— Sou Nikanor, claro, Nikanor! Mas que diabo de presidente eu sou?

— O que isso quer dizer? — perguntaram a Nikanor Ivánovitch, apertando os olhos.

— Que — respondeu — se eu fosse o presidente, deveria ter constatado na hora que se tratava de forças malignas! Ora bolas! *Pince-nez* rachado... todo molambento... Como poderia ser o intérprete de um estrangeiro?

— Está falando de quem? — perguntaram a Nikanor Ivánovitch.

— Korôviev! — gritou Nikanor Ivánovitch. — Alojou-se no nosso quinquagésimo apartamento. Escreva: Korôviev. Tem que ser capturado sem demora! Escreva: sexta entrada, ele está lá.

— De onde vem a moeda estrangeira? — perguntaram a Nikanor Ivánovitch, em tom cordial.

— Deus tem a verdade, Deus tem o poder — disse Nikanor Ivánovitch —, está vendo tudo, e há de me valer. Nunca tive nas mãos e nem sequer imaginei como era essa moeda! Deus está me punindo por minha maldade — prosseguiu, com sentimento, Nikanor Ivánovitch, ora abotoando a camisa, ora desabotoando, ora fazendo o sinal da cruz —, eu peguei! Peguei, mas peguei dinheiro soviético! Aceitei o registro em troca de dinheiro, não discuto. Como também nosso bom secretário Prólejniev, o bom! Falando francamente, todos na administração predial são ladrões. Mas eu não peguei moeda estrangeira!

Quando lhe pediram para não se fazer de bobo e contar como os dólares tinham ido parar na ventilação, Nikanor Ivánovitch ficou de joelhos e cambaleou, escancarando a boca, como se quisesse engolir uma peça do parquete.

— Se vocês quiserem — mugia —, eu como terra para mostrar que não peguei. E Korôviev é o diabo!

Toda paciência tem limite, e, detrás da mesa, ergueu-se uma voz, assinalando a Nikanor Ivánovitch que estava na hora de ele começar a falar língua de gente.

Daí o aposento com o sofá foi tomado por um berro selvagem do prostrado Nikanor Ivánovitch, que se ergueu de um salto:

— É ele! É ele, atrás do armário! Está lá, rindo! O *pince-nez*... Detenham-no! Benzam o recinto!

O sangue refluiu do rosto de Nikanor Ivánovitch, que, tremendo, fez o sinal da cruz no ar, agitou-se na direção da porta, indo e vindo, entoou uma oração e, por fim, pôs-se a dizer rematadas tolices.

Ficara absolutamente claro que Nikanor Ivánovitch não estava apto para nenhum tipo de conversa. Levaram-no embora, instalando-o em um aposento separado, onde ele se acalmou um pouco, limitando-se a rezar e soluçar.

Claro que foram à Sadôvaia e visitaram o apartamento nº 50. Só que não encontraram nenhum Korôviev, nem ninguém no prédio tinha conhecido ou visto Korôviev algum. O apartamento, outrora ocupado pelo finado Berlioz e por Likhodêiev, que fora para Ialta, estava completamente vazio, com os lacres tranquilamente pendurados nos armários do escritório, sem terem sido violados. Assim se foram da Sadôvaia, levando, aliás, o confuso e abatido secretário da administração predial Prólejniev.

À noite, Nikanor Ivánovitch foi conduzido à clínica de Stravinski. Lá se comportou de modo tão irrequieto que tiveram de lhe aplicar uma injeção receitada por Stravinski, e só depois da meia-noite Nikanor Ivánovitch adormeceu no quarto nº 119, soltando mugidos esporádicos de sofrimento.

Porém, quanto mais dormia, melhor seu sono se tornava. Parou de se revirar e gemer, sua respiração se tornou leve e regular, e o deixaram a sós.

Então Nikanor Ivánovitch foi visitado por um sonho, baseado, sem dúvida, em tudo que vivenciara naquele dia. Nikanor Ivánovitch começou sonhando que umas pessoas de trompete dourado na mão conduziam-no, mui solenemente, a grandes portões laqueados. Nesses portões, os acompanhantes tocaram como que uma fanfarra para Nikanor Ivánovitch, e depois uma retumbante voz de baixo, vinda dos céus, disse, com alegria:

— Seja bem-vindo, Nikanor Ivánovitch! Entregue a moeda estrangeira!

Extremamente perplexo, Nikanor Ivánovitch viu, acima, um alto-falante negro.

Depois, por algum motivo, encontrou-se em uma sala de teatro, onde, sob um teto dourado, resplandeciam lustres de cristal, e, nas paredes, lâmpadas de Quinquet.[62] Tudo era como deve ser em um teatro de pequenas dimensões, porém muito rico. Havia um palco coberto por uma cortina de veludo, desenhos de enormes moedas douradas de dez espalhavam-se, como estrelinhas, sobre um fundo escuro cor de cereja, tinha ponto e até público.

Surpreendeu Nikanor Ivánovitch que esse público inteiro fosse de um único sexo, o masculino e, por alguma razão, todos de barba. Além disso, espantava que na sala de espetáculos não houvesse cadeiras, e todo esse público estivesse sentado no chão magnificamente encerado e escorregadio.

Confuso nessa nova e grande companhia, Nikanor Ivánovitch, depois de alguma hesitação, seguiu o exemplo geral e se sentou à moda turca no parquete, ajeitando-se entre um rapagão ruivo e barbudo e um cidadão pálido e bastante peludo. Nenhum deles prestou atenção no espectador recém-chegado.

Daí se ouviu o som suave de uma campainha, a luz da sala se apagou, a cortina se abriu e revelou o palco iluminado com uma poltrona e uma mesinha, na qual havia uma campainha dourada, com um espesso pano de fundo de veludo negro.

Da coxia saiu então um artista de *smoking*, bem barbeado e penteado à risca, jovem e dotado de traços faciais bastante agradáveis. O público da sala se animou, e todos se viraram para o palco. O artista foi até o ponto e esfregou as mãos.

— Estão sentados?[63] — perguntou, com suave voz de barítono, sorrindo para a sala.

— Estamos, estamos — responderam os tenores e baixos da sala, em coro.

---

[62] Lâmpada a óleo desenvolvida pelo químico francês Antoine Quinquet (1745-1803) em 1783. (N. do T.)

[63] Em russo, o verbo sentar-se também significa estar preso. (N. do T.)

— Hum — disse o artista, pensativo —, e como não se aborrecem? Eu não entendo. Todo mundo agora está passeando na rua, deleitando-se com o sol da primavera e o calor, e vocês aqui plantados em uma sala abafada! Será que o programa é tão interessante? Enfim, tem gosto para tudo — concluiu o artista, filosofando.

Depois mudou o timbre da voz e, com entonação alegre e sonora, declarou:

— Pois bem, o próximo número de nosso programa é de Nikanor Ivánovitch Bossôi, presidente do comitê predial e diretor do refeitório dietético. Chamamos Nikanor Ivánovitch!

A resposta ao artista foi um aplauso unânime. Atônito, Nikanor Ivánovitch arregalou os olhos, e o animador, protegendo-se das luzes da ribalta com a mão, encontrou-o com o olhar entre os sentados, convidando-o ao palco com um gesto carinhoso. E Nikanor Ivánovitch, sem entender como, viu-se em cena.

A luz das lâmpadas coloridas golpeou seus olhos de frente e de baixo, com o que a sala e o público imediatamente afundaram na escuridão.

— Pois bem, Nikanor Ivánovitch, dê o exemplo — pôs-se a falar o jovem artista, afetuoso — e entregue a moeda estrangeira.

Instaurou-se o silêncio. Nikanor Ivánovitch tomou fôlego e disse, baixo:

— Juro por Deus que...

Porém, antes que conseguisse dizer essas palavras, a sala inteira rebentou em gritos de indignação. Nikanor Ivánovitch ficou embaraçado e se calou.

— Até onde consegui entender — disse o apresentador do programa —, o senhor queria jurar por Deus que não tem moeda estrangeira? — E lançou um olhar de simpatia para Nikanor Ivánovitch.

— Exatamente, não tenho — respondeu Nikanor Ivánovitch.

— Certo — retrucou o artista —, mas me perdoe pela indiscrição: de onde então vieram os quatrocentos dólares descobertos no banheiro do apartamento cujos únicos habitantes eram o senhor e sua esposa?

— São mágicos! — disse alguém, com patente ironia, na sala escura.

— Sim senhor, mágicos — respondeu Nikanor Ivánovitch, tímido, em direção indeterminada, nem para o artista, nem para a sala escura, e esclareceu: — Quem os deixou foi uma força maligna, o intérprete de xadrez.

E a indignação voltou a bramir pela sala. Quando se fez silêncio, o artista disse:

— Vejam só as fábulas de La Fontaine que tenho que escutar! Deixaram quatrocentos dólares! Olha só: todos vocês aqui são doleiros! Dirijo-me a vocês como especialistas: isso é concebível?

— Não somos doleiros — ouviram-se algumas vozes isoladas no teatro —, mas o caso é inconcebível.

— Estou completamente de acordo — disse o artista, firme —, e pergunto-lhes, o que se pode deixar para trás?

— Um bebê! — gritou alguém da sala.

— Absolutamente certo — confirmou o apresentador do programa —, um bebê, cartas anônimas, um panfleto, uma máquina infernal, o que for, mas quatrocentos dólares ninguém vai deixar, pois não existe um idiota desses no mundo. — E, dirigindo-se a Nikanor Ivánovitch, o artista acrescentou, com censura e tristeza: — O senhor me causou desgosto, Nikanor Ivánovitch! E eu, que tinha tanta esperança. Pois bem, nosso número não deu certo.

Na sala, soou um assobio endereçado a Nikanor Ivánovitch.

— Ele é doleiro! — gritaram pela sala. — Por causa desses é que nós sofremos sem ter culpas.

— Não o xingue — disse o animador, suave —, ele está arrependido. — E, voltando para Nikanor Ivánovitch os olhos azuis cheios de lágrimas, acrescentou: — Bem, vá, Nikanor Ivánovitch, para o seu lugar!

Depois disso, o artista tocou a campainha e anunciou, alto:

— Intervalo, seus patifes!

O abalado Nikanor Ivánovitch, que, de forma inesperada para si mesmo, tornara-se participante de um programa de teatro, voltou a se encontrar em seu lugar, no chão. Daí sonhou que a sala imergira em completa escuridão e, em suas paredes, surgiram as seguintes palavras, em vermelho ardente: "Entregue a moeda estrangeira!". Depois a cortina voltou a se abrir, e o animador convidou:

— Chamo ao palco Serguei Guerárdovitch Dúntchil.

Dúntchil revelou-se um homem bem-apessoado, mas bastante descuidado, de cinquenta anos.

— Serguei Guerárdovitch — o animador dirigiu-se a ele —, o senhor já está aqui há um mês e meio, recusando-se obstinadamente a entregar sua moeda estrangeira; enquanto isso, o país precisa dela, que não tem serventia para o senhor, e, assim mesmo, segue teimando. O senhor é um homem culto, entende isso às maravilhas e, mesmo assim, não quer vir ao encontro do que lhe peço.

— Infelizmente não posso fazer nada, pois não tenho mais moeda estrangeira — respondeu Dúntchil, calmo.

— E não teria pelo menos uns diamantes? — perguntou o artista.

— Não tenho nem diamantes.

O artista ficou cabisbaixo e pensativo, depois bateu palmas. Da coxia, veio à cena uma mulher de meia-idade, com roupas da moda, ou seja, um casaco sem gola e um chapéu minúsculo. A dama tinha um ar alarmado, mas Dúntchil nem olhou para ela, nem sequer pestanejou.

— Quem é essa dama? — o apresentador do programa perguntou a Dúntchil.

— É a minha mulher — respondeu Dúntchil, com dignidade, fitando o longo pescoço da dama com certa repugnância.

— Nós a incomodamos, madame Dúntchil — o animador dirigiu-se à dama — com o seguinte propósito: queríamos perguntar-lhe se o seu esposo ainda tem moeda estrangeira.

— Ele já entregou tudo — respondeu madame Dúntchil, nervosa.

— Pois bem — disse o artista —, se é isso, então é isso. Se entregou tudo, então devemos nos separar sem demora de Serguei Guerárdovitch, que fazer? Se assim lhe apraz, Serguei Guerárdovitch, pode deixar o teatro agora — e o artista fez um gesto majestoso.

Dúntchil virou-se, com calma e dignidade, e se encaminhou para a coxia.

— Um minutinho! — deteve-o o animador. — Permita-me, à despedida, mostrar-lhe mais um número de nosso programa — e voltou a bater palmas.

A cortina negra do fundo abriu-se, entrando em cena uma jovem beldade em vestido de baile, segurando uma bandeja dourada com um pacote grosso, amarrado com uma fita de bombons, e um colar de brilhantes, do qual jorravam, em todas as direções, luzes azuis, amarelas e vermelhas.

Dúntchil recuou um passo, e seu rosto foi tomado pela palidez. A sala congelou:

— Dezoito mil dólares e um colar de quarenta mil em ouro — anunciou o artista, solenemente —, que Serguei Guerárdovitch guardava na cidade de Khárkov, no apartamento de sua amante, Ida Guerkulánovna Vors, que temos a satisfação de ver diante de nós, e que gentilmente ajudou a localizar esses tesouros sem preço, porém inútil em mãos privadas. Muito obrigado, Ida Guerkulánovna.

A beldade, sorrindo, fez os dentes brilharem, e seus cílios felpudos tremeram.

— Sob essa máscara cheia de dignidade — o artista dirigiu-se a Dúntchil — ocultava-se uma sanguessuga voraz, um vigarista impressionante e mentiroso. O senhor apoquentou todo mundo durante esse mês e meio com sua teimosia obtusa. Agora vá para casa, e que o inferno que sua esposa está lhe preparando seja sua punição.

Dúntchil cambaleou e, aparentemente, quis desabar, porém mãos caridosas o ampararam. Daí a cortina dianteira caiu, cobrindo todos que estavam no palco.

Aplausos frenéticos sacudiram a sala a ponto de Nikanor Ivánovitch ter a impressão de que as luzes saltavam nos lustres. E quando a cortina dianteira negra subiu, no palco já não havia ninguém além do artista solitário. Ele arrancou uma segunda onda de aplausos da sala, inclinou-se e disse:

— Na figura desse Dúntchil atuou diante de vocês, em nosso programa, um típico asno. Afinal, ontem eu já tive a satisfação de dizer que a posse secreta de moeda estrangeira é uma insensatez. Asseguro-lhes que ninguém consegue utilizá-la em circunstância alguma. Peguemos então esse Dúntchil. Recebe um ordenado magnífico e não precisa de nada. Tem um apartamento maravilhoso, uma esposa, e uma amante linda. Só que não: em vez de viver tranquilo e sossegado, sem quaisquer contrariedades, entregando as divisas e as pedras, esse tonto interesseiro tanto fez que foi desmascarado na frente de todos e, de brinde, ainda arrumou um enorme aborrecimento familiar. Então, quem vai entregar? Não querem? Nesse caso, o próximo número de nosso programa é um célebre talento dramático, o artista Kuroliêssov, Savva Potápovitch, convidado especial, interpretando um trecho de *O cavaleiro avarento*, de Púchkin.

O prometido Kuroliêssov não tardou a surgir em cena, alto, muito bem barbeado, de fraque e gravata branca.

Sem quaisquer rodeios, fez um trejeito com o rosto sombrio, moveu as sobrancelhas e pôs-se a falar com voz artificial, fitando a campainha dourada com o rabo do olho:

— Como um jovem farrista espera pelo encontro com uma libertina manhosa...[64]

E Kuroliêssov contou muitas coisas ruins a seu próprio respeito. Nikanor Ivánovitch ouviu Kuroliêssov reconhecer que uma viúva infeliz, uivando, ficara na sua frente de joelhos, debaixo da chuva, mas nem assim tocou o coração empedernido do artista. Até o sonho, Nikanor Ivánovitch não conhecia nada da obra do poeta Púchkin, porém conhecia o próprio às mara-

---

[64] Começo da segunda cena (monólogo do Barão) de *O cavaleiro avarento*, de Púchkin (em *Pequenas tragédias*, São Paulo, Globo, 2006, tradução de Irineu Franco Perpetuo). (N. do T.)

vilhas, e todo dia proferia algumas vezes frases do tipo: "E quem vai pagar pelo quarto, Púchkin?", ou "E a lâmpada da escada, foi Púchkin que desparafusou?" e "O petróleo, por acaso, é Púchkin que vai comprar?".

Agora, ao conhecer uma de suas obras, Nikanor Ivánovitch entristecia-se ao imaginar a mulher de joelhos com os órfãos, debaixo da chuva, e pensou, sem querer: "Ah, mas que tipo é esse Kuroliêssov!".

E este, sempre levantando a voz, continuou a confessar e, por fim, confundiu Nikanor Ivánovitch, pois de súbito começou a se dirigir a alguém, embora não houvesse ninguém no palco, respondendo por esse ausente, referindo-se a si mesmo ora como "senhor", ora "barão", ora "filho", ora "vós", ora "tu".

Nikanor Ivánovitch só entendeu que o artista morreu uma morte má, gritando: "As chaves! Minhas chaves!", depois do que desabou no solo, agonizando e tirando a gravata com cuidado.

Após morrer, Kuroliêssov se levantou, sacudiu o pó das calças do fraque, inclinou-se, abriu um sorriso falso e partiu sob aplausos escassos. E o animador falou o seguinte:

— Acabamos de ouvir uma notável interpretação de Savva Potápovitch de *O cavaleiro avarento*. Esse cavaleiro esperava que ninfas travessas corressem até ele, e que sucedessem muitas coisas agradáveis do gênero. Porém, como viram, nada disso aconteceu, nenhuma ninfa correu para ninguém, as musas não lhe trouxeram preitos, ele não erigiu palácios mas, pelo contrário, acabou muito mal, um ataque o mandou para os quintos dos infernos, dentro de seu cofre, com suas divisas e pedras. Previno que vai lhes ocorrer algo desse tipo, se não pior, se vocês não entregarem a moeda estrangeira!

A poesia de Púchkin ou o discurso proferido pelo animador produziram tamanha impressão que, de repente, na sala, ouviu-se uma voz tímida:

— Entrego a moeda estrangeira.

— Faça o favor de vir ao palco! — convidou, cortês, o animador, perscrutando a sala escura.

Surgiu em cena um cidadão loiro, de baixa estatura, que, a julgar pelo rosto, não se barbeava há três semanas.

— Perdão, qual o seu nome? — indagou o animador.

— Kanávkin, Nikolai — replicou o recém-chegado, tímido.

— Ah! Muito prazer, cidadão Kanávkin. Pois bem?

— Entrego — falou Kanávkin, baixo.

— Quanto?

— Mil dólares, e vinte moedas douradas de dez.

— Bravo! É tudo?

O apresentador do programa cravou o olhar direto nos olhos de Kanávkin, e Nikanor Ivánovitch chegou a ter a impressão de que daqueles olhos emanavam raios que atravessavam Kanávkin, como se fossem raios X. A respiração da sala parou.

— Acredito! — exclamou o artista, por fim, apagando o olhar. — Acredito! Esses olhos não mentem. Pois quantas vezes já não lhes disse que o principal erro de vocês consiste em menosprezar o significado dos olhos humanos? Compreendam que a língua pode ocultar a verdade, mas os olhos, jamais! Fazem-lhes uma pergunta repentina, vocês nem estremecem e, em um segundo, controlam-se e sabem o que é preciso dizer para esconder a verdade, e falam com total convicção, sem mexer uma ruga do rosto; porém, infelizmente, a verdade agitada pela pergunta em um instante salta das profundezas da alma para os olhos, e está tudo acabado. Ela fica visível, e vocês foram pegos!

Depois de proferir, com muito ardor, esse discurso bastante convincente, o artista indagou a Kanávkin, com carinho:

— Onde estão escondidas?

— Na casa da minha tia Porokhóvnikova, na rua Pretchístenka...

— Ah! Fica... espere... na casa de Klávdia Ilínitchna, não?

— Sim!

— Ah, sim, sim, sim, sim! Uma pequena mansão? Na frente ainda tem um jardinzinho? Como não, conheço, conheço! E lá, onde você escondeu?

— Na adega, em uma caixa de Einem...[65]

O artista ergueu os braços.

— Vocês já viram uma coisa dessas? — berrou, magoado. — Mas assim elas vão mofar, ficar úmidas! Vejam, é concebível confiar moeda estrangeira a esse tipo de gente? Hein? São como crianças, meu Deus!

O próprio Kanávkin compreendia que falara besteira e cometera uma falta, e baixou a cabeça com topete.

— O dinheiro — prosseguiu o artista — deve ser guardado no banco estatal, em instalações especialmente secas e bem vigiadas, e jamais na adega da tia, onde, entre outras coisas, as ratazanas podem estragá-lo! É uma verdadeira vergonha, Kanávkin! Afinal, o senhor é um homem adulto.

Kanávkin não sabia mais onde se meter, e só fazia arranhar com o dedo a borda do paletó.

---

[65] Fábrica de doces fundada em 1851 e existente até hoje, rebatizada em 1922 de Krásny Oktiabr (Outubro Vermelho). (N. do T.)

— Pois muito bem — aplacou-se o artista —, águas passadas não movem moinhos... — E acrescentou, de forma súbita e inesperada: — Sim, a propósito: de uma vez, para... para que o carro não perca a viagem... sua tia também tem? Hein?

Kanávkin, que não esperava tamanha reviravolta, sobressaltou-se, e o silêncio se instaurou no teatro.

— Eh, Kanávkin! — disse o animador, em carinhoso tom de reproche. — E eu ainda fui elogiá-lo! Vejam, foi e se atrapalhou todo! Isso é absurdo, Kanávkin! Olhe o que acabei de falar a respeito dos olhos. Está na cara que a sua tia tem. Então, por que nos atormentar à toa?

— Tem! — gritou Kanávkin, fanfarrão.

— Bravo! — gritou o animador.

— Bravo! — a sala rugiu, terrível.

Quando tudo se acalmou, o animador parabenizou Kanávkin, apertou-lhe a mão, pediu que o levassem à cidade de carro e, nesse mesmo carro, mandou que alguém dos bastidores fosse atrás da tia e lhe pedisse para comparecer ao programa do teatro feminino.

— Ora, queria perguntar se a tia não disse onde escondia o que tem — indagou o animador, oferecendo amavelmente a Kanávkin uma *papirossa* e um fósforo aceso.

Fumando, ele deu um riso angustiado.

— Acredito, acredito — retrucou o artista, suspirando —, essa velha sovina dos diabos não diria isso nem para o próprio sobrinho. Bem, vamos tentar despertar nela sentimentos humanos. Pode ser que nem todas as cordas de sua alminha de usurária estejam podres. Tudo de bom, Kanávkin!

E Kanávkin partiu, feliz. O artista indagou se alguém mais desejava entregar moeda estrangeira, mas obteve o silêncio como resposta.

— Que excêntricos, meu Deus! — disse o artista, dando de ombros, e a cortina o cobriu.

As lâmpadas se apagaram, a escuridão reinou por algum tempo, e nela, ao longe, ouviu-se um tenor nervoso a cantar:

— Lá há montanhas de ouro, e elas me pertencem![66]

Depois, de algum lugar, aplausos surdos soaram por duas vezes.

— No teatro feminino, tem uma mulherzinha entregando — pôs-se a falar, inesperadamente, o vizinho de Nikanor Ivánovitch, o de barba ruiva e, suspirando, acrescentou: — Ah, se não fossem meus gansos! Meu caro,

---

[66] Trecho do dueto entre Hermann e Liza no terceiro ato da ópera *A dama de espadas*, de Tchaikóvski, baseada na novela homônima de Púchkin. (N. do T.)

tenho gansos de briga em Lianôzovo. Temo que, sem mim, vão morrer. Uma ave de briga é delicada, demanda cuidados... Ah, se não fossem os gansos! Não é com Púchkin que vão me impressionar — e voltou a suspirar.

Daí a sala ficou fortemente iluminada, e Nikanor Ivánovitch passou a sonhar que, de todas as portas, despencavam cozinheiros de chapéu branco e concha na mão. Os ajudantes de cozinha arrastaram para a sala uma tina com sopa e um tabuleiro com pão preto fatiado. Os espectadores se animaram. Alegres, os cozinheiros corriam entre os aficionados por teatro, colocando a sopa nas tigelas e repartindo o pão.

— Comam, pessoal — gritavam os cozinheiros —, e entreguem as divisas! Por que ficar aqui à toa? Que vontade de tomar esse caldinho ralo. Vão para casa beber como se deve, comer bem!

— Por que você, por exemplo, veio se meter aqui, meu pai? — um cozinheiro gordo de pescoço cor de framboesa abordou diretamente Nikanor Ivánovitch, oferecendo-lhe uma tigela na qual uma folha solitária de repolho nadava no caldo.

— Não! Não! Eu não tenho! — Nikanor Ivánovitch berrava, com voz terrível. — Entenda, eu não tenho!

— Não? — rugiu o cozinheiro, com ameaçadora voz de baixo. — Não? — perguntou, com carinhosa voz feminina. — Não, não — murmurou, tranquilizador, transformando-se na enfermeira Praskóvia Fiódorovna.

Essa deu uma carinhosa sacudida no ombro de Nikanor Ivánovitch, que gemia no sonho. Então os cozinheiros se dissiparam, e o teatro se desmanchou com sua cortina. Entre lágrimas, Nikanor Ivánovitch divisou seu quarto da clínica e dois jalecos brancos, porém de modo algum os cozinheiros desenvoltos que se intrometiam com seus conselhos, mas o doutor e a mesma Praskóvia Fiódorovna, segurando não uma tigela, mas um pratinho coberto de gaze, com uma seringa.

— Mas o que é isso — disse Nikanor Ivánovitch, enquanto lhe aplicavam a injeção —, eu não tenho, não tenho! Que Púchkin lhes entregue a moeda estrangeira. Eu não tenho!

— Não tem, não tem — tranquilizava a compassiva Praskóvia Fiódorovna —, e, se não tem, não é culpado.

Nikanor Ivánovitch melhorou depois da injeção, e adormeceu sem sonhos.

Porém, graças a seus berros, a aflição se abateu sobre o quarto 120, onde o paciente acordou e se pôs a procurar sua cabeça, e sobre o 118, onde o desconhecido mestre intranquilizou-se e, angustiado, torceu os braços para trás, olhando para a lua, recordando a amarga e derradeira noite de outono de sua vida, a réstia de luz debaixo da porta do porão e os cabelos desarrumados.

Do quarto 118, a aflição percorreu o balcão até Ivan, que acordou e começou a chorar.

O médico, porém, rapidamente acalmou todas as mentes irrequietas e doridas, que adormeceram. O último a pegar no sono foi Ivan, quando já clareava sobre o rio. Depois de o remédio se apossar de todo seu corpo, o sossego chegou-se a ele como uma onda, cobrindo-o. Seu corpo se aliviou, e a mente era ventilada pela brisa cálida da modorra. Adormeceu, e a última coisa que ouviu do mundo desperto foi o gorjeio dos pássaros a anteceder a alvorada, no bosque. Porém, estes logo se calaram, e ele passou a sonhar que o sol já descia sobre o monte Calvário, que estava cercado por um cordão duplo...

Capítulo 16
A EXECUÇÃO

O sol já descia sobre o monte Calvário, que estava cercado por um cordão duplo.

A ala de cavalaria, que cortara a passagem do procurador por volta do meio-dia, seguia a trote para o portão de Hebron. O caminho já tinha sido preparado. A infantaria da coorte da Capadócia afastara o ajuntamento de pessoas, mulas e camelos, e a ala, trotando e levantando colunas brancas de areia até o céu, chegou ao cruzamento em que se encontravam duas estradas: uma a sul, que levava a Belém, e outra a noroeste, para Jafa. A ala arrancou pela estrada noroeste. Os capadócios esparramaram-se pelas beiras da estrada, expulsando previamente todas as caravanas que se apressavam para o feriado em Ierushalaim. Multidões de peregrinos ficavam atrás dos capadócios, tendo abandonado suas tendas provisórias listradas montadas na grama. Depois de percorrer cerca de um quilômetro, a ala ultrapassou a segunda coorte da legião Fulminata e, após cobrir mais um quilômetro, foi a primeira a chegar ao sopé do monte Calvário. Lá apeou. O comandante dividiu a ala em pelotões que cercaram todo o sopé da colina baixa, deixando livre apenas o acesso pela estrada de Jafa.

Algum tempo depois, chegou à colina a segunda coorte, que subiu um patamar acima da ala e se dispôs num círculo em forma de coroa em torno do monte.

Por fim, veio a centúria comandada por Marcos Mata-Ratos. Estendia-se em duas fileiras, ao longo das beiras da estrada, no meio das quais, escoltado pela guarda secreta, ia um carro com os três condenados trazendo tábuas brancas no pescoço, nas quais estava escrito "Delinquente e rebelde" em duas línguas, aramaico e grego. Atrás do carro dos condenados avançavam outros, carregados de postes recém-talhados, barras, cordas, pás, baldes e machados. Esses carros transportavam seis carrascos. Atrás deles cavalgavam o centurião Marcos, o chefe da guarda do templo de Ierushalaim e aquele mesmo homem de capuz com que Pilatos tivera uma fugaz reunião no quarto escuro do palácio. Fechava a procissão uma fileira de soldados, atrás da qual iam cerca de dois mil curiosos que o calor infernal não assustava, desejosos de presenciar o interessante espetáculo.

A esses curiosos da cidade agora se juntavam os peregrinos curiosos, admitidos sem obstáculos à fila da procissão. Sob os gritos finos dos arautos que acompanhavam a coluna e berravam o que Pilatos bradara ao meio-dia, ela entrava no monte Calvário.

A ala deixou todos passarem ao segundo patamar, porém a segunda centúria, lá em cima, só autorizou os que tinham relação com a execução e depois, com uma manobra rápida, dispersou a multidão em volta da colina, de modo que ela se encontrava entre o cerco da infantaria, em cima, e o da cavalaria, embaixo. Agora era possível assistir à execução através do cordão intermitente da infantaria.

Pois bem, haviam transcorrido mais de três horas desde a subida da procissão ao monte, e o sol já descia sobre o monte Calvário, só que o calor ainda era insuportável, e os soldados de ambos os cercos padeciam com ele e com o tédio e, em seu íntimo, amaldiçoavam os três delinquentes, desejando-lhes sinceramente uma morte rápida.

Com a testa molhada e uma mancha escura de suor nas costas da camisa branca, o pequeno comandante da ala, que se encontrava na parte de baixo da colina, junto ao acesso livre, ia constantemente ao balde de couro do primeiro pelotão, tirava água com a mão em concha, bebia e umedecia o turbante. Obtendo algum alívio, afastava-se e voltava a caminhar para a frente e para trás na estrada empoeirada que levava até o cume. Sua longa espada batia nas botas atadas com couro. O comandante queria dar exemplo de resistência a seus cavalarianos porém, com pena dos soldados, permitiu-lhes que fizessem pirâmides com as lanças fincadas no solo, estendendo sobre elas as capas brancas. Sob essas cabanas os sírios se abrigaram do sol implacável. Os baldes se esvaziaram com rapidez, e cavalarianos de diversos pelotões iam buscar água no barranco atrás da colina, onde, à sombra tênue de amoreiras mirradas, um córrego turvo vivia seus últimos dias naquele calor infernal. Ali também estavam os palafreneiros, cuidando dos cavalos amansados, buscando a sombra instável e entendiando-se.

A aflição dos soldados e as invectivas endereçadas aos delinquentes eram compreensíveis. Os receios do procurador quanto às desordens que poderiam ocorrer na hora da execução na odiada cidade de Ierushalaim mostraram-se, felizmente, injustificados. E, quando começou a quarta hora da execução, entre os dois cordões, o superior, da infantaria, e o da cavalaria, no sopé, não restava, contra todas as expectativas, ninguém. O sol abrasara a multidão, expulsando-a de volta para Ierushalaim. Atrás do cordão de duas centúrias romanas havia apenas dois cachorros, que não se sabia a quem pertenciam, nem como tinham ido parar na colina. Porém, também encontravam-se extenuados pelo calor, deitados, com a língua de fora, respirando pesadamente e sem prestar a mínima atenção nos lagartos de dorso verde, únicos seres que não temiam o sol e que corriam por entre as pedras incandescentes e umas plantas de grandes espinhos que ondulavam pelo chão.

Ninguém fizera qualquer tentativa de resgatar os condenados nem em Ierushalaim, abarrotada de tropas, nem ali, na colina cercada, e a multidão regressara para a cidade pois, de fato, não houvera nada de interessante naquela execução, e agora, na cidade, já estavam em andamento os preparativos para a grande festa da Páscoa, que seria à noite.

No segundo patamar, a infantaria romana sofria ainda mais do que a cavalaria. A única coisa que o centurião Mata-Ratos permitiu aos soldados foi tirar os elmos e cobrir-se com faixas brancas umedecidas, porém manteve os guardas de pé, e com as lanças na mão. Ele mesmo usava uma dessas faixas, só que não molhada, mas seca, perambulando perto do grupo de carrascos sem tirar nem as caras de leão folheadas a prata da camisa, nem as grevas, espada e faca. O sol incidia diretamente no centurião sem lhe causar dano algum, e não dava nem para olhar para as caras de leão, pois os olhos cegavam com o brilho da prata, que parecia ferver ao sol.

O rosto mutilado de Mata-Ratos não exprimia nem fadiga, nem insatisfação, e parecia que o centurião gigante teria forças para continuar andando daquele jeito o dia inteiro, a noite inteira, e ainda mais um dia; em suma, tanto quanto fosse necessário. Andava sempre assim, com as mãos no cinto pesado com placas de cobre, com um olhar sempre severo ora para os postes e os condenados, ora para os soldados do cordão, afastando, sempre com a mesma indiferença, com um movimento do bico da bota, os ossos humanos ou os sílex miúdos que, de tempos em tempos, caíam-lhe aos pés.

O homem de capuz instalara-se não muito longe dos postes, em uma banqueta de três pés, em plácida imobilidade, arranhando a areia de quando em quando, por tédio, com uma vareta.

Aquilo que se disse sobre não haver ninguém além dos legionários da formação não era de todo verdade. Havia um homem, só que nem todos o viam. Alojara-se não naquele lado onde se abrira a passagem para o monte, e de onde era mais cômodo ver a execução, mas no lado norte, onde a colina não era suave ou acessível, mas irregular, onde havia depressões e fendas, e onde, agarrando-se em uma greta à terra árida amaldiçoada pelo céu, uma grande figueira tentava viver.

Exatamente embaixo dela, que não dava sombra alguma, fixara-se esse único espectador, que não participava da execução, e estava sentado na pedra desde o início, ou seja, já entrava na quarta hora. Sim, para ver a execução, escolhera não o melhor, mas o pior lugar. Entretanto, dali também se avistavam os postes, avistavam-se também, por trás do cordão, as duas manchas reluzentes no peito do centurião, e isso, pelo visto, era mais do que suficiente para o homem que desejava não ser notado nem incomodado por ninguém.

Contudo, quatro horas antes, no começo da execução, esse homem comportara-se de forma completamente diferente, fazendo-se muito notado, o que provavelmente o levara a mudar de conduta e se isolar.

Antes, bastou a procissão chegar ao cume, atrás do cordão, e ele apareceu pela primeira vez, claramente atrasado. Respirava de forma pesada e não caminhava, mas sim corria para a colina, empurrando, e, ao ver que, na sua frente, como na frente dos outros, formara-se um cordão, fez uma tentativa ingênua, fingindo não compreender os gritos irados, de abrir passagem entre os soldados até o lugar da execução, onde os condenados já estavam sendo retirados do carro. Por isso, recebeu um pesado golpe no peito com a extremidade cega da lança, afastando-se do soldado e gritando não de dor, mas de desespero. Lançou ao legionário que o golpeara um olhar turvo e completamente indiferente a tudo, como se não sentisse dor física.

Tossindo e ofegando, com a mão no peito, correu em volta da colina, precipitando-se para o lado norte, para encontrar alguma fresta no cordão pela qual fosse possível se esgueirar. Mas já era tarde. O anel estava formado. E o homem, com o rosto desfigurado pelo pesar, teve que renunciar às tentativas de chegar aos carros, dos quais os postes já haviam sido tirados. Tais tentativas não levariam a nada, a não ser a prisão, e ser detido naquele dia não entrava em seus planos de maneira nenhuma.

Assim, ficou de lado, na greta, onde era mais tranquilo e ninguém o estorvava.

Agora, sentado na pedra, o homem de barba negra e olhos supurados pelo sol e pela falta de sono estava melancólico. Ora suspirava, abrindo o *talit*[67] gasto na vida errante, que, de azul-celeste, convertera-se em cinza sujo, e desnudava o peito contundido pela lança, pelo qual escorria um suor imundo; ora, em suplício insuportável, erguia os olhos para o céu, seguindo três abutres que há tempos já descreviam grandes círculos nas alturas, pressentindo para logo um festim; ora cravava o olhar desesperado na terra amarela, onde via um crânio de cachorro semidestruído, em torno do qual lagartos corriam.

[67] Xale usado durante as preces judaicas. (N. do T.)

O tormento do homem era tão grande que, às vezes, punha-se a falar sozinho.

— Oh, sou um imbecil! — murmurava, balançando na pedra com dor na alma e arranhando o peito bronzeado. — Um imbecil, uma mulherzinha tola, um covarde! Sou uma carniça, não um homem!

Calava-se, baixava a cabeça e, depois de beber água quente do cantil de madeira, voltava a se animar e agarrava ora a faca, escondida no peito, sob o *talit*, ora o pedaço de pergaminho que tinha diante de si, em uma pedra, ao lado de um pauzinho e um frasquinho com tinta.

Nesse pergaminho já tinham sido esboçadas anotações:

"Os minutos correm, eu, Matheus Levi, encontro-me no monte Calvário, e nada da morte!".

Adiante:

"O sol está se pondo, e a morte não veio".

Então Matheus Levi, desesperado, escreveu com o pauzinho afiado:

"Deus! Por que te encolerizas contra ele? Manda-lhe a morte".

Após anotar isso, soltou um soluço sem lágrimas e voltou a ferir o peito com as unhas.

O motivo do desespero de Levi consistia na terrível desgraça que se abatera sobre Ieshua e ele e, além disso, no erro grave que ele, Levi, em sua própria opinião, cometera. Na antevéspera, Ieshua e Levi estavam em Betfagé, perto de Ierushalaim, onde foram hospedados por um hortelão que apreciara extraordinariamente as prédicas de Ieshua. Os hóspedes trabalharam na horta a manhã inteira, ajudando o proprietário, e se preparavam para partir para Ierushalaim ao entardecer, quando refrescasse. Porém Ieshua, por algum motivo, se apressou, dizendo ter um assunto inadiável na cidade, e foi embora sozinho, por volta do meio-dia. Nisso consistira o primeiro erro de Matheus Levi. Por que, por que o deixara ir sozinho?

À noite, Matheus Levi não conseguira ir a Ierushalaim. Fora acometido de moléstia inesperada e horrível. Tremia, seu corpo enchia-se de fogo, batia os dentes e pedia de beber a todo instante. Não podia ir a lugar algum. Desabou em um xairel no celeiro do hortelão, onde permaneceu até a manhã de sexta-feira, quando a doença libertou Levi de forma tão inesperada quanto o tinha atacado. Embora estivesse fraco e de pernas bambas, ele, atormentado pelo pressentimento de uma desgraça, despediu-se do proprietário e se dirigiu para Ierushalaim. Lá ficou sabendo que o pressentimento não o enganara. A desgraça acontecera. Levi estava na multidão e ouviu o procurador proclamar a sentença.

Quando os condenados foram levados ao monte, Matheus Levi correu ao lado do cordão, na multidão de curiosos, tentando de algum jeito dar a conhecer a Ieshua de modo imperceptível que pelo menos ele, Levi, estava ali com ele, que não o havia abandonado na última viagem e que rezava para que a morte de Ieshua acontecesse o mais breve possível. Porém Ieshua, olhando ao longe, para onde era conduzido, obviamente não viu Levi.

E eis que, quando a procissão tinha percorrido cerca de meia versta na estrada, Matheus, que estava sendo empurrado pela multidão junto ao cordão, teve uma ideia simples e genial, e imediatamente, em seu ardor, cobriu-se de maldições por ela não lhe ter ocorrido antes. Os soldados não iam em formação cerrada. Havia espaços entre eles. Com grande agilidade e um cálculo bastante preciso, era possível, curvando-se, esgueirar-se entre dois legionários, alcançar o carro e pular para ele. Então Ieshua seria poupado do sofrimento.

Um instante era necessário para dar uma facada nas costas de Ieshua, gritando: "Ieshua! Salvo-o e parto com você! Eu, Matheus, seu único e fiel discípulo!".

E, se Deus o abençoasse com mais um instante de liberdade, talvez conseguisse apunhalar a si mesmo, escapando da morte no poste. Aliás, isso pouco interessava a Matheus Levi, o ex-coletor de tributos. Era-lhe indiferente como morrer. Só queria uma coisa: que Ieshua, que jamais causara o menor malefício em vida, escapasse do tormento.

O plano era muito bom, mas o problema era que Levi não tinha faca consigo. Também não possuía sequer uma moeda de dinheiro.

Furioso consigo mesmo, Levi livrou-se da multidão e correu de volta à cidade. Em sua cabeça a ferver, pululava apenas uma ideia ardente, a de, imediatamente, por qualquer meio possível, obter uma faca na cidade e conseguir alcançar a procissão.

Chegou correndo até os portões de Ierushalaim, bordejando o tropel das caravanas que eram absorvidas pela cidade, e viu, à esquerda, a porta aberta de uma loja que vendia pão. Respirando pesadamente depois da carreira pela estrada escaldante, Levi controlou-se, entrou na loja com bastante compostura, cumprimentou a dona, que estava no balcão, pediu-lhe que tirasse da prateleira o pão que estava em cima, que, por algum motivo, agradara-lhe mais que os outros e, quando ela deu as costas, pegou do balcão, rapidamente e em silêncio, algo que não poderia ser melhor: uma faca de pão comprida, afiada como uma navalha, precipitando-se logo para fora da loja. Alguns minutos mais tarde, estava de novo na estrada de Jafa. Só que não dava mais para ver a procissão. Pôs-se a correr. De tempos em tempos, tinha que se deixar cair na poeira e ficar deitado, imóvel, para recuperar o alento.

E assim jazia, espantando as pessoas que iam para Ierushalaim de mula ou a pé. Deitado, ouvia seu coração bater não apenas no peito, mas também na cabeça e no ouvido. Depois de tomar um pouco de fôlego, ergueu-se de um pulo e continuou a correr, só que cada vez mais devagar. Quando, por fim, avistou a longa procissão levantando poeira ao longe, ela já estava no sopé da colina.

— Oh, Deus... — lastimou Levi, entendendo que se atrasaria. E se atrasou.

Quando terminou a quarta hora da execução, os tormentos de Levi atingiram o mais alto grau, e ele se entregou ao furor. Levantando-se da pedra, arremessou no solo a faca roubada, que agora lhe parecia inútil, esmagou o cantil com o pé, privando-se de água, arrancou da cabeça o *keffiyeh*,[68] agarrou os ralos cabelos e se pôs a amaldiçoar-se.

Amaldiçoava-se bradando palavras insensatas, rugindo e cuspindo, insultando pai e mãe por terem colocado um estúpido no mundo.

Ao ver que maldições e pragas não faziam nada, nem mudavam nada sob o sol, com os olhos semicerrados, apertou os punhos ressequidos, ergueu-os para o céu, para o sol, que descia cada vez mais, esticando as sombras e afastando-se para mergulhar no mar Mediterrâneo, e exigiu de Deus um milagre urgente. Exigia que Deus mandasse imediatamente a morte de Ieshua.

Ao abrir os olhos, verificou que nada havia mudado na colina, à exceção das manchas chamejantes no peito do centurião, que se apagaram. O sol dirigia seus raios para as costas dos condenados, cujos rostos estavam virados para Ierushalaim. Então Levi gritou:

— Amaldiçoo-te, Deus!

Com voz rouca, berrava estar convicto de que Deus era injusto, e que não tencionava mais acreditar nele.

— És surdo! — praguejava Levi. — Se não fosses surdo, escutar-me-ias, e o matarias agora mesmo.

Com os olhos semicerrados, Levi esperava pelo fogo que cairia do céu e o fulminaria. Isso não aconteceu, e, sem abrir as pálpebras, Levi continuava a lançar contra o céu palavras virulentas e ofensivas. Gritava sua total desilusão, e que existiam outros deuses e religiões. Sim, um outro deus não teria permitido, jamais teria permitido que uma pessoa como Ieshua fosse consumida pelo sol em um poste.

---

[68] Lenço de tecido grosso usado na cabeça no Oriente Médio. (N. do T.)

— Eu me enganei — gritou Levi, completamente rouco. — És o deus do mal! Ou teus olhos foram de todo cobertos pela fumaça do templo, e teus ouvidos já não ouvem senão o som das trombetas dos sacerdotes? Não és o Deus todo-poderoso. És um deus negro. Amaldiçoo-te, deus dos bandidos, protetor e alma deles!

Então, algo soprou no rosto do ex-coletor, e algo rumorejou a seus pés. Voltou a soprar, e então, abrindo os olhos, Levi notou que tudo no mundo, fosse por influência de sua maldição, fosse devido a outro motivo, havia se modificado. O sol desaparecera antes de chegar ao mar, no qual afundava todas as tardes. Engolira-o uma nuvem de tempestade, erguendo-se no céu ameaçadora e firme, a oeste. Suas bordas já fervilhavam em espuma branca, seu bojo negro de fumaça soltava reflexos amarelos. A nuvem rosnava, soltando de tempos em tempos filamentos de fogo. Pela estrada de Jafa, pelo pobre vale de Hinom, colunas de poeira voavam sobre as tendas dos peregrinos, impulsionadas pelo vento repentino. Levi se calou, tentando imaginar se a tempestade que agora cobria Ierushalaim acarretaria em alguma mudança no destino do infeliz Ieshua. E imediatamente, olhando para os filamentos de fogo que retalhavam a nuvem, pôs-se a pedir que um relâmpago acertasse Ieshua no poste. Contemplando arrependido o céu limpo, que ainda não fora devorado pela nuvem, no qual os abutres abriam as asas para escapar da tempestade, Levi pensou que suas maldições tinham sido de uma precipitação insana. Agora Deus não o escutaria.

Voltando o olhar para o sopé da colina, Levi fixou-o no lugar onde o regimento de cavalaria estava espalhado, e viu que haviam ocorrido mudanças significativas. Do alto, Levi conseguia avistar muito bem os soldados agitados, tirando as lanças do chão, cobrindo-se com as capas, os palafreneiros correndo a trote para a estrada, levando pela rédea os cavalos negros. O regimento batia em retirada, isso era claro. Levi, defendendo-se com a mão da poeira que batia na cara e cuspindo, tentava entender o que significava o fato de a cavalaria estar se preparando para partir. Dirigiu o olhar mais para cima e avistou uma figura de clâmide militar rubra, subindo para a área de execução. Daí, o pressentimento de um final feliz fez o coração do ex-coletor gelar.

Quem subia ao monte na quinta hora de suplício dos delinquentes era o comandante da coorte, que viera de Ierushalaim, acompanhado de um ordenança. O cordão de soldados se abriu a um gesto de Mata-Ratos, e o centurião saudou o tribuno. Este, levando Mata-Ratos para o lado, cochichou-lhe algo. O centurião saudou-o pela segunda vez e moveu-se até o grupo de carrascos, que estavam sentados nas pedras, ao pé dos postes. O tribuno dirigiu seus passos para o que estava sentado na banqueta de três pés, e este se levantou, cortês, em sua direção. O tribuno lhe disse algo em voz baixa, e ambos foram até os postes. O chefe da guarda do templo se uniu a eles.

Mata-Ratos, olhando de esguelha e com asco os trapos sujos que jaziam no solo, junto aos postes, trapos que até pouco tempo eram as vestes dos criminosos, rejeitadas pelos carrascos, chamou dois deles e ordenou:

— Sigam-me!

Do poste mais próximo veio uma cançãozinha rouca e insana. Gestas, que estava pendurado nele, enlouquecera no final da terceira hora, devido ao sofrimento e ao sol, e agora cantava algo a respeito de uvas, porém a cabeça, coberta por um turbante, balouçava de vez em quando, e então as moscas erguiam-se indolentes de seu rosto, para depois regressarem.

Dismas, no segundo poste, sofria mais do que os outros dois, pois não fora vencido pelo torpor, balançando bastante a cabeça, de forma cadenciada, ora para a direita, ora para a esquerda, até a orelha bater no ombro.

Ieshua era mais feliz que os outros dois. Já na primeira hora começara a ter desmaios, depois caiu em torpor, com a cabeça a pender no turbante desenrolado. Assim, moscas e mutucas cobriram-no de todo, fazendo seu rosto sumir sob uma máscara negra movediça. Mutucas gordas instalaram-se na virilha, na barriga e nas axilas, sugando o corpo amarelo e nu.

Obedecendo a um gesto do homem de capuz, um dos carrascos pegou uma lança, enquanto outro levou um balde e uma esponja ao poste. O primeiro carrasco ergueu a lança, batendo com ela primeiro em um, depois em outro dos braços de Ieshua, que estavam esticados e amarrados com cordas à barra transversal do poste. O corpo de costelas salientes estremeceu. O carrasco passou a ponta da lança pela barriga. Então Ieshua levantou a cabeça, as moscas levantaram voo com um zumbido, e o rosto do pendurado, desfeito pelas picadas, com olhos inchados, ficou descoberto, um rosto irreconhecível.

Despregando as pálpebras, Ha-Notzri olhou para baixo. Seus olhos, habitualmente claros, agora estavam turvos.

— Ha-Notzri! — disse o carrasco.

Ha-Notzri moveu os lábios intumescidos e replicou com voz rouca de meliante:

— O que você quer? Por que veio até mim?

— Beba! — disse o carrasco, e a esponja molhada na ponta da lança elevou-se até os lábios de Ieshua. A alegria cintilou em seus olhos, ele grudou na esponja e começou a ingerir o líquido com avidez.

Do poste vizinho, ouviu-se a voz de Dismas:

— Injustiça! Sou tão bandido quanto ele.

Dismas retesou-se mas não conseguiu se mover, os anéis das cordas o atavam à barra transversal em três lugares. Encolheu a barriga, agarrou a ponta da barra com as unhas, mantendo a cabeça virada para o poste de Ieshua, com o ódio a arder em seus olhos.

Uma nuvem de poeira cobriu a área, e escureceu fortemente. Quando a poeira baixou, o centurião gritou:

— Silêncio no segundo poste!

Dismas se calou. Ieshua afastou-se da esponja e, tentando fazer sua voz soar afável e persuasiva, mas sem conseguir, pediu, rouco, ao carrasco:

— Dê-lhe de beber.

Ficou ainda mais escuro. O nimbo já se derramara por metade do céu, precipitando-se para Ierushalaim, nuvens brancas fervilhantes propagavam-se à frente do nimbo carregado de líquido negro e fogo. Houve um clarão e um raio bem em cima da colina. O carrasco tirou a esponja da lança.

— Agradeça ao magnânimo *hegemon*! — sussurrou, solene, perfurando calmamente o coração de Ieshua. Este se sobressaltou e sussurrou:

— *Hegemon*...

O sangue correu-lhe pela barriga, o maxilar inferior tremeu, convulsivo, e a cabeça pendeu.

Ao segundo ribombo do trovão, o carrasco já dava de beber a Dismas e, com as mesmas palavras — Louve o *hegemon*! —, matou-o também.

Gestas, privado de raciocínio, emitiu um grito assustado assim que o carrasco apareceu perto de si, porém, quando a esponja roçou seus lábios, deu um rugido e agarrou-a com os dentes. Alguns segundos depois, seu corpo também caiu o quanto as cordas permitiram.

O homem de capuz ia nas pegadas do carrasco e do centurião, com o chefe da guarda do templo atrás de si. Parado no primeiro poste, o homem de capuz examinou o ensanguentado Ieshua com atenção, tocou a sola do pé com sua mão branca e disse aos acompanhantes:

— Morto.

Isso se repetiu nos outros dois postes.

Depois disso, o tribuno sinalizou para o centurião e, virando-se, começou a se retirar do cume com o chefe da guarda do templo e o homem de capuz. Instaurara-se a penumbra, e relâmpagos sulcavam o céu preto. Subitamente, jorrou dele um fogo, e o grito do centurião:

— Desfazer cordão! — afundou-se no estrépito. Felizes, os soldados puseram-se a correr colina abaixo, colocando os elmos. A escuridão cobrira Ierushalaim.

O aguaceiro desabou repentinamente, surpreendendo a centúria no meio do caminho, na colina. A água despencava de forma tão terrível que, enquanto os soldados corriam para baixo, torrentes enfurecidas voavam no seu encalço. Os soldados escorregavam e caíam no barro molhado, com pressa de chegar à estrada regular, pela qual a cavalaria — que mal se enxergava sob a cortina de água —, encharcada até os ossos, encaminhava-se para Ierushalaim. Alguns minutos depois, em meio ao caldo fumegante de tempestade, água e fogo, só uma pessoa restara na colina. Sacudindo a faca roubada à toa, deslizando em saliências escorregadias, agarrando o que estava à mão, arrastando-se às vezes de joelhos, precipitava-se para os postes. Ora sumia em completo breu, ora era iluminado por uma luz trêmula.

Chegando aos postes, já com água pelos tornozelos, livrou-se do pesado *talit* encharcado de chuva, ficou só de camisa e caiu aos pés de Ieshua. Cortou as cordas das pernas, ergueu-se na barra inferior, abraçou Ieshua e liberou seus braços das amarras de cima. O corpo nu e molhado de Ieshua caiu em cima de Levi e derrubou-o por terra. Levi quis então carregá-lo nos ombros, porém algum pensamento o deteve. Largou no chão, na água, o corpo com a cabeça caída para trás e os braços abertos e correu, com os pés resvalando na mistura barrenta, para os outros postes. Cortou também as cordas destes, e os dois corpos tombaram por terra.

Depois de alguns minutos, no topo da colina, restavam apenas esses dois corpos e três postes vazios. A água batia e revolvia os corpos.

Nem Levi, nem o corpo de Ieshua estavam mais no pico da colina nessa hora.

Capítulo 17
UM DIA AGITADO

Na manhã de sexta-feira, ou seja, no dia seguinte à maldita sessão, todos os funcionários disponíveis do Variedades — o guarda-livros Vassíli Stepánovitch Lástotchkin, dois contadores, três datilógrafas, ambas as bilheteiras, contínuos, lanterninhas e faxineiras, em suma, todos que estavam presentes — não estavam em serviço, em seus lugares, mas sim sentados ao peitoril das janelas que davam para a Sadôvaia, vendo o que ocorria junto aos muros do Variedades. Junto a esses muros, uma fila de milhares de pessoas se repartia em duas fileiras, com o fim da segunda na Praça Kudrínskaia. Essa fila era encabeçada por cerca de duas dezenas de cambistas bem conhecidos no meio teatral moscovita.

A fila se comportava com grande alvoroço, atraindo a atenção dos cidadãos que passavam ao lado e ocupavam-se de debates inflamados a respeito dos relatos da extraordinária sessão de magia negra da véspera. Tais relatos causavam a maior das perturbações no guarda-livros Vassíli Stepánovitch, que não estivera no espetáculo do dia anterior. Os lanterninhas contavam sabe Deus o quê, inclusive como, depois do término da célebre sessão, algumas cidadãs saíram correndo pela rua em estado indecente, e outras coisas do gênero. Discreto e silencioso, Vassíli Stepánovitch só fazia piscar os olhos ao ouvir as narrações de todos esses prodígios, decididamente não sabia como proceder, só que era necessária a adoção de algum procedimento, e exatamente por parte dele, que agora era o funcionário mais elevado de toda a equipe do Variedades.

Às dez da manhã, a fila dos sedentos por ingressos avolumara-se a ponto de boatos a seu respeito chegarem à polícia e, com espantosa rapidez, foram enviadas patrulhas a pé e a cavalo, que levaram alguma ordem a essa fila. Contudo, mesmo em ordem, a serpente de um quilômetro de comprimento por si só já era causa de grande tentação, levando os cidadãos da Sadôvaia à total perplexidade. Isso era do lado de fora, só que do lado de dentro do Variedades as coisas também andavam bem mal. Desde a manhã, bem cedo, começaram a tocar, e tocaram sem parar, os telefones do gabinete de Likhodêiev, do gabinete de Rímski, da contabilidade, da bilheteria e do gabinete de Varienukha. No começo, Vassíli Stepánovitch respondia qualquer coisa, a bilheteira também, os lanterninhas murmuravam algo no telefone, mas depois deixaram por completo de responder, pois decididamente não havia resposta para as perguntas sobre onde estavam Likhodêiev, Varienukha, Rímski. Primeiro tentaram se livrar com as palavras "Likhodêiev está em casa", mas respondiam da cidade que tinham telefonado para seu apartamento, e que o apartamento dizia que Likhodêiev estava no Variedades.

Ligou uma mulher alvoroçada, começou a pedir por Rímski, aconselharam-na a telefonar para sua esposa e o fone, aos soluços, respondeu que era a esposa, e que Rímski não estava em parte alguma. Desencadeava-se uma espécie de absurdo. A faxineira já tinha contado a todos que, ao chegar para limpar o escritório do diretor financeiro, vira a porta escancarada, as luzes acesas, a janela que dava para o jardim quebrada, a poltrona caída no chão e ninguém por ali.

Pelas dez horas, madame Rímskaia irrompeu no Variedades. Soluçava e torcia os braços para trás. Vassíli Stepánovitch ficou completamente desnorteado, e não sabia que conselho lhe dar. E, às dez e meia, apareceu a polícia. A primeira pergunta, totalmente razoável, foi:

— O que se passa aqui, cidadãos? Qual é o problema?

O pessoal retrocedeu, empurrando para a frente o pálido e alvoroçado Vassíli Stepánovitch. Foi necessário chamar as coisas pelo nome e admitir que a administração do Variedades, nas pessoas do diretor, diretor financeiro e administrador, sumira, com paradeiro desconhecido, que o animador tinha sido levado a uma clínica psiquiátrica depois da sessão da véspera e que, para resumir, essa sessão da véspera tinha sido simplesmente escandalosa.

Consolando a soluçante madame Rímskaia dentro do possível, mandaram-na para casa e, antes de tudo, interessaram-se pelo relato da faxineira a respeito do estado em que encontrara o gabinete do diretor financeiro. Pediram aos funcionários que fossem para os seus lugares e se ocupassem de seus afazeres e, pouco tempo depois, surgiram no prédio do Variedades investigadores acompanhados de um cachorro de orelhas pontiagudas, musculoso, cor de cinza de *papirossa* e olhos excepcionalmente inteligentes. Entre os empregados do Variedades espalhou-se imediatamente o boato de que o cão não era outro senão o célebre Ás de Ouros. E era precisamente ele. Sua conduta assombrou a todos. Bastou Ás de Ouros entrar no gabinete do diretor financeiro e se pôs a rosnar, arreganhando os monstruosos caninos amarelados, depois deitou-se de barriga e, com uma expressão simultânea de angústia e fúria nos olhos, rastejou até a janela quebrada. Dominando o medo, saltou de repente para o peitoril e, levantando o focinho aguçado, pôs-se a uivar, selvagem e feroz. Não queria sair da janela, rosnava, tremia e tinha ímpetos de pular para baixo.

O cão foi retirado do escritório e levado ao vestíbulo, de onde saiu para a rua pela entrada principal, guiando os investigadores ao ponto de táxi. Daí perdeu a pista que vinha perseguindo. Depois disso, Ás de Ouros foi levado embora.

Os investigadores se instalaram no gabinete de Varienukha, onde começaram a chamar, pela ordem da fila, os funcionários do Variedades que haviam testemunhado os incidentes da véspera, na sessão. Há que se dizer que, a cada passo, o inquérito tinha que superar dificuldades imprevistas. Perdia-se o fio da meada o tempo todo.

Houve cartazes? Sim. Só que, à noite, tinham colado novos, e agora, que me matem, mas não dava para encontrar mais unzinho. De onde viera esse mago? Sabe-se lá. Por acaso assinaram um contrato com ele?

— É de se supor — respondeu o alvoroçado Vassíli Stepánovitch.

— Se assinaram, ele teria que passar pela contabilidade?

— Impreterivelmente — respondeu Vassíli Stepánovitch, ficando nervoso.

— Então onde ele está?

— Não está — respondeu o guarda-livros, cada vez mais pálido e abrindo os braços. E, de fato, nem nas pastas da contabilidade ou da diretoria financeira, nem nas de Likhodêiev ou de Varienukha havia traços do contrato.

Qual o nome desse mago? Vassíli Stepánovith não sabia, não estivera na sessão da véspera. Os lanterninhas não sabiam, a bilheteira franziu a testa, franziu, pensou, pensou e, por fim, disse:

— Wo... Acho que Woland.

Talvez não fosse Woland? Talvez não fosse Woland. Talvez fosse Faland.

Esclareceu-se que, no escritório de estrangeiros, jamais tinham ouvido falar de nenhum Woland, nem Faland.

O contínuo Kárpov informou que, aparentemente, esse mesmo mago tinha ficado no apartamento de Likhodêiev. Claro que se encaminharam imediatamente ao apartamento. Não havia ali nenhum mago. O próprio Likhodêiev também não estava. A empregada Grúnia também não estava, e ninguém sabia onde se metera. O presidente da administração, Nikanor Ivánovitch, não estava, Prólejniev não estava!

Resultou algo absolutamente inacreditável: toda a cúpula da direção desaparecera, uma sessão terrivelmente escandalosa tivera lugar na véspera, mas não se sabia quem a realizara ou instigara.

A questão agora era que o tempo passara e havia chegado o meio-dia, quando era preciso abrir a bilheteria. Mas claro que não dava nem para falar nisso! Logo penduraram nas portas do Variedades um grande pedaço de papelão com a inscrição: "O espetáculo de hoje está cancelado". Teve início uma agitação na fila, a começar pela frente, mas, depois de se agitar, ela começou a se desfazer e, cerca de uma hora depois, não restava nem vestígio da fila na Sadôvaia. Os investigadores partiram para dar continuidade ao trabalho em outro lugar, os empregados foram liberados, ficando apenas os vigias, e as portas do Variedades foram trancadas.

O guarda-livros Vassíli Stepánovitch tinha pela frente duas tarefas urgentes a cumprir. Em primeiro lugar, dirigir-se à comissão de espetáculos e diversões ligeiras com um informe sobre as ocorrências da véspera e, em segundo lugar, comparecer ao setor de finanças dos espetáculos para entregar a bilheteria do dia anterior: 21.711 rublos.

O esmerado e consciencioso Vassíli Stepánovitch embalou o dinheiro em papel de jornal, amarrou o pacote com um barbante, colocou-o na pasta e, conhecendo muito bem as instruções, dirigiu-se, obviamente, não para o ponto de ônibus ou de bonde, mas para o de táxi.

Assim que os choferes dos três carros viram o passageiro no ponto, apressado, com uma pasta bem cheia, foram embora, todos os três, com as viaturas vazias, debaixo de seu nariz, e por algum motivo lançando-lhe olhares de raiva.

Estupefato por essa circunstância, o guarda-livros ficou um bom tempo no poste do ponto, imaginando o que aquilo queria dizer.

Três minutos depois, aproximou-se um carro vazio, e o rosto do chofer se contraiu assim que ele viu o passageiro.

— O táxi está livre? — perguntou Vassíli Stepánovitch, tossindo, perplexo.

— Mostre o dinheiro — respondeu o chofer, com raiva, mas olhando para o passageiro.

Cada vez mais perplexo, agarrando a preciosa pasta debaixo do braço, o guarda-livros tirou uma nota de dez do pacote de papel e exibiu-a ao chofer.

— Não vou! — este respondeu, lacônico.

— Desculpe-me... — começou a se desculpar o guarda-livros, mas o chofer o interrompeu:

— Tem nota de três?

Totalmente desconcertado, o guarda-livros tirou do pacote duas notas de três, mostrando-as ao chofer.

— Suba! — este gritou, batendo na bandeirola do taxímetro com tamanha força que quase a quebrou. Partiram.

— O que foi, não tem troco? — perguntou, tímido, o guarda-livros.

— Meu bolso está cheio de troco! — rugiu o chofer, o espelho a refletir seus olhos injetados de sangue. — É o terceiro caso comigo hoje. E também aconteceu com os outros. Um filho de uma cadela qualquer me passa uma nota de dez, e eu lhe dou o troco — quatro e cinquenta... O calhorda desce! Cinco minutos depois, dou uma olhada: em vez da nota de dez, está lá um rótulo de garrafa de *narzan*... — Daí o chofer proferiu algumas palavras impublicáveis. — Um outro, na Zúbovskaia. Nota de dez. Dou três rublos de troco. Ele desce! Ponho a mão no porta-moedas e de lá sai uma abelha e me pica o dedo! Ah, seu... — o chofer voltou a despejar palavras impublicáveis. — E nada de nota de dez. Ontem, nesse (palavras impublicáveis) de Variedades, uma víbora de um ilusionista fez uma sessão de (palavras impublicáveis) com notas de dez.

O guarda-livros, aturdido, encolheu-se e fez cara de que era a primeira vez que ouvia a palavra “Variedades”, pensando: “Ora, ora!”.

Depois de chegar aonde precisava e de pagar com êxito, o guarda-livros entrou no prédio e precipitou-se pelo corredor, em direção ao gabinete da chefia, compreendendo no meio do caminho que viera em hora inoportuna. Uma barafunda reinava no escritório da comissão de espetáculos. Ao lado do guarda-livros passou correndo uma contínua de lenço caído na nuca e olhos arregalados.

— Ele não está, não está, não está, meus caros! — ela gritava, não se sabe para quem. — O paletó e as calças estão lá, mas não tem ninguém dentro do paletó!

Desapareceu em uma porta, atrás da qual imediatamente ouviram-se sons de louça quebrada. Da sala da secretaria saiu correndo o chefe da comissão do primeiro setor, que o guarda-livros conhecia, mas em tal estado que não o reconheceu, desaparecendo sem deixar traços.

Abalado com isso tudo, o guarda-livros chegou à sala da secretaria, que era a antessala do gabinete do presidente da comissão, e ficou totalmente perplexo.

De trás da porta fechada do escritório vinha uma voz ameaçadora que, sem dúvida, pertencia a Prókhor Petróvitch, o presidente da comissão. “Estará dando uma bronca em alguém?”, pensou o guarda-livros, confuso e, ao olhar em volta, viu outra coisa: na poltrona de couro, apoiando a cabeça no encosto, soluçando desenfreadamente, com um lenço molhado na mão, as pernas esticadas até quase o meio da sala, estava a secretária pessoal de Prókhor Petróvitch, a bela Anna Ríchardovna.

O queixo de Anna Ríchardovna estava todo lambuzado de batom, e dos cílios deslizavam, sobre suas faces de pêssego, enlameadas torrentes de tinta negra.

Ao perceber que alguém entrava, Anna Ríchardovna ergueu-se de um pulo, atirou-se sobre o guarda-livros, agarrou-o pela lapela do paletó, pôs-se a sacudi-lo e gritou:

— Graças a Deus! Achamos pelo menos um valente! Todos fugiram, todos traíram! Vamos, vamos até ele, não sei o que fazer! — E, continuando a soluçar, arrastou o guarda-livros ao gabinete.

Ao entrar no gabinete, a primeira coisa que o guarda-livros fez foi deixar a pasta cair, e todos os seus pensamentos ficaram de pernas para o ar. Não sem razão, é preciso dizer.

Atrás de uma enorme escrivaninha com um tinteiro maciço estava sentado um terno vazio, e uma caneta seca, que não fora molhada na tinta, percorria o papel. O terno usava gravata, uma caneta tinteiro ressaltava em seu bolso, porém, no colarinho não havia pescoço nem cabeça, assim como não se viam mãos nos punhos da camisa. O terno estava imerso no trabalho, sem reparar nem um pouco na balbúrdia que reinava a seu redor. Ao ouvir que alguém entrava, o terno se recostou na poltrona e, no colarinho, soou a voz de Prókhor Petróvitch, que o guarda-livros bem conhecia:

— Qual é o problema? Se eu escrevi na porta que não estou recebendo.

A bela secretária soltou um guincho e, torcendo os braços, gritou:

— O senhor está vendo? Está vendo? Ele não está! Não está! Traga-o de volta, traga-o!

Daí alguém se meteu pela porta do gabinete, soltou uma exclamação e saiu voando. O guarda-livros sentiu as pernas bambas e sentou-se na beirada da cadeira, mas sem se esquecer de apanhar a pasta. Anna Ríchardovna pulava em volta do guarda-livros, rasgando seu paletó e berrando:

— Eu sempre, sempre o contive quando ele rogava pragas! E agora a praga pegou! — Daí a beldade correu à escrivaninha e, com voz terna e musical, algo anasalada pelo pranto, exclamou: — Procha![69] Onde o senhor está?

— Quem a senhora esta chamando de "Procha"? — retrucou o terno, com desdém, enfiando-se ainda mais na poltrona.

---

[69] Diminutivo de Prókhor. (N. do T.)

— Não reconhece! Não me reconhece! O senhor está me entendendo? — soluçava a secretária.

— Peço que não soluce no gabinete! — disse, zangando-se, o irascível terno listrado, pegando com a manga um novo maço de papéis, com a clara finalidade de redigir suas resoluções.

— Não, não posso ver isso, não, não posso! — gritou Anna Ríchardovna e saiu correndo para a secretaria, com o guarda-livros em disparada atrás dela.

— Imagine, estava aqui sentada — contava, tremendo de nervoso, Anna Ríchardovna, voltando a agarrar a manga do guarda-livros — e entrou um gato. Preto, gordo como um hipopótamo.[70] Obviamente, gritei-lhe: "chispa!". Ele saiu, e em seu lugar entrou um gorducho, também de aparência felina, que me disse: "Cidadã, por que fica gritando 'chispa' para os visitantes?". E foi direto até Prókhor Petróvitch, e eu, claro, fui atrás dele, gritando: "O senhor está louco?". E ele, descarado, foi até a sala de Prókhor Petróvitch e se sentou na frente dele, na poltrona! Bem, ele... é um homem com a melhor das almas, só que nervoso. Irritou-se! Não discuto. É um homem nervoso, trabalha que nem um burro de carga. Irritou-se: "Como é que o senhor vai entrando sem ser anunciado?". E o outro, atrevido, imagine, se refestelou na poltrona e disse, rindo: "É que eu vim papear sobre uma coisinha com o senhor". Prókhor Petróvitch voltou a se irritar: "Estou ocupado!". E o outro, imagine, respondeu: "O senhor não está nada ocupado...". Hein? Bem, daí é claro que a paciência de Prókhor Petróvitch se esgotou, e ele se pôs a berrar: "Mas o que é isso? Leve-o embora, ou o diabo que me carregue!". E o outro, imagine, riu e disse: "O diabo que o carregue? Ora, mas isso é fácil!". "E *pimba*, nem consegui dar um grito, olhei e aquele com focinho de gato não estava, e sen... sentado... o terno... Uiii!", uivou Anna Ríchardovna, esticando a boca a ponto de deformá-la.

Abafando os soluços, tomou fôlego, mas proferiu algo totalmente incongruente:

— E escreve, escreve, escreve! É de enlouquecer! Fala ao telefone! O terno! Fugiram todos, como lebres!

O guarda-livros só fazia tremer. Mas daí o destino veio em seu auxílio. Com um andar tranquilo e prático, a polícia, representada por dois homens, entrou na secretaria. Ao vê-los, a beldade soluçou ainda mais, apontando para a porta do gabinete.

---

[70] *Beguemot*, em russo, é tanto hipopótamo quanto Behemoth, a criatura bíblica que dá nome ao gato. (N. do T.)

— Não soluce, cidadã — disse o primeiro, calmo, e o guarda-livros, sentindo ser ali completamente supérfluo, escapuliu da secretaria, e no momento seguinte já estava ao ar livre.

Em sua cabeça havia uma corrente de ar, zunindo como num cano, e nesse zunido ouviam-se pedaços dos relatos dos lanterninhas sobre o gato que participara da sessão da véspera: "E-he! Não seria o nosso gatinho?". Como não conseguira nada na comissão, o escrupuloso Vassíli Stepánovitch resolveu encaminhar-se para a filial desta, localizada na travessa Vagánkovski. E, para se acalmar um pouco, percorreu o caminho a pé.

A filial municipal da comissão ficava em uma mansão descascada pelo tempo, no fundo de um pátio, e era conhecida pela colunata púrpura do vestíbulo.

Porém, naquele dia, o que espantava os visitantes da filial não era a colunata, mas o que acontecia embaixo dela.

Alguns visitantes, pasmados, fitavam uma senhorita sentada a uma mesinha, na qual havia literatura especializada em espetáculos, que ela vendia. Naquele dado momento, a senhorita não vendia nada dessa literatura a ninguém, limitando-se apenas a se esquivar das perguntas, enquanto em cima, embaixo e dos lados de todas as seções da filial choviam chamadas telefônicas, de pelo menos vinte aparelhos a rebentar.

Depois de chorar, a senhorita de repente estremeceu, gritando, histérica:

— Ah, de novo! — e, inesperadamente, pôs-se a cantar, com voz trêmula de soprano: — Mar glorioso, sagrado Baikal![71]

Um contínuo que apareceu na escada ameaçou alguém com o punho e se pôs a cantar com a senhorita, com uma voz de barítono abafada e inexpressiva:

— Navio glorioso, barril de salmão!

Outras vozes uniram-se à do contínuo, o coro começou a encorpar e, por fim, a canção ressoava por todos os cantos da filial. Na sala mais próxima, a de nº 6, onde ficava a seção de verificação contábil, distinguia-se especialmente uma voz possante e roufenha, em oitava. O coro era acompanhado pelo estrépito crescente dos telefones.

— Ei, *bagruzin*...[72] mova a onda! — rugia o contínuo na escada.

---

[71] Os versos seguintes são da canção "Mar glorioso" ("Slávnoie more"), a partir do poema homônimo de Dmitri Davidov (1811-1888). (N. do T.)

[72] Vento forte que sopra no Baikal. (N. do T.)

Lágrimas corriam pelo rosto da moça, que tentava fechar os dentes, porém sua boca se escancarava sozinha e ela cantava uma oitava acima do contínuo:

— O bravo não irá longe!

Surpreendia os silenciosos visitantes da filial que os coralistas, dispersos por diversos lugares, cantassem de forma muito coesa, como se o coro inteiro não tirasse os olhos de um regente invisível.

Quem estava de passagem pela Vagánkovski parava na grade do pátio, espantado com a alegria que reinava na filial.

Assim que a primeira estrofe chegou ao fim, o canto silenciou de súbito, novamente como se estivesse sob a batuta de um regente. O contínuo xingou em voz baixa e desapareceu. Daí se abriu a porta principal, de onde surgiu um cidadão de casaco de verão, embaixo do qual sobressaíam as abas de um jaleco branco, acompanhado de um policial.

— Tome providências, doutor, eu imploro! — gritou a moça, histérica.

O secretário da filial veio correndo pela escada e, visivelmente morto de vergonha e embaraço, pôs-se a falar, gaguejando:

— Veja, doutor, temos um caso de hipnose em massa... Portanto, é indispensável... — sem concluir as frases, começou a engasgar com as palavras e subitamente pôs-se a cantar, como tenor: — Chilka e Nértchinsk...[73]

— Idiota! — conseguiu gritar a moça, mas sem explicar quem xingava, emitindo, em vez disso, um trinado forte, e passando a cantar ela mesma sobre Chilka e Nértchinsk...

— Contenha-se! Pare de cantar! — o doutor se dirigiu ao secretário.

Ficou evidente para todos que o secretário teria dado tudo para parar de cantar, mas não conseguiu fazê-lo e, junto com o coro, levou aos ouvidos dos que passavam pela travessa a informação de que na mata não era tocado pela fera voraz, e as balas dos atiradores não o atingiam!

Bastou a estrofe terminar e a moça foi a primeira a receber uma dose de valeriana do doutor, que depois correu ao secretário e aos outros, para que também tomassem.

— Perdão, cara cidadã — Vassíli Stepánovitch, de repente, interpelou a moça —, não apareceu por aqui um gato preto?

— Que gato? — berrou a moça, irada. — Aqui na filial tem asno, asno! — E acrescentou: — Pois que ouça! Vou contar tudo — e realmente contou o que tinha acontecido.

---

[73] Cidades próximas ao Baikal. (N. do T.)

Sucedera que o diretor da filial municipal, "que bagunçara completamente as diversões ligeiras" (palavras da moça), padecia da mania de organizar todo tipo de círculo.

— Jogava areia nos olhos da chefia! — rugiu a moça.

Ao longo do ano, o diretor conseguira organizar círculos de estudos de Liérmontov, de xadrez e damas, de pingue-pongue e de equitação. No verão, ameaçara organizar um círculo de remo em água doce e um de alpinismo.

E hoje, no intervalo para almoço, chega ele, o diretor...

— E traz pelo braço um filho de uma cadela qualquer — contava a moça —, surgido sabe-se lá de onde, de calças xadrez, *pince-nez* rachado e... uma fuça totalmente impossível!

E imediatamente, segundo o relato da moça, apresentou-o a todos que almoçavam no refeitório da filial como eminente especialista em círculos corais.

Os rostos dos futuros alpinistas ensombreceram, porém o diretor pediu ânimo a todos, e o especialista brincou, gracejou e assegurou, em tom de promessa, que o canto tomava muito pouco tempo, acarretando, no entanto, todo um caminhão de vantagens.

Bem, claro que, de acordo com o informe da moça, os primeiros a acorrer foram Fanov e Kossartchuk, célebres bajuladores da filial, afirmando que iriam se inscrever. Daí os demais empregados tiveram certeza de que não escapariam do canto, e que também teriam que se inscrever no círculo. Decidiram cantar no intervalo de almoço, já que todo o tempo restante estava ocupado por Liérmontov e pelo jogo de xadrez. Para dar o exemplo, o diretor declarou que tinha voz de tenor e, a partir daí, tudo foi como em um pesadelo. O especialista e maestro de coro de roupa xadrez rugiu:

— Dó-mi-sol-dó! — arrastou os mais tímidos de trás dos armários, onde tinham se escondido para se poupar do canto, disse a Kossartchuk que ele tinha ouvido absoluto, choramingou, lamuriou-se, pediu que respeitassem um velho regente e cantador, bateu no diapasão com o dedo, implorou que atacassem "Mar glorioso".

Atacaram. E atacaram lindamente. O de xadrez realmente conhecia seu ofício. Cantaram a primeira estrofe. Daí o regente se desculpou, dizendo:

— Um minuto! — e... desapareceu. Acharam que ele realmente voltaria em um minuto. Mas passaram-se dez minutos, e nada dele. A alegria tomou conta dos membros da filial — ele tinha fugido.

E, de repente, puseram-se a cantar por si sós a segunda estrofe, dirigidos por Kossartchuk, que talvez não tivesse ouvido absoluto, mas era um tenor agudo bastante agradável. Acabaram de cantar. Nada de regente! Encaminharam-se para os seus lugares mas não conseguiram se sentar e, contra a vontade, puseram-se a cantar. Não havia como parar. Calaram-se por três minutos e voltaram a atacar. Calar, atacar! Então entenderam que era a desgraça. O diretor se trancou em seu escritório, de vergonha.

Daí o relato da moça se interrompeu. A valeriana não ajudara em nada. Um quarto de hora mais tarde, três caminhões chegaram ao portão da Vagánkovski, levando todo o pessoal da filial, com o diretor à frente.

Assim que o primeiro caminhão passou balançando pelo portão e foi dar na travessa, os empregados, que estavam de pé na plataforma, apoiando-se uns nos ombros dos outros, escancararam as bocas, enchendo toda a travessa com a canção popular. O segundo caminhão acompanhou, e o terceiro também. E assim se foram. Os passantes, apressados com seus afazeres, lançavam apenas um olhar fugidio para os caminhões, sem se espantar, imaginando que se tratava de uma excursão para fora da cidade. Encaminhavam-se, com efeito, para fora da cidade, só que não em excursão, e sim para a clínica do professor Stravinski.

Meia hora mais tarde, depois de perder completamente a cabeça, o guarda-livros chegou ao setor de finanças de espetáculos, com a esperança de, finalmente, se livrar do dinheiro público. Já instruído pela experiência, antes de qualquer coisa lançou um olhar atento na sala comprida onde os empregados estavam sentados atrás de janelas opacas com inscrições douradas. O guarda-livros não descobriu ali nenhum sinal de alarme ou desordem. Estava calmo, como convém a uma instituição decente.

Vassíli Stepánovitch enfiou a cabeça no guichê em cima do qual estava escrito "Recebimento de valores", cumprimentou o funcionário desconhecido e pediu, polidamente, um formulário de receita.

— Para quê? — perguntou o funcionário do guichê.

O guarda-livros se admirou.

— Quero entregar uma quantia. Sou do Variedades.

— Um minutinho — respondeu o empregado, fechando instantaneamente a abertura do vidro com uma tela.

"Estranho!", pensou o guarda-livros. Sua admiração era perfeitamente natural. Era a primeira vez na vida em que se defrontava com tais circunstâncias. Todo mundo sabe como é difícil ganhar dinheiro; nesse caso, sempre se podem encontrar obstáculos. Porém, em trinta anos de ofício como guarda-livros, jamais houvera um caso em que alguém, pessoa jurídica ou física, criasse dificuldades para aceitar dinheiro.

Contudo a tela finalmente se mexeu, e o guarda-livros voltou a afluir ao guichê:

— O senhor tem muito? — perguntou o empregado.

— 21.711 rublos.

— O-ho! — respondeu o empregado, por algum motivo, de modo irônico, entregando ao guarda-livros uma folha verde.

Bom conhecedor do formulário, o guarda-livros preencheu-o em um instante, e começou a desatar o barbante do pacote. Quando desembalou o conteúdo, sua vista se turvou, e ele, dolorido, soltou uns sons ininteligíveis.

Diante de seus olhos cintilava dinheiro estrangeiro. Havia maços de dólares canadenses, libras inglesas, florins holandeses, lats letãs, coroas estonianas...

— Ele é um desses engraçadinhos do Variedades! — uma voz ameaçadora soou acima do guarda-livros emudecido. E Vassíli Stepánovitch foi preso na hora.

Capítulo 18
OS VISITANTES AZARADOS

Na mesma hora em que o zeloso guarda-livros corria de táxi ao encontro do terno que escrevia, saía do vagão de luxo nº 9 do trem que chegara de Kíev a Moscou, dentre outros, um passageiro de aspecto decente com uma pequena maleta de fibra na mão. Tal passageiro não era outro senão o tio do finado Berlioz, Maximilian Andrêievitch Poplávski, economista de planejamento que morava em Kíev, na antiga rua do Instituto. A razão da chegada a Moscou de Maximilian Andrêievitch fora o recebimento, dois dias antes, tarde da noite, de um telegrama com o seguinte conteúdo:

"Fui degolado por um bonde no Patriarca. Funeral sexta, três da tarde. Venha! Berlioz."

Maximilian era tido, merecidamente, como uma das pessoas mais inteligentes de Kíev. Porém, mesmo o mais inteligente dos homens pode ser colocado em um beco sem saída por um telegrama desses. Se a pessoa escreve que foi degolada, então está claro que essa degola não foi mortal. Então por que o funeral? Ou ele estava muito mal e previa que ia morrer? Possível, mas tal exatidão era estranha no mais alto grau: como ele sabia que seria enterrado precisamente na sexta-feira, às três da tarde? Um telegrama espantoso!

Contudo, as pessoas inteligentes são inteligentes porque decifram coisas complicadas. Cometera-se um erro, e a mensagem fora transmitida estropiada. A palavra "Fui", sem dúvida, vinha de outro telegrama e entrara no lugar de "Berlioz", que fora deslocada para o final do telegrama. Com tal correção, a ideia do telegrama tornava-se clara, ainda que, obviamente, trágica.

Quando a explosão de pesar da esposa de Maximilian Andrêievitch se acalmou, ele começou a se preparar para ir a Moscou sem demora.

É preciso revelar um segredo de Maximilian Andrêievitch. Ele lamentava indiscutivelmente o falecimento, na flor da idade, do sobrinho da esposa. Porém, é claro que, como homem prático, compreendia não haver necessidade especial de sua presença no funeral. Mesmo assim, Maximilian Andrêievitch partiu para Moscou com muita pressa. Qual o motivo? Um só: o apartamento. Um apartamento em Moscou? Isso era coisa séria. Não se sabe por que Maximilian Andrêievitch não gostava de Kíev, e a ideia de se mudar para Moscou consumia-o tanto nos últimos tempos que até lhe estorvava o sono. Não se alegrava com as cheias primaveris do rio Dniepr, quando, inundando as ilhas da margem baixa, a água se fundia com o horizonte. Não se alegrava com a beleza impressionante da vista que se abria do pedestal do monumento ao príncipe Vladímir. Não ficava feliz com as manchas de sol que, na primavera, brincavam nas veredas de tijolo da colina de Vladímir. Não queria nada disso, queria só uma coisa: mudar-se para Moscou.

Colocar um anúncio nos jornais propondo a troca de um apartamento na rua do Instituto, em Kíev, por um de tamanho menor em Moscou não deu resultado. Não havia interessados, e, quando eles eventualmente se manifestavam, faziam propostas de má-fé.

O telegrama abalara Maximilian Andrêievitch. Seria um pecado deixar passar uma ocasião daquelas. Gente prática sabe que esse tipo de ocasião não se repete.

Em suma, apesar de todas as dificuldades, era necessário conseguir herdar o apartamento do sobrinho na Sadôvaia. Sim, isso era complexo, bem complexo, mas tal complexidade devia ser superada de qualquer jeito. O experiente Maximilian Andrêievitch sabia que o primeiro e impreterível passo deveria ser o seguinte: era necessário, de qualquer jeito, fazer um registro, ainda que provisório, de morador dos três aposentos do finado sobrinho.

Na sexta-feira à tarde, Maximilian Andrêievitch cruzou a porta do cômodo em que funcionava a administração predial do edifício nº 302-bis da rua Sadôvaia, em Moscou.

No quartinho apertado, de cuja parede pendia um velho cartaz retratando, com diversas imagens, como reanimar alguém que se afogasse em um rio, havia um homem de meia-idade, barba por fazer e olhos agitados, sentado a uma mesa de madeira.

— Posso ver o presidente da administração? — indagou, cortês, o economista de planejamento, tirando o chapéu e colocando a maleta na cadeira vazia.

Aparentemente muito simples, essa pergunta abalou de tal forma o homem sentado, que seu aspecto chegou a se alterar. Entortando os olhos de inquietação, este murmurou de forma indistinta que o presidente não se encontrava.

— Não está no apartamento dele? — perguntou Poplávski. — Tenho um assunto urgente.

O homem sentado voltou a responder de modo incoerente. Porém assim mesmo deu para adivinhar que o presidente não estava em casa.

— E quando estará?

O homem sentado não respondeu, fitando a janela com certa angústia.

"A-ha!", o inteligente Poplávski disse para si mesmo, e indagou a respeito do secretário.

O estranho homem atrás da mesa chegou a ficar rubro de tensão, voltando a dizer, de forma indistinta, que o secretário não estava... não se sabia quando voltaria e... que o secretário estava doente.

"A-ha!", Poplávski disse para si mesmo.

— E quem da administração está?

— Eu — replicou o homem, com voz fraca.

— Veja — Poplávski pôs-se a falar, grave —, sou o único herdeiro do finado Berlioz, meu sobrinho, que morreu, como o senhor sabe, no Patriarca, e estou obrigado, segundo a lei, de assumir a herança que consiste no nosso apartamento nº 50...

— Não estou a par, camarada — interrompeu o homem, angustiado.

— Mas me permita — disse Poplávski, com voz retumbante —, o senhor é membro da administração e tem a obrigação...

Nessa hora, um cidadão entrou no quarto. Ao ver o recém-chegado, o homem sentado à mesa empalideceu.

— Piatnajko, membro da administração? — o recém-chegado perguntou ao sentado.

— Sou eu — este respondeu, quase inaudível.

O recém-chegado cochichou alguma coisa ao outro que, totalmente abalado, levantou-se da cadeira, e, alguns segundos depois, Poplávski encontrava-se sozinho no aposento vazio da administração.

"Eh, que complicação! E precisava que todos eles, de repente...", pensava Poplávski, com despeito, cruzando o pátio de asfalto com pressa, na direção do apartamento nº 50.

Abriram a porta assim que o economista de planejamento tocou a campainha, e Maximilian Andrêievitch entrou na penumbra da antessala. Ficou algo surpreso com o fato de que não dava para entender quem lhe tinha aberto a porta: na antessala não havia ninguém além de um enorme gato preto sentado em uma cadeira.

Maximilian Andrêievitch deu uma tossida, bateu os pés, e então a porta do escritório se abriu e Korôviev entrou na antessala. Maximilian Andrêievitch inclinou-se polidamente, mas com dignidade, e disse:

— Meu nome é Poplávski. Sou o tio...

Nem conseguiu terminar de falar e Korôviev tirou um lenço sujo do bolso, enfiou o nariz nele e começou a chorar.

— ... do finado Berlioz...

— Mas é claro, mas é claro — interrompeu Korôviev, afastando o lenço do rosto —, foi só eu olhar para o senhor para adivinhar que era! — E, abalado pelas lágrimas, se pôs a berrar: — Que desgraça, hein? Olha o que foi acontecer! Hein?

— Foi esmagado por um bonde? — perguntou Poplávski, aos sussurros.

— Completamente! — gritou Korôviev, com torrentes de lágrimas a correr por baixo do *pince-nez*. — Completamente! Fui testemunha! Creia: zás! Cabeça para fora! Perna direita: *crec*, cortada! A esquerda: *crec*, cortada! Veja a que ponto esses bondes nos levaram! — E, pelo visto sem forças para se conter, Korôviev meteu o nariz na parede do espelho e se pôs a tremer com os soluços.

O tio de Berlioz estava francamente espantado com a conduta do desconhecido. "E dizem que no nosso tempo não há gente calorosa!", pensou, sentindo que seus próprios olhos começavam a coçar. Contudo, ao mesmo tempo, uma nuvem desagradável percorreu-lhe a alma, fazendo imediatamente cintilar a ideia viperina de que aquele homem caloroso podia já ter se registrado no apartamento do finado, pois a vida estava cheia desse tipo de exemplo.

— Perdão, o senhor era amigo do meu finado Micha? — perguntou, enxugando com a manga o olho esquerdo, seco, enquanto com o direito estudava Korôviev, cuja tristeza o surpreendera.

Mas este desatou em tamanho pranto que não dava para entender nada além de "*crec* e cortada!". Depois de chorar tudo o que tinha direito, Korôviev finalmente se afastou da parede e proferiu:

— Não, não posso mais! Vou tomar trezentas gotas de éter de valeriana! — e, virando para Poplávski o rosto encharcado de lágrimas, acrescentou: — Ah, esses bondes!

— Desculpe-me, o senhor me mandou um telegrama? — perguntou Maximilian Andrêievitch, tentando adivinhar com aflição quem poderia ser aquele espantoso chorão.

— Foi ele! — respondeu Korôviev, apontando o dedo para o gato.

Poplávski arregalou os olhos, achando que não tinha ouvido direito.

— Não, não dá, não tenho forças — prosseguiu Korôviev, fungando —, quando eu me lembro: a roda na perna... cada roda pesa dez *puds*...[74] *Crec*! Vou me deitar na cama e tentar esquecer no sono — e daí desapareceu da antessala.

---

[74] Antiga medida equivalente a 16,3 kg. (N. do T.)

Então o gato se agitou, levantou-se da cadeira de um salto, ergueu-se sobre as patas traseiras, colocou as dianteiras nos quadris, abriu a goela e disse:

— Bem, fui eu que mandei o telegrama. O que mais?

A cabeça de Maximilian Andrêievitch imediatamente começou a rodar, braços e pernas ficaram paralisados, ele soltou a mala e se sentou na cadeira em frente ao gato.

— Acho que estou perguntando em russo — disse o gato, severo —, o que mais?

Poplávski, porém, não respondeu.

— Passaporte! — grasnou o gato, esticando a pata roliça.

Sem entender nem ver nada além das duas faíscas que ardiam nos olhos do gato, Poplávski sacou o passaporte do bolso, como um punhal. O gato tirou do aparador uns óculos de armação preta grossa e os colocou na fuça, o que lhe deu um ar ainda mais grave, arrancando o passaporte da mão trêmula de Poplávski.

"Que interessante: vou desmaiar ou não?", pensou Poplávski. Ao longe ouviam-se os soluços de Korôviev, toda a antessala se encheu do cheiro de éter, valeriana e outras nojeiras enjoativas.

— Que seção emitiu o documento? — perguntou o gato, examinando uma página.

Não houve réplica.

— A 412 — disse o gato para si mesmo, passando a pata pelo passaporte, que segurava de ponta cabeça —, mas sim, é claro! Conheço essa seção! Dão passaporte para qualquer um! Só que eu, por exemplo, não daria passaporte para alguém como o senhor! Não daria de jeito nenhum! Olharia só uma vez para a sua cara e recusaria na hora! — o gato ficou tão zangado que jogou o passaporte no chão. — Sua presença no funeral está cancelada — prosseguiu o gato, com voz oficial —, faça o favor de retornar ao seu lugar de residência. — E rugiu para a porta: — Azazello.

A esse chamado acorreu à antessala um baixinho claudicante, envergando malha preta, com uma faca enfiada no cinto de couro, ruivo, com um canino amarelo e um leucoma no olho esquerdo.

Poplávski sentiu que o ar lhe faltava, levantou-se da cadeira e retrocedeu, com a mão no coração.

— Azazello, acompanhe-o! — ordenou o gato, saindo da antessala.

— Poplávski — disse o recém-chegado, com voz fanhosa —, espero que agora tenha entendido tudo.

Poplávski assentiu com a cabeça.

— Volte para Kíev sem tardar — prosseguiu Azazello —, fique de bico fechado e nem sonhe com o apartamento em Moscou, está claro?

Aquele baixinho que causava um pavor mortal em Poplávski com seu canino, faca e olhos tortos só chegava até o ombro do economista, mas agia com energia, coerência e organização.

Antes de mais nada, pegou o passaporte e o entregou a Maximilian Andrêievitch, que recebeu o documento com mão dormente. Depois, aquele que se chamava Azazello ergueu a mala com uma mão, abriu a porta com a outra e, tomando o tio de Berlioz pela mão, conduziu-o ao patamar da escada. Poplávski se apoiou na parede. Sem chave, Azazello abriu a mala, tirou um enorme frango assado sem uma coxa embrulhado em um jornal gordurento e o colocou no chão. Depois extraiu dois pares de roupa de baixo, um cinto de amolar navalha, um livrinho, um estojo, e chutou tudo isso escada abaixo, à exceção do frango. A mala vazia também saiu voando. Deu para ouvi-la se estatelando lá embaixo e, a julgar pelo barulho, a tampa se soltara.

Depois o delinquente ruivo pegou o frango pela coxa e começou a bater com a ave no pescoço de Poplávski de modo tão forte e medonho que o tronco do frango se soltou, e a coxa ficou na mão de Azazello. Tudo era confusão na casa dos Oblónski,[75] como adequadamente se exprimiu o célebre escritor Lev Tolstói. É exatamente o que ele teria dito nesse caso. Sim! Tudo era confusão aos olhos de Poplávski. Um longa fagulha relampejou diante de seus olhos, sendo sucedida por uma serpente fúnebre. O dia de maio se apagou momentaneamente, e Poplávski saiu voando escada abaixo, segurando o passaporte. Ao chegar a uma curva, bateu o pé no vidro da janela do patamar seguinte e sentou-se em um degrau. O frango sem coxa passou quicando por ele, e caiu pelo vão. Azazello, que ficara em cima, engoliu em um instante a coxa de frango, enfiou o osso no bolsinho lateral da malha, voltou para o apartamento e trancou a porta com estrondo. Nessa hora, embaixo, começaram a soar os passos cuidadosos de uma pessoa subindo.

Após correr mais um lance de escadas, Poplávski se sentou em um banquinho de madeira no patamar e tomou fôlego.

Um homem minúsculo, de meia-idade, rosto extraordinariamente triste, terno velho de tussor e chapéu de palha dura com uma fita verde, que subia a escada, parou ao lado de Poplávski.

---

[75] Citação do romance *Anna Kariênina*, de Lev Tolstói. (N. do T.)

— Permita-me perguntar, cidadão — indagou o homem de tussor, triste —, onde é o apartamento nº 50?

— Em cima! — respondeu Poplávski, com voz entrecortada.

— Meus mais sinceros agradecimentos, cidadão — respondeu o homem, com a mesma tristeza, encaminhando-se para cima enquanto Poplávski se levantou e correu para baixo.

Surge uma questão: Maximilian Andrêievitch se apressou em ir à polícia para prestar queixa contra os delinquentes que tinham cometido violência tão selvagem contra ele em plena luz do dia? Não, de jeito nenhum, isso se pode afirmar com segurança. Ir à polícia e falar, digamos, hoje um gato de óculos leu meu passaporte, e depois um homem de malha e faca... não, cidadãos, Maximilian Andrêievitch era mesmo uma pessoa inteligente!

Ele já se encontrava embaixo e viu, bem na porta de saída, uma outra porta que levava a algum cubículo. O vidro dessa porta estava quebrado. Poplávski escondeu o passaporte no bolso, olhou ao redor, esperando ver as coisas que tinham sido jogadas. Mas não havia nem traço delas. Poplávski se espantou com quão pouco aquilo o afligia. Ocupava-o um outro pensamento, interessante e tentador: por intermédio daquele homenzinho, checar de novo o maldito apartamento. De fato: se ele tinha perguntado onde ficava, é porque estava indo até lá pela primeira vez. Ou seja, agora rumava diretamente para as garras da companhia que se entrincheirara no apartamento nº 50. Algo dizia a Poplávski que o homenzinho sairia muito rápido daquele apartamento. Claro que Maximilian Andrêievitch não tencionava ir ao funeral de sobrinho algum, e ainda havia tempo suficiente até o trem para Kíev. O economista deu uma olhada e mergulhou no cubículo. Nessa hora, acima e ao longe, uma porta bateu. "Foi ele que entrou!", pensou Poplávski, com o coração desfalecido. O cubículo era gelado, cheirava a ratos e botas. Maximilian Andrêievitch sentou-se em um coto de madeira e decidiu esperar. Sua posição era cômoda, do cubículo dava para ver a porta da sexta entrada do prédio.

Contudo, o homem de Kíev teve de esperar mais do que supunha. Por algum motivo, a escada ficou vazia o tempo todo. Ouvia-se bem, e por fim uma porta bateu no quinto andar. Poplávski ficou petrificado. Sim, eram os passinhos dele. "Está descendo." Abriu-se uma porta em um andar inferior. Os passinhos se calaram. Uma voz feminina. A voz de um homem triste... sim, era a voz dele... Proferiu algo como "Deixe-me, por Cristo...". O ouvido de Poplávski encostou no vidro quebrado. Esse ouvido captou um riso de mulher. Passos rápidos e decididos embaixo; e eis que surgem as costas de uma mulher. Essa mulher, com uma bolsa verde de oleado, saiu para o pátio.

E o homem retomou seus passinhos. "Estranho, ele está voltando para o apartamento! Será que é da quadrilha? Sim, está voltando. Abriram de novo a porta lá em cima. Pois bem, vamos esperar mais."

Dessa vez não teve que esperar muito. Sons de porta. Passinhos. Os passinhos silenciaram. Um grito de desespero. Um miado de gato. Passinhos rápidos, intermitentes, para baixo, para baixo, para baixo!

Poplávski aguardou. Fazendo o sinal da cruz e murmurando, o homenzinho triste voava, sem chapéu, rosto totalmente enlouquecido, careca arranhada e calças totalmente molhadas. Pôs-se a girar a maçaneta da porta de saída, sem compreender, em seu medo, se ela se abria para dentro ou para fora, até que, por fim, dominou-a e correu para o sol do pátio.

A inspeção do apartamento havia sido feita. Sem pensar mais no finado sobrinho nem no apartamento, e estremecendo à ideia do perigo a que estivera exposto, Maximilian Andrêievitch saiu correndo para o pátio, murmurando apenas duas palavras: "Entendi tudo! Entendi tudo!". Dentro de alguns minutos, o trólebus levava o economista de planejamento na direção da estação de Kíev.

Enquanto o economista estava sentado no cubículo, uma história muito desagradável acontecera ao homenzinho minúsculo. O homem era copeiro do Variedades e se chamava Andrei Fókitch Sókov. Enquanto se desenrolava a investigação no Variedades, Andrei Fókitch mantinha-se à parte de tudo que ocorria, e só dava para notar que ficara ainda mais triste que de hábito e, além disso, perguntara ao contínuo Kárpov onde estava hospedado o mago recém-chegado.

Assim, depois de se separar do economista no patamar, o copeiro chegou ao quinto andar e tocou a campainha do apartamento nº 50.

Abriram sem demora, mas o copeiro estremeceu, recuou e não entrou imediatamente. Era compreensível. A porta fora aberta por uma moça que não usava nada além de um faceiro aventalzinho de renda e uma coifa branca na cabeça. Nos pés, aliás, tinha sapatinhos dourados. A compleição da moça era de uma distinção impecável, e o único defeito em sua aparência talvez fosse uma cicatriz rubra no pescoço.

— Ora, já que tocou a campainha, entre! — disse a moça, cravando no copeiro os olhos verdes e devassos.

Andrei Fókitch suspirou, pestanejou e ingressou na antessala, tirando o chapéu. Nessa hora, o telefone da antessala começou a tocar, de súbito. A arrumadeira sem vergonha colocou um pé na cadeira, levantou o fone do gancho e disse: "Alô!".

Sem saber para onde virar os olhos, o copeiro alternava o peso do corpo de um pé para o outro e pensava: "Ah, que empregada tem esse estrangeiro! Nossa, que indecência!". E, para escapar da indecência, começou a olhar para os lados.

A antessala grande e parcamente iluminada estava atravancada de objetos e vestes incomuns. Assim, no encosto de uma cadeira fora largada uma capa fúnebre forrada de fazenda flamejante, no aparador jazia uma espada longa com resplandecente empunhadura de ouro. Três espadas com empunhadura de prata estavam em um canto, simples assim, como se fossem guarda-chuvas ou bengalas. E boinas com pena de águia pendiam de chifres de veado.

— Sim — dizia a arrumadeira, ao telefone —, como? Barão Meigel? Estou escutando. Sim! Hoje o senhor artista está em casa. Sim, ficará feliz em vê-lo. Sim, convidados... Fraque ou paletó preto. O quê? Às doze da noite. — Ao terminar a conversa, a arrumadeira depositou o fone no gancho e se dirigiu ao copeiro: — O que deseja?

— É indispensável que eu veja o cidadão artista.

— Como? Tem que ser ele mesmo?

— Sim — respondeu o copeiro, triste.

— Vou perguntar — disse a arrumadeira, visivelmente abalada e, entreabrindo a porta do escritório do finado Berlioz, informou: — Cavaleiro, apareceu aqui um pequeno homem dizendo que precisa de *messire*.

— Que entre — soou, do escritório, a voz rachada de Korôviev.

— Entre na sala de estar — disse a moça, com simplicidade, como se estivesse normalmente vestida, e abriu a porta da sala de estar, deixando a antessala.

Ao entrar onde havia sido chamado, o copeiro até esqueceu o assunto que o movia, de tão impressionado que ficou com a decoração do aposento. Através dos vidros coloridos das grandes janelas (fantasia da joalheira desaparecida sem deixar traços) jorrava uma luz rara, similar à das igrejas. Na enorme lareira antiga, apesar do calor do dia primaveril, a lenha ardia. Calor, a propósito, não havia no cômodo, e, pelo contrário, o recém-chegado até foi tomado por uma umidade de adega. Na frente da lareira um gatão preto estava sentado sobre uma pele de tigre, apertando os olhos na direção do fogo com placidez. Havia uma mesa, cuja visão fez o copeiro temente a Deus estremecer: estava coberta com um brocado de igreja. Sobre a toalha de brocado havia numerosas garrafas abauladas, mofadas e empoeiradas. Entre as garrafas brilhava um prato, e logo se viu que esse prato era de ouro puro. Um pequeno ruivo com uma faca na cintura assava pedaços de carne em uma longa espada de aço, e o sumo pingava no fogo, com a fumaça a sair pelo fumeiro. Cheirava não apenas a assado, mas também a perfumes fortíssimos e incenso, o que levou o copeiro, que já sabia pelos jornais da morte de Berlioz e da localização de sua moradia, a ter a ideia de que ali se fazia o serviço religioso fúnebre, ideia que, por sinal, ele repeliu de imediato, como evidente absurdo.

Aturdido, o copeiro ouviu de repente uma voz profunda de baixo:

— Pois bem, em que lhe posso ser útil?

Daí o copeiro discerniu na penumbra aquele que lhe poderia ser útil.

O mago negro estava estendido em um divã infindável, baixo, com almofadas esparramadas. O copeiro teve a impressão de que o artista usava apenas roupa de baixo preta e sapatos pontiagudos igualmente pretos.

— Eu — pôs-se a falar o copeiro, amargurado — sou o responsável pelo bar do teatro de Variedades...

O artista esticou a mão, em cujos dedos cintilavam pedras, como se fosse tapar os lábios do copeiro, e se pôs a falar, com grande ardor:

— Não, não, não! Nenhuma palavra mais! De jeito nenhum, e nunca! Não vou colocar na boca nada do seu bar! Caríssimo, ontem passei pelo seu balcão e até agora não consegui esquecer nem o esturjão, nem o *brynza*.[76] Meu querido! O *brynza* não é de cor verde, alguém o enganou. Ele deve ser branco. Sim, e o chá? É uma lavadura! Vi com meus próprios olhos uma moça desmazelada derramando água sem ferver de um balde no enorme samovar de vocês, e, mesmo assim, o chá continuou a ser servido. Não, estimadíssimo, isso é impossível!

— Peço desculpas — pôs-se a falar Andrei Fókitch, aturdido com o ataque repentino —, não vim aqui por causa disso, e o esturjão não tem nada a ver.

— Como não tem a ver, se está estragado?

— Mandaram esturjão de segundo frescor — informou o copeiro.

— Querido, isso é um disparate!

— O que é um disparate?

— Segundo frescor, esse é o disparate! Só existe um frescor, o primeiro, que também é o último. Se o esturjão é de segundo frescor, quer dizer que é podre!

— Peço desculpas... — tentou recomeçar o copeiro, sem saber como se esquivar das queixas do artista.

— Não posso desculpar — disse este, firme.

---

[76] Queijo de leite de ovelha. (N. do T.)

— Não vim por causa disso! — disse o copeiro, completamente transtornado.

— Não foi por causa disso? — espantou-se o mago estrangeiro. — E que assunto poderia trazê-lo até mim? Se não me falha a memória, de gente próxima à sua profissão eu só conheci uma quitandeira, mas foi muito tempo atrás, quando o senhor ainda não existia. Aliás, fico feliz! Azazello, uma banqueta para o senhor responsável pelo bar.

Aquele que assava a carne se virou, assustando assim o copeiro com seu canino, e passando-lhe habilmente uma das banquetas baixas e escuras, de carvalho. Não havia outros assentos no cômodo.

O copeiro proferiu:

— Muito grato — e se deixou cair no banquinho. A perna traseira imediatamente se quebrou, com um estalo, e o copeiro, soltando uma exclamação, bateu dolorosamente com o traseiro no chão. Na queda, acertou a perna de outro banquinho, que estava na sua frente, derrubando sobre sua calça uma taça cheia de vinho tinto..

O artista exclamou:

— Ah! Não se machucou?

Azazello ajudou o copeiro a se levantar e lhe deu outro assento. Com voz cheia de pesar, o copeiro recusou a proposta do anfitrião de tirar as calças e secá-las ao fogo e, sentindo-se insuportavelmente desconfortável com as vestes e roupas de baixo molhadas, sentou-se com cautela em outro banquinho.

— Adoro assentos baixos — disse o artista —, quando é baixo não tem tanto perigo de cair. Sim, pois bem, onde paramos, no esturjão? Meu querido! Frescor, frescor e frescor, essa tem que ser a divisa de todo bar. Então, não gostaria de experimentar...

Daí, à rubra luz da lareira, uma espada brilhou diante do copeiro, e Azazello depositou no prato de ouro um pedaço sibilante de carne, aspergiu-o com suco de limão e entregou ao copeiro um garfo dourado de dois dentes.

— Grato... eu...

— Não, não, prove!

Por cortesia, o copeiro colocou um pedacinho na boca e compreendeu na hora estar mastigando algo de fato muito macio e, o que é mais importante, excepcionalmente saboroso. Porém, ao mastigar a carne perfumada e suculenta, por pouco o copeiro não engasgou e caiu pela segunda vez. Um grande pássaro preto veio voando dos aposentos vizinhos, roçando levemente com a asa a careca do copeiro. Ao se sentar na estante de pedra ao lado do relógio, o pássaro revelou-se uma coruja. "Deus, nosso Senhor!", pensou Andrei Fókitch, nervoso como todo copeiro. "Que apartamento!"

— Uma taça de vinho? Branco, tinto? Nessa hora do dia o senhor prefere vinho de que país?

— Grato... não bebo...

— Que pena! Não deseja então uma partida de dados? Ou prefere outros jogos? Dominó, cartas?

— Não jogo — respondeu o copeiro, já extenuado.

— Isso é muito ruim — concluiu o anfitrião —, como queira, mas algo de mau se esconde nos homens que fogem do vinho, do jogo, da companhia de mulheres sedutoras, das conversas à mesa. Esse tipo de gente ou é bem doente, ou odeia em segredo quem está a seu redor. Verdade que exceções são possíveis. Entre as pessoas que se sentaram comigo em mesas de banquete aconteceu às vezes de haver canalhas assombrosos! Pois bem, vou escutar o seu assunto.

— Ontem o senhor se permitiu operar truques...

— Eu? — exclamou o mago, perplexo. — Tenha dó! Isso nem me cai bem!

— Desculpe — disse o copeiro, boquiaberto —, sim, houve uma sessão de magia negra...

— Ah, pois bem, pois bem! Meu caro! Vou lhe revelar um segredo: não sou artista nenhum, simplesmente tive vontade de observar os moscovitas em massa, e isso era mais cômodo fazer em um teatro. Bem, foi meu séquito — acenou na direção do gato — que fez essa sessão, eu só fiquei sentado, olhando para os moscovitas. Mas não mude de fisionomia e me diga o que relacionado a essa sessão o trouxe a mim.

— Perdão, veja, entre outras coisas, umas cédulas despencaram do teto — o copeiro baixou a voz e olhou ao redor, embaraçado —, pois bem, e todos as pegaram. E um jovem veio até o bar e me deu uma nota de dez, eu lhe dei um troco de oito e cinquenta... Depois um outro.

— Também jovem?

— Não, maduro. Um terceiro, um quarto. Dei troco a todos. E hoje fui verificar o caixa e, em vez de dinheiro, tinha papel cortado. O bar foi lesado em cento e nove rublos.

— Ai-ai-ai! — exclamou o artista. — Mas será que eles achavam que era dinheiro de verdade? Não admito a ideia de que o fizeram de caso pensado.

O copeiro lançou um olhar enviesado e angustiado, mas não disse nada.

— Será que eram vigaristas? — o mago perguntou ao visitante, aflito. — Será que existem vigaristas em Moscou?

A resposta do copeiro foi um sorriso tão amargo que dissipou todas as dúvidas: sim, existem vigaristas em Moscou.

— Isso é baixo! — revoltou-se Woland. — O senhor é um homem pobre... o senhor é um homem pobre?

O copeiro encolheu a cabeça nos ombros, deixando evidente que era um homem pobre.

— Quanto dinheiro o senhor tem guardado?

A pergunta fora feita em tom compassivo, mas mesmo assim não dava para não reconhecer sua indelicadeza. O copeiro titubeou.

— Duzentos e quarenta e nove mil rublos em cinco cadernetas de poupança — uma voz rachada retrucou, do aposento vizinho — e, em casa, debaixo do assoalho, duzentas moedas douradas de dez.

O copeiro ficou como que grudado no banquinho.

— Bem, claro que não se trata de uma grande soma — disse Woland, condescendente, ao visitante — e, aliás, talvez nem lhe seja necessária. Quando o senhor vai morrer?

Daí o copeiro ficou indignado.

— Isso ninguém sabe, e não é da conta de ninguém — respondeu.

— Como assim, ninguém sabe — soou a mesma voz ruim do escritório —, não é o binômio de Newton! Ele vai morrer daqui a nove meses, em fevereiro do ano que vem, de câncer no fígado, na clínica da MGU,[77] quarta enfermaria.

O rosto do copeiro ficou amarelo.

— Nove meses — calculou Woland, pensativo —, duzentos e quarenta e nove mil... Dá cerca de vinte e sete mil por mês? Pouca coisa mas, para uma vida modesta, basta. E ainda tem as moedas.

— Não vai conseguir fazer nada com as moedas — intrometeu-se a voz de sempre, gelando o coração do copeiro —, à morte de Andrei Fókitch, a casa será demolida sem demora, e as moedas serão encaminhadas para o banco estatal.

— Pois eu não o aconselharia a se internar em uma clínica — prosseguiu o artista —, qual o sentido de morrer em uma enfermaria, entre gemidos e estertores de doentes desenganados? Não seria melhor dar um banque-

---

[77] Universidade Estatal de Moscou (*Moskóvskii Gossudárstvennii Universitiet*). (N. do T.)

te com esses vinte e sete mil, e, tomando veneno, passar desta para melhor ao som de cordas, rodeado de beldades inebriantes e amigos galhardos?

O copeiro ficou imóvel e subitamente envelhecido. Anéis escuros circundaram seus olhos, as faces caíram, e o maxilar inferior tombou.

— Aliás, ficamos divagando! — exclamou o anfitrião. — Aos negócios. Mostre seu papel cortado.

Nervoso, o copeiro tirou um embrulho de papel de jornal do bolso, abriu-o e ficou estupefato. Continha notas de dez.

— Meu caro, o senhor realmente não está bem de saúde — disse Woland, dando de ombros.

O copeiro se levantou do banquinho com um riso selvagem.

— Ah... — proferiu, gaguejando. — Mas se elas... de novo... assim...

— Hum... — refletiu o artista. — Bem, se for o caso visite-nos novamente. Será bem-vindo! Foi um prazer conhecê-lo.

Korôviev imediatamente brotou do escritório, agarrou o copeiro pelo braço, pôs-se a sacudi-lo e a pedir que Andrei Fókitch transmitisse seus cumprimentos a todos, todos. Sem entender nada direito, o copeiro passou para a antessala.

— Hella, acompanhe-o! — gritou Korôviev.

De novo a ruiva pelada na antessala! O copeiro esgueirou-se pela porta, piou "Adeus" e partiu, como um bêbado. Após descer um pouco, parou, sentou-se nos degraus, tirou o pacote e verificou: as notas de dez estavam no lugar.

Daí uma mulher de bolsa verde saiu do apartamento que dava para este patamar. Ao ver o homem sentado nos degraus a fitar estupidamente as notas de dez, riu e disse, pensativa:

— Que prédio o nosso! Esse aí está bêbado desde de manhã. Quebraram de novo o vidro da escada — observando o copeiro com mais atenção, acrescentou: — Ei, cidadão, o senhor está nadando em dinheiro. Deveria dividir comigo. Hein?

— Deixe-me, por Cristo — assustou-se o copeiro, escondendo prontamente o dinheiro. A mulher riu.

— Vá para o diabo que o carregue, seu sovina! Eu estava brincando — e se encaminhou para baixo.

O copeiro se ergueu lentamente, levantou a mão, buscando o chapéu, e verificou que não o tinha na cabeça. Não desejava voltar, por medo, mas lamentava pelo chapéu. Após hesitar um pouco, voltou assim mesmo e tocou a campainha.

— O que mais o senhor quer? — perguntou a maldita Hella.

— Esqueci meu chapeuzinho — sussurrou o copeiro, tocando a cabeça.

Hella lhe deu as costas, o copeiro cuspiu mentalmente e fechou os olhos. Ao abri-los, Hella entregou-lhe o chapéu e uma espada de cabo escuro.

— Não é minha — sussurrou o copeiro, afastando a espada e colocando rapidamente o chapéu.

— Então o senhor veio sem espada? — espantou-se Hella.

O copeiro resmungou alguma coisa e rapidamente foi para baixo. Por alguma razão, tinha um incômodo na cabeça e muito calor no chapéu; ao tirá-lo, pulou de medo e soltou um grito baixo. Segurava uma boina de veludo com uma pena de galo gasta. O copeiro se benzeu. Nesse mesmo instante a boina miou, transformou-se em um gato preto e, pulando de volta para a cabeça de Andrei Fókitch, agarrou-lhe a careca com todas as unhas. Soltando um grito de desespero, o copeiro se pôs a correr para baixo, enquanto o gatinho caiu de sua cabeça e disparou escada acima.

Depois de escapar para o ar livre, o copeiro trotou para os portões e deixou para sempre o endiabrado edifício nº 302-bis.

É perfeitamente conhecido o que lhe passou depois. Após prorromper pela saída, o copeiro olhou em volta, assustado, como se procurasse algo. Um minuto mais tarde estava do outro lado da rua, na farmácia. Bastou proferir as palavras: "Diga, por favor..." e a mulher do balcão exclamou:

— Cidadão! Sua cabeça está toda machucada!

Cinco minutos depois o copeiro estava enfaixado com gaze, ficou sabendo que os melhores especialistas em doença de fígado eram os professores Bernalski e Kuzmin, perguntou qual estava mais perto, ardeu de alegria ao se inteirar de que Kuzmin morava literalmente do outro lado do pátio, em um pequeno casebre branco, no qual chegou dois minutos mais tarde.

O recinto era velho mas muito, muito aconchegante. O copeiro lembrou-se de que primeiro veio a seu encontro uma velha aia, desejosa de apanhar seu chapéu, porém, como ele não tinha chapéu, a aia, mascando a boca vazia, foi para algum lugar.

Em seu lugar surgiu, perto do espelho e, ao que parece, embaixo de um arco, uma mulher de meia-idade, que foi logo dizendo que só era possível marcar consulta para o dia dezenove, não antes. O copeiro percebeu imediatamente onde estava a salvação. Fitando com olhos a desfalecer por trás do arco, onde três homens aguardavam no que era obviamente uma antessala, cochichou:

— Estou mortalmente doente...

Atônita, a mulher olhou para a cabeça enfaixada do copeiro, titubeou e disse:

— Bem, então... — e levou o copeiro para além do arco.

Nesse mesmo instante a porta do lado oposto se abriu, um *pince-nez* dourado cintilou e a mulher de jaleco disse:

— Cidadãos, esse paciente vai furar a fila — e o copeiro não conseguiu perceber como foi dar no gabinete do professor Kuzmin. Não havia nada de terrível, solene ou medicinal naquele aposento comprido.

— O que o senhor tem? — perguntou o professor Kuzmin, com voz agradável, fitando a cabeça enfaixada com alguma aflição.

— Acabo de ficar sabendo, de fonte fidedigna — respondeu o copeiro, fitando ferozmente a fotografia de um grupo atrás do vidro —, que em fevereiro do ano que vem vou morrer de câncer de fígado. Imploro que o detenha.

O professor Kuzmin recostou-se no alto espaldar gótico de couro de sua poltrona.

— Perdão, não estou entendendo... o senhor esteve no médico? Por que a sua cabeça está enfaixada?

— Que médico o quê! Se o senhor visse que tipo de médico! — respondeu o copeiro, e de repente começou a bater os dentes. — Não ligue para a cabeça, não tem relação. Que se dane a cabeça, não tem nada a ver. Peço que detenha o câncer no fígado.

— Mas desculpe, quem lhe disse?

— Pode acreditar — pediu o copeiro, ardente —, ele já sabe.

— Não estou entendendo nada — disse o professor, dando de ombros e afastando a poltrona da mesa. — Como ele pode saber que o senhor vai morrer? Ainda mais se não é médico.

— Na quarta enfermaria — respondeu o copeiro.

Daí o professor observou o paciente, sua cabeça, as calças molhadas e pensou: "Era só o que faltava! Um louco". Perguntou:

— O senhor bebe vodca?

— Nunca toquei — respondeu o copeiro.

Um minuto depois estava despido, deitado em um canapé frio de oleado, com o professor a lhe apertar a barriga. Daí é preciso dizer que o copeiro se alegrou significativamente. O professor afirmou, de forma categórica, que então, naquele momento, de forma alguma, não havia quaisquer sinais de câncer. Contudo, já que... que ele estava com medo, e que um charlatão o assustara, era necessário proceder a todas as análises... O professor rabiscou em uma folha de papel, explicando para onde se encaminhar e o que fazer. Além disso, entregou uma prescrição para o professor e neuropatologista Bouret, explicando ao copeiro que seus nervos se encontravam em total desordem.

— Quanto lhe devo, professor? — perguntou o copeiro, com voz terna e trêmula, sacando a carteira recheada.

— Quanto quiser — respondeu o professor, entrecortado e seco.

O copeiro tirou trinta rublos, depositando-os na mesa, e depois, suavemente, como se tivesse uma pata de gato, depositou em cima das notas de dez uma pilha tilintante embrulhada em jornal.

— O que é isso? — perguntou Kuzmin, apertando o bigode.

— Não desdenhe, cidadão professor — sussurrou o copeiro —, imploro: detenha o câncer.

— Guarde seu ouro agora mesmo — disse o professor, orgulhando-se de si —, é melhor o senhor dar uma olhada nesses nervos. Amanhã mesmo leve a urina para análise, não tome muito chá e tenha uma alimentação completamente sem sal.

— Não posso salgar nem a sopa? — perguntou o copeiro.

— Não pode salgar nada — ordenou Kuzmin.

— Ai! — exclamou o copeiro, angustiado, olhando comovido para o professor, recolhendo as moedas e recuando para a porta.

Naquela tarde, o professor tinha muitos pacientes e, perto do crepúsculo, o último saiu. Ao tirar o jaleco, o professor olhou para o lugar em que o copeiro deixara as notas de dez e viu que não havia dinheiro algum, e sim três rótulos de garrafa de Abrau-Dursó.

— Que diabo é isso? — murmurou Kuzmin, arrastando a aba do jaleco pelo chão e apalpando os papelotes. — Trata-se não apenas de um esquizofrênico, mas também de um pilantra! O que eu não consigo entender é o que ele queria de mim. Seriam formulários para exame de urina? O-ho! Ele roubou o casaco! — E o professor se precipitou para a antessala, com um braço ainda enfiado na manga. — Ksênia Nikítitchna! — gritou, estridente, à porta da antessala. — Veja se todos os casacos estão aí!

Esclareceu-se que todos os casacos estavam lá. Contudo, quando o professor regressou à mesa, finalmente tirando o jaleco, ficou como que pregado no parquete, com os olhos cravados na mesa. No lugar em que estavam os rótulos havia um gatinho preto, órfão, de focinho infeliz, miando em um pires de leite.

— Perdão, mas o que é isso? Isso já... — Kuzmin sentiu um frio na nuca.

Ao grito baixo e queixoso do professor acorreu Ksênia Nikítitchna, acalmando-o imediatamente ao dizer que algum dos pacientes tinha largado o gato, o que não era raro de acontecer com médicos.

— Levam provavelmente uma vida pobre — explicou Ksênia Nikítitchna —, enquanto nós, é claro...

Puseram-se a refletir e a tentar adivinhar quem podia tê-lo largado. A suspeita recaiu sobre a velha com úlcera no estômago.

— Claro que foi ela — disse Ksênia Nikítitchna —, que pensou: não me importo de morrer, mas tenho pena do gatinho.

— Ah, desculpe-me! — berrou Kuzmin. — Mas e o leite? Ela também trouxe? Um pires?

— Ela trouxe em um frasquinho, e aqui colocou no pires — esclareceu Ksênia Nikítitchna.

— Em todo caso, leve o gatinho e o pires — disse Kuzmin, acompanhando Ksênia Nikítitchna até a porta. Ao regressar, a situação tinha mudado.

Ao pendurar o jaleco no cabide, o professor ouviu uma gargalhada no pátio, olhou e, naturalmente, ficou perplexo. Pelo pátio, em direção à ala oposta, corria uma dama, só de camisa. O professor sabia até o seu nome: Mária Aleksándrovna. As gargalhadas eram de um menino.

— O que é isso? — disse Kuzmin, com desprezo.

Nessa hora, atrás da parede, no quarto da filha do professor, um gramofone começou a tocar o foxtrote "Aleluia" e, naquele mesmo instante, ouviu-se atrás do médico o chilrear de um pardal. Ele se virou e viu, em cima de sua mesa, um grande pardal saltitante.

— Hum... calma... — pensou o professor. — Entrou voando quando eu me afastei da janela. Está tudo em ordem — ordenou a si mesmo o professor, sentindo que tudo estava em absoluta desordem, sobretudo, é claro, por causa daquele pardal. Ao examiná-lo, o professor ficou logo convencido de que aquele pardal não era comum. O pardalzinho asqueroso mancava da pata esquerda, fazia trejeitos acintosos, arrastava-a, acompanhava as síncopes, em resumo, bailava ao som do foxtrote do gramofone como um bêbado no balcão. Era o mais grosseiro que podia, olhando descaradamente para o professor.

A mão de Kuzmin estava no telefone, e ele se preparava para ligar para o colega de faculdade Bouret para perguntar o que queria dizer aquele tipo de pardal aos sessenta anos, e ainda mais quando a cabeça começava a rodar de repente.

Nessa mesma hora o pardalzinho se sentou no tinteiro, que era um presente, cagou nele (não estou brincando), e depois levantou voo, pairando no ar, daí, de um ímpeto, como se tivesse bico de aço, bicou o vidro da fotografia que mostrava todos os formandos da universidade em 94, fez o vidro em cacos e ainda saiu voando pela janela.

O professor mudou o número do telefone e, em vez de ligar para Bouret, ligou para a seção de sanguessugas, disse que era o professor Kuzmin e que pedia que lhe enviassem imediatamente sanguessugas para casa.

Após depositar o fone no gancho, o professor virou-se novamente para a mesa, dando imediatamente um berro. Lá estava sentada uma enfermeira de lenço, e havia um saquinho com a inscrição: "Sanguessugas". O professor berrou ao olhar para a boca dela. Era masculina, torta até as orelhas, apenas com um canino. Os olhos da enfermeira eram mortiços.

— Vou recolher o dinheirinho — disse a enfermeira, com voz masculina de baixo —, não há por que ele ficar esparramado por aí. — Agarrou os rótulos com sua garra de pássaro e começou a se dissolver no ar.

Passaram-se duas horas. O professor Kuzmin estava em seu quarto, na cama, com sanguessugas nas têmporas, orelhas e pescoço. A seus pés, no acolchoado de seda, sentava-se o professor Bouret, fitando Kuzmin com compaixão e acalmando-o, pois tudo aquilo era bobagem. Já era noite na janela.

Que outras coisas selvagens aconteceram em Moscou naquela noite nós não sabemos, e claro que não vamos procurar saber, ainda mais que chegou a hora de passar para a segunda parte deste relato verídico. Venha comigo, leitor!

SEGUNDA PARTE

Capítulo 19
MARGARIDA

Venha comigo, leitor! Quem lhe disse que não há no mundo amor verdadeiro, fiel, eterno? Que cortem a infame língua desse mentiroso! Venha comigo, meu leitor, apenas comigo, e lhe mostrarei tal amor!

Não! O mestre estava enganado ao dizer com amargor a Ivánuchka,[1] no hospital, quando já passava da meia-noite, que ela o tinha esquecido. Isso não seria possível. Claro que ela não o esquecera.

Antes de tudo, revelemos o segredo que o mestre não desejou revelar a Ivánuchka. Sua amada se chamava Margarida Nikoláievna. Tudo que o mestre dissera a respeito dela ao pobre poeta era a mais pura verdade. Descrevera a amada de forma fiel. Era bela e inteligente. A isso só é necessário acrescentar uma coisa: pode-se afirmar com segurança que muitas mulheres teriam dado o que fosse preciso para trocar sua vida pela de Margarida Nikoláievna. Sem filhos, e com trinta anos, Margarida era casada com um especialista dos mais graúdos, que além disso fizera uma descoberta importantíssima e significativa para o Estado. Seu marido era jovem, belo, bom, honesto e adorava a esposa. Os dois, Margarida Nikoláievna e o marido, ocupavam todo o andar superior de uma maravilhosa mansão com jardim, em uma das travessas perto da Arbat. Um lugar encantador! Qualquer um pode verificar, se quiser se dirigir a esse jardim. Basta falar comigo que eu dou o endereço e mostro o caminho: a mansão existe até hoje.

Não faltava dinheiro a Margarida Nikoláivena. Margarida Nikoláievna podia comprar tudo que lhe agradava. Entre os conhecidos de seu marido havia gente interessante. Margarida Nikoláievna nunca encostou em um fogareiro. Margarida Nikoláievna não conhecia os horrores da vida em um apartamento compartilhado. Em suma... era feliz? Nem por um minuto! Desde que, aos dezenove anos, casara-se e fora viver na mansão, não conhecia a felicidade. Deuses, meus deuses! Do que essa mulher ainda precisava? Do que precisava essa mulher, em cujos olhos ardia sempre uma chama incompreensível? Do que precisava essa bruxa levemente estrábica de um olho,

[1] Diminutivo de Ivan. (N. do T.)

que se enfeitava com mimosas na primavera? Não sei. Desconheço. Pelo visto, dizia a verdade, precisava dele, do mestre, e de jeito nenhum de uma mansão gótica, de um jardim separado, nem de dinheiro. Ela o amava, ela dizia a verdade.

Até eu, narrador veraz porém uma pessoa de fora, sinto um aperto no coração ao pensar no que Margarida experimentou ao chegar à casinha do mestre no dia seguinte, sem, felizmente, ter conseguido falar com o marido, que não regressara no prazo estabelecido, e descobrir que o mestre não estava mais lá. Fez de tudo para apurar qualquer coisa a respeito dele, e é claro que não apurou absolutamente nada. Então retornou à mansão e voltou a viver como antes.

Porém, bastou a neve suja desaparecer das calçadas e das ruas, bastou o vento úmido e irrequieto da primavera assomar pelos postigos, e Margarida Nikoláievna ficou mais angustiada que no inverno. Chorava com frequência e em segredo, um choro longo e amargo. Não sabia se aquele que amava estava vivo ou morto. E quanto mais passavam os dias desesperados, mais lhe vinha a ideia, especialmente ao crepúsculo, de que estava ligada a um morto.

Era preciso esquecê-lo ou morrer. Pois arrastar uma vida daquelas era impossível. Impossível! Esquecê-lo, custasse o que custasse — esquecer! Só que ele não se deixava esquecer, esse era o problema.

— Sim, sim, sim, o mesmo erro! — dizia Margarida, sentada junto à estufa e olhando para o fogo aceso em memória daquele que ardera enquanto ele escrevia sobre Pôncio Pilatos. — Por que eu o abandonei naquela noite? Por quê? Isso sim é uma loucura! Voltei no dia seguinte, honestamente, como prometido, mas já era tarde. Sim, eu voltei, como o infeliz Matheus Levi, tarde demais!

Claro que todas essas palavras eram absurdas porque, de fato, o que teria mudado se ela tivesse ficado com o mestre naquela noite? Por acaso ela o teria salvado? Ridículo! — teríamos exclamado, mas isso não se faz diante de uma mulher levada ao desespero.

Naquele mesmo dia em que sucedera todo aquele rebuliço absurdo suscitado pela aparição do mago negro em Moscou, na sexta-feira, quando o tio de Berlioz fora expulso de volta para Kíev, quando prenderam o guarda-livros e se passaram ainda outras coisas estúpidas e incompreensíveis, Margarida acordou por volta do meio-dia em seu dormitório, cuja claraboia dava para a torre da mansão.

Ao acordar, Margarida não chorou, como era frequente, pois acordara com o pressentimento de que naquele dia finalmente aconteceria alguma coisa. Uma vez que teve o pressentimento, pôs-se a aquecê-lo e cultivá-lo na alma, com medo de ser abandonada por ele.

— Eu acredito! — sussurrava Margarida, solene. — Eu acredito! Alguma coisa vai acontecer! Não pode deixar de acontecer, pois por que, na verdade, iriam me mandar um tormento para toda a vida? Admito que menti, enganei, e vivi uma vida secreta, escondida das pessoas, mas não há motivo para isso merecer uma punição tão cruel. Alguma coisa há de ocorrer, impreterivelmente, pois nada fica se arrastando eternamente. Além disso, meu sonho era profético, isso eu garanto.

Assim sussurrava Margarida Nikoláievna, olhando para as corrediças escarlates inundadas pelo sol, vestindo-se agitada, penteando diante do espelho triplo os cabelos curtos e encaracolados.

O sonho que Margarida Nikoláievna tivera naquela noite era realmente incomum. A coisa era que, durante seus tormentos de inverno, ela jamais vira o mestre em sonho. À noite ele a deixava, atormentando-a apenas nas horas do dia. E agora sonhara com ele.

Margarida sonhara com um local desconhecido, desesperado, triste, sob o céu nublado do começo da primavera. Sonhara com aquele céu em tufos, fugidio e cinzento, embaixo do qual havia um bando de gralhas silenciosas. Uma pontezinha torta, e, debaixo dela, um turvo riacho primaveril. Árvores tristonhas, míseras, seminuas. Um choupo-tremedor solitário e, adiante, entre as árvores, atrás de uma espécie de horta, uma construção de madeira — nem uma cozinha separada, nem um banheiro, sabe o diabo o que era aquilo. Tudo ao redor era sem vida, e de uma tristeza tal, que a gente se sentia impelido a se enforcar naquele choupo junto à pontezinha. Nem um ventinho a soprar, nem uma nuvem a se mover, vivalma. Um lugar infernal para um ser vivo.

E eis que, imaginem, escancara-se a porta daquela construção de madeira, e aparece ele. Bem longe, mas nitidamente visível. Estava esfarrapado, não dava para distinguir o que vestia. Os cabelos desgrenhados, a barba por fazer. Os olhos doentios, alarmados. Acena para ela, chama-a. Sufocando com o ar mortiço, Margarida sai correndo em sua direção pelos cômoros e, nessa hora, acorda.

— Esse sonho só pode significar — raciocinava Margarida Nikoláievna consigo mesma —, de duas, uma: se ele está morto e acenando para mim, quer dizer que veio me buscar, e morrerei logo. Isso é muito bom, pois então meu sofrimento terá fim. Ou está vivo, então o sonho pode significar apenas que ele está me fazendo me lembrar de si! Quer dizer que voltaremos a nos ver. Sim, nos veremos muito em breve.

Encontrando-se ainda naquele estado de excitação, Margarida vestiu-se e começou a incutir em si mesma a ideia de que, na essência, tudo se encaminhava muito favoravelmente, e era preciso saber agarrar e aproveitar esses momentos favoráveis. O marido partira em uma missão de três dias. Ao longo de três dias, estaria entregue a si mesma, ninguém a impediria de pensar no que quisesse, de sonhar com o que lhe agradasse. Todos os cinco aposentos do andar superior da mansão, todo esse apartamento, que dezenas de milhares de pessoas em Moscou invejariam, estava a seu inteiro dispor.

Contudo, ao receber a liberdade por três dias inteiros, Margarida escolheu, de todo aquele apartamento suntuoso, um lugar que estava longe de ser o melhor. Depois de tomar chá, foi para o quarto escuro, sem janelas, onde as malas e velharias diversas ficavam guardadas em dois armários grandes. Agachando-se, abriu a gaveta inferior do primeiro deles e, de baixo de uma pilha de retalhos de seda, tirou o único bem que possuía na vida. Nas mãos de Margarida apareceu um velho álbum de couro castanho no qual havia uma foto do mestre, uma caderneta de poupança com um depósito de dez mil rublos em nome dele, pétalas secas de rosa espalhadas entre folhas de papel de seda e um pedaço de caderno escrito à máquina e com as extremidades inferiores queimadas.

Voltando para o dormitório com essas riquezas, Margarida Nikoláievna colocou a fotografia no espelho triplo e ficou cerca de uma hora sentada com o caderno estragado pelo fogo nos joelhos, folheando-o e relendo aquilo que, depois da incineração, não tinha começo nem fim: "... a escuridão vinda do mar Mediterrâneo cobriu a cidade odiada pelo procurador. Desapareceram as pontes pênseis que ligavam o templo à terrível torre de Antônia. Uma voragem baixou do céu e submergiu os deuses alados do hipódromo, o palácio dos asmoneus com as seteiras, bazares, caravançarás, travessas, piscinas... Ierushalaim, a grande cidade, sumira como se jamais tivesse existido...".

Margarida tinha vontade de ler mais, mas não havia nada mais, além da franja irregular e carbonizada.

Enxugando as lágrimas, Margarida Nikoláievna largou o caderno, apoiou os cotovelos no toucador e, refletida no espelho, ficou sentada por muito tempo, sem desviar os olhos da fotografia. Depois as lágrimas secaram. Margarida arrumou seus pertences com cuidado, e, dentro de alguns minutos, eles voltavam a estar sepultados sob os trapos de seda, e a fechadura se cerrou sonoramente no quarto escuro.

Na antessala, Margarida Nikoláievna vestiu o casaco, para ir passear.

A bela Natacha,[2] sua empregada, indagou o que fazer como prato principal e, ao receber a resposta de que era indiferente, para se divertir, entabulou conversa com a patroa e se pôs a contar Deus sabe o quê, algo sobre como, na véspera, no teatro, um prestidigitador operara uns truques que deixaram todo mundo boquiaberto, distribuíra pares de frascos de perfume estrangeiro e meias de graça a todos, e depois, quando a sessão terminou, o público saíra à rua e, toma, estava todo mundo nu! Margarida Nikoláievna se deixou cair em uma cadeira na frente do espelho da antessala e desatou a rir.

— Natacha! Como você não tem vergonha — disse Margarida Nikoláievna —, é uma moça instruída, inteligente; falam o diabo sabe que mentiras na fila, e você as repete!

Natacha corou e retrucou, de forma bem acalorada, que não era mentira nenhuma e que, naquele mesmo dia, em uma mercearia na Arbat, ela vira pessoalmente uma cidadã que chegara calçada e, quando se encaminhou ao caixa para pagar, os sapatos tinham desaparecido de seus pés, e ela ficou só de meias. Olhos arregalados! No calcanhar, um buraco. E esses sapatos eram mágicos, daquela mesma sessão.

— E ela saiu assim?

— E ela saiu assim! — gritou Natacha, ficando ainda mais vermelha porque não acreditavam nela. — E ontem, Margarida Nikoláievna, a polícia prendeu cem pessoas à noite. Cidadãs saídas dessa sessão corriam só de roupa de baixo pela Tverskaia.

— Bem, claro que foi a Dária quem contou isso — disse Margarida Nikoláievna —, faz tempo que reparei que ela é uma terrível mentirosa.

A conversa ridícula terminou com uma surpresa agradável para Natacha. Margarida Nikoláievna foi até o dormitório, de onde saiu com um par de meias e um frasco de água-de-colônia. Dizendo a Natacha que também queria operar um truque, Margarida Nikoláievna deu-lhe as meias e o vidro de presente, dizendo que lhe pedia apenas uma coisa: que não corresse pela Tverskaia só de meias, nem escutasse Dária. Patroa e empregada se beijaram e se separaram.

Recostada no espaldar confortável e macio da poltrona do trólebus, Margarida Nikoláievna ia pela Arbat, ora pensando em si, ora ouvindo o que cochichavam dois cidadãos sentados na sua frente.

Estes, virando-se cautelosamente de vez em quando, para ver se alguém estava escutando, sussurravam alguma besteira. O vigoroso carnudo de vi-

---

[2] Diminutivo de Natália. (N. do T.)

vazes olhinhos suínos que estava sentado na janela falava em voz baixa a seu vizinho pequenino que tiveram de cobrir o caixão com uma capa preta...

— Mas não pode ser! — cochichou o pequeno, estupefato. — Isso não tem precedentes... E o que Jeldíbin fez?

No meio do ruído uniforme do trólebus, ouviam-se as palavras da janelinha:

— Investigação criminal... escândalo... bem, puro mistério!

A partir desses pedaços fragmentários, Margarida Nikoláievna compôs de alguma forma uma história algo coerente. Os cidadãos cochichavam a respeito de um defunto, cujo nome não disseram, de cujo caixão a cabeça tinha sido roubada naquela manhã! Era por isso que Jeldíbin agora estava tão nervoso. E esses que estavam sussurrando no trólebus também tinham algum tipo de relação com o defunto roubado.

— Vamos conseguir arrumar flores? — afligia-se o pequeno. — Você está dizendo que a cremação é às duas?

Finalmente Margarida Nikoláievna se encheu de escutar essa tagarelice misteriosa sobre uma cabeça roubada do caixão, e ficou feliz quando chegou sua hora de saltar.

Alguns minutos depois, Margarida Nikoláievna já estava sentada junto ao muro do Kremlin, em um banco que lhe permitia ver o Manege.[3]

Margarida semicerrava os olhos ao sol ardente, lembrava-se do sonho daquele dia, lembrava-se que, exatamente um ano atrás, no mesmo dia e na mesma hora, naquele mesmo banco, estivera sentada ao lado dele. E que, então, a bolsinha preta jazia exatamente ao seu lado, no banco. Nesse dia, ele não estava a seu lado, porém Margarida Nikoláievna lhe falava mentalmente assim mesmo: "Se você foi deportado, por que não manda notícias? Afinal, permitem às pessoas que mandem. Você deixou de me amar? Não, por algum motivo não acredito nisso. Quer dizer que você foi deportado e morreu... Então lhe peço que me liberte, que me conceda, finalmente, liberdade para viver, para respirar o ar". Margarida Nikoláievna respondeu a si mesma por ele: "Você é livre... Por acaso estou a segurá-la?". Depois lhe perguntava: "Não, que resposta é essa? Não, vá embora da minha lembrança, então eu fico livre".

---

[3] Construção neoclássica do século XIX, originalmente planejada como uma escola de equitação, mas comumente usada como local de exposições e concertos. No tempo de Bulgákov, servia de garagem e armazém do Kremlin. (N. do T.)

As pessoas passavam por Margarida Nikoláievna. Um homem olhou de esguelha para a mulher bem-vestida, atraído por sua beleza e solidão. Tossiu e se sentou na extremidade do mesmo banco em que Margarida Nikoláievna estava sentada. Tomando fôlego, pôs-se a falar:

— Hoje o tempo está decididamente muito bom...

Só que Margarida lhe lançou um olhar tão sombrio que ele se levantou e saiu.

"Veja um exemplo", disse Margarida, mentalmente, àquele que a dominava, "por que, propriamente, eu expulsei esse homem? Estou entediada, e esse Lovelace[4] não tem nada de ruim, a não ser essa palavra estúpida, 'decididamente'... Por que fico sentada sozinha, junto ao muro, como uma coruja? Por que me desliguei da vida?".

Ficou absolutamente triste e cabisbaixa. Porém, de repente, aquela mesma onda matinal de expectativa e agitação tocou-lhe o peito. "Sim, vai acontecer!" A onda tocou-a pela segunda vez, e então ela entendeu que essa onda era sonora. Por entre o barulho da cidade ouvia-se de forma cada vez mais distinta o rufar de tambores a se aproximar, e os sons algo desafinados de trompetes.

Primeiro surgiu um policial a cavalo, avançando a passo junto ao gradil, com três a pé atrás dele. Depois, devagar, um caminhão com músicos. Em seguida, movia-se lento um carro funerário aberto e novo, com um caixão coberto de coroas de flores, e quatro pessoas de pé nos cantos da plataforma: três homens, uma mulher. Mesmo à distância, Margarida percebeu que os rostos dos que estavam junto ao carro funerário, acompanhando o defunto em sua derradeira jornada, estavam tomados de uma estranha perplexidade. Isso se fazia notar especialmente com relação à cidadã no canto traseiro esquerdo do automóvel. As faces gordas dessa cidadã pareciam ainda mais inchadas por dentro devido a algum segredo picante, nos olhinhos inchados brincavam fagulhas ambíguas. Dava a impressão de que logo, logo a cidadã, sem se conter, daria uma piscada para o defunto e diria: "Vocês já viram alguma coisa assim? Puro mistério!". Igualmente perplexos estavam os rostos dos quase trezentos acompanhantes que iam a pé lentamente atrás do carro funerário.

Margarida seguia o cortejo com o olhar, ouvindo como o triste tambor turco ia silenciando, ao longe, destacando-se sempre e apenas aquele "bum,

---

[4] Personagem do romance epistolar *Clarissa* (1748), do britânico Samuel Richardson (1689-1761), serve aqui como metáfora para sedutor de mulheres. (N. do T.)

bum, bum", e pensava: "Que enterro estranho... E quanta angústia nesse 'bum'! Ah, de verdade, eu entregaria a alma ao diabo só para saber se ele está vivo ou não! Seria interessante saber quem está sendo sepultado com esses rostos tão atônitos".

— Berlioz, Mikhail Aleksándrovitch — soou, ao lado, uma voz masculina algo anasalada —, o presidente da Massolit.

Surpresa, Margarida Nikoláievna voltou-se e viu em seu banco um cidadão que, pelo visto, sentara-se silenciosamente na hora em que Margarida contemplava a procissão e, é de se supor, em sua perplexidade fizera a última pergunta em voz alta.

A procissão, entretanto, parara, provavelmente detida pelos semáforos.

— Sim — prosseguiu o cidadão desconhecido —, eles estão perplexos. Estão levando o defunto, mas só pensam em onde foi parar sua cabeça!

— Que cabeça? — perguntou Margarida, olhando para o vizinho inesperado.

Tal vizinho revelou-se de baixa estatura, ruivo flamejante, um dente canino, camisa engomada, terno listrado de primeira, sapatos de verniz e chapéu coco na cabeça. A gravata era berrante. O espantoso era que do bolsinho desse cidadão, onde habitualmente os homens levam um lencinho ou uma caneta-tinteiro, sobressaía um osso de frango roído.

— Sim, permita que lhe informe — explicou o ruivo —, hoje de manhã, na sala da Griboiêdov, a cabeça do defunto foi arrancada do caixão.

— Mas como pode? — perguntou Margarida, sem querer, enquanto se lembrava dos sussurros no trólebus.

— O diabo é que sabe como! — respondeu o ruivo, desembaraçado. — Eu, aliás, acho que não seria mau perguntar a Behemoth. Furtaram com habilidade terrível. Que escândalo! O principal é que não dá para entender por quê, nem quem precisa dessa cabeça!

Por mais ocupada que Margarida Nikoláievna estivesse consigo mesma, ela se espantou com as estranhas patranhas do cidadão desconhecido.

— Perdão! — exclamou, de repente. — Que Berlioz? Esse, dos jornais de hoje?

— Esse mesmo, esse mesmo...

— Então quer dizer que quem está acompanhando o caixão são literatos? — perguntou Margarida, arreganhando subitamente os dentes.

— Sim, naturalmente!

— E o senhor os conhece de rosto?

— Cada um deles — respondeu o ruivo.

— Diga-me — pôs-se a falar Margarida, e sua voz se tornou surda —, entre eles não estaria o crítico Latunski?

— E como não poderia estar? — respondeu o ruivo. — É ele no fim da quarta fila.

— Aquele loiro ali? — perguntou Margarida, apertando os olhos.

— Cor de cinza... Veja, ergueu os olhos para o céu.

— Parecendo um padre?

— Isso, isso!

Examinando Latunski, Margarida não fez mais perguntas.

— E a senhora, pelo que vejo — pôs-se a falar o ruivo, sorrindo —, odeia esse Latunski.

— Tem alguém que eu odeio ainda mais — respondeu Margarida, entredentes —, mas não é interessante falar disso.

Nessa hora, a procissão se movera adiante, atrás dos pedestres iam principalmente automóveis vazios.

— Ah, claro que não é nada interessante, Margarida Nikoláievna!

Margarida se espantou.

— O senhor me conhece?

Em vez de responder, o ruivo tirou o chapéu coco e o segurou. "Tem toda a pinta de bandido!", pensou Margarida, perscrutando seu interlocutor da rua.

— Eu não conheço o senhor — disse Margarida, seca.

— Como poderia me conhecer? Fui mandado à senhora, porém, para tratar de um assunto.

Margarida empalideceu e recuou.

— Devia ter começado logo com isso — ela disse —, e não tagarelando sabe o diabo o que a respeito de uma cabeça cortada! O senhor quer me prender?

— Nada do tipo! — exclamou o ruivo. — O que é isso? Mal começo a falar e já acha que vou sair prendendo? Simplesmente tenho um assunto com a senhora.

— Não estou entendendo nada, que assunto?

O ruivo olhou ao redor e disse, misterioso:

— Fui mandado para convidá-la para uma visita, hoje à noite.

— Que delírio é esse, que visita?

— A um estrangeiro muito famoso — disse o ruivo, em tom significativo, apertando o olho.

Margarida ficou muito irada.

— Apareceu uma nova raça: o alcoviteiro de rua — ela disse, levantando-se para partir.

— Muito obrigado por esse tipo de encargo! — exclamou o ruivo, ofendido, rugindo às costas de Margarida, que partia: — Imbecil!

— Pulha! — retrucou ela, virando-se e ouvindo imediatamente a voz do ruivo atrás de si:

— A escuridão vinda do mar Mediterrâneo cobriu a cidade odiada pelo procurador. Desapareceram as pontes pênseis que ligavam o templo à terrível torre de Antônia. Uma voragem baixou do céu e submergiu os deuses alados do hipódromo, o palácio dos asmoneus com as seteiras, bazares, caravançarás, travessas, piscinas... Então suma-se a senhora também com o seu caderno queimado e rosa ressequida! Fique sentada aqui no banco sozinha, implorando para que ele a liberte, deixe-a respirar, saia da sua memória!

Com o rosto lívido, Margarida voltou para o banco. O ruivo fitava-a, semicerrando os olhos.

— Não estou entendendo nada — pôs-se a falar baixo Margarida Nikoláievna —, das folhas ainda dá para saber... infiltrar-se, espiar... Subornou Natacha? Não? Mas como o senhor poderia conhecer meus pensamentos? — Fez uma careta dolorida e acrescentou: — Diga-me, quem é o senhor? De qual instituição?

— Ah, que chatice — rugiu o ruivo, pondo-se a falar mais alto: — Perdão, mas eu lhe disse que não sou de instituição nenhuma! Sente-se, por favor.

Margarida acatou sem discutir mas, mesmo assim, ao se sentar, perguntou mais uma vez:

— Quem é o senhor?

— Pois bem, eu me chamo Azazello, mas de qualquer forma isso não lhe diz nada.

— E o senhor não vai me dizer como ficou sabendo das folhas e dos meus pensamentos?

— Não vou — respondeu secamente Azazello.

— Mas o senhor sabe alguma coisa a respeito dele? — cochichou Margarida, em tom de súplica.

— Bem, digamos que eu sei.

— Imploro que me diga só uma coisa: está vivo? Não me atormente.

— Bem, está vivo, vivo — retrucou Azazello, de má vontade.

— Meu Deus!

— Por favor, nada de agitação ou gritinhos — disse Azazello, franzindo o cenho.

— Perdão, perdão — murmurou Margarida, agora submissa —, claro que eu me zanguei com o senhor. Mas convenha que, quando alguém na rua convida uma mulher para uma visita... Não tenho preconceitos, asseguro-lhe — Margarida sorriu, sem alegria —, mas nunca vi nenhum estrangeiro, nem tenho vontade de me relacionar com eles... e, além disso, meu marido... Meu drama é que vivo com alguém que não amo, mas acho indigno estragar sua vida. Vindo dele, nunca vi nada que não fosse bondade...

Azazello ouviu a fala desconexa com visível tédio e disse, severo:

— Peço que se cale por um minuto.

Margarida se calou, submissa.

— Convido-a para visitar um estrangeiro totalmente inofensivo. E não há alma que vá saber dessa visita. Isso posso lhe garantir.

— E para que ele precisa de mim? — perguntou Margarida, em tom fingido.

— Isso ficará sabendo mais tarde.

— Entendi... Terei de me entregar a ele — disse Margarida, pensativa.

Diante disso, Azazello resmungou com desdém e respondeu assim:

— Qualquer mulher do mundo, posso lhe assegurar, sonharia com isso — a fuça de Azazello se contraiu com um riso —, mas vou decepcioná-la, isso não acontecerá.

— Que tipo de estrangeiro é esse? — ansiosa, Margarida exclamou tão alto que as pessoas que passavam perto do banco se viraram para ela. — E qual o meu interesse em ir até ele?

Azazello inclinou-se para ela e sussurrou, de forma significativa:

— Bem, o interesse é muito grande... A senhora pode aproveitar a ocasião...

— O quê? — exclamou Margarida, e seus olhos se arregalaram. — Se eu estou entendendo direito, o senhor está insinuando que lá vou poder saber dele?

Azazello assentiu com a cabeça, em silêncio.

— Eu vou! — exclamou Margarida, com força, tomando Azazello pela mão. — Vou aonde precisar!

Respirando aliviado, Azazello recostou-se no espaldar do banco, cobrindo com as costas a palavra "Niura",[5] inscrita em caracteres grandes, e se pôs a falar, irônico:

---

[5] O prenome Niura é derivado de Anna. Vale lembrar que o personagem que derrama o óleo no qual Berlioz escorrega para a morte é Ánnuchka, diminutivo de Anna. (N. do T.)

— Gente difícil, essas mulheres! — enfiou as mãos no bolso e esticou as pernas bem para a frente. — Por que, por exemplo, me mandaram cuidar desse assunto? Behemoth é que devia ter vindo, ele é fascinante...

Margarida se pôs a falar, com um riso torto e penoso:

— Pare de fazer mistério e me atormentar com seus enigmas... Sou uma pessoa infeliz, e o senhor se aproveita disso. Estou me metendo em uma história estranha, mas juro que é só porque o senhor me atraiu com palavras a respeito dele! Minha cabeça está rodando com todas essas coisas incompreensíveis...

— Sem drama, sem drama — retrucou Azazello, com uma careta —, coloque-se também no meu lugar. Dar na fuça do administrador, ou expulsar o tio de casa, ou dar uns tiros em alguém, ou qualquer outra bobagem do gênero é minha pura especialidade, agora, falar com mulher apaixonada — não, obrigado! Olhe que estou já há meia hora tentando convencê-la. Então, vai?

— Vou — respondeu Margarida Nikoláievna, com simplicidade.

— Então tenha a bondade de aceitar — disse Azazello e, tirando do bolso uma caixinha dourada redonda, ofereceu-a a Margarida, com as palavras: — Esconda-a, os passantes estão de olho. Vai lhe ser útil, Margarida Nikoláievna. Nos últimos seis meses, a senhora envelheceu consideravelmente devido ao pesar. — Margarida ruborizou, mas não respondeu nada, e Azazello prosseguiu: — Hoje à noite, às nove e meia em ponto, tenha a bondade de ficar nua em pelo e passar esse unguento no rosto e em todo o corpo.[6] Depois faça o que quiser, mas não se afaste do telefone. Às dez eu vou ligar para a senhora, dizendo todo o necessário. Não precisa se preocupar com nada, será levada até onde precisa e ninguém irá incomodá-la. Entendido?

Margarida ficou em silêncio, depois respondeu:

— Entendido. Essa coisa é de ouro puro, dá para ver pelo peso. Pois bem, compreendo perfeitamente que estou sendo subornada e arrastada para uma história obscura, pela qual terei que pagar muito caro.

— O que é isso — disse Azazello, quase chiando —, de novo?

— Não, espere!

---

[6] Na Noite de Valpúrgis, do *Fausto I*, de Goethe (São Paulo, Editora 34, 2004, p. 451, tradução de Jenny Klabin Segall), o coro das bruxas diz: "Dá ânimo a pomada às bruxas". A nota de Marcus Mazzari à mesma edição afirma que "segundo livros, relatos e protocolos estudados por Goethe, os participantes do 'sabá das bruxas' costumavam, antes do voo para o Blocksberg, untar as frontes, axilas e partes sexuais com uma pomada preparada com substâncias narcóticas e alucinógenas". (N. do T.)

— Devolva-me o creme.

Margarida apertou a caixinha com mais força e prosseguiu:

— Não, espere... Sei para onde estou indo. Mas irei para qualquer lugar por ele, pois não tenho mais esperança alguma no mundo. Só quero lhe dizer que, se o senhor me arruinar, vai ser uma vergonha! Sim, uma vergonha! Eu morrerei por amor! — e, batendo no peito, Margarida olhou para o sol.

— Devolva-me — chiou Azazello, com raiva —, que tudo isso vá para o diabo. Que mandem Behemoth.

— Oh, não! — exclamou Margarida, assombrando os transeuntes. — Concordei com tudo, concordei em atuar nessa comédia de passar o unguento, concordei em ir para onde o diabo perdeu as botas. Não devolvo!

— Bah! — rugiu Azazello, de repente, e, arregalando os olhos para o gradil do jardim, pôs-se a apontar o dedo para algum lugar.

Margarida virou-se para onde Azazello apontara, mas não descobriu nada de especial. Então se voltou para Azazello, desejando obter explicação para aquele disparatado "Bah!", mas não havia ninguém para explicar: o misterioso interlocutor de Margarida Nikoláievna sumira. Margarida rapidamente enfiou a mão na bolsinha, onde escondera a caixinha na hora do grito, certificando-se de que ela estava lá. Então, sem pensar em nada, Margarida, apressada, saiu correndo do Jardim Aleksándrovski.

Capítulo 20
O CREME DE AZAZELLO

A lua cheia pairava no límpido céu noturno, visível através dos ramos de bordo. Tílias e acácias traçavam na terra do jardim um complicado desenho de manchas. A janela de três batentes da claraboia, aberta, mas com as corrediças fechadas, cintilava com uma luz elétrica furiosa. No dormitório de Margarida Nikoláievna ardiam todas as luzes, iluminando a total desordem do quarto. Na cama, camisas, meias e *lingerie* jaziam sobre a coberta, a roupa amarrotada simplesmente jogada no chão ao lado de uma caixa de *papirossa* que ela esmagara de nervoso. Os sapatos encontravam-se na mesinha de cabeceira, ao lado de uma xícara de café por beber e um cinzeiro com uma bituca fumegante; um vestido negro de noite estava pendurado nas costas da cadeira. O quarto cheirava a perfume, ao qual se somava o odor, vindo de algum lugar, de um ferro de engomar em brasa.

Margarida Nikoláievna estava sentada na frente do tremó, vestindo apenas um roupão de banho jogado sobre o corpo nu e sapatos pretos de camurça. Um bracelete dourado com um relógio jazia na sua frente, ao lado da caixinha recebida de Azazello, e Margarida não tirava os olhos do mostrador. Às vezes, chegava a ter a impressão de que o relógio estava quebrado, e os ponteiros não se mexiam. Só que eles se mexiam, embora com muito vagar, como se estivessem grudados, e, por fim, o ponteiro comprido ficou no vigésimo nono minuto depois das nove. O coração de Margarida batia tanto que ela não conseguia nem segurar direito a caixinha. Controlando-se, Margarida abriu-a, e viu um creme viscoso e amarelado. Seu cheiro parecia de lodo do pântano. Com a ponta do dedo, Margarida colocou um pouquinho de creme na palma da mão, o que fez o cheiro de ervas do pântano e da floresta ficar mais forte, e depois, com a palma, pôs-se a esfregar o creme na testa e nas faces. O creme se espalhou com facilidade, e Margarida teve a impressão de que evaporou imediatamente. Depois de esfregar um pouco, Margarida olhou-se no espelho e deixou a caixinha cair em cima do vidro do relógio, que se cobriu de rachaduras. Margarida fechou os olhos, depois voltou a olhar e caiu em uma gargalhada impetuosa.

As sobrancelhas, depiladas com uma pinça até se tornarem um fiozinho, se adensaram, formando um arco negro e uniforme acima dos olhos esverdeados. A fina ruga vertical que lhe cortava o intercílio, surgida em outubro, quando do desaparecimento do mestre, sumira sem deixar vestígios. Também se evadiram as sombras amareladas das têmporas e os dois pés de galinha quase imperceptíveis nos cantos dos olhos. A pele das faces enchera-se de uma cor rosada uniforme, a testa tornara-se branca e limpa, e o frisado artificial dos cabelos se desfizera.

Para a Margarida de trinta anos de idade olhava, do espelho, uma mulher de vinte, de cabelos negros naturalmente encaracolados, com um riso desenfreado, arreganhando os dentes.

Parando de rir, Margarida liberou-se do roupão com um pulo, serviu-se largamente do creme viscoso e, com pinceladas vigorosas, passou a esfregá-lo na pele do corpo. De súbito ficou rosada e brilhante. Depois, instantaneamente, como se lhe arrancassem uma agulha do cérebro, acalmou-se a têmpora, que doera a noite toda, desde o encontro no Jardim Aleksándrovski, os músculos das pernas e dos braços se fortaleceram, e em seguida o corpo de Margarida ficou sem peso.

Ela deu um salto e pairou no ar um pouco acima do tapete, logo deslizou lentamente para baixo, e pousou.

— Ah, que creme! Ah, que creme! — gritava Margarida, desabando na poltrona.

O unguento modificara não apenas seu exterior. Agora em todo seu ser, em cada partícula do corpo, fervilhava a alegria, que ela sentia como bolhas a lhe picar todo o corpo. Margarida se sentia livre, livre de tudo. Além disso, entendia com toda a clareza que acontecera exatamente aquilo de que seu pressentimento lhe falara por toda a manhã, e que ela abandonaria para sempre a mansão e a vida anterior. Porém, dessa vida anterior, ainda vinha a ideia de que precisava cumprir um último dever antes de começar algo de novo e extraordinário, que a impelia para cima, para o ar. E, nua como estava, voando pelo ar de vez em quando, saiu correndo do dormitório para o gabinete do marido e, acendendo a luz, precipitou-se para a escrivaninha. Em uma folha arrancada de um bloco, escreveu uma nota a lápis, rápido, com letras grandes, e sem correções:

“Perdoe-me e me esqueça o mais rápido possível. Estou deixando-o para sempre. Não me procure, é inútil. Tornei-me uma bruxa por causa das desgraças e calamidades que me afligiram. Está na minha hora. Adeus. Margarida”.

Com a alma totalmente aliviada, Margarida voou até o dormitório, com Natacha correndo logo atrás dela, carregada de coisas. De súbito, todas essas coisas — um cabide de madeira com um vestido, lenços de renda, sapatos azuis de seda pendurados em uma arara e um cinto —, tudo isso caiu no chão, e Natacha ergueu os braços livres.

— Então, estou bem? — Margarida Nikoláievna berrou, alto, com voz rouca.

— Como foi isso? — sussurrou Natacha, recuando. — Como a senhora fez isso, Margarida Nikoláievna?

— Foi o creme! O creme, o creme! — respondeu Margarida, apontando para a caixa dourada reluzente e rodando na frente do espelho.

Natacha, esquecendo o vestido amarrotado derrubado no chão, correu até o tremó, cravando os olhos sedentos e ardentes no resto do unguento. Seus lábios sussurravam algo. Voltou-se novamente para Margarida e proferiu, com certa veneração:

— Que pele! Que pele, hein? Margarida Nikoláievna, mas a sua pele está brilhando! — Porém repentinamente voltou a si, correu até o vestido, ergueu-o e se pôs a sacudi-lo.

— Largue! Largue! — gritou-lhe Margarida. — Para o diabo com ele, largue tudo! Aliás, não, guarde consigo, como recordação. Estou dizendo, guarde como recordação. Pegue tudo que tem nesse quarto.

Como que meio ensandecida, Natacha ficou olhando imóvel para Margarida por algum tempo, depois agarrou-lhe o pescoço, beijando e bradando:

— É um cetim! Brilha! É um cetim! E as sobrancelhas, as sobrancelhas!

— Leve todos os trapos, leve os perfumes e enfie tudo na sua arca, esconda! — gritava Margarida. — Mas não leve as joias, senão vão acusá-la de roubo.

Natacha juntou em uma trouxa tudo que lhe caiu nas mãos, vestidos, sapatos, meias e *lingerie*, e saiu correndo para fora do dormitório.

Nessa hora, de algum lugar, do outro lado da travessa, de uma janela aberta, prorrompeu uma valsa retumbante e virtuosística, e ouviu-se o resfolegar de um carro a se aproximar dos portões.

— Azazello vai telefonar agora! — exclamou Margarida, ao ouvir a valsa que se espalhava pela travessa. — Vai telefonar. E o estrangeiro é inofensivo. Sim, agora eu compreendo que é inofensivo!

O carro roncou, afastando-se do portão, a cancela bateu, e passos ressoaram nos ladrilhos da passagem.

"É Nikolai Ivánovitch, reconheço pelos passos", pensou Margarida. "Terei que fazer algo de muito engraçado e interessante como despedida."

Margarida puxou a corrediça de lado e sentou-se lateralmente no peitoril da janela, com as mãos nos joelhos. O luar iluminava seu lado direito.

Margarida ergueu a cabeça para a lua, fazendo cara pensativa e poética. Os passos soaram mais duas vezes e, depois, pararam de repente. Ainda admirando a lua, e suspirando por decoro, Margarida virou a cabeça para o jardim e realmente viu Nikolai Ivánovitch, que vivia no andar inferior daquela mesma mansão. A lua inundava Nikolai Ivánovitch com força. Estava sentado no banco, e tudo fazia ver que se deixara cair ali de forma súbita. O *pince-nez* de seu rosto estava meio torto, e apertava a pasta nas mãos.

— Olá, Nikolai Ivánovitch — disse Margarida, com voz triste —, boa noite! Está vindo da reunião?

Nikolai Ivánovitch não respondeu nada.

— E eu — prosseguiu Margarida, assomando mais ao jardim — estou aqui, sentada, sozinha, como pode ver, entediada, olhando para a lua e ouvindo uma valsa.

Margarida passou a mão esquerda pela têmpora, arrumando uma mecha de cabelo, depois disse, zangada:

— Isso é falta de educação, Nikolai Ivánovitch! Pois sou uma dama, no fim das contas. É uma grosseria não responder quando lhe falam!

Nikolai Ivánovitch, que sob o luar era visível até o último botão do colete cinza, até o último fio da barbicha clara e pontiaguda, abriu de repente um sorriso feroz, levantou-se do banco e, obviamente, fora de si de tão embaraçado, em vez de tirar o chapéu, acenou com a pasta para o lado e dobrou as pernas, como que se preparando para dançar.

— Ah, como o senhor é chato, Nikolai Ivánovitch — prosseguiu Margarida —, vocês todos já me encheram tanto que nem consigo exprimir, e estou muito feliz de estarmos nos separando! Vá para o diabo que o carregue!

Nessa hora, o telefone matraqueou às costas de Margarida, no dormitório. Margarida desabou do peitoril e, esquecendo-se de Nikolai Ivánovitch, agarrou o gancho.

— Azazello falando — disseram ao fone.

— Querido, Azazello querido — berrou Margarida.

— É hora! Saia voando — disse Azazello ao fone, e pelo tom de sua voz era audível que lhe agradava a franca explosão de alegria de Margarida —, e quando for voar por cima dos portões, grite “Invisível!”. Depois sobrevoe a cidade, para se acostumar, daí para o sul, fora da cidade, e direto para o rio. A senhora está sendo esperada!

Margarida pousou o fone no gancho, e daí, no quarto vizinho, algo de madeira mancou e começou a bater na porta. Margarida abriu, e uma vassoura, com as cerdas para cima, entrou dançando e voando no dormitório. Tamborilou o cabo no chão, escoiceou e lançou-se para a janela. Margarida deu um gritinho de êxtase e pulou em cima da vassoura. Só então ocorreu à amazona a ideia de que, em meio à barafunda, esquecera-se de se vestir. Foi até a cama galopando e pegou a primeira coisa que apareceu — uma camisa azul-celeste. Agitando-a como um estandarte, saiu voando pela janela. E a valsa do jardim atacou com mais força.

Da janelinha, Margarida deslizou para baixo e viu Nikolai Ivánovitch no banco. Estava como que petrificado ali e, em pasmo total, auscultava os gritos e o estrondo provenientes do dormitório iluminado do andar de cima.

— Adeus, Nikolai Ivánovitch — berrava Margarida, saltitando na frente de Nikolai Ivánovitch.

Este se lamuriou e se arrastou pelo banco, apalpando-o com as mãos e derrubando a pasta no chão.

— Adeus para sempre! Vou voar — gritou Margarida, abafando a valsa.

Daí compreendeu que não precisava da camisa para nada e, com uma gargalhada sinistra, cobriu a cabeça de Nikolai Ivánovitch com ela. Cego, Nikolai Ivánovitch despencou do banco para os tijolos da passagem.

Margarida virou-se para olhar uma última vez a mansão em que sofrera por tanto tempo, e viu, na janela iluminada, o rosto de Natacha, desfigurado pelo espanto.

— Adeus, Natacha! — bradou Margarida, levantando a vassoura. — Invisível, invisível! — gritou, ainda mais alto e, passando entre os ramos do bordo a lhe bater no rosto, sobrevoou o portão e saiu voando para a travessa. Atrás dela vinha a valsa, completamente enlouquecida.

Capítulo 21
O VOO

Invisível e livre! Invisível e livre! Voando por sua travessa, Margarida foi dar em outra, que formava um ângulo reto com a primeira. Cortou em um instante essa travessa remendada, cerzida, sinuosa e longa, com a porta entortada de uma loja de petróleo, onde se vendiam canecas de querosene e líquido contra parasitas em frascos, e daí aprendeu que, embora sendo totalmente livre e invisível, mesmo assim devia ser algo prudente em seu deleite. Só por milagre desacelerou e por pouco não se despedaçou mortalmente na velha luminária torta da esquina. Desviando-se dela, Margarida agarrou a vassoura mais firme e passou a voar mais devagar, perscrutando os fios elétricos e placas penduradas ao longo da calçada.

A terceira travessa levava direto à Arbat. Aqui Margarida já se familiarizara completamente com a direção da vassoura, compreendendo que ela obedecia ao menor toque das mãos ou dos pés, e que, ao sobrevoar a cidade, precisava ser muito atenta e não exagerar. Além disso, ficara claro em absoluto, já na travessa, que os passantes não viam a voadora. Ninguém levantava a cabeça, gritava: "Olha! Olha!", saltava de banda, gania, desmaiava ou desatava em feroz gargalhada.

Margarida voava em silêncio, bem devagar e baixo, mais ou menos no nível do segundo andar. Porém, mesmo voando devagar, logo na saída das luzes ofuscantes da Arbat cometeu um pequeno equívoco e bateu o ombro em um disco aceso com uma seta desenhada. Isso deixou Margarida brava. Refreou a vassoura obediente, voou para o lado e depois, lançando-se subitamente contra o disco, despedaçou-o com o cabo. Os estilhaços caíram com estrépito, os transeuntes se afastaram, um apito soou em algum lugar, e Margarida, ao concluir o ato desnecessário, desatou a rir. "Na Arbat, tenho que tomar ainda mais cuidado, pensou Margarida. "Tudo é tão confuso que não dá para se orientar." Mergulhou entre os fios. Debaixo de Margarida passavam as capotas de trólebus, ônibus e automóveis, e pelas calçadas abaixo dela pareciam fluir rios de bonés. Desses rios se desprendiam riachos, que desaguavam nas goelas iluminadas das lojas noturnas. "Eh, que bagunça!", pensou Margarida, zangada. "Não dá para virar." Atravessou a Arbat, ergueu-se mais alto, até o quarto andar e, passando ao lado dos ofuscantes canos azuis no edifício do teatro da esquina,[7] foi dar na travessa estreita de prédios altos. Todas as janelas estavam abertas e emanavam música de rádio. Por curiosidade, Margarida espiou em uma janela. Viu uma cozinha. Dois fogareiros bramiam na chapa e, perto deles, duas mulheres brigavam, de colher na mão.

— Tem que apagar a luz depois de sair do banheiro, é o que tenho a lhe dizer, Pelagueia Pávlovna — dizia a mulher com uma panela de comida fumegante à frente —, senão vamos despejá-la!

— Boa é a senhora — respondeu a outra.

— Boas são ambas — disse Margarida, em voz alta, rompendo para a cozinha através do peitoril.

As contendedoras voltaram-se para a voz e congelaram com as colheres sujas na mão. Margarida cuidadosamente esticou o braço no meio delas e virou o registro dos dois fogareiros, apagando-os. As mulheres soltaram uma exclamação e ficaram boquiabertas. Só que Margarida já tinha se entediado com a cozinha e saíra voando para a travessa.

No fim desta, sua atenção foi atraída por uma massa gigantesca de oito andares, um edifício, pelo visto, recém-construído. Margarida foi para baixo e, ao aterrissar, viu que a fachada do prédio era revestida de mármore negro, que as portas eram amplas, que atrás de seus vidros destacava-se a boina do porteiro com galões dourados e botões, e que, acima da porta, estava pendurada uma tabuleta dourada: "Casa da Dramlit".

Margarida apertou os olhos para a inscrição, imaginando o que poderia significar a palavra "Dramlit". Colocando a vassoura debaixo do braço, Margarida cruzou a entrada, empurrando a porta, para pasmo do porteiro, e viu, na parede, ao lado do elevador, um quadro imenso, no qual estavam escritos, com caracteres brancos, os números dos quartos e os sobrenomes dos inquilinos. A inscrição de cima, "Casa do dramaturgo e do literato", levou Margarida a soltar um gemido selvagem e sufocado. Elevando-se pelo ar, passou a ler, sôfrega, os nomes: Khústov, Dvubrátski, Kvant, Beskúdnikov, Latunski...

— Latunski! — gritou Margarida, com voz esganiçada. — Latunski! Então é ele! Foi ele que acabou com o mestre!

Junto à entrada, o porteiro, esbugalhando os olhos e chegando a dar um pulo de espanto, olhava para o quadro negro, tentando entender aquele

---

[7] O Teatro Vakhtángov, no qual foi encenada, nos anos 1920, a peça de Bulgákov *O apartamento de Zoia*. (N. do T.)

prodígio: como a lista de inquilinos, de súbito, estava a se esganiçar. Nessa hora, Margarida já se precipitava escada acima, repetindo, arrebatada:

— Latunski, 84! Latunski, 84...

À esquerda o 82, à direita o 83, mais acima, à esquerda, o 84! É aqui. Tem até cartão: "O. Latunski".

Margarida apeou da vassoura, e o patamar de pedra refrescou as solas ardentes de seus pés. Margarida tocou a campainha uma, duas vezes. Mas ninguém abriu. Margarida passou a apertar o botão com mais força, ouvindo o repique no apartamento de Latunski. Sim, o morador do apartamento nº 84, no oitavo andar, deveria gratidão ao finado Berlioz até o fim da vida pelo presidente ter ido parar embaixo do bonde, e pela cerimônia fúnebre ter sido marcada exatamente para aquela noite. O crítico Latunski nascera sob uma estrela favorável. Ela o salvara de um encontro com Margarida, que se transformara em bruxa naquela sexta-feira!

Ninguém abriu. Então Margarida disparou a toda para baixo, contando os andares, escapou para a rua e, lá embaixo, olhando para cima, calculou e verificou os andares do lado de fora, imaginando precisamente qual seria a janela do apartamento de Latunski. Não havia dúvida de que eram as cinco janelas escuras no canto do prédio, no oitavo andar. Tendo se assegurado disso, Margarida se elevou no ar e, alguns minutos depois, entrou pela janela aberta no apartamento sem luz, no qual brilhava apenas uma réstia fina de luar. Margarida percorreu-a, tateando em busca do interruptor. Em um minuto, o apartamento estava todo iluminado. A vassoura ficara no canto. Após se certificar de que não havia ninguém em casa, Margarida abriu a porta que dava para a escadaria e conferiu o cartão. O cartão estava no lugar. Margarida tinha ido parar onde precisava.

Sim, dizem até hoje que o crítico Latunski empalidece ao recordar aquela noite horrível, e até hoje profere o nome de Berlioz com devoção. Não dá para saber de jeito nenhum que crime obscuro e torpe teria marcado aquela noite: ao voltar da cozinha, Margarida tinha nas mãos um pesado martelo.

A voadora nua e invisível continha-se e se acalmava, com as mãos tremendo de impaciência. Mirando com atenção, Margarida bateu nas teclas do piano, e o primeiro uivo lamentoso ressoou por todo o apartamento. O inocente instrumento de salão de Becker[8] gritava, frenético. Suas teclas des-

---

[8] Nascido na Alemanha, Jakob Davídovitch Becker abriu sua célebre fábrica de pianos em São Petersburgo em 1841. (N. do T.)

pencavam, as teclas de marfim voavam para todos os lados. O instrumento bramia, uivava, rouquejava, tilintava. Com o som de um tiro de revólver, o tampo superior envernizado rebentou a um golpe do martelo. Respirando pesadamente, Margarida arrancava e esmagava as cordas com o martelo. Por fim, cansada, parou, caindo numa poltrona para tomar fôlego.

A água zunia terrivelmente no banheiro, e na cozinha também. "Parece que já está derramando no chão", pensou Margarida, acrescentando em voz alta:

— Porém não adianta nada ficar aqui sentada.

Uma torrente já jorrava da cozinha para o corredor. Chapinhando com os pés nus, Margarida levava baldes de água da cozinha para o gabinete do crítico, vertendo-os nas gavetas da escrivaninha. Depois, rompendo com o martelo a porta do armário desse mesmo gabinete, precipitou-se para o quarto de dormir. Quebrando o armário de vidro, tirou de lá o terno do crítico, afogando-o na banheira. Um tinteiro cheio, apanhado no escritório, foi derramado na suntuosa cama de casal do aposento. A destruição que levava a cabo lhe propiciava um prazer ardente, mas mesmo assim tinha o tempo todo a impressão de que os resultados eram míseros. Por isso, passou a fazer o que lhe dava na telha. Partiu os vasos com fícus no mesmo cômodo em que partira o piano. Deixando essa tarefa inconclusa, voltou ao dormitório e, com uma faca de cozinha, cortou os lençóis, rompeu os porta-retratos. Não sentia cansaço, apenas o suor a lhe correr pelas mãos.

Nessa hora, no apartamento nº 82, debaixo do apartamento de Latunski, a empregada do dramaturgo Kvant tomava chá na cozinha, atônita com o estrépito, correria e tinido vindos de cima. Levantando a cabeça para o teto, viu de repente que a cor deste mudava, a seus olhos, de branco para um azulado cadavérico. A mancha se alargava a olhos vistos, e de repente gotas começaram a se avolumar. A criada ficou sentada por dois minutos, admirada com aquele fenômeno, até que, por fim, uma verdadeira chuva passou a cair do teto, batendo no chão. Daí ela se ergueu de um salto, colocando uma bacia debaixo da torrente, o que não ajudou em nada, pois a chuva se ampliara, passando a inundar o fogão a gás e a mesa com a louça. Então a empregada de Kvant saiu gritando do apartamento pela escadaria, aos berros, e imediatamente a campainha da casa de Latunski começou a tocar.

— Bem, começaram a tocar, é hora de ir — disse Margarida.

Sentou-se na vassoura, auscultando o que a voz feminina gritava pela fresta da porta:

— Abram, abram! Dússia,[9] abra! O que está acontecendo aí, a água vazou? Estamos inundados!

Margarida elevou-se um metro e bateu no lustre. Duas lâmpadas se estilhaçaram, e os fragmentos voaram para todos os lados. Os gritos na fresta cessaram, ouviram-se passos na escada. Margarida flutuou pela janela, viu-se do lado de fora, moveu o martelo com pouca força e acertou o vidro. Este soluçou, e uma cascata de lascas despencou pela parede revestida de mármore. Margarida foi até a janela seguinte. Ao longe, lá embaixo, na calçada, as pessoas se puseram a correr, um dos dois carros que estavam à entrada deu um ronco e arrancou. Depois de terminar com as janelas de Latunski, Margarida flutuou até o apartamento vizinho. Os golpes se tornaram mais fortes, a travessa se encheu de ruídos e estrépitos. O porteiro saiu correndo da primeira entrada, olhou para cima, titubeou um pouco, obviamente por não imaginar de pronto o que fazer, enfiou um apito na boca e apitou enlouquecidamente. Depois de aniquilar com especial entusiasmo a última janela do oitavo andar ao som desse apito, Margarida baixou até o sétimo e se pôs a dar cabo de suas janelas.

Extenuado pela longa inatividade por detrás das portas espelhadas da entrada, o porteiro colocava toda a alma no apito, seguindo Margarida dessa forma com precisão, como se a estivesse acompanhando. Nas pausas, quando ela voava de uma janela a outra, ele tomava fôlego e, a cada golpe de Margarida, com as bochechas cheias, esparramava-se, furando o ar da noite até chegar aos céus.

Seus esforços, combinados com os esforços furiosos de Margarida, deram grandes resultados. O pânico se instaurou no prédio. As janelas que ainda estavam intactas se abriam, cabeças de gente apareciam e logo se escondiam, enquanto as janelas que já estavam abertas, pelo contrário, se fechavam. No prédio oposto, sobre o fundo iluminado, apareciam nas janelas silhuetas escuras de pessoas tentando entender como as vidraças do novo edifício da Dramlit estavam arrebentando sem motivo algum.

Na travessa, o povo corria para o prédio da Dramlit, dentro do qual as pessoas se atropelavam pelas escadas como possessas, sem razão nem sentido. A empregada de Kvant gritava aos que corriam pela escada que estava tudo inundado, e a ela logo se uniu a criada de Khústov, do apartamento nº 80, que se localizava embaixo do de Kvant. O teto de Khústov vazava na cozinha e no banheiro. Por fim, uma enorme camada de estuque desmoro-

---

[9] Diminutivo de Ievdokía, Ida ou Iadviga. (N. do T.)

nou do teto da cozinha de Kvant, despedaçando toda a louça suja, depois do que produziu-se uma autêntica enxurrada: a água jorrava aos cântaros das ripas molhadas e flácidas da grade. Então começaram os gritos na escadaria da primeira entrada. Voando junto à penúltima janela do quarto andar, Margarida espiou e viu um homem que, no pânico, colocara uma máscara antigás. Batendo no vidro, Margarida assustou-o, e ele desapareceu do quarto.

E, inesperadamente, a devastação selvagem cessou. Esgueirando-se para o terceiro andar, Margarida espiou a última janela, coberta por uma leve corrediça escura. No quarto ardia uma débil lâmpada sob uma redoma. Em um pequeno leito com rede dos lados estava sentado um menino de quatro anos, que a tudo ouvia, assustado. Não havia adultos no quarto. Pelo visto, tinham todos fugido do apartamento.

— Estão quebrando os vidros — disse o menino, e chamou: — Mamãe! — Ninguém replicou, então ele disse: — Mamãe, estou com medo.

Margarida afastou a corrediça e entrou voando pela janela.

— Estou com medo — repetiu o menino, trêmulo.

— Não tema, não tema, pequeno — disse Margarida, tentando amaciar a voz criminosa, enrouquecida pelo vento —, foram os meninos que quebraram os vidros.

— Com estilingue? — perguntou o menino, parando de tremer.

— Com estilingue, com estilingue — confirmou Margarida —, então durma!

— Foi o Sítnik — disse o menino —, ele tem um estilingue.

— Ah, é claro que foi ele!

O menino deu uma olhada manhosa para o lado e perguntou:

— E cadê você, tia?

— Eu não existo — respondeu Margarida —, apareci no seu sonho.

— Foi o que achei — disse o menino.

— Deite-se — mandou Margarida — e coloque a mão embaixo do rosto, que eu vou aparecer no seu sonho.

— Então apareça, apareça — concordou o menino, deitando-se imediatamente e colocando a mão embaixo do rosto.

— Vou lhe contar uma história — pôs-se a falar Margarida, colocando a mão ardente na cabeça tosquiada —, era uma vez uma tia. Ela não tinha filhos, e em geral também não tinha alegria. Primeiro ela chorava muito, depois virou malvada... — Margarida se calou e tirou a mão: o menino adormecera.

Margarida pousou o martelinho de leve no peitoril e saiu voando pela janela. Junto ao prédio era a baderna. Pessoas gritavam e corriam pela calçada de asfalto, salpicada de vidro quebrado. Entre elas, já se distinguiam policiais. De repente, um golpe de sino, e um caminhão de bombeiros vermelho com uma escada adentrou na travessa, vindo da Arbat...

Contudo, nada mais interessava a Margarida. Tomando cuidado para não esbarrar em nenhum fio, agarrou a vassoura com mais força e, em um instante, viu-se acima do malfadado edifício. A travessa embaixo dela entortou-se para o lado e sumiu lá embaixo. Em seu lugar, surgiu aos pés de Margarida um ajuntamento de telhados, entrecortado nos cantos por veredas iluminadas. Todo ele se deslocou inesperadamente para o lado, e cadeias de luzes borraram e se fundiram.

Margarida deu mais uma arrancada, e então todo o ajuntamento de telhados sumiu como que por encanto, e, em seu lugar, surgiu um lago de luzes elétricas trêmulas, e esse lago de súbito se ergueu verticalmente, para depois aparecer acima da cabeça de Margarida, enquanto a seus pés a lua brilhava. Ao compreender que tinha virado de ponta-cabeça, Margarida assumiu a posição normal e, depois do giro, viu que já não tinha mais lago, e atrás de si restara apenas um clarão róseo no horizonte. Este também desapareceu em um segundo, e Margarida viu-se a sós com a lua, que pairava acima de si, à esquerda. Os cabelos de Margarida há tempos estavam desgadelhados, e o luar banhava-lhe o corpo com um silvo. Ao ver que lá embaixo duas fileiras de luzes ralas uniam-se em dois traços luminosos contínuos, e rapidamente iam ficando para trás, Margarida deduziu que voava com velocidade monstruosa, e espantou-se por não perder o fôlego.

Ao cabo de alguns segundos, ao longe, embaixo, na escuridão da terra, acendeu-se um novo lago de luz elétrica, arremetendo sob os pés da voadora, mas logo girou como um parafuso e se afundou na terra. Mais alguns segundos e exatamente o mesmo fenômeno.

— Cidades! Cidades! — berrava Margarida.

Depois disso, duas ou três vezes ela viu embaixo de si uns sabres de reflexo turvo em estojos negros abertos, e percebeu que eram rios.

Virando a cabeça para cima e para a esquerda, a voadora admirava-se de que a lua corresse de volta para Moscou como uma louca, ao mesmo tempo que, de forma estranha, ficasse parada no lugar, de modo que era possível ver nela, com nitidez, algo escuro e enigmático, talvez um dragão, talvez um corcel corcunda com a fuça pontiaguda voltada para a cidade que abandonara.

Daí Margarida foi tomada pela ideia de que, no fundo, não havia motivo para atiçar a vassoura de forma tão frenética. De que estava se privando da possibilidade de observar as coisas da forma devida, de desfrutar do voo.

Algo lhe dizia que, lá para onde voava, seria aguardada, e que não precisava se incomodar em voar a uma rapidez e altura tão enlouquecidas.

Margarida vergou as cerdas da vassoura para diante, fazendo seu cabo se levantar, e, desacelerando bastante a marcha, foi até a terra. E esse deslizar para baixo, como num trenó aéreo, propiciou-lhe o maior dos prazeres. A terra ergueu-se em sua direção, e, naquela massa até então disforme, desenharam-se os segredos e fascínios de uma noite de luar. A terra se aproximava dela, e Margarida já era envolvida pelo aroma das florestas verdejantes. Margarida sobrevoou a neblina de um prado orvalhado, depois um lago. Abaixo de Margarida cantava um coro de rãs e, em algum lugar, ao longe, o ruído de um trem que, por algum motivo, agitava muito o coração. Margarida logo o avistou. Deslizava devagar, como uma lagarta, lançando fagulhas no ar. Ao ultrapassá-lo, Margarida passou por mais um espelho de água, no qual uma segunda lua ficou a seus pés, baixou ainda mais e prosseguiu, com as pernas quase tocando as copas de imensos pinheiros.

Um ruído pesado de ar sendo cortado veio por trás e começou a chegar a Margarida. Aos poucos, a esse ruído, que voava como um projétil, uniu-se uma gargalhada de mulher, que ressoava por muitas verstas. Margarida olhou ao redor e avistou um objeto escuro e complexo. Conforme se aproximava de Margarida, ia ficando cada vez mais nítido, e dava para ver que era alguém voando a cavalo. Por fim, deu para distinguir por inteiro. Margarida desacelerou a marcha, e foi alcançada por Natacha.

Completamente nua, com os cabelos desgrenhados esvoaçando ao vento, ela voava montada em um porco gordo[10] que com as patas dianteiras agarrava uma pasta e, com as traseiras, malhava tenazmente o ar. Cintilando esporadicamente ao luar para depois se apagar, o *pince-nez*, que caíra do nariz, voava ao lado do porco, em um cordão, e o chapéu lhe caía o tempo todo sobre os olhos. Observando melhor, Margarida reconheceu no porco Nikolai Ivánovitch, e então sua gargalhada ressoou pela floresta, misturando-se com a de Natacha.

— Natachka![11] — berrou Margarida, de forma penetrante. — Você passou o creme?

---

[10] Na Noite de Valpúrgis, do *Fausto*, de Goethe (São Paulo, Editora 34, 2004, p. 445, tradução de Jenny Klabin Segall), uma voz diz: "A velha Baubo vem sozinha;/ Numa mãe-porca se avizinha". A nota de Marcus Mazzari à edição afirma que "em sagas antigas, Baubo (a vulva personificada) é uma velha criada de Deméter, a quem conta histórias cômicas e devassas para distrair-lhe dos sofrimentos causados pela filha Perséfone". (N. do T.)

[11] Diminutivo de Natacha. (N. do T.)

— Queridíssima! — respondeu Natacha, despertando o pinheiral adormecido com seus berros. — Minha rainha da França, eu também untei a careca dele!

— Princesa! — pôs-se a vociferar, choroso, o porco, levando a amazona a galope.

— Queridíssima! Margarida Nikoláievna! — gritou Natacha, correndo ao lado de Margarida. — Admito que peguei o creme. Pois também queria viver e voar. Perdoe-me, minha senhora, mas eu não volto, não volto por nada! Ah, como é bom, Margarida Nikoláievna! Ele me fez propostas — Natacha começou a dar com os dedos no pescoço do porco envergonhado e resfolegante —, propostas! De que você me chamou, hein? — gritou, inclinando-se para a orelha do porco.

— Deusa! — ululou ele. — Não posso voar tão rápido. Posso perder papéis importantes! Natália Prokófievna, eu protesto!

— Para o diabo com os seus papéis — bradou Natacha, gargalhando audaz.

— O que é isso, Natália Prokófievna? Alguém pode nos ouvir! — vociferou o porco, suplicante.

Voando a galope ao lado de Margarida, Natacha contou, às gargalhadas, o que tinha acontecido na mansão depois que Margarida Nikoláievna saíra voando pelo portão.

Natacha confessou que, sem tocar em nenhuma das coisas que lhe foram presenteadas, arrancou a roupa, avançou para o creme e se untou sem demora. E lhe ocorrera a mesma coisa que à patroa. Na hora em que Natacha, gargalhando de alegria, inebriava-se na frente do espelho com sua beleza mágica, a porta se abriu, e Nikolai Ivánovitch surgiu diante dela. Estava perturbado, com a camisa de Margarida Nikoláievna, seu próprio chapéu e pasta nas mãos. Ao ver Natacha, Nikolai Ivánovitch ficou aturdido. Controlando-se um pouco, vermelho como lagostim, afirmou que considerava seu dever pegar a roupa do chão e entregá-la pessoalmente...

— O que não disse o patife! — gania e gargalhava Natacha. — O que não disse, como veio seduzindo! Quanto dinheiro não prometeu! Disse que Klávdia Petrovna não ia ficar sabendo de nada! Diga, então, estou mentindo? — Natacha gritava ao porco, que só fez virar o focinho, embaraçado.

Depois de aprontar outras travessuras pelo dormitório, Natacha untou Nikolai Ivánovitch com creme, e ficou assombrada e perplexa. O rosto do respeitável inquilino do andar de baixo reduzira-se a um focinho, enquanto seus braços e pernas revelaram-se cascos. Ao se olhar no espelho, Nikolai Ivánovitch soltou um uivo desesperado e feroz, mas já era tarde. Alguns segundos depois, selado, voava para um quinto dos infernos, fora de Moscou, soluçando de desgosto.

— Exijo a restituição de meu aspecto normal! — o porco gritou e grunhiu, de repente, entre frenético e suplicante. — Não tenciono voar para uma reunião ilegal! Margarida Nikoláievna, a senhora é obrigada a acalmar a sua empregada!

— Ah, empregada? Então agora para você eu sou uma empregada? — gritou Natacha, beliscando a orelha do porco. — Eu não era uma deusa? Como você me chamava?

— Vênus! — respondeu o porco, choroso, sobrevoando um riacho que rumorejava por entre as pedras e batendo de leve com os cascos em arbustos de aveleira.

— Vênus! Vênus! — bradava Natacha, triunfante, colocando uma mão nos quadris e estendendo a outra para a lua. — Margarida! Rainha! Peça que me deixem continuar a ser bruxa. Por você eles farão tudo, deram-lhe poder!

E Margarida retrucou:

— Pois bem, prometo!

— Obrigada! — gritou Natacha e, de repente, passou a berrar de forma penetrante, e com alguma angústia: — Hei! Hei! Mais rápido! Mais rápido! Ei, vamos, acelere! — Deu com os calcanhares nas ancas do porco emagrecido pela carreira insana, e esse arrancou de forma que o ar voltou a se rasgar e, em um minuto, Natacha já era um ponto preto adiante, para depois desaparecer por completo, enquanto o som de seu voo se esvaía.

Margarida saiu voando com a lentidão de antes por uma região desconhecida e deserta, sobre colinas semeadas de ralos penedos entre enormes pinheiros isolados. Margarida voava e pensava que, provavelmente, estava em algum lugar bem longe de Moscou. A vassoura voava não acima das copas dos pinheiros, mas já por entre seus troncos, prateados pelo luar. A tênue sombra da voadora deslizava no solo à sua frente: agora a lua brilhava às costas de Margarida.

Margarida sentiu a proximidade da água, e suspeitou que o objetivo estava próximo. Os pinheiros se dissiparam, e Margarida silenciosamente se aproximou pelo ar de um precipício gredoso. Para lá desse precipício, embaixo, na sombra, havia um rio. O nevoeiro pairava e se agarrava nos arbustos na base do precipício vertical, mas a margem oposta era plana, baixa. Nela, sob um grupo isolado de árvores frondosas, agitava-se a fagulha de uma fogueira e avistavam-se figuras em movimento. Margarida teve a impressão de que o zunido de uma música alegre vinha de lá. Mais além, até onde a vista alcançava, não se via na planície prateada sinal nem de moradia, nem de gente.

Margarida pulou precipício abaixo, lançando-se rápido na água. Depois da corrida pelo ar, o líquido a atraía. Livrando-se da vassoura, tomou impulso e mergulhou de cabeça no rio. Seu corpo leve penetrou na água como uma seta, lançando uma coluna líquida que chegou quase até a lua. A água estava quente, como em uma banheira, e, emergindo das profundezas, Margarida nadou à vontade naquele rio, na plena solidão da noite.

Ao lado de Margarida não havia ninguém, porém um pouco à frente, atrás de uns arbustos, ouviam-se ondas e fungadas; alguém também estava a se banhar ali.

Margarida correu para a margem. Depois do banho, seu corpo ardia. Não sentia cansaço algum, bailando alegremente na grama úmida. De repente, parou de dançar e montou guarda. A fungada começou a chegar perto e, de trás dos arbustos de salgueiro, saiu um gordo pelado com uma cartola preta de seda caída sobre a nuca. Tinha as plantas dos pés atoladas no lodo, o que dava a impressão de que o banhista calçava botas pretas. A julgar pelo jeito de resfolegar e soluçar, estava bastante bêbado, o que, aliás, também podia ser confirmado pelo fato de que o rio subitamente passou a exalar odor de conhaque.

Ao ver Margarida, o gordo a olhou atentamente, depois berrou:

— O que é isso? É ela que eu estou vendo? Claudine, é você, a viúva alegre? Você também está aqui? — e foi cumprimentá-la.

Margarida recuou e respondeu, com dignidade:

— Vá para o diabo que o carregue. Que Claudine é essa? Olhe com quem está falando — e, depois de refletir por um instante, acrescentou à sua fala um longo palavrão impublicável. Tudo isso provocou um efeito de desembriagamento no gordo leviano.

— Ui! — exclamou, baixo, e estremeceu. — Seja magnânima e me perdoe, radiante rainha Margot! Eu me enganei. A culpa é do conhaque, esse maldito! — o gordo colocou um joelho no chão, tirou a cartola, fazendo uma reverência, e se pôs a balbuciar, misturando frases russas e francesas, umas bobagens a respeito do casamento sangrento de um amigo seu de Paris, Guessard,[12] do conhaque, e sobre estar arrasado pelo triste equívoco.

---

[12] François Guessard foi o editor francês que publicou, em 1842, as *Memórias e cartas de Margarida de Valois*, a célebre rainha Margot (1553-1615), cuja cerimônia de casamento com Henrique IV, em 1572, degenerou no massacre de huguenotes conhecido como a Noite de São Bartolomeu. (N. do T.)

— Você devia vestir calças, filho de uma cadela — disse Margarida, acalmando-se.

O gordo sorriu com alegria ao ver que Margarida não estava zangada, informando entusiasmado que se encontrava sem calças naquele dado momento apenas porque, por distração, deixara-as no rio Ienissei,[13] onde estivera nadando até então, mas que voaria imediatamente para lá, já que estava ao alcance da mão, e depois, colocando-se à sua disposição e ordens, pôs-se a andar para trás, retrocedendo até escorregar e cair de costas na água. Porém, mesmo na queda, conservou um sorriso de êxtase e devoção no rosto orlado por pequenas costeletas.

Margarida então deu um assobio penetrante e, montando a vassoura que a trouxera, passou para a margem oposta do rio. A sombra da colina gredosa não chegava até ali, e toda a margem era inundada pelo luar.

Bastou Margarida roçar a grama úmida e a música sob os salgueiros ficou mais forte, e um feixe de fagulhas esvoaçou da fogueira com mais alegria. Sob os galhos do salgueiro, cobertos de amentilhos delicados e felpudos, havia, visíveis ao luar, duas fileiras de rãs bochechudas que, inflando-se como se fossem de borracha, tocavam uma marcha de bravura em pífaros de pau. Reluzentes pedaços carcomidos de madeira pendurados na frente dos músicos, em ramos de salgueiro, iluminavam as partituras, e a luz tremulante das fogueiras brincava nas fuças das rãs.

A marcha soava em honra de Margarida. Era-lhe dispensada a mais solene das recepções. *Russalkas*[14] diáfanas pararam sua dança de roda no rio e acenaram com algas para Margarida, e suas saudações ressoaram ao longe pela margem deserta e esverdeada. Bruxas nuas, saltando de trás do salgueiro, formaram fila e se puseram a cumprimentar e fazer reverências corteses. Alguém com pés de bode veio voando e beijou-lhe a mão, indagou se o banho da rainha fora bom e lhe propôs que se deitasse e descansasse.

Assim o fez Margarida. O de pés de bode serviu-lhe uma taça de champanhe, que ela bebeu, e seu coração se aqueceu na hora. Indagando onde estava Natacha, recebeu a resposta de que ela já havia se banhado e voado no porco para Moscou, para avisar com antecedência que Margarida logo chegaria, e ajudar a preparar seu traje.

A breve permanência de Margarida sob o salgueiro foi marcada por um episódio. Um silvo riscou o ar, e um corpo negro, claramente errando o al-

[13] Rio da Sibéria, fica mais de 3 mil quilômetros a leste de Moscou. (N. do T.)

[14] Entidade mítica das águas, espécie de sereia russa. (N. do T.)

vo, desabou na água. Em alguns instantes, estava na frente de Margarida aquele mesmo gordo de costeletas que se apresentara a ela de forma tão malograda na outra margem. Pelo visto, conseguira dar um pulo no Ienissei, pois estava de fraque, embora molhado da cabeça aos pés. O conhaque o traíra pela segunda vez: ao desembarcar, voltara a dar na água. Contudo, não perdera o sorriso nem com esse infeliz incidente, e a sorridente Margarida permitiu que lhe beijasse a mão.

Depois todos começaram a se preparar. As *russalkas* concluíram sua dança ao luar e nele se dissiparam. O de pés de bode indagou respeitosamente a Margarida como ela tinha chegado ao rio. Ao saber que viera em cima de uma vassoura, disse:

— Ah, mas por quê?, é desconfortável! — e instantaneamente construiu, com dois raminhos, um telefone suspeito, exigindo que mandassem um carro naquele mesmo instante, o que se cumpriu, de fato, em um minuto. Veio dar na ilha um carro aberto de cor baia, só que, no lugar do motorista, não estava sentado um chofer normal, e sim uma gralha preta, de bico comprido, boina de oleado e luvas com punhos. A ilhota se esvaziou. As feiticeiras voadoras se dissolveram no ardor da lua. A fogueira se extinguiu e o carvão foi coberto de cinzas.

O de costeletas e o de pé de bode ajudaram Margarida a subir, e ela se acomodou no amplo banco de trás. O carro uivou, saltou e subiu quase até a lua, a ilha desapareceu, desapareceu o rio. Margarida disparava rumo a Moscou.

Capítulo 22
À LUZ DE VELAS

O ronco uniforme do carro, que voava bem acima do solo, embalava Margarida, e o luar a aquecia de forma agradável. Fechando os olhos, oferecia o rosto ao vento e pensava com certa tristeza na margem desconhecida de rio que deixara, sentindo que nunca mais a avistaria. Depois de todos os feitiços e prodígios daquela noite, já deduzia exatamente quem ela estava sendo levada para visitar, porém isso não a assustava. A esperança de que lá conseguiria obter a recuperação de sua felicidade tornava-a intrépida. Se bem que não deu para ela sonhar muito com essa felicidade no carro. Ou porque a gralha conhecia bem o seu ofício, ou porque o carro era bom, logo Margarida abriu os olhos e viu debaixo de si não a escuridão da floresta, e sim o lago trêmulo das luzes de Moscou. O pássaro-chofer preto desatarraxou a roda dianteira direita no voo, e depois fez o carro aterrissar em um cemitério completamente deserto na região de Dorogomílov. Fazendo Margarida, que nada perguntava, desembarcar com sua vassoura ao lado de uma lápide, a gralha colocou o carro em movimento, dirigindo-o para uma ribanceira atrás do cemitério. Lá ele despencou com estrondo e ficou destroçado. A gralha fez uma continência respeitosa, montou na roda e saiu voando.

Uma capa negra imediatamente surgiu de trás de um dos monumentos. Um canino cintilou ao luar, e Margarida reconheceu Azazello. Com um gesto, convidou Margarida para se sentar na vassoura, pulou em cima de um longo florete, ambos decolaram e, sem que ninguém notasse, em alguns segundos aterrissaram perto do prédio Nº 302-bis, na rua Sadôvaia.

Quando, com vassoura e florete debaixo do braço, os companheiros de viagem cruzaram a entrada, Margarida reparou em um homem de boné e botas altas, aflito, provavelmente esperando alguém. Por mais leves que fossem os passos de Azazello e Margarida, o homem solitário os ouviu e estremeceu, sem entender quem produzia o ruído.

Encontraram na sexta entrada um segundo homem, espantosamente parecido com o primeiro. E a mesma história voltou a se repetir. Passos... O homem se virou, irrequieto, e franziu o cenho. Quando a porta abriu e fechou, lançou-se atrás dos passantes invisíveis, mas claro que não viu nada.

Um terceiro, cópia exata do segundo e, portanto, também do primeiro, estava de plantão no patamar do terceiro andar. Fumava umas *papirossas* fortes, e Margarida deu uma tossida ao passar por ele. O fumante, como se tivesse sido picado, deu um pulo do banco em que estava sentado, passou a olhar ao redor, inquieto, foi até o corrimão, olhou para baixo. Nessa hora, Margarida e seu guia já estavam na porta do apartamento nº 50. Não tocaram a campainha. Sem fazer barulho, Azazello abriu a porta com sua chave.

A primeira coisa que espantou Margarida foi a escuridão em que se encontrou. Não se via nada, como numa cova, e Margarida, sem querer, agarrou a capa de Azazello, temendo tropeçar. Mas daí, acima, ao longe, a fagulha de uma lamparina tremeluziu e começou a se aproximar. No trajeto, Azazello tirou de baixo do braço de Margarida a vassoura, que desapareceu sem ruído na escuridão. Então começaram a subir uns degraus largos, e Margarida teve a impressão de que eles não teriam fim. Ficou espantada que a antessala de um apartamento comum de Moscou pudesse alojar aquela extraordinária escadaria infindável e invisível, porém bastante palpável. Mas daí a subida acabou, e Margarida compreendeu que estava no patamar. A fagulha se aproximou de todo, e Margarida avistou o rosto iluminado de um homem comprido e escuro, segurando a lamparina. Quem, naqueles dias, tivera a infelicidade de cruzar seu caminho obviamente logo o teria reconhecido, por mais débil que fosse o fogacho da lamparina. Era Korôviev, aliás Fagote.

Verdade que a aparência de Korôviev tinha mudado por completo. A fagulha cintilante refletia-se não em um *pince-nez* rachado, que há muito tempo devia ter sido jogado em um monturo, mas em um monóculo que, na verdade, também estava rachado. O bigodinho do rosto insolente estava frisado e com brilhantina, e a escuridão de Korôviev se explicava de forma muito simples: trajava fraque. De branco, tinha só o peito.

O mago, regente, feiticeiro, intérprete ou sabe o diabo enfim o quê... em suma, Korôviev fez uma reverência e, descrevendo um largo gesto com a lâmpada no ar, convidou Margarida a segui-lo. Azazello sumiu.

"Uma noite surpreendentemente estranha", pensou Margarida. "Eu estava esperando qualquer coisa, menos isso! O que foi, será que faltou a eletricidade? Mas o mais espantoso são as dimensões desse recinto. De que jeito dá para enfiar isso tudo em um apartamento de Moscou? Simplesmente não dá, de jeito nenhum!"

Por menor que fosse a luz da lamparina de Korôviev, Margarida entendeu que se encontrava em uma sala absolutamente incomensurável, e ainda por cima com uma colunata, escura e, à primeira vista, interminável. Korôviev parou ao lado de um sofazinho, colocou a lamparina em cima de um pedestal, propôs a Margarida, com um gesto, que se sentasse, instalando-se junto a ela em pose pitoresca, apoiando o cotovelo no pedestal.

— Permita que me apresente — disse, com voz rouca —, Korôviev. Está surpresa por não ter luz? Pensou naturalmente que fosse economia? Ni-ni-ni. Que o primeiro carrasco que aparecer, ainda que seja um daqueles que hoje, um pouco mais tarde, terão a honra de beijar o seu joelho, corte a minha cabeça nesse pedestal se for por isso. O *messire* simplesmente não aprecia luz elétrica, e nós só a acendemos no último momento. E então, creia, não haverá falta dela. Talvez até fosse melhor se houvesse menos.

Korôviev agradou a Margarida, e sua tagarelice estridente agiu sobre ela como um tranquilizante.

— Não — respondeu Margarida —, de tudo, o que mais me espanta é como tudo isso cabe aqui.

Korôviev deu uma risadinha gostosa, que mexeu as sombras das dobras de seu nariz.

— É o menos complicado de tudo! — respondeu. — Para quem conhece bem a quinta dimensão, não custa nada alargar os limites do recinto desejado. Digo-lhe mais, respeitável senhora, só o diabo sabe qual o seu limite! Eu, aliás — Korôviev seguiu a tagarelar —, conheci pessoas não apenas sem noção alguma da quinta dimensão, como em geral sem noção alguma de nada, que mesmo assim operavam autênticos milagres no sentido da ampliação de seu espaço. Assim, por exemplo, um cidadão, conforme me contaram, que recebeu um apartamento de três cômodos na rua Zemlianói Val, sem nenhuma quinta dimensão nem outras dessas coisas de quebrar a cabeça, converteu-o instantaneamente em um de quatro aposentos, dividindo um ao meio com um tabique.

Em seguida, trocou-o por dois apartamentos separados, em regiões diferentes de Moscou — um de três e outros de dois cômodos. Concorde que ele passou a ter cinco. O de três aposentos, trocou por dois separados de dois cada, e se tornou o proprietário, como a senhora pode ver, de seis aposentos, verdade que espalhados, em total desordem, por toda Moscou. Já se preparava para realizar o derradeiro e mais brilhante movimento, publicando no jornal um anúncio de que trocava seis cômodos em diversas regiões de Moscou por um apartamento de cinco na Zemlianói Val quando suas atividades, por motivos alheios à sua vontade, foram interrompidas. É possível que agora ele ainda tenha um quarto, só que ouso lhe assegurar que não é em Moscou. Olha só que espertalhão, e a senhora se permite discorrer sobre a quinta dimensão.

Margarida, embora não tivesse discorrido sobre a quinta dimensão, pois o próprio Korôviev o fizera, sorriu alegremente ao ouvir a narrativa das aventuras do espertalhão dos apartamentos. Korôviev então prosseguiu:

— Mas vamos ao assunto, ao assunto, Margarida Nikoláievna. A senhora é uma mulher absolutamente inteligente, e claro que já adivinhou quem é o nosso anfitrião.

O coração de Margarida bateu com força, e ela assentiu com a cabeça.

— Então, pois bem, pois bem — disse Korôviev —, somos inimigos de quaisquer reticências e mistérios. Todo ano *messire* dá um baile. Chama-se baile de primavera da lua cheia, ou baile dos cem réis. — Um povaréu! — daí Korôviev colocou a mão na bochecha, como se estivesse com dor de dente. — Aliás, espero que a senhora se certifique disso pessoalmente. Pois então: *messire* é solteiro, como a senhora, obviamente, compreende. Porém precisa de uma anfitriã — Korôviev abriu os braços —, a senhora há de convir que, sem anfitriã...

Margarida escutava Korôviev, tentando não perder nenhuma palavra, com frio no coração e a esperança de felicidade fazendo sua cabeça rodar.

— Estabeleceu-se a tradição — seguiu falando Korôviev — de que a anfitriã do baile, em primeiro lugar, deve impreterivelmente ter o nome de Margarida e, em segundo lugar, deve ser nativa do lugar. E nós, como pode ver, viajamos e, nesse dado momento, nos encontramos em Moscou. Descobrimos cento e vinte e uma Margaridas em Moscou e, creia — daí Korôviev deu um tapa na própria coxa, desesperado —, nenhuma servia. E, por fim, o feliz destino...

Korôviev deu um riso expressivo, inclinando o corpo, e o coração de Margarida voltou a gelar.

— Em resumo! — berrou Korôviev. — Curto e grosso: a senhora não se recusa a assumir essa obrigação?

— Não me recuso — respondeu Margarida, firme.

— É claro! — berrou Korôviev e, erguendo a lamparina, acrescentou: — Peço que me siga.

Passaram entre as colunas e, por fim, foram dar em uma outra sala, na qual, por algum motivo, havia um forte cheiro de limão, ouvia-se um rumor e algo bateu na cabeça de Margarida. Ela estremeceu.

— Não tema — tranquilizou Korôviev, com doçura, tomando Margarida pela mão —, são os truques de salão de Behemoth, nada mais. No geral, permito-me a ousadia de aconselhá-la, Margarida Nikoláievna, a nunca temer nada. Não há razão. O baile vai ser suntuoso, não tentarei lhe ocultar isso. Veremos pessoas detentoras de um poder que, em sua época, era extraordinariamente grande. Porém, na verdade, quando pensamos no quão microscópicas são suas possibilidades em comparação com as daquele a cujo séquito tenho a honra de pertencer, torna-se ridículo e até, diria eu, triste. Sim, e além disso a senhora é de sangue real.

— Por que sangue real? — cochichou Margarida, assustada, estreitando-se contra Korôviev.

— Ah, rainha — matraqueou Korôviev, brejeiro —, as questões de sangue são as mais complicadas do mundo! E se interrogássemos algumas bisavós, especialmente aquelas que desfrutam de uma reputação de humildade, descobriríamos os mais espantosos segredos, minha estimada Margarida Nikoláievna. Não cometo nenhum pecado se, ao falar disso, me lembrar de cartas embaralhadas de forma caprichosa. Há coisas nas quais são completamente ineficazes as divisões de classe e até mesmo as fronteiras entre os Estados. Uma dica: é de se supor que uma rainha francesa que viveu no século dezesseis ficaria muito admirada se alguém lhe dissesse que, no decorrer de muitos anos, eu teria a honra de conduzir em Moscou, em um salão de baile, sua encantadora tatatataraneta. Mas chegamos!

Daí Korôviev apagou a lamparina, que desapareceu de sua mão, e Margarida avistou no chão, à sua frente, um filete de luz debaixo de uma porta escura. Korôviev deu uma batida suave nessa porta. Margarida ficou tão alvoroçada que os dentes bateram, e um calafrio lhe percorreu a espinha. A porta se abriu. O quarto se revelou bastante diminuto. Margarida viu uma larga cama de carvalho com lençóis e travesseiros amarrotados, amarfanhados e sujos. Na frente da cama havia uma mesa de carvalho com pés entalhados, na qual estava um candelabro cuja base tinha o aspecto de garras de ave. Nessas sete garras de ouro ardiam grossas velas douradas de cera. Além disso, na mesinha tinha um grande tabuleiro de xadrez com peças feitas com arte fora do comum. Em cima do pequeno capacho gasto havia um banquinho baixinho. Havia ainda mais uma mesa com uma taça de ouro e um outro candelabro, cujos braços tinham forma de serpente. O quarto cheirava a enxofre e resina, as sombras dos castiçais se entrecruzavam no chão.

Entre os presentes, Margarida reconheceu de cara Azazello, que agora já vestia fraque e estava atrás da cama. Enfeitado, Azazello não tinha mais o aspecto de bandido com o qual aparecera diante de Margarida no Jardim Aleksándrovski, e fez a ela uma reverência de extraordinária galanteria.

Uma bruxa nua, aquela mesma Hella que tanto perturbara o respeitável copeiro do Variedades e, puxa, aquela mesma que, muito felizmente, o galo afugentara na noite da célebre sessão, estava sentada no capacho do chão, junto à cama, mexendo na panela alguma coisa que emanava um vapor sulfuroso.

Além desses, no quarto havia ainda um imenso gato preto, sentado em um banco alto na frente do tabuleiro de xadrez e segurando, com a pata direita, a peça do cavalo.

Hella se ergueu e fez uma reverência a Margarida. O gato fez o mesmo, saltando do banco. Arrastando a pata traseira direita, deixou o cavalo cair e deslizou para baixo da cama atrás dele.

Morrendo de medo, Margarida distinguia tudo com dificuldade nas sombras traiçoeiras das velas. Seu olhar era atraído pelo leito, no qual estava sentado aquele a quem, pouco tempo atrás, o pobre Ivan asseverara, no Patriarca, que o diabo não existia. Esse inexistente agora estava sentado na cama.

Dois olhos se cravaram no rosto de Margarida. O direito, com uma faísca dourada no fundo, capaz de penetrar no fundo da alma de qualquer um, e o esquerdo, vazio e negro, semelhante a um estreito buraco de agulha, como a boca de um poço sem fundo que é todo trevas e sombras. O rosto de Woland era torto para o lado, o canto direito da boca, puxado para baixo, a testa alta e calva, cortada por rugas profundas, paralelas às sobrancelhas pontiagudas. A pele do rosto de Woland era queimada por algo como um bronzeado eterno.

Woland estendia-se largamente sobre o leito, trajando apenas uma longa camisa de noite, suja e remendada no ombro esquerdo. Encolhera debaixo de si uma perna nua, esticando a outra embaixo do banquinho. O joelho dessa perna escura era massageado por Hella com um unguento fumegante.

Margarida ainda divisou no peito descoberto e sem pelos de Woland um escaravelho esculpido com grande arte em pedra escura, em uma corrente dourada, com inscrições no verso. Ao lado de Woland, no leito, em um pedestal pesado, havia um globo estranho, que parecia vivo e iluminado pelo sol em um dos lados.

O silêncio se prolongou por alguns segundos. "Está me estudando", pensou Margarida, fazendo um esforço para conter o tremor nas pernas.

Por fim, Woland se pôs a falar, com um sorriso que fez seu olho cintilante se acender.

— Saúdo-a, rainha, e peço que me desculpe por meu traje doméstico.

A voz de Woland era tão baixa que algumas palavras se prolongavam em um ronco.

Woland pegou uma longa espada da cama e, inclinando-se, mexeu com ela embaixo do leito, dizendo:

— Saia! A partida está anulada. A convidada chegou.

— De jeito nenhum — Korôviev assobiou solene, como se fosse um ponto, no ouvido de Margarida.

— De jeito nenhum... — começou Margarida.

— *Messire*... — soprou Korôviev no ouvido.

— De jeito nenhum, *messire* — respondeu Margarida, dominando-se, em voz baixa mas clara e, sorrindo, acrescentou: — Imploro-lhe que não interrompa a partida. Suponho que as revistas de xadrez pagariam um dinheiro considerável pela possibilidade de publicá-la.

Azazello soltou um grito baixo de aprovação, e Woland, fitando Margarida com atenção, observou, como que para si:

— Sim, Korôviev tem razão! Como é caprichosa a mistura do baralho! O sangue!

Estendeu a mão e acenou, chamando Margarida. Ela foi, sem sentir o chão sob os pés descalços. Woland pousou sua mão pesada como pedra e ao mesmo tempo ardente como fogo no ombro de Margarida, puxou-a para si e instalou-a no leito, ao seu lado.

— Bem, já que a senhora é tão encantadoramente amável — pôs-se a falar —, e eu não esperava outra coisa, então não vamos fazer cerimônia — voltou a se inclinar na beira da cama e gritou: — Essa farsa embaixo da cama ainda vai demorar muito? Saia, maldito Hans!

— Não consigo achar o cavalo — retrucou o gato, debaixo da cama, com voz abafada e falsa —, foi parar em algum lugar, e em vez dele apareceu uma rã.

— Você imagina estar em alguma praça de mercado? — perguntou Woland, fingindo cólera. — Não tinha rã nenhuma embaixo da cama! Guarde esses truques baratos para o Variedades. Se não aparecer agora mesmo, vamos considerar que você se rendeu, maldito desertor.

— Por nada, *messire*! — vociferou o gato, saindo de baixo da cama naquele exato instante, com o cavalo na pata.

— Apresento-lhe... — quis começar Woland, interrompendo-se: — Não, não posso ver esse palhaço. Vejam no que ele se transformou embaixo da cama.

De pé sobre as patas traseiras e sujo de poeira, o gato nessa hora fazia uma reverência para Margarida. Surgira agora no pescoço do gato uma gravata borboleta branca com um lacinho e, no peito, um binóculo feminino de madrepérola em uma correia. Além disso, os bigodes do gato estavam dourados.

— Mas o que é isso! — exclamou Woland. — Por que dourou os bigodes? E por que diabos precisa de gravata se não tem calças?

— Calças não servem para gatos, *messire* — respondeu o gato, com grande dignidade —, ou o senhor vai me mandar calçar botas? Gatos de botas só existem nos contos de fadas, *messire*. Mas alguma vez o senhor já viu alguém em um baile sem gravata? Não tenho a intenção de me ver em posição cômica e me arriscar a ser posto para fora! Cada um se enfeita como pode. Considere o que eu disse como referente também ao binóculo, *messire*!

— E os bigodes?

— Não entendo por que — retrucou o gato, seco —, ao se barbearem hoje, Azazello e Korôviev puderam se enfarinhar de pó de arroz; e no que ele é melhor do que o pó dourado? Coloquei pó nos bigodes, é tudo! Seria outra conversa se eu tivesse me barbeado! Um gato barbeado, realmente, já é uma indecência, concordo mil vezes em reconhecer isso. Mas, no geral, estou vendo — daí a voz do gato tremeu, ofendida — que estão me sujeitando a critiquices, estou vendo que diante de mim se apresenta um problema sério: devo ir mesmo a esse baile? O que me diz a respeito disso, *messire*?

E o gato ficou tão inchado com a ofensa que parecia que, em um segundo, iria estourar.

— Ah, vigarista, vigarista — disse Woland, balançando a cabeça —, sempre que está em uma situação desesperada na partida, começa a desconversar, como se fosse o último dos charlatães. Sente-se sem demora e pare com essa borradura verbal.

— Vou me sentar — respondeu o gato, sentando-se —, porém tenho uma réplica relativa ao último que foi dito. Meus discursos não têm nada de borradura, como o senhor se permitiu dizer na presença de damas, mas formam um rosário de silogismos solidamente embalados que seriam dignos do apreço de peritos como Sexto Empírico, Marciano Capela e, provavelmente, pelo próprio Aristóteles.

— Xeque ao rei — disse Woland.

— Por favor, por favor — respondeu o gato, pondo-se a observar o tabuleiro pelo binóculo.

— Pois bem — Woland dirigiu-se a Margarida —, apresento-lhe, *donna*, o meu séquito. Esse que se faz de tolo é o gato Behemoth. Azazello e Korôviev a senhora já conhece, apresento-lhe minha criada Hella. É desenvolta, esperta, e não há serviço que não saiba prestar.

A formosa Hella sorriu, virando para Margarida seus olhos verdes, sem parar de pegar unguento com a mão em concha e espalhá-lo no joelho.

— Bem, é tudo — concluiu Woland, franzindo o cenho quando Hella, por engano, apertou-lhe o joelho com força. — Como está vendo, um grupo diminuto, misturado e sem astúcia. — Calou-se e se pôs a girar seu globo, confeccionado com tamanha arte que seus oceanos azuis se agitavam e a calota polar parecia de verdade, gelada e coberta de neve.

No tabuleiro, entretanto, ocorria uma confusão. Completamente abalado, o rei, de manto branco, pisoteava sua casa, erguendo os braços em desespero. Três peões lansquenetes brancos com alabardas olhavam desconcertados para o oficial[15] que agitava a espada e apontava para a frente, onde, em casas adjacentes, branca e preta, distinguiam-se os cavaleiros pretos de Woland, em dois cavalos fogosos, a revolver as casas com os cascos.

O gato, afastando o binóculo dos olhos, deu um empurrãozinho de leve nas costas de seu rei. Esse cobriu o rosto com as mãos, desesperado.

— A coisa está feia, meu caro Behemoth — Koroviêv falou, baixo, com voz venenosa.

— A situação é séria, porém em nada desesperadora — retrucou Behemoth —, e mais do que isso: estou plenamente seguro da vitória final. Basta analisar bem a situação.

Tal análise ele começou a efetuar de forma bastante estranha, a saber, pondo-se a fazer caretas e a piscar para seu rei.

— Não ajuda em nada — observou Korôviev.

— Ai! — gritou Behemoth. — Os papagaios saíram voando, como eu previ.

De fato, em algum lugar, ao longe, ouviu-se o farfalhar de inúmeras asas. Korôviev e Azazello precipitaram-se para fora.

— Que o diabo o carregue com seus divertimentos de salão! — resmungou Woland, sem despregar os olhos de seu globo.

Bastou Korôviev e Azazello se escafederem para as piscadas de Behemoth ganharem maior intensidade. O rei branco finalmente adivinhou o que queriam dele, arrancou de repente o manto, largou-o na casa e saiu correndo do tabuleiro. O oficial se cobriu com a veste largada e ocupou o lugar do rei. Korôviev e Azazello voltaram.

— Patranhas, como sempre — rosnou Azazello, fitando Behemoth com o rabo do olho.

— Pareceu-me ter ouvido — respondeu o gato.

— Bem, e então, isso vai continuar muito tempo? — perguntou Woland. — Xeque ao rei.

— Provavelmente ouvi mal, meu mestre — respondeu o gato. — Não é e nem pode ser xeque ao rei.

---

[15] Em búlgaro e ucraniano, a peça de xadrez que designamos em português como bispo é o "oficial". Em russo, é "elefante" (*slon*). (N. do T.)

— Repito, xeque ao rei.

— *Messire* — retrucou o gato, com falsa angústia na voz —, o senhor está extenuado: não é xeque ao rei!

— O rei está na casa G2 — disse Woland, sem olhar para o tabuleiro.

— *Messire*, estou horrorizado! — uivou o gato, exprimindo o horror com sua fuça. — Não há rei nessa casa!

— O que é isso? — Woland perguntou, atônito, e passou a olhar para o tabuleiro, onde o oficial que ocupava a casa do rei tinha se virado e se coberto com a mão.

— Ah, seu canalha — disse Woland, pensativo.

— *Messire*! Volto a apelar à lógica — pôs-se a falar o gato, apertando as patas contra o peito —; se um jogador anuncia xeque ao rei e nessa hora não há nem sombra de rei no tabuleiro, o xeque deve ser reconhecido como inválido.

— Você vai se render ou não? — berrou Woland, com voz terrível.

— Permita-me refletir — respondeu o gato, resignado e, colocando os cotovelos na mesa, enfiou as orelhas entre as patas e se pôs a pensar. Pensou longamente e, por fim, disse: — Eu me rendo.

— Tem que matar de uma vez essa coisa ruim — sussurrou Azazello.

— Sim, eu me rendo — disse o gato —, mas me rendo exclusivamente porque não posso jogar em uma atmosfera de perseguição por parte de invejosos! — Levantou-se, e as peças do xadrez deslizaram para a caixa.

— Hella, é hora — disse Woland, e Hella desapareceu do quarto. — Minhas pernas estão doendo, e agora esse baile — prosseguiu Woland.

— Permita-me — propôs Margarida, em voz baixa.

Woland olhou-a fixamente, aproximando o joelho dela.

Incandescente como lava, o líquido queimava as mãos, mas Margarida, sem fazer trejeitos e tentando não causar dor, espalhava-o pelo joelho.

— Os próximos garantem que é reumatismo — disse Woland, sem tirar os olhos de Margarida —, mas tenho a forte suspeita de que essa dor nos joelhos foi-me deixada como lembrança por uma bruxa fascinante que conheci na intimidade em 1571, no monte Brocken,[16] na Cátedra do Diabo.

— Ah, poderia ser isso! — disse Margarida.

— Bobagem! Em trezentos anos passa. Aconselharam-me uma quantidade de remédios, mas eu, como nos velhos tempos, sou apegado aos méto-

---

[16] Na Noite de Valpúrgis, do *Fausto*, de Goethe (São Paulo, Editora 34, 2004, p. 445, tradução de Jenny Klabin Segall), o coro das bruxas diz: “Das bruxas corre ao Brocken a horda,/ O restolhal de pó transborda”. (N. do T.)

dos da vovó. Deixou-me como herança umas ervas espantosas aquela velha sórdida, minha avó! Aliás, diga-me, a senhora não padece de alguma coisa? Será que tem alguma tristeza, uma angústia a envenenar a alma?

— Não, *messire*, não tenho nada disso — respondeu a esperta Margarida —, e agora, quando estou com o senhor, sinto-me extremamente bem.

— O sangue é uma coisa gigantesca — disse Woland, sabe-se lá para quem, e acrescentou: — Vejo que meu globo lhe interessa.

— Ah, sim, nunca vi uma coisinha dessas.

— Uma bela coisinha. Eu, falando francamente, não gosto de ouvir as últimas notícias pelo rádio. Quem lê os informes são sempre umas moças que pronunciam os nomes dos lugares de forma indistinta. Além disso, de cada três delas, uma tem a língua presa, como se fossem escolhidas por causa disso. Meu globo é muito mais conveniente, ainda mais porque preciso ter informações precisas. Por exemplo, está vendo esse pedaço de terra com um lado banhado pelo oceano? Olhe, tem fogo se alastrando. Começou uma guerra. Se aproximar os olhos, vai discernir os detalhes.

Margarida se inclinou para o globo e viu o quadradinho de terra a se ampliar, a se cobrir de diversas cores e a se transformar em algo como um mapa em relevo. Depois viu o filete de um rio, e uma povoação a seu lado. Uma casinha do tamanho de uma ervilha cresceu, e ficou como uma caixa de fósforo. De súbito, e sem ruído, o teto dessa casa voou pelos ares com uma nuvem de fumaça preta, as paredes ruíram, de modo que nada restou da caixinha de dois andares além de montículos a exalar fumaça negra. Aproximando mais o olho, Margarida divisou uma pequena figura feminina jazendo no solo e a seu lado, em uma poça de sangue, os braços abertos de um pequeno bebê.[17]

— É tudo — disse Woland, sorrindo —, ele não teve tempo de pecar. O trabalho de Abadon é irreprochável.

— Não queria estar no lado oposto a esse Abadon[18] — disse Margarida. — De que lado ele está?

— Quanto mais converso com a senhora — replicou Woland, gentil —, mais me asseguro de que é muito inteligente. Vou acalmá-la. Ele é de rara imparcialidade, simpatizando igualmente com ambos os lados em luta. Em consequência disso, os resultados são sempre equivalentes para ambos os lados. Abadon — Woland chamou, baixo, e daí saiu da parede a figura de um

---

[17] Bulgákov alude à Guerra Civil Espanhola. (N. do T.)

[18] Referência ao Apocalipse, 9, 11: "Tinham sobre si como rei o anjo do abismo, chamado em hebraico Abadon e em grego Exterminador". (N. do T.)

homem magro, de óculos escuros. Tais óculos, por algum motivo, produziram em Margarida uma impressão tão forte que ela, com um grito suave, enfiou o rosto entre as pernas de Woland. — Pare com isso! — gritou Woland. — Como essa gente de hoje é nervosa! — De um ímpeto, deu uma palmada nas costas de Margarida, que fez seu corpo produzir um som. — E veja que ele está de óculos. Além disso, nunca aconteceu nem acontecerá de Abadon aparecer diante de alguém antes do tempo. E, por fim, eu estou aqui. A senhora é minha convidada! Eu só queria mostrá-lo.

Abadon permanecia imóvel.

— Será que ele poderia tirar os óculos por um segundo? — rogou Margarida, estreitando-se contra Woland e tremendo, mas agora curiosa.

— Isso é proibido — respondeu Woland, sério, acenando para Abadon, que se ia. — O que queria dizer, Azazello?

— *Messire* — respondeu Azazello —, peço permissão para falar. Temos dois forasteiros: uma beldade choramingando e implorando pela senhora e, além disso, com ela, desculpe-me, um porco.

— Essas beldades têm um comportamento estranho — observou Woland.

— É Natacha! Natacha! — exclamou Margarida.

— Bem, permita que venha à senhora. E o porco, aos cozinheiros!

— Vão abater? — gritou Margarida, assustada. — Perdão, *messire*, é Nikolai Ivánovitch, o inquilino de baixo. Aqui há um mal-entendido, veja, ela passou creme nele...

— Perdão! — disse Woland. — Por que diabo e quem iria abatê-lo? Que ele fique com os cozinheiros, é tudo! Convenha que não posso permitir que entre no salão de baile!

— Bem, então... — acrescentou Azazello, e comunicou: — Aproxima-se a meia-noite, *messire*.

— Ah, bem. — Woland dirigiu-se a Margarida: — Então lhe peço! Agradeço antecipadamente. Não se embarace nem tenha medo de nada. Não beba nada a não ser água, senão vai ficar mole e terá dificuldades. É hora!

Margarida se levantou do capacho, e então Korôviev apareceu à porta.

Capítulo 23
O GRANDE BAILE DE SATÃ

A meia-noite se aproximava, era necessário ter pressa. Margarida via tudo de forma confusa. Guardou na memória as velas e uma piscina de pedras preciosas. Enquanto Margarida estava de pé no fundo dessa piscina, Hella, com o auxílio de Natacha, vertia sobre ela um líquido fervente, espesso e vermelho. Margarida sentiu gosto de sal nos lábios e compreendeu que estava sendo banhada com sangue. O manto de sangue foi trocado por outro, espesso, transparente, rosado, e o óleo de rosas fez a cabeça de Margarida girar. Depois, Margarida foi jogada em um leito de cristal, e se puseram a esfregá-la com grandes folhas verdes, até ficar brilhante. Daí o gato irrompeu e começou a ajudar. Agachou-se aos pés de Margarida e passou a friccionar suas plantas dos pés, como se estivesse engraxando sapatos na rua. Margarida não lembrava quem lhe confeccionara aqueles sapatos de pétalas de rosas brancas, nem como esses sapatos abotoavam sozinhos suas fivelas douradas. Uma força levantou Margarida e a colocou na frente do espelho, e em seus cabelos cintilou uma coroa real de diamantes. Korôviev surgiu de algum lugar e pendurou no peito de Margarida, com uma corrente pesada, a imagem de um *poodle* preto em uma moldura oval. Tal adorno causava à rainha um incômodo extraordinário. A corrente imediatamente começou a irritar o pescoço, a imagem fazia com que ela se curvasse. Algo, porém, recompensava Margarida por esse inconveniente causado pela corrente com o *poodle* preto. Era a deferência com que Korôviev e Behemoth passaram a tratá-la.

— Nada mau, nada mau, nada mau — murmurava Korôviev, à porta do cômodo da piscina. — Não é nada, é preciso, é preciso, é preciso... Permita-me, rainha, dar-lhe um último conselho. Entre os convidados haverá gente diferente, oh, muito diferente, mas ninguém, rainha Margot, ninguém deve ter preferência! Se alguém não lhe agradar... compreendo que a senhora, naturalmente, não vai expressá-lo em seu rosto... Não, não, não se pode nem pensar nisso! Ele vai reparar, vai reparar na hora! Tem que amá-lo, amá-lo, rainha. A anfitriã do baile será centuplicadamente recompensada por isso! E ainda: não preterir ninguém. Pelo menos um risinho, se não der tempo de largar uma palavra, pelo menos um levíssimo menear de cabeça. Tudo que quiser, menos desatenção. Isso os faz definhar...

Daí Margarida saiu da piscina para a total escuridão, acompanhada de Korôviev e Behemoth.

— Sou eu, sou eu — sussurrou o gato — sou eu que vou dar o sinal!

— Vamos lá! — respondeu Korôviev, na escuridão.

— Baile! — ganiu o gato, penetrante, e Margarida imediatamente deu um grito e fechou os olhos por alguns segundos.

O baile caiu de chofre sobre ela, na forma de luz, com a qual vieram sons e cheiros. Conduzida pelo braço por Korôviev, Margarida se viu em uma selva tropical. Papagaios de peito vermelho e cauda verde agarravam cipós e saltavam, gritando, de forma ensurdecedora: "Encantado!". A floresta, porém, acabou rápido, e a seu calor de sauna logo se seguiu o frescor de um salão de baile com colunatas de pedra amarelada e reluzente. Tal sala, a exemplo da selva, encontrava-se absolutamente vazia, com apenas uns negros despidos, de pé, imóveis junto às colunas, com faixas prateadas na cabeça. Seus rostos se tornaram de um marrom sujo de emoção quando Margarida entrou voando no salão com seu séquito, ao qual, vindo de algum lugar, uniu-se Azazello. Daí Korôviev largou o braço de Margarida e cochichou:

— Direto para as tulipas!

Um pequeno muro de tulipas brancas cresceu na frente de Margarida que, atrás dele, avistou incontáveis luzes em campânulas e, na frente delas, peitos brancos e ombros pretos de homens de fraque. Daí Margarida entendeu de onde vinha o som do baile. O rugido dos trompetes desabou sobre ela, e os violinos que vinham de baixo banharam seu corpo como sangue. A orquestra de cento e cinquenta integrantes tocava uma *polonaise*.

Ao ver Margarida, o homem de fraque que se destacava à frente da orquestra empalideceu, deu um sorriso e de repente, com um aceno, fez toda a orquestra se levantar. Sem interromper a música por um instante sequer, a orquestra, de pé, cobriu Margarida de sons. O homem diante da orquestra virou-se e fez uma profunda reverência, abrindo amplamente os braços, e Margarida, a sorrir, acenou para ele.

— Não, é pouco, é pouco — sussurrou Korôviev —, ele vai ficar a noite inteira sem dormir. Grite-lhe: "Eu o saúdo, rei da valsa!".

Margarida gritou isso e ficou impressionada quando sua voz, cheia como um sino, encobriu o bramido da orquestra. O homem estremeceu de felicidade e levou a mão esquerda ao peito, continuando, com a direita, a agitar a batuta branca para a orquestra.

— É pouco, é pouco — sussurrou Korôviev —, olhe para a esquerda, para os primeiros violinos, e meneie a cabeça de modo que cada um ache que a senhora o reconheceu pessoalmente. Aqui só há celebridades mundiais. Esse na primeira estante é Vieuxtemps.[19] Isso, muito bem. Agora adiante.

— Quem é o regente? — perguntou Margarida, afastando-se.

— Johann Strauss! — berrou o gato. — E que me enforquem em um cipó da selva tropical se uma orquestra dessas já tocou alguma vez em um baile. Fui eu que arregimentei! E note que ninguém ficou doente, nem se recusou.

Na sala seguinte não havia colunas; em lugar delas erguia-se, de um lado, uma parede de rosas vermelhas, rosadas e brancas como o leite e, do outro, uma parede de camélias japonesas felpudas. Entre essas paredes, jorravam fontes murmurantes, e o champanhe, efervescente, borbulhava em três bacias, das quais a primeira era violeta transparente, a segunda, cor de rubi e, a terceira, de cristal. Ao lado delas, negros com faixas escarlates enchiam taças finas com conchas de prata. Na parede de rosas havia uma brecha com um estrado no qual se agitava um homem de fraque vermelho com cauda de andorinha. Na frente dele, um grupo de *jazz* trovejava, a uma altura insuportável. Bastou o regente ver Margarida para se curvar até suas mãos tocarem o solo, depois se aprumou e soltou um brado penetrante:

— Aleluia!

Ele deu um tapa em um joelho, depois, cruzando a mão, deu dois tapas no outro, e então arrancou o prato das mãos do último músico e bateu com ele na coluna.

Ao sair, Margarida viu apenas que o virtuose do *jazz*, lutando contra a *polonaise* que soprava às costas de Margarida, batia com o prato na cabeça dos integrantes de sua banda, que se agachavam em cômico pavor.

Por fim, voaram até o patamar no qual, conforme Margarida compreendeu, Korôviev a encontrara na escuridão, com a lamparina. Agora, esse patamar tinha luz ofuscante, que fluía de cachos de uva de cristal. Margarida foi instalada em seu lugar, e debaixo de seu braço esquerdo surgiu uma coluna baixa de ametista.

— Pode pousar o braço em cima dela se ficar muito difícil — cochichou Korôviev.

Alguém de pele negra colocou aos pés de Margarida uma almofada com um *poodle* dourado bordado, na qual, obedecendo às mãos de alguém,

---

[19] Henri Vieuxtemps (1821-1881), compositor e violinista belga. (N. do T.)

ela alojou a perna direita, dobrando o joelho. Margarida experimentou olhar ao redor. Korôviev e Azazello encontravam-se a seu lado, de pé, em pose solene. Junto a Azazello havia ainda três jovens, que faziam Margarida se lembrar vagamente de Abadon. Um frio soprava-lhe às costas; ao se virar, Margarida avistou vinho murmurante a jorrar da parede de mármore atrás de si, afluindo para uma bacia de gelo. Ao pé esquerdo, sentiu uma coisa tépida e peluda. Era Behemoth.

Margarida estava no alto, e de seus pés descia uma escadaria grandiosa, coberta por um tapete. Abaixo e longe, como se olhasse por um binóculo invertido, Margarida avistava a imensa portaria, com uma lareira absolutamente incomensurável, por cujo buraco frio e negro poderia passar tranquilamente um caminhão de cinco toneladas. A portaria e a escadaria, emanando uma luz de doer a vista, estavam vazias. Agora o som dos trompetes chegava, de longe, aos ouvidos de Margarida. Assim ficaram, imóveis, cerca de um minuto.

— Cadê os convidados? — Margarida perguntou a Korôviev.

— Virão, rainha, virão, já virão. Não haverá falta deles. Na verdade, eu preferiria rachar lenha a ter que recebê-los aqui no patamar.

— Que rachar lenha — secundou o gato loquaz —, eu preferia ser condutor de bonde, e olha que não existe trabalho pior.

— Tudo tem que estar pronto de antemão, rainha — explicou Korôviev, com o olho a cintilar através do monóculo avariado. — Nada pode ser mais abjeto do que o primeiro convidado chegar e perambular, sem saber para onde se dirigir, e sua megera legítima a espezinhá-lo por ter chegado antes de todos. Bailes assim deveriam ser atirados no monturo, rainha.

— Precisamente no monturo — corroborou o gato.

— Não faltam mais de dez segundos para a meia-noite — acrescentou Korôviev —, já vai começar.

Margarida teve a impressão de que esses dez segundos foram excepcionalmente longos. Pelo visto, já haviam transcorrido, e nada aconteceu. Porém, de repente, um estrondo lá embaixo, na imensa lareira, da qual saltou uma forca com restos mortais semidesfeitos a balouçar. Esses restos mortais se desprenderam da corda e bateram no chão, e dali saltou um belo homem de cabelos negros, fraque e verniz nos sapatos. Da lareira surgiu um reduzido caixão meio putrefato, sua tampa pulou, deixando cair outros restos mortais. O belo homem aproximou-se, de um pulo, galante, oferecendo o braço, os segundos restos mortais moldaram-se em uma mulher nua e buliçosa de sapatos pretos e penas pretas na cabeça, e então ambos, homem e mulher, apressaram-se a subir a escadaria.

— Os primeiros! — exclamou Korôviev. — Senhor Jacques e esposa.[20] Apresento-lhe, rainha, um homem dos mais interessantes! Falsificador de dinheiro convicto, traidor do Estado, porém um alquimista nada mau. Celebrizou-se — Korôviev sussurrou ao ouvido de Margarida — por envenenar a amante do rei. E isso não é para qualquer um! Veja como é belo!

Pálida e boquiaberta, Margarida olhou para baixo e viu a forca e o caixão desaparecerem em uma viela ao lado da portaria.

— Estou encantado! — o gato rugiu direto na cara do senhor Jacques, que subia a escadaria.

Nessa hora, lá embaixo, surgiu da lareira um esqueleto sem cabeça, com o braço arrancado, que bateu no chão e se transformou em um homem de fraque.

A esposa do senhor Jacques já se postara em frente a Margarida, prostrada, e, pálida de emoção, beijava-lhe o joelho.

— Rainha — balbuciava a esposa do senhor Jacques.

— A rainha está encantada! — gritou Korôviev.

— Rainha — disse, baixo, o belo senhor Jacques.

— Estamos encantados! — uivou o gato.

Os jovens companheiros de Azazello, abrindo sorrisos inanimados, porém afáveis, já apartavam o senhor Jacques e a esposa para o lado, na direção das taças de champanhe que estavam nas mãos dos negros. Um homem sozinho, de fraque, subia a escadaria correndo.

— Conde Robert[21] — Korôviev sussurrou a Margarida —, interessante como sempre. Preste atenção em como é engraçado, rainha, o caso oposto: esse foi amante de uma rainha e envenenou a própria esposa.

— Estamos felizes, conde! — berrou Behemoth.

Saíram consecutivamente da lareira, um atrás do outro, estalando e se desfazendo, três caixões, depois alguém de manto negro, que foi apunhalado nas costas pelo próximo a emergir da goela negra. Ouviu-se embaixo um grito débil. Saiu correndo da chaminé um cadáver quase totalmente decomposto. Margarida semicerrou os olhos, e uma mão lhe levou ao nariz um frasco com sal branco. Margarida teve a impressão de que a mão era de Natacha. A escadaria começou a se encher. Agora, em cada degrau havia ho-

---

[20] Jacques Le Coeur (*c.* 1395-1456), mercador francês, acusado de fraudes, de crime de lesa-majestade e de envenenar a amante do rei Carlos VII, Agnès Sorel. (N. do T.)

[21] Robert Dudley (1532-1588), conde de Leicester, favorito da rainha Elisabete I da Inglaterra em seu primeiro ano de reinado, e suspeito de ter matado a esposa, Amy Robsart. (N. do T.)

mens de fraques que, de longe, pareciam totalmente idênticos, com mulheres nuas que se diferenciavam umas das outras apenas pelas cores dos sapatos e das penas na cabeça.

Aproximava-se de Margarida, claudicando, com uma estranha bota de madeira no pé esquerdo, uma dama com olhos baixos de freira, magricela, recatada, e que por algum motivo tinha uma larga faixa verde no pescoço.

— Quem é a de verde? — perguntou Margarida, maquinalmente.

— Uma dama extremamente fascinante e respeitável — sussurrou Korôviev —, apresento-lhe a senhora Tofana,[22] foi extraordinariamente popular entre as encantadoras jovens napolitanas, e também entre as moradoras de Palermo, especialmente aquelas que se fartavam dos maridos. Pois pode acontecer, rainha, de alguém se fartar do marido?

— Sim — respondeu Margarida, com voz surda, ao mesmo tempo em que sorria para dois homens de fraque que se inclinavam para ela, um após o outro, beijando-lhe joelho e mão.

— Pois bem — Korôviev deu um jeito de cochichar para Margarida, ao mesmo tempo em que gritava para alguém: — Duque, uma taça de champanhe! Encantado! Sim, veja, a senhora Tofana inteirava-se da situação dessas pobres mulheres e lhes vendia uma água com bolhas. A mulher derramava essa água na sopa do esposo, que comia, agradecia pelo carinho e se sentia esplendidamente bem. Verdade que, após algumas horas, começava a ter uma vontade imensa de beber, depois se deitava na cama e, um dia mais tarde, a maravilhosa napolitana, após ter alimentado o marido com a sopa, estava livre como o vento da primavera.

— E o que ela tem no pé? — perguntou Margarida, sem deixar de dar a mão aos convidados que ultrapassavam a claudicante senhora Tofana. — E por que esse verde no pescoço? Ele está marcado?

— Encantado, príncipe! — gritava Korôviev e, ao mesmo tempo, sussurrava para Margarida: — O pescoço é maravilhoso, só que lhe aconteceu algo desagradável na prisão. No pé, rainha, ela tem uma bota espanhola,[23] e eis o porquê da fita: quando os carcereiros ficaram sabendo que cerca de quinhentos maridos mal escolhidos tinham deixado Nápoles e Palermo para sempre, afobadamente esganaram a senhora Tofana na cadeia.

— Como estou feliz, rainha negra, por ter recaído sobre mim a mais alta honra... — cochichava Tofana, como uma freira, tentando se ajoelhar.

---

[22] Giulia Tofana, envenenadora italiana do século XVII. (N. do T.)

[23] Instrumento de tortura que se constituía em um invólucro para a perna e os pés, dotado de um parafuso ou manivela que era utilizado para comprimi-la. (N. do T.)

A bota espanhola a atrapalhava. Korôviev e Behemoth auxiliaram Tofana a se levantar.

— Fico feliz — respondeu-lhe Margarida, ao mesmo tempo em que oferecia a mão a outro.

Agora uma torrente se erguia pela escadaria. Margarida deixou de discernir o que acontecia na portaria. Erguia e baixava a mão maquinalmente e, arreganhando os dentes de forma monótona, sorria para os convidados. No ar do patamar pairava um ruído surdo, ouvia-se, vinda dos salões de baile deixados para trás por Margarida, uma música como o mar.

— E essa é uma mulher chata — disse Korôviev, não mais sussurrando, mas alto, sabendo que no rumor das vozes não seria ouvido —, adora bailes, sonha o tempo todo em dar queixa do seu lenço.

Margarida capturou com os olhos, entre os que subiam, aquela que Korôviev indicava. Era uma jovem de vinte anos, corpo de rara beleza, porém um certo desassossego e impertinência no olhar.

— Que lenço? — perguntou Margarida.

— Foi-lhe designada uma criada — esclareceu Korôviev —, que há trinta anos coloca em sua cabeceira, à noite, um lenço de nariz. Ao acordar, o lenço já está lá. Já o queimou no forno, já o afogou no rio, mas nada resolve.

— Que lenço? — cochichou Margarida, erguendo e baixando a mão.

— Um de borda azul. A coisa é que, quando trabalhava em um café, o patrão certa vez a fez entrar na despensa, e nove meses depois ela deu à luz um menino, levou-o à floresta e enfiou-lhe um lenço na boca, para depois enterrá-lo. No julgamento, disse que não tinha como alimentar o bebê.

— E onde está o dono desse café? — perguntou Margarida.

— Rainha — rouquejou de repente o gato, de baixo —, permita-me perguntar: por que o patrão estaria aqui? Afinal, não foi ele quem asfixiou o menino na floresta!

Margarida, sem parar de sorrir e balançar a mão direita, cravou as unhas afiadas da mão esquerda na orelha de Behemoth e cochichou-lhe:

— Se você, miserável, se permitir se intrometer mais uma vez na conversa...

Behemoth soltou um guincho que não era de baile e disse, com voz rouca:

— Rainha... a orelha vai inchar... Por que estragar o baile com uma orelha inchada?... Eu estava falando juridicamente... do ponto de vista jurídico... Eu me calo, me calo... Considere-me não um gato, mas um peixe, só me solte a orelha.

Margarida soltou a orelha, e olhos impertinentes e sombrios apareceram diante dela.

— Rainha anfitriã, estou feliz por ter sido convidada para o grande baile da lua cheia.

— E eu — respondeu Margarida — estou feliz por vê-la. Muito feliz. Gosta de champanhe?

— O que a senhora está fazendo, rainha? — Korôviev gritou em seu ouvido, desesperado, mas sem alarde. — Vai causar um engarrafamento!

— Gosto — disse a mulher, suplicante, e de repente se pôs a repetir, mecanicamente: — Frida, Frida, Frida! Eu me chamo Frida, oh, rainha!

— Então encha a cara hoje, Frida, e não pense em nada — disse Margarida.

Frida estendeu as duas mãos para Margarida, porém Korôviev e Behemoth agarraram seus dois braços com muita habilidade, e ela se perdeu na multidão.

Agora o povo já ascendia em formação cerrada, como se fosse tomar de assalto o patamar em que Margarida estava. Corpos nus de mulher subiam entre homens de fraque. Chegavam a Margarida seus corpos bronzeados, brancos, cor de grão de café e completamente negros. Nos cabelos ruivos, pretos, castanhos, claros como o linho, pedras preciosas brincavam, dançavam e esparramavam fagulhas na bátega de luz. E como se alguém tivesse aspergido a coluna masculina de assalto com gotas de luz, os peitos irradiavam o brilho de botões de diamante. Margarida agora sentia a cada segundo o roçar de lábios no joelho, a cada segundo estendia a mão para o beijo, seu rosto franzira-se em uma máscara imóvel de saudação.

— Estou encantado — cantava Korôviev, monótono —, estamos encantados, a rainha está encantada.

— A rainha está encantada — dizia Azazello, fanhoso, às suas costas.

— Encantado — berrava o gato.

— A marquesa[24] — balbuciou Korôviev — envenenou o pai, dois irmãos e duas irmãs por uma herança! A rainha está encantada! A senhora Mínkina,[25] ah, como é bonita! Um pouco nervosa. Para que foi queimar o rosto da criada de quarto com o frisador? Claro que, nessas condições, aca-

---

[24] Marie Madeleine Dreux d'Aubray (1630-1676), marquesa de Brinvilliers, célebre envenenadora. (N. do T.)

[25] Nastássia Fiódorovna Mínkina, serva e amante do conde Araktchêiev, conselheiro militar do tsar Alexandre I, tinha a reputação de crueldade para com os criados, que se rebelaram contra ela e a assassinaram em 1825. (N. do T.)

bam matando. A rainha está encantada! Rainha, um segundo de sua atenção: o imperador Rodolfo, feiticeiro e alquimista.[26] Outro alquimista, enforcado. Ah, é ela! Ah, que maravilhoso prostíbulo ela tinha em Estrasburgo. Estamos encantados. Uma costureira de Moscou,[27] gostamos todos dela pela fantasia inesgotável, tinha um ateliê e imaginou uma brincadeira terrivelmente engraçada: abriu dois buraquinhos redondos na parede...

— E as damas não sabiam? — perguntou Margarida.

— Cada uma delas sabia, rainha — respondeu Korôviev. — Estou encantado! Esse rapazinho de vinte anos destacava-se desde a infância por fantasias estranhas, era um sonhador excêntrico. Uma moça se apaixonou por ele, que foi e a vendeu para um prostíbulo.

Um rio corria embaixo. O fim desse rio não era visível. Sua nascente, a imensa lareira, continuava a alimentá-lo. Assim decorreu uma hora, e passou uma segunda hora. Daí Margarida começou a notar que sua corrente se tornara mais pesada do que antes. Algo de estranho aconteceu também com sua mão. Agora, antes de levantá-la, Margarida via-se fazendo trejeitos. As observações interessantes de Korôviev deixaram de divertir Margarida. Os rostos mongóis de olhos puxados, os rostos brancos e os rostos negros tornaram-se indistintos, fundindo-se por vezes, e o ar entre eles, por algum motivo, passou a tremer e fluir. Uma dor aguda como picada de agulha varou de repente o braço direito de Margarida que, com os dentes cerrados, pousou o cotovelo na base. Um rumor como de asas nas paredes agora vinha por detrás do salão, e deu para entender que lá dançava um enxame inaudito de pessoas, e Margarida teve a impressão de que até os maciços chãos de mosaico de mármore e cristal daquele edifício singular tinham uma pulsação rítmica.

Nem Caio César Calígula, nem Messalina interessavam mais a Margarida, como não interessava nenhum daqueles reis, duques, cavaleiros, suicidas, envenenadoras, enforcados e alcoviteiras, carcereiros e trapaceiros, carrascos, dedos-duros, traidores, loucos, tiras, corruptores. Todos os seus nomes se misturavam na cabeça, os rostos se juntavam em um único e imenso bolo, e apenas um se fixou dolorosamente na memória, o rosto orlado por uma autêntica barba de fogo de Maliuta Skurátov.[28] As pernas de Margari-

---

[26] Rodolfo II de Habsburgo (1552-1612), monarca do Sacro Império Romano-Germânico cujo interesse pelo ocultismo era conhecido. (N. do T.)

[27] Zoia Deníssovna Pelts, protagonista da peça *O apartamento de Zoia*, de Bulgákov. (N. do T.)

[28] Líder da repressão e do terror nos tempos de Ivan, o Terrível. (N. do T.)

da se dobravam, a cada minuto temia chorar. Os piores sofrimentos eram causados pelo joelho direito, o que era beijado. Estava inchado, sua pele ficou azulada, embora por algumas vezes a mão de Natacha surgisse junto a esse joelho com uma esponja embebida em algo perfumado para massageá-lo. Ao final da terceira hora, Margarida olhou para baixo com olhos totalmente desesperados e estremeceu de alegria: a torrente de convidados rareava.

— As leis de chegada ao baile são sempre as mesmas, rainha — sussurrou Korôviev —, agora a onda vai começar a baixar. Juro que estamos suportando os últimos minutos. Lá vem o grupo de estroinas do Brocken. Sempre são os últimos a chegar. Bem, sim, são eles. Dois vampiros bêbados... é tudo? Ah, não, ainda tem um. Não, dois!

Dois últimos convidados subiam a escadaria.

— Mas é alguém novo — disse Korôviev, apertando os olhos atrás de sua pequena lente —, ah, sim, sim. Certa vez Azazello foi atrás dele e, depois de um conhaque, cochichou-lhe um conselho de como se desembaraçar de um homem de cujas revelações tinha um medo extraordinário. E mandou um conhecido que dependia dele borrifar as paredes do escritório com veneno.[29]

— Como ele se chama? — perguntou Margarida.

— Ah, na verdade eu mesmo não sei — respondeu Korôviev —, tem que perguntar para Azazello.

— E quem está com ele?

— Esse mesmo subordinado muito consciencioso. Encantado! — berrou Korôviev para os últimos dois.

A escadaria se esvaziou. Por precaução, ainda esperaram um pouco. Contudo, ninguém mais brotou da lareira.

Um segundo depois, sem entender como aquilo aconteceu, Margarida viu-se no mesmo aposento com piscina e logo se pôs a chorar de dor no braço e na perna, deixando-se cair no chão. Todavia, Hella e Natacha arrastaram-na de novo para a ducha de sangue e voltaram a desentorpecê-la, e Margarida se reanimou.

— Tem mais, tem mais, rainha Margot — sussurrava Korôviev, que surgira a seu lado —, é preciso percorrer as salas, para que os respeitáveis convidados não se sintam abandonados.

---

[29] Possível referência a Guénrikh Grigórievitch Iagoda (1891-1938), que chefiou a polícia secreta da URSS, a NKVD, antes de ser condenado à morte no Julgamento dos 21, em 1938. Ele e seu subordinado Pável Petróvitch Bulánov (1865-1938) foram acusados de tentar envenenar Iejov, o sucessor de Iagoda no cargo. (N. do T.)

E Margarida voltou a sair do quarto com piscina. No estrado atrás das tulipas, onde tocara a orquestra do rei da valsa, agora se agitava como possessa uma banda de *jazz* de macacos. Era dirigida por um gorila imenso de costeletas hirsutas, com um trompete na mão, saltarinhando pesadamente. Em uma fileira estavam sentados orangotangos a soprar em trompetes brilhantes. Em seus ombros, instalaram-se alegres chimpanzés, com sanfonas. Dois babuínos-sagrados, com jubas que pareciam de leão, tocavam piano, mas esses pianos não se faziam ouvir entre o estrondo, os pios e o ribombar dos saxofones, violinos e tambores nas patas dos gibões, mandris e monos. Sobre o chão espelhado, uma quantidade incalculável de pares, como que fundidos, com uma agilidade e pureza de movimentos impressionantes, giravam na mesma direção, ameaçando varrer tudo que estivesse em seu caminho. Borboletas vivas de cetim mergulhavam na horda de dançarinos, flores caíam do teto. Nos capitéis das colunas, quando a luz se apagava, acendiam-se miríades de vaga-lumes, e fogos-fátuos pairavam no ar.

Depois Margarida se viu em uma piscina de dimensões monstruosas, rodeada por uma colunata. Um Netuno negro gigante expelia um largo jorro rosado pela goela. Um cheiro estonteante de champanhe se erguia da piscina. Ali reinava uma alegria desenfreada. As damas, rindo, largavam os sapatos, entregavam as bolsas a seus cavalheiros ou aos negros que corriam com toalhas de banho e, com um grito, mergulhavam na piscina. Colunas de espuma se elevavam. No fundo de cristal da piscina ardia uma luz que atravessava a espessura do vinho, deixando ver os corpos prateados a nadar. Saíam da piscina completamente bêbadas. A gargalhada ressoava pela colunata e ecoava como em um banheiro.

De toda essa balbúrdia ficou na memória apenas um rosto feminino completamente bêbado com olhos insensatos, porém suplicantes em sua insensatez, e a lembrança de apenas uma palavra: "Frida!". A cabeça de Margarida passou a rodar com o cheiro do vinho, e ela já queria sair quando o gato realizou na piscina um número que a deteve. Behemoth executou uns sortilégios junto à goela de Netuno, e, de súbito, com assobio e estrondo, a massa ondulada de champanhe saiu da piscina, Netuno começou a expectorar uma vaga de cor amarelo-escura, que não fervia nem espumava. Com um ganido e um brado:

— Conhaque! — as damas se afastaram da beira da piscina, para trás das colunas. Em alguns segundos, a piscina estava cheia, e o gato, dando três piruetas no ar, despencou no conhaque ondulante. Ao sair, fungando, com a gravata ensopada, tinha perdido o dourado dos bigodes e o binóculo. Só uma mulher, aquela mesma costureira inventiva, decidiu seguir o exemplo de Behemoth com seu cavalheiro, um jovem mulato desconhecido. Ambos se jogaram no conhaque, mas daí Korôviev tomou Margarida pelo braço, e eles abandonaram os banhistas.

Margarida teve a impressão de voar para algum lugar em que avistava montes de ostras em imensos tanques de pedra. Depois sobrevoou um chão de vidro acima de fornalhas infernais a arder, com diabólicos cozinheiros brancos agitando-se entre elas. Depois, em algum lugar, tendo parado de compreender qualquer coisa, divisou porões escuros, onde ardiam uns castiçais, onde moças serviam carne sibilando no carvão em brasa, onde se bebia em grandes canecas à sua saúde. Depois viu ursos brancos tocando sanfona e dançando a *kamárinskaia*[30] em um estrado. Uma salamandra mágica, na lareira, não queimava... E pela segunda vez suas forças começaram a se exaurir.

— A última aparição — cochichou-lhe Korôviev, preocupado — e estamos livres.

Acompanhada de Korôviev, voltou a se encontrar no salão de baile, mas agora já não se dançava, e a multidão incontável de convidados se apertou entre as colunas, deixando o meio do salão livre. Margarida não se lembrava quem a ajudara a subir no pedestal surgido no meio desse espaço livre do salão. Quando estava nele, para seu espanto, ouviu bater a meia-noite, que, por seus cálculos, já passara há muito tempo. Com a última badalada desse relógio, soando não se sabe de onde, o silêncio se abateu sobre a multidão de convidados. Então Margarida voltou a ver Woland. Ia rodeado por Abadon, Azazello e uns jovens escuros parecidos com Abadon. Margarida agora via que, na frente do seu pedestal, fora aprontado um outro, para Woland. Só que ele não o utilizou. Margarida se espantou por Woland ter feito essa derradeira e grandiosa aparição no baile com o mesmo aspecto que assumira em seu dormitório. A mesma camisa remendada nos ombros, sapatos de dormir gastos nos pés. Woland possuía uma espada, mas empregava essa espada nua como bengala, apoiando-se nela. Claudicante, Woland parou do lado de seu pedestal, e Azazello apareceu em sua frente na mesma hora, com uma travessa na mão, e nessa travessa Margarida viu a cabeça cortada de um homem, com os dentes da frente partidos. Continuava a reinar o mais absoluto silêncio, quebrado apenas uma vez pelo som ao longe, incompreensível naquelas condições, de uma campainha, como se viesse da entrada principal.

---

[30] Dança folclórica russa de andamento rápido. (N. do T.)

— Mikhail Aleksándrovitch — Woland dirigiu-se à cabeça, em voz baixa, e então as pálpebras do assassinado se ergueram, e Margarida, com um frêmito, viu no rosto do morto olhos vivos, pensativos e cheios de sofrimento. — Cumpriu-se tudo, não é verdade? — prosseguiu Woland, fitando a cabeça nos olhos. — A cabeça foi cortada por uma mulher, a reunião não aconteceu, e eu estou morando no seu apartamento. Isso é um fato. E o fato é a coisa mais teimosa do mundo. Mas agora o que nos interessa é o que está por vir, e não o fato já consumado. O senhor sempre foi um ardente pregador da teoria de que, quando se corta a cabeça de uma pessoa, sua vida se interrompe, ele se transforma em cinza e parte para o não ser. Tenho o prazer de informar-lhe, em presença de meus convidados, que, embora eles sejam a prova de uma teoria completamente diferente, a sua é sólida e original. Aliás, todas as teorias são equivalentes. Dentre elas, existe uma, conforme a qual deve-se dar a cada um segundo a sua fé.[31] Que assim seja! O senhor vai partir para a inexistência, e, com a taça em que vai se transformar, ficarei alegre em brindar à existência!

Woland ergueu a espada. De imediato, a epiderme da cabeça escureceu e se estreitou, depois soltou pedaços, os olhos sumiram, e Margarida logo viu na travessa um crânio amarelado, de olhos de esmeralda e dentes de pérolas, sobre um pé de ouro. A tampa do crânio abriu-se com uma dobradiça.

— Em um segundo, *messire* — disse Korôviev, notando o olhar interrogativo de Woland —, ele vai estar na sua frente. Já posso ouvir, nesse silêncio sepulcral, o rangido de seus sapatos de verniz e o tilintar de sua taça, que ele depositou na mesa depois de beber champanhe nessa vida pela última vez. Pois ei-lo.

Um convidado solitário entrou na sala, dirigindo-se a Woland. Por fora, não se distinguia em nada dos outros numerosos convidados do sexo masculino, a não ser por uma coisa: o convidado literalmente cambaleava de emoção, o que era evidente mesmo de longe. Manchas ardiam em suas faces, e os olhos rolavam de pura inquietação. O convidado estava atarantado, o que era plenamente natural: tudo espantava e, acima de tudo, obviamente, o traje de Woland.

Contudo, o convidado foi acolhido com total amabilidade.

— Ah, caríssimo barão Meigel — Woland dirigiu-se com um sorriso afável ao convidado, cujos olhos queriam sair para fora da cabeça. — Tenho a felicidade de lhes apresentar — Woland dirigiu-se aos convidados —

[31] Referência ao Evangelho de Matheus, 9, 29: “Então, tocou-lhe os olhos, dizendo: Seja-vos feito segundo a vossa fé”. (N. do T.)

o respeitabilíssimo barão Meigel, que trabalha na comissão de espetáculos com o encargo de dar a conhecer aos estrangeiros os lugares de interesse na capital.

Daí Margarida gelou, pois de súbito reconheceu aquele Meigel. Deparara com ele algumas vezes nos teatros e restaurantes de Moscou. "Vejamos...", pensou Margarida. "Mas será que ele também morreu?" O caso, porém, logo foi esclarecido.

— O caro barão — prosseguiu Woland, com um sorriso alegre — é tão encantador que, ao ficar sabendo de minha chegada a Moscou, ligou imediatamente para mim, oferecendo-me os serviços de sua especialidade, ou seja, dar a conhecer os lugares de interesse. É evidente que fiquei feliz em convidá-lo para a minha casa.

Nessa hora, Margarida viu Azazello entregar a travessa com o crânio a Korôviev.

— Sim, barão, a propósito — Woland afirmou, abaixando a voz de súbito, em tom íntimo —, propagaram-se rumores a respeito de sua curiosidade extraordinária. Dizem que ela, unida à sua não menos desenvolvida loquacidade, passou a chamar a atenção geral. Além disso, as más línguas já deixaram escapar as palavras alcaguete e espião. Mais ainda, existe a suposição de que isso há de levá-lo a um fim triste daqui a não mais do que um mês. Pois bem, para poupá-lo da espera penosa, decidimos acorrer em seu auxílio, aproveitando a circunstância de que o senhor se fez convidar até minha casa justamente com a finalidade de ver e ouvir tudo que fosse possível.

O barão ficou mais pálido que Abadon, que era por natureza de uma palidez excepcional, e depois ocorreu algo estranho. Abadon se postou na frente do barão, tirando os óculos por um segundo. Nesse exato momento, uma luz cintilou nas mãos de Azazello, houve uma batida leve, como de palmas, o barão começou a cair de costas, sangue escarlate escorreu-lhe do peito, encharcando a camisa engomada e o colete. Korôviev colocou a taça sob o jorro, oferecendo-a a Woland depois de cheia. Nessa hora, o corpo sem vida do barão já se encontrava no chão.

— Bebo à sua saúde, senhores — disse Woland, baixo, e, levantando a taça, roçou-a com os lábios.

Então sucedeu uma metamorfose. A camisa remendada e os sapatos gastos desapareceram. Woland mostrou-se com uma espécie de clâmide preta com uma espada de aço no quadril. Aproximou-se rapidamente de Margarida, ofereceu-lhe a taça e disse, imperioso:

— Beba!

A cabeça de Margarida girou, ela vacilou, mas a taça já estava em seus lábios, e a voz de alguém, ela não distinguiu de quem, cochichava-lhe em ambos os ouvidos:

— Não tenha medo, rainha... Não tenha medo, rainha, o sangue sumiu na terra há muito tempo. E lá onde foi derramado já estão crescendo cachos de uva.

Margarida, sem abrir os olhos, deu um gole, uma doce corrente lhe percorreu as veias e começou um ruído em seus ouvidos. Teve a impressão de ser o canto abafado de galos, de que uma marcha tocava em algum lugar. A multidão de convidados começou a perder a forma. Homens de fraque e mulheres desfizeram-se em restos mortais. Aos olhos de Margarida, a putrefação tomou a sala, na qual pairava um cheiro de jazigo. As colunas se desfizeram, as luzes se apagaram, tudo se contraiu, e não havia fontes, tulipas ou camélias. Só havia o que havia: a modesta antessala da joalheira, de cuja porta entreaberta vinha um raio de luz. E Margarida entrou por essa porta entreaberta.

Capítulo 24
A REMOÇÃO DO MESTRE

No dormitório de Woland, tudo estava como antes do baile. Woland estava sentado na cama, de camisa, só que Hella não lhe esfregava as pernas, mas servia o jantar na mesa em que antes jogavam xadrez. Korôviev e Azazello, sem fraque, estavam sentados à mesa, e ao lado deles, naturalmente, alojara-se o gato, que não quisera se separar da gravata, embora ela tivesse se transformado em um trapo completamente imundo. Margarida, cambaleando, aproximou-se da mesa e se apoiou nela. Então Woland chamou-a com um aceno, como anteriormente, indicando para que se sentasse a seu lado.

— Bem, e então, atormentaram-na muito? — perguntou Woland.

— Oh, não, *messire* — respondeu Margarida, de forma quase inaudível.

— *Noblesse oblige* — observou o gato, servindo a Margarida um líquido transparente em um copo de *bordeaux*.

— É vodca? — perguntou Margarida, débil.

Ofendido, o gato pulou na cadeira.

— Perdão, rainha — rouquejou —, por acaso eu me permitiria servir vodca a uma dama? Isso é álcool puro!

Margarida sorriu e tentou afastar o copo de si.

— Beba sem medo — disse Woland, e Margarida imediatamente pegou o copo. — Hella, sente-se — mandou Woland, explicando a Margarida: — A noite de lua cheia é uma noite de festa, e eu janto na companhia íntima das pessoas próximas e dos servos. Então, como se sente? Como foi esse baile cansativo?

— Espantoso! — matraqueou Korôviev. — Todos ficaram encantados, apaixonados, esmagados! Quanto tato, quanta destreza, fascínio e charme!

Woland ergueu o copo em silêncio e brindou com Margarida. Margarida bebeu, submissa, pensando que o álcool acabaria com ela. Porém, não ocorreu nada de mau. Um calor vivo percorreu-lhe o estômago, sentiu uma batida suave na nuca, as forças voltaram, como se estivesse acordando depois de um longo sono restaurador, e, além disso, sentia uma fome de lobo. Ao lembrar-se de que não comera nada desde a véspera, ficou ainda mais faminta. Pôs-se a devorar o caviar com avidez.

Behemoth cortou um pedaço de abacaxi, adicionou sal e pimenta, comeu e depois emborcou um segundo copinho de álcool com tamanha fanfarronice que todos aplaudiram.

Após Margarida beber seu segundo copinho, as velas arderam com mais força nos candelabros, e a chama da lareira aumentou. Margarida não sentia embriaguez. Mordendo a carne com os dentes brancos, deleitava-se com o sumo que escorria dela e, ao mesmo tempo, observava Behemoth besuntando uma ostra com mostarda.

— Coloque também uma uva por cima — disse Hella, em voz baixa, empurrando as ancas do gato.

— Peço que não tente me ensinar — respondeu Behemoth —, já me sentei em outras mesas, não se preocupe, já me sentei!

— Ah, como é gostoso jantar assim, à lareira, frugalmente — tremelicou Korôviev —, entre os íntimos...

— Não, Fagote — retrucou o gato —, o baile tem seu encanto e sua grandeza.

— Não tem nenhum encanto nem grandeza, e havia aqueles ursos estúpidos, e também aqueles tigres do bar, com seus rugidos que quase me deram enxaqueca — disse Woland.

— Pois seja, *messire* — disse o gato —, se o senhor acha que não tem grandeza, sem demora passarei a apoiar essa opinião.

— Olha lá! — respondeu Woland.

— Estava brincando — disse o gato, humilde — e, no que tange aos tigres, mandarei assá-los.

— Não se pode comer tigre — disse Hella.

— Acha mesmo? Então peço que me escute — replicou o gato e, semicerrando os olhos de satisfação, narrou como certa vez errara por um deserto por dezenove dias, e a única coisa de que se alimentara fora a carne de um tigre morto. Todos escutaram com interesse aquele divertido relato e, quando Behemoth o concluiu, exclamaram todos, em coro:

— Mentira!

— E o mais interessante dessa mentira — disse Woland — é que é mentirosa da primeira à última palavra.

— Ah, como assim? Mentira? — exclamou o gato, e todos acharam que começaria a protestar, mas só fez dizer, em voz baixa: — A História nos julgará.

— Mas diga — animada depois da vodca, Margot dirigiu-se a Azazello —, o senhor atirou nele, nesse ex-barão?

— Naturalmente — respondeu Azazello —, como não atiraria? Ele tinha que levar um tiro.

— Fiquei tão nervosa! — exclamou Margarida. — Aconteceu de forma tão inesperada.

— Não teve nada de inesperado — retrucou Azazello, enquanto Korôviev se pôs a uivar e a chorar:

— Como não ficar nervoso? Eu mesmo fiquei tremendo de medo. Bum! Zás! Barão no chão!

— Eu quase fiquei histérico — acrescentou o gato, lambendo a colher de caviar.

— Uma coisa que não entendi — disse Margarida, com fagulhas douradas de cristal a lhe saltarem dos olhos —, é possível que do lado de fora não tenham ouvido a música e a barulheira desse baile?

— Claro que não ouviram, rainha — explicou Korôviev —, isso tem que ser feito de modo que não ouçam. Tem que ter muito cuidado.

— Muito bem, muito bem... Mas tem aquele homem na escada... Quando passamos com Azazello... E o outro na entrada... Acho que ele estava vigiando o seu apartamento...

— Verdade, verdade! — gritou Korôviev. — Verdade, querida Margarida Nikoláievna! A senhora está confirmando minhas suspeitas. Sim, ele estava vigiando o apartamento. Eu mesmo o tomei por um professor substituto distraído, ou por um apaixonado a se afligir na escada, mas não, não! Algo me roía o coração! Ah! Estava vigiando o apartamento. O outro, na entrada, também! E o que estava na passagem, a mesma coisa!

— Interessante, e se vierem prendê-lo? — perguntou Margarida.

— Virão sem falta, encantadora rainha, sem falta! — respondeu Korôviev. — Pressinto que virão! Claro que não agora, mas a seu tempo virão, obrigatoriamente. Mas acho que não vai ser nada interessante.

— Ah, como fiquei nervosa quando o barão caiu — disse Margarida, obviamente ainda aflita com o assassinato, algo que presenciara pela primeira vez na vida. — O senhor atira bem, não?

— Adequadamente — respondeu Azazello.

— A quantos passos? — Margarida fez a Azazello uma pergunta não de todo clara.

— Bem, depende do alvo — respondeu Azazello, de modo razoável. — Uma coisa é dar com o martelo nas janelas do crítico Latunski, outra, bem diferente, é acertá-lo no coração.

— No coração! — exclamou Margarida, segurando seu próprio coração por algum motivo. — No coração! — repetia, com voz surda.

— Quem é esse crítico Latunski? — perguntou Woland, semicerrando os olhos para Margarida.

Azazello, Korôviev e Behemoth baixaram os olhos, algo envergonhados, e Margarida respondeu, enrubescendo:

— É um crítico. Hoje à noite destruí todo seu apartamento.

— Olha só! Mas por quê?

— Oh, *messire* — explicou Margarida —, ele arruinou o mestre.

— Mas por que você foi se dar ao trabalho em pessoa? — perguntou Woland.

— Permita-me, *messire* — gritou o gato, alegre e saltitante.

— Sente-se — resmungou Azazello, levantando-se —, eu vou lá agora mesmo...

— Não! — exclamou Margarida. — Não, *messire*, imploro, isso não é necessário.

— Como queira, como queira — respondeu Woland, e Azazello se sentou em seu lugar.

— Então onde nós paramos, caríssima rainha Margot? — disse Korôviev. — Ah, sim, no coração. Ele acerta no coração — Korôviev apontou o dedo comprido na direção de Azazello — onde quiser, em qualquer aurícula ou ventrículo.

Margarida não entendeu na hora e, quando entendeu, exclamou, assombrada:

— Mas eles estão cobertos!

— Querida — tremelicou Korôviev —, a graça é justamente estarem cobertos! Aí é que está o gosto! Em um objeto descoberto qualquer um acerta!

Korôviev tirou da gaveta da mesa um sete de espadas e ofereceu-o a Margarida, pedindo-lhe que marcasse um de seus piques com a unha. Margarida marcou o que ficava no canto superior direito. Hella escondeu a carta debaixo da almofada e gritou:

— Pronto! — Azazello, que estava sentado de costas para a almofada, sacou uma pistola automática preta do bolso da calça do fraque, colocou o cano no ombro e, sem se virar para a cama, disparou, dando um susto alegre em Margarida. Retiraram o sete de baixo da almofada. A marca de Margarida tinha sido acertada.

— Não gostaria de me encontrar com o senhor com um revólver na mão — disse Margarida, lançando um olhar coquete para Azazello. Tinha uma paixão por todos que faziam algo de primeira classe.

— Caríssima rainha — piou Korôviev —, não recomendo a ninguém encontrar-se com ele, mesmo que não esteja com um revólver na mão! Dou minha palavra de honra de ex-regente e primeiro cantor de coro que ninguém festejaria um encontro com ele.

O gato, que ficara com o cenho carregado durante o experimento de tiro, anunciou, de súbito:

— Proponho-me a bater o recorde do sete.

Em resposta, Azazello deu um rugido. O gato, porém, era teimoso, e pediu não um, mas dois revólveres. Azazello sacou um segundo revólver do segundo bolso traseiro da calça e, junto com o primeiro, ofereceu-o ao gabola, entortando a boca com desdém. Dois piques do sete foram marcados. O gato se preparou longamente, de costas para a almofada. Margarida se sentou, cobrindo os ouvidos com os dedos, e olhou para a coruja que cochilava na estante da lareira. O gato disparou ambos os revólveres, depois do que Hella deu um guincho, a coruja caiu morta da lareira e o relógio quebrado parou. Hella, que tinha sangue em uma das mãos, agarrou o pelo do gato com um uivo; ele, em resposta, pegou-a pelos cabelos, e ambos, enredados em um novelo, rolaram pelo chão. Uma das taças caiu da mesa e se partiu.

— Tirem essa diaba raivosa de mim! — uivava o gato, livrando-se de Hella, que se sentara em cima dele. Separaram os contendedores, Korôviev soprou o dedo chamuscado de Hella e o curou.

— Não consigo atirar quando falam perto de mim! — gritou Behemoth, tentando colocar no lugar uma enorme nesga de pelos que se desprendera de suas costas.

— Aposto — disse Woland, rindo, a Margarida — que ele pregou essa peça de propósito. Sabe atirar muito bem.

Hella e o gato se beijaram para selar as pazes. Tiraram a carta de baixo da almofada e conferiram. Nenhum pique, além do acertado por Azazello, tinha sido atingido.

— Não pode ser — afirmou o gato, examinando a carta contra a luz do candelabro.

O alegre jantar prosseguiu. As velas derretiam nos candelabros, o calor seco e perfumado da lareira espalhava-se em ondas pelo aposento. Saciada, Margarida foi tomada por uma sensação de deleite. Olhava os anéis azuis do charuto de Azazello flutuando para a lareira, e o gato tentando pegá-los com a ponta de uma espada. Não tinha vontade de ir para lugar nenhum, embora, por suas contas, já fosse tarde. A julgar por tudo que acontecera, já deviam ser umas seis horas. Aproveitando uma pausa, Margarida se dirigiu a Woland e disse, tímida:

— Perdão, está na minha hora... É tarde.

— Tem pressa de ir para onde? — perguntou Woland em tom polido porém seco. Os demais ficaram calados, fazendo de conta que estavam absortos pelos anéis de fumaça do charuto.

— Sim, é hora — respondeu Margarida, totalmente perturbada, e se virou, como se procurasse uma capa ou um manto. Sua nudez, de repente, começou a incomodá-la. Levantou-se da mesa. Woland, em silêncio, tirou da cama seu roupão roto e ensebado, que Korôviev colocou no ombro de Margarida.

— Agradeço-lhe, *messire* — disse Margarida, de modo quase inaudível, fitando Woland de forma interrogativa. Em resposta, ele lhe sorriu, polido e indiferente. Uma angústia sombria imediatamente penetrou no coração de Margarida. Sentia-se enganada. Pelo jeito, ninguém iria lhe dar nenhuma recompensa pelo serviço no baile, assim como ninguém a reteria. Entretanto, era-lhe perfeitamente claro que não tinha mais para onde ir. A fugaz ideia de que teria que voltar para a mansão provocava-lhe uma explosão interna de desespero. Deveria então pedir ela mesma, como Azazello aconselhara de forma sedutora no Jardim Aleksándrovski? "Não, de jeito nenhum", disse para si.

— Tudo de bom, *messire* — proferiu, em voz alta, enquanto pensava: "Basta sair daqui que vou para o rio e me afogo".

— Sente-se — disse Woland, de modo súbito e imperativo.

Margarida mudou de cara e se sentou.

— Não quer dizer nada à despedida? — perguntou Woland.

— Não, nada, *messire* — respondeu Margarida, orgulhosa —, além de que, se eu ainda lhe for necessária, estou pronta para fazer tudo que lhe aprouver. Não estou nem um pouco cansada, e me diverti muito no baile. Tanto que, se ele ainda prosseguisse, eu continuaria de bom grado a oferecer meu joelho ao beijo de milhares de celerados e assassinos. — Margarida fitou Woland como através de uma cortina, com os olhos cheios de lágrimas.

— Verdade! A senhora está absolutamente certa! — berrou Woland, retumbante e terrível. — Assim é que se faz!

— Assim é que se faz! — repetiu o séquito de Woland, como um eco.

— Nós a testamos — prosseguiu Woland —, nunca peça nada! Nunca, nada, especialmente a quem é mais forte do que a senhora. Eles mesmos lhe oferecerão e darão tudo! Sente-se, mulher orgulhosa! — Woland tirou o roupão pesado de Margarida, que voltou a se sentar a seu lado, na cama. — Pois bem, Margot — continuou Woland, com a voz mais suave —, o que a senhora deseja por ter sido minha anfitriã hoje? O que quer por ter conduzido esse baile nua? Qual o preço do seu joelho? Qual o custo dos meus convidados, que a senhora acabou de chamar de celerados? Diga! E agora diga sem constrangimento, que a proposta é minha.

O coração de Margarida bateu mais forte, ela respirou pesadamente e se pôs a refletir.

— Bem, e então? Coragem! — incentivou Woland. — Desperte sua fantasia, estimule-a! Só por ter presenciado a cena do assassinato daquele rematado patife do barão merece uma recompensa, ainda mais sendo uma mulher. E então?

Margarida ganhou ânimo, e já estava para proferir as palavras queridas e preparadas na alma quando, de repente, empalideceu, abriu a boca e arregalou os olhos. "Frida! Frida! Frida!", uma voz impertinente e suplicante lhe gritava no ouvido. "Eu me chamo Frida!" E Margarida, tropeçando nas palavras, disse:

— Então quer dizer que posso pedir uma coisa?

— Exigir, exigir, minha *donna* — respondeu Woland, com um sorriso compreensivo —, exigir uma coisa!

Ah, como Woland foi hábil e preciso ao sublinhar, repetindo as palavras da própria Margarida: "uma coisa!".

Margarida suspirou mais uma vez e disse:

— Quero que parem de entregar a Frida aquele lenço com que ela sufocou o seu bebê.

O gato ergueu os olhos para o céu e suspirou ruidosamente, mas não disse nada, lembrando-se, evidentemente, da orelha puxada no baile.

— Visto que — pôs-se a falar Woland, sorrindo — a possibilidade de a senhora receber suborno dessa tonta da Frida está obviamente excluída de todo, pois isso estaria em desacordo com a sua dignidade de rainha, não sei mais o que fazer. Talvez reste uma coisa: arrumar uns trapos para tapar todas as frestas do meu dormitório!

— Do que está falando, *messire*? — admirou-se Margarida ao ouvir essas palavras realmente incompreensíveis.

— Estou totalmente de acordo, *messire* — intrometeu-se na conversa o gato —, trapos mesmo! — e, na ira, o felino bateu com a pata na mesa.

— Estou falando de misericórdia — explicou-se Woland, sem tirar os olhos ardentes de Margarida. — Às vezes, de modo completamente inesperado e traiçoeiro, ela se infiltra nas menores fendas. Por isso falei dos trapos.

— Também estou falando disso! — exclamou o gato e, por via das dúvidas, afastou-se de Margarida, protegendo as orelhas pontiagudas com as patas untadas de creme rosa.

— Vá embora — disse-lhe Woland.

— Eu ainda não tomei café — respondeu o gato —, como posso sair? Será possível, *messire*, em uma noite de festa dividir os convidados em duas categorias? Uns de primeiro, e os outros, na expressão daquele infeliz copeiro sovina, de segundo frescor?

— Cale-se — ordenou Woland e, dirigindo-se a Margarida, perguntou: — A senhora é, a julgar por tudo, uma pessoa de bondade excepcional, correto? Uma pessoa de alta moral?

— Não — respondeu Margarida, com força —, sei que com o senhor só se pode falar com franqueza, e é com franqueza que lhe digo: sou uma pessoa leviana. Só lhe pedi por Frida porque tive a imprudência de lhe dar uma esperança concreta. *Messire*, ela espera, tem fé no meu poder. Se ela for enganada, estarei em uma situação terrível. Não terei sossego a vida inteira. Não há o que fazer! Foi assim.

— Ah — disse Woland —, isso é compreensível.

— Então o senhor vai fazê-lo? — perguntou Margarida, em voz baixa.

— De jeito nenhum — respondeu Woland —, minha querida rainha, a questão é que aqui aconteceu uma pequena confusão. Cada departamento deve se ocupar de seus assuntos. Não discuto que nossas possibilidades sejam bastante grandes, elas são bem maiores do que acham umas pessoas não muito perspicazes...

— Sim, bem maiores — intrometeu-se o gato, sem se conter, orgulhoso dessas possibilidades.

— Cale-se, o diabo que o carregue! — disse-lhe Woland e prosseguiu, dirigindo-se a Margarida: — Só que, simplesmente, qual o sentido de fazer o que cabe, como eu disse, a outro departamento? Então não vou fazê-lo, a senhora que o faça.

— Mas comigo vai dar certo?

Com o olho torto, Azazello fitou Margarida de esguelha e com ironia, deu um giro imperceptível na cabeça ruiva e fungou.

— Então faça, que martírio — murmurou Woland e, girando o globo, passou a examinar algum detalhe, evidentemente ocupado com outra coisa durante a conversa com Margarida.

— Bem, Frida — disse Korôviev.

— Frida! — foi o grito penetrante de Margarida.

A porta se escancarou, e uma mulher despenteada, nua, porém sem quaisquer sinais de embriaguez entrou correndo no quarto com olhar frenético e estendeu a mão a Margarida, que disse, majestosa:

— Está perdoada. Não vão mais lhe entregar o lenço.

Ouviu-se um gemido de Frida, que caiu no chão de bruços e se prostrou em cruz na frente de Margarida. Woland fez um gesto, e Frida desapareceu da vista.

— Agradeço-lhe, adeus — disse Margarida, levantando-se.

— Pois bem, Behemoth — disse Woland —, não vamos nos aproveitar da conduta de uma pessoa sem sentido prático em uma noite de festa. — Virou-se para Margarida. — Então, isso não conta, já que eu não fiz nada. O que quer para si mesma?

Fez-se um silêncio quebrado por Korôviev, que cochichou no ouvido de Margarida:

— Preciosa *donna*, dessa vez aconselho-a a ser mais razoável. Senão a sorte poderá escapar!

— Quero que agora mesmo, nesse exato segundo, devolvam-me meu amado, o mestre — disse Margarida, com o rosto transfigurado por um espasmo.

Daí o vento irrompeu no cômodo, inclinando a chama das velas, a pesada cortina da janela se afastou, a janela se escancarou e, em cima, ao longe, revelou-se a lua, não a da manhã, mas a cheia, da meia-noite. Do peitoril até o chão estendia-se o lenço esverdeado do luar, no qual surgiu o visitante noturno de Ivan, que chamava a si mesmo de mestre. Trajava sua veste hospitalar: roupão, chinelos e o gorrinho preto do qual não se separava. O rosto com a barba por fazer contorcia-se em uma careta, tímido e enlouquecido, com o rabo do olho fitava a luz das velas, enquanto a torrente do luar fervia a seu redor.

Margarida imediatamente o reconheceu, soltou um gemido, ergueu os braços e correu para ele. Beijou-lhe a testa, os lábios, estreitou-se contra a face que pinicava, e as lágrimas que segurara por tanto tempo agora corriam em torrentes por seu rosto. Pronunciava apenas uma palavra, que repetia sem pensar:

— Você... você... você...

O mestre afastou-a e disse, com voz surda:

— Não chore, Margot, não me atormente. Estou muito doente. — Segurou o peitoril como se estivesse para saltar por sobre ele e fugir, olhou para todos com os dentes arreganhados e gritou: — Estou péssimo, Margot! Minhas alucinações recomeçaram.

Os soluços sufocavam Margarida, que sussurrava, engasgando as palavras:

— Não, não, não, não tenha medo de nada! Estou com você! Estou com você!

Habilmente, e de forma imperceptível, Korôviev empurrou uma cadeira para o mestre, que se deixou cair nela, enquanto Margarida ficou de joelhos, apertando-se contra o doente e se acalmando dessa forma. Em sua agitação, não reparara que sua nudez de alguma forma cessara, subitamente, e que agora vestia uma capa negra de seda. O doente baixou a cabeça e se pôs a fitar o chão com olhos lúgubres e enfermos.

— Sim — disse Woland, após o silêncio —, deram um belo jeito nele. — Ordenou a Korôviev: — Cavaleiro, dê algo de beber a esse homem.

Com voz trêmula, Margarida pedia ao mestre:

— Beba, beba. Está com medo? Não, não, creia-me, vão ajudá-lo.

O doente pegou o copo e tomou o que havia dentro, só que suas mãos tremiam, e o copo vazio se espatifou a seus pés.

— É sorte! É sorte! — Korôviev cochichou para Margarida. — Veja, ele já está voltando a si.

De fato, o olhar do doente já não era tão arisco e irrequieto.

— Mas é você, Margot? — perguntou o visitante lunar.

— Não tenha dúvidas, sou eu — respondeu Margarida.

— Mais! — mandou Woland.

Depois de esvaziar o segundo copo, os olhos do mestre se tornaram vivos e conscientes.

— Pois bem, assim é outra coisa — disse Woland, semicerrando os olhos —, agora dá para conversar. Quem é o senhor?

— Agora não sou ninguém — respondeu o mestre, e um sorriso lhe retorceu a boca.

— De onde vem?

— Do manicômio. Sou um doente mental — respondeu o recém-chegado.

Margarida não aguentou tais palavras e voltou a chorar. Depois, enxugando os olhos, pôs-se a gritar:

— Que palavras horríveis! Que palavras horríveis! *Messire*, ele é o mestre, estou avisando. Cure-o, ele merece.

— O senhor sabe com quem está falando? — Woland perguntou ao recém-chegado. — Na casa de quem se encontra?

— Sei — respondeu o mestre —, no hospício fui vizinho daquele rapaz, Ivan Bezdômny. Ele me contou do senhor.

— Claro, claro — retrucou Woland —, tive a satisfação de me encontrar com esse jovem no lago do Patriarca. Ele quase me enlouqueceu, demonstrando para mim que eu não existo! Mas o senhor acredita que sou realmente eu?

— Tenho que acreditar — disse o recém-chegado —, embora é claro que seria muito mais reconfortante achar que se trata de uma vil alucinação. Desculpe-me — acrescentou o mestre, dando-se conta do que dissera.

— Ora, pois bem, se é reconfortante, então ache — respondeu Woland, com cortesia.

— Não, não — disse Margarida, assustada, sacudindo o ombro do mestre —, recomponha-se! É realmente ele que está na sua frente!

O gato se intrometeu:

— Mas eu pareço mesmo uma alucinação. Prestem atenção no meu perfil ao luar — o gato deslizou até a coluna de luz, querendo dizer algo, mas lhe pediram que se calasse, e ele, respondendo: — Está bem, está bem. Estou prestes a me calar. Serei uma alucinação silenciosa — se calou.

— Mas me diga, por que Margarida o chama de mestre? — perguntou Woland.

O outro sorriu e respondeu:

— Trata-se de uma fraqueza perdoável. Ela tem uma opinião demasiado elevada acerca do romance que escrevi.

— Que romance?

— Um romance sobre Pôncio Pilatos.

Daí o fogacho das velas voltou a balançar e saltitar, e a louça tilintou na mesa. Woland deu uma gargalhada retumbante, mas ninguém se assustou nem se espantou com seu riso. Behemoth aplaudiu, por algum motivo.

— Sobre quê, sobre quê? Sobre quem? — disse Woland, parando de rir. — Mas hoje? Isso é espantoso! E o senhor não podia encontrar outro tema? Deixe-me ver — Woland estendeu a mão com a palma para cima.

— Infelizmente não posso fazê-lo — respondeu o mestre —, pois incinerei-o no forno.

— Perdão, não acredito — respondeu Woland —, não pode ser. Os manuscritos não ardem. Virou-se para Behemoth e disse: — Pois bem, Behemoth, passe o romance para cá.

O gato se ergueu momentaneamente da cadeira, e todos viram que estava sentado em um espesso maço de manuscritos. Com uma reverência, o gato entregou a cópia de cima a Woland. Margarida tremia e gritava, voltando a se emocionar até chegar às lágrimas:

— É ele, o manuscrito! É ele!

Precipitou-se para Woland e acrescentou, com admiração:

— Todo-poderoso, todo-poderoso!

Woland pegou o exemplar que lhe fora dado, virou-o, colocou-o de lado e cravou os olhos no mestre, em silêncio, sem sorrir. Esse, porém, sem saber o motivo, caiu em angústia e agitação, levantou-se da cadeira, torceu os braços para trás e murmurou, na direção da lua distante, estremecendo:

— Nem à noite, nem ao luar tenho sossego; por que me molestam? Oh, deuses, deuses...

Margarida agarrou o roupão do hospital, estreitou-se contra ele e começou a murmurar, angustiada e entre lágrimas:

— Meu Deus, por que o medicamento não o ajuda?

— Não é nada, não é nada, não é nada — sussurrava Korôviev, contorcendo-se ao lado do mestre —, não é nada, não é nada... Mais um copinho, eu o acompanho.

O copinho cintilou, reluziu ao luar, e foi de grande ajuda. O mestre foi acomodado, e seu rosto assumiu uma expressão tranquila.

— Bem, agora está tudo claro — disse Woland, batendo com os dedos longos no manuscrito.

— Absolutamente claro — corroborou o gato, esquecendo a promessa de ser uma alucinação silenciosa —, agora a linha principal dessa obra ficou clara de todo. O que você tem a dizer, Azazello? — disse, dirigindo-se ao outro, que estava calado.

— Tenho a dizer — disse Azazello, fanhoso — que seria bom afogar você.

— Tenha misericórdia, Azazello — respondeu o gato —, e não coloque essa ideia na cabeça do meu amo. Acredite que toda noite eu lhe apareceria com as mesmas vestes lunares do pobre mestre, acenando-lhe e chamando-o para me seguir. O que seria de você, hein, Azazello?

— Bem, Margarida — Woland voltou a participar da conversa —, diga tudo de que precisa.

Os olhos de Margarida se incendiaram, e ela se dirigiu a Woland, suplicante:

— Posso falar em segredo com ele?

Woland meneou a cabeça, e Margarida, achegando-se ao ouvido do mestre, cochichou-lhe algo. Deu para ouvir sua resposta:

— Não, é tarde. Não quero mais nada da vida. A não ser vê-la. Aconselho-a, porém, a me deixar. Comigo vai se arruinar.

— Não, não vou deixar — respondeu Margarida, e se dirigiu a Woland: — Peço que nos devolva ao porão na travessa da Arbat, que acenda a luminária, e que tudo seja como antes.

Daí o mestre riu e, abraçando os cabelos há muito tempo encaracolados e soltos de Margarida, disse:

— Ah, *messire*, não dê ouvidos à pobre mulher. Já tem outra pessoa morando naquele porão há muito tempo, e em geral não acontece de que tudo seja como antes. — Encostou a face na cabeça da amiga, abraçou-a e se pôs a balbuciar: — Pobre, pobre...

— O senhor está dizendo que não acontece? — disse Woland. — É verdade. Mas vamos tentar. — E disse: — Azazello!

Imediatamente despencou do teto um cidadão desnorteado e perto de enlouquecer, só de roupa de baixo mas, por algum motivo, de boné e com uma mala na mão. O homem tremia de pavor, e se sentou.

— Mogarytch? — Azazello perguntou ao caído do céu.

— Aloízi Mogarytch — este respondeu, trêmulo.

— Foi o senhor que, depois de ler o artigo de Latunski sobre o romance desse homem, deu queixa informando que ele tinha literatura ilegal em casa? — perguntou Azazello.

O cidadão recém-aparecido ficou azul e se debulhou em lágrimas de arrependimento.

— O senhor queria se mudar para os aposentos dele? — disse Azazello, com voz fanhosa, do jeito mais afetuoso possível.

O chiado do gato enfurecido soou pelo quarto, e Margarida, uivando — Fique sabendo o que é uma bruxa! —, aferrou-se à cara de Aloízi Mogarytch com as unhas.

Armou-se a confusão.

— O que está fazendo? — berrou o mestre, dorido. — Margot, não se desonre!

— Protesto, isso não é desonra! — bradou o gato.

Korôviev puxou Margarida.

— Instalei uma banheira — gritava o ensanguentado Mogarytch, batendo os dentes e dizendo, no pavor, qualquer disparate: — Uma caiação... vitríolo...

— Ah, que bom que instalou uma banheira — disse Azazello, aprovando —, ele vai precisar tomar banho. — E gritou: — Fora!

Então Mogarytch virou de cabeça para baixo e saiu do dormitório de Woland pela janela aberta.

O mestre arregalou os olhos, sussurrando:

— Olha só! Isso talvez vá ser muito melhor do que o que Ivan me contou... — olhou ao redor, totalmente espantado e, por fim, disse ao gato: — Desculpe-me... você... o senhor... — enrolou-se, sem saber se tratava o gato por “você” ou “o senhor” — o senhor é o mesmo gato que tomou o bonde?

— Sou eu — confirmou o gato, lisonjeado, e acrescentou: — É bom ver que o senhor trata os gatos com cortesia. As pessoas têm o hábito de tratar gatos por "você", embora ninguém jamais tenha bebido à fraternidade[32] conosco.

— Tenho a impressão, por algum motivo, de que o senhor não é muito gato — respondeu o mestre, indeciso. — De qualquer maneira, vão dar por minha falta no hospital — acrescentou, timidamente, a Woland.

— Ora, como vão dar pela falta? — tranquilizou-o Korôviev, e uns papéis e livros surgiram em suas mãos. — Esse é o seu prontuário?

— Sim.

Korôviev lançou o prontuário na lareira.

— Não havendo documentos, não há também a pessoa — disse Korôviev, satisfeito —, e esse é o registro de locatários do seu construtor?

— Pois sim...

— Quem está registrado nele? Aloízi Mogarytch? — Korôviev soprou a página do registro de locatários. — Pronto, não está, e peço notar que nunca esteve. E se o construtor ficar surpreso, diga-lhe que sonhou com Aloízi. Mogarytch? Que Mogarytch? Não tinha Mogarytch nenhum. — Daí o livro encadernado evaporou das mãos de Korôviev. — Agora ele já está na mesa do construtor.

— O senhor está certo ao dizer — disse o mestre, espantado com a perfeição do trabalho de Korôviev — que, não havendo documentos, não há também a pessoa. Pois eu não tenho exatamente isso, não tenho documentos.

— Desculpe-me — gritou Korôviev —, mas isso é exatamente uma alucinação, eis o seu documento — e Korôviev entregou um documento ao mestre. Depois revirou os olhos e cochichou suavemente a Margarida: — E eis aqui os seus bens, Margarida Nikoláievna — e entregou a Margarida um caderno com as pontas queimadas, uma rosa seca, uma fotografia e, com especial cuidado, uma caderneta de poupança: — Dez mil, que a senhora se permitiu depositar. Não precisamos de nada que é dos outros.

— Prefiro que minhas patas se atrofiem a encostar no que é dos outros — exclamou o gato, inchado, dançando em cima de uma mala para fazer caber dentro dela todas as cópias do malfadado romance.

— E os seus documentos também — prosseguiu Korôviev; Margarida recebeu os documentos e depois, dirigindo-se a Woland, concluiu, respeitosa: — É tudo, *messire*!

— Não, não é tudo — respondeu Woland, desgrudando o olhar do glo-

---

[32] Bulgákov emprega aqui uma versão russificada da palavra alemã *Brüderschaft*. (N. do T.)

bo. — Onde ordena, minha querida *donna*, enfiar o seu séquito? Eu, pessoalmente, não preciso dele.

Daí Natacha entrou correndo pela porta aberta, nua como estava, ergueu os braços e gritou para Margarida:

— Felicidades, Margarida Nikoláievna! — Meneou a cabeça para o mestre e voltou a se dirigir a Margarida: — Eu sempre soube para onde a senhora ia.

— As empregadas sabem de tudo — observou o gato, levantando a pata de forma significativa —, é um engano achar que são cegas.

— O que você quer, Natacha? — perguntou Margarida. — Volte para a mansão.

— Margarida Nikoláievna, minha querida — disse Natacha, suplicante e de joelhos —, convença-os — olhou de esguelha para Woland — a me deixar ser bruxa. Não quero mais a mansão! Não quero engenheiro nem técnico! Ontem o senhor Jacques me fez uma proposta no baile. — Natacha abriu o punho e mostrou umas moedas de ouro.

Margarida dirigiu um olhar interrogativo a Woland. Este assentiu com a cabeça. Então Natacha se atirou ao pescoço de Margarida, sapecou-lhe um beijo sonoro e, com um grito de triunfo, saiu voando pela janela.

Nikolai Ivánovitch apareceu no lugar de Natacha. Readquirira sua figura humana prévia, porém encontrava-se extraordinariamente sombrio e até, talvez, irritado.

— Esse é um que terei especial satisfação em liberar — disse Woland, com um olhar de repugnância para Nikolai Ivánovitch —, uma satisfação excepcional, pois aqui é inútil.

— Peço encarecidamente que me deem um certificado — disse Nikolai Ivánovitch, com um olhar feroz e grande obstinação — atestando onde passei a noite anterior.

— Com que objetivo? — perguntou o gato, severo.

— Com o objetivo de apresentar à polícia e à esposa — disse Nikolai Ivánovitch, com firmeza.

— Normalmente não emitimos certificados — respondeu o gato, franzindo o cenho —, mas para o senhor, pois não, faremos uma exceção.

Nikolai Ivánovitch não teve tempo de reconsiderar, e Hella, nua, já estava sentada à máquina de escrever, com o gato a lhe ditar:

— Fica certificado que o portador, Nikolai Ivánovitch, passou a referida noite em um baile de satanás, para o qual foi recrutado na qualidade de meio de transporte... abra parênteses, Hella! Entre parênteses, escreva "Porco". Assinado — Behemoth.

— E a data? — piou Nikolai Ivánovitch.

— Não colocamos data, com a data o papel ficaria sem validade — retrucou o gato, assinando o papel, tirando de algum lugar um carimbo, soprando como de direito, estampando a palavra "Pago" e entregando o papel a Nikolai Ivánovitch. Depois disso, Nikolai Ivánovitch sumiu sem deixar traços, surgindo em seu lugar uma pessoa inesperada.

— Quem é mais esse? — perguntou Woland, enojado, protegendo-se com a mão da luz das velas.

Varienukha baixou a cabeça, suspirou e disse, em voz baixa:

— Deixe-me voltar. Não posso ser vampiro. Junto com Hella, quase mandei Rímski dessa para melhor! E nem sou sanguinário. Deixe-me ir.

— Que absurdo é esse? — perguntou Woland, contraindo o rosto. — Quem é Rímski? Que nova asneira é essa?

— Não deixe que isso o incomode, *messire* — replicou Azazello, e se dirigiu a Varienukha: — Não deve ser grosso ao telefone. Não deve mentir ao telefone. Entendeu? Não vai mais fazer isso?

A alegria turvou tudo na cabeça de Varienukha, seu rosto ficou radiante, e ele, sem saber o que dizia, balbuciou:

— Direi a verdade... ou seja, quero dizer, vossa exce... agora mesmo, depois do almoço... — Varienukha estreitou as mãos ao peito, fitando Azazello com súplica.

— Muito bem, para casa — este respondeu e Varienukha se escafedeu.

— Agora me deixem sozinho com eles — ordenou Woland, apontando para o mestre e Margarida.

A ordem de Woland foi cumprida instantaneamente. Após breve silêncio, Woland dirigiu-se ao mestre:

— Então voltará ao porão da Arbat? E quem vai escrever? E os sonhos, a inspiração?

— Não tenho mais sonhos, nem inspiração — respondeu o mestre —, ninguém ao meu redor me interessa, a não ser ela — voltou a pousar a mão na cabeça de Margarida —, acabaram comigo, estou aborrecido, e quero ir para o porão.

— E o seu romance, e Pilatos?

— Odeio esse romance — respondeu o mestre —, passei por muita coisa por causa dele.

— Eu lhe imploro — pediu Margarida, com voz de lamento —, não fale assim. Por que me dilacera desse jeito? Se você sabe que eu consagrei toda minha vida a esse seu trabalho. — Margarida ainda acrescentou, dirigindo-se a Woland: — Não lhe dê ouvidos, *messire*, está cansado demais.

— Mas precisa escrever sobre alguma coisa, não? — disse Woland. — Se já terminou com o procurador, bem, comece então a descrever esse Aloízi.

O mestre riu.

— Lapchiônnikova não vai querer imprimir, e, além disso, não é interessante.

— Mas de que então vai viver? Assim terá de mendigar.

— De bom grado, de bom grado — respondeu o mestre, puxando Margarida para si, abraçando-a e acrescentando: — Ela vai criar juízo e se afastar de mim...

— Não creio — disse Woland, entredentes, e prosseguiu: — Pois bem, o homem que escreveu a história de Pôncio Pilatos vai para o porão com a intenção de se acomodar junto à luminária e mendigar?

Margarida se afastou do mestre e se pôs a dizer, com bastante ardor:

— Fiz tudo que podia, e lhe segredei o que há de mais sedutor. E ele se recusou.

— O que você cochichou a ele eu sei — replicou Woland —, só que não é o mais sedutor. Digo-lhe — dirigiu-se ao mestre, sorrindo — que o seu romance ainda vai lhe proporcionar surpresas.

— Isso é muito triste — respondeu o mestre.

— Não, não, isso não é triste — disse Woland —, não vai ter mais nada de terrível. Pois bem, Margarida Nikoláievna, está tudo feito. A senhora tem outras pretensões com relação a mim?

— Como poderia? Ah, como poderia, *messire*?

— Então fique com isso como lembrança — disse Woland, tirando de baixo da almofada uma pequena ferradura dourada, juncada de diamantes.

— Não, não, não, por que motivo?

— Quer discutir comigo? — perguntou Woland, rindo.

Como sua capa não tivesse bolso, Margarida alojou a ferradura em um guardanapo e fez uma trouxa. Daí algo a assombrou. Olhou pela janela, onde a lua resplandecia, e disse:

— Não entendo uma coisa. Como pode ainda ser meia-noite, quando já deveria ter amanhecido há muito tempo?

— É gostoso prolongar uma meia-noite de festa por algum tempo — respondeu Woland. — Pois bem, desejo-lhes felicidade.

Margarida estendeu os dois braços para Woland, como em uma prece, porém não conseguiu se aproximar dele e exclamou, em voz baixa:

— Adeus! Adeus!

— Até logo — disse Woland.

Margarida, de capa preta, e o mestre, de roupão hospitalar, saíram para o corredor do apartamento da joalheira, no qual ardia uma vela, e onde os esperava o séquito de Woland. Enquanto iam pelo corredor, Hella, auxiliada pelo gato, carregava a mala com o romance e os poucos pertences de Margarida Nikoláievna. Na porta do apartamento, Korôviev fez uma saudação e desapareceu, enquanto os demais os acompanhavam pela escada, que estava deserta. Quando chegaram ao patamar do terceiro andar, houve uma leve batida, na qual ninguém prestou atenção. Bem na porta da saída nº 6, Azazello soprou para cima, e, logo que foram dar no pátio, onde não havia luar, viram um homem de boné e botas a dormir no terraço, aparentemente um sono de morto, bem como um grande carro preto parado junto à entrada, com os faróis apagados. No vidro da frente distinguia-se, vagamente, a silhueta de uma gralha.

Já se preparavam para entrar quando Margarida, desesperada, exclamou, em voz baixa:

— Deus, perdi a ferradura!

— Entre no carro — disse Azazello — e me espere. Volto agora mesmo, vou só averiguar o que ocorreu. — E foi para a porta.

Ocorrera o seguinte: pouco tempo depois da partida de Margarida e do mestre com sua escolta, saiu do apartamento nº 48, que ficava embaixo do da joalheira, uma mulher ressequida com uma lata e uma bolsa na mão. Era a mesma Ánnuchka que na quarta-feira, para desgraça de Berlioz, derramara óleo de girassol na catraca.

Ninguém sabia e, provavelmente, jamais saberá qual era ocupação dessa mulher em Moscou, nem qual seu meio de subsistência. Sabia-se apenas que podia ser vista todo dia, ora com a lata, ora com a bolsa, ora com a lata e a bolsa, ou na loja de petróleo, ou no mercado, ou nos portões do prédio, ou na escadaria ou, mais frequentemente, na cozinha do apartamento nº 48, onde morava. Além disso, e acima de tudo, sabia-se que, onde ela estivesse ou aparecesse, imediatamente começaria um escândalo, e, além disso, ela tinha o apelido de "Peste".

Por algum motivo, Ánnuchka, a Peste, acordava extraordinariamente cedo, e naquele dia levantara-se muito antes da luz e da aurora, por volta da meia-noite. Assim que a chave girou na porta, o nariz de Ánnuchka se mostrou, depois mostrou-se ela por inteiro, a porta bateu atrás de si, e ela se preparava para ir a algum lugar quando, no patamar superior, uma porta fez estrondo, alguém correu escada abaixo e passou voando por Ánnuchka, jogando-a para o lado, de maneira que ela bateu a nuca na parede.

— Para onde diabos ele vai só de ceroulas? — ganiu Ánnuchka, pondo a mão na nuca.

Um homem apenas de roupa de baixo, boné e mala na mão respondeu para ela de olhos fechados, com uma voz feroz e sonada:

— Um aquecedor! Vitríolo! Quanto não custou só a caiação — e, chorando, urrou: — Fora! — Daí desembestou, só que não escadaria abaixo, mas de volta, para cima, onde estava a janela com o vidro partido pelo pé do economista, e por essa janela saiu voando para o pátio, de ponta-cabeça. Ánnuchka até esqueceu a nuca, soltou uma exclamação e se precipitou para a janela. Deitou de bruços no patamar e esticou a cabeça para baixo, esperando ver o homem da mala morto no pátio de asfalto, iluminado por uma lanterna. Mas não havia absolutamente ninguém no asfalto do pátio.

Só restava supor que aquela pessoa sonada e estranha saíra voando do prédio, como um pássaro, sem deixar traços. Ánnuchka fez o sinal da cruz e pensou: "Sim, de fato, é esse apartamento nº 50! Não é à toa que as pessoas falam. Ai, que apartamento!".

Nem bem pensou isso e a porta de cima voltou a bater, e outra pessoa saiu correndo para baixo. Ánnuchka se apertou contra a parede e viu passar a seu lado um cidadão bastante respeitável, de barbicha, o rosto, porém, algo suíno, na sua opinião, e que, a exemplo do primeiro, abandonou o prédio pela janela, igualmente sem pensar que se espatifaria no asfalto. Ánnuchka esqueceu-se da finalidade de sua saída e ficou na escadaria, benzendo-se, soltando exclamações e falando sozinha.

Um terceiro, sem barbicha, de cara redonda e barbeada e vestindo tolstoiana saiu correndo para baixo depois de pouco tempo, voando pela janela do mesmo jeito.

Em favor de Ánnuchka, deve-se dizer que era curiosa, e decidira esperar mais para ver se haveria novos prodígios. A porta de cima voltou a se abrir, e agora descia toda uma companhia, só que não às carreiras, mas em passo normal, como o de todas as pessoas. Ánnuchka saiu correndo da janela, desceu para sua porta, abriu-a rapidinho, escondeu-se atrás dela e deixou uma fresta, por trás da qual cintilava seu olho frenético de curiosidade.

Um homem, doente ou não, mas estranho, pálido, com uma barba crescida, gorrinho preto e roupão, descia com passos vacilantes. Era cuidadosamente conduzido por uma mulherzinha de roupão preto, como pareceu a Ánnuchka na penumbra. A mulherzinha estava descalça, ou calçava uns sapatos transparentes, pelo visto estrangeiros, e esfrangalhados. Arre! Que sapatos! Pois a mulherzinha estava pelada! Sim, o roupão estava jogado direto em cima do corpo nu! "Ai, que apartamento!" Tudo na alma de Ánnuchka cantava de antegozo pelo que contaria aos vizinhos no dia seguinte.

A mulherzinha de roupa esquisita era seguida por outra, completamente nua com uma maleta na mão, e a seu lado vagava um enorme gato preto. Ánnuchka, esfregando os olhos, por pouco não soltou um guincho em voz alta.

Fechando o cortejo, um estrangeiro claudicante de baixa estatura, olho torto, sem paletó, colete de fraque branco e gravata. Toda a companhia passou por Ánnuchka, escada abaixo. Algo bateu no patamar. Ao ouvir que o ruído dos passos diminuía, Ánnuchka contorceu-se por trás da porta como uma cobra, encostou a lata na parede, deitou a barriga no patamar e se pôs a tatear. Em suas mãos apareceu um guardanapo com algo pesado. Os olhos de Ánnuchka saltaram quando ela o desembrulhou. Ánnuchka levou aquela preciosidade aos olhos, que se acenderam com um ardor absolutamente lupino. Na cabeça de Ánnuchka se formou uma tempestade de neve: "Eu não sei de nada! Não faço a mínima ideia!... Para o sobrinho? Ou fazê-lo em pedaços... Dá para extrair as pedrinhas... Uma por uma: uma na Petrovka, outra na Smolenski... E eu não sei de nada, não faço a mínima ideia!".

Ánnuchka escondeu o achado no seio, pegou a lata e já se preparava para se esgueirar de volta para o apartamento, adiando sua ida à cidade, quando diante dela surgiu, sabe o diabo de onde, aquele mesmo sujeito de peitilho branco sem paletó, a sussurrar, em voz baixa:

— Entregue a ferradura e o guardanapo.

— Que guardanapo, que ferradura? — perguntou Ánnuchka, fingindo com grande perícia. — Não sei de guardanapo nenhum. Cidadão, o senhor está bêbado ou o quê?

Sem dizer mais nada, o de peito branco, com os dedos firmes como um corrimão de ônibus, e igualmente gelados, agarrou Ánnuchka pela garganta de forma a interromper completamente a chegada de ar a seu peito. A lata se desprendeu da mão de Ánnuchka e caiu no chão. Após manter Ánnuchka sem ar por algum tempo, o estrangeiro sem paletó tirou os dedos de seu pescoço. Tomando fôlego, Ánnuchka sorriu.

— Ah, a ferradurazinha? — disse. — Nesse instante! Então essa ferradurazinha é sua? Verei, está em um guardanapo... Eu recolhi de propósito, para que ninguém a pegasse, senão já era.

Depois de receber a ferradura e o guardanapo, o estrangeiro pôs-se a fazer reverências para Ánnuchka, apertando sua mão com força e agradecendo-a calorosamente, com forte sotaque estrangeiro:

— Sou-lhe profundamente grato, madame. Essa ferradura é uma lembrança querida. Por tê-la guardado, permita que lhe dê duzentos rublos. — Imediatamente sacou o dinheiro do bolso do colete, entregando-o a Ánnuchka.

Com um sorriso desesperado, ela só fazia rir.

— Ah, meus mais humildes agradecimentos! *Merci! Merci!*

O pródigo estrangeiro transpôs todo o lance de escadas de um só golpe, porém, antes de sumir de vez, gritou lá de baixo, sem sotaque:

— Bruxa velha, se alguma vez você pegar alguma coisa dos outros, leve para a polícia, em vez de esconder no seio!

Sentindo na cabeça um zumbido e uma barafunda devido a todos esses acontecimentos da escada, Ánnuchka, por inércia, ficou ainda muito tempo gritando:

— *Merci! Merci! Merci!* — embora o estrangeiro há muito não estivesse lá.

Também não estava o carro do pátio. Depois de devolver o presente de Woland a Margarida, Azazello despediu-se dela, perguntando se estava bem acomodada, Hella deu-lhe um beijo sonoro, o gato beijou-lhe a mão, a escolta acenou para o mestre — derribado no canto do assento, exânime e imóvel —, fez um gesto para a gralha e logo se dissipou no ar, julgando desnecessário se cansar com a subida da escada. A gralha acendeu os faróis e saiu velozmente pelo portão, passando por um homem que dormia o sono dos mortos à entrada. E as luzes do grande carro preto sumiram em meio a outras luzes na barulhenta e insone Sadôvaia.

Uma hora mais tarde, no porão da casinha pequenina de uma travessa da Arbat, no primeiro quarto, onde tudo estava como era antes daquela terrível noite de outono do ano anterior, Margarida sentava-se à mesa coberta com uma toalha de veludo, com um abajur e um vasinho de lírios-do-vale, chorando baixinho de comoção e felicidade. À sua frente tinha o caderno estropiado pelo fogo, e ao lado erguia-se a pilha de cadernos intactos. A casinha se encontrava em silêncio. No pequeno quarto vizinho, o mestre dormia um sono profundo, no sofá, coberto pelo roupão do hospital. Sua respiração regular não fazia ruído.

Parando de chorar, Margarida pegou um dos cadernos intactos e encontrou a passagem que lia antes do encontro com Azazello nos muros do Kremlin. Margarida não tinha vontade de dormir. Acariciava o manuscrito com ternura, como um gatinho querido, e o virava nas mãos, olhando de todos os lados, ora parando na capa, ora abrindo no fim. De repente, viu-se assaltada por um pensamento horrendo de que tudo aquilo era feitiçaria, de que os cadernos sumiriam subitamente de sua vista, de que se encontraria em seu dormitório, na mansão, e de que, ao acordar, só lhe restaria se afogar. Esse foi, porém, seu último pensamento horrível, um eco de seus sofrimentos. Nada desapareceu, o todo-poderoso Woland era de fato todo-poderoso, e Margarida podia folhear as páginas do caderno o quanto quisesse, até o amanhecer, examiná-las, beijá-las e ler as seguintes palavras:

— A escuridão vinda do mar Mediterrâneo cobriu a cidade odiada pelo procurador... Sim, a escuridão...

Capítulo 25
COMO O PROCURADOR TENTOU SALVAR JUDAS DE QUERIOTE

A escuridão vinda do mar Mediterrâneo cobriu a cidade odiada pelo procurador. Desapareceram as pontes pênseis que ligavam o templo à terrível torre de Antônia. Uma voragem baixou do céu e submergiu os deuses alados do hipódromo, o palácio dos asmoneus com as seteiras, bazares, caravançarás, travessas, piscinas... Ierushalaim, a grande cidade, sumira como se jamais tivesse existido. A escuridão devorava tudo, assustando tudo que vivia em Ierushalaim e arredores. Uma nuvem estranha foi trazida do mar no final do dia, o décimo quarto dia do mês de *nissan*.

Seu ventre já recaía sobre o monte Calvário, onde os carrascos espicaçavam apressadamente os condenados, recaía sobre o templo de Ierushalaim, deslizando da colina em torrentes de fumaça para inundar a Cidade Baixa. Infiltrava-se nas janelinhas, expulsando as pessoas das ruas tortuosas para as casas. Sem pressa de verter seu líquido, vertia apenas luz. Bastava a chama cortar o caldo negro e fumarento para emergir das trevas profundas o grande bloco do templo, com a reluzente cobertura de escamas. Em um instante, porém, se extinguia, e o templo submergia em um abismo de trevas. Escapou dele algumas vezes, apenas para voltar a afundar, e cada vez era acompanhada de um fragor de catástrofe.

Outras tremulações luminosas faziam sair da voragem o palácio de Herodes, o Grande, que ficava na colina ocidental, do lado oposto ao templo, e as terríveis estátuas douradas sem olhos decolavam para o céu negro, esticando os braços. A chama que vinha dos céus, porém, voltava a se esconder, e os pesados golpes do relâmpago despachavam os ídolos de ouro para as trevas.

O aguaceiro desabou de forma inesperada, e então a tempestade se transformou em furacão. No mesmo lugar em que, por volta de meio-dia, perto do banco de mármore do jardim, o procurador conversara com o sumo sacerdote, um cipreste se quebrou como uma vara, com um estrondo que parecia de canhão. Junto com a poeira aquática e o granizo, rosas arrancadas, pétalas de magnólia, pequenos galhos e areia despencavam no balcão sob as colunas. O furacão destroçava o jardim.

Nessa hora, havia apenas uma pessoa embaixo das colunas, e essa pessoa era o procurador.

Já não estava sentado na poltrona, mas deitado em um leito junto a uma mesa pequena e baixa, repleta de iguarias e cântaros de vinho. Um outro leito, vazio, ficava do outro lado da mesa. Aos pés do procurador estendia-se uma poça desordenada e vermelha como sangue, com cacos de cântaro quebrado. O criado, que havia posto a mesa para o procurador antes da tempestade, por algum motivo ficou desconcertado com seu olhar, inquieto por não ter agradado, e o procurador, zangado com ele, quebrara o cântaro no chão de mosaicos, dizendo:

— Por que você não me olha na cara quando serve? Roubou alguma coisa?

O rosto negro do africano ficou cinza, em seus olhos surgiu um pavor mortal, ele se sobressaltou e por pouco não quebrou um segundo cântaro, mas a ira do procurador, por algum motivo, foi-se com a mesma rapidez que viera. O africano se precipitou para recolher os cacos e enxugar a poça, mas o procurador fez-lhe um gesto, e o escravo fugiu. Só que a poça ficou.

Agora, durante o furacão, o africano escondera-se perto de um nicho em que havia a estátua branca de uma mulher nua de cabeça inclinada, com medo de se mostrar fora de hora aos olhos do procurador e, ao mesmo tempo, temendo deixar passar o momento em que podia ser chamado.

Deitado no leito à penumbra da tempestade, o procurador servia sua própria taça de vinho, bebendo longos tragos, pegava o pão de vez em quando, esfarelava-o, engolia os pedacinhos, chupava umas ostras de tempos em tempos, mastigava limão e voltava a beber.

Não fosse pelo rugido da água, não fosse pelos golpes de trovão, que pareciam ameaçar achatar o teto do palácio, não fosse pelo barulho do granizo a martelar nos degraus do balcão, seria possível ouvir que o procurador murmurava alguma coisa, falando para si mesmo. E se as instáveis tremulações do fogo dos céus se convertessem em uma luz constante, um observador poderia ver que o rosto do procurador, com os olhos inflamados pela recente insônia e pelo vinho, exprimia impaciência, que o procurador não apenas olhava para as duas rosas brancas que se afogavam na poça vermelha, como virava constantemente o rosto para o jardim, na direção da poeira aquática e da areia, e que ele esperava, esperava com impaciência.

Passado algum tempo, a cortina de água passou a arrefecer diante dos olhos do procurador. Por maior que fosse sua violência, o furacão enfraqueceu. Os galhos pararam de estalar e cair. Os golpes e cintilações do relâmpago ficaram mais raros. Sobre Ierushalaim pairava não mais um véu violeta com orla branca, mas uma habitual nuvem cinza de retaguarda. A tempestade se deslocava para o mar Morto.

Agora já dava para separar o barulho da chuva do barulho da água a rolar pelas calhas em direção aos degraus da escada, que o procurador percorrera durante o dia para informar a sentença à praça. E finalmente ouvia-se o rumor da fonte, até então abafado. Clareava. Na cortina cinzenta que corria para o oriente surgiram janelas azuis.

Daí, ao longe, irrompendo por entre as batidas da chuvinha totalmente enfraquecida, chegaram aos ouvidos do procurador os sons débeis de clarins e o matraquear de centenas de cascos. Ao ouvi-los, o procurador se mexeu, e seu rosto se animou. A ala voltava do monte Calvário e, a julgar pelo som, passava por aquela mesma praça em que a sentença fora proferida.

Por fim, o procurador ouviu também os passos tão esperados e um chapinhar na escada que levava ao patamar superior do jardim, logo acima do balcão. O procurador esticou o pescoço e seus olhos brilharam, exprimindo alegria.

Entre os dois leões de mármore mostrou-se primeiro uma cabeça de capuz, depois uma pessoa completamente molhada, com o corpo coberto por uma capa. Era a mesma pessoa que, antes da sentença, segredara com o procurador no quarto escuro do palácio e que, na hora da execução, sentara-se na banqueta de três pés, brincando com uma vareta.

Sem ligar para as poças, o homem de capuz atravessou o patamar do jardim, adentrou o piso de mosaico debaixo do balcão e, levantando a mão, disse, com voz aguda e agradável:

— Saúde e alegria ao procurador. — O recém-chegado falava latim.

— Deuses! — exclamou Pilatos. — Mas o senhor não tem nem um fio seco! Que furacão, hein! Peço que entre sem demora. Faça-me o favor de trocar de roupa.

O recém-chegado tirou o capuz, descobrindo uma cabeça molhada por completo, com cabelos grudados na testa, e, abrindo um sorriso cortês no rosto barbeado, recusou-se a trocar de roupa, asseverando que aquela chuvinha não tinha como prejudicá-lo.

— Não quero nem ouvir — respondeu Pilatos, batendo palmas. Dessa forma, chamou o criado que se escondia e mandou que cuidasse do recém-chegado e, em seguida, servisse sem demora um prato quente. O recém-chegado precisou de bem pouco tempo para secar os cabelos, trocar de roupa e de calçados e se compor, surgindo rapidamente no balcão de sandálias secas, capa militar púrpura seca e cabelos alisados.

Nessa hora, o sol regressara a Ierushalaim e, antes de afundar no mar

Mediterrâneo, enviou uns raios de despedida à cidade odiada pelo procurador e aos degraus dourados do balcão. A fonte se animou por completo e cantou com toda força, os pombos saíram para a areia, arrulhando, saltitando entre os galhos quebrados, bicando a areia molhada. A poça vermelha fora enxugada, os cacos, removidos, na mesa a carne fumegava:

— Estou às ordens do procurador — disse o recém-chegado, aproximando-se da mesa.

— Não vai ouvir nada enquanto não se sentar e tomar vinho — respondeu Pilatos, gentil, apontando para o outro leito.

O recém-chegado se deitou, e um criado verteu espesso vinho tinto em sua taça. Um outro, inclinando-se com cuidado sobre o ombro de Pilatos, encheu a taça do procurador. Depois disso, ambos os servos foram despachados com um gesto. Enquanto o recém-chegado bebia e comia, Pilatos, sorvendo o vinho aos poucos, observava o visitante com os olhos semicerrados.

O homem que aparecera perante Pilatos era de meia-idade, com um rosto redondo, limpo e bastante agradável, e nariz carnudo. Seus cabelos eram de cor indefinida. Agora, secos, tinham clareado. A nacionalidade do forasteiro era difícil de estabelecer. O principal, o fator determinante de seu rosto, era, talvez, a expressão de bonomia, perturbada, aliás, pelos olhos ou, para falar a verdade, não pelos olhos, mas pela forma como encarava o interlocutor. O forasteiro normalmente mantinha seus olhos diminutos ocultos sob as pálpebras um tanto estranhas, como se estivessem inchadas. Então, nas fendas desses olhos reluzia uma astúcia benévola. É de se supor que o visitante do procurador fosse propenso ao humor. Porém, por vezes, expulsando completamente esse humor cintilante das fendas, o atual visitante do procurador abria amplamente as pálpebras e de repente fitava o interlocutor cara a cara, como se tivesse a finalidade de examinar uma mancha imperceptível em seu nariz. Isso durava um instante, depois as pálpebras voltavam a baixar, as fendas se estreitavam, e nelas começava a reluzir uma inteligência de bonomia e astúcia.

O recém-chegado não recusou a segunda taça de vinho, engoliu algumas ostras com visível prazer, experimentou os legumes cozidos, comeu um pedaço de carne.

Saciado, elogiou o vinho:

— Excelente cepa, procurador, mas não é falerno?

— Cécubo,[33] trinta anos — replicou o procurador, com amabilidade.

---

[33] Na Roma Antiga, o falerno era um vinho branco doce da região da Campânia, en-

O visitante levou a mão ao coração, recusando-se a comer mais e afirmando estar satisfeito. Pilatos então encheu a taça, e o visitante fez o mesmo. Ambos os convivas verteram um pouco de vinho no prato de carne, e o procurador, erguendo a taça, disse em voz alta:

— À nossa, à sua, César, pai dos romanos, mais querido e melhor dos homens!

Depois beberam o vinho, e os africanos levaram as iguarias da mesa, deixando as frutas e os cântaros. Com o mesmo gesto de antes, o procurador dispensou os criados, ficando sozinho com seu visitante debaixo das colunas.

— Pois bem — pôs-se a falar Pilatos, em voz baixa —, o que pode me dizer sobre o estado de espírito nessa cidade?

Sem querer, dirigiu o olhar lá para baixo, além dos terraços do jardim, onde se extinguiam as colunatas e telhados planos, dourados pelos últimos raios.

— Acho, procurador — respondeu o visitante — que o estado de espírito em Ierushalaim agora é satisfatório.

— Então é possível garantir que não há mais ameaça de desordem?

— Só é possível garantir — respondeu o visitante, com um olhar afável para o procurador — uma coisa no mundo: o poder do grande César.

— Que os deuses lhe concedam vida longa — secundou prontamente Pilatos —, e paz universal. — Calou-se e prosseguiu: — Pois então o senhor acha que agora dá para retirar as tropas?

— Acho que a coorte da Fulminata pode ir embora — respondeu o visitante, e acrescentou: — Seria bom se, à despedida, ela desfilasse pela cidade.

— Uma ideia muito boa — aprovou o procurador —, depois de amanhã vou dispensá-la e eu mesmo irei embora, e juro-lhe pelos doze deuses, juro pelos Lares, que daria tudo para fazer isso hoje.

— O procurador não gosta de Ierushalaim? — perguntou o visitante, com benevolência.

— Misericórdia! — exclamou o procurador, rindo. — Não há lugar mais desesperador sobre a face da Terra! E nem estou falando da natureza! Fico doente toda vez que tenho de vir para cá. E isso nem é tudo. Mas essas festas — magos, feiticeiros, encantadores, esses bandos de peregrinos... Uns fanáticos, uns fanáticos! Quanto me custou só esse messias, que eles de re-

---

quanto o cécubo, produzido no Lácio, também branco, ganhava cor de fogo ao envelhecer. (N. do T.)

pente começaram a esperar nesse ano! A cada minuto só se fica à espera de ser testemunha da mais desagradável matança. Todo o tempo realocando tropas, lendo denúncias e delações das quais, ainda por cima, a metade é escrita contra mim mesmo! Concorde que é aborrecido. Ah, se não fosse a serviço do imperador!...

— Sim, as festas aqui são difíceis — concordou o visitante.

— Desejo de todo coração que acabem o quanto antes — acrescentou Pilatos, com energia. — Finalmente obtive a possibilidade de regressar a Cesareia. Acredite, essa obra delirante de Herodes — o procurador fez um gesto ao longo da colunata, deixando claro que se referia ao palácio — definitivamente me deixa louco. Não posso passar a noite nela. O mundo jamais conheceu arquitetura mais estranha. Sim, mas voltemos aos negócios. Antes de tudo, esse maldito Bar-Rabban não o incomoda?

Daí o visitante endereçou seu olhar peculiar à face do procurador. Este, porém, fitava ao longe com os olhos entediados, encarquilhando-se com aversão e contemplando a parte da cidade que jazia a seus pés e se apagava ao cair da tarde. O olhar do visitante também se apagou, e suas pálpebras baixaram.

— É de se pensar que Bar agora ficou inofensivo como um cordeiro — pôs-se a falar o visitante, e pés de galinha apareceram na cara redonda. — Agora não é conveniente para ele se amotinar.

— Ficou conhecido demais? — perguntou Pilatos, rindo.

— O procurador, como sempre, entendeu a questão muito bem!

— Porém, em todo caso — observou o procurador, preocupado, erguendo o dedo fino e comprido com um anel de pedra negra —, será preciso...

— Oh, procurador, pode ficar seguro de que, enquanto eu estiver na Judeia, Bar não dará um passo sequer sem que o sigam.

— Agora estou tranquilo, como, aliás, sempre estou tranquilo quando o senhor está aqui.

— É muita bondade do procurador!

— Agora peço que me informe a respeito da execução — disse o procurador.

— O que exatamente interessa ao procurador?

— Não houve tentativa de exprimir indignação por parte da multidão? Isso é o mais importante, claro.

— Nenhuma — respondeu o visitante.

— Muito bem. O senhor constatou em pessoa que morreram?

— O procurador pode estar certo disso.

— E me diga... Deram de beber antes de serem presos nos postes?

— Sim. Só que ele — daí o visitante fechou os olhos — se recusou a beber.

— Quem, exatamente? — perguntou Pilatos.

— Perdão, *hegemon*! — exclamou o visitante. — Não disse o nome? Ha-Notzri.

— Louco! — disse Pilatos, fazendo por alguma razão uma careta. Uma veia começou a tremer debaixo de seu olho esquerdo. — Morrer queimado pelo sol! Por que se recusou ao que lhe é garantido por lei? Em que termos exprimiu sua recusa?

— Disse — respondeu o visitante, voltando a abrir os olhos — que era grato, e que não culpava quem lhe tirava a vida.

— Mas grato a quem? — perguntou Pilatos, de modo surdo.

— Isso, *hegemon*, ele não disse.

— Não tentou pregar alguma coisa na presença dos soldados?

— Não, *hegemon*, não foi eloquente dessa vez. A única coisa que disse foi que, dentre os vícios humanos, considerava um dos principais a covardia.

— Por que disse isso? — o visitante ouviu uma voz subitamente trêmula.

— Não dá para entender. Em geral, comportou-se de forma estranha, como sempre, aliás.

— Onde está a estranheza?

— O tempo todo tentava olhar nos olhos ora de um, ora de outro dos que o rodeavam, e o tempo todo sorria um sorriso desconcertado.

— Nada mais? — perguntou a voz rouca.

— Nada mais.

O procurador bateu a taça e se serviu de vinho. Secando-a até o fim, disse:

— A coisa consiste no seguinte: embora não tenhamos conseguido descobrir, pelo menos até o presente momento, nenhum adepto ou seguidor dele, não é possível garantir que eles não existam.

O visitante ouvia com atenção, inclinando a cabeça.

— Assim, para evitar quaisquer surpresas — prosseguiu o procurador —, peço-lhe que, sem demora ou ruído, faça sumir da face da Terra os corpos dos três condenados e os enterre em segredo e silêncio, para que não se ouça falar deles nunca mais.

— Obedecerei, *hegemon* — disse o visitante e, levantando-se, disse: — Tendo em vista a complexidade e responsabilidade do caso, permita-me que parta sem tardar.

— Não, volte a se sentar — disse Pilatos, detendo o visitante com um gesto —, ainda há duas questões. A segunda: seus imensos méritos na dificílima tarefa de encarregado do serviço secreto do procurador da Judeia conferem-me a agradável possibilidade de relatar a Roma a esse respeito.

Então o rosto do visitante ficou rosado, ele se ergueu e se inclinou para o procurador, dizendo:

— Estou apenas cumprindo meu dever a serviço do imperador!

— Porém eu gostaria de lhe pedir que — prosseguiu o *hegemon* —, caso lhe proponham uma transferência daqui com promoção, recuse e permaneça. Não tenho nenhuma vontade de me separar do senhor. Que o recompensem de alguma outra forma.

— Estou feliz por servir sob seu comando, *hegemon*.

— Isso muito me agrada. Pois bem, a terceira questão. Refere-se àquele, como se chama... Judas de Queriote.

Então o visitante lançou o olhar para o procurador e, como esperado, imediatamente o extinguiu.

— Dizem que ele — prosseguiu o procurador, baixando a voz — teria recebido dinheiro por ter acolhido esse filósofo louco com tamanha hospitalidade.

— Vai receber — o chefe do serviço secreto corrigiu Pilatos, baixinho.

— E a soma é grande?

— Isso ninguém consegue saber, *hegemon*.

— Nem o senhor? — disse o *hegemon*, exprimindo um elogio com sua surpresa.

— Puxa, nem eu — respondeu tranquilamente o visitante —, mas o que sei é que vai receber esse dinheiro hoje à noite. Foi convocado hoje ao palácio de Caifás.

— Ah, ganancioso velho de Queriote — observou o procurador, rindo. — Ele é velho?

— O procurador nunca se engana, mas dessa vez se enganou — respondeu o visitante, amável. — O homem de Queriote é jovem.

— Diga-me! Que característica dele pode me contar? É fanático?

— Oh, não, procurador.

— Bem. Algo mais?

— É muito bonito.

— O que mais? Tem, talvez, alguma paixão?

— É difícil saber com tamanha precisão de tudo nessa cidade imensa, procurador...

— Oh, não, não, Afrânio! Não diminua seus méritos!

— Ele tem uma paixão, procurador. — O visitante fez uma breve pausa. — A paixão pelo dinheiro.

— E o que faz da vida?

Afrânio ergueu os olhos para cima, pensou e respondeu:

— Trabalha na casa de câmbio de um de seus parentes.

— Ah, sim, sim, sim, sim. — Daí o procurador emudeceu, viu se não tinha ninguém no balcão e depois disse, baixo: — Pois veja qual é o caso: hoje recebi uma informação de que vão matá-lo nesta noite.

Aqui o visitante não apenas lançou seu olhar para o procurador, como até o segurou por algum tempo, respondendo em seguida:

— Procurador, o senhor se referiu a mim em termos excessivamente lisonjeiros. Na minha opinião, não mereço seu relatório. Eu não tenho essa informação.

— O senhor é digno no mais alto grau — respondeu o procurador —, só que essa informação existe.

— Ouso perguntar de onde ela veio.

— Permita-me ainda não dizer nada além de que é fortuita, obscura e apócrifa. Porém, sou obrigado a prever tudo. Esse é meu dever, e, mais ainda, sou obrigado a crer em meus pressentimentos, que jamais me enganaram. Minha informação consiste em que um dos amigos secretos de Ha-Notzri, indignado com a monstruosa traição desse cambista, combinou com seus cúmplices assassiná-lo hoje à noite e atirar o dinheiro recebido pela traição no sumo sacerdote, com a inscrição "Devolvo o dinheiro maldito!".

O chefe do serviço secreto não lançou mais seus olhares inesperados para o *hegemon*, e continuou a escutá-lo com os olhos semicerrados, enquanto Pilatos prosseguia:

— Imagine, o sumo sacerdote vai gostar de receber um presente desses em uma noite de festa?

— Não só não vai gostar — respondeu o visitante, rindo —, como ainda acho, procurador, que vai provocar um escândalo bem grande.

— Sou da mesma opinião. É por isso que lhe peço que se ocupe desse caso, ou seja, tome todas as medidas para proteger Judas de Queriote.

— A ordem do *hegemon* será cumprida — disse Afrânio —, mas devo tranquilizar o *hegemon*: o desígnio dos celerados é extraordinariamente difícil de ser realizado. Basta pensar — o visitante se virou enquanto falava, e prosseguiu: — seguir o homem, matá-lo, depois descobrir quanto ele recebeu, daí dar um jeito de devolver o dinheiro a Caifás, e tudo isso em uma noite? Hoje?

— Mesmo assim, vão matá-lo hoje — respondeu Pilatos, obstinado —, estou lhe dizendo, tive o pressentimento! Jamais aconteceu de ele me enganar — então uma convulsão percorreu o rosto do procurador, que esfregou as mãos.

— Obedeço — replicou, submisso, o visitante, levantando, aprumando-se e perguntando, severo: — Então vão matá-lo, *hegemon*?

— Sim — respondeu Pilatos —, e toda a esperança reside apenas na sua eficiência, que deixa todos maravilhados.

O visitante ajustou o cinturão pesado debaixo da capa e disse:

— Tenho a honra de lhe desejar saúde e alegria.

— Ah, sim! — foi o grito baixo de Pilatos. — Eu me esqueci completamente! Estou lhe devendo!...

O visitante ficou admirado.

— Procurador, na verdade o senhor não me deve nada.

— Ah, como não? Quando cheguei a Ierushalaim, lembra-se, a multidão de mendigos... eu queria jogar dinheiro para eles, mas estava sem e peguei do senhor.

— Oh, procurador, era uma ninharia!

— É preciso se lembrar também das ninharias.

Daí Pilatos se virou, levantou a capa jogada na poltrona atrás de si, tirou de baixo dela um saco de couro e o entregou ao visitante. Este se inclinou ao recebê-lo, escondendo-o debaixo da capa.

— Espero — disse Pilatos — o informe sobre o enterro, e também sobre esse caso de Judas de Queriote para hoje à noite; ouça-me, Afrânio, para hoje. A escolta receberá a ordem de me acordar assim que o senhor aparecer. Estarei à sua espera!

— Fico honrado — disse o chefe do serviço secreto e, virando-se, saiu do balcão. Ouvia-se o crepitar de sua caminhada pela areia úmida do patamar, depois a batida de suas botas ressoou pelo mármore entre os leões. Então sumiram suas pernas, o tronco e, finalmente, o capuz. Só então o procurador viu que não havia mais sol, e chegara o crepúsculo.

Capítulo 26
O ENTERRO

Talvez esse crepúsculo tenha sido a razão para a aparência do procurador ter mudado tão bruscamente. Era como se tivesse envelhecido a olhos vistos, encurvado e, além disso, ficado perturbado. Olhou uma vez ao redor e, por algum motivo, estremeceu ao lançar o olhar sobre a poltrona vazia em cujo espaldar jazia a capa. Aproximava-se a noite de festa, as sombras do entardecer cumpriam seu papel, e, aparentemente, o procurador cansado teve a impressão de que alguém estava sentado na poltrona vazia. Cedendo à falta de coragem, o procurador mexeu na capa, largou-a e passou a correr pelo balcão, ora esfregando as mãos, ora acorrendo à mesa e apanhando a taça, ora parando e pondo-se a olhar para o piso de mosaico, como se tentasse decifrar os caracteres.

Já era a segunda vez naquele dia que a angústia o atacava. Esfregando a têmpora, na qual restara apenas uma lembrança obtusa e algo surda da dor infernal da manhã, o procurador esforçava-se para compreender o motivo de seu tormento espiritual. E rapidamente compreendeu que, naquele dia, deixara escapar algo irrecuperável, e agora tentava corrigir a perda com ações insignificantes, ínfimas e, acima de tudo, atrasadas. O autoengano consistia em que o procurador tentava se convencer de que as ações daquela tarde não eram menos importantes do que a sentença da manhã. Mas era muito malsucedido nessa tentativa.

Em uma dessas idas e vindas, parou bruscamente e assobiou. Em resposta ao assobio, um latido baixo ressoou no crepúsculo, e um gigantesco cão de orelhas pontudas, pelo cinzento e coleira com chapas douradas prorrompeu no balcão, vindo do jardim.

— Banga, Banga — foi o grito débil do procurador.

O cão se ergueu sobre as patas traseiras e colocou as dianteiras no ombro do dono, quase derrubando-o no chão, dando uma lambida em sua face. O procurador sentou na poltrona. Banga, com a língua de fora e a respiração ofegante, deitou-se aos pés do dono, com alegria nos olhos porque terminara a tempestade, a única coisa no mundo que o intrépido cão temia, e também porque estava de novo lá, junto àquele homem que amava, respeitava e considerava o mais poderoso do mundo, o soberano de todas as pessoas, graças ao qual o próprio cão se considerava um ser privilegiado, superior e especial. Porém, deitado a seus pés e mesmo sem olhar para ele, mas para o jardim ao entardecer, o cão entendeu imediatamente que uma desgraça acontecera a seu dono. Por isso, trocou de pose, levantou-se, ficou de lado e alojou as patas dianteiras e a cabeça nos joelhos do procurador, manchando de areia molhada as abas da capa. Provavelmente os atos de Banga queriam dizer que consolava o procurador e estava pronto para ir com ele de encontro à infelicidade. Tentava exprimir isso com os olhos, virados para o dono, e com as orelhas em pé e alertas. Assim ambos, cão e dono, olhando um para o outro, receberam a noite de festa no balcão.

Nessa hora, o visitante do procurador encontrava-se bastante atarefado. Saindo do patamar superior do jardim em frente ao balcão, desceu a escada em direção ao terraço seguinte, virou à direita e foi dar na caserna situada no território do palácio. Nessa caserna estavam aquarteladas as duas centúrias que haviam chegado com o procurador para as festas de Ierushalaim, bem como a guarda secreta do procurador, comandada por aquele mesmo visitante. O visitante passou pouco tempo na caserna, não mais do que dez minutos, porém, no decorrer desses dez minutos, saíram da caserna do palácio três carros carregados de instrumentos para trincheira e um barril de água. Os carros eram acompanhados por quinze homens de capa cinza, a cavalo. Escoltados por eles, os carros saíram do território do palácio pelo portão de trás, rumaram para oeste, deixaram as muralhas da cidade pelo portão e seguiram por um atalho, primeiro para a estrada de Belém, e depois, ao norte, chegando ao cruzamento no portão de Hebron, encaminhando-se então para a estrada de Jafa, que durante o dia fora percorrida pela procissão dos condenados à morte. Nessa hora já estava escuro, e a lua assomava no horizonte.

Logo depois da saída dos carros com o comando que a escoltava, o visitante do procurador também partiu do território do palácio a cavalo, trajando um quíton escuro e gasto. Não se dirigia para fora, e sim para dentro da cidade. Algum tempo depois podia ser visto se aproximando da fortaleza Antônia, localizada no norte e bastante perto do grande templo. O visitante também passou bem pouco tempo na fortaleza, e depois seu rastro apareceu na Cidade Baixa, em suas ruas tortas e enredadas. Chegou lá já montado em uma mula.

Bom conhecedor da cidade, o visitante achou facilmente a rua que precisava. Tinha o nome de rua dos Gregos, já que nela se localizavam algumas vendas de gregos, dentre as quais uma de tapetes. Ele parou a mula exatamente nessa, descendo e amarrando-a na argola da porta. A venda já estava fechada. O visitante entrou por uma cancela do lado da entrada da venda, e foi dar em um patiozinho quadrado, cercado de galpões. Contornando o pátio pelo canto, viu-se no terraço de pedra, coberto de hera, de uma moradia, e olhou ao redor. Estava escuro na casinha e nos galpões, as luzes ainda não tinham se acendido. Ele chamou, em voz baixa:

— Niza!

A esse chamado, uma porta rangeu e, na penumbra do entardecer, apareceu no jardim uma jovem sem véu. Ela se debruçou no peitoril do terraço, perscrutando, aflita, querendo descobrir quem tinha chegado. Ao reconhecer o recém-chegado, deu um sorriso de saudação, meneando a cabeça e acenando.

— Está sozinha? — perguntou Afrânio, baixo, em grego.

— Sim — sussurrou a mulher do terraço. — Meu marido foi para Cesareia de manhã — a mulher lançou um olhar para a porta e acrescentou, cochichando: — Mas a serva está em casa. — Daí fez um gesto que queria dizer "Entre". Afrânio olhou ao redor e subiu os degraus de pedra. Depois disso, a mulher e ele sumiram dentro da casinha.

Afrânio passou bem pouco tempo com essa mulher — não mais do que cinco minutos. Depois disso, deixou a casa e o terraço, desceu mais o capuz sobre os olhos e saiu à rua. Nessa hora, os castiçais já estavam acesos nas casas, o tumulto pré-festa ainda era muito grande, e Afrânio, com sua mula, perdeu-se na torrente de transeuntes e cavaleiros. Ninguém sabe para onde foi.

Ao ficar sozinha, a mulher que Afrânio chamara de Niza começou a se trocar com muita pressa. Porém, por mais difícil que fosse encontrar o que precisava no quarto escuro, não acendeu o castiçal, nem chamou a serva. Só depois que estava pronta, com um véu escuro na cabeça, sua voz soou na casinha:

— Se alguém perguntar por mim, diga que fui visitar Enanta.

Na escuridão, ouviu-se o resmungo da velha serva:

— Enanta? Ah, essa Enanta! Seu marido a proibiu de visitá-la! É uma alcoviteira, essa sua Enanta! Vou dizer ao marido...

— Ora, ora, calada — retrucou Niza, esgueirando-se como uma sombra para fora da casinha.

As sandálias de Niza ressoavam pela laje de pedra do patiozinho. Com um resmungo, a serva abriu a porta do terraço. Niza saiu de casa.

Nessa mesma hora, em outra travessa da Cidade Baixa, uma travessa angulosa, cujos degraus levavam a um dos lagos da cidade, da cancela de uma mísera casa, cuja parede sem janela dava para a travessa, e a outra para o pátio, saiu um jovem de barbicha bem cuidada, um homem de *keffiyeh* todo branco, *talit* azul e novo, de festa, com borlas embaixo, e sandálias novas e rangentes. O belo rapaz de nariz aquilino, enfeitado para a festa, andava com ânimo, ultrapassando os transeuntes que se apressavam para casa para o repasto festivo, olhando uma janela a se acender depois da outra. O jovem seguia o caminho que, passando pelo bazar, levava ao palácio do sumo sacerdote Caifás, situado no sopé da colina do templo.

Algum tempo depois, era possível vê-lo cruzar os portões do palácio de Caifás. E, algum tempo depois, saindo do palácio.

Depois de visitar o palácio, no qual já ardiam castiçais e tochas, no qual havia a balbúrdia da festa, o jovem andou com ainda mais ânimo e mais alegria, apressando-se para voltar para a Cidade Baixa. Na mesma esquina em que a rua desembocava na praça do bazar, entre o fervor e o tumulto, foi ultrapassado por uma mulher de véu escuro, descido até os olhos, e passos ligeiros como de dança. Ao ultrapassar o belo jovem, a mulher ergueu o véu momentaneamente e lançou um olhar para ele, porém não apenas não desacelerou o passo como o apressou, como que tentando se esconder daquele que havia ultrapassado.

O jovem não apenas reparou na mulher como a reconheceu e, ao fazê-lo, estremeceu, parou, olhou para suas costas com perplexidade e imediatamente se lançou em seu encalço. Por pouco não derrubando um transeunte com um cântaro na mão, o jovem alcançou a mulher e, com a respiração pesada de emoção, chamou-a:

— Niza!

A mulher se virou e semicerrou os olhos, exprimindo com o rosto, além disso, um enfado frio, e respondeu, secamente e em grego:

— Ah, Judas, é você? Eu não o reconheci de cara. Aliás, isso é bom. Temos a crença de que quem não é reconhecido fica rico...

Emocionado a ponto de o coração começar a dar pulos, como uma ave coberta por véu negro, Judas perguntou com um sussurro entrecortado, temendo ser ouvido pelos passantes:

— Para onde você vai, Niza?

— E por que quer saber? — respondeu Niza, desacelerando o passo e fitando Judas com desdém.

Então a voz de Judas adquiriu um tom infantil, e ele sussurrou, desconcertado:

— Mas como assim? Afinal, nós combinamos. Eu queria ir para a sua casa. Você disse que estaria em casa a noite inteira...

— Ah, não, não — respondeu Niza, esticando caprichosamente o lábio inferior, o que fez Judas ter a impressão de que seu rosto, o mais belo que vira na vida, tornara-se ainda mais belo —, fiquei entediada. Vocês estão em festa, o que quer que eu faça? Ficar sentada ouvindo você suspirando no terraço? E, além disso, ficar com medo da serva contar tudo para meu marido? Não, não, decidi ir ouvir os rouxinóis fora da cidade.

— Como assim, fora da cidade? — perguntou Judas, atônito. — Sozinha?

— Sozinha, claro — respondeu Niza.

— Permita-me acompanhá-la — propôs Judas, arquejando.

Seus pensamentos se turvavam, esquecia-se de tudo no mundo e fitava com olhos suplicantes os olhos azuis de Niza, que agora pareciam pretos.

Niza não respondeu e apertou o passo.

— Por que está calada, Niza? — perguntou Judas, queixoso, ajustando seu passo ao dela.

— Será que não vou me entediar com você? — respondeu Niza, de repente, parando.

Então os pensamentos de Judas se confundiram de todo.

— Pois bem — Niza por fim abrandou-se —, vamos.

— Mas para onde, para onde?

— Espere... Vamos àquele patiozinho para combinar, pois tenho medo de que algum conhecido me veja e depois diga que eu estava na rua com um amante.

Então Niza e Judas sumiram do bazar. Cochichavam na entrada de algum pátio.

— Vá para a herdade das oliveiras — sussurrou Niza, puxando o véu sobre os olhos e virando-se à passagem de um homem que vinha pela entrada com um balde —, para o Getsêmani, atrás do Cédron, entendeu?

— Sim, sim, sim.

— Vou na frente — prosseguiu Niza —, e você não me siga, e se afaste. Vou sair na frente... Quando você passar pela torrente... Sabe onde é a gruta?

— Sei, sei...

— Você vai passar pela prensa das oliveiras, acima, e virar para a gruta. Estarei lá. Só que não pode ousar vir agora mesmo atrás de mim, tenha paciência, espere aqui. — Com essas palavras, Niza saiu da entrada, como se nem tivesse falado com Judas.

Judas ficou algum tempo sozinho na entrada, tentando organizar os pensamentos dispersos. Dentre eles havia a ideia de como explicaria sua ausência no repasto de festa na casa dos pais. Judas pôs-se a imaginar alguma mentira, porém, em sua agitação, não conseguiu pensar ou inventar nada adequado, e, contra sua vontade, as pernas o levaram para fora da entrada.

Agora mudara de caminho, não mais se apressava para a Cidade Baixa, mas voltava para o palácio de Caifás. Agora Judas mal via quem o rodeava. A festa já tomara a cidade. Agora não apenas havia luz nas janelas em volta de Judas, como já se ouviam os cânticos de louvor. Os últimos retardatários atiçavam os burros, gritando com eles. As pernas sozinhas levavam Judas, e ele não reparou ao passar voando pelo musgo da torre de Antônia, não ouviu o bramido dos clarins na fortaleza, não prestou atenção alguma na patrulha romana montada que vertia uma luz inquieta em seu caminho com um archote. Ao passar pela torre, virando-se, viu dois candelabros gigantescos de cinco velas a arder acima do templo, a uma altura assustadora. Judas, porém, também os distinguiu de forma confusa, com a impressão de que sobre Ierushalaim ardiam dez lâmpadas de dimensões inauditas, brigando com a luz da única lâmpada que se erguia cada vez mais alto sobre Ierushalaim, a lâmpada da lua. Judas agora não queria saber de nada, apressava-se na direção dos portões de Getsêmani, queria deixar a cidade o quanto antes. De tempos em tempos parecia-lhe que, à sua frente, entre as costas e os rostos dos transeuntes, cintilava uma figura a dançar, chamando-o para si. Mas era um engano: compreendia que Niza estava muito adiantada à sua frente. Judas passou correndo pelas casas de câmbio e foi dar, por fim, nos portões de Getsêmani. Neles, ardendo de impaciência, teve que se deter assim mesmo. Camelos entravam na cidade, tendo atrás de si uma patrulha militar síria, que Judas amaldiçoou mentalmente...

Tudo, porém, acaba. O impaciente Judas já estava fora dos muros da cidade. À sua esquerda, viu um pequeno cemitério e, ao lado dele, umas tendas listradas de peregrinos. Atravessando a estrada empoeirada coberta pelo luar, apressou-se para a torrente do Cédron, para cruzá-la. A água murmurava suave a seus pés. Saltitando de pedra em pedra, por fim se viu na margem oposta do Getsêmani e constatou, com grande alegria, que a estrada abaixo dos jardins estava agora vazia. Não muito longe já se avistavam os portões semidestruídos da herdade de oliveiras de Getsêmani.

Depois do sufoco da cidade, Judas se espantou com o aroma estonteante da noite de primavera. Através da cerca do jardim escorria das clareiras de Getsêmani uma onda de aroma de mirto e acácia.

Ninguém vigiava os portões, não havia ninguém neles, e, dentro de alguns minutos, Judas já corria à sombra misteriosa das imensas oliveiras frondosas. A estrada levava para a colina, Judas subia, com a respiração pesada, saindo de tempos em tempos da escuridão para os tapetes bordados pela lua, que lhe recordavam os tapetes que vira na venda do marido ciumento de Niza. Algum tempo depois surgiram na clareira, à esquerda de Judas, a prensa de oliveiras, com a pesada roda de pedra, e um monte de barris. Não havia ninguém no jardim. Os trabalhos haviam se encerrado ao poente. Não havia vivalma no jardim, e coros de rouxinóis tiniam e se esparramavam acima de Judas.

O objetivo de Judas estava próximo. Sabia que à direita, na escuridão, começaria agora a ouvir o suave murmúrio da água caindo na gruta. Assim foi, ouviu-o. O tempo ficou ainda mais fresco. Judas já ouvia o sussurro da água.

Então desacelerou o passo e exclamou, baixo:

— Niza!

Porém, em vez de Niza, pulou na estrada, despregando-se do tronco grosso de uma oliveira, uma figura atarracada, e viu-se o brilho de algo em sua mão, que logo se extinguiu. Judas, com um grito fraco, lançou-se para trás, mas um segundo homem lhe barrou o caminho.

O primeiro, que estava na frente, perguntou a Judas:

— Quanto acabou de receber? Diga se quiser continuar vivo!

A esperança se acendeu no coração de Judas. Gritou, desesperado:

— Trinta tetradracmas! Trinta tetradracmas! Tudo que recebi está comigo! Veja o dinheiro! Leve-o, mas me deixe com vida!

O homem da frente arrancou imediatamente a bolsa das mãos de Judas. E, naquele mesmo instante, uma faca saiu voando às costas de Judas e golpeou o apaixonado abaixo da omoplata, como um relâmpago. Judas deu um tranco para a frente, lançando para o ar as mãos de dedos torcidos. O homem da frente alcançou Judas com sua faca, cravando-a até o punho no coração.

— Ni... za... — Judas proferiu, não com sua alta e limpa voz de jovem, mas com uma voz baixa e de censura, para depois não emitir mais nenhum som. Seu corpo bateu com tanta força na terra que ela ressoou.

Então uma terceira figura assomou na estrada. Esse terceiro estava de capa com capuz.

— Não demorem — ordenou.

Os assassinos rapidamente empacotaram em um couro a bolsa com um bilhete entregue pelo terceiro, e ataram com um barbante. O segundo enfiou o embrulho no peito, e ambos os assassinos saíram da estrada, e a escuridão os tragou com as oliveiras. O terceiro se agachou perto do morto e contemplou seu rosto. Na sombra, pareceu ao observador branco como giz, e dotado de certa beleza espiritualizada. Alguns segundos depois, já não havia vivalma na estrada. O corpo exânime jazia de braços abertos. O pé esquerdo caíra sob uma mancha de luar, de modo que dava para ver com nitidez cada correia da sandália.

Nessa hora, o canto dos rouxinóis ressoava por todo o jardim de Getsêmani. Para onde se dirigiram os dois matadores de Judas ninguém sabe, mas o trajeto do terceiro homem, de capuz, é conhecido. Deixando a estradinha, lançou-se para o matagal de árvores de oliva, encaminhando-se para o sul. Pulou a cerca do jardim longe do portão principal, no canto sul, onde as pedras de cima da alvenaria tinham caído. Logo estava à margem do Cédron. Então entrou na água, onde passou algum tempo até avistar, ao longe, as silhuetas de dois cavalos com homens montados. Os cavalos também se encontravam na torrente. A água corria, molhando-lhes os cascos. Um palafreneiro estava sentado em um dos cavalos, o homem de capuz montou no outro, e ambos percorreram a torrente devagar, e dava para ouvir as pedras crepitando sob os cascos dos cavalos. Depois os ginetes saíram da água, encaminharam-se para a margem de Ierushalaim e seguiram a passo sob os muros da cidade. Então o palafreneiro se separou, partiu a galope e sumiu da vista, enquanto o homem de capuz deteve o cavalo, apeou em uma estrada deserta, tirou a capa, virou-a do avesso, sacou de baixo da capa um elmo simples e sem pluma e o envergou. O homem montado no cavalo trajava agora clâmide militar e uma espada curta na cintura. Moveu as rédeas, e o ardente corcel de cavalaria partiu a trote, sacudindo o ginete. Agora o caminho era curto. O ginete dirigiu-se para o portão sul de Ierushalaim.

Sob o arco do portão dançavam e saltitavam as chamas irrequietas das tochas. Os soldados da guarda da segunda centúria da legião Fulminata estavam sentados em bancos de pedras, jogando dados. Ao ver o militar chegando, os soldados se levantaram dos lugares, o militar fez um aceno e entrou na cidade.

A cidade estava inundada de luzes festivas. Em todas as janelas brincava a chama dos candelabros, e por toda parte, confundindo-se em um coro desordenado, soavam os cânticos. Lançando olhares esporádicos para as janelas que davam para a rua, o ginete podia ver gente à mesa da festa, na qual havia carne de cabrito e taças de vinho entre pratos com ervas amargas. Assobiando uma canção tranquila, o ginete avançava a trote sossegado pelas ruas desertas da Cidade Baixa, dirigindo-se para a torre de Antônia, fitando de vez em quando os castiçais de cinco velas, nunca vistos em nenhum lugar do mundo, que ardiam acima do templo, ou a lua, que pairava ainda mais alto do que os castiçais.

O palácio de Herodes, o Grande, não tinha nenhuma participação nas solenidades da noite de Páscoa. Nos aposentos anexos do palácio, virados para o sul, em que estavam instalados os oficiais das coortes romanas e o legado da legião, as luzes se encontravam acesas, sentia-se algum movimento e vida, mas a parte dianteira, principal, onde residia o único e involuntário inquilino do palácio, o procurador, toda ela, com suas colunatas e estátuas de ouro, achava-se como que ofuscada pelo brilho da lua. Dentro do palácio reinavam as trevas e o silêncio. E ali o procurador, como dissera a Afrânio, não desejava ingressar. Mandou que preparassem seu leito no balcão, onde jantara e conduzira o interrogatório de manhã. O procurador estava deitado na cama arrumada, mas o sono não queria ir até ele. A lua desnuda pairava alto no céu límpido, e o procurador ficou horas sem desviar o olhar dela.

Cerca da meia-noite o sono finalmente se apiedou do *hegemon*. Bocejando convulsivamente, o procurador desabotoou e largou a capa, tirou o cinturão com um largo punhal de aço na bainha que lhe circundava a camisa, deitou-o na poltrona junto ao leito, tirou as sandálias e se esticou. Banga imediatamente pulou para cima da cama, deitando-se a seu lado, cabeça com cabeça, e o procurador, colocando a mão no pescoço do cão, cerrou por fim os olhos. Só então o cachorro também adormeceu.

O leito estava na penumbra, escondido da lua por uma coluna, só que uma faixa de luar estendia-se até ele, vinda dos degraus do terraço. E bastou o procurador perder a ligação com a realidade que o rodeava para se encaminhar sem demora para o caminho iluminado, subindo por ele até a lua. No sono, chegou até a rir de felicidade por tudo se arranjar de forma tão maravilhosa e irrepetível no caminho azul e diáfano. Ia acompanhado de Banga, e a seu lado ia o filósofo vagabundo. Discutiam algo muito complexo e importante, e um não conseguia suplantar o outro. Não coincidiam em nada, o que tornava a discussão especialmente interessante e interminável. Deduz-se que a discussão daquele dia revelara-se o mais puro mal-entendido: se aquele mesmo filósofo que ideara aquela coisa tão absurda e improvável, que todas as pessoas são boas, ia a seu lado, consequentemente estava vivo. E claro que era absolutamente horrível até mesmo pensar que uma pessoa daquelas pudesse ser executada. Não houvera execução! Não houvera! Eis o fascínio daquela excursão escadaria lunar acima!

Tinha todo o tempo livre que quisesse, a tempestade só chegaria ao entardecer, e a covardia era, sem dúvida, um vício dos mais terríveis. Assim falara Ieshua Ha-Notzri. Não, filósofo, retruco-lhe: é o mais terrível dos vícios!

Assim, por exemplo, o atual procurador da Judeia e ex-tribuno da legião não fora covarde quando, no vale das Virgens, os ferozes germanos por pouco não despedaçaram Mata-Ratos. Mas perdão, filósofo! Será que, na sua opinião, é admissível a ideia de que, por causa de um homem que cometeu um crime contra César, o procurador da Judeia arruinasse sua carreira?

— Sim, sim — Pilatos gemia e soluçava no sono.

É óbvio que arruinaria. Pela manhã não teria arruinado, mas agora, à noite, tendo pesado tudo, concordava em arruinar. Faria de tudo para poupar da execução o sonhador e médico doido, que não tinha culpa de nada!

— Agora estaremos juntos para sempre — disse-lhe em sonho o filósofo vagabundo esfarrapado que por algum motivo se colocara no caminho do cavaleiro da lança dourada.

Onde estiver um, quer dizer que também estará o outro. Ao falarem de mim, imediatamente estarão falando também de você! Eu, um enjeitado, filho de pais desconhecidos, e você, filho do rei astrólogo e da filha do moleiro, a bela Pila.

— Sim, e não se esqueça, lembre-se de mim, o filho do astrólogo — rogou Pilatos, em sonho. E, tendo obtido em sonho o assentimento do mendigo de En-Sarid que ia a seu lado, o cruel procurador da Judeia chorou de alegria e sorriu em seu sono.

Tudo isso era bom, mas tornou mais horrível o despertar do *hegemon*. Banga se pôs a ladrar para a lua, e o caminho azul e escorregadio, como que untado de óleo, ruiu diante do procurador. Abriu os olhos, e a primeira coisa de que se lembrou foi que houvera execução. A primeira coisa que o procurador fez foi o gesto habitual de agarrar Banga pela coleira, depois, com os olhos doentes, passou a procurar a lua e viu que ela se afastara um pouco para o lado, e ficara prateada. Sua luz era interrompida por uma luz desagradável e inquieta que brincava no balcão, diante de seus olhos. Uma tocha ardia e soltava fumaça na mão do centurião Mata-Ratos. Aquele que a segurava espreitava a fera perigosa que se preparava para pular.

— Não se mexa, Banga — disse o procurador, com voz doentia, e tossiu. Protegendo-se da chama com a mão, prosseguiu: — Nem à noite, nem ao luar tenho sossego! Oh, deuses! Seu ofício também é ruim, Marcos. Tem que mutilar soldados...

Marcos fitou com a maior perplexidade o procurador, que caiu em si. Para atenuar as palavras proferidas em vão durante o sono, o procurador disse:

— Não se ofenda, centurião, repito que minha posição é ainda pior. Em que posso ser útil?

— O chefe da guarda secreta chegou — informou Marcos, tranquilo.

— Chame-o, chame-o — ordenou o procurador, limpando a garganta com uma tossida e pondo-se a procurar as sandálias com os pés descalços.

A chama brincava nas colunas, as cáligas do centurião ressoavam pelo mosaico. O centurião saiu para o jardim.

— Nem ao luar tenho sossego — disse o procurador para si mesmo, rangendo os dentes.

No lugar do centurião, um homem de capuz apareceu no balcão.

— Banga, não se mexa — disse o procurador, em voz baixa, batendo na nuca do cão.

Antes de começar a falar, Afrânio, como era de hábito, olhou ao redor, foi até a sombra e, depois de se certificar de que não havia ninguém mais no balcão além de Banga, disse, em voz baixa:

— Peço que me leve a julgamento, procurador. O senhor estava certo. Não consegui proteger Judas de Queriote, que foi assassinado. Peço ser demitido e levado a julgamento.

Afrânio teve a impressão de que quatro olhos o fitavam: de cão e de lobo.

Afrânio sacou da clâmide a bolsa encrostada de sangue, lacrada com dois selos.

— Essa é a bolsa de dinheiro que os assassinos jogaram na casa do sumo sacerdote Caifás. O sangue da bolsa é o sangue de Judas de Queriote.

— Interesso-me em saber quanto tem aí — perguntou Pilatos, inclinando-se para a bolsa.

— Trinta tetradracmas.

O procurador riu e disse:

— É pouco.

Afrânio ficou em silêncio.

— Onde está o morto?

— Isso eu não sei — respondeu, com calma dignidade, o homem que jamais se separava de seu capuz —, hoje de manhã vamos começar as buscas.

O procurador se sobressaltou, largando as correias das sandálias, que não conseguia atar de jeito nenhum.

— Mas o senhor sabe com certeza se ele foi morto?

O procurador recebeu uma resposta seca:

— Procurador, trabalho na Judeia há quinze anos. Comecei a servir no tempo de Valério Grato. Não tenho que ver o cadáver para dizer que a pessoa foi morta, e assim lhe relato que aquele que chamavam de Judas, da cidade de Queriote, foi morto algumas horas atrás.

— Desculpe-me, Afrânio — respondeu Pilatos —, eu ainda não acordei propriamente, por isso disse o que disse. Durmo mal — riu o procurador —, e vejo o luar em sonho o tempo todo. Imagine que ridículo. Como se eu passeasse nesse luar. Pois bem, queria saber quais são suas hipóteses nesse caso. Onde vai começar as buscas? Sente-se, chefe do serviço secreto.

Afrânio fez uma reverência, aproximou a poltrona da cama e se sentou, fazendo a espada retinir.

— Vou começar as buscas não muito longe da prensa de oliveiras do jardim de Getsêmani.

— Sei, sei. E por que exatamente lá?

— *Hegemon*, no meu entendimento, Judas não foi assassinado dentro de Ierushalaim, nem longe da cidade. Foi morto nos arredores de Ierushalaim.

— Considero-o um dos mais destacados especialistas no seu assunto. Não sei, por sinal, como andam as coisas em Roma mas, nas colônias, não há ninguém igual ao senhor. Explique-me o porquê.

— Não consigo admitir de jeito nenhum a ideia — disse Afrânio, não muito alto — de que Judas caiu nas mãos de gente suspeita nos limites da cidade. Não dá para matar em segredo na rua. Quer dizer que teriam que atraí-lo a algum porão. Só que o meu pessoal já o procurou na Cidade Baixa e, sem dúvida, o teria encontrado. Então, ele não está dentro da cidade, isso posso assegurar. Se tivesse sido assassinado longe da cidade, esse pacote de dinheiro não poderia ter sido jogado tão rápido. Mataram-no nas redondezas da cidade. Conseguiram atraí-lo para fora.

— Não concebo como isso poderia ser feito.

— Sim, procurador, trata-se da questão mais difícil de todo o caso, e eu mesmo não sei se vou conseguir resolvê-la.

— De fato, é um enigma! Em noite de festa, um fiel sai da cidade sem que se saiba o motivo, abandonando o repasto de Páscoa, e lá morre. Quem e o quê poderia atraí-lo, e como? Não teria sido uma mulher? — perguntou de repente o procurador, inspirado.

Afrânio respondeu calmo e sério:

— De jeito nenhum, procurador. Essa possibilidade está totalmente excluída. É preciso raciocinar com lógica. Quem estava interessado na morte de Judas? Uns fantasistas vagabundos, um pequeno círculo no qual, antes de tudo, não havia mulheres. Para se casar, procurador, é preciso ter dinheiro, para colocar uma pessoa no mundo, também, mas para matar um homem com ajuda de uma mulher é preciso ter muito dinheiro, e isso esses vagabundos não têm. Não tem mulher nesse caso, procurador. E digo mais: uma explicação dessas para o assassinato só pode desviar das pistas, atrapalhar o inquérito e me confundir.

— Vejo que tem toda a razão, Afrânio — disse Pilatos —, eu apenas me permiti exprimir minha hipótese.

— Infelizmente ela é equivocada, procurador.

— Mas e daí, e então? — exclamou o procurador, examinando o rosto de Afrânio com ávida curiosidade.

— Acho que foi tudo por dinheiro.

— Que ideia notável! Mas quem poderia lhe oferecer dinheiro à noite, fora da cidade, e por quê?

— Ah, não, procurador, não é isso. Tenho apenas uma hipótese e, se ela estiver errada, não vou encontrar outra explicação — Afrânio aproximou-se do procurador, inclinando-se, e passou a sussurrar: — Judas queria esconder seu dinheiro em um lugar retirado, que só ele conhecia.

— Uma explicação muito sutil. Então, pelo visto, as coisas foram assim. Agora estou entendendo: não foi atraído por gente, mas por sua própria ideia. Sim, sim, é isso.

— Isso. Judas era desconfiado. Escondia dinheiro das pessoas.

— Sim, o senhor disse, em Getsêmani. E o motivo pelo qual o senhor tem a intenção de procurar exatamente lá eu confesso que não entendo.

— Oh, procurador, isso é o mais simples. Ninguém vai esconder dinheiro em estrada, em lugares abertos e desertos. Judas não estava nem na estrada de Hebron, nem na estrada de Betânia. Devia estar em algum lugar protegido e retirado, com árvores. É muito simples. E não tem lugar assim em Ierushalaim, a não ser Getsêmani. Ele não podia ir longe.

— O senhor me convenceu de todo. Pois bem, que fazer agora?

— Vou começar sem demora a buscar os assassinos que seguiram Judas fora da cidade e, ao mesmo tempo, como já lhe anunciei, vou me apresentar para julgamento.

— Por quê?

— Minha guarda perdeu-o à noite no bazar, depois de ele deixar o palácio de Caifás. Não concebo como isso aconteceu. Jamais houve uma coisa dessas na minha vida. Ele foi colocado sob vigilância logo depois de nossa conversa. Porém, na região do bazar, foi para algum lugar, descreveu uma volta tão estranha qué sumiu sem deixar traços.

— Certo. Notifico-o que não creio necessário submetê-lo a julgamento. O senhor fez todo o possível, e ninguém no mundo — daí o procurador sorriu — saberia fazer melhor do que o senhor. Puna os agentes que perderam Judas. Mas, mesmo assim, advirto-o que não desejo que essa punição seja demasiado severa. No final das contas, fizemos de tudo para tomar conta desse desgraçado! Ah, esqueci de perguntar — o procurador enxugou a testa —, que jeito eles deram para jogar o dinheiro em Caifás?

— Veja bem, procurador... Isso não é especialmente complicado. Os vingadores foram para a retaguarda do palácio de Caifás, lá onde a travessa é mais alta que o pátio dos fundos. Jogaram o pacote por cima da cerca.

— Com o bilhete?

— Sim, procurador, exatamente como o senhor supôs. E a propósito... — daí Afrânio arrancou o lacre do pacote, exibindo a Pilatos seu interior.

— Perdão, Afrânio, o que está fazendo, esses selos são provavelmente do templo!

— O procurador não deve se preocupar com essa questão — respondeu Afrânio, fechando o pacote.

— Por acaso o senhor tem todos os selos? — perguntou Pilatos, rindo-se.

— Não poderia ser de outra forma, procurador — responde Afrânio, bastante severo e sem nenhum riso.

— Imagino como foi na casa de Caifás!

— Sim, procurador, isso causou uma comoção muito grande. Chamaram-me sem demora.

Mesmo na penumbra dava para ver o brilho nos olhos de Pilatos.

— Interessante, interessante...

— Ouso objetar, procurador, não foi interessante. A coisa mais chata e cansativa. Quando perguntei se fizeram pagamento em dinheiro a alguém no palácio de Caifás, disseram-me categoricamente que não.

— Ah, é? Bem, se não pagaram, então não pagaram. Vai ficar mais difícil achar os assassinos.

— Absolutamente certo, procurador.

— Bem, Afrânio, veja o que subitamente me passou pela cabeça: será que ele não deu um fim em si mesmo?

— Ah, não, procurador — respondeu Afrânio, chegando a recuar na poltrona de espanto —, perdoe-me, mas isso é absolutamente improvável!

— Ah, nessa cidade tudo é provável! Estou pronto a apostar que, em um curto espaço de tempo, boatos a esse respeito vão se espalhar pela cidade inteira.

Daí Afrânio lançou seu olhar para o procurador, pensou e respondeu:

— Isso é possível, procurador.

O procurador visivelmente não conseguia largar essa questão do assassinato do homem de Queriote, embora tudo já estivesse claro, e disse ainda, em tom algo sonhador:

— Gostaria de ver como o mataram.

— Foi morto com arte extraordinária, procurador — respondeu Afrânio, fitando o procurador com certa ironia.

— Como o senhor sabe?

— Tenha a bondade de prestar atenção na bolsa, procurador — respondeu Afrânio —, asseguro-lhe que o sangue de Judas jorrou aos borbotões. Procurador, já vi muitos assassinatos na minha vida!

— Então ele, obviamente, não vai mais se erguer?

— Não, procurador. Ele vai se erguer — respondeu Afrânio, com um riso filosófico — quando soarem as trombetas do Messias pelo qual eles esperam aqui. Mas não antes disso!

— Estou satisfeito, Afrânio! Essa questão está clara. Passemos ao enterro.

— Os condenados foram enterrados, procurador.

— Oh, Afrânio, submetê-lo a julgamento seria um crime. O senhor é digno da mais alta recompensa. Como foi?

Afrânio começou a contar, e contou que, na hora em que se ocupava em pessoa do caso de Judas, um comando da guarda secreta, chefiado por um auxiliar, chegou à colina ao cair da tarde. No cume, não localizou um dos corpos. Pilatos estremeceu e disse, rouco:

— Ah, como não previ isso!

— Não precisa se preocupar, procurador — disse Afrânio, prosseguindo com o relato. Levantaram os corpos de Dismas e Gestas, com os olhos arrancados por aves de rapina, e imediatamente se lançaram à busca do terceiro corpo. Localizaram-no em bem pouco tempo. Certo homem...

— Matheus Levi — Pilatos disse, não de forma interrogativa, mas afirmativa.

— Sim, procurador...

Matheus Levi escondera-se em uma caverna na encosta norte do monte Calvário para esperar a escuridão. O corpo nu de Ha-Notzri estava com ele. Quando a guarda entrou na caverna com as tochas, Matheus Levi caiu no desespero e no ódio. Gritava não ter cometido crime nenhum, e que qualquer pessoa, de acordo com a lei, tinha o direito de sepultar um criminoso executado se o desejasse. Matheus Levi disse que não queria se separar daquele corpo. Estava agitado, ora berrando coisas desconexas, ora pedindo, ora ameaçando e amaldiçoando...

— Tiveram que prendê-lo? — perguntou Pilatos, sombrio.

— Não, procurador, não — respondeu Afrânio, de modo bem tranquilizador —, conseguiram acalmar o intrépido louco explicando-lhe que o corpo seria enterrado.

Levi, ao compreender o que lhe disseram, sossegou, mas declarou que não iria a parte alguma e desejava participar do enterro. Disse que não partiria nem que tentassem matá-lo, e chegou até a oferecer para isso uma faca de pão que levava consigo.

— Enxotaram-no? — perguntou Pilatos, com voz abafada.

— Não, procurador, não. Meu auxiliar permitiu que participasse do enterro.

— Que auxiliar seu estava no comando? — perguntou Pilatos.

— Tolmai — respondeu Afrânio, acrescentando, inquieto: — Por acaso cometeu um erro?

— Prossiga — respondeu Pilatos —, não houve erro. Aliás, estou começando a ficar atrapalhado. Afrânio, pelo visto estou tratando com uma pessoa que jamais comete erros. Essa pessoa é o senhor.

Matheus Levi foi levado em um carro, junto com os corpos dos condenados, e, duas horas mais tarde, chegaram a um desfiladeiro deserto ao norte de Ierushalaim. Lá, trabalhando em turnos, em uma hora o comando abriu uma cova profunda e enterrou os três condenados.

— Despidos?

— Não, procurador, o comando levara consigo quítons para esse fim. Colocaram anéis nos dedos dos sepultados. Com uma estria no de Ieshua, com duas no de Dismas e com três no de Gestas. A cova foi fechada e coberta de pedras. Tolmai sabe qual é o sinal de reconhecimento.

— Ah, se eu tivesse podido antecipar! — disse Pilatos, franzindo o cenho. Precisaria dar uma olhada nesse Matheus Levi

— Ele está aqui, procurador!

Arregalando bem os olhos, Pilatos fitou Afrânio por algum tempo e, depois, disse o seguinte:

— Agradeço-lhe por tudo que fez neste caso. Peço que amanhã me envie Tolmai, notificando-o previamente que estou satisfeito com ele, e o senhor, Afrânio — daí o procurador tirou do bolso do cinto, que estava no chão, um anel, que entregou ao chefe do serviço secreto —, peço que aceite isso como lembrança.

Afrânio inclinou-se, dizendo:

— Com muita honra, procurador.

— Peço uma recompensa para o comando que procedeu ao enterro. Para os agentes que perderam Judas, uma advertência. E que Matheus Levi venha agora para cá. Preciso de detalhes do caso de Ieshua.

— Às ordens, procurador — replicou Afrânio, começando a se afastar e fazer reverências, enquanto o procurador batia palmas e gritava:

— Para cá, venham! Castiçais na colunata!

Afrânio já saíra para o jardim e, atrás de Pilatos, luzes cintilavam nas mãos dos servos. Três castiçais apareceram na mesa em frente ao procurador, e a noite de luar imediatamente se retirou para o jardim, como se Afrânio a tivesse levado consigo. No lugar de Afrânio, assomou ao balcão um homem desconhecido, pequeno e magro, com um centurião gigante. Esse segundo, ao captar o olhar do procurador, retirou-se imediatamente para o jardim e desapareceu.

O procurador estudou o recém-chegado com olhos ávidos e algo assustados. Assim se olha para alguém de que se ouviu falar muito, em que se pensou e que, finalmente, apareceu.

O recém-chegado, de uns quarenta anos, escuro, maltrapilho, coberto de lama ressequida, olhava de soslaio, como um lobo. Em suma, era bastante desagradável de ver e, mais do que qualquer coisa, parecia um mendigo da cidade, dos muitos que se acotovelam nos terraços do templo ou nos bazares da barulhenta e imunda Cidade Baixa.

O silêncio se prolongou por muito tempo, sendo quebrado pela estranha conduta do homem levado a Pilatos. Seu rosto se alterou, ele cambaleou e, se não tivesse agarrado a borda da mesa com a mão suja, teria caído.

— O que você tem? — perguntou-lhe Pilatos.

— Nada — respondeu Matheus Levi, fazendo um movimento de quem engole. Seu pescoço magro, nu e sujo se avolumou e voltou a cair.

— O que você tem?, responda — repetiu Pilatos.

— Estou cansado — respondeu Levi, olhando para o chão de forma sombria.

— Sente-se — disse Pilatos, apontando para a poltrona.

Levi fitou o procurador com desconfiança, moveu-se até a poltrona e olhou de esguelha e assustado para seus braços dourados, sentando-se não na poltrona, mas ao lado dela, no chão.

— Explique-se: por que não sentou na poltrona? — perguntou Pilatos.

— Estou imundo, vou manchá-la — disse Levi, olhando para o solo.

— Agora vão lhe dar de comer.

— Não quero comer — respondeu Levi.

— Por que mentir? — perguntou Pilatos, em voz baixa. — Você não comeu o dia inteiro, e talvez até por mais tempo. Pois bem, não coma. Chamei-o para que me mostre a faca que estava com você.

— Os soldados tiraram-na de mim ao me trazer para cá — respondeu Levi, acrescentando, sombrio: — Creia-me, preciso devolvê-la à dona, eu a roubei.

— Para quê?

— Para cortar as cordas — respondeu Levi.

— Marcos! — gritou o procurador, e o centurião apareceu debaixo das colunas. — Traga-me a faca dele.

O centurião sacou a faca de pão suja de uma das duas bainhas do cinturão e a entregou ao procurador, afastando-se.

— E pegou a faca de quem?

— Da venda de pão no portão de Hebron, logo na entrada da cidade, à esquerda.

Pilatos olhou para a lâmina larga, examinou com o dedo se a faca estava afiada, depois disse:

— Quanto à faca, não se aflija, será devolvida à venda. Mas agora preciso de outra coisa: mostre o pergaminho que leva consigo, no qual estão escritas as palavras de Ieshua.

Levi olhou para Pilatos com ódio e abriu um sorriso tão perverso que seu rosto se desfigurou completamente:

— Quer me tirar tudo? Mesmo a última coisa que tenho? — perguntou.

— Eu não lhe disse "Dê" — respondeu Pilatos —, eu disse "Mostre".

Levi remexeu a camisa e tirou um rolo de pergaminho. Pilatos pegou-o, desenrolou-o, estendeu-o contra a luz e, apertando os olhos, pôs-se a estudar os sinais de tinta quase ilegíveis. Era difícil entender aquelas linhas tortas, e Pilatos franzia o cenho e se inclinava para o pergaminho, passando o dedo por elas. Mesmo assim conseguiu entender que o escrito se apresentava como uma cadeia desconexa de algumas máximas, algumas datas, observações domésticas e fragmentos poéticos. Pilatos leu alguma coisa: "A morte não existe... Ontem comemos doces figos[34] de primavera...".

Com caretas de tensão, Pilatos apertou os olhos e leu: "Vemos o rio límpido da água da vida... A humanidade olhará para o sol através de um cristal transparente...". Daí Pilatos se sobressaltou. Nas últimas linhas do pergaminho distinguiu as palavras: "... o maior vício... é a covardia".

Pilatos enrolou o pergaminho e o entregou a Levi com um movimento brusco.

— Tome — disse e, depois de se calar, prosseguiu: — Você, como estou vendo, é um homem letrado, e não há por que vagar sozinho, em trajes de mendigo, sem abrigo. Em Cesareia tenho uma biblioteca grande, sou muito rico e desejo tomá-lo sob meu serviço. Você vai organizar e guardar os papiros, será alimentado e vestido.

Levi se levantou e disse:

---

[34] No original, Bulgákov escreve *bakkuróti*, que seria a forma russificada da palavra aramaica para figo. (N. do T.)

— Não, não quero.

— Por quê? — perguntou o procurador, com o rosto ensombrecido. — Sou-lhe desagradável, tem medo de mim?

O mesmo sorriso mau deformou o rosto de Levi, que disse:

— Não, porque você vai ter medo de mim. Não vai ser fácil para você olhar na minha cara depois de tê-lo matado.

— Cale-se — respondeu Pilatos —, tome dinheiro.

Levi meneou a cabeça negativamente, e o procurador prosseguiu:

— Sei que você se considera um discípulo de Ieshua, mas digo-lhe que não assimilou nada do que ele ensinou. Pois se assim fosse, você obrigatoriamente aceitaria qualquer coisa de mim. Tenha em mente que, antes de morrer, ele disse que ninguém era culpado. — Pilatos ergueu o dedo de modo significativo, e seu rosto se contorceu. — Ele mesmo teria aceitado alguma coisa, impreterivelmente. Você é cruel, mas ele não era cruel. Para onde você vai?

Levi se aproximou repentinamente da mesa, apoiou-se nela com ambas as mãos e, fitando o procurador com olhos ardentes, sussurrou-lhe:

— Saiba, *hegemon*, que vou matar um homem em Ierushalaim. Desejo lhe dizer, para que saiba, que ainda vai haver sangue.

— Também sei que ainda vai haver — respondeu Pilatos —, suas palavras não me surpreendem. Claro que quer me matar.

— Não tenho como matá-lo — respondeu Levi, arreganhando os dentes e rindo —, não sou estúpido a ponto de contar com isso, mas vou matar Judas de Queriote, consagrando a isso o resto da minha vida.

Daí o deleite aflorou ao rosto do procurador que, chamando Matheus Levi para perto de si com o dedo, disse:

— Você não tem como fazer isso, não se preocupe. Judas já foi morto nesta noite.

Levi deu um pulo da mesa, com um olhar feroz ao redor, e berrou:

— Quem fez isso?

— Não fique com ciúme — respondeu Pilatos, arreganhando os dentes e esfregando as mãos —, temo que ele tivesse outros admiradores além de você.

— Quem fez isso? — repetiu Levi, sussurrando.

Pilatos respondeu:

— Fui eu que fiz.

Levi abriu a boca e lançou um olhar feroz para o procurador, que disse:

— Claro que é pouco, mas, assim mesmo, fui eu que fiz — e acrescentou: — E agora, vai aceitar algo?

Levi refletiu, começou a amolecer e, por fim, disse:

— Mande que me deem um pouco de pergaminho limpo.

Passou uma hora. Levi já não se encontrava no palácio. Agora o silêncio da alvorada era rompido apenas pelo suave murmúrio dos passos das sentinelas no jardim. A lua desbotava rápido, na outra extremidade do céu avistava-se a manchinha esbranquiçada da estrela d'alva. Os castiçais haviam se apagado há muito tempo. O procurador estava deitado no leito. Com a mão debaixo do rosto, dormia e respirava sem fazer ruído. A seu lado, dormia Banga.

Foi assim que a alvorada do décimo quinto dia de *nissan* encontrou o quinto procurador da Judeia, Pôncio Pilatos.

Capítulo 27
O FIM DO APARTAMENTO Nº 50

Quando Margarida chegou às últimas palavras do capítulo, "Foi assim que a alvorada do décimo quinto dia de *nissan* encontrou o quinto procurador da Judeia, Pôncio Pilatos", raiou o dia.

Dava para ouvir no patiozinho, entre os ramos de salgueiros brancos e tílias, a alegre e animada conversa matutina dos pardais.

Margarida se levantou da poltrona, esticou-se, e só então sentiu quão alquebrado estava seu corpo e quanta vontade tinha de dormir. É interessante notar que o espírito de Margarida encontrava-se em perfeita ordem. Seus pensamentos não eram confusos, e ela não se abalava de jeito nenhum por ter passado uma noite sobrenatural. Não se inquietava com a lembrança de ter ido ao baile de satanás, de que, por algum milagre, o mestre voltara para ela, de que o romance surgira das cinzas, de que se via novamente em seu lugar, no porão da travessa, de onde fora expulso o delator Aloízi Mogarytch. Em suma, o contato com Woland não lhe acarretara nenhum dano psíquico. Tudo foi como deveria ter sido. Foi ao aposento vizinho, assegurou-se de que o mestre dormia um sono profundo e tranquilo, apagou a luminária desnecessária à cabeceira e se estendeu no sofazinho da parede oposta, cobrindo-se com um velho lençol esfarrapado. Adormeceu um minuto depois, sem ter qualquer sonho naquela manhã. Os quartos do porão estavam em silêncio, a pequena casinha do construtor estava em silêncio, e a travessa erma estava tranquila.

Só que nessa hora, ou seja, no amanhecer do sábado, um andar inteiro de uma instituição de Moscou não dormia, e suas janelas, que davam para uma grande praça coberta de asfalto que carros especiais, movendo-se lentamente e buzinando, limpavam com escovas, brilhavam a plena força, rasgadas pela luz do sol nascente.

O andar inteiro estava ocupado com a investigação do caso Woland, e as luzes ficaram acesas a noite inteira em dez escritórios.

Propriamente falando, o caso tinha sido esclarecido desde a véspera, sexta-feira, quando o Variedades tivera de ser fechado em consequência do desaparecimento de sua administração e de todas as indecências ocorridas no dia anterior, durante a célebre sessão de magia negra. Mas a coisa era que neste tempo todo não parou de chegar material novo ao andar insone.

Agora a investigação desse caso estranho, que obviamente recendia a coisa do diabo, e ainda por cima com uma mistura de truques de hipnose e crimes absolutamente nítidos, precisava juntar em um único novelo todos aqueles eventos multiformes e intrincados que haviam ocorrido em diversos lugares de Moscou.

O primeiro que teve que visitar o andar insone com iluminação elétrica foi Arkádi Apollônovitch Sempleiárov, presidente da comissão acústica.

Depois do almoço de sexta-feira, ouviu-se uma campainha de telefone em seu apartamento, em um prédio perto da ponte Kámenny, em Moscou, e uma voz masculina perguntou por Arkádi Apollônovitch. A esposa de Arkádi Apollônovitch atendeu e disse, sombria, que ele não se encontrava bem, estava repousando e não podia ir até o aparelho. Contudo, Arkádi Apollônovitch acabou tendo que atender assim mesmo. A voz ao telefone respondeu a pergunta sobre quem queria falar com Arkádi Apollônovitch de forma muito curta.

— Nesse segundo... agora mesmo... nesse minuto — balbuciou a mulher do presidente da comissão acústica, que habitualmente era bastante arrogante, e saiu voando como uma flecha até o quarto, para levantar Arkádi Apollônovitch do leito onde padecia de tormentos infernais devido à lembrança de sessão da véspera e do escândalo noturno que acompanhara a expulsão do apartamento de sua sobrinha de Sarátov.

Na verdade, não passou um segundo, nem tampouco um minuto, mas um quarto de minuto até que Arkádi Apollônovitch, com apenas um chinelo no pé esquerdo e em roupas de baixo, estivesse ao telefone, balbuciando:

— Sim, sou eu... Estou escutando, estou escutando...

Sua esposa, esquecendo naquele momento todos os asquerosos crimes contra a fidelidade em que o infeliz Arkádi Apollônovitch fora surpreendido, assomara à porta do corredor com cara assustada, apontando com o chinelo para o ar e sussurrando:

— Calce o chinelo, calce... Vai resfriar os pés — ao que Arkádi Apollônovitch, afugentando a mulher com o pé descalço e exibindo-lhe um olhar feroz, resmungou ao telefone:

— Sim, sim, sim, como assim, entendo... Vou agora mesmo.

Arkádi Apollônovitch passou a tarde inteira no andar em que acontecia a investigação. A conversa era penosa, uma conversa muito desagradável, pois tinha que falar com toda franqueza não apenas sobre aquela sessão sórdida e a briga no camarote, mas também, já que era absolutamente indispensável, a respeito de Militsa Andrêievna Pokobatko, da rua Elôkhovskaia, da sobrinha de Sarátov e de muitas outras coisas cuja narrativa proporcionou a Arkádi Apollônovitch indizíveis tormentos.

É evidente que o relato de Arkádi Apollônovitch, um intelectual cultivado que testemunhara a sessão indecorosa, uma testemunha sensata e qualificada, que descrevera perfeitamente o misterioso mago de máscara e seus dois ajudantes patifes, que se lembrava perfeitamente que o nome do mago era Woland, fez a investigação avançar de forma significativa. O confronto das declarações de Arkádi Apollônovitch com as declarações dos outros, dentre os quais algumas mulheres vitimadas pela sessão (a de *lingerie* violeta que espantara Rímski e, ai delas, muitas outras) e o contínuo Kárpov, que fora enviado para o apartamento nº 50 na rua Sadôvaia, logo estabeleceu com propriedade o lugar em que deveria ser buscado o culpado por todos aqueles incidentes.

O apartamento nº 50 foi visitado não apenas uma vez, e não só examinaram tudo com minúcia extraordinária, como bateram em suas paredes, examinaram as chaminés das lareiras, procuraram esconderijos. Entretanto, nenhuma dessas medidas deu resultado, e não foi possível descobrir nada nas incursões ao apartamento, embora tivesse dado para entender que havia alguém por lá, apesar de todas as pessoas que de um modo ou de outro lidavam com as questões de artistas estrangeiros chegados a Moscou sustentarem que não havia, nem podia haver, em Moscou, um mago negro chamado Woland.

Ele decididamente não se registrara em lugar nenhum ao chegar, não apresentara a ninguém o passaporte, ou qualquer outro papel, contrato ou acordo, e ninguém tinha ouvido falar dele! Kitáitsev, o chefe da seção de programação da comissão de espetáculos, assegurou e jurou por Deus que o desaparecido Stiopa Likhodêiev não lhe enviara para aprovação a proposta de nenhum Woland, nem lhe telefonara para falar da chegada de tal pessoa. De modo que ele, Kitáitsev, não sabia nem entendia de jeito nenhum de que maneira Stiopa pudera admitir uma sessão daquela no Variedades. Quando lhe disseram que Arkádi Apollônovitch vira com seus próprios olhos a sessão do mago, Kitáitsev só fez abrir os braços e erguer os olhos para o céu. Pelos olhos de Kitáitsev dava para ver e dizer sem medo que ele era puro como cristal.

O próprio Prókhor Petróvitch, presidente da comissão principal de espetáculos...

A propósito, ele regressara a seu terno sem demora, logo depois da polícia entrar em seu escritório, para alegria frenética de Anna Ríchardovna e grande perplexidade da polícia, incomodada em vão. Ainda a propósito: depois de voltar ao lugar no terno cinza listrado, Prókhor Petróvitch aprovou completamente todas as resoluções tomadas pelo terno durante sua breve ausência.

... pois bem, o próprio Prókhor Petróvitch decididamente não sabia nada a respeito de nenhum Woland.

Acontecia, queira ou não queira, algo disparatado: milhares de espectadores, todo o pessoal do Variedades, por fim, Sempleiárov e Arkádi Apollônovitch, um homem dos mais instruídos, tinham visto aquele mago, assim como seus triplamente malditos assistentes, e mesmo assim não havia nenhuma possibilidade de encontrá-lo. O que era aquilo, permitam-me perguntar: tinha sido, por acaso, tragado pela terra logo depois da sessão repugnante, ou então, como afirmavam alguns, jamais viera a Moscou? Porém, se admitirmos o primeiro, então não há dúvida que, ao se escafeder, levara consigo toda a chefia da administração do Variedades, enquanto, se for o segundo, quer dizer que a própria administração do funesto teatro, depois de cometida a indecência (basta lembrar a janela quebrada do escritório e a conduta de Ás de Ouros!), sumira de Moscou sem deixar rastros.

Deve-se fazer justiça a quem conduzia a investigação. O desaparecido Rímski fora encontrado com rapidez espantosa. Bastara confrontar a conduta de Ás de Ouros na parada de táxi perto do cinematógrafo com alguns dados de tempo, como a hora do término da sessão e quando exatamente Rímski poderia ter desaparecido, para mandar sem demora um telegrama a Leningrado. Uma hora mais tarde, chegou a resposta (ao entardecer de sexta-feira) de que Rímski fora descoberto no nº 412 do hotel Astoria, no quarto andar, ao lado do quarto em que se hospedara o chefe de repertório de um teatro de Moscou em turnê por Leningrado, naquele quarto em que, como se sabe, a mobília é cinza-azulada com dourado, e há um banheiro maravilhoso.

Descoberto dentro de um guarda-roupa do 412 do Astoria, Rímski foi preso sem tardar e interrogado em Leningrado. Depois disso, chegou a Moscou um telegrama informando que o diretor financeiro do Variedades encontrava-se em condição inimputável, que não respondia ou não queria responder às perguntas de modo útil e que só pedia para ser escondido em uma câmara blindada, guardada por vigias armados. Um telegrama de Moscou ordenou que Rímski fosse enviado sob custódia para Moscou, em consequência do que Rímski, na sexta-feira, embarcou sob custódia no trem noturno.

Ao entardecer do mesmo dia, encontraram pistas de Likhodêiev. Para todas as cidades, tinham sido enviados telegramas perguntando de Likhodêiev, e de Ialta chegou a resposta de que Likhodêiev estivera lá, porém pegara um avião para Moscou.

O único cujo rastro não fora possível seguir era Varienukha. O célebre administrador teatral, conhecido de absolutamente toda Moscou, tinha como que se dissolvido na água.

Enquanto isso, era preciso cuidar do que acontecera em outros lugares de Moscou, além do Variedades. Era preciso esclarecer o caso extraordinário dos empregados que cantavam "Mar glorioso" (a propósito: o professor Stravinski conseguira dar um jeito neles no decorrer de duas horas, por meio de umas injeções subcutâneas), de pessoas que entregaram a outras pessoas ou instituições sabe o diabo que tipo de coisa à guisa de dinheiro, e também das pessoas que tinham sido vítimas dessas entregas.

Evidentemente, o mais desagradável, escandaloso e insolúvel de todos esses casos era o do roubo da cabeça do finado literato Berlioz do caixão no salão da Griboiêdov, em plena luz do dia.

Doze pessoas realizavam a investigação, unindo, como uma agulha de tricô, os malditos nós desse caso complexo, esparramados por toda Moscou.

Um dos investigadores chegou à clínica do professor Stravinski e a primeira coisa que pediu foi que lhe apresentassem a lista das pessoas que tinham ingressado na clínica ao longo dos últimos três dias. Dessa forma, foram descobertos Nikanor Ivánovitch Bossôi e o infeliz animador cuja cabeça fora cortada. Aliás, pouco se ocuparam deles. Agora já era fácil estabelecer que aqueles dois tinham sido vítimas daquela mesma quadrilha de malfeitores encabeçada pelo misterioso mago. Ivan Nikoláievitch Ponyriov, porém, interessou extraordinariamente ao investigador.

A porta do quarto de Ivánuchka, o nº 117, abriu-se ao entardecer da sexta-feira, ingressando nele um homem jovem de cara redonda, calmo e de fino trato, em nada parecido a um investigador, mas, não obstante, um dos melhores de Moscou. Viu, deitado na cama, um jovem pálido e macilento, com olhos nos quais se lia ausência de interesse no que acontecia em volta, olhos ora dirigidos para algum lugar ao longe, acima do que estava ao redor, ora para o interior do jovem.

O investigador se apresentou de forma amigável e disse que estava ali para palestrar com Ivan sobre os acontecimentos da antevéspera no lago do Patriarca.

Oh, como Ivan teria triunfado se o investigador tivesse se apresentado a ele mais cedo, ainda que fosse, digamos, na quinta-feira, quando Ivan solicitava com ímpeto e paixão que ouvissem sua narração sobre o lago do Patriarca! Agora se realizava seu sonho de ajudar a capturar o consultor, não precisava mais correr atrás de ninguém, vinham atrás dele exatamente para ouvir seu relato daquilo que ocorrera na noite de quarta-feira.

Porém, infelizmente, Ivánuchka mudara completamente a partir do momento da morte de Berlioz. Estava prestes a responder, de bom grado e com polidez, a todas as perguntas do investigador, só que dava para sentir a indiferença no olhar e no tom de voz de Ivan. O poeta não se importava mais com o destino de Berlioz.

Antes da chegada do investigador, Ivánuchka cochilava deitado, e umas visões desfilaram diante dele. Assim, viu uma cidade estranha, incompreensível, inexistente, com blocos de mármore, colunatas radiantes, telhados que brilhavam ao sol, a torre de Antônia, negra, sombria e impiedosa, um palácio na colina ocidental, imerso quase até o telhado no verde tropical do jardim, com estátuas de bronze ardendo acima desse verde no crepúsculo, viu centúrias romanas de couraça caminhando sob as muralhas da cidade antiga.

Na sonolência, apareceu diante de Ivan um homem imóvel em uma poltrona, barbeado, de rosto amarelo e esgotado, um homem de manta branca de forro vermelho, olhando com ódio para o jardim luxuriante e alheio. Ivan também viu a colina amarela e nua com postes de barras transversais vazios.

E o ocorrido no lago do Patriarca não interessava mais ao poeta Ivan Bezdômny.

— Diga, Ivan Nikoláievitch, o senhor estava a que distância da catraca quando Berlioz foi parar embaixo do bonde?

Um risinho de indiferença, quase imperceptível, por algum motivo roçou os lábios de Ivan, que respondeu:

— Estava longe.

— E o de xadrez estava do lado da catraca?

— Não, estava sentado em um banco perto.

— O senhor se lembra bem de que ele não foi até a catraca na hora em que Berlioz caiu?

— Lembro-me. Não foi. Estava sentado, refestelado.

Essas foram as últimas perguntas do investigador. Depois delas levantou-se, estendeu a mão a Ivan, desejou-lhe pronto restabelecimento e exprimiu a esperança de voltar a ler seus versos em breve.

— Não — respondeu Ivan, tranquilo —, não vou mais escrever versos.

O investigador sorriu, polido, permitindo-se exprimir sua convicção de que o poeta agora se encontrava em estado algo depressivo, e de que isso logo passaria.

— Não — replicou Ivan, olhando não para o investigador, mas ao longe, para o céu a se apagar —, isso não vai passar nunca. Os versos que eu escrevia eram ruins, e agora eu entendi.

Tendo recolhido material de extrema importância, o investigador saiu do quarto de Ivan. Seguindo o fio dos acontecimentos de trás para a frente, finalmente dava para chegar à origem de todos eles. O investigador não tinha dúvida de que esses acontecimentos começavam com o assassinato no Patriarca. Claro que nem Ivánuchka nem o de xadrez tinham empurrado o infeliz presidente da Massolit para debaixo do bonde, e ninguém contribuíra fisicamente, por assim dizer, para sua queda sob as rodas. O investigador estava convencido, porém, de que Berlioz se atirara debaixo do bonde (ou caíra embaixo dele) por ter sido hipnotizado.

Sim, já havia muito material, e já se sabia quem agarrar, e onde. Mas a questão era que não havia maneira alguma de capturá-los. No três vezes maldito apartamento nº 50, é preciso repetir, sem dúvida havia alguém. De tempos em tempos, esse apartamento respondia aos telefonemas com voz ora estridente, ora fanhosa, às vezes se abria uma janela e, acima de tudo, ouviam-se ali sons de gramofone. Entretanto, cada vez que se dirigiam para lá não encontravam absolutamente ninguém. Estiveram lá mais de uma vez, e em horas diferentes do dia. Como se fosse pouco, ainda passaram um pente fino no apartamento, investigando todos os cantos. O apartamento já estava sob suspeita há muito tempo. Vigiavam não apenas o caminho que levava ao pátio pela entrada principal, mas também a entrada de serviço e, como se fosse pouco, colocaram vigias no telhado, junto aos canos das chaminés. Sim, o apartamento nº 50 aprontava travessuras, mas não era possível fazer nada a respeito.

Assim o caso se arrastou até a meia-noite de sexta para sábado, quando o barão Meigel, em traje de noite e sapatos de verniz, encaminhou-se solenemente para o apartamento, na qualidade de convidado. Ouviu-se o barão ser admitido no apartamento. Cerca de dez minutos depois, entraram no apartamento sem qualquer aviso, mas não só não encontraram os donos, como, o que já era totalmente raro, também não encontraram rastro do barão Meigel.

E dessa forma, como foi dito, o caso se arrastou até o amanhecer do sábado. Daí somaram-se dados novos e muito interessantes. No aeródromo de Moscou aterrissou um avião de passageiros, de seis lugares, vindo da Crimeia. Em meio aos outros, desembarcou um passageiro estranho. Era um cidadão jovem, com uma barba selvagem por fazer, que não se lavava há três dias, olhos injetados e assustados, sem bagagem e vestido com certa extravagância. O cidadão estava de gorro alto de pele, capa de feltro do Cáucaso por cima de camisa de dormir e chinelos azuis de couro, novos, recém-adquiridos. Bastou se afastar da escadinha pela qual descera do avião e foram até ele. Esse cidadão já era esperado, e, algum tempo depois, o inesquecível diretor do Variedades, Stepan Bogdánovitch Likhodêiev, apresentava-se perante os investigadores. Acrescentou novos dados. Agora estava claro que Woland se infiltrara no Variedades sob a forma de artista, hipnotizara Stiopa Likhodêiev e depois conseguira mandar esse mesmo Stiopa para longe de Moscou, sabe Deus quantos quilômetros. O material, dessa forma, aumentou, mas nada ficou mais fácil por causa disso, e talvez tenha ficado até um pouquinho mais difícil, já que se tornava claro que não seria nada fácil dominar uma pessoa capaz de pregar peças como aquela de que Stepan Bogdánovitch fora vítima. Além disso, Likhodêiev, por seu próprio pedido, fora encerrado em uma câmara segura, e perante os investigadores compareceu Varienukha, que acabara de ser preso em seu apartamento, para o qual retornara após uma ausência obscura de quase dois dias.

Apesar da promessa feita a Azazello de não mais mentir, o administrador começou exatamente com uma mentira, embora, aliás, não devesse ser julgado com severidade por causa disso. Pois Azazello proibira-lhe de mentir e ser grosseiro ao telefone e, no presente caso, o administrador falava sem o auxílio desse aparelho. Com os olhos vagos, Ivan Saviêlievitch declarara que, na quinta-feira à tarde, embriagara-se sozinho em seu escritório do Variedades, depois fora a algum lugar, não se lembrava para onde, bebera ainda mais *starka*[35] não se lembrava onde, depois caíra perto de uma cerca, novamente sem se lembrar onde. Só depois que disseram ao administrador que, com seu comportamento estúpido e insensato, ele estava atrapalhando a investigação de um caso importante e que, naturalmente, responderia por isso, Varienukha desatou a chorar e sussurrou, com voz trêmula e olhando ao redor, que mentia por medo, receando a vingança da quadrilha de Woland, em cujas mãos já caíra, e que pedia, implorava, ansiava por ser trancado em uma câmara blindada.

— Arre, que diabo! Agora só falam nessa câmara blindada — rosnou um dos investigadores.

— Esses patifes lhe deram um grande susto — disse o investigador que visitara Ivánuchka.

Tranquilizaram Varienukha como puderam, dizendo que o protegeriam mesmo sem câmara alguma, e imediatamente se esclareceu que não tinha be-

[35] Espécie de vodca de centeio produzida na Polônia e na Lituânia. (N. do T.)

bido *starka* perto de cerca nenhuma, e que eles eram dois, um ruivo de canino saliente, e outro gorducho...

— Ah, parecendo um gato?

— Sim, sim, sim — cochichou, morrendo de medo e olhando ao redor a cada segundo; o administrador ainda narrou outros detalhes sobre como ficara cerca de dois dias no apartamento nº 50 na qualidade de vampiro-infiltrado, e que por pouco não fora a causa da morte do diretor financeiro Rímski.

Nessa hora trouxeram Rímski, que viera no trem de Leningrado. Entretanto, esse velho grisalho psiquicamente abalado e tremendo de medo, no qual era bem difícil reconhecer o antigo diretor financeiro, não queria dizer a verdade de jeito nenhum, revelando-se bastante aferrado a essa ideia. Rímski afirmava que não vira nenhuma Hella na janela de seu escritório, à noite, nem tampouco Varienukha, e que simplesmente se sentira mal e, fora de si, partira para Leningrado. Não é necessário dizer que o adoentado diretor financeiro concluiu seu depoimento com o pedido de ser encerrado em uma câmara blindada.

Ánnuchka fora presa quando tentava entregar à caixa de um armazém da Arbat uma nota de dez dólares. O relato de Ánnuchka sobre gente voando da janela do prédio da Sadôvaia e da ferradura que, segundo suas palavras, pegara do chão para levar à polícia foi ouvido com atenção.

— A ferradura era mesmo de ouro com diamantes? — perguntaram a Ánnuchka.

— Não sei nada de diamantes — respondeu Ánnuchka.

— Mas ele lhe deu notas de dez, como a senhora diz?

— Não sei nada de notas de dez — respondeu Ánnuchka.

— Bem, e quando elas se transformaram em dólares?

— Não sei nada de dólares, e não vi dólar nenhum — respondeu Ánnuchka, estridente —, estamos no nosso direito! Deram-nos uma recompensa e compramos chita com ela — e daí se pôs a dizer disparates sobre não responder pela administração predial, que introduzira no quinto andar forças malignas que não davam sossego.

Daí o investigador abanou uma caneta para Ánnuchka, da qual todos já se encontravam fartos, e redigiu um passe de liberação em papel verde, após o que, para satisfação geral, Ánnuchka desapareceu do edifício.

Depois veio de enfiada toda uma fila de pessoas, dentre as quais Nikolai Ivánovitch, preso exclusivamente devido à estupidez da mulher ciumenta, que dera a conhecer à polícia pela manhã o desaparecimento do marido. Nikolai Ivánovitch não surpreendeu muito os investigadores ao depositar na mesa o certificado zombeteiro que atestava que passara o tempo no baile de satanás. Ao narrar como transportara pelo ar a criada nua de Margarida Nikoláievna para tomar banho de rio em um lugar dos diabos e, antes disso, a aparição de Margarida Nikoláievna, despida, à janela, Nikolai Ivánovitch afastou-se um pouco da verdade. Assim, por exemplo, não julgou necessário mencionar que surgira no dormitório segurando a camisa de dormir que fora jogada, nem que chamara Natacha de Vênus. Em suas palavras, Natacha saíra voando pela janela, montara nele e o arrastara para fora de Moscou.

— Cedendo à força, tive que me submeter — contou Nikolai Ivánovitch, concluindo suas patranhas com o pedido de não informarem nem uma palavra daquilo à sua esposa. O que lhe foi prometido.

O depoimento de Nikolai Ivánovitch permitiu estabelecer que Margarida Nikoláievna, assim como sua criada Natacha, tinha desaparecido sem deixar traços. Foram tomadas medidas para encontrá-las.

Assim, a investigação que não parava por um segundo ocupou também a manhã do sábado. Enquanto isso, na cidade, surgiram e se alastraram boatos absolutamente impossíveis, nos quais uma parcela ínfima de verdade era enfeitada com as mentiras mais bombásticas. Diziam que houvera uma sessão no Variedades, depois da qual todos os dois mil espectadores acabaram na rua do jeito que vieram ao mundo, que descobriram uma tipografia mágica de notas falsas na rua Sadôvaia, que uma quadrilha raptara cinco administradores do setor de diversões, que a polícia já os encontrara, e ainda muito mais, que não vale a pena repetir.

Entrementes, aproximava-se a hora do almoço e lá onde ocorria a investigação o telefone tocou. Informavam da Sadôvaia que o maldito apartamento voltava a dar sinais de vida. Foi informado que abriram as janelas, que se ouviam sons de piano e canto, e que avistava-se pela janela um gato preto sentado no peitoril e se aquecendo ao sol.

Por volta das quatro horas daquela tarde quente, uma grande companhia de homens vestidos à paisana desceu de três carros que haviam parado um pouco antes do edifício nº 302-bis da rua Sadôvaia. Lá, o grande grupo de recém-chegados dividiu-se em dois menores, sendo que um passou pela entrada do edifício e pelo pátio para ir direto à sexta porta principal, enquanto o outro abriu a portinhola que dava para a área de serviço, que habitualmente estava pregada com tábuas, e ambos se puseram a subir por escadas diferentes até o apartamento nº 50.

Nessa hora, Korôviev e Azazello, sendo que Korôviev trajava sua roupa habitual, ao invés do fraque festivo, estavam sentados na sala de jantar do apartamento, terminando o desjejum. Woland, como de hábito, encontrava-se no dormitório, e onde estava o gato ninguém sabia. Porém, a julgar pelo barulho de panelas que vinha da cozinha, era possível deduzir que Behemoth se encontrava exatamente lá, bancando o tolo, como de hábito.

— Que passos são esses na escada? — perguntou Korôviev, mexendo com a colherinha na xícara de café preto.

— São os que vieram nos prender — respondeu Azazello, tomando um cálice de conhaque.

— Ah, pois bem — respondeu Korôviev.

Naquela hora, os que subiam pela escada principal já estavam no patamar do terceiro andar. Lá, dois encanadores se ocupavam do fole do aquecimento a vapor. Os passantes trocaram olhares significativos com os encanadores.

— Estão todos em casa — cochichou um dos encanadores, batendo o martelo no cano.

Então o que ia à frente sacou abertamente uma Mauser preta de dentro do casaco, e outro, que estava com ele, uma gazua. No geral, os homens que se encaminhavam ao apartamento nº 50 estavam devidamente equipados. Dois deles traziam no bolso redes de seda fina, fáceis de desenrolar. Um ainda tinha um laço, outro ainda tinha máscaras de gaze e ampolas com clorofórmio.

Em um segundo, a porta principal do apartamento nº 50 foi aberta, e todos os invasores se viram na antessala, na mesma hora em que um barulho na porta da cozinha indicava que o segundo grupo, da entrada de serviço, chegara até lá simultaneamente.

Dessa vez, obteve-se algum êxito, ainda que não por completo. Os homens se espalharam instantaneamente por todos os aposentos sem encontrar ninguém, mas em compensação, na mesa da sala de jantar descobriram restos de um desjejum recém-abandonado e, na sala de estar, na pedra da lareira, do lado de uma jarra de cristal, estava sentado um enorme gato preto. Segurava nas patas um fogareiro.

Em profundo silêncio, os que ingressaram na sala ficaram contemplando esse gato por um tempo bastante longo.

— Hum, sim... de fato, é uma beleza — sussurrou um dos recém-chegados.

— Não estou aprontando, não estou mexendo com ninguém, estou consertando o fogareiro — afirmou o gato, franzindo o cenho com animosidade —, e ainda considero meu dever prevenir que o gato é um animal antigo e intocável.

— Um trabalho extraordinariamente bem-feito — sussurrou um dos que entraram, enquanto outro, em voz alta e nítida, disse:

— Pois bem, gato intocável e ventríloquo, faça o favor de vir para cá.

Uma rede de seda se desenrolou e voou, porém quem a lançou, para completo espanto de todos, errou o alvo e apanhou apenas a jarra, que imediatamente se partiu, com estrondo.

— Errou! — vociferou o gato. — Urra! — e daí, deixando o fogareiro de lado, apanhou uma Browning que estava atrás de si.

Apontou-a instantaneamente para quem estava mais perto dele, porém, antes que o gato conseguisse disparar, uma mão disparou e, com o tiro da Mauser, o gato tombou da pedra da lareira para o chão de cabeça para baixo, deixando cair a Browning e derrubando o fogareiro.

— Está tudo acabado — disse o gato, com voz débil, estendendo-se, lânguido, em uma poça de sangue —, afastem-se apenas por um segundo para eu me despedir da Terra. Oh, meu amigo Azazello! — gemia o gato, esvaindo-se em sangue. — Cadê você? — o gato virou os olhos a se extinguir na direção da porta da sala de jantar. — Você não acorreu em meu auxílio no momento do combate desigual. Você abandonou o pobre Behemoth, trocou-o por um copo de um conhaque que, por sinal, era muito bom! Pois bem, que fazer, que minha morte pese na sua consciência, e eu lego a você minha Browning...

— A rede, a rede, a rede — cochicharam, irrequietos, em torno do gato. Só que a rede, sabe o diabo por quê, enganchou no bolso de alguém e não saía.

— A única coisa que pode salvar um gato mortalmente ferido — afirmou o gato — é um gole de gasolina... — E, aproveitando-se da confusão, encostou a boca na abertura redonda do fogareiro e bebeu gasolina. Imediatamente o sangue parou de escorrer da pata dianteira esquerda. Animado e disposto, o gato deu um salto, colocou o fogareiro debaixo do braço, pulou de volta para a lareira e, de lá, rasgando o papel de parede, deslizou por ela e, em dois segundos, encontrava-se acima dos recém-chegados, sentando-se na cornija metálica.

Em um instante, mãos agarraram a cortina, puxando-a com a cornija, o que fez o sol jorrar no aposento ensombrecido. Porém, nem o gato curado de forma fraudulenta, nem o fogareiro caíram. Sem se separar do fogareiro, o gato conseguiu saltar pelo ar, e ir parar no lustre que pairava sobre o centro do cômodo.

— Uma escada de mão! — gritaram de baixo.

— Eu os desafio para um duelo! — vociferou o gato, voando acima das cabeças, balançando no lustre, e daí a Browning voltou a aparecer em suas patas, enquanto alojava o fogareiro entre os braços do lustre.

O gato fez pontaria e, voando como um pêndulo acima das cabeças dos recém-chegados, abriu fogo contra eles. O estrondo sacudiu o apartamento. Pedaços de cristal do lustre despencaram no chão, o espelho da lareira fendeu-se em estrelas, ergueu-se uma poeira de estuque, cartuchos usados saltitaram pelo solo, o vidro das janelas rebentou, gasolina começou a vazar do fogareiro perfurado por balas. Agora não dava mais para falar em pegar o gato vivo, e os recém-chegados, com suas Mauser, atiraram nele em resposta de forma certeira e furiosa, na cabeça, na barriga, no peito e nas costas. O tiroteio causou pânico no pátio lá embaixo.

Só que esse tiroteio durou muito pouco, e se aquietou por si mesmo. O fato é que ele não causou nenhum dano nem ao gato, nem aos recém-chegados. Ninguém se viu morto, nem sequer ferido; todos, inclusive o gato, permaneceram completamente ilesos. Um dos recém-chegados, para conferir de uma vez por todas, largou cinco balas na cabeça do maldito animal, e o gato respondeu prontamente, com toda sua carga. E deu na mesma: não causou efeito algum em ninguém. O gato balançava no lustre com impulso cada vez menor, por algum motivo soprando na Browning e cuspindo nas patas. Nos rostos calados dos que estavam embaixo surgiu uma expressão de perplexidade absoluta. Tratava-se do único, ou de um dos únicos casos em que os tiros se mostravam completamente ineficazes. Claro que era possível admitir que a Browning do gato era algum brinquedo, só que isso jamais poderia ser dito das Mauser dos recém-chegados. Já a primeira ferida do gato, sobre a qual, obviamente, não pairava a menor dúvida, não fora nada além de um truque e fingimento porco, assim como o gole de gasolina.

Fizeram mais uma tentativa de apanhar o gato. Lançaram o laço, que ficou preso em uma das luzes, e o lustre despencou. O golpe pareceu abalar todo o corpo do edifício, só que não deu em nada. Os presentes foram banhados pelos estilhaços, e o gato saiu voando pelo ar para se instalar no alto, no teto, na parte superior da moldura dourada do espelho da lareira. Não se preparava para fugir para lugar algum e até, pelo contrário, sentado em relativa segurança, deu início a mais um discurso.

— Absolutamente não entendo — disse, lá de cima — o motivo de uma atitude tão ríspida contra mim...

Mas esse discurso foi interrompido logo no início, por uma voz pesada e grave que ninguém sabia de onde vinha:

— O que está acontecendo no apartamento? Está atrapalhando o meu trabalho.

Outra voz, desagradável e fanhosa, replicou:

— Bem, claro que é Behemoth, o diabo que o carregue!

Uma terceira voz, de taquara rachada, disse:

— *Messire!* É sábado. O sol está se pondo. Está na nossa hora.

— Desculpem-me, não posso mais conversar — disse o gato, do espelho —, está na nossa hora.

Jogou a Browning, quebrando ambos os vidros da janela. Depois, derramou a gasolina, que pegou fogo sozinha, lançando uma onda incandescente que subia até o teto.

O incêndio era de uma força e rapidez extraordinárias, como não acontece nem com gasolina. Agora o papel de parede já começava a fumegar, a cortina arrancada queimava no chão e passavam a arder os caixilhos das janelas quebradas. O gato tomou impulso, miou, pulou do espelho para o peitoril e lá desapareceu com seu fogareiro. Do lado de fora ouviram-se tiros. Um homem sentado na escada de ferro, do lado oposto, na altura da janela da joalheira, disparou contra o gato quando esse pulava de peitoril em peitoril, dirigindo-se para o cano de esgoto da esquina, construído, como foi dito, em forma de ferradura.[36] Por esse cano, o gato subiu para o telhado.

Lá, infelizmente, o gato também recebeu tiros, sem resultados, do guarda que vigiava as chaminés, e desapareceu ao sol que se punha, inundando a cidade.

Nessa hora, no apartamento, o parquete se incendiava debaixo dos pés dos recém-chegados, e no fogo, no lugar em que o gato caíra com a ferida fingida, apareceu, adensando-se cada vez mais, o cadáver do antigo barão Meigel, de papo para cima e olhos vítreos. Não havia mais possibilidade de levá-lo. Pulando entre as pedras incandescentes do parquete, batendo com as mãos nos ombros e peitos fumegantes, os que estavam na sala de estar retiraram-se para o escritório e para a antessala. Aqueles que se encontravam na sala de jantar e no dormitório saíram correndo pelo corredor. Saíram correndo também os que estavam na cozinha, precipitando-se para a antessala. A sala de jantar já estava cheia de fogo e fumaça. No caminho, alguém conseguiu discar o número dos bombeiros, gritando de modo sucinto no fone:

— Sadôvaia, 302-bis!

Era impossível ficar mais. As chamas fustigavam a antessala. Ficou difícil respirar.

[36] No original, na forma da letra russa п (p). (N. do T.)

Bastaram os primeiros fios de fumaça assomarem às janelas quebradas do apartamento enfeitiçado para se ouvirem os gritos desesperados de gente no pátio:

— Fogo! Fogo! Fogo!

Nos diversos apartamentos do prédio, as pessoas passaram a gritar no telefone:

— Sadôvaia! Sadôvaia, 302-bis!

Enquanto na Sadôvaia ouviam-se os toques de sino de assustar o coração dos carros vermelhos compridos provenientes de todas as partes da cidade, as pessoas que se agitavam no pátio viram, junto com a fumaça, saírem voando pela janela do quinto andar três silhuetas que pareciam masculinas, e uma silhueta de mulher nua.

Capítulo 28
ÚLTIMAS AVENTURAS DE KORÔVIEV E BEHEMOTH

Evidentemente, não dá para dizer se essas silhuetas eram reais ou mero fruto da imaginação dos moradores do malfadado prédio na Sadôvaia, subjugados pelo medo. E, se fossem reais, tampouco havia quem soubesse para onde se encaminharam em seguida. Onde se separaram também não podemos dizer, mas sabemos que, cerca de um quarto de hora após o início do incêndio da Sadôvaia, diante da porta de vidro do Torgsin[37] do mercado Smolênski, apareceu um cidadão comprido de terno xadrez com um gato enorme.

Deslizando com habilidade por entre os passantes, o cidadão abriu a porta externa da loja. Ali, porém, um porteiro pequeno, ossudo e de extrema má vontade cortou seu passo e disse, irritado:

— Com gato não pode.

— Desculpe — estremeceu o comprido, colocando a mão nodosa na orelha, como se não ouvisse bem —, o senhor falou de gato? Mas onde está vendo gato?

O porteiro esbugalhou os olhos, e com razão: já não havia gato nenhum aos pés do cidadão, e, no lugar dele, por trás de seus ombros, assomara um gorducho de boné rasgado, cuja fuça realmente parecia um pouco de gato, que prorrompia para a loja. Havia um fogareiro na mão do gorducho.

Esse par de visitantes, por alguma razão, não agradou ao porteiro misantropo.

— Só aceitamos moeda estrangeira — rouquejou, olhando com irritação por debaixo das sobrancelhas grisalhas e hirsutas, que pareciam carcomidas por traças.

— Meu caro — estremeceu o comprido, com os olhos a cintilar no *pince-nez* rachado —, e como o senhor sabe que não tenho? Está julgando pelo

[37] Acrônimo de *Vsiesoiúznoie Obiediniénie po Torgóvlie s Inostrántsami* (União de Comércio com Estrangeiros), organização cujas lojas comerciavam com moeda estrangeira e metais preciosos, e que funcionou entre 1931 e 1936. Bulgákov tinha em mente o prédio que ficava nos números 50-52 da rua Arbat com a praça Smolênski. (N. do T.)

terno? Jamais faça isso, precioso guardião! Pode cometer um equívoco e, aliás, bem grande. Releia pelo menos mais uma vez a história do célebre califa Harun al-Rashid.[38] Porém, no presente caso, deixando temporariamente essa história de lado, desejo lhe dizer que vou me queixar do senhor a seu superior, contando-lhe coisas que o obrigarão a deixar seu posto entre as cintilantes portas espelhadas.

— Talvez meu fogareiro esteja cheio de moeda estrangeira — o gorducho que parecia um gato se intrometeu na conversa, com o mesmo arrebatamento com que tentava se enfiar na loja. O público atrás deles já fazia pressão e se zangava. Fitando o par insólito com ódio e dúvida, o porteiro abriu passagem, e nossos conhecidos, Korôviev e Behemoth, viram-se dentro da loja.

A primeira coisa que fizeram ali foi olhar ao redor, e, com uma voz sonora e decididamente audível em todos os cantos, Korôviev afirmou:

— Que loja maravilhosa! Uma loja muito, muito boa!

As pessoas que estavam no balcão se viraram e, por algum motivo, olharam com espanto para quem estava falando, embora houvesse todas as razões para louvar a loja.

Avistavam-se nos vãos das prateleiras centenas de peças de chita das cores mais ricas. Atrás delas se amontoavam musselinas, *chiffons* e tecido para fraque. Estendiam-se em perspectiva pilhas inteiras de caixas de sapatos, e algumas cidadãs estavam sentadas em cadeirinhas baixas, com o pé direito em um sapato velho e gasto, e o esquerdo em um novo e reluzente, com o qual pisavam cuidadosamente no capacho. Em algum lugar, ao fundo, em um canto, gramofones tocavam e cantavam.

Porém, evitando todas essas atrações, Korôviev e Behemoth encaminharam-se diretamente para a junção entre as seções de gastronomia e de confeitaria. Lá era muito espaçoso, cidadãs de lenços e boinas não ficavam se apertando no balcão como na seção de tecidos.

Um homem baixinho e totalmente quadrado, rosto barbeado até ficar azul, óculos com armação de chifre, chapéu novinho em folha, nada amarrotado e sem mancha na fita, de sobretudo lilás e luvas rubras de pelica, postara-se junto ao balcão, mugindo algo em tom imperioso. Um vendedor de avental branco e limpo e gorrinho azul atendia o cliente lilás. Com uma faca bem afiada, muito parecida com a que havia sido roubada por Matheus Le-

---

[38] Quinto califa abássida, reinou entre 786 e 809, e tinha a reputação de caminhar incógnito entre os súditos. (N. do T.)

vi, removia, de um salmão gorduroso, suado e rosado, a pele, que tendia para o prateado e parecia de serpente.

— Essa seção também é esplêndida — reconheceu Korôviev, solene —, e o estrangeiro é simpático — apontou, benevolente, para as costas lilases.

— Não, Fagote, não — respondeu Behemoth, pensativo —, você está enganado, tolinho. No rosto do *gentleman* lilás falta, na minha opinião, alguma coisa.

As costas lilases se sobressaltaram, provavelmente, por acaso, já que o estrangeiro não tinha como compreender o que Korôviev e seu acompanhante diziam em russo.

— Bón? — perguntou o comprador lilás, severo.

— Formidável — respondeu o vendedor, exibido, revirando a faca afiada por debaixo da pele.

— Bón gosta, ruim nón gosta — disse o estrangeiro, severo.

— Pois bem! — respondeu o vendedor, entusiasmado.

Daí nossos conhecidos se afastaram do estrangeiro e seu salmão para a ponta do balcão da confeitaria.

— Hoje está quente — Korôviev dirigiu-se a uma jovem vendedora de bochechas vermelhas, sem obter resposta. — Quanto está a mexerica? — indagou-lhe Korôviev.

— Trinta copeques o quilo — respondeu a vendedora.

— Tudo custa os olhos da cara — observou Korôviev, suspirando —, é, é... — pensou ainda mais um pouco e convidou seu acompanhante: — Coma, Behemoth.

O gorducho colocou o fogareiro debaixo do braço, apanhou a mexerica mais alta da pirâmide, engoliu-a com casca e pegou uma segunda.

A vendedora foi tomada de pavor mortal.

— Vocês estão loucos! — gritou, perdendo a cor. — Dê-me a nota! A nota! — e deixou cair a pinça para pegar balas.

— Querida, linda, meu amor — sibilou Korôviev, passando por cima do balcão e piscando para a vendedora —, hoje estamos sem divisas... Pois é, que fazer? Mas juro que, da próxima vez, no mais tardar segunda-feira, pagaremos tudo em dinheiro contado. Estamos perto daqui, na Sadôvaia, onde tem um incêndio.

Behemoth, depois de engolir uma terceira mexerica, enfiou a pata na engenhosa construção de barras de chocolate e arrancou uma de baixo, fazendo, obviamente, tudo desabar, e engolindo-a com seu embrulho dourado.

Os vendedores do balcão de peixe ficaram petrificados, com as facas nas mãos, e o estrangeiro lilás virou-se para os salteadores, revelando-se então que Behemoth não tinha razão: não havia nada faltando no rosto do lilás, mas sim, pelo contrário, algo sobrando — bochechas caídas e olhos fugidios.

Completamente amarela, a vendedora berrava angustiada para toda a loja:

— Palóssitch! Palóssitch![39]

O público da seção de tecidos acorreu a esse grito, enquanto Behemoth se afastou das tentações da confeitaria e meteu a pata em um barril com a inscrição "Arenque selecionado de Kertch", arrancou um par de arenques e os engoliu, cuspindo as caudas.

— Palóssitch! — repetiu-se o grito desesperado detrás do balcão da confeitaria, e, atrás do balcão de peixe, um vendedor de cavanhaque bradou:

— O que está fazendo, seu réptil?

Pável Ióssifovitch já se apressava para o lugar da ação. Era um homem bem-apessoado, de avental branco e limpo, como de cirurgião, e lápis no bolso. Pável Ióssifovitch, pelo visto, era uma pessoa experiente. Ao ver a cauda de um terceiro arenque na boca de Behemoth, compreendeu a situação na hora, entendeu decididamente tudo e, sem entrar em altercação com aqueles insolentes, acenou para longe e comandou:

— Apite!

O porteiro saiu voando pela porta espelhada até a esquina da Smolênski e emitiu um apito feroz. O público se pôs a cercar os patifes, e então Korôviev interveio na questão.

— Cidadãos! — gritou, com voz fina e vibrante. — Mas o que é isso? Hein? Permitam-me perguntar. O pobre homem — Korôviev colocou tremor na voz e apontou para Behemoth, que não tardou em adotar uma fisionomia chorosa —, o pobre homem passou o dia inteiro consertando o fogareiro: ficou com fome... e onde vai arrumar divisas?

Diante disso, o habitualmente contido e calmo Pável Ióssifovitch berrou, severo:

— Pare com isso! — e acenou para longe, já impaciente. Daí os trinados vindos da porta soaram com mais animação.

Korôviev, porém, sem se incomodar com a intervenção de Pável Ióssifovitch, prosseguiu:

— Onde? É o que pergunto a todos! Está esgotado pela fome e pela sede! Passando calor. Pois bem, o desgraçado pegou uma mexerica para provar. E o preço dessa mexerica é três copeques. E eles já saem apitando como

---

[39] Contração de Pável Ióssifovitch. (N. do T.)

um rouxinol no bosque, na primavera, incomodam a polícia, afastam-na de seus afazeres. E ele pode? Hein? — daí Korôviev apontou para o gorducho lilás, o que fez seu rosto exprimir a mais forte inquietação. — Quem é esse? Hein? De onde veio? Para quê? Por acaso estávamos entediados sem ele? Por acaso o convidamos? É claro — o ex-regente berrava a plenos pulmões, entortando a boca com sarcasmo —, como podem ver, ele está de traje de gala lilás, está todo inchado de salmão, todo atulhado de moeda estrangeira, e o nosso, hein, e o nosso? Ah, que amargo! Amargo! Amargo! — pôs-se a uivar Korôviev, como um antigo padrinho de casamento.[40]

Todo esse discurso, bastante estúpido, inconveniente e provavelmente nocivo do ponto de vista político, fez Pável Ióssifovitch tremer de raiva, mas o estranho é que percebia-se nos olhos do público apinhado que suscitara compaixão em muita gente! E quando Behemoth, levando aos olhos a manga suja e rasgada, tragicamente exclamou:

— Obrigado, fiel amigo, por interceder por quem sofre! — ocorreu um milagre. Um velhinho calmo e correto, de roupa pobre porém limpa, um velhinho que havia comprado três doces de amêndoa na seção de confeitaria, de repente, se transformou. Seus olhos se inflamaram com uma chama guerreira, ele ficou rubro, arremessou o saquinho com os doces no chão e gritou:

— É verdade! — com uma voz fina, de criança. Depois puxou uma bandeja, lançando por terra os restos da Torre Eiffel destruída por Behemoth, ergueu-a, tirou o chapéu do estrangeiro com a mão esquerda e, com a direita, assentou de um ímpeto o tabuleiro em sua cabeça calva. Ribombou o mesmo som que se produz quando uma chapa de ferro cai de um caminhão. O gorducho, empalidecendo, caiu de costas, sentado na dorna de arenque de Kertch, fazendo jorrar dela uma fonte de salmoura de arenque. Daí sobreveio um segundo milagre. O lilás que tinha caído na dorna gritou, em puro russo, sem qualquer vestígio de sotaque:

— Assassinos! Polícia! Bandidos estão me assassinando! — pelo visto, em consequência do choque, ele agora dominava uma língua até então desconhecida.

Então o apito do porteiro parou, e, entre a multidão de compradores alvoroçados, reluziram, aproximando-se, dois capacetes de polícia. Porém, o pérfido Behemoth, do mesmo jeito que, na sauna, joga-se água da selha nos bancos, jogou gasolina do fogareiro nas prateleiras da confeitaria, que pegou fogo. A chama subiu e correu pela prateleira, devorando as belas fitas

---

[40] Alusão ao velho costume russo de gritar "amargo" nas festas de casamento para fazer os noivos se beijarem. (N. do T.)

de papel das cestas de frutas. As vendedoras, aos guinchos, puseram-se a fugir das prateleiras, e bastou elas pularem de lá para as corrediças de pano das janelas pegarem fogo, e para a gasolina arder no chão. O público, lançando imediatamente um grito de desespero, afastou-se bruscamente da confeitaria, esmagando o agora supérfluo Pável Ióssifovitch, e, da peixaria, os vendedores corriam em fila indiana, com suas facas afiadas, para a porta de serviço. O cidadão lilás, saltando da dorna todo encharcado da salmoura do arenque, atravessou o balcão de salmão e saiu atrás deles. Os vidros das portas espelhadas da saída começaram a tilintar e despencar com o avanço das pessoas em fuga e, quanto aos dois patifes — Korôviev e o glutão Behemoth —, tinham se enfiado em algum lugar, mas não era possível entender onde. Posteriormente, testemunhas oculares que presenciaram o início do incêndio no Torgsin da Smolênski contaram que os dois vândalos saíram voando até o teto, onde teriam rebentado, como balões de ar de crianças. Claro que é duvidoso que as coisas tenham se passado exatamente assim, mas o que não sabemos, não sabemos.

Mas sabemos que, exatamente um minuto depois dos eventos da Smolênski, Behemoth e Korôviev já se encontravam na calçada do bulevar, justo em frente à casa da tia de Griboiêdov. Korôviev parou no gradil e disse:

— Ah! Se essa não é a casa dos escritores. Sabe, Behemoth, ouvi falar muita coisa boa e lisonjeira a respeito dessa casa. Preste atenção, meu amigo, nessa casa! É agradável pensar que, debaixo desse teto, oculta-se e amadurece uma infinidade de talentos.

— Como abacaxis em uma estufa — disse Behemoth e, para admirar melhor a casa cor de creme com colunas, trepou no alicerce de concreto do gradil de ferro fundido.

— Absolutamente certo — concordou seu inseparável companheiro Korôviev —, e um doce arrepio se achega ao coração quando você pensa que nessa casa, agora, amadurece o futuro autor de *Dom Quixote*, de *Fausto*, ou, o diabo que me carregue, de *Almas mortas*! Hein?

— É uma ideia assustadora — corroborou Behemoth.

— Sim — prosseguiu Korôviev —, podem-se esperar coisas assombrosas dos invernadouros dessa casa, que congrega sob seu telhado uns milhares de ascetas que decidiram devotar sua vida de forma abnegada ao serviço de Melpômene, Polímnia e Tália.[41] Imagine o barulho que vai se produzir

[41] Nomes das musas correspondentes à tragédia, à poesia sacra e à comédia, respectivamente. (N. do T.)

quando algum deles, para começar, ofertar ao público leitor *O inspetor geral* ou, na pior das hipóteses, *Ievguêni Oniéguin*!

— Muito simples — voltou a corroborar Behemoth.

— Sim — prosseguiu Korôviev, levantando o dedo, preocupado —, porém! Porém, digo e repito, porém! Se essas tenras plantas de estufa não forem atacadas por algum micro-organismo que lhes roa a raiz, se não apodrecerem! E isso acontece com os abacaxis! Ai, ai, ai, como acontece!

— A propósito — indagou Behemoth, enfiando a cabeça redonda em um buraco do gradil —, o que é que estão fazendo na varanda?

— Almoçando — explicou Korôviev —, e acrescento a isso, meu caro, que aqui há um restaurante bastante bom e nada caro. E eu, por sinal, como todo turista antes de uma viagem longa, sinto o desejo de me alimentar e beber uma grande caneca de cerveja gelada.

— E eu também — respondeu Behemoth, e ambos os patifes foram pelo caminho asfaltado sob as tílias que dava direto na varanda do restaurante, que não pressentia a desgraça.

Uma cidadã pálida e entediada, de meias brancas e boininha igualmente branca, com rabicho, estava sentada em uma cadeira vienense na entrada da varanda, em um canto, onde tinham aberto um orifício de entrada na latada verde. À sua frente, em uma mesa simples de cozinha, havia um grosso livro de registro no qual a cidadã, por motivo desconhecido, anotava quem ingressava no restaurante. Korôviev e Behemoth foram detidos exatamente por essa cidadã.

— Seus certificados? — olhou com espanto para o *pince-nez* de Korôviev e, da mesma forma, para o fogareiro e o cotovelo rasgado de Behemoth.

— Peço milhares de desculpas, que certificado? — perguntou Korôviev, espantado.

— Os senhores são escritores? — perguntou a cidadã, por seu turno.

— Sem dúvida — respondeu Korôviev, com dignidade.

— Seus certificados? — respondeu a cidadã.

— Meu encanto... — começou Korôviev, com ternura.

— Não sou encanto — a cidadã o interrompeu.

— Oh, que pena — disse Korôviev, decepcionado, e prosseguiu: — Bem, que fazer, se não lhe apraz ser um encanto, o que seria bastante agradável, pois não seja. Então para se assegurar de que Dostoiévski é escritor é preciso pedir seu certificado? Pois tome cinco páginas quaisquer de qualquer de seus romances e, sem nenhum certificado, a senhora vai se convencer de que está lidando com um escritor. E ainda suponho que ele não tinha certificado algum! O que você acha? — Korôviev se dirigiu a Behemoth.

— Aposto que não tinha — respondeu o outro, colocando o fogareiro na mesa do livro e enxugando o suor da testa coberta de fuligem.

— O senhor não é Dostoiévski — disse a cidadã, desnorteada por Korôviev.

— Bem, sabe-se lá, sabe-se lá — respondeu este.

— Dostoiévski está morto — respondeu a cidadã, mas sem muita segurança.

— Protesto! — exclamou Behemoth, inflamado. — Dostoiévski é imortal!

— Seus certificados, cidadãos — disse a cidadã.

— Desculpe, no final de contas isso é ridículo — Korôviev não se rendia —, o que define um escritor não é em absoluto o certificado, mas o que ele escreve! Como a senhora sabe que ideias povoam a minha cabeça? Ou essa cabeça? — e apontou para a cabeça de Behemoth, que imediatamente tirou o boné, como que para permitir à cidadã que a examinasse melhor.

— Deem passagem, cidadãos — ela disse, já nervosa. Korôviev e Behemoth ficaram de lado e deixaram passar um escritor de terno cinza sem gravata e camisa branca de verão, cujo colarinho caía largamente sobre o colarinho do paletó, e com um jornal debaixo do braço. O escritor cumprimentou a cidadã com a cabeça, traçando no caminho uma garatuja no livro colocado diante de si, e continuou até a varanda.

— Pena que não seremos nós, não seremos nós — pôs-se a falar Korôviev, triste —, mas ele a obter aquela caneca de cerveja gelada com a qual nós, pobres viajores, tanto sonhamos; nossa situação é triste e dificultosa, e não sei o que fazer.

Behemoth limitou-se a abrir os braços com amargura e colocar o boné na cabeça redonda, coberta por um cabelo espesso, muito similar a pelo de gato. E nesse momento uma voz baixa, porém imperiosa, soou sobre a cabeça da cidadã:

— Dê passagem, Sófia Pávlovna.[42]

A cidadã com o livro ficou espantada: na latada verde surgira o peito branco do fraque e a barbicha cuneiforme do flibusteiro. Ele fitou os dois maltrapilhos suspeitos com amabilidade e, mais do que isso, fez gestos convidativos. A autoridade de Artchibald Artchibáldovitch era coisa levada a sério no restaurante que ele dirigia, e Sófia Pávlovna perguntou a Korôviev, submissa:

— Qual o seu nome?

---

[42] Nome da heroína da comédia *A desgraça de ter espírito*, de Griboiêdov. (N. do T.)

— Panáiev — ele respondeu, gentil.

A cidadã anotou o nome e ergueu um olhar interrogativo para Behemoth.

— Skabitchévski[43] — guinchou este, apontando para o fogareiro por algum motivo.

Sófia Pávlovna anotou esse também e passou o livro para os visitantes, para que assinassem. Na frente do nome "Panáiev", Korôviev escreveu "Skabitchévski", e Behemoth, na frente de Skabitchévski, escreveu "Panáiev". Artchibald Artchibáldovitch, deixando Sófia Pávlovna absolutamente pasmada, conduziu os convidados, com um riso sedutor, à melhor mesa, do lado oposto da varanda, onde a sombra era mais espessa, a mesa ao lado da qual o sol brincava alegremente em uma das aberturas da latada verde. Quanto a Sófia Pávlovna, piscando de pasmo ela estudava longamente os estranhos garranchos feitos no livro pelos visitantes inesperados.

Os garçons não ficaram menos espantados que Sófia Pávlovna com Artchibald Artchibáldovitch. Ele afastou pessoalmente a cadeira da mesa, convidou Korôviev para se sentar, deu uma piscada para um, cochichou algo para outro, e dois garçons se agitaram em volta dos novos clientes, um dos quais alojou o fogareiro no chão, ao lado das botinas desbotadas. A toalha velha com manchas amareladas desapareceu da mesa sem demora, no ar, e estalando a goma, elevou-se uma outra, branquíssima como albornoz de beduíno, e Artchibald Artchibáldovitch já sussurrava baixo, porém bem expressivamente, inclinando-se até a orelha de Korôviev:

— O que posso lhes oferecer? Tenho um *balytchok*[44] especial... arrumei no congresso dos arquitetos...

— Hum... ah... sirva-nos algum antepasto... hum... — mugiu Korôviev, benévolo, esparramando-se na cadeira.

— Entendo — respondeu Artchibald Artchibáldovitch de forma significativa, fechando os olhos.

Ao ver como o chefe do restaurante se dirigia àqueles visitantes completamente suspeitos, os garçons deixaram de lado todas as dúvidas e passaram a levar a coisa a sério. Um já oferecia um fósforo a Behemoth, que sa-

---

[43] Nomes de dois escritores do século XIX: Ivan Panáiev (1812-1862) foi autor, entre outras obras, de diversas sátiras sobre o meio literário; Aleksandr Skabitchévski (1838-1910), escreveu *Notas sobre a história da censura e do jornalismo russos do século XIX* (1904). (N. do T.)

[44] *Balytchok* ou *balík*: lombo de peixe (normalmente salmão ou esturjão) salgado e secado no ar. (N. do T.)

cara do bolso uma bituca e a colocara na boca, outro vinha correndo, tilintando o vidro verde e dispondo, junto aos talheres, cálices e taças finas de *bordeaux*, nas quais é tão agradável beber *narzan* sob o toldo... Ou melhor, já antecipando, digamos... era tão agradável beber *narzan* sob o toldo da inesquecível varanda da Griboiêdov.

— Posso servir um filezinho de perdiz — cantarolou, musical, Artchibald Artchibáldovitch. O convidado de *pince-nez* rachado aprovou plenamente a proposta do comandante do brigue, fitando-o benevolente através do vidrinho inútil.

O romancista Petrakov-Sukhovei, que almoçava na mesa vizinha com a esposa, a qual acabara de comer escalopes de porco, notou, com o poder de observação característico de todos os escritores, os cuidados de Artchibald Artchibáldovitch, e ficou bastante, bastante perplexo. E sua mulher, uma dama muito respeitável, simplesmente enciumou-se do pirata com Koróviev, chegando até a bater a colher... como para dizer "Que demora é essa... já está na hora de servir o sorvete! O que é isso?".

Entretanto, endereçando a Petrakova um sorriso sedutor, Artchibald Artchibáldovitch mandou um garçom até ela enquanto não largava seus queridos convidados. Ah, Artchibald Artchibáldovitch era inteligente! E observador, talvez não menos do que os próprios escritores. Artchibald Artchibáldovitch ouvira falar da sessão no Variedades e de muitas outras ocorrências daqueles dias, porém, ao contrário dos demais, as palavras "de xadrez" e "gato" não lhe entraram por um ouvido para sair pelo outro. Artchibald Artchibáldovitch logo adivinhou quem eram aqueles visitantes. E, tendo adivinhado, naturalmente não se pôs a brigar com eles. Mas essa Sófia Pávlovna! Pois dá para imaginar alguém impedir aqueles dois de irem à varanda? Aliás, o que mais esperar dela?

Fincando a colherinha com desdém no sorvete de creme que derretia, Petrakova observava com olhos insatisfeitos a mesinha em frente aos dois vestidos de espantalho que, como que por mágica, estava coberta de iguarias. Folhas de alface lavadas até ficarem brilhantes já saltavam de vasos de caviar fresco... um instante e, numa mesinha separada, trazida especialmente, vinha um baldinho prateado suado...

Só depois de se assegurar de que tudo estava feito nos conformes, só depois de que uma frigideira coberta, com algo a chiar, chegou pelas mãos de um garçom, Artchibald Artchibáldovitch se permitiu deixar seus dois visitantes enigmáticos, e mesmo assim após sussurrar-lhes previamente:

— Perdão! Um minuto! Vou olhar pessoalmente os filezinhos.

Afastou-se da mesa e sumiu em uma passagem interna do restaurante.

Se algum observador pudesse acompanhar as ações subsequentes de Archibald Archibáldovitch, sem dúvida elas lhe teriam parecido algo enigmáticas.

O chefe absolutamente não foi para a cozinha observar os filezinhos, e sim para a despensa do restaurante. Abriu-a com sua chave, trancou-se nela, tirou de uma arca de gelo com cuidado, para não manchar os punhos da camisa, dois *balíks* bastante pesados, embrulhou-os em jornal, envolveu-os cuidadosamente em barbante e colocou de lado. Depois, no aposento vizinho, verificou se o casaco de verão com forro de seda e o chapéu estavam no lugar, e só depois disso encaminhou-se à cozinha, onde o cozinheiro zelosamente preparava os filezinhos que o pirata prometera aos convidados.

É preciso dizer que não havia absolutamente nada de estranho ou enigmático em nenhum desses atos de Artchibald Artchibáldovitch, e apenas um observador superficial poderia considerar tais atos estranhos. A conduta de Artchibald Artchibáldovitch decorria, de forma completamente lógica, de tudo que antecedera. O conhecimento dos últimos fatos e, principalmente, o faro fenomenal de Artchibald Artchibáldovitch sugeriam ao chefe do restaurante da Griboiêdov que a refeição dos visitantes, embora abundante e suntuosa, seria extremamente breve. E o faro, que jamais enganara o ex-flibusteiro, tampouco o traiu dessa vez.

Na hora em que Korôviev e Behemoth brindavam com os segundos cálices da maravilhosa e gelada vodca Moskóvskaia bidestilada, apareceu na varanda, suado e agitado, o cronista Boba Kandalupski, célebre em Moscou pela espantosa onisciência, sentando-se imediatamente com os Petrakov. Depositando a pasta inchada na mesinha, Boba enfiou sem demora os lábios no ouvido de Petrakov e começou a cochichar coisas bastante tentadoras. Madame Petrakova, consumindo-se de curiosidade, também aproximou o ouvido dos lábios roliços e gordurosos de Boba. Este, lançando de vez em quando uns olhares furtivos, ficava cochichando e cochichando, e dava para entreouvir algumas palavras isoladas, como essas:

— Juro por minha honra! Na Sadôvaia, na Sadôvaia... — Boba baixou a voz ainda mais. — As balas não atingem! Balas... balas... gasolina, fogo... balas...

— Ah, esses mentirosos que ficam espalhando boatos abjetos — zuniu a voz de contralto de madame Petrakova, indignada, e um pouco mais alto do que Boba teria desejado — deveriam ter que se explicar! Mas tudo bem, serão chamados à ordem! Que lorotas nocivas!

— Que lorotas, Antonida Porfírievna? — exclamou Boba, magoado com a descrença da mulher do escritor, voltando a sibilar: — Estou lhe dizendo, as balas não pegam... Eles iam pelo ar... pelo ar... — Boba chiava, sem desconfiar que aqueles de que falava estavam sentados a seu lado, deliciando-se com seu silvo.

Esse prazer, aliás, logo se interrompeu. Três homens com cintos apertados com força, polainas e revólveres na mão saíram precipitadamente de uma passagem interna do restaurante para a varanda. O que vinha à frente gritou, alto e terrível:

— Não saiam do lugar! — E os três imediatamente abriram fogo na varanda, mirando as cabeças de Korôviev e Behemoth. Ambos os alvos se dissolveram no ar na mesma hora, e, do fogareiro, uma coluna de fogo partiu direto para o toldo. No toldo apareceu algo como uma goela escancarada de bordas pretas, que passou a se alastrar em todas as direções. Passando por ela, o fogo se elevou até o telhado da casa de Griboiêdov. Umas pastas com papéis no cômodo da redação, na janela do segundo andar, pegaram fogo de repente, as corrediças se incendiaram em seguida, e então o fogo, bramindo como se alguém soprasse, penetrou em colunas no interior da casa da tia.

Alguns segundos mais tarde, pela vereda asfaltada que levava ao gradil de ferro fundido do bulevar, de onde, na quarta-feira à noite, chegara Ivánuchka, o primeiro mensageiro da desgraça que ninguém compreendera, agora corriam os escritores que não tinham terminado de almoçar, os garçons, Sófia Pávlovna, Boba, Petrakova, Petrakov.

Tendo saído de antemão por uma passagem lateral, sem fugir nem se apressar para lugar nenhum, como um capitão cujo dever é ser o último a abandonar o brigue em chamas, Artchibald Artchibáldovitch permanecia tranquilo com seu paletó de verão com forro de seda, e duas toras de *balík* debaixo do braço.

Capítulo 29
É DECIDIDO O DESTINO DO MESTRE E MARGARIDA

No pôr do sol, acima da cidade, no terraço de pedra de um dos mais belos edifícios de Moscou,[45] edifício construído cerca de cento e cinquenta anos atrás, estavam duas pessoas: Woland e Azazello. Não podiam ser vistos de baixo, da rua, já que estavam escondidos de olhares desnecessários por uma balaustrada com vasos de gesso e flores de gesso. Podiam, porém, ver a cidade até quase seus confins.

Woland estava sentado em uma banqueta dobrável, vestindo seu roupão preto. Sua espada comprida e larga estava cravada verticalmente entre duas lajes rachadas do terraço, formando assim um relógio de sol. A sombra da espada prolongava-se de modo lento e constante, arrastando-se até os sapatos pretos de satã. Com o queixo pontiagudo apoiado no punho, encolhendo-se na banqueta e uma perna recolhida debaixo de si, Woland observava sem parar o incomensurável ajuntamento de palácios, edifícios pequenos e gigantes e casebres condenados à destruição. Azazello, que deixara seu traje contemporâneo, ou seja, paletó, chapéu coco e sapatos de verniz, vestia-se, como Woland, de negro. Estava de pé, a pouca distância de seu soberano e, a exemplo deste, não tirava os olhos da cidade.

Woland disse:

— Que cidade interessante, não é verdade?

Azazello se virou e respondeu, respeitoso:

— *Messire*, gosto mais de Roma!

— Sim, é uma questão de gosto — respondeu Woland.

Algum tempo depois, sua voz voltou a se ouvir:

— De onde vem essa fumaça no bulevar?

— Griboiêdov está em chamas — respondeu Azazello.

— É de se supor que aquela dupla inseparável, Korôviev e Behemoth, esteve por lá.

— Disso não há dúvida alguma, *messire*.

---

[45] A Casa Pachkov, na esquina da rua Mokhovaia com a rua Vozdvíjenka, foi erigida entre 1784 e 1786, abrigou o primeiro museu público de Moscou, o Rumiántsev, entre 1865 e 1925, e hoje pertence à Biblioteca Estatal Russa. (N. do T.)

Voltou a se fazer silêncio, e os dois que se encontravam no terraço viram o sol, fragmentado e ofuscante, refletido nas janelas dos andares de cima dos colossos, viradas para o oeste. O olho de Woland ardia tanto quanto essas janelas, embora ele estivesse de costas para o poente.

Daí, porém, algo obrigou Woland a desviar os olhos da cidade e a prestar atenção na torre redonda que estava atrás dele, no telhado. De seus degraus saiu um homem sombrio, esfarrapado, sujo de barro, de quíton, sandálias de fabricação caseira e barba preta.

— Oh! — exclamou Woland, com um olhar zombeteiro para o recém-chegado. — Quem eu menos poderia esperar aqui era você! A quem procura, visitante não convidado, porém previsível?

— Vim atrás de você, espírito do mal e soberano das sombras — respondeu o recém-chegado, olhando Woland de soslaio e com inimizade.

— Se veio atrás de mim, então por que não me cumprimenta, ex-coletor de impostos? — disse Woland, severo.

— Porque não quero cumprimentá-lo — respondeu o recém-chegado, impertinente.

— Porém deve se conformar com isso — retrucou Woland, entortando a boca com um sorriso —, nem bem chegou ao telhado e já sai espalhando absurdos, e vou lhe dizer onde eles estão: no seu tom de voz. Você proferiu suas palavras estúpidas como se não admitisse as sombras, assim como o mal. Tenha a bondade de pensar na seguinte questão: o que seria do seu bem se o mal não existisse, e como veríamos a Terra se as sombras desaparecessem? Afinal, as sombras resultam dos objetos e das pessoas. Veja a sombra da minha espada. Porém, há sombras de árvores e criaturas vivas. Você não estaria querendo depenar todo o globo terrestre, ao arrancar dele todas as árvores e seres vivos com a sua fantasia de se deliciar com a luz pura? Você é estúpido.

— Não vou discutir com você, velho sofista — respondeu Matheus Levi.

— Você não pode discutir comigo pelo motivo já mencionado: você é estúpido — respondeu Woland, e perguntou: — Bem, seja breve, não me atormente, por que apareceu?

— Ele me mandou.

— O que ele mandou você me transmitir, escravo?

— Não sou escravo — respondeu Matheus Levi, exasperando-se cada vez mais —, sou seu discípulo.

— Falamos línguas diferentes, como sempre — retrucou Woland —, mas isso não altera as coisas que falamos. Então...

— Ele leu a obra do mestre — disse Matheus Levi —, e lhe pede para levar o autor consigo e recompensá-lo com descanso. Por acaso é difícil para você fazer isso, espírito do mal?

— Nada é difícil para mim — respondeu Woland —, e você sabe muito bem disso. — Calou-se e acrescentou: — E por que não o levam com vocês para a luz?

— Ele não fez por merecer a luz, fez por merecer o descanso — afirmou Levi, com voz triste.

— Transmita que será feito — respondeu Woland, e, com o olho em chamas, acrescentou: — E me deixe sem demora.

— Ele pede que você também leve aquela que o amou e sofreu por ele — Levi dirigiu-se a Woland, pela primeira vez, em tom de súplica.

— Sem você, jamais teríamos cogitado isso. Saia.

Depois disso, Matheus Levi sumiu, e Woland chamou Azazello e ordenou:

— Voe até eles e organize tudo.

Azazello deixou o terraço, e Woland ficou sozinho. Sua solidão, porém, não foi longa. Passos e vozes vívidas soaram na laje do terraço, e Korôviev e Behemoth se apresentaram perante Woland. Só que agora o gorducho não tinha mais fogareiro, carregava outros objetos. Assim, levava no sovaco uma pequena paisagem com moldura dourada, em um braço estava jogado um avental de cozinheiro meio chamuscado, no outro segurava um salmão inteiro com a pele e o rabo. Korôviev e Behemoth cheiravam a queimado, Behemoth tinha fuligem no focinho e o boné meio chamuscado.

— Salve, *messire*! — berrou a dupla inseparável, e Behemoth agitou o salmão.

— Muito bons — disse Woland.

— *Messire*, imagine — gritou Behemoth, animado e alegre —, fui tomado por saqueador!

— A julgar pelas coisas que está carregando — respondeu Woland, olhando para a paisagem —, você é, sim, um saqueador.

— Acredite, *messire*... — começou Behemoth, com voz afetuosa.

— Não, não acredito — respondeu Woland, breve.

— *Messire*, juro que fiz tentativas heroicas de salvar o que era possível, mas isso foi tudo o que consegui preservar.

— Melhor você dizer como a Griboiêdov pegou fogo — perguntou Woland.

Ambos, Korôviev e Behemoth, abriram os braços e levantaram os olhos para o céu, e Behemoth gritou:

— Não compreendo! Estávamos sentados, em paz, totalmente tranquilos, comendo...

— E, de repente: *Pá! Pá!* — secundou Korôviev. — Tiros! Enlouquecidos de medo, eu e Behemoth nos pusemos a correr pelo bulevar, com os perseguidores atrás de nós, e nos precipitamos pela Timiriázev!

— Porém, o senso de dever — interveio Behemoth — superou nosso medo vergonhoso, e nós voltamos!

— Ah, vocês voltaram? — disse Woland. — Bem, claro que, daí, o prédio já tinha se reduzido a cinzas.

— A cinzas! — confirmou Korôviev, amargurado. — Literalmente, *messire*, a cinzas, como se permitiu exprimir com acerto. Um tição só!

— Precipitei-me para a sala de reuniões — contou Behemoth —, aquela com as colunas, *messire*, contando salvar qualquer coisa de valioso. Ah, *messire*, minha mulher, se eu tivesse uma, por vinte vezes quase ficou viúva! Mas felizmente, *messire*, não sou casado, e digo-lhe com franqueza que sou feliz por não ser casado. Ah, *messire*, quem poderia trocar a liberdade de solteiro pelo penoso jugo?

— As asneiras começaram de novo — observou Woland.

— Escuto e prossigo — respondeu o gato —, sim, senhor, quanto à paisagem. Não foi possível tirar nada mais da sala, a chama me golpeava o rosto. Corri até a despensa e salvei o salmão. Corri até a cozinha e salvei o avental. Considero, *messire*, que fiz tudo o que pude, e não sei como explicar a expressão de ceticismo em seu rosto.

— E o que Korôviev fazia enquanto você saqueava? — perguntou Woland.

— Ajudava os bombeiros, *messire* — respondeu Korôviev, apontando para as calças rasgadas.

— Ah, se foi assim, então será necessário construir um novo edifício.

— Será construído, *messire* — retrucou Korôviev —, ouso lhe assegurar.

— Bem, pois seja, resta desejar que resulte melhor do que o anterior — observou Woland.

— Assim será, *messire* — disse Korôviev.

— Creiam em mim — acrescentou um gato —, sou um autêntico profeta.

— Em todo caso, nós viemos, *messire* — relatou Korôviev —, e aguardamos suas determinações.

Woland se levantou da banqueta, foi até a balaustrada e permaneceu muito tempo em silêncio, solitário, de costas para seu séquito, contemplando ao longe. Depois se afastou da borda, voltou a se instalar na banqueta e disse:

— Não haverá determinações, vocês fizeram tudo que foi possível, e por enquanto não necessito mais de seus serviços. Podem descansar. Agora virá uma tempestade, a última tempestade, que vai terminar o que precisa ser terminado, e nos colocaremos a caminho.

— Muito bem, *messire* — responderam os dois bufões, desaparecendo em algum lugar atrás da torre central circular que ficava no meio do terraço.

A tempestade de que Woland falara já se acumulava no horizonte. Uma nuvem negra se erguia a ocidente, cortando o sol pela metade. Depois o encobriu por inteiro. O terraço ficou mais fresco. Passado mais algum tempo, escureceu.

Essa escuridão vinda do ocidente cobriu a imensa cidade. Desapareceram pontes, palácios. Tudo sumiu, como se jamais tivesse existido. Um fio de fogo percorreu todo o céu. Depois a cidade foi sacudida por um golpe. Ele se repetiu, e a tempestade começou. Woland deixou de ser visível na escuridão.

Capítulo 30
É HORA! É HORA![46]

— Sabe — disse Margarida —, assim que você adormeceu, ontem à noite, li a respeito da escuridão vinda do mar Mediterrâneo... e aqueles ídolos, ah, os ídolos de ouro. Por algum motivo, eles não me dão sossego, em nenhum momento. Tenho a impressão de que vai chover. Está sentindo como refrescou?

— Tudo isso é bom e agradável — respondeu o mestre, fumando e dispersando a fumaça com a mão —, e esses ídolos, que Deus os tenha, mas o que ainda vai suceder não dá para compreender de jeito nenhum!

Essa conversa aconteceu enquanto Matheus Levi surgia no terraço de Woland. A janelinha do porão estava aberta, e, se alguém desse uma espiada por ela, ficaria espantado com a estranheza do aspecto dos interlocutores. Uma capa preta cobria o corpo nu de Margarida, e o mestre envergava sua roupa de hospital. Isso decorria do fato de que Margarida não tinha absolutamente nada para vestir, já que todas as suas coisas haviam ficado na mansão, e, embora essa mansão ficasse bem perto, claro que não dava nem para falar em ir até lá e pegar as coisas. E o mestre, cujos trajes estavam todos no armário, como se ele jamais tivesse saído dali, simplesmente não tinha vontade de se vestir, desenvolvendo diante de Margarida a ideia de que logo, logo começaria algum absurdo completo. Verdade que estava barbeado pela primeira vez desde aquela noite de outono (na clínica, cortavam-lhe a barba a máquina).

O quarto também assumira um aspecto estranho, e era muito difícil entender qualquer coisa naquele caos. Manuscritos jaziam no tapete, e também no sofá. Um livrinho estava largado de costas sobre a poltrona. Na mesa redonda, o almoço fora servido, e, em meio aos pratos, havia algumas garrafas. De onde provinham todas aquelas iguarias e bebidas, o mestre e Margarida desconheciam. Ao acordar, já encontraram tudo aquilo em cima da mesa.

---

[46] Alusão ao poema de Púchkin, de 1834, cuja primeira linha é: "É hora, meu amigo, é hora! O coração pede descanso". (N. do T.)

Tendo dormido até o pôr do sol do sábado, o mestre e sua amiga sentiam-se completamente fortalecidos, e só uma coisa dava a conhecer os incidentes da véspera — a têmpora esquerda de ambos doía um pouco. No aspecto psíquico, produziram-se grandes mudanças em ambos, como verificaria qualquer um que pudesse ouvir a conversa no apartamento do porão. Só que decididamente não havia ninguém para ouvir. O bom daquele patiozinho é que estava sempre deserto. A cada dia, as tílias e salgueiros brancos do lado de fora da janela, cada vez mais verdes, exalavam um aroma primaveril, que a brisa nascente levava para o porão.

— Ui, que diabo! — exclamou o mestre, de forma inesperada. — Só de pensar nisso... — apagou a bituca no cinzeiro e apertou a cabeça com as mãos. — Não, escute, você é uma pessoa inteligente, e nunca esteve louca. Você tem plena certeza de que ontem estivemos com satanás?

— Tenho plena certeza — respondeu Margarida.

— Claro, claro — disse o mestre, irônico —, agora talvez seja evidente que, em vez de um louco, sejamos dois! Marido e mulher. — Levantou as mãos para o céu e se pôs a gritar: — Não, o diabo é que sabe o que é isso, o diabo, o diabo, o diabo!

Em vez de responder, Margarida desabou no sofá, às gargalhadas, balançando os pés nus, para depois gritar:

— Ah, não aguento! Ah, não aguento! Olhe só o seu aspecto!

Parando de rir enquanto o mestre, envergonhado, puxava as ceroulas do hospital, Margarida ficou séria.

— Sem querer, você falou a verdade — disse —, o diabo é que sabe o que é isso, e o diabo, creia-me, vai arranjar tudo! — Seus olhos, de repente, se inflamaram, ela deu um pulo, pôs-se a dançar parada no lugar e a gritar: — Como sou feliz, como sou feliz por ter feito um pacto com ele! Oh, o demônio, o demônio! Meu querido, você vai ter que viver com uma bruxa. — Depois disso, precipitou-se para o mestre, agarrou seu pescoço e começou a beijar-lhe os lábios, o nariz, as faces. Tufos de cabelos negros despenteados saltavam sobre o mestre, e suas faces e testa ardiam com os beijos.

— Você está parecendo mesmo uma bruxa.

— Não nego — respondeu Margarida —, sou bruxa e estou muito satisfeita!

— Pois bem — disse o mestre —, se é bruxa, é bruxa. Muito glorioso e suntuoso! Quer dizer que me raptaram da clínica! Também é muito gentil. Voltamos para cá, admitamos isso também... Vamos supor mais, que não virão nos prender, mas me diga, por tudo que é sagrado, como e de que vamos viver? Acredite que, quando digo isso, preocupo-me com você.

Naquele momento, apareceram na janelinha sapatos de biqueira quadrada e a parte inferior de umas calças listradas. Daí as calças se dobraram nos joelhos, e a luz do dia foi tapada por um traseiro rijo.

— Aloízi, você está em casa? — perguntou uma voz acima das calças, atrás da janela.

— Pronto, começou — disse o mestre.

— Aloízi? — perguntou Margarida, aproximando-se da janela. — Ele foi preso ontem. Quem é? Qual o seu nome?

Nessa hora, desapareceram joelhos e traseiro, e deu para ouvir a batida da cancela, depois do que tudo voltou ao normal. Margarida caiu no sofá e gargalhou até lágrimas lhe saírem dos olhos. Porém, ao se acalmar, seu rosto se modificou do modo mais abrupto, ela passou a falar com seriedade e, enquanto falava, deslizou do sofá, arrastou-se até os joelhos do mestre e, fitando-o nos olhos, passou a lhe acariciar a cabeça.

— Como você sofreu, como você sofreu, meu coitado! Disso só eu sei. Veja, tem fios grisalhos na cabeça e uma ruga eterna junto à boca. Meu único, meu querido, não pense em nada. Você teve que pensar muito, agora eu é que vou pensar por você! E eu lhe garanto, garanto que tudo vai ser deslumbrante de bom.

— Não tenho medo de nada, Margot — o mestre respondeu, de repente, levantando a cabeça e mostrando-se a ela como era na época em que escrevia o que não tinha visto, mas sabia com certeza que havia ocorrido —, e não tenho medo porque já passei por tudo. Já me assustaram muito, não têm como me assustar ainda mais. Só que tenho pena de você, Margot, esse é o meu foco, por isso é que eu bato sempre na mesma tecla. Pense bem! Para que destruir a sua vida com um mendigo doente? Volte para sua casa! Eu me compadeço de você, por isso estou dizendo isso.

— Ah, você, você — sussurrou Margarida, abanando a cabeça desgrenhada —, ah, você, homem infeliz e de pouca fé. Por você, ontem passei a noite inteira tremendo, nua, perdi minha natureza e a troquei por outra, fiquei alguns meses sentada em um cubículo escuro e pensando só em uma coisa, na tempestade sobre Jerusalém, chorei o que tinha para chorar, e agora, quando a felicidade desaba, você me expulsa? Pois bem, que fazer, eu vou, eu vou, mas fique sabendo que você é um homem cruel! Eles tiraram a sua alma!

Uma ternura amarga subiu ao coração do mestre e, sem saber por quê, ele chorava, afundando nos cabelos de Margarida. Essa, aos prantos, cochichava para ele, com os dedos a tremular nas têmporas do mestre.

— Sim, esses fios, esses fios, a cabeça se cobre de neve a meus olhos, ah, minha cabeça, minha cabeça que tanto sofreu. Veja como estão os seus olhos! Há um deserto neles... E os ombros, o fardo sobre os ombros... Mutilaram, mutilaram — a fala de Margarida ficou desconexa. Margarida sacudia com o pranto.

Então o mestre enxugou os olhos, ergueu Margarida dos joelhos, levantou-se e disse, com firmeza:

— Chega! Você me faz sentir vergonha. Nunca mais vou admitir a falta de coragem e não voltarei a essa questão, fique tranquila. Sei que somos ambos vítimas de uma doença espiritual que, talvez, eu tenha transmitido a você... Pois seja, vamos suportá-la juntos.

Margarida aproximou os lábios do ouvido do mestre e cochichou:

— Juro pela sua vida, juro pelo filho do astrólogo, profetizado por você, que tudo vai ficar bem.

— Certo, está bem, está bem — replicou o mestre e, rindo-se, acrescentou: — Claro que, quando as pessoas são roubadas de tudo, como nós, buscam salvação nas forças do além! Pois seja, concordo em buscar lá.

— Pois bem, pois bem, agora você é o mesmo de antes, está rindo — respondeu Margarida —, e que o diabo o carregue com suas palavras sábias. Do além ou daqui, não dá na mesma? Quero comer.

E puxou o mestre pelo braço até a mesa.

— Não estou seguro de que essa comida não vai desaparecer terra abaixo ou sair voando pela janela — ele disse, absolutamente tranquilo.

Nesse mesmo momento, soou na janelinha uma voz anasalada:

— Que a paz esteja convosco!

O mestre estremeceu, mas Margarida, já acostumada ao extraordinário, gritou:

— Mas é Azazello! Ah, como isso é agradável, como isso é bom! — e, sussurrando para o mestre: — Pois veja, veja, não nos abandonaram! — precipitou-se para abrir.

— Pelo menos se agasalhe — o mestre gritou para ela.

— Não estou nem aí — respondeu Margarida, do corredorzinho.

E eis que Azazello já se inclinava, cumprimentava o mestre, cintilava para ele seu olho torto, e Margarida exclamava:

— Ah, como estou feliz! Nunca fui tão feliz na vida! Mas me perdoe, Azazello, por estar nua.

Azazello pediu-lhe que não se perturbasse, assegurou-lhe de que vira não apenas mulheres nuas, mas até mulheres cuja pele fora arrancada por completo, e sentou-se de bom grado à mesa, após depositar em um canto, junto à estufa, um pacote de brocado escuro.

Margarida serviu conhaque a Azazello, que bebeu de bom grado. O mestre, sem tirar os olhos dele, beliscava esporadicamente, por debaixo da mesa, a mão esquerda. Só que os beliscões não ajudavam em nada. Azazello não se dissolvia no ar e, para falar a verdade, não havia nenhuma necessidade disso. Não havia nada de terrível no ruivo de baixa estatura, a não ser pelo leucoma no olho — mas isso acontece sem nenhum sortilégio —, e pelo traje não muito habitual, uma espécie de roupão ou capa —, mas, de novo, pensando bem, isso igualmente ocorre. Também tomava conhaque com destreza, como todas as pessoas de bem, de um gole só, e sem petiscar. Esse mesmo conhaque fazia a cabeça do mestre zunir, e ele se pôs a pensar: "Não, Margarida está certa! Claro que na minha frente está sentado um enviado do demônio. Pois eu mesmo, ainda anteontem à noite, demonstrei a Ivan que quem ele havia encontrado no Patriarca era exatamente satanás, e agora, por algum motivo, essa ideia me assustou, e comecei a tagarelar a respeito de hipnotizadores e alucinações. Que diabo de hipnotizadores!".

Passou a escrutar Azazello e se certificou de que em seus olhos entrevia-se algum constrangimento, alguma ideia que até então não expusera. "Não está simplesmente de visita, apareceu com algum encargo", pensou o mestre.

Seu espírito observador não o enganara.

Depois de tomar o terceiro cálice de conhaque, que não lhe produziu nenhum efeito, o visitante falou assim:

— Que porãozinho mais aconchegante, o diabo que me carregue! Só me provoca uma dúvida: o que vocês farão nele, nesse porãozinho?

— Eu estava falando exatamente disso — respondeu o mestre, rindo.

— Por que me atormenta, Azazello? — perguntou Margarida. — Alguma coisa nós faremos!

— O que é isso, o que é isso? — gritou Azazello. — Não tinha a intenção de atormentá-la. E eu mesmo digo: alguma coisa. Sim! Por pouco não me esqueci, *messire* lhes envia suas saudações, e também mandou dizer que os convida para um pequeno passeio, desde que, é claro, vocês assim o queiram. Então, o que dizem a respeito?

Margarida cutucou a perna do mestre por debaixo da mesa.

— Com grande satisfação — respondeu o mestre, estudando Azazello, que prosseguiu:

— Esperamos que Margarida Nikoláievna não recuse.

— Com certeza não recusarei — disse Margarida, e sua perna voltou a ir até a do mestre.

— Que coisa maravilhosa! — exclamou Azazello. — É assim que eu gosto! Um, dois e pronto! Não como daquela vez, no Jardim Aleksándrovski.

— Ah, nem me lembre, Azazello! Eu era estúpida naquela época. Mas, a propósito, você não deve me culpar severamente por isso, pois não é todo dia que encontramos forças malignas!

— Digo mais — corroborou Azazello —, se fosse todo dia, seria agradável!

— Eu gosto de velocidade — disse Margarida, agitada —, gosto de velocidade e de nudez. Como uma Mauser — pá! Ah, como ele atira — gritou Margarida, dirigindo-se para o mestre. — Um sete debaixo do travesseiro, e em qualquer ponto... — Margarida começava a ficar bêbada, o que fazia seus olhos se inflamarem.

— Já ia me esquecendo de novo — berrou Azazello, batendo na testa —, estou completamente fatigado! É que *messire* lhes mandou um presente — daí se dirigiu expressamente ao mestre —, uma garrafa de vinho. Peço observar que é o mesmo vinho que tomava o procurador da Judeia, vinho falerno.

É absolutamente natural que tamanha raridade despertasse a maior atenção de Margarida e do mestre. Azazello extraiu do pacote de brocado escuro um cântaro completamente embolorado. Cheiraram o vinho, verteram-no nos copos e o observaram contra a luz da janela, que desaparecia perante a tempestade. Viram que tudo adquiria cor de sangue.

— À saúde de Woland! — exclamou Margarida, erguendo o copo.

Todos os três se aproximaram dos copos e sorveram um grande trago. A luz pré-tempestade imediatamente começou a se embaçar nos olhos do mestre, a respiração lhe faltou, ele sentiu que o fim se aproximava. Ainda pôde ver Margarida ficando mortalmente pálida, estendendo-lhe os braços, impotente, deixando cair a cabeça na mesa e, em seguida, tombando no chão.

— Envenenador! — ainda conseguiu gritar o mestre. Quis pegar a faca da mesa para golpear Azazello, porém sua mão escorregou impotente pela toalha, tudo que rodeava o mestre no porão adquiriu a cor preta, para depois desaparecer por completo. Caiu de costas e, na queda, abriu a pele da têmpora na quina da tábua do escritório.

Quando os envenenados sossegaram, Azazello se pôs a agir. A primeira coisa que fez foi se lançar à janela e, alguns instantes depois, estava na mansão na qual Margarida morava. Sempre preciso e cuidadoso, Azazello desejava verificar se tudo fora executado da forma adequada. E tudo se mostrou em plena ordem. Azazello viu uma mulher soturna, que esperava o regresso do marido, sair de seu dormitório, empalidecer subitamente, colocar a mão no coração e gritar, impotente:

— Natacha! Alguém... socorro! — caiu no chão da sala de estar, antes de chegar ao escritório.

— Está tudo em ordem — disse Azazello.

Em um instante, encontrava-se junto aos amantes caídos. Margarida jazia com o rosto enfiado no capacho. Azazello virou-a com suas mãos de ferro, como uma boneca, com o rosto para si, e examinou-a. Sob seu olhar, o rosto da envenenada se alterou. Mesmo na penumbra da tempestade que se iniciava dava para ver que havia desaparecido a vesguice temporária de bruxa, bem como a crueldade e a violência dos traços. O rosto da defunta iluminou-se e, por fim, suavizou, e seu ricto passou a ser não feroz, mas simplesmente o de uma mulher sofredora. Então Azazello descerrou seus dentes brancos, vertendo na boca algumas gotas do mesmo vinho que a envenenara. Margarida suspirou, começou a se erguer sem ajuda de Azazello e perguntou, débil:

— Para quê, Azazello, para quê? O que o senhor fez comigo?

Viu o mestre deitado, sobressaltou-se e sussurrou:

— Isso eu não esperava... assassino!

— Mas não, não — respondeu Azazello —, agora mesmo ele vai se levantar. Ah, por que a senhora é tão nervosa?

A voz do demônio ruivo era tão convincente que Margarida acreditou nele imediatamente, deu um pulo, forte e animada, e ajudou a servir vinho ao deitado. Abrindo os olhos, ele lançou um olhar sombrio, repetindo, com ódio, suas últimas palavras:

— Envenenador...

— Ah! O ultraje acaba sendo a recompensa habitual por um bom trabalho — respondeu Azazello —, será que o senhor está cego? Mas logo vai recuperar a visão.

Daí o mestre se levantou, fitou-o com um olhar vivo e claro, e perguntou:

— O que significa essa novidade?

— Significa — respondeu Azazello — que está na sua hora. A tempestade já ruge, está ouvindo? Escurece. Os cavalos estão cavoucando a terra, o pequeno jardim estremece. Despeçam-se do porão, despeçam-se rápido.

— Ah, entendo — disse o mestre, olhando ao redor —, o senhor nos matou, estamos mortos! Ah, que inteligente! Ah, que oportuno! Agora entendo tudo.

— Ai, desculpe — respondeu Azazello —, o que é que estou ouvindo?

Se a sua amiga o chama de mestre, se o senhor está pensando, como pode estar morto? Será que para se achar vivo tem de estar impreterivelmente sentado no porão, de camisa e ceroulas de hospital? Que ridículo!

— Entendi tudo o que disse — berrou o mestre —, não continue! Está mil vezes certo.

— Grande Woland — passou a ecoar Margarida —, grande Woland! Ele imaginou muito melhor do que eu. Mas apenas o romance, o romance — gritava para o mestre —, leve o romance consigo, para onde você voar!

— Não precisa — respondeu o mestre —, eu lembro de cor.

— Mas não vai esquecer nem uma palavra, nem uma palavra dele? — perguntou Margarida, estreitando-se contra o amante e enxugando o sangue de sua têmpora rasgada.

— Não se preocupe! Agora não me esquecerei de nada, nunca — ele respondeu.

— Então, fogo! — bradou Azazello. — O fogo com que tudo começou, e pelo qual tudo acabará.

— Fogo! — gritou Margarida, terrível.

A janelinha do porão bateu, o vento puxou a corrediça de lado. No céu, um trovão soou breve e alegre. Azazello enfiou a mão com as unhas na estufa, retirou um tição fumegante e botou fogo na toalha da mesa. Depois, em uma pilha de jornais velhos no sofá, depois no manuscrito e na cortina da janela. O mestre, já embriagado pela futura corrida, derrubou em cima da mesa um livro da prateleira, revolveu suas páginas pela toalha em chamas, e o livro ardeu em uma chama alegre.

— Queime, queime, vida passada!

— Queime, sofrimento! — gritava Margarida.

O aposento já balouçava em colunas púrpuras, e, junto com a fumaça, os três saíram correndo pela porta, subiram pela escadinha de pedra e foram dar no patiozinho. A primeira coisa que viram por lá foi a cozinheira do construtor, sentada no chão; a seu lado, estavam jogadas batatas esparramadas e algumas réstias de cebola. O estado da cozinheira era compreensível. Três cavalos negros bufavam no galpão, estremecendo e revolvendo a terra aos borbotões. Margarita foi a primeira a montar, depois dela Azazello, e por último o mestre. A cozinheira, gemendo, queria levantar a mão para fazer o sinal da cruz, porém Azazello deu um grito ameaçador, de cima da sela:

— Eu corto a sua mão! — assobiou, e os cavalos, quebrando os galhos das tílias, levantaram voo e entraram em uma nuvem preta baixa.

A janelinha do porão imediatamente passou a exalar fumo. De baixo, ouvia-se o grito débil e penoso da cozinheira:

— Fogo!...

Os cavalos já sobrevoavam os telhados de Moscou.

— Quero me despedir da cidade — o mestre berrou para Azazello, que cavalgava à frente. Um trovão devorou o final da frase. Azazello assentiu com a cabeça e soltou seu cavalo a galope. Uma nuvem se precipitava na direção dos voadores, mas ainda sem lançar chuva.

Voaram sobre o bulevar, viram figurinhas de gente a correr para se abrigar da chuva. Caíram as primeiras gotas. Sobrevoaram a fumaça — tudo que restava da Griboiêdov. Sobrevoaram a cidade, que já submergira na escuridão. Acima deles cintilavam relâmpagos. Daí os telhados foram substituídos pelo verde. Só então desabou a chuva, transformando os voadores em três enormes bolhas na água.

Margarida já conhecia a sensação de voar, só que o mestre não, e ele se admirou com a rapidez com que se viram em seu destino, onde estava aquele de quem desejava se despedir, pois não havia mais ninguém para se despedir. Reconheceu na hora, entre a camada de chuva, o edifício da clínica de Stravinski, o rio e a floresta do outro lado da margem, que lhe era tão familiar. Baixaram no bosque, em uma clareira não longe da clínica.

— Vou esperá-los aqui — gritou Azazello, com as mãos em concha sobre os lábios, ora iluminado pelos relâmpagos, ora desaparecendo na camada escura —, despeçam-se, mas rápido!

O mestre e Margarida apearam da sela e saíram voando pelo salão da clínica, faiscando como sombras aquáticas. Em um instante, a mão habituada do mestre já afastava a grade do balcão do quarto nº 117, com Margarida atrás de si. Entraram no aposento de Ivánuchka sem serem vistos ou notados, na hora do estrépito e do bramido da água. O mestre parou ao lado da cama. Ivánuchka estava deitado, imóvel, como quando observara pela primeira vez a tempestade na casa de repouso. Só que não chorava como daquela vez. Ao examinar devidamente a silhueta escura que prorrompera em sua direção, vinda do balcão, ergueu-se, estendeu a mão e disse, alegre:

— Ah, é o senhor! Eu o estava esperando, esperava pelo senhor. Enfim está aqui, meu vizinho.

O mestre respondeu:

— Estou aqui! Porém, infelizmente, não posso mais ser seu vizinho. Partirei voando para sempre, e só vim até aqui para me despedir.

— Eu sabia, eu adivinhei — respondeu Ivan, baixo, e perguntou: — O senhor o encontrou?

— Sim — respondeu o mestre —, vim me despedir porque o senhor foi a única pessoa com quem falei nos últimos tempos.

Ivánuchka se iluminou e disse:

— Que bom que o senhor voou para cá. Pois manterei minha palavra, não escreverei mais versos. Agora tenho outros interesses — Ivánuchka sorriu e lançou um olhar insano para algum lugar ao lado do mestre —, quero escrever outra coisa. Sabe, enquanto fiquei deitado aqui entendi muita coisa.

O mestre ficou agitado com essas palavras e disse, sentando-se na beira do leito de Ivánuchka.

— Mas isso é bom, é bom. Escreva sobre ele, a continuação!

Os olhos de Ivánuchka se inflamaram.

— Mas por acaso o senhor mesmo não vai fazê-lo? — daí deixou cair a cabeça e acrescentou, pensativo: — Ah, sim... mas que pergunta! — Ivánuchka lançou um olhar torto e assustado para o chão.

— Sim — disse o mestre, e sua voz pareceu a Ivánuchka desconhecida e surda —, não vou mais escrever sobre ele. Terei outras ocupações.

O fragor da tempestade foi cortado por um silvo longínquo.

— Está escutando? — perguntou o mestre.

— O fragor da tempestade...

— Não, estão me chamando, está na minha hora — esclareceu o mestre, levantando-se do leito.

— Espere! Ainda uma palavra — indagou Ivan —, o senhor a encontrou? Ela lhe permaneceu fiel?

— É ela — respondeu o mestre, apontando para a parede. A figura escura de Margarida destacou-se da parede branca e foi até o leito. Observava o jovem deitado, e em seus olhos se lia aflição.

— Pobre, pobre — sussurrava Margarida, sem fazer ruído e inclinando-se para o leito.

— Como é linda — disse Ivan, sem inveja, mas com tristeza e uma ternura tranquila —, veja só como tudo deu certo para vocês. Comigo não é assim — daí refletiu e acrescentou, pensativo: — Ah, aliás, talvez seja assim...

— Sim, sim — cochichou Margarida, reclinando-se por completo até o que jazia deitado —, vou lhe dar um beijo na testa, e tudo vai ser como precisa... Pode acreditar em mim, eu já vi de tudo, sei de tudo.

O jovem deitado abraçou o pescoço dela, que o beijou.

— Adeus, discípulo — disse o mestre, de forma quase inaudível, e começou a se dissolver no ar. Desapareceu, e Margarida desapareceu com ele. A grade do balcão se fechou.

Ivánuchka ficou agitado. Sentou-se no leito, olhou inquieto ao redor, chegou a gemer enquanto falava sozinho, levantou-se. A tempestade se encapelava com força cada vez maior e, pelo visto, inquietava sua alma. Perturbava-o também que sua audição, já habituada ao silêncio permanente, captasse passos irrequietos, vozes surdas atrás da porta. Chamou, já nervoso e trêmulo:

— Praskóvia Fiódorovna!

Praskóvia Fiódorovna já entrara no quarto, fitando Ivánuchka de modo interrogativo e angustiado:

— O quê? O que foi? — perguntou. — A tempestade está incomodando? Bem, não é nada, não é nada... Vamos socorrê-lo agora. Vou chamar o doutor.

— Não, Praskóvia Fiódorovna, não precisa chamar o doutor — disse Ivánuchka, olhando intranquilo não para Praskóvia Fiódorovna, mas para a parede —, não tenho nada de mais. Já estou me ajeitando agora, não tenha medo. Mas é melhor a senhora me dizer — indagou Ivan, afetuoso — o que acabou de acontecer aqui do lado, no quarto 118?

— No 118? — voltou a indagar Praskóvia Fiódorovna, e seus olhos se reviraram. — Não aconteceu nada. — O tom de voz, porém, era falso. Ivánuchka percebeu na hora, e disse:

— Ei, Praskóvia Fiódorovna! A senhora é uma pessoa tão sincera... Acha que eu vou começar a esbravejar? Não, Praskóvia Fiódorovna, isso não. Melhor a senhora falar de forma direta. Pois senti tudo através da parede.

— Seu vizinho faleceu agora — cochichou Praskóvia Fiódorovna, sem ter mais forças para dominar sua sinceridade e bondade, e olhando assustada para Ivánuchka, todo iluminado pela luz dos relâmpagos. Porém, nada de terrível aconteceu a Ivánuchka. Ele apenas levantou o dedo de modo significativo e disse:

— Eu sabia! Asseguro-lhe, Praskóvia Fiódorovna, que agora, na cidade, uma outra pessoa faleceu. E eu sei quem — daí Ivánuchka sorriu, misterioso —, foi uma mulher.

Capítulo 31
NA COLINA DOS PARDAIS

A tempestade se foi sem deixar traços, e, formando um semicírculo sobre toda a cidade, um arco-íris multicolor pairava no céu, bebendo a água do rio Moscou. No alto, em uma colina, entre dois bosques, avistavam-se três silhuetas escuras. Woland, Korôviev e Behemoth montavam as selas de três cavalos pretos, olhando para a cidade que se estendia para além do rio, com o sol fragmentado a se refletir em milhares de janelas voltadas para o oeste, nas torres coloridas do monastério Diévitchi.

Houve um barulho no ar, e Azazello, sobre cuja capa o mestre e Margarida voavam, aterrissou com eles ao lado do grupo que aguardava.

— Tivemos de incomodá-los, Margarida Nikoláievna e mestre — pôs-se a falar Woland, após algum silêncio —, mas não se queixarão de mim por causa disso. Não creio que vão lamentar. Pois bem — dirigiu-se apenas ao mestre —, despeça-se da cidade. Está na nossa hora — com a mão vestida na luva preta de boca de sino, Woland apontou para onde incontáveis sóis fundiam os vidros, para além do rio, onde pairava sobre esses sóis uma neblina, uma fumaça, o vapor da cidade aquecida ao longo do dia.

O mestre apeou da sela, afastou-se dos que estavam montados e saiu correndo para o precipício da colina. A capa preta se arrastava atrás dele, pelo chão. O mestre se pôs a observar a cidade. Nos primeiros instantes, uma tristeza agoniante se lhe achegou ao coração, para muito rapidamente se transformar em doce alarme, agitação errante de cigano.

— Para sempre! Tenho que entender isso — sussurrou o mestre, lambendo os lábios ressequidos e rachados. Pôs-se a perscrutar e assinalar com exatidão tudo que lhe ocorria na alma. Teve a impressão de que sua agitação se convertia em ofensa profunda e doída. Era, porém, instável, se desfez e, por algum motivo, transformou-se em altiva indiferença, e esta, no pressentimento de eterno repouso.

O grupo de ginetes aguardava o mestre em silêncio, observava a figura negra e comprida, na beira do precipício, a gesticular, ora levantando a cabeça, como se tentasse abarcar a cidade inteira com o olhar, enxergar além de seus limites, ora baixando a cabeça, como que estudando a grama gasta e definhada a seus pés.

O silêncio foi rompido pelo entediado Behemoth.

— Permita-me, mestre — pôs-se a falar —, um assobio de despedida antes da carreira.

— Pode assustar a dama — respondeu Woland —, e, além disso, não se esqueça de que suas indecências de hoje já estão concluídas.

— Ah, não, não, *messire* — retrucou Margarida, sentada na sela como uma amazona, com as mãos nos quadris e a cauda pontuda da capa chegando até o chão —, deixe-o assobiar. Fui tomada de tristeza perante a longa jornada. Não é verdade, *messire*, que isso é completamente natural mesmo quando a pessoa sabe que, no final dessa jornada, lhe espera a felicidade? Que ele nos divirta, senão temo que isso termine em lágrimas, e tudo se estrague antes da jornada!

Woland assentiu para Behemoth, que ficou muito animado, apeou da sela, colocou os dedos na boca, encheu as bochechas e assobiou. Os ouvidos de Margarida retiniram. Seu cavalo empinou, galhos secos caíram das árvores do bosque, todo um bando de corvos e pardais levantou voo, uma coluna de poeira avançou para o rio, e deu para ver os bonés dos passageiros de um barco de passeio que navegava junto ao cais sendo jogados na água. Com o assobio, o mestre se sobressaltou mas não se virou, pondo-se a gesticular ainda mais irrequieto, levantando as mãos para o céu, como que a amaldiçoar a cidade. Behemoth lançou um olhar orgulhoso ao redor.

— É um assobio, não discuto — observou Korôviev, com ar superior —, realmente um assobio mas, para falar com imparcialidade, um assobio bem mediano!

— Pois é, não sou regente — respondeu Behemoth, com dignidade, enfunando-se e piscando inesperadamente para Margarida.

— Bem, vamos lá, vou tentar, pelos velhos tempos — disse Korôviev, esfregando as mãos e soprando os dedos.

— Mas olhe lá, olhe lá — a voz de Woland em cima do cavalo soou severa —, sem mutilações!

— *Messire*, acredite — replicou Korôviev, com a mão no coração —, é por diversão, exclusivamente por diversão... — Daí se espichou de repente para cima, como se fosse de borracha, fez uma figura intrincada com os dedos da mão direita, encrespou-se como um parafuso e então, girando subitamente, assobiou.

Esse assobio Margarida não ouviu, mas viu, na hora em que, junto com seu ardente cavalo, foi jogada de lado, a dez braças. A seu lado, um carvalho foi arrancado pela raiz, e a terra se cobriu de fendas até o rio. Uma camada enorme da margem, junto com o cais e o restaurante, desceu até o rio.

Sua água fervilhou, esguichou e, na margem oposta, verde e baixa, o barco de passeio foi arrojado, com seus passageiros completamente incólumes. Uma gralha morta pelo assobio de Fagote foi atirada aos pés do cavalo resfolegante de Margarida. O mestre se assustou com este assobio. Pôs as mãos na cabeça e correu de volta para o grupo de companheiros de viagem que o aguardavam.

— Bem, e então — perguntou Woland, do alto de seu cavalo —, todas as contas estão acertadas? Acabou a despedida?

— Sim, acabou — respondeu o mestre que, tranquilizando-se, fitou Woland com ousadia, direto no rosto.

E então a terrível voz de Woland propagou-se pelo monte, como clarins:

— É hora! — E soou um assobio cortante e uma gargalhada de Behemoth.

Os cavalos sacudiram, e os ginetes se ergueram e se puseram a galopar. Margarida sentiu seu cavalo furioso mordendo e puxando o freio. A capa de Woland revoava acima das cabeças de toda a cavalgada, e essa capa começou a cobrir o firmamento noturno. Quando, por um instante, o manto negro se afastou, Margarida se virou em meio à carreira e viu que atrás de si não apenas as torres coloridas, mas também a própria cidade desaparecera da Terra há tempos, restando apenas um nevoeiro em seu lugar...

Capítulo 32

PERDÃO E REFÚGIO ETERNO

Deuses, meus deuses! Como é triste a Terra à noite! Como são misteriosas as neblinas nos pântanos. Quem vagueou por essas neblinas, quem sofreu muito diante da morte, quem sobrevoou essa Terra com um fardo de peso acima de suas forças sabe disso. Quem está cansado sabe. E abandona sem pesar as neblinas da Terra, seus pântanos e rios, entregando-se com o coração leve às mãos da morte, sabendo que apenas ela o tranquilizará.

Os cavalos negros mágicos também se fatigaram, transportando seus ginetes devagar, e a noite inescapável pôs-se a alcançá-los. Sentindo-a às suas costas, até o incansável Behemoth sossegou e, agarrando a sela com as unhas, voava silencioso e sério, a cauda armada. A noite passou a cobrir com um lenço negro as florestas e os prados, a noite acendia luzinhas tristes ao longe, embaixo. Agora nem Margarida, nem o mestre se interessavam ou necessitavam de luzes alheias. A noite ultrapassara a cavalgada e caíra-lhe em cima, lançando, aqui e ali, no céu tristonho, manchinhas brancas de estrelas.

A noite se adensava, voava ao lado, agarrava os corredores pela capa e, arrancando-as dos ombros, revelava os enganos. E quando Margarida, arejada pelo vento fresco, abriu os olhos, viu como se modificava a aparência de todos que voavam para seu objetivo. Quando a lua rubra e cheia começou a sair a seu encontro para além da orla do bosque, todos os enganos desapareceram, caíram no pântano, a frágil roupa do feitiço se afogou na neblina.

Mal podiam reconhecer Korôviev-Fagote, o autointitulado intérprete do misterioso consultor que não precisava de intérpretes, naquele que agora voava logo ao lado de Woland, à direita da amiga do mestre. No lugar daquele que deixara a colina dos Pardais em trajes circenses esburacados, sob o nome de Korôviev-Fagote, agora corria, tilintando baixo as cadeias douradas das rédeas, um cavaleiro violeta-escuro, de rosto sombrio, que jamais sorria. Apoiava o queixo no peito, não olhava para a Lua, não se interessava pela Terra abaixo de si, pensava em algo seu, voando ao lado de Woland.

— Por que ele mudou tanto? — perguntou Margarida a Woland, ao assobio do vento.

— Esse cavaleiro fez certa vez uma brincadeira infeliz — respondeu Woland, voltando para Margarida o rosto com o olho aceso e suave —, o trocadilho que compôs falava de luz e trevas, e não era nada bom. Depois disso, o cavaleiro teve que brincar um pouco mais e por mais tempo do que tencionava. Mas hoje é a noite do acerto de contas. O cavaleiro pagou e fechou a dele!

A noite também removera a cauda felpuda de Behemoth, esfolara-lhe o pelo e espalhara seus tufos pelo pântano. Aquele que fora o gato que distraía o príncipe das trevas agora se revelava um jovem magro, um demônio-pajem, o melhor bufão que já existiu. Agora também sossegara e voava sem ruído, oferecendo o rosto jovem à luz que a lua derramava.

Ao lado de todos voava Azazello, reluzindo a armadura de aço. A lua também alterara seu rosto. Desaparecera sem traços o canino absurdo e repelente, e o olho torto revelou-se falso. Ambos os olhos de Azazello eram iguais, vazios e negros, e o rosto, branco e frio. Agora Azazello voava com seu aspecto real, como demônio do deserto árido, demônio-assassino.

Margarida não podia ver a si mesma, mas via bem como o mestre havia mudado. Seus cabelos agora tinham esbranquiçado ao luar, formando um rabo em trança que esvoaçava ao vento. Quando o vento soprava a capa aos pés do mestre, Margarida via em suas botas de montar as estrelinhas das esporas, ora apagando, ora acendendo. A exemplo do jovem demônio, o mestre voava sem desviar os olhos da lua, porém sorrindo para ela, como para uma velha e querida conhecida e, conforme o hábito adquirido no quarto nº 118, murmurava algo para si.

E, por fim, Woland também voava com sua aparência real. Margarida não poderia dizer de que eram feitas as rédeas de seu cavalo, e pensava que possivelmente eram correntes lunares, e o próprio cavalo, apenas um bloco de escuridão, sua crina, nuvem, e as esporas do ginete, manchas brancas de estrela.

Assim voaram em silêncio por muito tempo, até que o próprio terreno abaixo pôs-se a mudar. As florestas tristes afundaram-se na escuridão da terra, arrastando consigo as lâminas opacas dos rios. Embaixo, penedos surgiram e começaram a lançar reflexos e, no meio deles, enegreciam depressões nas quais o luar não penetrava.

Woland deteve seu cavalo em um topo de pedra, desolado e plano, e então os ginetes moveram-se a passo, ouvindo seus cavalos pisarem sílex e pedras com as ferraduras. A lua vertia no patamar uma luz verde e ardente, e Margarida logo distinguiu, no lugar deserto, uma poltrona, na qual estava sentada a figura branca de um homem. É possível que esse homem sentado fosse surdo, ou que estivesse demasiado imerso em reflexões. Não ouviu a terra pedregosa estremecer com o peso dos cavalos, e os ginetes se aproximaram sem perturbá-lo.

A luz ajudava muito a Margarida, brilhava melhor do que a melhor lanterna elétrica, e Margarida viu que o homem sentado, cujos olhos pareciam cegos, esfregava as mãos com rapidez, fixando esses mesmos olhos sem visão no disco da lua. Agora Margarida já via que, ao lado da poltrona de pedra, na qual cintilavam fagulhas da lua, estava deitado um enorme cachorro de orelhas pontiagudas que, a exemplo do dono, contemplava a lua, irrequieto.

Aos pés do homem sentado estavam esparramados os cacos de um cântaro quebrado, e se estendia uma poça vermelha escura que não secara.

Os ginetes pararam seus cavalos.

— Leram o seu romance — pôs-se a falar Woland, voltando-se para o mestre —, e disseram apenas que ele, infelizmente, não está terminado. Pois bem, tive vontade de lhe mostrar o seu herói. Há cerca de dois mil anos está sentado nesse patamar, dormindo, porém, quando chega a lua cheia, como o senhor está vendo, é dilacerado pela insônia. Esta atormenta não apenas a ele, mas também seu fiel guardião, o cachorro. Se é verdade que a covardia é o vício mais grave, então talvez o cachorro não seja culpado. A única coisa que o intrépido cão temia eram as tempestades. Porém, aquele que ama deve compartilhar a sorte de quem ama.

— O que ele diz? — perguntou Margarida, e seu rosto totalmente tranquilo cobriu-se de um fumo de compaixão.

— Ele diz — soou a voz de Woland — só uma coisa, diz que nem ao luar tem sossego, e que seu ofício é ruim. Diz isso sempre que não dorme e, quando dorme, só vê uma coisa: um caminho enluarado, que deseja percorrer e conversar com o preso Ha-Notzri, porque, segundo afirma, há muito tempo, no décimo quarto dia do mês primaveril de *nissan*, falhou em dizer alguma coisa. Porém, infelizmente, por algum motivo não consegue percorrer esse caminho, e ninguém vem até ele. Então, que fazer, tem que falar consigo mesmo. Aliás, como é preciso alguma variedade, não raro acrescenta a seu discurso que, mais do que tudo, odeia sua imortalidade e fama inaudita. Afirma que trocaria de bom grado sua sorte pela do vagabundo esfarrapado Matheus Levi.

— Doze mil luas por uma lua, há tanto tempo, não seria demais? — perguntou Margarida.

— Está repetindo a história de Frida? — perguntou Woland. — Mas não se inquiete aqui, Margarida. Tudo vai dar certo, o mundo foi feito assim.

— Deixem-no ir! — Margarida de repente deu um grito tão penetrante como quando era bruxa, e esse grito fez uma pedra despencar dos montes e sair voando pelo abismo, com um estrondo que encheu os montes. Só que Margarida não conseguiu dizer se esse estrondo era da queda ou do riso satânico. De qualquer forma, Woland riu, olhando para Margarida, e disse:

— Não se deve gritar nos montes, mas tudo bem, ele está acostumado aos desabamentos e isso não o assusta. Não precisa pedir por ele, Margarida, pois já pediu aquele com o qual ele tanto queria falar — daí Woland voltou a se dirigir para o mestre e disse: — Pois bem, vamos lá, pode concluir o romance com uma frase!

Era como se o mestre já esperasse por isso enquanto estava imóvel, observando o procurador sentado. Armou as mãos em concha e gritou de modo que o eco saltou pelos montes sem pessoas nem vegetação:

— Está livre! Está livre! Ele o espera!

Os montes converteram a voz do mestre em um trovão, e esse trovão os destruiu. As malditas paredes rochosas desmoronaram. Sobrou apenas o patamar com a poltrona de pedra. Sobre o abismo negro no qual as paredes sumiram ardia uma cidade inabarcável, dominada por ídolos cintilantes, acima de um jardim que crescera suntuoso ao longo de muitas milhares dessas luas. O caminho enluarado há tanto esperado pelo procurador estendia-se direto a esse jardim, e o primeiro a se lançar correndo por ele foi o cão de orelhas pontiagudas. O homem de capa branca e forro de sangue levantou-se da poltrona e gritou algo, com voz rouca e entrecortada. Não era possível distinguir se chorava ou ria, nem o que gritava. Só dava para ver que se precipitara também pelo caminho enluarado, atrás de seu fiel guardião.

— Devo ir para lá, atrás dele? — perguntou, intranquilo, o mestre, mexendo as rédeas.

— Não — respondeu Woland —, para quê sair no encalço do que já está terminado?

— Então quer dizer que é por ali? — perguntou o mestre, virando-se e apontando para trás, para lá, onde se urdia, na retaguarda, a cidade abandonada há pouco tempo, com as torres coloridas do monastério, com o sol partido em mil pedaços nas vidraças.

— Também não — respondeu Woland, e sua voz se adensou e correu pelas rochas —, mestre romântico! Aquele que o herói inventado pelo senhor, o qual o senhor mesmo acaba de libertar, aquele que ele tanto anseia por ver leu o seu romance. — Daí Woland se virou para Margarida. — Margarida Nikoláievna! É impossível não acreditar que a senhora tentou imaginar o melhor futuro para o mestre, mas a verdade é que aquilo que lhes proponho, e que Ieshua pediu por vocês, é ainda melhor. Deixem os dois — disse Woland, inclinando-se da sua sela para a do mestre, e apontando na direção do procurador que partira —, não vamos perturbá-los. E talvez cheguem a algum acordo — daí Woland fez um aceno na direção de Ierushalaim, que se extinguiu.

— E lá também — Woland apontou para a retaguarda —, o que fazer no porãozinho? — daí o sol fragmentado se extinguiu nas vidraças —, para quê? — prosseguiu Woland, persuasivo e suave. — Oh, mestre três vezes romântico, será que não quer passear durante o dia com a amiga debaixo das ginjeiras que começam a florescer e, à noite, escutar a música de Schubert? Por acaso não lhe será agradável escrever à luz de velas, com pena de ganso? Por acaso não deseja, assim como Fausto, sentar-se à retorta, na esperança de conseguir modelar um novo homúnculo? Para lá, para lá. Lá o espera uma casa e um velho criado, as velas já estão acesas mas logo vão se apagar, pois o senhor vai sem demora encontrar a alvorada. Por esse caminho, mestre, por esse. Adeus! Está na minha hora.

— Adeus! — o mestre e Margarida responderam a Woland com um só grito. Então o negro Woland, sem tomar nenhum caminho, lançou-se na depressão, e atrás dele, com estrondo, arremeteu seu séquito. Nem rochedo, nem patamar, nem caminho enluarado, nem Ierushalaim restaram ao redor. Os cavalos negros também desapareceram. O mestre e Margarida avistaram a alvorada prometida. Ela começou de súbito, imediatamente após a lua da meia-noite. Sob o brilho dos primeiros raios da manhã, o mestre foi com sua amiga até uma pontezinha de pedra musgosa. Atravessaram-na. O riacho ficou para trás dos amantes fiéis, que se encaminharam por uma via arenosa.

— Ouça o silêncio — Margarida disse ao mestre, com a areia a murmurar sob seus pés nus —, ouça e se deleite com aquilo que não lhe deram em vida: a tranquilidade! Veja, lá na frente está sua morada eterna, que lhe deram em recompensa. Já vejo a janela veneziana e a parreira serpenteante erguendo-se até o telhado. Essa é a sua morada, essa é a sua morada eterna. Sei que à noite será visitado por aqueles que ama, por quem você se interessa e que não o alarmam. Tocarão para você, cantarão para você, verá com que luz se iluminará o quarto quando as velas estiverem acesas. Dormirá com seu eterno gorrinho ensebado, dormirá com um sorriso nos lábios. O sono vai fortalecê-lo, passará a raciocinar com sabedoria. E não mais poderá me expulsar. Serei eu a guardar o seu sono.

EPÍLOGO

Porém, todavia, o que mais aconteceu em Moscou depois daquela tarde de sábado, ao crepúsculo, quando Woland abandonou a capital, desaparecendo com seu séquito na colina dos Pardais?

Não é nem o caso de falar que, durante um longo tempo, o ruído pesado dos boatos mais improváveis percorreu toda a capital, propagando-se com muita rapidez para rincões isolados e longínquos nas províncias, e repetir tais boatos dá até nojo.

O redator destas linhas verídicas ouviu pessoalmente em um trem, dirigindo-se para Feodóssia, o relato sobre como, em Moscou, duas mil pessoas tinham saído do teatro literalmente peladas e, nesse estado, foram para casa de táxi.

O murmúrio "Força maligna" ouvia-se nas filas do leite, nos bondes, nas lojas, nos apartamentos, nas cozinhas, nos trens de subúrbio e de longa distância, nas estações e apeadeiros, nas *datchas* e nas praias.

É evidente que as pessoas mais evoluídas e cultivadas não tomavam participação alguma nesses relatos sobre forças malignas que teriam visitado a capital, chegando até a rir deles e tentando chamar à razão os narradores. Só que um fato, como dizem, é sempre um fato, e não há possibilidade de se livrar dele sem explicação: alguém estivera na capital. Pois as brasas que restaram da Griboiêdov e muitas outras coisas confirmavam-no de modo bastante eloquente.

As pessoas cultivadas ficaram com o ponto de vista do inquérito: fora o trabalho de uma quadrilha de hipnotizadores e ventríloquos que dominavam sua arte de forma magnífica.

Claro que foram tomadas medidas imediatas e enérgicas para sua captura, tanto em Moscou quanto longe de seus limites, porém, para infelicidade geral, não deram resultado. Aquele que se chamava Woland desaparecera com todos seus comparsas, não voltara mais a Moscou, não aparecera em nenhum outro lugar nem se manifestara de forma alguma. Era completamente natural que surgisse a hipótese de que fugira para o estrangeiro, mas lá tampouco se revelara em parte alguma.

A investigação do caso prolongou-se por muito tempo. Pois, no fim das contas, esse caso era monstruoso! Sem falar nos quatro prédios incendiados e nas centenas de pessoas enlouquecidas, havia os assassinados. De dois se pode afirmar com certeza: Berlioz e aquele malfadado funcionário do escritório para familiarizar os estrangeiros com os pontos turísticos de Moscou, o ex-barão Meigel. Esses tinham mesmo sido assassinados. Os ossos queimados do segundo haviam sido descobertos no apartamento nº 50 da rua Sadôvaia depois de apagarem o incêndio. Sim, houvera vítimas, e tais vítimas exigiam um inquérito.

Porém, também houvera mais vítimas depois de Woland deixar a capital, e essas vítimas foram, por mais triste que isso seja, os gatos pretos.

Cerca de uns cem desses animais pacíficos, dedicados e úteis ao homem tinham sido fuzilados ou exterminados por outros meios em diversos pontos do país. Uns quinze gatos, de aspecto às vezes bastante estropiado, foram entregues a destacamentos policiais de diversas cidades. Por exemplo, em Armavir, um desses bichos sem culpa alguma fora levado à polícia com as patas dianteiras amarradas por um cidadão.

O cidadão surpreendera esse gato no momento em que o animal, com aspecto furtivo (que fazer se esse é o aspecto dos gatos? Isso não se deve a serem depravados, mas a terem medo de que algum dano ou ofensa lhes seja feito por alguma criatura mais forte do que eles — cachorros ou pessoas. Para estes, tanto quanto aqueles, é muito fácil de o fazer, mas asseguro que não há honra alguma nisso. Não, nenhuma!), sim, com aspecto furtivo, o gato preparava-se para arremeter, por algum motivo, contra umas bardanas.

Caindo sobre o gato e tirando do pescoço a gravata para amarrá-lo, o cidadão murmurava, com ódio e ameaçador:

— A-ha! Quer dizer que agora concedeu a Armavir a honra de uma visita, senhor hipnotizador? Só que aqui não nos assustamos. E não se faça de mudo. Já entendemos que tipo de pilantra você é!

O cidadão conduziu o gato à polícia, arrastando o pobre bicho pelas patas dianteiras enroladas em uma gravata verde e dando leves pontapés, para que o gato impreterivelmente caminhasse sobre as patas traseiras.

— O senhor — gritava o cidadão, acompanhado pelo assobio de moleques — deixe, deixe de bancar o bobo! Isso não cola! Pode andar como todo mundo anda!

O gato preto só fazia cerrar os olhos martirizados. Privado pela natureza do dom da palavra, não tinha nenhum jeito de se justificar. A salvação do pobre bicho deveu-se em primeiro lugar à polícia, e, além disso, à sua dona, uma velha e respeitável viúva. Bastou o gato ser entregue à delegacia para verificarem que o cidadão exalava o mais forte cheiro de álcool e, como consequência, seu testemunho foi imediatamente posto em dúvida. Enquanto isso, a velha, ao saber pelos vizinhos que o gato fora levado, pôs-se a correr para a delegacia, chegando em tempo. Recomendou o gato da forma mais lisonjeira, explicou que o conhecia há cinco anos, desde quando era um filhotinho, respondia por ele como por si mesma, demonstrou que ele jamais fora notado por nada de mau e nunca estivera em Moscou. Assim como nascera em Armavir, lá crescera e aprendera a apanhar camundongos.

O gato foi desamarrado e devolvido à proprietária, depois de passar por um belo perrengue e aprender na prática o que são o erro e a calúnia.

Além dos gatos, algumas pessoas sofreram contrariedades insignificantes. Ocorreram algumas prisões. Dentre os detidos por breve tempo encontravam-se, em Leningrado, os cidadãos Wolmer e Wolper, em Sarátov, Kíev e Khárkov, três Wolódni, em Kazan, um Wólokh e, em Penza, sem que se soubesse de jeito nenhum o porquê, o doutor em ciências químicas Vetchinkévitch. Verdade que era de imensa estatura, e de um moreno bem bronzeado.

Foram apanhados ainda, em diversos lugares, nove Koróvin, quatro Koróvkin e dois Karaváiev.

Um cidadão foi retirado amarrado do trem de Sebastópol, na estação Biélgorod. Tal cidadão tivera a ideia de divertir os passageiros que iam consigo com truques de cartas.

Em Iaroslavl, justo na hora do almoço, apareceu em um restaurante um cidadão carregando um fogareiro a querosene, que acabara de pegar no conserto. Dois porteiros, só de vê-lo na chapelaria, abandonaram seus postos e saíram correndo e, atrás deles, todos os clientes e empregados do restaurante correram também. Nessa hora, a renda inteira do caixa desapareceu de modo incompreensível.

Houve ainda muita coisa, não dá para lembrar tudo. Houve grande excitação dos espíritos.

De novo, e mais uma vez, deve-se fazer justiça à investigação. Foi feito de tudo não apenas para capturar os criminosos, como também para explicar tudo que eles fizeram. Tudo isso foi explicado, e não há como não reconhecer a explicação como sensata e irrefutável.

Representantes da investigação e psiquiatras experientes determinaram que os membros da quadrilha de criminosos, ou pelo menos um deles (as principais suspeitas recaíram sobre Korôviev), eram hipnotizadores com um poder inaudito, capazes de se mostrar em lugares onde não se encontravam de fato, mas em posições fictícias, deslocadas. Afora isso, convenciam com facilidade quem com eles se defrontava de que algumas coisas ou pessoas se encontravam onde na verdade não estavam e, inversamente, afastavam do campo de visão aquelas coisas ou pessoas que de fato se encontravam nesse campo de visão.

À luz dessa explicação, tudo ficava decididamente entendido, mesmo aquilo que mais abalara os cidadãos, a aparentemente inexplicável invulnerabilidade do gato fuzilado no apartamento nº 50 durante as tentativas de prendê-lo.

Naturalmente, não houvera gato algum no lustre, ninguém sequer pensara em atirar, os disparos tinham sido feitos contra um ponto no vazio, e, naquela hora, Korôviev, tendo-os convencido de que o gato estava aprontando no lustre, podia se esconder livremente às costas dos atiradores, fazendo caretas e se deliciando com sua enorme capacidade, empregada com fins criminosos, de iludir. Claro que fora ele quem incendiara o apartamento, derramando gasolina.

Claro que Stiopa Likhodêiev não voara para Ialta em absoluto (uma brincadeira dessas não estava ao alcance nem de Korôviev), nem mandara telegramas de lá. Depois de desmaiar no apartamento da joalheira, assustado com o truque de Korôviev, que lhe mostrara o gato segurando um cogumelo marinado no garfo, ficara deitado até que Korôviev, escarnecendo dele, enfiou-lhe um chapéu de feltro e o despachou para o aeródromo de Moscou, tendo convencido previamente os representantes da Polícia Civil que foram encontrá-lo de que Stiopa viera em um avião de Sebastópol.

Verdade que a Polícia Civil de Ialta afirmava ter recebido Stiopa descalço e mandado telegramas a seu respeito para Moscou, porém nenhuma cópia desses telegramas foi localizada, o que levou à conclusão triste, porém absolutamente inquebrantável, de que o bando de hipnotizadores tinha a capacidade de hipnotizar a uma enorme distância e, além disso, não apenas pessoas isoladas, como grupos inteiros. Nessas condições, os criminosos podiam enlouquecer pessoas da mais estável compleição psíquica.

O que dizer de ninharias como um baralho em bolso alheio na plateia, ou o sumiço de vestidos femininos, ou uma boina que miava e outras coisas do gênero? Essas brincadeiras podiam ser produzidas por qualquer hipnotizador profissional de poder mediano, em qualquer palco, mesmo o truque ingênuo de arrancar a cabeça do animador. O gato falante também era pura tolice. Para apresentar às pessoas um gato desses, era necessário apenas dominar os princípios básicos da ventriloquia, e quem duvidaria de que a arte de Korôviev ultrapassava significativamente esses princípios?

Sim, a questão ali não se encontrava de forma alguma no baralho, nas cartas falsas dentro da pasta de Nikanor Ivánovitch. Tudo isso eram bobagens. Fora ele, Korôviev, que empurrara Berlioz para debaixo do bonde, para uma morte certa. Fora ele que enlouquecera o pobre poeta Ivan Ponyriov, forçando-o a delirar e ver, em sonhos atormentados, a antiga Ierushalaim e o árido monte Calvário, queimado pelo sol, com três pessoas penduradas nos postes. Foram ele e sua quadrilha a obrigar Margarida Nikoláievna e sua empregada, a bela Natacha, a desaparecer de Moscou. A propósito, a investigação se ocupou desse caso com especial atenção. Exigia-se esclarecer se essas mulheres tinham sido raptadas pela quadrilha de assassinos e incendiários, ou se haviam fugido com a companhia de criminosos por vontade própria. Com base no testemunho disparatado e confuso de Nikolai Ivánovitch, e levando em conta o estranho e doido bilhete que Margarida Nikoláievna deixara ao marido, um bilhete no qual ela escrevia que fugia para virar bruxa, considerando a circunstância de que Natacha sumira deixando todas as suas roupas no local, o inquérito chegou à conclusão de que patroa e empregada tinham sido hipnotizadas, assim como muitos outros e, dessa forma, raptadas pelo bando. Surgiu a ideia, provavelmente bastante correta, de que os criminosos tinham sido atraídos pela beleza de ambas as mulheres.

Porém, o que permaneceu totalmente obscuro para a investigação foi o motivo que levara a quadrilha a raptar da clínica psiquiátrica o doente mental que se denominava mestre. Não foi possível estabelecer isso, como não foi possível obter o nome do doente raptado. Assim ele desapareceu para sempre, com o apelido de "morto do nº 118 do edifício nº 1".

Pois bem, quase tudo se esclareceu, e a investigação terminou, como tudo em geral termina.

Passaram-se alguns anos, e as pessoas começaram a esquecer Woland, Korôviev e os demais. Ocorreram muitas mudanças nas vidas dos que sofreram nas mãos de Woland e seus comparsas e, por menores e insignificantes que tenham sido, ainda assim é preciso mencioná-las.

Georges Bengalski, por exemplo, passou três meses na clínica, sarou-se e saiu, mas teve que deixar o emprego no Variedades, e na hora mais quente, quando o público se acotovelava por bilhetes — a lembrança da magia negra e sua revelação eram muito vivas. Bengalski deixou o Variedades pois compreendeu que, apresentando-se toda noite diante de duas mil pessoas, seria reconhecido de forma infalível, e naturalmente submetido a perguntas zombeteiras: como era melhor, com cabeça ou sem cabeça? Era aflitivo demais.

Além disso, o animador perdera uma dose significativa da alegria tão indispensável à sua profissão. Ficara-lhe o hábito desagradável e penoso de, a cada primavera, na lua cheia, pôr-se agitado, agarrar de súbito o pescoço, olhar ao redor assustado e chorar. Esses acessos passavam, mas sua existência impedia-o de retomar sua ocupação prévia, e o animador se aposentou e passou a viver de suas economias que, por seus modestos cálculos, deviam ser suficientes por quinze anos.

Foi embora e nunca mais encontrou Varienukha, que desfrutava de popularidade e afeto geral por sua incrível, mesmo entre administradores teatrais, compreensão e cortesia. Os caçadores de ingressos grátis, por exemplo, só o chamavam de pai benfeitor. A qualquer hora que telefonassem para o Variedades, ouviriam no fone uma voz suave, porém triste: "Pronto", e, quando pediam para chamar Varienukha, a mesma voz respondia, apressada: "A seu dispor". Porém, em compensação, como Ivan Saviêlievitch sofria com sua própria cortesia!

Stiopa Likhodêiev não teve mais que falar por telefone com o Variedades. Logo após a saída da clínica, na qual Stiopa passara oito dias, transferiram-no para Rostov, onde foi designado para o cargo de diretor de uma grande loja de alimentos. Há boatos de que parou completamente de beber vinho do Porto e só toma vodca em infusão com brotos de cassis, que lhe faz muito bem à saúde. Dizem que é muito taciturno e evita as mulheres.

O afastamento de Stepan Bogdánovitch do Variedades não propiciou a Rímski a alegria com a qual sonhara tão avidamente ao longo dos anos. Depois da clínica e de Kislovodsk, o diretor financeiro, muito, mas muito velhinho, de cabeça trêmula, apresentou um requerimento de saída do Variedades. Interessante que esse requerimento foi levado ao Variedades pela esposa de Rímski. O próprio Grigóri Danílovitch não teve forças para, mesmo à luz do dia, visitar aquele prédio em que vira a vidraça quebrada inundada pelo luar e um braço comprido esticando-se para o fecho inferior da janela.

Depois de se demitir do Variedades, o diretor financeiro entrou no Teatro Infantil de Bonecos de Zamoskvorétchie. Nesse teatro, já não tinha mais que se defrontar com o venerabilíssimo Arkádi Apollônovitch Sempleiárov por questões acústicas. Este fora transferido em dois tempos para Briansk, e designado diretor de um ponto de armazenamento de cogumelos. Agora os moscovitas comem míscaros em salmoura e cogumelos brancos marinados, cumulam-no de elogios e estão extraordinariamente alegres com essa transferência. Como é coisa do passado, já se pode dizer que a relação de Arkádi Apollônovitch com a acústica não funcionava direito e, por mais que ele se esforçasse em melhorar, nunca saíra do lugar.

Dentre as pessoas que romperam com o teatro, afora Arkádi Apollônovitch, é preciso incluir também Nikanor Ivánovitch Bossôi, embora não tivesse ligação com o teatro, a não ser o amor por bilhetes de cortesia. Nikanor Ivánovitch não apenas não ia mais a nenhum teatro, fosse pagando, fosse de graça, como chegava a mudar de feição quando a conversa era sobre teatro. Em grau não inferior, mas superior, passou a odiar, afora o teatro, o poeta Púchkin e o talentoso artista Savva Potápovitch Kuroliêssov. Chegou a um grau que, no ano passado, ao ver no jornal um anúncio com tarja preta de que Savva Potápovitch sofrera um ataque no auge da carreira, Nikanor Ivánovitch ficou tão rubro que por pouco não morreu em seguida a Savva Potápovitch, e rugiu: "Bem feito!". Além disso, nessa mesma noite, Nikanor Ivánovitch, ao qual a morte do artista popular trouxera uma massa de recordações penosas, sozinho, tendo como companhia apenas a lua cheia que iluminava a Sadôvaia, encheu a cara terrivelmente. E a cada cálice prolongava-se na sua frente a maldita cadeia de figuras odiadas, na qual estavam Dúntchil, Serguei Guerárdovitch, a bela Ida Guerkulánovna, o proprietário ruivo de gansos de briga, e o franco Nikolai Kanávkin.

Bem, e com esses, o que aconteceu? Perdão! Com eles não aconteceu rigorosamente nada, nem poderia acontecer, pois jamais existiram de fato, como não existiu o simpático artista animador, e o próprio teatro, e a velha sovina da tia Porokhóvnikova, cujas divisas apodreciam no porão, e também, claro, não havia canos dourados nem cozinheiros impertinentes. Tudo aquilo fora apenas sonhado por Nikanor Ivánovitch, influenciado pelo ignóbil Korôviev. O único ser vivo a penetrar nesse sonho fora Savva Potápovitch, o artista, e isso se devia apenas a ter se cravado na memória de Nikanor Ivánovitch graças a suas aparições frequentes no rádio. Ele existira, mas os restantes, não.

Assim, talvez não tenha existido Aloízi Mogarytch? Oh, não! Este não apenas existira, como ainda existe agora, exatamente naquela função a que Rímski renunciou, ou seja, diretor financeiro do Variedades.

Recobrando os sentidos cerca de vinte e quatro horas depois da visita a Woland, em um trem, em algum lugar perto de Viatka, Aloízi certificou-se de que, com a razão perturbada, por algum motivo saíra de Moscou e esquecera de vestir as calças, porém, em compensação, por alguma razão roubara o livro de registro de inquilinos do construtor, que lhe era absolutamente desnecessário. Pagando uma colossal soma de dinheiro ao condutor, Aloízi adquiriu um par de calças velhas e ensebadas, e voltou de Viatka. Porém, infelizmente, não achou mais a casinha do construtor. O traste decrépito fora totalmente devorado pelo fogo. Aloízi, contudo, era um homem extraordinariamente empreendedor. Duas semanas mais tarde, já morava em um quarto maravilhoso na travessa Briússov e, em alguns meses, já estava sentado no gabinete de Rímski. E assim como Rímski antes padecia com Stiopa, agora Varienukha se atormentava com Aloízi. Ivan Saviêlievitch agora sonhava só com uma coisa, que esse Aloízi fosse levado do Variedades para algum lugar a perder de vista, pois, conforme Varienukha por vezes sussurrava em companhia íntima, um calhorda como esse Aloízi ele jamais encontrara na vida, e dele se poderia esperar qualquer coisa.

Aliás, talvez o administrador estivesse sendo tendencioso. Não se observou nenhuma ação obscura de Aloízi, como nenhuma ação em absoluto, a não ser se contarmos, obviamente, a nomeação de um outro copeiro para o lugar de Sókov. Andrei Fókitch morrera de câncer no fígado na clínica da MGU, nove meses após a aparição de Woland em Moscou...

Sim, transcorreram alguns anos, e os eventos verídicos descritos neste livro cicatrizaram e se apagaram da memória. Mas não de todos, mas não de todos!

Todo ano, basta começar a festa da lua cheia na primavera e, ao anoitecer, surge sob as tílias do lago do Patriarca um homem de trinta ou trinta e poucos anos. Ruivo, de olhos verdes, trajes modestos. Trata-se de um funcionário do Instituto de História e Filosofia, o professor Ivan Nikoláievitch Ponyriov.

Ao chegar debaixo das tílias, sempre se senta naquele mesmo banco em que se sentara naquela noite em que Berlioz, esquecido há tempos por todos, viu pela última vez na vida a lua a se despedaçar.

Agora completa, branca no começo da noite, depois dourada, com um cavalo-dragão escuro, ela flutuava sobre o ex-poeta Ivan Nikoláievitch e, ao mesmo tempo, ficava parada em seu lugar, nas alturas.

Ivan Nikoláievitch sabe de tudo, tudo conhece e entende. Sabe que, na juventude, foi vítima de hipnotizadores criminosos, depois se tratou e sarou. Sabe também que há coisas que não pode dominar. Não pode dominar essa lua cheia de primavera. Basta ela começar a se aproximar, basta começar a crescer e se encher de ouro o astro que certa vez pairara mais alto que os candelabros de cinco velas, e Ivan Nikoláievitch fica irrequieto, nervoso, perde o apetite e o sono, enquanto a lua amadurece. E quando a lua cheia aparece, nada retém Ivan Nikoláievitch em casa. Ao anoitecer, sai e se encaminha para o lago do Patriarca.

Sentado no banco, Ivan Nikoláievitch fala francamente consigo mesmo, fuma, semicerra os olhos, olha para a lua, olha para a catraca de que se lembra bem.

Ivan Nikoláievitch passa assim uma ou duas horas. Depois sai do lugar e, sempre pelo mesmo itinerário, através da Spiridônovka, vai pelas travessas da Arbat com os olhos vazios e cegos.

Passa ao lado de lojas de petróleo, vira onde há um velho lampião de gás inclinado e se aproxima sorrateiramente do gradil, atrás do qual vê um jardim suntuoso, porém ainda sem flores, e dentro dele uma mansão gótica com uma torre que tem uma janela de três folhas, iluminada de um lado pela lua, e escura do outro.

O professor não sabe o que o atrai para o gradil, nem quem vive nessa mansão, mas sabe que não há como lutar contra si mesmo na lua cheia. Além disso, sabe que, no jardim atrás do gradil, inescapavelmente verá apenas a mesma coisa.

Verá, sentado no banco, um homem de meia-idade, respeitável, de barbicha, *pince-nez* e feições do rosto levemente suínas. Ivan Nikoláievitch sempre surpreende esse habitante da mansão na mesma pose sonhadora, com o olhar virado para a lua. Ivan Nikoláievitch sabe que, ao contemplar a lua, o homem sentado impreterivelmente leva os olhos às janelas da lanterna e os fixa, como a esperar que agora elas se escancarem e algo de extraordinário se mostre no peitoril.

Tudo que vem depois, Ivan Nikoláievitch sabe de cor. Daí é impreterível se esconder mais fundo atrás do gradil, já que agora o homem começa a virar a cabeça, irrequieto, caçando algo no ar com os olhos errantes, ri com entusiasmo e, depois, de repente, ergue os braços em doce angústia e, depois, põe-se a murmurar, com simplicidade e bem alto:

— Vênus!... Vênus!... Ah, sou um imbecil!...

— Deuses, deuses! — põe-se a sussurrar Ivan Nikoláievitch, escondendo-se atrás do gradil, sem desviar os olhos inflamados do misterioso desconhecido. — Mais uma vítima da lua... Sim, existe outra vítima além de mim.

E o sentado prossegue com seu discurso:

— Ah, sou um imbecil! Por que, por que não saí voando com ela? Tive medo de quê, burro velho? Arranjei um papel! Ah, agora aguente, velho cretino!

Isso prossegue até que, na parte escura da mansão, bate uma janela, à qual assoma algo esbranquiçado e soa uma voz feminina desagradável:

— Nikolai Ivánovitch, onde está? Que fantasias são essas? Está querendo pegar malária? Venha tomar chá!

Daí é claro que o homem sentado desperta e responde, com voz mentirosa:

— Era ar, eu queria tomar ar, meu bem! O ar está muito bom!...

Daí se levanta do banco, ameaça furtivamente com o punho a janela que se fechou, e se arrasta até a casa.

— Ele mente, mente! Oh, deuses, como mente! — murmura Ivan Nikoláievitch, afastando-se do gradil. — Não é o ar que o atrai para o jardim, ele vê alguma coisa nessa lua cheia de primavera, algo nas alturas sobre o jardim. Ah, eu pagaria caro para penetrar nesse segredo, para saber que Vênus é essa que ele perdeu e agora vasculha o ar sem êxito, com as mãos, para agarrar.

E o professor volta para casa, já doente de todo. Sua mulher finge não perceber seu estado, e se apressa a colocá-lo para dormir. Ela mesma, porém, não se deita, fica sentada junto à luz com um livro e observa os olhos ardentes do adormecido. Ela sabe que, ao amanhecer, Ivan Nikoláievitch vai despertar com um grito atormentado, começará a chorar e se agitar. Por isso, na toalha debaixo da luz ela tem, diante de si, uma seringa com álcool, preparada com antecedência, e uma ampola com um líquido espesso cor de chá. A pobre mulher ligada ao doente em estado grave agora pode dormir livremente, e sem receios. Ivan Nikoláievitch agora vai dormir até o amanhecer com um rosto feliz, e ter sonhos elevados e felizes, dos quais ela nada sabe.

A mesma coisa sempre desperta o sábio e o leva ao lastimável grito na noite de lua cheia. Ele vê o carrasco afetado e sem nariz que, dando um salto e com voz retumbante, crava a lança no coração de Gestas, que perdera a razão, amarrado ao poste. Só que o carrasco não é tão aterrador quanto a luz irreal do sonho, proveniente de alguma nuvem que fervilha e se esparrama sobre a terra, como acontece apenas durante catástrofes mundiais.

Depois da injeção, tudo muda para o adormecido. Um largo caminho lunar estende-se do leito à janela, e nesse caminho ergue-se um homem de capa branca com forro cor de sangue, e começa a ir até a lua. A seu lado vai um jovem de quíton rasgado e rosto desfigurado. Os caminhantes conversam acalorados, discutem, tentam entrar em acordo.

— Deuses, deuses — diz, voltando o rosto desdenhoso para seu acompanhante, o homem de capa —, que execução vil! Mas me diga, por favor — daí seu rosto, de desdenhoso, se transforma em suplicante —, ela não aconteceu, verdade? Imploro, diga, não aconteceu?

— Pois bem, claro que não aconteceu — responde o acompanhante, com voz rouca —, foi impressão sua.

— E você pode jurar? — pede o homem de capa, servil.

— Juro — responde o acompanhante, e seus olhos, por alguma razão, sorriem.

— Não preciso de mais nada! — põe-se a gritar o homem de capa, com voz entrecortada, e se ergue mais alto, até a lua, atraindo seu acompanhante. Atrás deles vai um cão de orelhas pontiagudas, sossegado, majestoso e gigantesco.

Então o caminho lunar entra em ebulição, dele começa a esguichar um rio lunar, jorrando para todos os lados. A lua domina e brinca, a lua dança e faz travessuras. Então, na torrente, forma-se uma mulher de beleza desmedida e conduz Ivan pela mão até um homem barbudo que olha ao redor, assustado. Ivan Nikoláievitch o reconhece na hora. É seu visitante noturno do nº 118. Ivan Nikoláievitch estende-lhe sua mão no sonho e pergunta, ávido:

— Então quer dizer que termina assim?

— Termina assim, meu discípulo — responde o do nº 118, enquanto a mulher se aproxima de Ivan e diz:

— Claro que sim. Tudo terminou e tudo termina... Vou lhe dar um beijo na testa, e tudo vai ser como precisa.

Ela se inclina para Ivan e o beija na testa, e Ivan se estica para ela e escruta seus olhos, mas ela se afasta, se afasta e parte com seu companheiro, rumo à lua.

Então a lua começa a se exaltar, descarrega torrentes de luz direto sobre Ivan, esparge luz por todos os lados, o quarto é inundado pela luz da lua, a luz balança, ergue-se alto, submerge a cama. É então que Ivan Nikoláievitch adormece, com um semblante feliz.

Pela manhã, acorda em silêncio, mas totalmente tranquilo e saudável. Sua memória picada sossega, e, até a lua cheia seguinte, o professor não será incomodado por ninguém. Nem pelo pobre assassino sem nariz de Gestas, nem pelo cruel quinto procurador da Judeia, o cavaleiro Pôncio Pilatos.

FIM

POSFÁCIO

Irineu Franco Perpetuo

Levando em conta o ambiente da época e seu histórico de relação com os poderes estabelecidos, o escritor Mikhail Afanássievitch Bulgákov (1891-1940) pode até ter ficado assustado, mas dificilmente se surpreendeu quando um juiz de instrução e um policial chegaram a seu apartamento em Moscou para uma busca, em 7 de maio de 1926.

Alguns meses antes, o jornal *Izvéstia* condenara sua "sátira feroz ao país dos sovietes", identificando ali um "discurso literário neoburguês". Já *Petchat i Revoliútsia* (*Imprensa e Revolução*) dizia que sua novela *Os ovos fatais* parecia "predestinada exclusivamente à imprensa do Exército Branco".[1] Embora Maksim Górki lhe reconhecesse o valor, e tenha tentado ajudá-lo, Bulgákov sabia em que costumava dar aquele tipo de campanha sistemática na imprensa, na URSS.

O escritor, por sinal, nem estava em casa quando os esbirros de Stálin começaram a perquisição. Ao chegar, aparentemente, manteve o sangue-frio: ao ver que os assentos da casa eram revirados e espetados com agulhas de tricô, disse à mulher, Liubov Ievguiênievna Bieloziérskaia: "Bom, Liubacha, se fuzilarem suas poltronas, eu não me responsabilizo por elas". Por fim, os agentes se retiraram com os manuscritos de *Um coração de cachorro*[2] e dos diários de Bulgákov.

Três anos depois, em 1929, os órgãos de segurança da URSS finalmente devolveram os escritos ao autor, que não perdeu tempo em incinerar os diários. Sete décadas depois, contudo, e meio século após o falecimento de Bulgákov, os documentos reapareceram, quando da abertura dos arquivos literários da KGB. A polícia secreta, efetivamente, restituíra os manuscritos ao escritor, porém guardara consigo uma cópia datilografada, para manter

[1] Novela de ficção científica publicada em 1925, narra como a descoberta de meios de reprodução acelerada pelo cientista Piérsikov acaba resultando numa proliferação de répteis gigantes.

[2] Novela satírica escrita em 1925, cujo narrador é um cachorro que sofreu o implante de órgãos humanos.

o conteúdo do diário como prova em um eventual processo contra Bulgákov.[3] O episódio parece confirmar uma das mais célebres frases do mais famoso romance do escritor, cuja redação foi iniciada entre a apreensão do diário e sua devolução, e que ocuparia Bulgákov, literalmente, até o fim de seus dias: "os manuscritos não ardem", máxima de *O mestre e Margarida*.

Bulgákov nasceu na Ucrânia, assim como Gógol — que, para espanto de Liubov, era seu escritor favorito, acima de Dostoiévski ou Shakespeare. Para Boris Sokolov, especialista no autor, a descrição física do protagonista de *O mestre e Margarida* — "um homem barbeado, de cabelos escuros, nariz afilado, olhos irrequietos e um tufo de cabelo caído na testa, de mais ou menos trinta e oito anos" — trai uma semelha indubitável com Gógol. Além disso, Woland lhe diz uma frase — "Mas de que então vai viver?" — que ecoa uma célebre afirmação de Nekrássov a Gógol: "Mas tem que se viver de alguma coisa". E, ao incinerar seu romance sobre Pôncio Pilatos, o mestre parece replicar o ato de Gógol, que lançou ao fogo a segunda parte de *Almas mortas*.

Primogênito de um teólogo que lecionava em Kíev, Mikhail conviveu com a música desde cedo: o pai tocava violino, a mãe, piano. Isso talvez sirva para ajudar a explicar a forte presença da arte dos sons em um romance em que o *Fausto*, de Goethe, parece ser uma influência menos direta do que sua adaptação operística de 1859, de Charles Gounod (1818-1893). Consta que, na juventude, Bulgákov teria assistido a essa ópera nada menos que 41 vezes, até se formar na universidade, e há descrições, mais tarde, de uma partitura da obra de Gounod aberta no piano da casa do escritor, em Moscou. Não devemos esquecer, ainda, que *O mestre e Margarida* tem vários personagens com nomes de compositores, como Berlioz (autor, vale lembrar, do oratório *A danação de Fausto*, inspirado em Goethe), Rímski e Stravinski; que Korôviev se apresenta como "ex-regente de coro"; que somos embalados pelo foxtrote *Aleluia* e uma canção sobre o lago Baikal; e que a orquestra do baile de satã é regida por Johann Strauss, e tem Vieuxtemps entre seus integrantes.

Os conhecimentos paternos de religião podem ter sido a origem do interesse de Bulgákov pelo assunto, e de uma erudição que se faz visível nas páginas de *O mestre e Margarida*. Dentre as inúmeras fontes da obra, estu-

---

[3] Fato narrado por Vitali Chentalinski em seu livro *La parole ressuscitée: dans les archives littéraires du KGB — Babel, Boulgakov, Pilniak, Mandelstam, Platonov, Gorki...*, Paris, Éditions Robert Laffont, 1993.

diosos vêm destacando autores díspares, como Ernest Renan (*Vida de Jesus*), Frederic Farrar (*A vida de Cristo*), Mikhail Orlov (*História da relação entre o homem e o diabo*), Dante Alighieri (*A Divina Comédia*), John Milton (*Paraíso perdido* e *Paraíso reconquistado*), Lord Byron (*Caim*), Honoré de Balzac (*A pele de Chagrém*), Dmitri Merejkóvski (*O Jesus desconhecido*), David Strauss (*A vida de Cristo examinada criticamente*), Anatole France (*O procurador da Judeia*), John Robertson (*Cristianismo e mitologia*), Arthur Drews (*O mito de Cristo*), S. M. Tchévkin (*Ieshua Ha-Notzri: uma descoberta imparcial da verdade*) e Gueórgui Petróvski (*Pilatos*), dentre muitos outros.

Um volume que certamente não veio da biblioteca paterna foi *Venedíktov, ou acontecimentos memoráveis de minha vida* (1922), de Aleksandr Vassílievitch Tchaiánov (1888-1937), mais conhecido como sociólogo. O livro tem um protagonista chamado Bulgákov, que luta pela alma da mulher amada, a qual caiu sob a influência do diabo, em Moscou. "Digo com plena convicção que essa novela curta deu origem à ideia, ao impulso criativo para a redação do romance *O mestre e Margarida*", cravou Liubov.

Enfim, embora o avô fosse *pope* e o pai teólogo, Bulgákov não se orientou para os assuntos da fé, e se tornaria, como Tchekhov, médico. Desposou, em 1913, Tatiana Lappá (o primeiro dos três casamentos que lhe haviam sido previstos por uma cigana), formou-se em 1916 e logo foi atender no *front* da Primeira Guerra Mundial. Revolução em 1917, Guerra Civil em 1918: os acontecimentos arrastariam para seu vértice o médico militar. Bulgákov serviu no exército nacionalista ucraniano de Petliura e nas forças contrarrevolucionárias dos Brancos. A exemplo de seus dois irmãos, que tinham lutado contra os bolcheviques, quis emigrar após a vitória destes, mas foi impedido pelo tifo. Já tinha trocado a medicina pela literatura quando resolveu trocar Kíev por Moscou, em 1921.

Na nova capital soviética, Bulgákov trocou ainda Tatiana por sua segunda mulher, Liubov Ievguiênievna, e se envolveu com o meio literário, escrevendo folhetins para a revista *Gudók* (Apito). Ambígua e complexa foi sua relação com o poeta Maiakóvski, identificado como o protótipo do personagem Riúkhin, de *O mestre e Margarida*. Eles se encontravam em campos ideológicos opostos — Maiakóvski à esquerda, defensor da Revolução, Bulgákov à direita, opositor dos bolcheviques —, trocando farpas ocasionais, porém se respeitavam, enfrentando-se ocasionalmente em mesas de bilhar. O ator Iánchin compara o desempenho dos literatos com o taco: "Maiakóvski tinha um golpe de força extraordinária, gostava de acertar as bolas de um jeito que 'as caçapas estalavam'. Bulgákov jogava com mais tato, com maior dissimulação, seus golpes eram mais suaves, mais elegantes, e repetidamente espantavam pela precisão inesperada".[4]

Sua criação mais ambiciosa da época é o romance *A guarda branca*,[5] sobre a Guerra Civil, que ele adaptou para o Teatro de Arte de Moscou (TAM — em russo, MKhaT), fundado pelo célebre Stanislávski, com o título de *Os dias dos Turbin*. Homero Freitas de Andrade descreve a estreia, ocorrida em 5 de outubro de 1926 — cinco meses após a busca no apartamento do dramaturgo: "O espetáculo despertou as mais apaixonadas e controvertidas reações. A plateia transbordara de emoção. Ataques histéricos, desmaios. Sete espectadores foram parar no pronto-socorro. Os acontecimentos históricos abordados na peça ainda permaneciam muito vivos na memória das pessoas. Espectadores, que nos idos da Revolução estiveram em Kíev, identificavam-se com as personagens, atestavam a veracidade das cenas representadas, confundiam realidade e ficção. Houve quem jurasse ter conhecido pessoalmente o médico Aleksei Turbin. Ao término, a cortina foi erguida nove vezes para que os atores recebessem os aplausos frenéticos do público. Exigiam em coro a presença do autor no palco, mas Bulgákov, com os nervos à flor da pele, retirara-se sorrateiramente antes do fim da última cena".[6] Andrade afirma ainda que Stálin assistiu ao espetáculo várias vezes, e que sabia diversas de suas falas de cor. *Os dias dos Turbin* foi encenada 41 vezes até fim do ano, enquanto, no Teatro Vakhtángov, outra peça de Bulgákov, *O apartamento de Zoia*, também obtinha êxito.

Sucesso profissional garantido? Longe disso. Bulgákov era vítima de críticas implacáveis na imprensa (muitas das quais refletidas na campanha jornalística contra o protagonista de *O mestre e Margarida*) e, com a ascensão de Stálin, o controle político sobre as artes só fazia ficar mais rígido.

Em 1929 ele conheceria o protótipo da heroína de seu romance, a terceira das esposas previstas pela cigana: Ielena Serguêievna, que tinha dois filhos e era casada com o tenente-general Chilóvski — que, ao descobrir o *affair*, chegou a exigir satisfações do escritor, com arma em punho. Além de modelo de Margarida, Ielena foi a companheira de Bulgákov até seus últimos dias de vida, e a zelosa guardiã do manuscrito do romance.

---

[4] Citado por Eduard Beznossov em seu posfácio a M. A. Bulgákov, *Master i Margarita*, Moscou, Ast, 1998, p. 520.

[5] Publicado em 1925, narra o destino da família Turbin, que luta ao lado dos brancos pela posse de Kíev.

[6] *O diabo solto em Moscou: A vida do senhor Bulgákov & Prosa autobiográfica*, São Paulo, Edusp, 2002, p. 122.

Boris Sokolov não hesita em afirmar que as cenas moscovitas de *O mestre e Margarida* são ambientadas justamente nesse ano de 1929: de 1 a 4 de maio, para ser mais exato, com o voo final e o encontro de Ieshua e Pilatos no domingo de Páscoa, 5 de maio de 1929, ainda que haja algumas menções a fatos da década de 1930 (como o trólebus, que só aparece em Moscou em 1934, ou o congresso dos arquitetos, que ocorreu em 1937).

O fato é que, enquanto a vida afetiva de Bulgákov mudava de rumo, a profissional naufragava: não havia como publicar, como trabalhar, como viver. Desesperado, o autor resolveu redigir uma longa missiva à cúpula do poder soviético, em 1930, com cálculos meticulosos: em dez anos de produção literária, haviam sido publicadas 301 referências a ele na imprensa do país, sendo três elogiosas e, as demais, "hostis e ofensivas".

Diante de um cenário em que "todo e qualquer satírico na URSS atenta contra o regime soviético", Bulgákov pedia permissão para deixar o país na companhia da esposa (que, na época, ainda era Liubov). Outras opções seriam um emprego no Teatro de Arte de Moscou: como assistente de direção, figurante ou operário de palco. "Se isso também não for possível, peço ao Governo Soviético que faça de mim o que achar necessário, mas que faça alguma coisa, porque a mim, dramaturgo de cinco peças, conhecido na URSS e no Exterior, restam no presente momento a miséria, a rua e a ruína".

Considerando o passado contrarrevolucionário de Bulgákov, bem como o conteúdo de suas obras, surpreende não que ele tenha tido problemas políticos, mas sim que não tenha se convertido em mais um mártir da literatura soviética, vítima dos fuzilamentos ou do *gulag*. Em seguida à sua carta, ele recebeu um telefonema do próprio Stálin e, como consequência, o emprego de diretor assistente do Teatro de Arte de Moscou, uma casa em que se sentiria à vontade. Há descrições de Stanislávski gargalhando ao ver Bulgákov em cena, como ator. "O romance de Bulgákov com o Teatro de Arte de Moscou é o romance de sua vida", sintetizou Pável Márkov. O palco seria seu ganha-pão até o fim: quando, em 1936, exasperado com a falta de condições para encenar suas peças, o dramaturgo resolveu abandonar o TAM, foi trabalhar no célebre Teatro Bolchói, escrevendo os libretos de óperas que jamais veria encenadas, como *Mínin e Pojárski*, de Boris Assáfiev (1884-1949), *O mar Negro*, de Serguei Potótski (1883-1958), e *Rachel*, do célebre Isaac Dunáievski (1900-1955).

Entre peças e óperas, na década de 1930, Bulgákov chegou a frequentar as recepções dadas por William Christian Bullitt Jr. (1891-1967), primeiro embaixador dos EUA na URSS (1933-36), que, a deduzir da descrição feita por Ielena Serguêievna, parecem ter servido de modelo para o grande baile que aparece nas páginas de *O mestre e Margarida*: "Literatos também eram convidados. Certa vez, recebemos um convite desses. No cartão de visitas de Bullitt estava escrito, a tinta: fraque ou paletó preto. Micha afligiu-se que essa anotação fosse apenas para ele. Esforcei-me muito para 'produzir' um fraque em tempo curto. Contudo, o alfaiate não conseguiu encontrar a seda preta necessária para o traje, e ele teve que ir de terno. A recepção foi luxuosa, lembro-me especialmente de um salão grande, no qual havia uma piscina e um monte de flores exóticas".

Nessa época, contudo, a maior preocupação do autor era com seu romance, que ele lia ocasionalmente para os amigos. A viúva narra uma dessas ocasiões: "A última leitura prolongou-se até o amanhecer. À mesa, na qual fora servido, às pressas, o que não era nem ceia, nem café da manhã, eu estava sentada ao lado de Mikhail Afanássievitch, que se inclinou para mim de repente e perguntou, sussurrando: 'Pois bem, na sua opinião, vão publicar isso?'. Ao meu absolutamente desconcertado 'Na minha opinião, não', seguiu uma reação intempestiva, já em voz alta: 'Mas por que não?'. Afinal, ele jamais escrevia, como dizem, para a gaveta, às ocultas, para si. Estava seguro de que, se não amanhã, mais cedo ou mais tarde o que ele escrevia iria se tornar patrimônio literário, alcançaria um círculo mais amplo de leitores".[7]

A correspondência do escritor no período em que o livro estava sendo datilografado, em 1938, mostra um trabalho febril e absorvente:

> "... não quero largar o romance nem por um dia. Hoje começo o oitavo capítulo..." (1 de junho); "tenho que acabar o romance! Agora! Agora" (no dia seguinte); "foram passados a limpo 15 capítulos, e agora já 16" (9 de junho); "com o romance — questões! Como tudo é complicado! [...] Estou ditando o 18º capítulo!" (10 de junho); "Dito o 21º capítulo. Estou enterrado embaixo desse romance. Já pensei em tudo, tudo está claro para mim" (13 de junho); "Tenho diante de mim 327 páginas datilografadas (cerca de 22 capítulos). Se tiver saúde, logo a cópia estará terminada. Falta o mais importante: a correção (do autor), grande, complexa, atenta, possivelmente, de algumas páginas do manuscrito. 'O que vai ser?' — você pergunta? Não sei. Provavelmente você vai colocá-lo no escritório, ou no armário em que jazem minhas peças

[7] Citado por Beznossov em seu posfácio a *Master i Margarita*, cit., p. 531.

mortas, e vai se lembrar dele de vez em quando. Aliás, não conhecemos nosso futuro' (14-15 de junho); 'sinto-me com um cansaço sem medidas. Dito o 28º capítulo' (16 de junho)."

A apreensão pelo destino da obra estava presente até o fim, como relata Ielena Serguêievna: "Certa vez, ele me obrigou a me levantar da cama e, apoiando-se em meu braço, de robe, pés descalços, fez a ronda do apartamento. Assegurando-se de que os manuscritos de *O mestre e Margarida* estavam no lugar, recostou-se bem alto no travesseiro e apoiou o punho direito no quadril, como um cavaleiro".

Boris Schnaiderman retrata o escritor nos últimos dias, diagnosticado com neuroesclerose hipertônica: "com os movimentos dificultados e quase cego, ficou ditando a sua mulher, até os últimos dias, alterações a introduzir no texto. Quando morreu, ele estava praticamente concluído, embora, se pudesse, Bulgákov com certeza completaria as correções que ditava". E conclui: "fica-nos, porém, a imagem deste escritor, em seu leito de morte, ditando emendas a uma obra que ele sabia ser impossível publicar na época. Segundo a viúva, disse quando estava morrendo: 'talvez isso esteja certo. O que poderia eu escrever depois do *Mestre*?'".[8]

---

[8] Boris Schnaiderman, *Os escombros e o mito: a cultura e o fim da União Soviética*, São Paulo, Companhia das Letras, 1997, p. 39.

SOBRE O AUTOR

Mikhail Afanássievitch Bulgákov nasceu em Kíev, na Ucrânia, em 1891, filho de um teólogo e uma professora de piano; seus dois avôs eram padres ortodoxos. Formou-se em medicina, tendo sido voluntário da Cruz Vermelha durante a Primeira Guerra Mundial. Era a favor de uma monarquia constitucionalista, em oposição ao regime autocrático russo, e, durante a Guerra Civil que se seguiu à Revolução de Outubro, lutou ao lado dos brancos contra os bolcheviques. Nos anos 1920, sob influência de Gógol e H. G. Wells, escreveu contos e novelas satirizando a Nova Política Econômica (NEP), além de algumas peças de teatro, nenhuma das quais recebeu autorização para ser montada. A esta leva pertence a novela *Os ovos fatais*, publicada na coletânea *Diabolíada* (1925), que chegou a receber algumas resenhas favoráveis mas foi logo retirada de circulação, e também a novela *Um coração de cachorro*, rejeitada pela censura no mesmo ano. Nos anos 1920 publica o ciclo de contos *Anotações de um jovem médico*, de teor autobiográfico, nos periódicos *O Trabalhador Médico* e *Panorama Vermelho*.

Foi como dramaturgo, no entanto, que Bulgákov primeiro alcançou a fama, quando o Teatro de Arte de Moscou (TAM) o convidou a adaptar para os palcos seu romance *A guarda branca*, cuja publicação serializada no jornal *Rossia* fora interrompida com o fechamento do periódico. Crônica detalhada de Kíev durante a Guerra Civil, repleto de elementos autobiográficos e personalidades reais, o texto foi montado em 1926 com o título *Os dias dos Turbin*. Seu sucesso atraiu os olhares da crítica militante, que a rotulou de reacionária. Segundo o olhar da crítica vigente, as encenações posteriores apenas confirmam tal acusação: no mesmo ano, *O apartamento de Zoia*, uma sátira à NEP, entra em cartaz no Teatro Vakhtángov e se espalha por vários teatros menores, apenas para ser retirada logo em seguida; em 1928 uma outra sátira, de vida igualmente breve, entra em cartaz no Teatro Kámierni: *A ilha púrpura*, desta vez uma paródia da censura soviética. Em 1930, impedido de publicar e excluído do meio literário, Bulgákov queimou todos os seus manuscritos e escreveu uma carta ao governo soviético pedindo permissão para deixar o país. Stálin, admirador de *Os dias dos Turbin*, arranjou-lhe um emprego como diretor assistente no TAM, onde, entre outras coisas, Bulgákov adaptou para os palcos clássicos como *Almas mortas* e *Guerra e paz*, escreveu uma peça sobre a vida de Molière e chegou a trabalhar em roteiros para cinema. Em 1939 entregou sua última peça, *Batum*, sobre a juventude de Stálin, que foi rejeitada pelo próprio ditador.

Morreu em 1940, em Moscou, tendo trabalhado até seus últimos dias em *O mestre e Margarida*, seu romance-testamento, traduzido para diversas línguas no final dos anos 1960 e publicado na Rússia apenas em 1973. Hoje considerado um dos maiores romances do século XX, *O mestre e Margarida* ganhou várias adaptações para o cinema, teatro, peças de rádio, espetáculos de dança e ópera, além de ter alcançado grande repercussão na cultura pop. Em 2012 a série de contos *Anotações de um jovem médico* também ganhou uma adaptação, dessa vez para uma série inglesa de TV.

SOBRE O TRADUTOR

Irineu Franco Perpetuo é jornalista e tradutor, colaborador da revista *Concerto* e jurado do concurso de música *Prelúdio*, da TV Cultura de São Paulo.

É autor de *Populares & eruditos* (Editora Invenção, 2001, com Alexandre Pavan), *Cyro Pereira, maestro* (DBA Editora, 2005), *O futuro da música depois da morte do CD* (Momento Editorial, 2009, com Sérgio Amadeu da Silveira), *História concisa da música clássica brasileira* (Alameda, 2018) e *Como ler os russos* (Todavia, 2021), além dos audiolivros *História da música clássica* (Livro Falante, 2008), *Alma brasileira: a trajetória de Villa-Lobos* (Livro Falante, 2011) e *Chopin: o poeta do piano* (Livro Falante, 2012).

Publicou as seguintes traduções, todas elas diretamente do russo: *Pequenas tragédias* (Globo, 2006), *Boris Godunov* (Globo, 2007) e *A filha do capitão* (Principis, 2020), de Aleksandr Púchkin; *Memórias de um caçador* (Editora 34, 2013), de Ivan Turguêniev; *A morte de Ivan Ilitch* (Coleção Folha Grandes Nomes da Literatura, 2016) e *Anna Kariênina* (Editora 34, 2021), de Lev Tolstói; *Memórias do subsolo* (Coleção Folha Grandes Nomes da Literatura, 2016), de Fiódor Dostoiévski; *Vida e destino* (Alfaguara, 2014, Prêmio Jabuti de Tradução em 2015 — 2º lugar) e *A estrada* (Alfaguara, 2015), de Vassili Grossman; *O mestre e Margarida*, de Mikhail Bulgákov (Editora 34, 2017); *Salmo*, de Friedrich Gorenstein (Kalinka, 2018, com Moissei Mountian); *Os dias dos Turbin*, de Mikhail Bulgákov (Carambaia, 2018); *Lasca*, de Vladímir Zazúbrin (Carambaia, 2019); *A infância de Nikita*, de Aleksei Tolstói (Kalinka, 2021, com Moissei Mountian); e *Meninas*, de Liudmila Ulítskaia (Editora 34, 2021).

COLEÇÃO LESTE

István Örkény
A exposição das rosas e A família Tóth

Karel Capek
Histórias apócrifas

Dezsö Kosztolányi
O tradutor cleptomaníaco e outras histórias de Kornél Esti

Sigismund Krzyzanowski
O marcador de página e outros contos

Aleksandr Púchkin
A dama de espadas: prosa e poemas

A. P. Tchekhov
A dama do cachorrinho e outros contos

Óssip Mandelstam
O rumor do tempo e Viagem à Armênia

Fiódor Dostoiévski
Memórias do subsolo

Fiódor Dostoiévski
O crocodilo e Notas de inverno sobre impressões de verão

Fiódor Dostoiévski
Crime e castigo

Fiódor Dostoiévski
Niétotchka Niezvânova

Fiódor Dostoiévski
O idiota

Fiódor Dostoiévski
Duas narrativas fantásticas: A dócil e O sonho de um homem ridículo

Fiódor Dostoiévski
O eterno marido

Fiódor Dostoiévski
Os demônios

Fiódor Dostoiévski
Um jogador

Fiódor Dostoiévski
Noites brancas

Anton Makarenko
Poema pedagógico

A. P. Tchekhov
O beijo e outras histórias

Fiódor Dostoiévski
A senhoria

Lev Tolstói
A morte de Ivan Ilitch

Nikolai Gógol
Tarás Bulba

Lev Tolstói
A Sonata a Kreutzer

Fiódor Dostoiévski
Os irmãos Karamázov

Vladímir Maiakóvski
O percevejo

Lev Tolstói
Felicidade conjugal

Nikolai Leskov
Lady Macbeth do distrito de Mtzensk

Nikolai Gógol
Teatro completo

Fiódor Dostoiévski
Gente pobre

Nikolai Gógol
O capote e outras histórias

Fiódor Dostoiévski
O duplo

A. P. Tchekhov
Minha vida

Bruno Barretto Gomide (org.)
Nova antologia do conto russo

Nikolai Leskov
A fraude e outras histórias

Nikolai Leskov
Homens interessantes e outras histórias

Ivan Turguêniev
Rúdin

Fiódor Dostoiévski
A aldeia de Stepántchikovo e seus habitantes

Fiódor Dostoiévski
Dois sonhos: O sonho do titio e Sonhos de Petersburgo em verso e prosa

Fiódor Dostoiévski
Bobók

Vladímir Maiakóvski
Mistério-bufo

A. P. Tchekhov
Três anos

Ivan Turguêniev
Memórias de um caçador

Bruno Barretto Gomide (org.)
Antologia do pensamento crítico russo

Vladímir Sorókin
Dostoiévski-trip

Maksim Górki
Meu companheiro de estrada e outros contos

A. P. Tchekhov
O duelo

Isaac Bábel
No campo da honra e outros contos

Varlam Chalámov
Contos de Kolimá

Fiódor Dostoiévski
Um pequeno herói

Fiódor Dostoiévski
O adolescente

Ivan Búnin
O amor de Mítia

Varlam Chalámov
A margem esquerda (Contos de Kolimá 2)

Varlam Chalámov
O artista da pá (Contos de Kolimá 3)

Fiódor Dostoiévski
Uma história desagradável

Ivan Búnin
O processo do tenente Ieláguin

Mircea Eliade
Uma outra juventude e Dayan

Varlam Chalámov
Ensaios sobre o mundo do crime (Contos de Kolimá 4)

Varlam Chalámov
A ressurreição do lariço (Contos de Kolimá 5)

Fiódor Dostoiévski
Contos reunidos

Lev Tolstói
Khadji-Murát

Mikhail Bulgákov
O mestre e Margarida

Iuri Oliécha
Inveja

Nikolai Ogniów
Diário de Kóstia Riábtsev

Ievguêni Zamiátin
Nós

Boris Pilniák
O ano nu

Viktor Chklóvski
Viagem sentimental

Nikolai Gógol
Almas mortas

Fiódor Dostoiévski
Humilhados e ofendidos

Vladímir Maiakóvski
Sobre isto

Ivan Turguêniev
Diário de um homem supérfluo

Arlete Cavaliere (org.)
Antologia do humor russo

Varlam Chalámov
A luva, ou KR-2
(Contos de Kolimá 6)

Mikhail Bulgákov
Anotações de um jovem médico

Lev Tolstói
Dois hussardos

Fiódor Dostoiévski
Escritos da casa morta

Ivan Turguêniev
O rei Lear da estepe

Fiódor Dostoiévski
Crônicas de Petersburgo

Lev Tolstói
Anna Kariênina

Liudmila Ulítskaia
Meninas

Vladímir Sorókin
O dia de um oprítchnik

Aleksandr Púchkin
A filha do capitão

Lev Tolstói
O cupom falso

Iuri Tyniánov
O tenente Quetange

Ivan Turguêniev
Ássia

Lev Tolstói
Contos de Sebastopol

Tatiana Tolstáia
No degrau de ouro

Nikolai Leskov
Um pequeno engano
e outras histórias

Este livro foi composto em Sabon, pela Bracher & Malta, com CTP e impressão da Edições Loyola em papel Pólen Natural 80 g/m² da Cia. Suzano de Papel e Celulose para a Editora 34, em novembro de 2024.